魯迅

루쉰전집

15

루쉰전집 15권 서신 3

초판 1쇄 발행 _ 2018년 4월 15일
지은이 · 루쉰 | 옮긴이 · 루쉰전집번역위원회(서광덕, 이보경)

펴낸이 · 유재건 | 펴낸곳 · (주)그린비출판사 | 신고번호 · 제2017-000094호
주소 · 서울시 마포구 와우산로 180, 4층 | 전화 · 702-2717 | 팩스 · 703-0272

ISBN 978-89-7682-288-8 04820 978-89-7682-222-2(세트)
이 도서의 국립중앙도서관 출판시도서목록(CIP)은 서지정보유통지원시스템 홈페이지(http://seoji.
nl.go.kr/ecip)와 국가자료공동목록시스템(http://nl.go.kr/kolisnet)에서 이용하실 수 있습니다.(CIP
제어번호: CIP2018011480)

루쉰(魯迅). 1935년 상하이 다루신춘(大陸新邨) 집 부근에서.

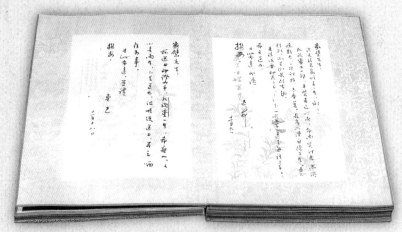

루쉰이 자오자비(趙家壁)에게 보낸 편지. 자오자비는 상하이 량유도서인쇄공사(良友圖書印刷公司)에서 문예서적의 편집을 담당했다. 자오자비는 루쉰이 보낸 그림 같은 편지 45통을 1970년에 책으로 묶어 출판했다.

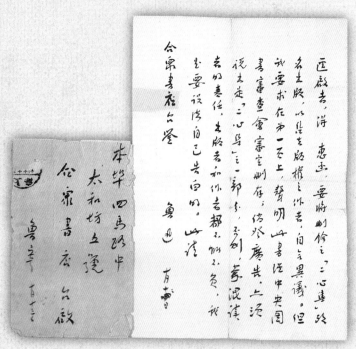

1934년 10월 13일 루쉰이 상하이 허중서점(合衆書店)에 보낸 편지.

천옌차오(陳煙橋)의 목판화「황푸장」(黃浦江).

뤄칭전(羅清槇)의 목판화「짐 내리는 노동자」(起卸工人).

리화(李樺)의 목판화「봄날 교외의 풍경」(春郊小景).

『베이핑전보』(北平箋譜). 1933년 12월 루쉰과 정전둬가 중국 고대 목각예술 보존을 위해 공동편집한 컬러 편지지 모음집이다. 총 310점의 목판화로 자청색 표지에 선장본이며 모두 6책이다.

『십죽재전보』(十竹齋箋譜)(왼쪽 위)와 본문에 들어 있는 컬러 편지지. 명대 호정언(胡正言)이 엮은 채색 목판화집이다. 1934년 루쉰과 정전둬가 문화유산 보존을 위해 공동 출자하여 '판화총간회' 이름으로 다시 찍었다.

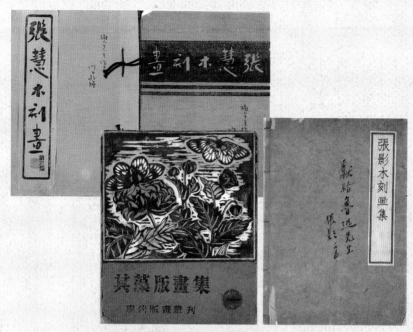

루쉰의 도움이나 영향을 받은 청년 화가들이 루쉰에게 기증한 목판화집. 왼쪽부터 『장후이 목판화』(張慧木刻畵), 『치짜오 판화집』(其藻版畵集), 『장잉 목판화집』(張影木刻畵集).

페딘의 장편소설 『도시와 세월』(城與年) 속의 목각 삽화. 소련 판화가 알렉세예프의 작품으로 모두 28점이다. 서신 350126 참고.

정전둬(鄭振鐸, 1898~1958, 왼쪽). 작가, 문학사가, 장서가, 베이징대 교수. 『소설월보』(小說月報) 주편으로 루쉰과 가장 많은 왕래를 한 사람 중 하나. 1933년 루쉰과 함께 『베이핑전보』, 『십죽재전보』를 펴냈다.

쉬마오융(徐懋庸, 1911~1977, 가운데). 작가, 번역가. 중국좌익작가연맹(좌련)의 서기, 선전부장 역임. 차오쥐런(曹聚仁)과 함께 『망종』(芒種) 반월간을 편집하였으며 루쉰 말년에 좌련과 관련해 왕래가 잦았다.

후평(胡風, 1902~1985, 오른쪽). 저명한 시인, 문예이론가, 번역가. 베이징대학 재학 시 루쉰의 중국소설사 강의를 청강했으며, 좌련의 선전부장, 행정서기 등을 맡았다. 루쉰과의 왕래가 깊었으며, 루쉰 사후 그의 사상 계승자로서 많은 고난을 겪은 인물이다.

왼쪽부터 황위안, 샤오쥔, 샤오훙.

황위안(黃源, 1905~2003)은 작가, 번역가. 1934년 8월에 루쉰이 편집한 『역문』(譯文) 월간의 출판 준비작업에 참여했다. 샤오쥔(蕭軍, 1907~1988)과 샤오훙(蕭紅, 1911~1942)은 루쉰이 아끼고 지도했던 동북 출신 청년작가로 『8월의 향촌』(八月的鄉村)과 『삶과 죽음의 자리』(生死場)가 그들의 대표작이다. 모두 루쉰이 서문을 쓰고 '노예총서'(奴隸叢書)로 출판하도록 도와주었다.

루쉰
전집

15

서신 3

書信 3

루쉰전집번역위원회 옮김

ㅇB
그린비

| 일러두기 |

1 이 책은 중국에서 출판된 『魯迅全集』 1981년판과 2005년판(이상 北京: 人民文学出版社) 등을 참조하여 번역한 한국어판 『루쉰전집』이다.

2 각 글 말미에 있는 주석은 기존의 국내외 연구성과를 두루 참조하여 옮긴이가 작성한 것이다.

3 단행본·전집·정기간행물·장편소설 등에는 겹낫표(『 』)를, 논문·기사·단편·영화·연극·공연·회화 등에는 낫표(「 」)를 사용했다.

4 외국의 인명이나 지명, 작품명은 〈국립국어원〉에서 펴낸 '외래어 표기법'에 근거해 표기했다. 단, 중국의 인명은 신해혁명(1911년) 때 생존 여부를 기준으로 현대인과 과거인으로 구분하여 현대인은 중국어음으로, 과거인은 한자음으로 표기했으며, 중국의 지명은 구분을 두지 않고 중국어음으로 표기하는 것을 원칙으로 했다.

『루쉰전집』을 발간하며

루쉰을 읽는다, 이 말에는 단순한 독서를 넘어서는 어떤 실존적 울림이 담겨 있다. 그래서 루쉰을 읽는다는 말은 루쉰에 직면直面한다는 말의 동의어가 되기도 한다. 그런데 루쉰에 직면한다는 말은 대체 어떤 입장과 태도를 일컫는 것일까?

2007년 어느 날, 불혹을 넘고 지천명을 넘은 십여 명의 연구자들이 이런 물음을 품고 모였다. 더러 루쉰을 팔기도 하고 더러 루쉰을 빙자하기도 하며 루쉰이라는 이름을 끝내 놓지 못하고 있던 이들이었다. 이 자리에서 누군가가 이런 말을 던졌다. 『루쉰전집』조차 우리말로 번역해 내지 못한다면 많이 부끄러울 것 같다고. 그 고백은 낮고 어두웠지만 깊고 뜨거운 공감을 얻었다. 그렇게 이 지난한 작업이 시작되었다.

혹자는 말한다. 왜 아직도 루쉰이냐고. 이에 대해 우리는 이렇게 대답할 수밖에 없다. 아직도 루쉰이라고. 그렇다면 왜 루쉰일까? 왜 루쉰이어야 할까?

루쉰은 이미 인류의 고전이다. 그 없이 중국의 5·4를 논할 수 없고 중국 현대혁명사와 문학사와 학술사를 논할 수 없다. 그는 사회주의혁명 30년 동안 누구도 건드릴 수 없는 성역으로 존재했으나 동시에 사회주의 이데올로기의 금구를 타파하는 데에 돌파구가 되었다. 그의 삶과 정신 역정은 그가 남긴 문집처럼 단순하지만은 않다. 근대이행기의 암흑과 민족적 절망은 그를 끊임없이 신新과 구舊의 갈등 속에 있게 했고, 동서 문명충돌의 격랑은 서양에 대한 지향과 배척의 사이에서 그를 배회하게 했다. 뿐만 아니라 1930년대 좌와 우의 극한적 대립은 만년의 루쉰에게 선택을 강요했으며 그는 자신의 현실적 선택과 이상 사이에서 끝없이 방황했다. 그는 평생 철저한 경계인으로 살았고 모순이 동거하는 '사이주체'間主體로 살았다. 고통과 긴장으로 점철되는 이런 입장과 태도를 그는 특유의 유연함으로 끝까지 견지하고 고수했다.

한 루쉰 연구자는 루쉰 정신을 '반항', '탐색', '희생'으로 요약했다. 루쉰의 반항은 도저한 회의懷疑와 부정否定의 정신에 기초했고, 그 탐색은 두려움 없는 모험정신과 지칠 줄 모르는 창조정신에서 비롯되었다. 또한 그의 희생정신은 사회의 약자에 대한 순수하고 여린 연민과 양심에서 가능했다.

이 모든 정신의 가장 깊은 바닥에는 세계와 삶을 통찰한 각자覺者의 지혜와 존재하는 모든 것들에 대한 허무 그리고 사랑이 있었다. 그에게 허무는 세상을 새롭게 읽는 힘의 원천이자 난세를 돌파해 갈 수 있는 동력이었다. 그래서 그는 굽힐 줄 모르는 '강골'強骨로, '필사적으로 싸우며'(쩡자挣扎) 살아갈 수 있었다. 그랬기에 '철로 된 출구 없는 방'에서 외칠 수 있었고 사면에서 다가오는 절망과 '무물의 진'無物之陣에 반항할 수 있었다. 그는 자신을 둘러싼 모든 것과 대결했다. 이러한 '필사적인 싸움'의 근저에는 생명과 평등을 향한 인본주의적 신념과 평민의식이 자리하고 있다. 이것이 혁명인으로서 루쉰의 삶이다.

　우리에게 몇 가지 『루쉰선집』은 있었지만 제대로 된 『루쉰전집』 번역본은 없었다. 만시지탄의 감이 없지 않지만 이제 루쉰의 모든 글을 우리말로 빚어 세상에 내놓는다. 게으르고 더딘 걸음이었지만 이것이 그간의 직무유기에 대한 우리 나름의 답변이 될 수 있기를 희망해 본다.

　번역저본은 중국 런민문학출판사에서 출판된 1981년판 『루쉰전집』과 2005년판 『루쉰전집』 등을 참조했고, 주석은 지금까지의 국내외 연구성과를 두루 참조하여 번역자가 책임해설했다. 전집 원본의 각 문집별로 번역자를 결정했고 문집별 역자가 책임번역을 했다. 이 과정에서 몇 년 동안 매월 한 차례 모여 번역의 난제에 대해 토론을 벌였고 상대방의 문체에 대한 비판과 조율의 과정을 거쳤다. 그러므로 원칙상으로는 문집별 역자의 책임번역이지만 내용상으론 모든 위원들의 의견이 문집마다 스며들어 있다.

　루쉰 정신의 결기와 날카로운 풍자, 여유로운 해학과 웃음, 섬세한 미학적 성취를 최대한 충실히 옮기기 위해 노력했지만 많이 부족하리라 생각한다. 독자 제현의 비판과 질정으로 더 나은 번역본을 기대한다. 작업에 임하는 순간순간 우리 역자들 모두 루쉰의 빛과 어둠 속에서 절망하고 행복했다.

2010년 11월 1일
한국 루쉰전집번역위원회

| 루쉰전집 전체 구성 |

• 서신 3

서신
3

340101 량이추에게[1]

이추 선생께

어제 저녁은 용무가 있어서 귀가가 조금 늦었는데 선생은 이미 돌아 가셨더군요. 대단히 죄송하게 되었습니다.

오늘 오후에 차이蔡씨 집[2]에 방문했으나 문지기와 말이 통하지 않아 할 수 없이 돌아왔습니다.

선생이 아직 상하이에 계신다면 4일 오후 2시에 전에 약속한 서점[3]으로 오셨으면 합니다. 저는 2시부터 3시 사이에 거기서 기다리고 있겠습니다.

이상으로 간단히 적습니다.

평안하시기 바라며

1월 1일

쉰迅 올림

주)_____

1) 량이추(梁以俅, 1906~?). 광둥성 난하이(南海) 사람. 미술종사자. 당시 용무로 베이핑에서 상하이로 왔을 때 야오커(姚克)의 소개로 루쉰을 방문했다.
2) 량이추의 친척 집을 가리킨다.
3) 우치야마(內山)서점으로, 안에 의자와 테이블이 있어서 손님이 휴식을 하거나 한담하는 장소가 되었다.

340105 야오커에게[1]

Y 선생께

　　량 군[2]은 도착한 뒤 두 차례 약속을 했으나 모두 길이 어긋나 만나지 못했습니다. 제가 방문했던 것이 한 차례, 약속했던 것이 한 차례, 모두 만나지 못해서 아무래도 상하이에서는 보지 못할 듯합니다.

　　탄 여사는 끝내 만나지 못했습니다. 필시 이미 떠나 버린 듯합니다. 판화는 50여 폭[3]을 모았습니다만, 직접 파리로 부칠 작정입니다. 목록을 동봉하니 번거롭겠지만 영문으로 번역해 주시고, 또 S군에게 탄 여사의 프랑스 연락처를 알아봐 달라고 전해 주십시오. 그렇게 하면 제가 보내는 것도 가능합니다.

　　이곳은 복마전이 되어 각 학교에서 수사와 체포가 진행되고 있습니다.[4] 3(?)명[5]이 끌려갔다는 얘기가 들리는데, 자세한 것은 알 수 없습니다.

　　우리들은 모두 잘 지내고 있으니 걱정하지 마시기 바랍니다.

　　늘 몸조심하시기 바라며

1월 5일

위豫 돈수頓首

목판화 목록

No.　1. 중부칭鍾步淸　　　　3인의 농부三農夫

　　　2.　〃　　　　　　　2인의 난민二個難民

　　　3. 리우청李霧城　　　　어느 여공某女工

　　　4.　〃　　　　　　　투숙投宿

　　　5.　〃　　　　　　　천재天災

6. 〃 상처받은 자의 외침受傷者的呐喊

7. 허바이타오何白濤 거리街頭

8. 〃 작은 배小艇

9. 〃 사투私鬪

10. 페이즈佩之 운運 그림은 배에서 해안으로 가는 짐꾼이
있어서 '운반'의 의미다.

11. 홍예洪野 운반搬運

12. 다이뤄代洛 투쟁鬪爭

13. 예푸野夫 재민災民

14. 〃 1933년 5월 1일(상하이 니청차오泥城橋)

15. 〃 도시의 아침都會的早晨

16. 〃 "헤이嘿……헤이嘿……헤이로아嘿羅呵"(건축
의 제일성建築之第一聲)

17. 〃 귀가回家

18. 뤄칭전羅清楨 예금인출擠兌

19. 〃 짐 내리는 노동자起卸工人

20. 〃 아버지의 귀가를 기다리며等爸爸回來

21. 〃 부두에서碼頭上

22. 〃 떨어지는 낙엽을 치우는 인부掃葉工人(상하이
파궈공원上海法國公園)

23. 〃 간병看病

24. 허바이타오 양 치는 여자牧羊女

25. 〃 정오의 휴식午息

26. 천야오탕陳耀唐 아버지를 기다리며等著爸爸

27. 〃 순난자殉難者

28. 〃 가정家庭

29. 〃 에스페란토어전시회世界語展覽會

30. 〃 백색공포白色恐怖

31~42. 천야오탕 딩링 작 『법망』 삽화丁玲作『法網』插畫

43. 메이밍沒銘 순난자殉難者

44. 진펑쑨金逢孫 신문을 읽다讀報

45. 장펑張抨 중국의 지배자中國的統治人物

46. 〃 가난과 병 속에서貧病之中

47. 천바오전陳葆真 상하이의 11월 7일上海之十一月七日

48. 저우진하이周金海 희생犧牲

49. 〃 광부礦工

50. 량이칭梁宜慶(중학생) 메이데이五一記念

51. 구윈장古雲章(〃) 짐을 지다挑擔者

52. 천룽성陳榮生(〃) 귀로歸途

53. 천루산陳汝山(〃) "장교의 동반자"軍官的伴侶

54. F.S. (〃) 늦은 귀가晚歸

55. 예푸野夫 어머니와 아들母與子(석각石刻)

주)_____

1) 야오커(姚克, 1905~1991). 푸젠(福建) 샤먼(厦門) 출신의 번역가이자 극작가. 원명은 즈이(志伊), 자는 신눙(莘農). 1933년부터 프랑스에서의 중국목각 전시와 번역 일 등으로 루쉰과 편지를 주고받았다. 1935년 가을 상하이로 와 자주 루쉰을 방문했다.
2) 량이추를 가리킨다. 루쉰은 1월 10일에 그를 만났다.
3) 탄(譚) 여사는 곧 트리트(I. Treat). 루쉰이 제공한 전시회 출품작은 58폭인데, 목록에 열

거된 55폭 외에 류셴(劉峴)의 목판화 「레닌」, 「두 노동자」와 「음악가」 3폭이 있다.
4) 1933년 12월 21일, 남의사(藍衣社) 특무에게 지휘를 받은 국민당의 군대와 경찰이 지난(暨南), 다샤(大夏), 광화(光華), 푸단(復旦) 등 9개 학교에 대규모의 수사를 벌여 진보적인 학생 백여 명을 체포했다. (1934년 1월 13일 『중국논단』中國論壇 제3권 제4기에 실린 「대량의 체포자를 낸 '학내 비적 토벌'에 반대한다」에 의함.)
5) 숫자 3 뒤에 『루쉰전집』의 편집자는 의문부호를 붙였는데, 혹시 3천여 명이라고 쓰려고 했던 것은 아닐지 모르겠다.

340106 린위탕에게

위탕 선생께

지금 캉더元德 선생이 보낸 편지를 받았습니다. 추추楚囚[1]의 원고 일부는 게재할 수 있으나 다른 것은 돌려보냈습니다. 이 군君은 멀리 베이핑北平에 있어서 연락이 어렵고 채택된 것의 자수를 계산해 보니 천 자밖에 되지 않습니다. 원고료도 얼마 되지 않고 또 소인은 외모가 아름다운[2] 다른 사람을 함부로 팔고 다닌다는 의심을 사고 있어서, 다른 날 역사가에 의해 죄가 걸桀보다 중하다고 할 필주筆誅를 받을 것 같습니다. 그래서 기회가 될 때 가지고 있는 3장을 되돌려주시기 바라는 바입니다.

용건만 간단히 적습니다.

묵默을 기원합니다.[3]

1월 6 밤

쉰 돈수

부인과 따님에게도 안부 전해 주십시오.

1) 왕즈즈(王志之, 1905~1990)를 가리킨다. 쓰촨(四川) 메이산(眉山) 출신의 작가이며, 필
   명은 추추(楚囚), 한사(含沙) 등이고 가명은 쓰위안(思遠)이다. 좌익작가연맹의 성원이
   며, 『문학잡지』(文學雜誌) 편집자 가운데 한 명이다.
2) 원문은 '螓首'. 여자의 미모를 형용하는 말로서 『시경』(詩經) 「위풍(衛風)·석인(碩人)」의
   '螓首蛾眉'에 보인다.
3) 원문은 '默安'. 보통 독서인들은 편지 인사로 '文安', 여름에는 '署安' 식으로 쓴다. 린위
   탕(林語堂, 1895~1976)이 유머를 제창하여 유머의 중국어인 '幽默'을 비꼰 것이다.

340108 허바이타오에게

바이타오 선생께

    편지와 보내 주신 목판화 잘 받았습니다. 이 판화는 중국적인 특색이
잘 드러나서 좋습니다. 제 생각에 현재 세계는 환경이 다르기 때문에 예술
상에서도 지방적인 색채를 갖고 천편일률적으로 되지 않았으면 합니다.

    여비[1]를 마련해 달라고 했는데 잘 알겠습니다. 다만 지금 가진 현금
이 없습니다. 그래서 소개장을 동봉하니 이것을 가지고 15일 직접 우치야
마서점에 가서 받으십시오. 그때까지 돈을 변통해서 거기에 맡겨 두고 오
시면 전해 주도록 하겠습니다.

    그럼 이만 줄입니다.

    평안하시기 바라며

                                                            1월 8일 밤[2]

                                                            쉰 올림

　　　　　　　　　　　　　·

주)_____

1) 허바이타오(何白濤)는 당시 상하이 신화예술전과학교(新華藝術專科學校)를 졸업한 뒤 일자리가 없어 루쉰에게 여비 30위안(元)을 빌려 광둥으로 돌아갔다.
2) 루쉰은 편지의 날짜를 기록할 때가 한밤중이면 일(日)자를 쓰지 않았다.

340109 샤오젠칭에게[1]

젠칭 선생께

　　보내 주신 편지 잘 받았습니다. 저는 한가한 시간이 많지 않아서 사실 원고를 읽고 서문을 쓰는 일이 어렵습니다. 대단히 죄송합니다.

　　그럼

　　늘 평안하시기를 바라며

1월 9일

루쉰 드림

주)_____

1) 샤오젠칭(蕭劍靑). 동남아시아 화교로 본적은 광둥(廣東)이다. 당시 상하이 세계서국(世界書局) 직원으로 일찍이 자신이 지은 시문과 목각을 모아 『회색집』(灰色集)을 내면서 루쉰에게 서문을 부탁했다.

340111 정전둬에게[1]

시디西諦 선생께

　　일전에 6일자 편지를 기쁘게 받아 보았습니다. 『베이핑전보』北平箋譜가 하루라도 빨리 출판되기를 간절히 희망하고 있습니다. 제가 먼저 한 권을 받아 보는 것에 대해서는 어찌 되든 아무 상관이 없습니다만, 룽바오자이榮寶齋[2]에 말해서 조속히 송부되기를 바라고 있습니다. 여기에는 기다리는 사람이 있기 때문입니다. 저의 20부는 사실 나누는 것이 불가능합니다. 제 자신의 소장용과 각국의 도서관(파시즘의 이탈리아, 독일 그리고 신사紳士를 자인하는 영국은 제외하고)에 각각 부치는 권수 외에 모두 일찍부터 약속이 되어 있어서 부족한 듯한데, 어떻게 처리해야 할지 머리가 아픕니다. 톈싱天行이 충분히 많은 글을 썼기 때문에 한 부 증정하고 싶지만, 그가 이미 예약을 했거나 혹은 선생이 우리 공통의 권수에서 증정할 것을 생각하고 계신다면 저는 그만두고 이 한 부를 다른 사람에게 보내 주시기 바랍니다. 또 징눙靜農이 저에게 한 부 예약을 해두었는데, 기회가 될 때 그쪽에서 보내 주시기를 부탁드리고, 남은 18부는 모두 상하이로 보내 주시기 바랍니다. 이것은 깎을 수 없습니다.

　　재판 인쇄는 곤란할 듯합니다. 다시 한번 백 명을 모으는 일이 어렵기 때문입니다. 시간이 지나면 다 흩어집니다. 제 개인적인 생각으로는 일을 달성하기 위해서는 한 가지 일에 머물러 있어서는 안 된다고 봅니다(이것은 제가 나이가 들기 때문인지도 모르겠습니다). 이것이 출판된다면 선생은 새로운 일에 착수하시기를 권합니다. 이 자본금을 갖고 명대의 소설전기小說傳奇의 삽화를 편집하는 것입니다. 각각에 해제를 붙여 『전보』와 나란히 예약 출판합니다. 먼저 할 일은 베이핑北平에 호사가의 무리 몇 명이 존재한다면 모임을 만들어서 『서유』,[3] 『평요』[4]의 명판明板 소설을 영인하고, 이것이 오랫동안 전해지게 합니다. 지묵紙墨은 금석金石보다 더 장수한다고 저는 생각하고 있습니다. 수가 많기 때문입니다. 상하이의 사오쉰메이邵洵美 무리는 이의를 제기하여 우리가 인쇄한 『전보』를 매도하고 있습니다.[5] 이러한 것은 정말 "앞으로는 고인을 보지 않고, 뒤로는 오는 자를 보지 않는다"[6]입니다. 밥과 고기를 실컷 먹고 크림을 덕지덕지 얼굴에 바르고 미래의 사람들에게 어떤 것도 남기려고 하지 않는 것입니다.──마지막에는 '성대한 장례'[7]뿐입니다.

며칠 전 원본 『만소당화전』[8] 등을 러시아의 판화가에게 우송했습니다. 『전보』가 출판된 뒤 또 부치려고 합니다. 그들은 중국을 하나의 수수께끼로 보고 있으며, 지식은 극히 적습니다. 그들이 오륙백 년 전에 그린 중국인 또한 붉은 갓끈의 모자를 쓰고 변발을 하고 패루牌樓 아래 서 있는데 먼 곳에는 반드시 탑이 보이는 것입니다.──어찌 슬프지 않습니까.

『문학』[9] 2권 1호는 상하이에서도 보이지 않습니다. 소문에는 휴간하는 것도 용납되지 않는다고 합니다. 대체로 낡은 간판을 이용하고 내용을 바꾸는 방법을 택해야겠죠. 그 첫걸음이 검열이고, 원고를 교체하는 것입니다. 그런데 이 방법은 독자를 장기간에 걸쳐서 속일 수 없어서 잡지는 점점 죽어갑니다. 『문학계간』은 아직 도착하지 않았지만, 목차는 봤습니다. 이렇게 성가실 줄은 편지를 보고 비로소 알았습니다. 베이핑은 상하이만큼 심하지 않다고 생각했기 때문입니다. 저는 계간이 월간보다 중후하기 때문에 연구의 문장 그리고 평론, 수필, 책과 신문의 소개만을 싣고 시가와 소설은 생략하는 것이 낫다고 생각합니다. 결국 청대 고증학자들이 걸었던 길입니다. 이렇게 하면 업적의 일부만이라도 발표하기 쉽습니다. 다만 상하이의 『사학계간』[10] 제3기는 오히려 부진한 상태에 있습니다만.

『다궁바오』와『국문주보』¹¹⁾에 기고하고 싶지 않은 것은 아니고, 마음은 있습니다. 작년에 상하이에서 기고했을 때 삭제를 당하고 또 삭제를 당해 결국 헛소리를 하고 있는 것처럼 되고 나서 침묵하고 있는 편이 좋겠다, 그래서 최근에는 기고를 그만두었습니다. 다만 때로는 한두 편을 실었습니다. 원고료를 바랐던 것일 따름입니다. 아무튼 비난을 받기 쉬운 것은 북방도 상하이에 뒤지지 않을 테지요. 역시 쓰지 않는 것이 좋겠군요.

이렇게 답신 드립니다.

평안하시기를 바라며

1월 11 밤

쉰 돈수

주)_____

1) 정전둬(鄭振鐸, 1898~1958). 푸젠(福建) 창러(長樂) 출신의 문학가이며, 필명은 시디(西諦)이다. 문학연구회(文學硏究會)의 발기인 가운데 한 사람이다.『소설월보』(小說月報) 주편을 지냈으며, 이때 자주 루쉰과 편지를 주고받았다. 1933년 초에 루쉰과 함께『베이핑전보』(北平箋譜)를 펴냈으며, 이후『십죽재전보』(十竹齋箋譜)를 인쇄했다. 1935년 상하이 생활서점(生活書店)에서 '세계문고'(世界文庫)의 편집을 맡았으며, 루쉰은 이를 위해 고골의『죽은 혼』(死魂靈)을 번역했다. 이후 루쉰이『케테 콜비츠 판화 선집』과『해상술림』(海上述林)을 출판하는 데 도움을 주었다.

2) 베이징의 류리창(琉璃廠)에 있는 서화(書畵)나 문구 등을 취급하던 유명한 상점.

3)『서유기』(西遊記)를 가리킨다.

4)『삼수평요전』(三遂平妖傳)으로 장편소설이다. 원말명초 나관중(羅貫中)의 작품이라고 전해지는데 20회다. 명 만력(萬曆) 연간의 당씨세덕당(唐氏世德堂) 간행본이 있다. 통용되고 있는 것은 24회로 명말의 풍몽룡(馮夢龍)이 증보했다.

5) 사오쉰메이가 편집한『십일담』(十日談)이 1934년 신년특집호에 게재한 양톈난(楊天南)의「22년의 출판계」를 가리킨다. 그 안에 다음과 같은 말이 있다. "특별히 거론하지 않으면 안 되는 것은 베이핑전보다. 이 문아(文雅)한 일은 루쉰과 시디 두 사람이 한 것인데, 중국의 오래된 판화를 제창하는 것은 정말로 시대착오이며 노장(老將; 루쉰을 말함)이 분명 늙었음을 알 수 있다. 전서 6권의 예약 대금이 12위안이라고 하는 것은 정말로 간 떨어지게 하는 얘기다. 어떻든지 간에 중국에 여전히 이렇게 여유로운 호기(好奇)의 정신이 있다는 것은 축하할 일이다. 다만 미예약분 40부는 감히 이것을 입수하려는 한

가한 사람이 나타나지 않기를 바란다."

6) "前不見古人, 後不見來子". 당(唐) 진자앙(陳子昂)의 시 「유주의 대에 올라 부르다」(登幽 州台歌)에 나온다.

7) 1916년 사오쉰메이가 그의 처 외조부 성쉬안화이(盛宣懷)가 죽었을 때 세상을 놀라게 한 '성대한 장례식'을 거행했다.

8) 『만소당화전』(晩笑堂畵傳). 청대 화가 상관주(上官周)의 작품. 루쉰이 소련 판화가에게 책을 보낸 것은 서간 '부록 1'의 10. 키진스키 등에게 보낸 편지(『서신 4』 수록) 참조.

9) 『문학』(文學). 월간으로 1933년 11월 24일 편지의 주석 참조. 다음에 말하는 것은 1934년 3월 국민당 중앙선전위원회 「문예선전회의록」에 근거한다. 『문학』은 "태도가 아주 불량하다. 명의는 푸둥화(傅東華)와 마오둔(茅盾)의 편집으로 되어 있지만, 실제로는 마오둔이 주재한다. 발행금지 처분을 받았다. 그 뒤 푸둥화와 정전둬가 연명으로 청원했는데, 그 내용은 작풍을 고치고 민족문예를 위해 노력하며 좌익작품을 싣지 않고 동시에 인쇄를 하기 전에 검열을 받는다고 하여 잠시 출판을 계속하도록 허가한다."

10) 『사학계간』(詞學季刊). 룽무쉰(龍沐勳)의 편집으로 1933년 4월 상하이에서 창간되었고 1934년 9월 제3권 제2호를 내고 폐간되었다.

11) 『다궁바오』(大公報). 종합성 잡지로서 1902년 6월 톈진에서 창간되었고 1925년 11월에 정간되었다가 다음 해 9월에 우딩창(吳鼎昌), 장지롼(張季鸞)이 이어서 발간했다. 『국문주보』(國聞週報). 주간 종합잡지. 1924년 8월 상하이에서 창간되었다. 1927년 제4권부터 톈진으로 옮겨 1937년 12월 제14권 제50기로 폐간되었다.

340112 타이징눙에게[1]

징눙 형

『베이핑전보』의 예약은 거의 다 찼습니다. 형이 신청한 한 부는 베이핑에서 보내 주도록 시디 형에게 편지를 썼습니다. 또 한 부는 톈싱天行 형에게 전해 주도록 부탁했습니다. 기회가 될 때 본인에게 연락하시기 바랍니다. 이 두 부는 제가 증정하는 것이니 책값은 필요 없습니다. 톈싱 형이 만약 예약을 했다면 시디에게 말해서 환급받으시기 바랍니다. 예약을 하지 못한 이가 있을 수 있기 때문에, 그는 조금도 곤란하지 않을 것입니다.

용건만 간단히 적습니다. 평안하시기 바라며

1월 12일
쉰 배상

추신: 우리들도 모두 잘 지냅니다.

주)_____

1) 타이징눙(臺靜農, 1902~1990). 안후이(安徽) 휘추(霍丘) 출신, 자는 보젠(伯簡)이다. 웨이
   밍사(未名社)와 북방 좌익작가연맹의 성원으로 활동했고 샤먼(廈門)대학 등 여러 대학
   에서 교편을 잡았다. 루쉰은 세 차례에 걸쳐 그에게 친필을 보내 주었다.

340117① 샤오싼에게[1]

E·S 형

11월 24일자 편지는 이미 받았습니다. 일주일 전에 타 형(它兄)이 오지
에 갈[2] 거라는 소문을 들었는데, 지금은 이미 떠났을 거라고 생각합니다.
동봉한 편지는 당분간 그에게 전하는 것이 어렵게 되었습니다. 보내 주신
『예술』[3] 두 권은 도착했습니다. 이달 초에 우체국 사람이 포장지를 배달
해 주면서 내용물이 흩어져 버렸으니 부쳐 온 책의 이름을 말해 주면 전해
주겠다는 것이었습니다. 그런데 알 수 있는 사람이 없어서 내버려 두었습
니다. 이후 서적과 신문을 보내 주실 때에는 포장이 찢어져 내용물이 흩어
지지 않도록 바깥에 끈으로 묶어 주십시오. 그러나 타 형이 상하이에 없어
서 원문을 읽을 수 있는 이가 없으니, 잠시 간수하면서 가끔 삽화를 쳐다
보는 수밖에 없습니다.

쥐쯔[4]에게 보내는 편지는, 2월의 한 통은 받아서 바로 전해 주고 회신을 하라고 말했습니다. 그러나 6월의 한 통과 영문 편지는 받지 못했습니다. 그때그때의 편지는 한 통도 제 손을 거친 것이 없습니다(저를 전송할 대상으로 했다고 가정한 말이지만). 쥐쯔의 형에 대한 태도는 사실 유념하지 않은 것은 아닙니다. 물론 그다지 열정적이지 않은 것은 좀 있습니다. 그러나 커다란 원인은 압박이 심한 데다가 사람의 손은 부족하고 경제적으로도 힘들기 때문입니다. 예를 들어 서적과 신문을 부치는 일도 쉽지 않습니다. 개인적으로 조심해야 하고, 서점을 대리로 해서 부치자고 해도 그것을 해주는 서점이 많지 않습니다. 그들도 아주 신중한데 조금만 조심하지 않으면 곤란을 겪는 것이 눈에 보이는 실정입니다.

서적을 4회에 걸쳐서 받았습니다. 모두 20여 책이고, 안에는 고리키(M. Gorky)집, 버나드 쇼(B. Shaw)집, 연극사[5] 등이 들어 있었습니다. 그런데 듣자 하니 야伍 형[6]이 돌아올 때 저를 수취인으로 해서 우송한 서적이 적지 않다고 합니다. 그래서 이러한 서적들이 형의 것인지 야 형의 것인지 몰라서 야 형에게 보이지 않으면 안 되겠습니다.

또 바로 11월 24일의 일인데, 저도 서적과 잡지(제1기부터의 『문학』을 포함해) 소포 두 개를 우송했고, 1월 초에 모스크바[7]의 판화가들에게 중국의 화집을 부칠 때 잡지 2권과 타 형의 간단한 편지를 동봉하여 부쳐 달라고 의뢰했는데 받아 보았는지 모르겠네요. 오늘 또 잡지 5권을 소포로 보냈습니다. 지금 간행물은 날로 더 못해집니다. 『문예』는 원래 우리 청년들이 만든 것인데, 1월에 이미 정간을 당했습니다. 『현대』는 중립을 표방하고 각파를 모두 수용하고 있지만, 사실은 그들에게 유리한 간행물입니다. 『문학』 편집자에는 원래 마오둔茅盾이 들어 있었는데, 올해 배제를 당했으니 파시스트가 잠입하여 지휘를 하게 될 겁니다. 본래 폐간한다면 그것으로 그만인데, 그들은 출판사에 폐간도 허락하지 않습니다. 유명한 간판을 이용하여 몰래 그들의 작품으로 바꿔치기하려는 수작입니다. 우리의 작가들은 도처에서 봉쇄를 당하고 있는데, 이중에는 거의 살아가는 수단이 없는 이들조차 있습니다. 그러나 그들의 방식은 잠시 독자를 속이는 것은 가능하겠지만, 몇 호가 나온 뒤에는 모두 알아서 사 보는 이가 없을 것입니다. 『문학계간』(오늘 부쳤습니다)은 베이징에서 새로 꾸리는 것으로 저도 기고했습니다만[8] (탕쓰唐俟라는 이름으로), 제1기는 우여곡절 끝에 겨우 출판되었습니다. 이 밖에 올해 대략 새로운 간행물 2, 3종이 출판될 듯합니다. 나오면 보내 드리겠습니다.

대회[9]는 이전부터 제가 가 보고 싶었던 것인데, 지금 형편으로는 집을 떠나는 것이 어렵고, 집을 떠나기만 하면 돌아오는 일이 어렵습니다. 더구나 기록을 발표하는 것은 말할 것도 없습니다. 그렇다면 일체의 정황은 저 한 사람만 아는 것일 뿐 사회에 전하는 것은 불가능하니 의미가 없는 일이 아니겠습니까? 예전처럼 여기서 글을 쓰는 것이 나을 듯합니다.

괴테(Goethe) 기념호[10]는 받았습니다. 『문학보』는 두 번 받았습니다. 첫 번에는 타 형이 가져갔습니다. 타 형이 없으니 이곳에는 원문을 읽을 수 있는 사람이 없습니다. 앞으로 책을 부쳐 주신다면 삽화가 많은 것을 골라서 부쳐 주십시오. 복제하여 소개하는 데 편리한 목판화의 삽화가 가장 좋습니다. 채색한 것은 복제가 곤란합니다.

이상 답신을 대신합니다.

평안하시기 바라며

1934년 1월 17일

위豫 계상啓上

추신

이 편지의 봉투는 타 형이 쓴 것으로 저는 쓸 줄 모릅니다. 앞으로 편지를 보내실 때 답신을 보낼 수 있는 주소와 이름을 쓴 봉투를 2, 3장 동봉해 주십시오. 편지는 우체통에 넣으면 되지만, 서적과 같은 것도 우체통에 넣어도 되는지요? 이참에 가르쳐 주시기 바랍니다.

주)＿＿＿＿

1) 샤오싼(蕭三, 1896~1983). 후난(湖南) 샹샹(湘鄉) 출신의 시인. 원명은 쯔장(子暲), 일명 아이메이(愛梅)이다. 좌익작가연맹의 국제혁명작가연맹 주재 대표이다. 1932년과 1935년에 전소련제1차작가대표대회, 국제혁명작가대표대회에 참가하였고, 요양을 취하자고 루쉰을 초청했으며, 소련에서 새로 출판된 서적을 자주 루쉰에게 부쳐 주었다.
2) 취추바이(瞿秋白)가 1934년 1월 초에 상하이를 떠나 장시성(江西省)의 중앙혁명근거지로 간 것을 말한다.
3) 『예술』(藝術). 쌍월간(두 달마다 발행)으로 소련화가와 조각가 협회의 기관 간행물이다. 1933년에 창간됨.
4) 쥐쯔(卓姉). 좌련을 가리킨다.
5) 곧 『소련연극사』(蘇聯演劇史)이다. 331125 편지 참조.
6) 차오징화(曹靖華)를 가리킨다.
7) 원문은 '列京'. 곧 모스크바이다.
8) 「선본」(選本)을 가리킨다. 뒤에 『집외집』에 수록되었다.
9) 1934년 8월 모스크바에서 개최된 제1차 소련작가대표대회를 가리킨다. 대회를 준비하는 기간에 루쉰에게 초청장을 보냈다.
10) '괴테 기념호'는 소련 잡지 『문학유산』이 1932년에 괴테 탄생 백주년을 기념하여 발행한 제4, 5기 합간호이다. 괴테(Johann Wolfgang von Goethe, 1749~1832)는 독일 시인, 학자다. 저서에는 시극 『파우스트』(Faust), 소설 『젊은 베르테르의 슬픔』(Die Leiden des jungen Werthers) 등이 있다.

340117② 리례원에게¹⁾

례원 선생께

편지와 함께 『질투』²⁾ 잘 받았습니다. 감사합니다. 책은 이미 읽었는데, 번역문이 병에서 물을 따르는 것처럼 아주 상쾌합니다. 극의 진행도 긴장되어 끝까지 독자로 하여금 손을 놓을 수 없게 합니다. 프랑스 문인은 가정 내 부부 사이의 갈등을 그려 내는 데 특히 뛰어난 듯합니다. 무료한 문장 2편³⁾을 또 썼습니다. 지금 보냅니다. 「어릴 적」⁴⁾류의 문장은 근래 기분이 뒤숭숭한 게 안정이 되지 않아서 쓰는 것이 몹시 어려웠습니다. 붓이 나아가자 가시를 품은 것이 되었습니다, 정말 어떻게 해야 좋을지. 이번은 때마침 신중을 기하지 못해 성황태자시종의 사위⁵⁾에게 또 부딪히고 말았습니다. 그러나 큰 사건으로까지는 발전하지 않았겠지요?

이만 줄입니다.

평안하시기 바라며

1월 17 밤

쉰 돈수頓首

주)_____

1) 리례원(黎烈文, 1904~1972). 후난(湖南) 샹탄(湘潭) 출신의 번역가. 일본과 프랑스에 유학했으며, 1932년에 귀국한 후 『선바오』(申報) 「자유담」(自由談)을 편집하며 루쉰에게 원고를 청탁했다. 1934년 9월 루쉰, 마오둔(茅盾)과 『역문』(譯文) 월간을 창간했고, 1936년에 루쉰의 지지 아래 『중류』(中流) 반월간을 편집했다.

2) 『질투』(嫉妬). 원명은 『그을며 타는 불』(*Le Feu qui Reprend Mal*). 극본으로 프랑스의 베르나르(Jean-Jacques Bernard)의 작품이며, 리례원이 번역하여 1933년 12월 상우인서관에서 출판했다.

3) 「비평가의 비평가」(批評家的批評家)와 「함부로 욕하다」(漫罵)를 가리킨다. 뒤에 모두

『꽃테문학』에 수록했다.

4) 「어릴 적」(兒時). 잡문으로 취추바이의 글이다. 루쉰이 사용한 필명인 쯔밍(子明)으로 서명되어 있다. 1933년 12월 15일 『선바오』「자유담」에 발표했다.

5) 성황태자시종(盛皇太子侍從). 성쉬안화이(盛宣懷, 1844~1916)이다. 장쑤성(江蘇省) 우진(武進) 출신으로 관료자본가. 일찍이 청조의 우전부대신(郵傳部大臣) 등을 역임하여 '황태자시종'(원문은 太子少保)이라는 칭호를 받았다. 윤선초상국(輪船招商局), 전보국(電報局), 상하이기직포국(上海器織布局), 한야평공사(漢冶萍公司) 등을 경영했다. 사위는 바로 그 외손녀의 사위 사오쉰메이를 가리킨다.

340119 우보에게

우보吳渤 선생께

오늘 편지와 함께 『목판화창작법』 원고를 받았습니다. 현재 상황으로는 빨리 출판하는 것은 어려울 듯합니다. 앞으로의 형세를 보고 방법을 생각해 봐야겠습니다. 만약 출판이 가능할 경우 이 안의 삽화는 어떻게 할까요?

오스트리아 사람 작품전[1]은 가 보지 못했습니다. 첫번째 이유는 동판銅版에 관해서 거의 무지하고, 두번째 이유는 신문에 외국의 풍경이라고 나와 있기 때문입니다. 풍속이라면 보러 갔을 겁니다. 중국의 소위 '미술가'는 당연히 세상에 목판화가 있다는 사실을 모를 것입니다. 이전에 한 유명인을 만났던 적이 있는데, 그는 조각칼조차 본 적이 없었습니다. 그러나 저는 외국의 미술잡지에 자주 목판화학교의 생도 모집 광고가 실리는 것을 보았습니다. 이 무리들은 잡지조차 보지 않는 것 같습니다.

각 나라에서는 특별한 소식이 없습니다. 모은 중국의 목판화는 며칠 전에 파리로 보내고 아울러 소련의 목판화가[2]에게 편지를 써서 목판화를 보고 비평해 주도록 부탁했는데, 언제 답신을 보내올지 모르겠습니다. 인쇄할 목판화[3]는 현재 선택하는 중에 있으며 후기도 작성했습니다. 대략 빨라야 양력 4, 5월이 되어야 출판되지 않을까 합니다. 답신을 대신합니다. 건강하시기 바라며.

1월 19일

쉰 올림

주)_____

1) 1934년 1월 12, 13일 오스트리아 청년 조각가 하르팽이 상하이미술구락부에서 전시회를 열었는데, 그가 멕시코, 쿠바, 미국, 프랑스 등지를 유람했을 때의 작품을 전시했다.
2) 『서신 4』에 수록된 '부록 1'의 '10. 키진스키 등에게 보낸 편지'.
3) 『인옥집』(引玉集)을 가리킨다.

340122 자오자비에게[1]

자비 선생께

　이번 조사 결과 딩링 모친의 주소를 알았습니다. "후난湖南 창더常德 중징묘로忠靖廟街 6호號 장무탕 부인." 만약 받은 편지의 주소가 이것과 다르지 않다면 다른 사람이 이름을 사칭한 것은 아닙니다. 다만 빈곤한 친척이 많아서 돈[2]이 도착하면 순식간에 나뉘어 없어지고 말 것입니다. 우선 백 위안을 송금해 보고 답신이 오면 이어서 보내는 것이 타당할 듯합니다.

　용건만 간단히 전합니다.

평안하시길 바라며

1월 22일

쉰 돈수

주)_____

1) 자오자비(趙家璧, 1908~1997). 장쑤(江蘇) 쑹장(松江; 지금의 상하이) 사람. 상하이 량유
   (良友)도서인쇄공사에서 문예서적의 편집을 맡았다.
2) 딩링(丁玲)의 작품『어머니』인세를 말한다. 이 책이 출판된 뒤 작가가 체포되어 어머니
   장무탕(蔣慕唐)이 량유도서인쇄공사에 인세를 청구했다.

340123 야오커에게

야오커 선생께

　1월 8일에 보낸 편지는 목판화 4장[1]과 함께 이미 받았습니다. 뒤에
또 목판화 목록[2]의 영역英譯도 받았습니다. 아우님[3]이 원화를 보고 수정한
뒤 타이핑을 해서 보내 주었습니다. 이미 판화도 함께 탄譚 여사에게 우송
했습니다.

　량 군[4]은 만나서 잠시 얘기를 나누었습니다. 이미 북으로 돌아갔겠죠.

　서적의 몰수, 편지의 개봉은 여기서도 일상 다반사여서 누구도 이상
하다고 생각하지 않습니다. 그런데 요 일 년은 어머니가 보낸 편지 한 통
에 '검열 완'라는 은덕을 받았을 뿐입니다.『문학』의 편집자는 교체되었습
니다. 출판될 것은 출판되겠죠. 게다가 출판하지 않는 것은 허가되지 않고
(!). 다만 필자는 차차 바뀌겠죠. 확실히 문인들이 너무 많고 그 걸작을 누

구도 주목하지 않아서 이 금金간판을 빌려서 발표하고자 하는 것입니다. 그러나 오래지 않아 독자에게 발각되어 천길 낭떠러지로 떨어지고 맙니다.[5] 『현대』도 예외는 아니겠죠.

상하이는 이미 눈이 내려 얼음이 얼었습니다. 추워서 수도관이 며칠 간 동결되었습니다. 이것으로 베이핑의 추위를 상상할 수 있습니다. 저희 집은 모두 건강하며 저는 변함없이 잡역부의 생활을 하고 있습니다. 대체로 올해도 무슨 성취는 없을 듯합니다.

답장을 대신하며

평안하시기를

1월 23 밤

위豫 돈수

주)_____

1) 왕쥔추(王鈞初)가 만든 목판화에 의한 연하장 4장을 말한다.
2) 340105 편지 참조
3) 원문은 '令弟'. 야오즈쩡(姚志曾)을 가리킨다. 상하이 동우(東吳)대학교 학생이다.
4) 량이추(梁以俅)를 가리킨다. 340101 편지와 주석 참조.
5) 여기서 말하는 『문학』에 대한 일은 이 간행물이 당국에 의해 금지를 당한 뒤 또 출판을 준비하는 것을 일컫는다. 340111 편지와 주석 참조.

340124 리례원에게

리례원 선생께

친구[1]가 있는데, 무당파로 어떤 날개에도 속하지 않는데 단평을 잘

쓰고 니체풍입니다. 여기에 3편을 소개합니다. 채택된다면 계속 집필할
수 있으나 제가 중개하지 않으면 안 됩니다.

　　건강하시기 바라며

1월 24 밤

쉰 돈수

주)＿＿＿＿

1) 쉬스취안(徐詩荃)을 가리킨다. 필명은 펑야오(馮珧), 판청(梵澄) 등이며, 작품은 대부분
　루쉰의 소개를 거쳐 발표되었다. 350817 편지와 주석 참조.

340125 야오커에게

Y 선생께

　　어제 오전에 편지를 부치고 바로 오후에 17일자 편지를 받아서 사정
을 잘 알게 되었습니다. 그림[1]은 이미 발송했습니다. 첸 군[2]이 상하이에
있을 때 기회를 봐서 소개시켜 주겠다고 말했으나, 사무가 바빠서 잊어버
렸는지 얘기가 없습니다. 지금 만날 수 있게 되었으니 잘 되었다고 생각합
니다. 그는 문단의 상황을 아마도 비교적 상세하게 알고 있겠죠.

　　Osaka Asahi에 쓴 글[3]은 응대를 위한 것에 불과하지만, 외국인이
본다면 아주 특이하겠죠. 그들이 의외라고 하는 것이기 때문입니다. Mr.
Katsura[4]는 어떤 직업을 갖고 있는지 모릅니다. 정체를 알 수 없다면 주
의해서 교제를 할 수밖에 없습니다. 유학생이 아니면서 중국에 체류할 수

있다면 임무를 띠고 온 것이 틀림없을 겁니다.

선생이 소설을 쓴다고 하니 정말 좋습니다. 다만 실정을 써내어 중국에 유익하고 시비곡직을 분명하게 해서 그 폐단을 제거하면 그것은 공평한 일입니다.

저는 여느 때와 똑같이 건강합니다. 외국의 목판화 소품[5]을 편집하고 인쇄에 부치고자 합니다. 아우님을 세 번 보았지만 주소를 묻지 않았습니다. 다음 기회에 알려 주시기 바랍니다. 또 이후 서적을 부칠 때 어디로 보내면 좋을까요. 또 스노 군에게 책을 증정할 때 서양에서는 부인에게도 드리는 것이 관례죠? 이 두 가지 일에 대해 가르쳐 주시면 고맙겠습니다.

이만 줄입니다.

건강하시기 바라며

1월 25 밤

예 돈수

추신. 푸둥화博東華 군은 득실에 집착하는 까닭에 『문학』은 이후 풍격을 계속 유지하지는 못할 것 같습니다.

주)_____

1) 프랑스 파리에서 개최되는 '혁명적 중국의 신예술' 전시회에 전시할 중국의 목판화 작품이다. 331204 편지와 주석 참조.
2) 첸 군(錢君). 미상(未詳)이다.
3) 오사카의 『아사히신문』(朝日新聞)으로 1879년 1월 창간되었다. 쓴 글은 「상하이 소감」(上海所感)으로 뒤에 『집외집습유』에 수록되었다.
4) 가쓰라 다로(桂太郎)로 당시 베이핑에서 유학하고 있었으며 한문학(漢文學)을 공부하고 있었다.
5) 『인옥집』(引玉集)을 말한다.

340129 정전둬에게

시디 선생께

　　오후에 비 형[1]을 만나니 야간열차로 북으로 간다고 하더군요. 좀 전에 『베이핑전보』를 검토해 보니 다섯 군데의 결락을 발견했습니다.

　　第四本 스쩡師曾 화과전花果箋(춘淳)[2] 황촉규黃蜀葵가 빠졌고,

　　第五本 위밍[3] 인물전人物箋(춘淳) 의창미인倚窗美人이 빠졌으며,

　　第六本 우청[4] 화훼전花卉箋(춘淳) 수선水仙이 빠졌고,

　　또 자옥잠紫玉簪이 빠졌으며,

　　또 20폭 매화전二十幅梅花箋(징靜)[5] 한 폭이 빠졌습니다.

　　맨 앞의 4폭은 전에 보내 주신 견본 속에 모두 있고, 이쪽을 고쳐서 보완한다면 괜찮겠습니다. 다만 매화전만은 부족한 곳을 보내 주셨으면 하는데, 결락분이 누구의 작품인지 알지 못해서 별지別紙에 소유자의 작가명을 기록해서 보여 드립니다.

　　건필하시기 바라며

1월 29 밤

쉰 돈수

매화전梅花箋 전체

一. 계호도桂浩度	二. 소도蕭勻	三. 호패형胡佩衡
四. 제백석齊白石	五. 마진馬晉	六. 석설石雪
七. 양보익楊葆益	八. 여념與恬	九. 굴조린屈兆麟

十. 원도袁匋　　　十一. 대추待秋　　十二. 관대觀岱

十三. 오녕기吳寧祁　十四. 창규거蒼虬居　十五. 수염사修髯士

十六. 퇴옹退翁　　　十七. 탕정지湯定之　十八. 진후陳煦

十九. 진년陳年

주)_____

1) 비 형(璧兄). 팡비(方璧) 즉 선옌빙(沈雁冰)을 가리킨다.
2) 베이징 류리창의 춘징거(淳菁閣)를 말한다.
3) 위밍(俞明, 1884~1935). 호는 척범(滌凡), 저장(浙江) 우싱(吳興) 사람으로 화가다.
4) 우청(吳澂, 1879~1949). 자는 대추(待秋), 저장성 충더(崇德) 사람으로 화가다.
5) 베이징 류리창의 징원자이(靜文齋)를 가리킨다.

340209① 쉬서우창에게[1]

지푸季市 형

　　방금 편지를 받고 또 신문을 절취하여 묘문妙文을 읽고서 감명을 받았습니다.

　　각기脚氣약을 팔고 있는 곳은 '상하이上海 다둥먼내대로大東門內大街 옌다더탕嚴大德堂'으로, 약은 두 종류인데 하나는 각종환脚腫丸으로 부울 때 복용합니다. 다른 하나는 각마환脚痲丸으로 마비가 올 때 복용합니다. 증상에 따라 약을 구하십시오. 한 첩에 1위안인 듯합니다. 두 번 정도 먹으면 나을 겁니다.

　　상하이의 날씨는 점점 따뜻해지고 있고, 저희 집도 모두 무탈하게 지내고 있습니다.

  간단히 답신을 대신합니다.

  행운을 기원하며

2월 9일

아우 페이飛 돈수

주)_____

1) 쉬서우창(許壽裳, 1883~1948). 저장(浙江) 사오싱(紹興) 출신의 교육가. 자는 지푸(季茀
혹은 季黻), 호는 상쑤이(上邃). 루쉰이 일본에서 유학할 때 도쿄 고분학원(弘文學院)의
학우이다. 1909년에 귀국 후 루쉰의 초빙으로 항저우(杭州) 저장양급사범학당 교무장
을 지냈으며, 민국 수립 이후에는 차이위안페이(蔡元培)에게 루쉰을 추천하여 교육부
에 들어오도록 하였다. 1927년에 루쉰의 추천을 받아 중산(中山)대학 교수로 임용되었
다가, 4·15사변 이후 함께 사직했다. 후에 중앙연구원 문서처 주임, 베이핑여자문리학
원 원장 등을 역임했다. 루쉰이 그에게 보낸 편지는 69통에 달하며, 그가 쓴 저서로는
『망우 루쉰 인상기』(亡友魯迅印象記), 『내가 아는 루쉰』(我所認識的魯迅) 등이 있다.

340209② 정전둬에게

시디 선생께

  5일에 보내신 편지와 『베이핑전보』 보충 5매를 9일에 동시에 받았습
니다. 인쇄가 끝난 것을 송부하는 방법에 대해서는 편지대로 처리하시기
바랍니다. 영국에는 편견이 없다는 것을 표시하기 위해 보내도 괜찮지만,
독일과 이탈리아는 그들의 파시즘이 종식된 뒤에야 가능하겠죠. 제2차
예약신청의 수는 어떻습니까? 만약 오십이나 백에 달한다면 증쇄에는 반
대하지 않습니다만, 초판과 구별을 표시할 필요가 있겠습니다. 만약 재고

가 생긴다면 적당히 할증한 가격으로 발매합니다. 이것은 초판의 예약자와 재판의 예약자를 각각 구별하기 위함입니다.

이전에 『십죽재전보』[1] 원본을 본 적이 없어서 비교를 할 수 없지만, 복제본으로 보더라도 상당히 흥취가 있습니다. 전부를 복각하더라도 일인당 매달 20여 위안에 불과하니 저는 부담할 작정입니다. 선생님이 그 각본刻本이 나쁘지 않다고 생각하신다면 진행해도 좋다고 생각합니다. 아무튼 고서가 부활되는 것이니까요. 차례차례 출판해서 '도판총간'[2]으로 모으는 것은 훌륭한 사업입니다만, 극히 세밀한 고각古刻을 베이핑의 현재 조각공이 해낼 수 있을지가 문제인데, 이렇게 된다면 정교한 석인石印이나 콜로타이프판을 섞는 편이 좋을 듯합니다.

중국 명나라 사람(이름은 잊었습니다)에게 『수호전상』[3]이 있는데, 현재 일본에만 번각본翻刻本이 있는 듯합니다만 때때로 인용하면서 찬탄하고 있습니다. 구입은 불가능한데, 선생은 이 책을 소장하고 있습니까? 이것도 총간에 넣어야 할 자료의 하나입니다.

상하이의 젊은 미술학생 가운데 중국의 전통판화를 참고하고자 생각하는 이가 있습니다만, 지식이 없어서 곤란한데 조금씩 지식을 쌓으면 구하기가 어려워 곤란을 겪고 있습니다. 그래서 이후 판목版木의 조각이 끝나면 정인본精印本 외에 염가본을 만든다면 어떻겠습니까. 전자로는 돈을 갖고 있는 인간, 혹은 장서가의 돈을 거두어들이고, 후자는 학생의 부담을 덜어서 연구를 돕는 것입니다. 이것은 상제上帝의 어지御旨에도 가까운 일이 아니겠습니까?

저는 이곳에서 본업이 없습니다만, 여유도 없습니다. '잡역'을 하고 있기 때문에 많은 시간을 영문도 모르는 일에 헛되이 쓰고 있습니다. 『문학』[4] 제2기 원고입니다만, 창작은 착수하는 것이 어려울 것 같고, 「선본」

과 같은 무료한 잡감이라면 25일 전에 한 편 보내겠습니다.

　　이상으로 회신을 대신합니다.

　　건강하시기를

2월 9일

쉰 돤수

주)_____

1) 『십죽재전보』(十竹齋箋譜). 채색의 시전도보(詩箋圖譜)로 명말의 호정언(胡正言)이 편했다. 도보 280여 폭을 수록했다. 4권으로 명의 숭정(崇禎) 17, 18년(1644~1645)에 간행되었다. 루쉰, 정전둬는 판화총간회(版畵叢刊會)의 명의로 이것을 복인(復印)하여 1934년 12월에 제1권을 출판하고 뒤에 1941년에 완결했다.
2) '도판총간'(圖版叢刊). 판화총간(版畵叢刊)으로 루쉰과 정전둬가 송·원·명 이래의 중국의 채색과 단색의 판화를 소개하기 위해 편집한 총서. 그런데 『십죽재전보』만 출판했다.
3) 『수호전상』(水滸傳像). 『수호도찬』(水滸圖贊)이다. 명대 두근(杜菫)의 작품으로 54폭이다. 청 광서(光緖) 8년(1882) 광저우 백송재석인본(百宋齋石印本)이 있다.
4) 『문학』(文學). 『문학계간』(文學季刊)이다. 정전둬와 장진이(章靳以) 펴냄. 베이핑 리다(立達)서국에서 1934년 1월 창간하였고, 제4기부터 문학계간사에서, 후에 상하이 생활서점에서 발행되었다. 1935년 12월에 제2권 제4기를 끝으로 정간되었다.

340211① 천옌차오에게[1]

우청霧城 선생께

　　2월 9일에 보낸 편지를 목판화 한 폭과 함께 이미 받았습니다. 감사합니다. 이전의 편지와 목판화도 받았습니다. 그때 바로 답신을 보냈는데, 지금 보니 그 편지는 도중에 분실되었네요.

『목각작법』²⁾은 친구에게 구입을 부탁해 두었습니다만, 우편이 서구처럼 순조롭지 않아서 빨리 도착하지는 않겠죠. 아마도 여름에는 오지 않을까 생각합니다. 책값은 비싸지 않습니다. 선불을 줄 필요는 없으며, 환으로 송금하는 방법도 없기 때문에 책이 도착하고 난 뒤에 다시 얘기합시다.

이상으로 간단히 답장합니다.

건강하시기 바라며

[2월 11일]

[쉰] 올림

주)_____

1) 천옌차오(陳煙橋, 1912~1970). 리우청(李霧城)이란 이름을 사용하기도 함. 광둥성 바오안(寶安) 사람. 판화가이며 중국좌익미술가연맹 성원이다. 당시 상하이에서 목판화운동에 종사했고, 『옌차오목각』(煙橋木刻) 등의 작품이 있다.
2) 『목각작법』(木刻作法). 즉 『목각기법』(木刻技法)으로 소련의 파블로프가 지었다. 1931년에 출판되었다.

340211② 야오커에게

야오커 선생께

1월 25일자 1호 편지와 2월 5일자 편지는 모두 받았습니다. 진秦대의 전장典章제도와 문물에 대해서 저는 전혀 아는 것이 없으며 그것을 전공한 학자가 있다는 것은 듣지도 보지도 못했습니다. 만약 책을 찾아본다면 샤쩽유夏曾佃가 쓴『중국고대사』[1] (상무인서관, 가격 3위안)가 가장 간단명료합니다. 생활 상태에 대해서는 한漢대의 석각으로 된『무량사화상』武梁祠畫像을 보는 편이 나을 거라고 생각합니다. 이 화상은『금석수편』[2]이나『금석색』[3]에 다 복제되어 있으므로 탁본보다 편리합니다. 한대의 풍습이 실제로 진대와 비슷하기 때문에 차례차례 읽어 보면 대체로 그 윤곽을 알 수 있습니다. 그리고 다른 것들에 대해서는 생각대로 하는 수밖에 없습니다. 만일 모든 것을 다 정확히 연구한 다음에 집필하려고 한다면 사실은 그렇게 하기 어렵습니다.

베이핑의 소위 학자들은 대부분이 초록 발췌하는 데 힘을 들이고 있으며 게다가 틀은 말할 것도 없이 대단합니다. 그것은 틀을 학자의 필요조건으로 잘못 이해하고 있기 때문입니다. 만일 소개자가 있다면 몇 사람을 방문하는 것도 무방하다고 생각합니다. 비록 '학'學은 보지 못하더라도 '학자'를 보고 그가 어떤 인물이라는 것을 알게 되면 '세상물정'을 아는 데 있어서나 창작에 있어서나 쓰임이 있을 것입니다.

근래「자유담」에서 선생의 작품 한 편[4]을 보았는데, 다른 몇 편은 원래 아마 믿지 못할 사람에게 보낸 것이 주된 이유일 듯합니다. 리[5]씨가 원고가 없다고 한탄하는 소리를 들은 바가 있기 때문입니다. 그는 편집자 노릇을 하기가 몹시 난처한 모양인데, 최근에「부녀원지」[6]를 새로 만든 것은「자유담」을 분할하는 현상임이 분명합니다. 저는 가끔 짧은 글을 좀 기고할 뿐으로 매달 2~3편을 넘지 않으며 보다 길고 관계가 좀 있는 글은 전혀 발표한 곳이 없습니다. 새로 발간되는 정기간행물이 많기는 하지만 볼만한 것이 없습니다. 그 필자들은 이름과 성을 바꾸었을 뿐이지 역시 원래의 그 인물들입니다. 검열이 이미 개시되었는데『문학』제2호는 먼저 원고 10편을 보냈더니 절반이나 빼 버렸습니다. 그러니 결국에 가서는 생기라는 것이 없어지게 되는 것은 말할 것도 없고, 아마도 2권 6호까지 내고 나면 영영 잠들어 버릴 것 같습니다. 『현대』는 틀림없이 민족문학을 들고 나오거나 영문 모를 글로 가득 채울 것입니다.

지금 상하이에서 작품을 아무 데나 발표해도 문제가 생기지 않는 저자들은 십중팔구 이전의 문필경쟁에서 패한 지 오래된 인물인데, 이런 무리들이 무력에 의하여 문단에 올랐으니 문단의 괴상망측함은 가히 짐작할 수 있습니다. 간행물을 꾸렸다가 독자들이 구독하지 않으면 다른 묘법妙法을 이용해 좀 신용이 있는 간행물로 뚫고 들어가 세력으로 작가라는 지위를 얻어서 원래 사람들의 자리에 들어앉는 것입니다. 올해부터 대체로 이런 전략을 쓰는 시대에 들어섰으나, 이런 방법도 사람들의 눈을 오래 가리기는 어렵습니다. 반년도 안 가서 『현대』 같은 부류는 거들떠보는 이가 없을 것입니다.

저는 구습舊習이 많아서 중국의 아름다운 전지箋紙도 좋아하며, 그것을 화지花紙[7]와 같이 취급하고 있습니다. 이번에 『전보』를 편집 출판한 것은 구식 목판화에 대한 결산인 셈입니다. S부인[8]이 예술을 좋아하시니 한 부 보내 줄 생각입니다. 그러나 저에게 있는 책이 많지 않으므로 S군에게는 보내 주지 못하겠습니다. 이렇게 해도 예의상 괜찮을까요? 만약 그래도 무방하다면 선생께서 거기에 써넣을 글자를 영문으로 써서 제게 보내 주십시오. 그러면 그대로 베껴서 우편으로 보내겠습니다. 그리고 그의 숙소를 알려 주도록 선생의 동생에게 전해 주십시오. 그리고 동생의 연락처도 알려 주도록 부탁해 주십시오. 일이 있어도 주소를 몰라서 편지로 물어볼 수가 없습니다.

상하이는 점차 날씨가 따뜻해지고 있으며 음력설을 쇠는 광경은 양력설보다 더 대단합니다. 우리는 모두 잘 지냅니다.

이만 줄입니다.

평안하시기 바라며

34년 2월 11일

아우 위 돈수

주)_____

1) 『중국고대사』(中國古代史). 원래 명칭은 『중국역사교과서』로 상고부터 수대까지의 역사를 쓴 것이다. 모두 2권이며, 1935년에 출판되었다.
2) 『금석수편』(金石粹編). 청대 왕창(王昶)이 편찬한 것으로 모두 160권인데, 하·상·주 때부터 송대 말기까지 금석탁본 1,500여 건을 집록하였다.
3) 『금석색』(金石索). 청대 풍운붕(馮雲鵬), 풍운원(馮雲鵷)이 편집한 것으로 상·주 때부터 송원대까지의 금석 탁본을 집록하였다.
4) 「고서를 읽는 것과 관련한 토론」을 가리키는데, 1934년 2월 7일 『선바오』 「자유담」에 게재되었다.
5) 리례원(黎烈文)을 가리킨다. 한때 『선바오』 「자유담」 편집을 맡았다.
6) 「부녀원지」(婦女園地). 1934년 2월 7일 『선바오』 「자유담」에 「본지에서 「부녀원지」를 편집하면서 원고를 모집하는 공지」가 실렸는데, 거기에는 "본지는 2월 두번째 일요일(18일)부터 일요일마다 「자유담」의 편폭을 이용하여 특히 「부녀원지」란을 증설한다"라고 적혀 있다.
7) 전지(箋紙). 편지나 시를 쓸 때 사용하고, 목판 인쇄된 그림이 인쇄되어 있다.
   화지(花紙). 연화(年畵)인데, 여기서는 회화의 일종으로 바라본다는 의미가 들어 있다.
8) 스노 부인(Helen Foster Snow, 1907~1997; 곧 님 웨일스)을 가리킨다.

340212 야오커에게

야오커 선생께

어제 1함函(제1)을 부쳤습니다. 도착했을 거라고 생각합니다. 방금 제

4호의 편지를 받았습니다. 모두 잘 알겠습니다. Sakamoto(=坂本)는 영사관의 정보부 사람으로 넓은 의미의 밀정이라고 할 수 있습니다. 연락은 하지 않는 편이 좋겠고, 연락선을 가르쳐 주는 것도 그만두십시오.

상하이는 따뜻해졌습니다. 우리는 모두 건강하니 걱정하지 마세요.
이만 줄입니다.

건강 조심하시기 바라며

2월 12 밤
위 돈수

340214 리샤오펑에게[1]

샤오펑 형

『먼 곳에서 온 편지』兩地書의 평론은 리창즈李長之[2]의 것 외에 내가 소지한 것은 2편의 긴 문장(양춘런과 어語[詰][3][톈진바오天津報])과 한두 개의 사소한 것뿐으로 어느 것도 대단한 것을 말하지 않았습니다. 영향력이 거의 없기 때문에 이번에 인쇄에 부칠 필요가 없겠습니다.

2월 14일
쉰迅 올림

주)_____

1) 리샤오펑(李小峰, 1897~1971). 장쑤(江蘇) 장인(江陰) 사람. 이름은 룽디(榮第). 자가 샤오펑이다. 베이징대학 철학과를 졸업하고, 1925년 베이신서국(北新書局)을 만들었다.

2) 리칭즈(李長之, 1910~1978). 산둥 리신(利津) 사람. 낭시 칭화(淸華)대학 철학과 학생으로 문학비평가이다. 350727② 편지 참조. 그가 쓴 「루쉰과 징쑹의 통신집 『먼 곳에서 온 편지』」는 『도서평론』(圖書評論) 제1권 제12기(1933년 8월)에 실렸다.

3) 양춘런(陽邨人, 1901~1955). 330109 편지와 주석 참조. 그가 『먼 곳에서 온 편지』를 평론했던 문장은 「루쉰의 『먼 곳에서 온 편지』」라는 제목으로 1933년 6월 25일 『시사신보』(時事新報)에 실렸다.

고(誥). 미상. 이 서명의 「『먼 곳에서 온 편지』, 루쉰과 징쑹의 통신」은 1933년 5월 8일의 톈진 『다궁바오』(大公報) 문학부간에 실렸다. 여기의 고(誥)를 루쉰이 어(語)라고 오기했다고 전집편집자가 정정하고 있다.

340215 타이징눙에게

징눙 형

2월 11일에 보낸 편지를 어제 받았습니다. 내 편지가 표장表裝된 것의 대열에 들어간 것은 정말로 의외로, 악명을 오래도록 후세에 남기는 일은 잠시 제쳐 놓더라도, 현재의 국민을 혹사시키고 물자를 낭비하는 일은 애석합니다.

야亞 형이 7일 오후에 상하이에 도착하여 어제 14일 아침에 배로 북으로 돌아갔습니다. 이 편지가 도착할 때는 이미 만났을 수도 있겠네요. 만나면 연燕[1]에 도착한 뒤 편지 보내 달라고 전해 주시면 고맙겠습니다.

시디西諦가 소장한 명판明版의 삽도본은 적지 않습니다. 또 베이핑에서 고서를 빌리는 것은 쉽습니다. 그래서 저는 이전에 그것들을 취사선택해서 중국목판화사라는 책으로 만들면 어떨까 권한 적이 있습니다. 얼마 전에 상하이에서 들은 바로는 어떻게 하면 도판을 많이 늘리고 설說을 싣는 것은 적게 할까 하는 것이었습니다. 명판의 삽화는 천편일률적인 느낌이 있습니다. 걸작을 뽑아서 소개하지 않는다면 독자는 싫증을 낼 겁니다. 그렇지만 없는 것보다는 나으니까 영인본이 출판될 수 있다면 그것은 대단히 좋은 일입니다. 분서焚書, 매혈賣血[2]을 이기는 것은 아주 많습니다.

이상으로 답장을 대신합니다.

건강하시길

2월 15일 오후

쉰 돈수

주)_____

1) 베이징의 아명(雅名).
2) 당시 독일에서는 나치가 서적을 불태우고, 중국에서는 다른 사람을 밀고하여 죽음에 이르게 하면서 자신은 포상을 받는 인간이 있었다. 이것은 다른 사람의 피를 파는 행위다. 얼마 뒤에 중국에서도 분서가 시작되었다. 340304② 편지 참조.

340217 리례원에게

례원 선생께

'음력' 설날 전후에 계속해서 '이 공公'[1]의 단평 몇 편을 보냈습니다만, 해가 바뀌고 처음으로 발행하는 호의 권두를 졸작[2]이 장식하게 되었습니다. 감사해 마지않습니다. 그러나 적지 않게 삭제되어 면양 꼬리처럼 짧아지고 말았습니다. 원고를 남기지 않아서 스스로도 어떤 엉터리를 썼는지 잘 모르겠습니다. 원고가 있다면 돌려받아서 보완하고 싶습니다. 앞으로 이것을 편집해서 팔 작정입니다. 이상 용건만 간단히 전합니다.

건강하시기 바랍니다.

2월 17일

쉰 돈수

주)_____

1) 원문은 '此公'. 쉬스취안(徐詩荃)을 가리킨다.
2) 「설」(過年)로 뒤에 『꽃테문학』에 수록되었다.

340220 야오커에게

야오커 선생께

　　다섯번째 편지를 받았습니다. 시에 대한 논술은 아주 지당합니다. 노래, 시, 사詞, 곡曲은 원래 민간에 있던 것을 문인들이 가져다 자기 것으로 만들고는 점점 더 어렵고 딱딱하게 만들어 버렸습니다. 또 그들은 가져올 때와 마찬가지로 천천히 죽여 버린다고 생각합니다. 『초사』[1]를 예로 든다면, 「이소」[2]는 방언이 들어 있기는 해도 알아보기 어렵지 않던 것이었으나, 나중에 양웅[3]이 특히 '예스럽고 어렵게' 만드는 바람에 그것이 무슨 영문인지 모르게 되었으며, 그리하여 목숨이 끊어질 날이 멀지 않게 되었던 것입니다. 사나 곡도 처음에는 글이 순통하여 어렵지 않았으나 뒤에 와서는 여간 어렵지 않게 되었습니다. 현재의 백화시白話詩에서 벌써 어떤 사람이 '선'選[4]자를 취하거나 구절마다 글자 수가 똑같게 장방형의 글을 만드는 것도 바로 이런 류입니다.

선생은 영문으로 글을 발표할 수 있으니 참 좋습니다. 발표할 곳을 그다지 선택하지 않아도 되니 말입니다. 이곳의 신문에 대하여 말하면 거기에 글을 내기가 여간 어렵지 않습니다. 모든 문예란이 생기 있는 것이 없으니 미루어 알 수 있습니다. 제가 보낸 원고는 원래 매우 조심스레 썼지만, 발표할 때 또 크게 잘리다 보니 글이 쓰다 만 것처럼 되었습니다. 그래서 붓을 들 기분이 나지 않습니다. 푸(伏)씨[5]는 그 자신은 어떻게 생각하는지 몰라도 나약하고 비겁한 사람입니다. 그의 간행물도 이럭저럭 1년을 채워서 책임을 모면하려는 것 같은데, 그렇게 되면 결국 생기가 있을 리가 없습니다. 그 1년을 채운다는 것은 너무 많이 금지시킨다는 말을 당국이 들을까 봐 정간하지 못하게 해서 그러는지, 아니면 예약구독료를 돌려주지 않아도 된다며 주인이 그냥 내자고 하는 형편에서 그러는지는 딱히 알 수 없습니다.

M. Artzybashev[6]의 그 소설은 『Tales of the Revolution』[7] 중의 하나로서 영문번역본이 있는데, tr. Percy Pinkerton, Secker, London; Huebsch, N. Y.[8] ; 1917입니다. 그러나 베이핑에서는 이 책을 구할 수 없을 듯하며 또 굳이 살 필요는 없습니다. 대체로 독일어본에서 번역하여 책이름을 『Worker Sheviriov』[9]로 하고 아라제프[10]를 Aladejev나 Aladeev로 표기하면 될 것입니다. '무저항주의자'는 역시 '톨스토이의 무리'(Tolstoian?)라고 번역하는 것이 보다 분명하게 알기 쉽습니다. 번역본이 나오면 제게 3, 4권 보내 주십시오. 너무 많은가요? 보내실 서점은 중국음의 로마자를 달지 말고 Uchiyama Bookstore[11]라고 써 주십시오.

S군 부부에게 보내는 책은 편지에서 부탁한 대로 하겠습니다. 그러나 그의 주소가 어딘지 모르니 부칠 수 있도록 주소를 알려 주시기 바랍니다. 그리고 선생 동생의 호도 같이 알려 주십시오. 혹시 은행의 동료 가운데

같은 성을 가진 사람이 있을 수도 있어 성만 쓰면 잘못 전하게 될까 해서입니다.

앞의 편지에 첸錢 군이 다시 찾아주지 않는다는 것을 언급한 일이 있지 않습니까. 요즘 들으니 그는 큰 병이 들었는데 의사들이 속수무책이라고 합니다. 치료하기 어려울지 모르겠습니다.

무량사화상 새 탁본은 이미 많이 희미해진 것을 베이핑에서는 대략 한 조組에 10위안가량이면 살 수 있습니다. 그리고 또 『효당산화상』[12]이 있는데 역시 한대의 각판刻版으로서 10폭쯤 됩니다. 그 가운데 전투, 형벌, 행렬…… 등의 그림이 들어 있고 가격이 4, 5위안밖에 안 되는 것도 있으며 역시 자못 참고할 가치가 있습니다. 그 일부분은 『금석색』에도 있습니다.

이만 줄입니다.

무탈하시기 바라며

2월 20일(네번째)

위 돈수

주)_____

1) 『초사』(楚辭). 서한(西漢)의 유향(劉向)이 편집한 것으로 전국 시기 굴원(屈原), 송옥(宋玉) 등의 사부(辭賦) 도합 17편을 수록했다.

2) 「이소」(離騷). 『초사』의 편명으로 전국 시기 초나라 시인 굴원이 지은 장편시다.

3) 양웅(揚雄, 楊雄, B.C. 53~18). 자는 자운(子雲)이며 촉군(蜀郡) 청두(成都; 지금의 쓰촨성) 출신으로 서한 때 문학가이며 언어문자학자다. 그의 사부저작으로는 「감천부」(甘泉賦), 「우렵부」(羽獵賦), 「반이소」(反離騷) 등이 있다.

4) 『문선』(文選)과 연관된다. 양(梁)의 소명태자(昭明太子)가 편집한 『문선』은 뛰어난 시문을 모은 것이지만, 안에는 화려한 문자를 나열하고 사실 그다지 내용 없는 것이 있었다.

5) 푸둥화(傅東華)를 가리킨다. 당시 그는 『문학』 월간을 편집하고 있었다.

6) 아르치바셰프(Михаил Петрович Арцыбашев, 1878~1927). 러시아 소설가이다. 10월혁명 이후 그는 1923년에 국외로 망명하여 바르샤바에서 죽었다. 장편소설 『사닌』, 중편소설 『노동자 셰빌로프』 등의 저작이 있다.

7) 즉 『혁명의 이야기』다.
8) 퍼시 핀커턴이 번역하여 런던 세커(Secker)와 뉴욕 휘브쉬(Huebsch)에서 출판했다.
9) 『노동자 셰빌로프』이다.
10) 『노동자 셰빌로프』의 등장 인물.
11) 우치야마서점(內山書店)을 가리킨다.
12) 『효당산화상』(孝堂山畵像). 동한(東漢) 시기 효당산사(孝堂山祠) 화상석의 탁편집이다.
효당산사는 지금의 산둥성 창칭(長淸)현 샤리푸(孝里鋪)에 있다.

340224① 차오징화에게

루전汝珍 형

15일 서점에 의뢰해 자전字典 등 4권을 학교[1]에 부쳤는데 도착했습니까? 어제 20일자 편지를 받고 기뻤습니다. 아이가 있으면 주위가 소란스럽고, 없으면 적막한 것이 저 역시 그렇습니다. 정말로 방법이 없습니다. 징靜 형의 태환 건은 물어볼 방법도 없지만 알고 있을 거라고 형이 생각하고 있으니 잠시 상황을 보는 것으로 합시다.

상하이에서는 필묵으로 살아가는 것이 어렵고, 최근 발매금지가 된 것이 백구십여 점[2]에 달합니다. 광화光華서국이 가장 많고 그 다음이 현대現代서국이며 가장 적은 곳이 베이신北新으로 4점(『삼한집』, 『거짓자유서』, 『구시대의 죽음』,[3] 또 한 점은 잊어버렸습니다)뿐이며, 량유良友도서공사도 4점(『하프』豎琴, 『하루의 일』, 『어머니』,[4] 『일년』[5])입니다. 다만 출판사가 이 때문에 출판을 꺼리고 있는데, 그 이유의 하나는 출판하고 나서 발매금지가 될까 두렵고 또 다른 이유는 혹 발매금지가 되지 않더라도 독자가 없을 듯한 것입니다. 그래서 영업부진에 빠집니다. 잡지의 편집자도 아주 신경을 써서 원고의 채용에 신중합니다.

소설 원고 2편[6]에 대한 것은, 물어보겠습니다. 출판사와 면식이 없어서 친구에게 의뢰해 교섭하고 있습니다. 되찾게 된다면 말씀하신 대로 다시 편집해서 출판사를 찾아서 상담해 봅시다.

상하이는 이미 따뜻해졌지만, 불경기입니다. 별다른 소문도 들리지 않습니다. 그러나 북방에서 온 편지는 자주 검열을 당하고 있습니다. 남쪽보다도 안정되지 않아서 그런 것이 아닐까요? 우리는 건강합니다. 걱정하지 마시기 바랍니다.

건강하시기 바라며

2월 24일
아우 위 돈수

주)_____

1) 베이핑대학 여자문리학원이다.
2) 1934년 2월 19일 국민당중앙이 상하이국민당본부에 전보를 보내어 149종의 서적을 발매금지시킨 것을 말한다. 『차개정잡문 2집』「후기」 참조.
3) 『구시대의 죽음』(舊時代的事). 장편소설로 러우스(柔石)의 작품이다. 1929년 10월 상하이의 베이신서국에서 출판했다.
4) 『어머니』(母). 장편소설로 딩링(丁玲)의 작품이다. 1933년 6월 상하이의 량유도서인쇄공사에서 출판했다.
5) 『일년』(一年). 장편소설로 장톈이(張天翼)의 작품이다. 1933년 1월 상하이의 량유도서인쇄공사에서 출판했다.
6) 「담배쌈지」(煙袋)와 「마흔한번째」(第四十一)를 가리킨다. 당시 현대서국에 의해 재판될 예정이었다. 뒤에 루쉰에 의해 그 가운데 금지된 2편을 빼고 대신 4편을 첨가하여 15편으로 하고 책이름을 『소련 작가7인집』으로 고치고 서문도 집필하여 1936년 11월 상하이의 량유도서인쇄공사에서 출판했다.

340224② 정전둬에게

시디 선생께

　일전에 편지와 함께 『베이핑전보』 화물송장을 받았고, 어제 38부를 수령했습니다. 다시 한번 책을 읽었는데 나쁘지 않고 예상을 뛰어넘는 성과가 있습니다. 계산서가 완성되면 보내 주십시오. 우치야마와 정산하겠습니다.

　요 며칠간 『문학계간』을 위해 짧은 글을 써야겠다고 생각했습니다만 잡일이 몰려들어 책상에 앉을 수가 없습니다. 최근에 잡감[1]을 한 권에 모았습니다. 목적은 중압重壓을 돌파하는 데 있고, 이것이 끝날 때까지는 마음이 편치 않아서 이렇게 『문계』의 글을 집필할 수 없게 되었습니다. 이런 까닭에 이번에는 기고하기 어렵겠습니다. 사정을 잘 헤아려 주시기 바랍니다.

　새해의 새로운 일은 서적 140여 종이 발매금지된 것입니다. 출판사의 사장 가운데 정신없이 분주하지 않은 이가 없어서 연시年始와 같은 바쁜 모습이 계속되고 있습니다.

　건강을 기원하며

　이상 줄입니다.

2월 24 밤

쉰 돈수

주)＿＿＿＿
1) 『풍월이야기』를 가리킨다.

340226① 뤄칭전에게[1]

칭전 선생께

　　방금 편지와 함께 판화 5폭을 받았습니다. 감사합니다. 5폭 가운데 「겁탈당한 뒤」劫後餘生의 웅크린 여인의 몸이 너무 크게 되었는데, 이것 외에는 모두 좋습니다. 「한강의 선두」韓江舟子의 풍경은 잘 되었습니다만, 안타까운 점은 밧줄을 당기는 사람과 배를 동시에 표현하지 않아서 감상자가 상상하지 않으면 안 되는 것입니다. 인물을 좀 멀리 배치하고 동시에 그들이 밧줄을 당기는 배도 보이게 했다면 일목요연했겠습니다.

　　한 일본 친구,[2] 곧 재작년에 상하이에서 처음 목판화를 중국 청년에게 가르친 사람이 중국의 작품을 몹시 보고 싶어 합니다. 보내 주고 싶은데 또 한 세트 받을 수 있겠습니까?

　　저는 늘 똑같습니다. 다만 이전에 비해 더 압박을 받아서 대작을 소개한다면 오히려 소개받는 사람이 박해를 받을지도 모르겠습니다. 현재 사정은 도리 등이 통하지 않기 때문에 잠시 침묵하고 적당한 기회를 기다려 붓을 움직여 봅시다.

　　간단히 답신을 대신합니다.

　　건강하시기 바라며

2월 26일

쉰 올림

주)＿＿＿＿

1) 뤄칭전(羅淸楨, 1905~1942). 광둥(廣東) 싱닝(興寧) 출신의 목각가. 1933년 광둥 메이현(梅縣)의 쑹커우(松口)중학에서 교편을 잡고 있었으며, 루쉰에게 자주 작품을 보내 지

도를 청했고, 1934년 『쑹중목각』(松中木刻)을 창간하여 루쉰에게 제첨(題簽)을 써 달라고 청했다. 1935년 여름방학에 일본에 갔으나, 일본 경찰의 감시로 인해 두 달 후에 귀국하였으며, 쑹키우중학에서 계속 교편을 잡았다.

2) 우치야마 간조(內山完造)의 동생인 우치야마 가키쓰(內山嘉吉, 1900~1984)를 가리킨다. 당시 도쿄의 세이조가쿠엔(成城學園) 미술교사였다. 330419(일) 서간(루쉰전집 16권 『서신 4』에 수록) 참조.

340226② 정전둬에게

시디 선생께

24일 편지를 부쳤는데 이미 도착했을 거라고 생각합니다. 『베이핑전보』를 받고 나서 한 함㮰씩 점검해 본 결과 의외로 빠진 곳이 있었습니다. 모두 6폭으로 별지에 기록해서 동봉했습니다. 어떻게 추가로 인쇄할 수 있겠습니까? 수고스럽지만 지물포와 의논해 보고 가능하면 인쇄의 공임이 높아도 상관없습니다. 그렇게 되면 6부가 완전히 구비되는 것이기 때문입니다.

이 책은 우치야마서점에서 아주 잘 팔리고 있어서 사흘 동안 11부가 나갔으니 20부를 다 파는 데 일주일이 걸리지 않을 듯합니다. 2차 출판 예약자는 또 얼마나 되겠습니까, 출판할 생각입니까? 선생의 서적삽화집[1]은 현재 어떻게 되었습니까? 예약모집할 작정입니까? 답장 주시면 고맙겠습니다.

건필을 기원하면서

2월 26 밤

쉰 돈수

1) 정전둬가 편집 출판을 생각하고 있던 명대의 소설전기(小說傳奇)삽화집이다.

340303① 차오징화에게

루전 형

　일전에 형이 말한 책 4권을 학교로 보냈는데, 어제 돌아왔습니다. 위에 '본교에 이런 사람은 없음'이라고 적혀 있었습니다. 이것은 반드시 수위의 잘못이라고 생각합니다(제가 쓴 주소는 틀리지 않았습니다). 다시 한번 보낼 테니 어디로 부치면 되겠습니까. 주소와 이름을 알려 주십시오. 서적은 등기로 부칠 테니 인감에 있는 이름이 좋겠습니다. 용건만 간단히.

　건강하시기 바라며

3월 3일

아우 위 돈수

340303② 정전둬에게

시디 선생께

　일전에 편지를 보냈습니다. 빠진 곳을 추가해서 인쇄하는 건을 상의한 것인데, 도착했는지요?

『베이핑전보』는 우치야마서점에서 판매가 호조를 띠고 있어서 1주일이 걸리지 않아 20부가 전부 팔렸습니다. 우치야마가 말하기를 다시 재판한다면 2, 30부 정도는 가능할 듯하다고 합니다. 중국 측의 예약자는 어느 정도 됩니까? 이미 20부에 달하다면 ── 만약 30부라면 우치야마에게 20부를 줘도 됩니다만 ── 인쇄를 시작해도 괜찮을 듯합니다.

이 책을 재판할 때 마지막 페이지만은 고쳐서 제12행에 "次年△月再版△△部越△月完成"의 14자를 첨가한다면 좋겠습니다. 또 선정자의 이름도 새기는 것이 좋겠지요.

용건만 간단히 적습니다.

건필을 기원하며

3월 3일
쉰 돈수

340304① 리례원에게

례원 선생께

"이 공公"[1]의 원고 2편을 보냈습니다. 불교적 냄새가 아주 많지만, 「자유담」은 하나의 형식에 구속되지 않아서 상관없겠지요.

"이 공"의 성격은 아주 기발하여 원고를 그대로 보내지 말라고 했습니다. 하지만 뭐 특별히 상관없다고 생각합니다. 그런데 필사하지 않으면 안 되어서 시간과 수고를 들여야 하니 바쁠 때는 고통스럽습니다. 귀사에 필사해 주는 분이 있습니까? 만약 있다면 필사한 것을 인쇄하고 원고는 제게 돌려주십시오. 제가 "이 공"에게 되돌려 주겠습니다. 이후에는 제가 필사를 하지 않고 원고 그대로 우송한다면 품이 덜 들겠습니다. 어떻습니까? 알려 주시기 바랍니다.

　　건강을 기원하며

3월 4밤

쉰 돈수

주)＿＿＿

1) 쉬스취안(徐詩荃)이다.

340304② 샤오싼에게

샤오산^{肖山} 형

　　1월 5일자 편지는 일찍이 잘 받았습니다.『문학주보』¹⁾는 계속해서 몇 호를 받고 있습니다. 그러나 이 밖의 서적과 신문(삽화가 있는 것)은 한 권도 받지 못했습니다. 저는 일전에 잡지 소포 2개를 보냈는데, 그 뒤 또 모스크바²⁾의 판화가에게 서적을 부칠 때 잡지 몇 권을 동봉했고, 며칠 전에 또 마오^茅 형을 대신하여 그가 증정하는 서적 소포 1개를 보냈습니다. 도착했습니까? 이외에 아직 3권이 있는데 조만간 보내겠습니다.

　　렌쯔³⁾에게는 늘 편지하라고 다짐해 두었습니다. 야^冶 형은 정월 휴가 때 여기에 와서 6, 7일 정도 체류했습니다. 타^它 형은 향촌⁴⁾으로 갔습니다. 벽지라서 우편도 가지 않습니다. 편지는 그 부인⁵⁾이 받아서 읽고 있습니다. 부인도 아마 곧 향촌으로 갈 것 같습니다. 형이 원문의 서적을 보내 주신다고 해도 영어와 독일어 외에 여기서 읽을 수 있는 사람이 없기 때문에 잠시 부치지 않는 것이 좋겠습니다.

『한밤중』子夜은 마오 형이 한 권 보내 주었습니다만, 이것은 이미 발매금지가 되었습니다. 올해는 새해부터 이미 발매금지가 된 것이 149권인데, 이것도 문학만입니다. 어제 대대적인 분서焚書가 발생하여 러우스의 『희망』, 딩링의 『물』 전부 불에 타 버렸습니다. 신문의 스크랩[6]을 동봉합니다.

중국문학사에는 좋은 것이 없습니다. 그러나 몇 권인가를 추려 구입해서 보내겠습니다. 작가의 평전에 관해서는 더욱 엉망입니다. 편집자는 연구를 하지 않고, 단지 신문과 잡지에 실린 '독후감'류를 모아서 한 권의 책으로 만들고, 원고료를 가로챌 뿐입니다. 다른 나라의 평전과는 비교가 되지 않습니다. 하지만 참고용으로 이것도 구입해서 보냅니다.

타 부인它嫂의 편지 두 장을 동봉합니다. 회답 2장[7]은 형이 번역한 뒤 전송해 주시면 고맙겠습니다.

급하게 답신을 대신합니다.

몸조심하시기 바라며

3월 4 밤

아우 위豫 올림

주)_____

1) 『문학주보』(文學週報). 소련의 『문학신문』이다.
2) 원문은 '莫京'.
3) 롄쯔(蓮姉). 좌련을 가리킨다. 발음이 서로 통한다.
4) 장시(江西). 중앙혁명근거지를 가리킨다.

5) 양즈화(楊之華, 1901~1973)다. 필명은 원인(文尹), 취추바이의 부인이다. 360717② 편
지와 주석(『서신 4』 수록) 참조.

6) 1934년 3월 3일 『선바오』(申報)의 「각 대형서점, 대량의 반동적 서적을 불태우다」를 가
리킨다. 그 안에 "상우인서관이 금지당한 것은 『희망』 한 권이다." "신중국서점도 『물』
을 시당부(市黨部)에 송부했다" 등이 적혀 있었다. 『희망』은 단편소설집으로 러우스(柔
石)의 작품이며 1930년 7월 상하이 상우인서관에서 출판했다. 『물』은 단편소설집으로
딩링(丁玲)의 작품이며 1932년 2월 상하이 신중국서국에서 출판했다.

7) 루쉰과 마오둔이 각각 따로 국제혁명작가연맹의 국제문학사에 요청을 받고 쓴 문장을
가리킨다. 이 단체는 제1회 소련작가대표대회를 개최하며 앙케이트 형식으로 각국의
유명한 작가에게 원고를 요청했다. 루쉰의 회답은 『국제문학』 1934년 3, 4기 합병호에
발표되었다. 「중국과 10월」이란 제목이었는데, 뒤에 「국제문학사의 질문에 답함」이라
고 고쳤고 『차개정잡문』에 수록되었다.

340306① 차오징화에게

루전 형

3월 3일자 편지 잘 받았습니다. 반송된 서적은 도착했습니다만, 이때
서점이 너무 바빠서 4, 5일이 지나서 다시 발송했습니다. 샤오싼 형이 보낸
편지는 제게 신문·서적을 부쳤다는 내용으로, 신문은 도착한 것이 있으
나, 서적은 도착하지 않았습니다. 일전에 편지를 보냈으나 그것에는 타 형
이 향촌으로 돌아간 뒤 읽을 사람이 없기 때문에 보내 주지 않아도 좋다고
쓴 것입니다. 오늘 생각한 것인데, 형에게 보내는 것으로 변경하면 좋겠습
니다. 편지를 보낼 때 이 건에 관해서 전해 주시기 바랍니다. 신문은 계속
제게 보내 주면 제가 보내겠습니다. 직접 보내는 것보다 나을 듯합니다.

『춘광』[1] 잡지는 구두상 원고료를 준다고 했습니다만, 믿을 수가 없습
니다. 출판사가 작아서 구두 약속은 명확하지 않습니다. 큰 출판사라면 청

부를 맡는 사람이 있어서 우리 같은 이들은 채택되기가 어렵습니다.

비뿌씨[2] 등의 약전은 시간이 있을 때 번역해서 보내 주십시오. 이번에는 시간에 맞출 수 없겠습니다. 이미 인쇄를 시작했기 때문입니다. 그러나 앞으로 쓰일 때가 있을 겁니다.

상하이는 한 달 전과 같이 여전히 춥습니다. 우리는 잘 지내고 있습니다. 쒜를 부인[3]은 열흘 전 사내아이를 낳았고, 자신이 양육할 수밖에 없기 때문에 생활은 아주 곤란합니다.

상황이 좋지 않습니다.

몸조심하시기 바라며

3월 6 밤

아우 위 돈수

주)_____

1) 『춘광』(春光). 문학월간. 좡치둥(莊啓東)과 천쥔예(陳君冶)가 편집했다. 1934년 3월에 창간되었고 같은 해 5월에 제3기를 내고 휴간했다.
2) 소련의 판화가 피스카레프(Николай Пискарев, 1892~1959)를 가리킨다.
3) 펑쉐펑(馮雪峰) 부인 허아이위(何愛玉, 1910~1977)다. 저장성 진화(金華) 사람으로, 당시 펑은 장시혁명 근거지로 가고 있었고, 그녀는 루쉰의 집에 기거하고 있었다.

340306② 야오커에게

Y선생께

2월 27일자 편지 잘 받았습니다. 편지의 번호는 사실 저 자신도 기억하지 못하고 있습니다. 저는 편지를 받는 즉시 답신해 버리고 초고를 남겨 두지 않는데, 이렇게 하는 편이 낫습니다. 그러므로 이 방법[1]도 편리하지 않습니다. 그래서 그만두기로 했습니다. 몰수당하는 대로 내버려 두고 추궁하지 않고 흐리멍텅하게 지냅시다.

한漢대의 화상은 태반이 희미합니다. 초탁初拓이라면 좀 명확하나 그것은 얻기가 쉽지 않습니다. 저는 베이핑에 있을 때 계속해서 큰 상자 하나 정도 수집했고, 그중에 생활 상황에 관한 것을 뽑아 발간하여 세상에 전해 줄 작정이었으나 시간과 재력의 한계로 아직 실천하지 못하고 있습니다. 앞으로 기회가 되면 계속해 볼까 합니다. 한대의 화상 가운데 『주유석실화상』[2]이라는 것이 있는데, 제가 보건대 실은 진대의 것으로 연회를 하는 상황이 일반 한석漢石과 달리 아주 생동적으로 그려져 있습니다. 그러나 구하기가 여간 어렵지 않습니다. 저는 좀 가지고 있는데 완전치 못합니다. 선생도 만약 이런 것을 만나게 된다면 절대 놓치지 말기 바랍니다.

중국문예의 상황에 대해서는 선생이 계속 글을 발표하는 것이 좋겠습니다. 제가 본 바에 의하면 외국 사람들은 이런 상황에 대해 아주 모호합니다. 그런데 소위 '대사'大師나 '학자' 부류는 입을 열면 자화자찬自畵自讚이라 믿을 만하지 못하고, 젊은이들은 외국어에 능통한 이가 적어서 할 말이 있어도 발표하지 못하니 사방이 어둡습니다. 일본인들은 한문을 읽기가 비교적 쉬우나, 그들의 저술을 보면 역시 허튼소리를 한 것이 많습니다. 상하이에 와서 반달 만에 책을 한 권 써냈는데, 모두 룰렛 도박이나 사창 등의 류라서 중국을 기생과 도박밖에 모르는 나라처럼 묘사하고 있습니다. 그러나 지금은 그들도 마각이 좀 드러나서 믿을 수 없다는 것을 알아차린 독자들이 적지 않습니다. 지난날 저는 단평 3편[3]을 써서 이달의 『가이조』[4]에 실었는데, 거기서 중국, 일본, 만주를 다 풍자했습니다. 그랬더니 상하이의 문필계 부랑자들이 또 이것을 구실 삼아 모해하려 덤비는 것입니다.[5] 이른바 암흑이라는 것은 오늘에 와서는 이 이상 더할 수 없을 정도가 되었습니다.

삽화[6]는 화가를 구해야 하는데 어려울 것 같습니다. 목판화를 괜찮게 하는 사람이 2, 3명 있었는데, 배고픔으로 인해 다 흩어져 버렸습니다. 제 기억으로는 지금 부탁해 볼 만한 사람은 한 사람[7]뿐입니다. 그런데 그는 붓으로 그릴 수 있을 뿐이지 목판화는 할 줄 모릅니다. 뛰어나다고 할 수는 없어도 서양 사람이 그린 것보다는 정확할 겁니다. 며칠 내로 한번 찾아가서 이야기해 보고 다시 알리겠습니다.

지난달 이곳에서는 149종의 책이 금지를 당했는데, 저의 『자선집』[8]도 포함되었습니다. 제가 선택한 것은 모두 10년 전의 작품이고, 당시는 지금의 당국이 정권을 잡기 전이었습니다. 그런데 그 작품에 벌써 현재에 대한 '반동'이 들어 있다고 하니 정말 기괴한 일입니다.

상하이는 아직 춥습니다. 아마 베이핑에 못지않을 것입니다. 우리는 다 잘 지내고 있습니다.

그럼 이만 줄입니다.

평안하시기 바라며

3월 6 밤

아우 예 돈수

주)_____

1) 편지에 번호를 붙여 관헌에 몰수되더라도 알 수 있도록 하는 방법이다. 앞에 보낸 편지의 번호가 정확하지 않아 그것을 야오커가 지적하자 쓴 말이다.

2) 『주유석실화상』(朱鮪石室畵像). 한(漢)대 주유의 묘석화상(墓石畵像)이다. 주유는 화이양(淮陽; 지금의 허난) 사람으로 왕망(王莽)이 한을 찬탈할 때 왕광(王匡)을 따라 기의(起

義)를 하고 한 황속 유현(劉玄)을 황제로 옹립하고 동왕(東王)에 봉해졌으나 사양하고 좌대사마(左大司馬)가 되었다. 뒤에 광무제(光武帝) 유수(劉秀)가 돌아와 평적(平狄)장군에 봉해지고 부구후(扶溝侯)를 제수받았다.

3) 「불」, 「왕도」(王道), 「감옥」인데, 곧 「중국에 관한 두세 가지 일」로 뒤에 『차개정잡문』에 수록되었다.

4) 『가이조』(改造). 일본의 종합 월간지다. 1919년 4월에 창간되었고 1955년 2월 제36권 제2기까지 내고 폐간되었다. 도쿄 가이조사에서 출판했다.

5) 사오쉰메이(邵洵美), 장커뱌오(章克標)가 편집하던 『인언』(人言) 주간 제1권 제3기(1934년 3월 3일)가 위의 단평 3편 가운데 하나를 번역해서 싣고 「감옥을 말한다」라고 이름을 붙였다. 그 역자 부기, 식어(識語) 그리고 편집자 주에서 루쉰의 문장은 "[본국에서 추방당한] 외국인의 위력에 보호를 구한다는 논조[의 예이다]"라고 공격하고, 동시에 "[이것은 일본어로부터 번역한 것이기 때문에] 군사재판[을 피할 수 있다]라고 해서 국민당 반동파의 제재를 암시케 했다." 이 인용 [ ]안의 부분은 역자가 「후기」에서 보충한 것이다. 『풍월이야기』 「후기」 참조.

6) 스노(Edgar Snow)가 번역한 『아Q정전』의 삽화.

7) 웨이멍커(魏孟克, 1911~1984)를 가리킨다. 후난(湖南) 창사(長沙) 출신의 작가이며, 원명은 간쑹(乾松), 필명은 허자쥔(何家駿)이다. 좌익작가연맹의 성원이다. 이 당시 루쉰의 요청에 응해 『아Q정전』 삽화를 그렸다.

8) 곧 『루쉰자선집』이다.

340309 허바이타오에게

바이타오 선생께

2월 20일자 편지, 3월 9일에야 받았습니다. 아울러 양¥ 30위안[1]과 목판화 1폭, 감사합니다.

제가 복제하고자 한 목판화[2]는 도쿄에 보내서 인쇄하려고 합니다. 그쪽 인쇄공의 실력이 좋고, 가격도 싸기 때문입니다. 모두 합해서 60폭, 그 가운데 몇 폭은 축소하고, 300부만 인쇄하며, 콜로타이프collotype판, 포장布裝에 의한 장정裝幀, 비용은 3백여 위안. 한 부에 1위안 5자오, 우치야마서점에서 발매. 완성까지 시간이 좀 걸릴 듯합니다만, 출판되면 부쳐 드리겠습니다.

중국에 목판화 잡지가 탄생한다면 물론 좋은 일입니다만, 독자는 그다지 많지 않을 겁니다. 일본의 『백과 흑』[3](원판에 의한 인쇄)은 매호 60권만 인쇄하고, 『판화예술』[4]도 5백 부에 불과한데 게다가 잔고도 있습니다.

답신을 대신합니다.

몸조심하시기 바라며

3월 9일

쉰 올림

주)_____

1) 당시 은화(銀貨)에는 1위안 은화가 있었는데, 이것을 '다양'(大洋)이라고 했다. 이 밖에 동화(銅貨)도 있었는데, 은화와 동화의 교환비율은 상장(相場)에 따라서 변동했다.
2) 『인옥집』(引玉集)을 가리킨다.
3) 『백과 흑』(白與黑). 일본의 목판화 잡지. 표지 구마타(料治熊太; 호는 '朝鳴')가 편집했으며, 1931년에 창간되었고 1934년 제50호를 내고 정간했다. 뒤에 다시 재간호 4호를 내고 1935년 8월 1일에 폐간했다. 도쿄 시로토쿠로샤(白と黑社)에서 출판했다.
4) 『판화예술』(版藝術). 일본의 목판화 잡지로 월간이다. 표지 구마타가 편집했으며, 1932년에 창간되었고 1936년에 휴간했다. 도쿄 시로토쿠로샤에서 출판했다.

340310 정전둬에게

시디 선생께

5일자 편지와 계산서를 받았습니다. 우치야마가 가입한 것은 예약발표보다 이전이기 때문에 1부에 9.47로 해야겠고, 우송료도 넣어서 합계

201.65위안, 그 1.65를 저의 53.3648에서 빼면 저의 몫은 51.7148이 됩니다. 이것은 '도본총간'[1]류를 출판할 때 일조하도록 해주십시오. 다만 매월 『십죽재전보』十竹齋箋譜를 조각해서 간행하는 비용은 선생이 금액을 통지해 준 다음 매월 보내겠습니다.

『베이핑전보』 재판 건에 관해서는 앞의 편지에서 말씀드렸는데, 이미 도착했을 거라고 생각합니다. 오늘 우치야마와 논의한바, 역시 30부를 추가하고 싶다고 했고, 3백 위안을 받았습니다. 다음 주 송금하겠습니다. 그리고 신청자 수가 80부가 되어서 인쇄에 들어가도 괜찮겠습니다. 나머지 20부는 결코 안 팔리지는 않을 것입니다. 2쇄도 우치야마에게는 역시 9.47로 해야 한다고 생각합니다.

프랑스, 미국의 도서관으로 보내는 2권은 며칠 전에 부쳤습니다. 세관은 이것이 서적이 아니라, 인쇄물이라고 해서 1권마다 1위안 5자오의 세금을 매겼습니다. 우습지도 않습니다.

빠진 곳은 채워서 인쇄해 보낸다면 고맙겠습니다. 이번 출판에는 제본하는 사람에게도 주의하도록 부탁해 두든가, 각각 몇 매 여분을 인쇄해서 빠진 곳에 대비해 두도록 하면 좋겠습니다. 이러한 고가본을 구입하는 사람은 대체로 점검하는 이로서 빠진 곳이 있다면 골치 아파질 것입니다.

발금發禁[2]이 해결되었다는 소문은 아직 들리지 않습니다. 『문학』 3월호는 아직 출판되지 않았습니다. 『문계』文學季刊 3기의 원고[3]는 열심히 쓰고 있습니다.

간단히 답신을 대신합니다.

건강하시기 바라며

3월 10일

쉰 돈수

주)_____

1) '도본총간'(圖本叢刊)은 '도화총간'(圖畫叢刊)이다.
2) 발매금지에 관해서는 340224① 편지와 주석 참조.
3) 『『그림을 보며 글자 익히기』』(『看圖識字』)이다. 뒤에 『차개정잡문』에 수록했다.

340313 정전둬에게

시디 선생께

　　10일에 부친 편지는 이미 받으셨을 거라고 생각합니다. 『베이핑전보』의 우치야마 대금은 이미 300위안을 받았습니다. 급히 동생에게 부탁해 상우인서관을 통해서 환(煥)을 만들고 어음을 받았습니다. 여기에 동봉했습니다. 잘 살펴보시기 바랍니다.

　　노련[1]의 『수호도』는 그 평판을 오랫동안 들었으나 아직 한 번도 보지 못했습니다. 일본에서 복제되고 있는 것은 다른 명대 사람입니다. 『세계미술전집속편』[2]에 몇 페이지가 인쇄되었는데 모든 페이지에 두 사람이 있습니다. 가끔 그 작가의 이름이 생각나지 않지만, 짬이 나면 찾아보겠습니다. 중국에서 이것을 찾을 수 있을지 모르겠지만 바라고 있습니다.

　　『문학』 제4기는 아직 출판되지 않았습니다. 검열로 인해 늦어지고 있지만, 듣자 하니 이후에는 늦어지는 일이 없을 거라고 합니다. 발매금지 사건은 그 후에 아무런 소리도 없어 살리지도 않고 죽이지도 않은 상태입니다. 대체로 내막이 복잡하여 빨리 결말이 나지 않고 있습니다.

　　『전보』 재판은 예약이 70부 정도 있기 때문에 이 일은 추진하기 쉽습니다. 마지막 페이지를 다시 판을 만드는 것이 번거롭다면 초판의 마지막

페이지를 잘라 내고(편자의 이름은 첫 페이지에 보이기 때문에), 별개로 다시 판을 새겼다고 기록한 목인木印을 파고, 인주로 제12행 밑에 삽입한다면 괜찮겠다고 생각합니다. 이 또한 저속하지는 않겠습니다.

　건강을 기원하며

3월 13 밤

쉰 돈수

주)＿＿＿＿

1) 노련(老蓮). 진홍수(陳洪綬, 1598~1652)이며 자는 장후(章侯), 별명이 노련이다. 주지(諸暨: 지금의 저장성) 사람이며, 명말의 화가다. 『수호도』는 곧 『수호엽자』(水滸葉子)로 양산박의 인물 초상화를 정밀하게 40도(圖)로 그렸다.
2) 『세계미술전집속편』(世界美術全集續編). 일본의 시모나카 야사부로(下中彌三郎)가 편한 것으로 모두 36권. 1928년에 출판을 개시하여 1930년에 완결되었다. 1931년에 또 별권 18권을 냈다. 도쿄 헤이본샤(平凡社)에서 출판했다.

340315① 야오커에게

야오커 선생께

　전날 10일자 편지를 받았습니다. 처음 안 일이지만, 톈진天津 신문에 제가 뇌염[1]에 걸렸다고 보도되어 친구들이 놀라 걱정하고 있는 것은 질이 나쁜 장난입니다. 상하이 작은 신문에는 제가 홍콩으로 도망[2]갔다고 했을 뿐 그만큼 심하지는 않습니다. 저의 뇌에는 염증도 없고, 다른 병도 생기지 않았으며 예전과 같이 건강합니다. 만약 정말 이 병에 걸렸다면 죽지 않으면 폐인이 될 텐데, 어찌 10년간 붓을 꺾고 일을 안 할 수 있겠습니까. 이 요언은 아마도 문단 쪽의 소행으로, 이것으로도 이 무리가 대단히 무료하다는 사실을 알 수 있습니다. 걱정하지 마시기 바랍니다. 삽화가는 지금 물색 중이니 곧 알려드리겠습니다. 용건만 간단히 전합니다.

여행 중에 조심하시기 바라며

3월 15 밤

위 돈수

주)_____

1) 뇌염(腦炎). 1934년 3월 10일 톈진의 『다궁바오』(大公報) '문화정보'란에 다음과 같이 보도되었다. "최근 이달 초 일본의 『성경시보』(盛京時報; 선양瀋陽에서 일본인이 발행하고 있던 중국어 신문. 340324 편지 참조)의 상하이 통신에 의하면 상하이에 칩거 중인 루쉰 씨가 객관적 환경 속에서 저술을 발표할 자유가 없고, 최근에는 또 뇌병(腦病)을 앓아서 종종 통증을 일으켜 상태가 좋지 않음을 느끼고 있다. 의사의 왕진 결과 의심할 것 없이 뇌염으로 중증의 뇌막염이었다. 그때 의사는 '10년간'(?) 뇌를 사용하여 저작에 종사하는 것을 금지하라고 명했는데, 이것은 10년간 집필을 그만두고 그렇지 않으면 완전히 불치병이 될 것이니 두뇌를 사용할 수 없게 된다는 의미였다."
2) 상하이의 모 신문에 "좌익작가의 맹주 루쉰이 민(閩)으로 들어가려고 했으나, 도중에 민 방면 세력이 무너진 것을 알고 홍콩으로 방향을 바꾸었다"(1934년 1월 30일 상하이 『홈즈』보福尔摩斯 제2판에 보이는 기사)라고 실렸다.

340315② 어머니께

어머님 전, 삼가 아룁니다. 오랫동안 소식을 듣지 못해 걱정하고 있었습니다. 최근 들은 바에 의하면 톈진의 신문에서 제가 뇌염증을 앓고 있다는 기사가 실렸는데, 전부 요언이니 심려치 마시기 바랍니다. 하이마害馬도 건강하고, 하이잉海嬰은 열흘 전쯤 감기에 걸려 열이 났는데 의사가 왕진을 와서 치료한 결과 지금은 조금씩 좋아지고 있습니다. 허쑨[1] 형은 이미 출발했습니까? 지금은 방문이 없습니다. 답신을 대신합니다.

부디 건강하시기 바라며

3월 15일 밤, 아들 수樹 삼가 올립니다

광핑廣平과 하이잉도 함께 인사드립니다

주)

1) 롼허쑨(阮和蓀)으로 루쉰 백모(伯母)의 아들이다. 당시 산시(山西)성에 거주했다.

340316 천하편사[1]

일전에 귀 잡지[2]와 함께 보내신 편지 잘 받았습니다. 졸문[3]은 다소 신뢰할 수 있는 인물에게 부탁해서 번역하고 싶다고 했는데, 현재 이 사람은 귀성歸省 중으로 2, 3주 뒤에 상하이에 돌아온다고 합니다. 이달 말 혹은 내달 초에는 번역할 수 있을 듯합니다. 그때 반드시 우송[4]하겠습니다. 우려하실까 봐 우선 이렇게 말씀드립니다.

번영하시길 기원합니다.

[1934년 3월 16일]

쉰 올림

주)_____

1) 이 편지의 필적은 톈진 『베이양화보』(北洋畵報) 제1468기(1936년 10월 12일)에 발표되었는데, 그때 상대방의 이름과 날짜가 삭제되었다. 『천하편』(天下篇)은 종합 잡지로 반월간이며 쭤샤오롄(左小蓮)가 주편이다. 1934년 2월에 톈진에서 창간되었는데 3기만을 내고 정간했다.
2) 『천하편』 제1권 제2호(1934년 3월 1일)를 가리킨다. 루쉰의 1934년 3월 12일 일기에 "천하편사로부터 편지와 함께 간행물 두 권을 받았다"라고 기록되어 있다.
3) 「중국에 관한 두세 가지 일」(『차개정잡문』 수록)을 가리킨다.
4) 루쉰의 1934년 3월 28일 일기에 "천하편사에 편지와 팡천(方晨)의 번역 원고 1편을 보냈다"라고 적혀 있다.

340317 차오징화에게

루전 형

오늘 보내 주신 그림 10폭 잘 받았습니다. 책 4권을 오후에 또 학교로 보냈는데, 겉봉에 등록과라고 적었기 때문에 이번에는 착오가 없겠지요.

우리는 모두 잘 지내고 있습니다. 저도 아주 건강하고 잔병도 없으니 걱정하지 마시기 바랍니다.

늘 건강하시기 바라며

3월 17 밤
아우 위 올림

340322 차이바이링에게[1]

바이린柏林 선생께

　　당돌하게 편지를 보낸 실례를 용서해 주시기 바랍니다. 사실은 지즈런[2] 선생에게 편지를 보내고 싶었습니다만, 지금 어디에 있는지를 모릅니다. 최근에 친구의 말로는 선생이 잘 아는 사이니 주소를 알고 계시리라 하였지만, 이 말이 맞는지는 잘 모르겠습니다. 지금 무례하게 편지 한 통을 동봉했는데, 선생이 분명하게 지선생의 주소를 알고 계셔서 동봉한 것을 다시 보내 주신다면 대단히 감사하겠습니다.

　　용건만 간단히 적습니다. 실례했습니다.

　　타향에서 몸조심하시기 바라며

[1934년] 3월 22 밤

루쉰 계상啓上

주)＿＿＿＿

1) 차이바이링(蔡柏齡, 1906~1993). 곧 차이바이린(蔡柏林). 저장 사오싱(紹興) 사람으로 차이위안페이(蔡元培)의 셋째 아들이다. 당시 프랑스에서 유학했다.

2) 지즈런(季志仁, 1902~?). 장쑤(江蘇) 창수(常熟) 출신. 당시 프랑스에서 음악을 공부하고 있었다. 루쉰을 위해 서적과 판화를 구입해 주었으며, 『분류』(奔流)에 투고하였다.

340324 야오커에게

야오커 선생께

21일자 편지 지금 받았습니다. 유행성 감기는 치료한 뒤 휴양이 필요합니다. 너무 피곤하게 해서는 안 됩니다. 오로지 문장을 쓰는 데 매진한 며칠, 그 뒤 침대에 누운 지 며칠, 그 성적은 매일 절도를 갖고 집필하는 것보다 뒤집니다. 게다가 병이 낫지 않습니다. 이것은 제가 경험한 것입니다.

저의 큰 병과 관련한 요언은 최근에 펑톈奉天의 『성경시보』[1]에서 비롯되었음을 알게 되었습니다. 이 잡지가 근거한 것은 '상하이에서 온 편지'이기 때문에 역시 이곳 문단 깡패들의 장난입니다. 이 무리는 근성이 흉악하고 필력은 약하여 문장으로 전투가 불가능합니다. 그래서 오로지 무고와 중상에 힘쓰고 있습니다. 그래도 효과가 없으니 이번에는 저주를 합니다. 완전히 말을 능글맞게 잘하는 닳고 닳은 사람[2]과 같아서 폄하하고 욕해야 합니다.

징인위 군은 프랑스어가 능통하다고 들었는데, 번역은 충실하지 않은 듯합니다. 그의 목적은 매문賣文에 있기 때문입니다. 중역[3]한다면 착오가 더욱 늘어날 것은 말할 것도 없습니다. 최근 펄 벅 부인이 『수호전』[4]을 번역했는데 괜찮다는 소문이 들립니다. 그러나 서명이 "모두 형제다"라는 의미라고 한다면 맞지 않습니다. 양산박의 무리가 모든 인간을 형제라고 간주한 것은 아니기 때문입니다.

소설의 삽화는 이미 의뢰해 두었습니다. 조건은 편지에 쓴 그대로입니다. 삽화기술은 구미인에 비한다면 자신의 실력을 생각지 않고 덤비는 감[5]이 있지만, 정경情景과 기물器物은 정확할 것입니다. 대략 열흘이면 보낼 수 있을 겁니다.

S군의 편지는 이미 받았습니다. 벌써 읽으셨겠지만 그 마지막 단락에서 말한 것은 아주 정확합니다. 그러나 중국의 환경은 예술에 대단히 불리합니다. 청년들은 구미 명화의 원작을 볼 수 없어서 더듬거리고 있기 때문에 걸출한 작가가 등장해야 한다고 말해도 곤란합니다. 외국을 만유漫遊할 수 있는 '대선생'이라는 무리[6]는 오로지 자기 자신의 선전에 골몰하고 있으니 어찌 통탄스럽지 않겠습니까.

한당화상석漢唐畫像石은 이제까지 꽤 모았습니다만, 모호한 것이 많아서 안타깝습니다. 풍속과 관련이 있는 것을 뽑아서 한 권으로 정리하고 싶지만, 짬이 나지 않아 착수하지 못하고 있습니다. 콜로타이프판의 리이스[7] 교수의 『장한가화의』를 본 적이 있습니까? 현재 3판을 내고 있는 모양인데, 그 인물, 가옥, 기물이란 것이 광둥요리점과 '메이랑'[8]류입니다. 서양인이 묘사한 수천 년 전의 중국인에게 변발이 있고, 게다가 마제수馬蹄袖의 예복을 착용하고 있다면 어찌 기괴하지 않겠습니까. 고대의 인물화를 소개하는 일이 시급함을 알 수 있습니다.

우리는 모두 잘 지내고 있습니다. 다만 첸錢 군의 병이 중태라고 들었습니다. 답장을 대신합니다.

건강하시기 바라며

3월 24일

위 돈수

주)_____

1) 『성경시보』(盛京時報). 일본의 나카지마 마사오(中島眞雄)가 1906년 10월 선양에서 창간한 중국어 신문이다. 1934년 2월 25일 「루쉰 절필 10년 뇌병이 심하여 집필 불능」이라는 소식을 발표했는데, 그 가운데 "상하이로부터의 편지에 의하면 좌익작가 루쉰이 최근 뇌병에 걸려 저작을 할 수 없게 되었다. 의사의 진단에 따르면 뇌막염 증상이 나

타나 빨리 치료하지 않으면 위험하다. 동시에 루쉰에게 충고해서 이후부터는 절필하고 어떤 문장도 쓰지 말며 10년간 휴양하지 않으면 완쾌될 수 없다고 한다"는 내용이 있었다.

2) 원문은 '三姑六婆'. 세 명의 고(姑)와 여섯 명의 파(婆)로 정당한 직업에 종사하지 않는 여성을 가리킨다.

3) 징인위(敬隱漁)가 프랑스어로 편역한 『중국현대단편소설가작품선』에 근거해 영국의 밀즈가 영역한 『아Q의 비극과 기타 현대중국단편소설』을 말한다. 1930년과 1931년에 차례로 영국의 조지 루틀리지(George Routledge)와 미국의 다이얼 프레스(Dial Press)에서 출판했다.

4) 펄 벅 부인(Pearl Buck, 1892~1973)에 대해서는 331115② 편지 참조. 번역한 『수호전』(70회본)은 'All men are Brother'라고 이름하고, 1934년 뉴욕의 존 데이(John Day)에서 출판했다.

5) 원문은 '班門弄斧'. 노반(魯班)은 전설상의 인물로 다수의 훌륭한 건축물을 남겨서 목수 무리가 신으로 섬겼다. 그 노반의 문앞에서 자신의 솜씨를 뽐내며 보란 듯이 도끼를 휘두른다. 곧 분수도 모르고 석가에게 설법하는 것을 말한다.

6) 류하이쑤(劉海粟) 등을 가리킨다. 1932년에서 34년 사이에 그들은 유럽의 몇몇 국가에서 중국미술전람회 또는 개인서화전람회를 개최했다.

7) 리이스(李毅士, 1886~1942). 이름은 쭈홍(祖鴻)이고 자는 이스(毅士)다. 장쑤 우진(武進) 사람으로 화가다. 베이징대학, 베이징예술전과학교(北京藝術專科學校), 상하이미술학교, 난징(南京)중앙대학의 교수를 지냈다. 『장한가화의』(長恨歌畵意)는 양귀비 고사에 관한 화집으로 1932년 11월 중화서국에서 출판되었다.

8) 메이랑(梅郞). 당시 상하이의 몇몇 작은 신문에서 메이란팡(梅蘭芳)을 이렇게 불렀다.

340326 정전둬에게

시디 선생께

　21일자 편지와 『베이핑전보』 빠진 곳 5매를 받았습니다. 『십죽재전보』의 산수는 복각의 성과가 아주 좋으며, 이 밖에도 화초와 인물이 있기만 하다면 장관이겠습니다. 옛날 인쇄는 광물성의 안료를 사용해서 세월이 흘러도 퇴색되지 않습니다. 지금 식물성을 사용한다면 태양광선을 쬠에 따라 날로 색이 옅어져서 영구히 보존할 수 없습니다. 다만 우리들의 노력으로 철저히 옛것을 본받는 것은 불가능하니 부득이하게 속俗을 따릅니다. 그래도 베이핑의 전지箋紙에는 아직까지도 광물성 안료를 사용하고 있는 것이 있습니까?

조각하는 직공의 공임 문제에 대해서 이전 것은 선생님이 지불하셨습니까? 기회가 될 때 알려 주십시오. 몇 월부터 시작해서 매월 각각의 사람들에게 어느 정도인지. 부족분과 이후 지불할 것을 거기에 준해서 송금하도록 하겠습니다.

『세계미술집속편』은 말씀하신 대로 '별집'의 착오. 『수호상』[1]은 『동양판화편』[2] 가운데 있었다고 기억합니다. 간단히 답신을 대신합니다.

건강하시기 바라며

3월 26일

쉰 올림

주)_____

1) 『수호상』(水滸像). 곧 『수호도찬』(水滸圖贊)이다.
2) 『동양판화편』(東洋版畵篇). 곧 『세계미술전집』(별권) 제12집이다.

340327① 타이징눙에게

징눙 형

25일자 편지를 받았고, 어제는 간신히 『우문설의 훈고학에서 연혁 및 그 추측』[1]이란 책이 도착하여 밤 늦게까지 읽고 활연^{豁然}히 깨닫게 되었습니다. 그러나 문자의 학은 예전에 모든 것을 장^章 선생[2]에게 반환하여 제가 가지고 있는 것은 거의 없습니다. 그래서 이 책의 광대함에는 감복하지만, 일방적으로 찬양할 수는 없습니다. 젠스^{兼士} 형을 만나시면 안부 전해 주시기 바랍니다.

쑤^素 형의 묘지^{墓誌}[3]는 사나흘 안에 써서 보내겠습니다. 저의 글자가 바위에 새겨진다는 것은 톈진의 신문이 제게 뇌막염을 발병시켜 준 것과 똑같이 아주 뜻밖의 일입니다. 목판화에는 사용할 수 있는 것이 없습니다. 아무튼 가로의 화면에서 단순한 것을 한 장 뽑았습니다. 직접 카이밍^{開明}에 건네서 제판^{製版}하게 했습니다. 저희들은 모두 건강하니 걱정하지 마시기 바랍니다.

그럼 이만 줄입니다.

몸조심하시기 바라며

3월 27일

준^隼 돈수

주)_____

1) 『우문설의 훈고학에서 연혁 및 그 추측』(右文說在訓詁學上之沿革及其推測[闕]). 문자학 저서로 선젠스(沈兼士)가 지었고, 1933년 중앙연구원 역사언어연구소에서 출판했다.
2) 장타이옌(章太炎)이다.
3) 루쉰이 타이징눙의 청탁을 받아 쓴 「웨이쑤위안 묘비명」(韋素園墓記)을 말한다. 뒤에 『차개정잡문』에 수록되었다.

340327② 차오징화에게

롄야聯亞 형

　23일자 편지와 판화가 약전 두 편이 좀 전에 도착했습니다. 자전字典 등을 4, 5일 전에 우송했는데, 겉에 등록부 앞이라고 썼기 때문에 또 틀리지는 않을 듯합니다.

　량유良友가 낸 두 권의 소설[1]이 문제가 없는데도 이러한 상황에 이르게 된 것은, 하나는 이것에 의해 문단깡패들이 위세를 떨치고자 하는 것이고, 다른 하나는 서점이 귀찮은 것을 꺼려해 번거롭게 되는 것보다는 번거롭지 않은 것이 좋다고 생각해 발매를 중지했기 때문입니다. 작년에 손실이 없었던 출판사는 두세 곳밖에 없습니다.

　야단亞丹 형[2]에게 인세 80위안이 있습니다. 형에게 전송할 방법이 있으면 동봉한 편지와 환어음을 전해 주시기 바랍니다.

　상하이는 비가 많이 내려 소위 '청명한 시절에 비가 주룩주룩'입니다. 우리는 모두 변함없이 잘 지내니 걱정하지 마시기 바랍니다. 그럼 이만 줄입니다.

　건강하시기 바라며

3월 27일

아우 위 돈수

　환어음 1장, 편지 1통[3] 동봉합니다.

1) 『하프』와 『하루의 일』이다.
2) 차오징화(曹靖華)다. 편지의 서두에 '렌야'라고 부르고, 여기서는 '야단'이라고 인세와 편지를 '전송할 방법이 있으면'이라고 한 것은, 차오징화에 의하면 국민당에게 검열당하더라도 번거로운 일과 사건이 일어나지 않도록 하기 위해서라고 한다.
3) 다음 편지 340327③.

340327③ 차오징화에게

야단亞丹 선생께

선생이 번역한 『별목련』辛花의 올해 2월까지의 인세가 공사[1]로부터 도착하여 보냅니다. 어음 안에 서명날인(어음에 기록되어 있는 이름의 인감을 사용하고 한인[2]은 사용하지 말 것)하고, 하루나 이틀 정도 지나서 류리창의 상우인서관 분관에 찾으러 간다면 현금을 받을 수 있습니다. 현금을 받기 위해서는 회계과에 가지 않으면 안 되는데, 예전에는 2층에 있었습니다. 아마도 예전 그대로이겠으나 매장에 물어보면 알 수 있습니다. 지불인이 누구인지 질문할지 모르겠는데, 본관 관원의 저우젠런周建人이 수속했다고 대답하면 됩니다. 받으시고 나서 알려 주시기 바랍니다.

그럼 용건만 간단히 적습니다.

몸조심하시기 바라며

3월 27일
아우 위 돈수

환어음 1장 동봉

1) 공사(公司). 상하이의 량유도서인쇄공사이다.
2) 원문은 '閑章'. 한인(閑印)으로 시구(詩句)와 성구(成句)를 조각한 인장이다.

340328① 쉬서우창에게[1]

지푸 형

오랫동안 격조했습니다만 모두 잘 되고 있다고 생각하고 있습니다.

『전보』[2]는 인쇄가 끝나서 한 부가 여기에 남아 있습니다. 언제 허禾[3]
에 돌아옵니까? 그때 만날 수 있다면 좋겠습니다.

그럼 이만

행운을 빕니다.

3월 28 밤
아우 페이飛 돈수

주)_____

1) 이 편지는 쉬서우창의 가족이 보내 준 필사에 의한 것이다.
2) 『베이핑전보』다.
3) 허(禾). 저장성 자싱(嘉興)이다.

340328② 천옌차오에게

우청 선생께

　21일자 편지와 목판화 한 폭은 며칠 전에 받았습니다. 답신을 하려고 했는데 주소를 어디에 두었는지 생각이 안 나서 오늘까지 늦어지고 말았습니다.

　그 그림[1]은 새기는 법과 명암이 「끌기」[2]보다 확실히 진보했으며 더욱 주체가 분명하여 그것이 무엇을 표현하고 있는지 바로 알 수 있습니다. 그러나 전체적으로 말하면 「끌기」보다 결점이 더 많다고 생각합니다. 첫째, 배경이 가을걷이를 하는 것 같은데 이삭 같은 것은 보이지 않습니다. 둘째, 주제를 보면 그 두 사람의 면모는 너무 비슷한데 반쯤 꿇어앉은 사람의 한쪽 발이 잘못 놓여 있습니다. 적의 내습을 막거나 공격을 준비하는 경우에는 S형으로 꿇어앉아야 일어서기가 쉽습니다. 그리고 또 「끌기」는 '동'動적인 것인데, 이 그림은 좀 '정'靜적인 것으로 되어 있습니다. 이것은 주체에 긴장상태가 부족한 탓입니다.

　제가 보건대 선생의 목판화는 흑백 간의 대비가 꽤 잘 운용되고 있습니다. 한편으로는 실상과 실물을 더 자세히 관찰하는 것이 좋을 듯합니다. 그리고 고금의 명화도 취할 점들이 있으니 놓치지 말고 항상 주의를 기울이면 좋겠습니다. 그렇게 하면 날이 가고 달이 감에 따라 틀림없이 유익함이 있을 겁니다.

　수법과 그림구상에 대해서는 서양풍이건 중국풍이건 상관없이 보는 사람이 알아볼 수만 있는 것이라면 그런 것을 취하는 것이 좋겠습니다. 이전에 팔았던 구식 화지[2]는 사실 농촌사람들이 잘 알아볼 수 없는 것입니다. 그들이 그것을 사다가 붙이는 것은 아마 그것이 화지이므로 보기 좋다는 습관이 절반 차지하고 있기 때문일 것입니다. 그러므로 음영陰影 같은 것은 서양식이지만 사용하더라도 일반 관중들의 눈을 현혹시키지 않는다면 쓰는 것이 좋을 것 같습니다. 잠이 든 사람의 머리 위에 연한 빛을 뿌리고 그 가운데 인물을 그려 꿈을 상징하는 것과 서양식으로 입에서 연한 빛을 내뿜게 하고 그 가운데 글을 써서 말하는 것을 상징하는 것을 겸용해도 무방할 것입니다.

중국의 목판화는 제법 괜찮으니 제 생각으로는 작품을 공모하여 정선精選한 뒤 입선된 것은 작가에게 100부씩 찍게 하고 한 권으로 묶어서 부정기적인 잡지를 내는 것이 가장 좋을 듯합니다. 그리고 매 권마다 20폭 내지 24폭씩으로 하는 것이 좋겠습니다. 이것은 자못 유익한 일입니다. 그러나 나의 지식이 짧은 데다가 연락처를 공개할 수도 없고 움직일 수도 없는 것이 유감스럽습니다. 이상으로 답신을 대신합니다.

평안하시기 바라며

3월 28일
쉰 올림

주)_____

1) 「유격대」(遊擊隊)이다.
2) 화지(花紙). 정월에 실내에 붙이는 장식용 그림. 연화(年畵)라고도 부른다.

340329① 어머니께

어머님 전. 편지에 어머님도 감기에 걸리셨다고 했는데, 지금은 완전히 나았다고 하니 아주 기분이 좋습니다. 하이잉도 건강하고 식욕도 왕성합니다. 상하이는 따뜻해졌는데, 요 며칠 또다시 비가 내리고 바람이 불어서 초겨울의 추위를 느끼게 해 난로를 켜지 않으면 안 됩니다. 그러나 저희들은 모두 건강하니 걱정하지 마시기 바랍니다. 셋째[1]도 건강하지만 회사[2]에서 매일 8시간씩 근무하기 때문에 아주 힘듭니다. 편지가 돌아온 것은 수신자에 아호雅號를 썼기 때문입니다. 회사의 접수계는 각 사람의 이름만 알고 있습니다. 이후에는 서명[3]을 쓰시고 그러면 꼭 도착할 것입니다.

이만 간단히 적습니다.

부디 건강하시기 바라며

3월 29 밤

아들 수樹,

광핑 그리고 하이잉 인사드립니다

주)_____

1) 라오싼(老三), 곧 저우젠런이다.
2) 상우인서관이다.
3) 서명(書名). 학명(學名)이다. 학명은 숙(塾)에 있을 때 할아버지나 아버지 혹은 숙의 선생 등이 지어 준 이름을 말한다.

340329② 타오캉더에게[1]

캉더 선생께

　　보내 주신 편지 잘 받았고 내용도 숙지했습니다. 이제까지 원래 문장을 잘 쓰지 못하고, 또 글을 짓는 것을 좋아하지 않아 이전의 요설은 모두 만부득이한 것이었습니다. 지금 다행히 소대[2]를 만나 입을 다물게 해주십니다. 바로 공公을 빌려서 사私를 구하고, 붓을 꺾고 경經을 읽어야겠으며, 찬술撰述에 이름이 없고 잡지에 글이 없는 것은 모두 일찍부터 바랐던 바고 생애를 들어 원망도 없습니다. 초상肖像으로 청년들에게 나타나는 것[3]은 웃음거리를 낳을 것입니다. 없앤다면 아주 다행이라고 생각합니다.

　　『남강북조집』南腔北調集은 대체로 인쇄가 끝났는데 발매를 어떻게 할지는 현재 상세하지 않아서 우치야마서점에도 반드시 있다고 하지 못하겠습니다. 출판사에서 저자용을 보내 주게 된다면 증정하겠습니다. 『논어』를 오랫동안 보지 못했지만, 선생님이 기증을 준비하지 않으시기를 바랍니다. 읽고 싶을 때는 구입하겠습니다. 간단히 답신을 대신합니다.

　　건강하시기 바라며

3월 29일

쉰 돈수

주)＿＿＿＿＿

1) 타오캉더(陶亢德, 1908~1983). 저장 사오싱 출신. 『논어』(論語) 반월간, 『우주풍』(宇宙風), 『인간세』(人間世) 등을 편집하며 루쉰에게 자주 원고를 청탁했다.
2) 소대(昭代). 정치가 태평한 시대를 가리킨다. 당나라 최도(崔塗)의 시 「문복」(問卜)에 "소대를 받들고 유유히 이 생(生)을 살아가는 것은 생각하지 못했다"라고 했다.
3) 당시 린위탕, 타오캉더 등이 발행을 준비하고 있던 잡지 『인간세』(人間世)는 매호 작가의 얼굴 사진 한 장을 게재하는 방안을 세우고 루쉰에게 제공해 주기를 요청했다.

340331① 차오징화에게

루전 형

　　28일에 편지(학교 앞으로)와 양인洋銀 80위안을 보냈는데 도착했는지요? 좀 전에 샤오蕭 형이 보내 준 『문학신문』 약 10매를 받았고 그쪽으로 우송하고 싶은데, 어디로 보내면 되겠습니까? 주소를 알려 주면 고맙겠습니다. 또 등기에 수취인의 인감이 필요하니 인감이 있는 이름을 가르쳐 주십시오. 그럼 이만.

　　건강하시기 바라며

3월 31일
아우 위 돈수

340331② 타이징눙에게

징눙 형

　　오늘 서적[1] 다섯 권을 우송했습니다. 한 권은 보시고 나머지 네 권은 기회가 될 때 지예霽野, 웨이쥔維鈞, 톈싱天行, 선관沈觀에게 전해 주시면 고맙겠습니다.

　　그럼 이만

　　몸조심하시기 바라며

3월 31일
준 올림

340401① 리례원에게

례원 선생께

　'이 공公'은 대체로 문장이 아주 우수한데, 오늘 단평 10편이 도착해서 먼저 2분의 1을 우송하고 나머지는 이어서 우송하겠습니다. 다만 잘 생각해 보니 제게 원고를 돌려 달라고 하는데, 제가 변명을 해둘 터이니 선생께서는 조판이 끝나는 것에 따라서 계속 반환해 주시면 되겠습니다.

　솔직하게 말해 이 공의 문체는 저와는 아주 다르고 사상도 일치하지 않는데, 양춘런 공께서는 또 졸작이라고 의심해 소문에 의하면 『시사신보』(?)상에 빈정거림[1]을 기술하여 스스로는 냄새를 잘 맡는다고 생각하고 있다는군요. 그러나 확실하지는 않습니다. 이것이 강아지가 돼버린 이유겠죠.

　이상으로 그칩니다.

　건필하시기 바라며

4월 1밤

쉰 돈수

서명하고 발표한 「경파(京派), 해파(海派) 재론과 기타」를 게재했다. 여기에 "몇 명의 소졸(小卒)이 문단에서 마음대로 무리를 칭찬하거나 함부로 질책하며 '경'(京)이나 '해'(海)로 나누고, 명칭을 부칠 것이 없으면 '야호선'(野狐禪)이라고 이름 붙였다. 야호이면서 크게 선(禪)의 이치를 말하기 때문에 그 이치가 황당함을 알 수 있다"라고 했다. 같은 해 3월 23일 『시사신보』(時事新報)의 「학등」(學燈)은 양춘런(楊邨人)이 위의 문장에 대해 쓴 「해파 죄상의 폭로」를 게재했다. 여기에는 "나는 문단에서 오탁(汚濁)을 일소하기 위해 해파의 흑막을 적발하고 그것을 토벌하고자 행동에 나선다. 이것은 해파가 아닌 사람에게는 누구도 불만이 없었을 터이다. …… 오히려 토끼가 죽으면 여우가 슬퍼하는 같은 유의 사람들이 봉기하여 반격에 나서 결국 모 대문호가 어가(御駕) 친정(親征)하여 사방에 격문(檄文)을 내걸었는데, 해파를 공격하는 이는 이름을 붙인 적이 없기 때문에 야호선이라고 명명했다. 그래서 해파는 무죄가 되고 해파를 공격하는 이는 반대로 폭덕(暴德)이 되는 것이다"라고 했다. 여기서 말하는 '모 대문호'는 몰래 루쉰을 지목한 것이다. 왜냐하면 루쉰은 같은 해 2월 3일에 일찍이 '롼팅스'(欒廷石)라는 필명으로 『선바오』의 「자유담」에 「'경파'와 '해파'」라는 문장을 발표했기 때문이다. 그래서 양춘런은 '구밍'을 루쉰의 필명이라고 오인했던 것이다.

340401② 타오캉더에게

캉더 선생께

　　일전에 편지를 부친 뒤 저녁에 『남강북조집』이 도착했습니다. 다음 날 서점에 가져가서 발송 대행을 위탁하려고 하다가 마침 편지를 받아서 전해 주는 사람이 있어 가지고 돌아가 달라고 부탁했습니다. 필시 보셨을 거라고 생각합니다. 이 책은 대부분 모두 농담이거나 보잘것없는 말[1]로서 보관하기에 부족합니다. 굳이 출판한 것은 저쪽이 금지한다면 이쪽은 무리를 해서라도 출판해 보자는 울컥하는 마음에 따른 것에 불과합니다. 저작의 길에서 아주 멀어지고 말았습니다. 그러나 이것으로도 "원래 문장을 잘 쓰지 못한다"라고 말씀드린 것의 증거이고, 허세[2]의 말이 아니라는 것입니다.

『논어』는 좀 전에 한 권 받았습니다. 38기인데 바로 대충 읽었습니다. 만약 솔직하게 말하는 것을 허락하신다면, 내용은 유머가 아니라 평범한 것뿐으로 심한 것은 지나친 농을 치고 있다고 생각합니다. 듣자 하니 셰익스피어의 시대에 어떤 사람이 땅바닥에 넘어져 얼굴에 흙이 묻은 것을 알지 못하고 있었는데, 이것을 본 사람이 큰소리로 웃었다고 합니다. 지금은 다릅니다. 만약 웃는다고 한다면 오히려 이 웃고 있는 사람을 웃어야만 합니다. 시대가 변하면 세상도 변합니다. 인정도 달라질 겁니다. 그런데 중국에는 유머라고 불리는 것은 대부분이 『소림광기』[3]식을 벗어나지 못합니다. 정말로 어찌할 수가 없습니다. 소품문의 전도도 평탄하지 않겠으나 일단 시도해 볼 따름입니다.

사진은 작년에 찍은 것밖에 없습니다. 만약 잡지에 사용하지 않고 선생 개인이 필요하신 거라면 보내 드리겠습니다.

그럼 이만 줄입니다.

건강하시기 바라며

4월 1 밤

루쉰

주)_____

1) 원문은 '流詞瑣語'.
2) 원문은 '虛憍恃氣'.
3) 『소림광기』(笑林廣記). 명대에 풍몽룡(馮夢龍)이 편한 『광소부』(廣笑府) 13권이 있었는데 청대에 와서 금지당했으나, 뒤에 서점이 『소림광기』 12권으로 개편했다. 편자는 '유희주인'(游戲主人)이라고 서명했다.

340403① 야오커에게

야오커 선생께

어제 책[1] 1권을 보냈는데, 도착했는지요.

소설 삽화는 이미 받았습니다. 오늘 다른 편으로 등기로 보냈습니다. 내용은 5매입니다. 2매는 비슷한 것이기에 어느 쪽이든 선택하시기 바랍니다. 작가는 성이 웨이[2]라고 하고 그림에 서명이 있습니다. 상하이의 목판화가 수는 이미 줄어들었습니다. 대체로 생활 때문에 흩어졌습니다. 현재 저는 웨이군을 발견한 것밖에 할 수가 없습니다. 모필毛筆을 사용하는 것이 중국의 화풍입니다만, 아직 유치한 점이 있고 기구와 의복에도 착오가 있습니다(예를 들어 상의가 왼 섶을 안으로 들어가게 입고 있는 것 등). 그러나 용속庸俗은 아닙니다. 유럽인의 작품과 비교한다면 착오는 적습니다. 사용할 수 있을지 생각해 주십시오.

상하이는 늘 비가 오고, 내리지 않으면 시커먼 하늘입니다. 우리는 변함없이 잘 지내고 있으니 걱정하지 마시기 바랍니다.

「베이핑소묘」[3]는 3일에 걸쳐서 게재되었습니다. 여기서 발표할 수 있는 것은 이 정도밖에 쓸 수 없겠죠.

그럼, 이만

건필을 기원하며

4월 3일

위 돈수

340403② 웨이멍커에게[1]

XX 선생께

그림과 편지 이미 받았습니다. 그림을 다시 그릴 필요는 없습니다. 의복 등에는 작은 착오가 있으나 전체적으로 영향은 없습니다. 그래서 오늘 발송했습니다. 「셔츠」 2점[2]은 어느 쪽이 좋을지 저도 결정하기 어려워 모두 보냈습니다. 그쪽에서 골라 주겠지요.

『열녀전』[3]은 번각翻刻에 또 번각을 한 상태이니 선線이 죽었습니다. 송본宋本은 대체로 좋은 것이 많습니다. 송본은 고개지[4]에서 나왔는데, 원화原畵는 잃어버렸지만 유정서국有正書局이 출판한 당나라 사람의 임본臨本 10점이 있어서 『여사잠도』라고 부릅니다. 한 권 사서 비교해 보십시오(다만 그 그림은 『열녀전』이 아닙니다. '비교'라는 말은 그 필법을 비교하는 것일 따름입니다).

모필毛筆로 그림을 그리는 재미는 제 생각에는 필촉筆觸에 있습니다. 부드러운 붓을 사용하면서 힘차게 그린다는 것은 중국 회화의 본령이지요. 사의화寫意畵를 난폭하게 그리고는 힘있음을 드러내는 것은 쉽지만, 미세하게 그려서 힘있음을 드러내는 것은 어렵습니다. 그래서 옛날에는 소위 '철선묘'鐵線描라는 것이 있었는데, 이것은 미세하고 또 힘찬 화법입니다. 이것을 그리는 사람은 일찍이 사라졌습니다. 단지 한 글자도 소홀히 해서는 안 되기 때문입니다.

중국 옛 서적의 삽화는 취할 만한 것이 많다고 생각합니다. 그러나 늘 고서점을 돌아다니지 않으면 발견하기 어렵습니다. 또 청조 말년에 오우여라는 사람이 있었는데, 상하이의 건달과 기녀를 묘사한 명인입니다. 수년 전에 『우여묵보』[5]가 출판되었는데, 본 적이 있습니까?

간단히 답신을 대신합니다.

건강하시기 바라며

4월 3 밤

쉰 올림

주)_____

1) 이 편지는 1937년 7월 14일 『베이핑신보』(北平新報)의 「문예주간」에 게재되었던 것에 근거했고, 발표할 당시 수신자의 이름이 삭제되어 있었다.
2) 웨이멍커(魏猛克)는 루쉰의 소개로 미국의 스노가 번역한 중국 단편소설집 『살아 있는 중국』 속의 「아Q정전」을 위해 삽화를 그렸다. 「셔츠」 2점은 아Q와 왕털보의 싸움장면을 다른 구도에서 그린 것이다.
3) 『열녀전』(列女傳). 『고(古)열녀전』이라고도 한다. 한나라 유향(劉向)의 작이다.
4) 고개지(顧愷之, 顧愷之, 약 345~406). 자는 장강(長康), 진링 우시(晉陵無錫; 지금의 장쑤성에 속함) 사람이며, 동진(東晉)의 화가다. 『여사잠도』(女史箴圖)를 그렸는데, 전해지는 바로는 현존하는 것은 꽤 오래된 모본(摹本)이라고 한다.
5) 『우여묵보』(友如墨寶). 곧 『오우여묵보』(吳友如墨寶). 화집으로 오우여가 『점석재화보』(點石齋畫報)에 발표한 작품의 총집이다.

340404 타오캉더에게

캉더 선생께

　　보내 주신 편지 잘 받았습니다. 사진은 기회가 되는 사람에게 부탁하더라도 시간이 걸릴 거라고 생각합니다. 편지를 동봉하고 사진은 우치야마서점에 맡겨 두었습니다. 귀사에는 일하는 사람이 있으니 그 사람 편에 이 편지를 가지러 가게 해서 찾으신다면 좋겠습니다.

　　이만 줄입니다.

　　건강하시기 바라며

4월 4일 밤

쉰 돈수

340405① 장후이에게[1]

샤오칭 선생께

　　2월 25일자 편지와 원고[2] 두 편은 이미 받았습니다. 또 책[3] 2권을 보내 주셔서 대단히 감사합니다. 방금 3월 25일자 편지를 받고 모두 잘 알게 되었습니다. 상하이에 집을 구하고자 하니 자질구레한 일이 너무 많아서 원고도 오늘에서야 겨우 차례차례 읽었습니다. 모두 감정이 성실하고 문장은 유창한데, 다만 정말로 편지에서 말씀하셨던 대로 오늘에는 퇴폐로 기울어졌다고 느낍니다. 그러나 모두 구작舊作이기 때문에 결점이라고 할 정도도 아닙니다. 『국풍』의 신역은 특히 알기 쉽고 생동적인 것이, 누구라도 알 수 있어서 출판의 가치가 있습니다. 애석하게도 이곳 출판계는 날로 조락하고, 저는 압박을 받은 지 오래되어 지하에 살고 있는 것처럼 되어 힘을 쓸 수가 없습니다. 좀 전에 서점에 부탁하여 등기로 반송했으니 잘 살펴보시기 바랍니다. 모처럼 기대하셨을 텐데 정말로 죄송합니다.

목판화는 최근 신흥의 예술로 유화보다 손을 사용하기가 쉽고 전하기도 편리합니다. 량유공사가 출판한 목판화 4점[4]의 작가 수완은 뛰어납니다만, 그것을 모방한다면 해가 될 것입니다. 왜냐하면 그 도법刀法은 간략하여 흑과 백이 분명하게 나뉘고 기초가 단단하지 않으면 이 경계에 도달할 수 없으며, 조금이라도 긴장을 풀면 조잡하게 되기 때문입니다. 참고만 하신다면 물론 나쁜 것은 아닙니다. 그래서 초심자는 세밀하고 안정된 이를 본보기로 삼는 것이 좋을 듯합니다.

그럼 이만 줄입니다.

건강하시기 바라며

4월 5일

루쉰 올림

주)＿＿＿＿

1) 장후이(張慧, 1909~1990). 자는 샤오칭(小靑), 광둥 싱닝(興寧) 사람으로 목판화가. 당시 광둥성 메이현(梅縣) 쑹커우중학(松口中學)에서 교편을 잡고, 여가로 판화와 창작에 종사했다. 작품으로『장후이 목판화』가 있는데, 손으로 인쇄하여 자비로 출판했다.

2) 장후이의『국풍』(國風) 현대어 번역원고. 뒤에『들판에 죽은 노루가 있다』(野有死麕)를 자비 출판했다.

3) 장후이의 회상에 따르면 그가 자비 출판한 구체시집(舊體詩集)『퇴당집』(頹唐集)과 산문집『동해귀래』(東海歸來)를 가리킨다.

4) 마세렐(F. Masereel, 1889~1972)의『어느 한 사람의 수난』(*Die Passion eines Menschen*),『광명의 추구』(곧『태양』*Die Sonne*),『나의 참회』(곧『나의 기도』*Mein Stundenbuch*),『글자 없는 이야기』(*Geschichte ohne Worte*)를 가리킨다. 모두 1933년 9월 량유도서인쇄공사(良友圖書印刷公司)에서 출판했다.

340405② 천옌차오에게

우청 선생께

3일자 편지와 목판화 1장을 오늘 받았습니다. 이것은 구도가 안정적이고 칼의 낭비도 거의 없습니다. 다만 저는 굴뚝이 너무 많다고 생각합니다. 보통의 공장은 그렇게 많지 않습니다. 또 '기적이 울린다'는 공장의 작업개시 시각인데, 왜 굴뚝에서 연기가 나오지 않는 것입니까? 그리고 노동자는 머리가 작고 팔이 큰데, 보는 사람에게 '기형'의 느낌을 주지 않도록 아주 조심하지 않으면 안 됩니다. 조금이라도 그런 느낌이 있다면 폭력적으로 지식이 없음을 풍자하고 있는 것이 됩니다. 다만 이것은 거기까지는 이르지 않았습니다. 지금 갑자기 생각난 것으로 말이 나온 김에 했습니다.

미술서적은 고가의 것뿐이니 개인이 구입하기 어렵기 때문에 공동으로 구입해서 열람하는 하나의 기관이 있어야 합니다. 이전에 한 단체[1]가 있어 삼사십 권의 장서를 갖고 있었는데, 전후戰後[2] 소실되고 책도 사람들이 가져가 버려 사라졌습니다. 지금은 회화의 단체도 설립할 수 없고, 저의 장서도 집이 아닌 다른 장소에 두지 않을 수 없습니다. 불편하지만 이런 상황에서는 좋은 방법도 생각나지 않습니다.

중국의 소설 삽화는 선생이 말씀하신 것 외에 아직 많이 있습니다만, 모두 목각 고서로 개인의 힘으로는 구입할 수 없으니 말해도 소용이 없습니다.

목판화를 고취하기 위해서는 계간잡지를 내는 것이 좋다고 생각합니다. 반년간 혹은 부정기간을 내고 매호 판화 20점을 엄선하여 100권을 인쇄합니다. 그 방법으로는 우선 목판의 화집을 모아서 고르고 결정한다면 작가로부터 판목을 빌려서 인쇄합니다. 구미의 판화가는 대체로 소형의 인쇄기계를 갖고 있습니다만 우리는 손으로 인쇄할 수밖에 없습니다. 그래서 어려움이 있기 때문에 인쇄소에 건네줄 수밖에 없습니다. 그러나 그렇게 해도 원가가 높습니다. 인쇄소의 최저 인쇄부수는 오백 권으로 백 권밖에 인쇄하지 않더라도 인쇄 요금은 오백 권으로 계산하기 때문입니다.

그 다음은 종이입니다. 만약 선지宣紙를 사용한다면 한 권은 약 3자오 반, 초갱지抄更紙(일종의 두꺼운 종이厚紙로 선지와 비슷하지만 실은 찢어진 종이를 사용해서 제조한 것)는 2자오, 만약 단장單張[3]을 사용한다면 반값이지만 예쁘지는 않습니다. 양지洋紙도 적당하지 않습니다. 만약 선지를 사용한다면 인쇄부터 제본까지 한 권에 5자오가 들고 그렇다면 백 권에 50위안입니다. 초갱지는 약 30위안입니다.

고른 한 점마다 작가에게 한 권을 증정한다면 팔 수 있는 것은 80권이며 한 권의 정가는 5자오, 대리판매점에 20% 할인해 주고, 전부 판다면 32위안의 원가를 회수할 수 있는데, 손해는 약 20위안입니다. 초갱지를 사용하고 5자오에 판매한다면 손실은 없습니다.

요 몇 년 새 목판화의 화집을 본다면 20점은 고를 수 있습니다. 그 정도의 인쇄 공임과 지대紙代는 제가 어찌할 수 있을 것 같고 혹은 스스로 해 볼 수도 있습니다. M.K.목각회[4]와 상담하는 일은 편지를 받은 뒤에 다시 얘기하겠습니다.

다만 독자와 문통文通하거나 투고를 모집한다면 사무소를 차려 세상에 알리고 발매소도 만들 필요가 있는데, 이것에 관해서는 어떤 방법을 쓰면 좋을지 생각해 보지 못했습니다.

그럼 이만

몸조심하시기 바라며

4월 5밤

쉰 올림

주)_____

1) 상하이의 이바이사(一八藝社)를 가리킨다. 그 장서는 '1·28'전쟁 중에 산실되었다.

2) 1931년 1월 28일 상하이사변 이후를 말한다.

3) 찢어진 두꺼운 종이를 말한다.

4) 곧 M.K.목각연구회. 1932년 9월 상하이미술전과학교(上海美術專科學校)에서 성립되었다. 주요 회원은 저우진하이(周金海), 장왕(張望), 천진즈(陳晉之), 왕사오뤄(王紹絡), 진펑쑨(金逢孫) 등이다. M.K.라는 것은 Muke(목각의 로마자 표기)의 약자. 당시 루쉰은 판화 잡지를 내려고 했고 천옌차오에게 M.K.목각연구회와의 협의를 의뢰했다.

340406 천옌차오에게

우칭 선생께

오늘 아침 편지를 보냈습니다. 도착했을 거라고 생각합니다. 오후에 제가 소장하고 있는 판화를 보고 또 보았는데, 출판할 수 있는 것은 그다지 많지 않습니다. M.K.목각회가 전람회[1]를 열었을 때 저도 가서 보고 몇 점을 사온 적이 있습니다만, 대부분이 출판할 수 없는 것입니다. 지금 주변의 작품 가운데 출판할 수 있는 것은 다음과 같습니다.

이궁[2] : 추推

즈두이[3] : 소녀, 금樂을 타다奏琴, 홍수 뒤의 집水落后之房屋

이상 두 사람은 대체로 미전美專의 학생으로, 최근에 『목각집』을 냈습니다.

천바오전[4] : 11월 17일, 시대의 차바퀴를 미는 자時代的推輪者

푸즈[5] : 윤전輪輾 7

장즈핑[6] : 출로出路

?　　 : 담배쌈지煙袋

?　　 : 중개인薦頭店

이상 다섯 사람은 M.K.회 회원입니다.

바이타오白濤 : 일工作, 가두街頭, 작은 배小艇, 흑연黑煙

우청霧城 : 창窗, 풍경風景, 끌기拉, 기적汽笛 ……

이상 작가는 9명, 작품은 18점.

바이타오 형은 돌아간 듯한데, 그를 알고 있습니까? 만약 판목을 갖고 갔다면 14점밖에 없고, 작가 미상의 2점도 이번에 제외한다면 12점을 갖고 한 권으로 정리해도 좋습니다.

이 밖에도 천톄겅陳鐵耕, 뤄칭전羅淸楨 두 사람은 소개할 만한 좋은 작품이 있습니다. 그러나 상하이에 없기 때문에 다음 기회를 기다리지 않으면 안 되겠습니다.

출판해서 걸릴 듯한 것은 피하는 수밖에 없습니다. 또 예후이사野穗社의 『목각화』[7]에 들어가 있는 것도 넣지 않는 것으로 했습니다.

이에 알려 드립니다.

몸조심하시기 바라며

4월 6 저녁

쉰 올림

1) 1933년 10월 16일 상하이미술전과학교에서 개최된 제4회 목판화전을 가리킨다.
2) 이궁(一工). 황신보(黃新波, 1915~1980), 광둥성 타이산(台山) 사람으로 판화가다. 당시 상하이미술전과학교의 학생으로 무명(無名)목각사와 M.K.목각연구회 회원이다.
3) 즈두이(之兒). 류셴(劉峴)이다. 서신 부록1-4. 류셴에게 보낸 편지와 주석 참조(『서신 4』 수록).
4) 천바오전(陳葆眞, 1914~?). 목판화가. M.K.목각연구회 회원이다.
5) 푸즈(普之). 곧 천푸즈(陳普之, 1911~1950)로 필명은 란자(蘭伽), 광둥성 푸닝(普寧) 사람이며 미술가다. 당시 상하이미술전과학교의 학생으로 M.K.목각연구회 회원이다.
6) 장즈핑(張致平, 1916~1992). 원명은 파짠(發讚), 또 즈핑(致平)이고 필명은 장평(張抨), 장왕(張望)이다. 광둥성 다푸(大埔) 사람으로 미술가다. 당시 상하이미술전과학교의 학생으로 M.K.목각연구회의 적극적인 회원 가운데 한 사람이다.
7) 예후이사(野穗社). 목판화 단체로 1933년 봄 상하이신화예술전과학교(上海新華藝術專科學校)에서 성립되었고, 주요 성원은 천옌차오, 천톄겅, 허바이타오(何白濤) 등이다. 『목각화』(木刻畵)는 곧 『목판화』(木版畵)로 이 단체가 편한 목판화 작품집이며 1933년 5월에 출판되었다.

340407 타오캉더에게

캉더 선생께

서신과 함께 『인간세』[1] 두 권을 동시에 받고, 한번 낭독하고는 정말로 숙연하게 속세를 떠나는 생각이 들게 하는 것이 있었습니다. 그러나 이때 이곳 이 작가들에게 이 작품을 고른 것은 원래 의중에 있는 것입니다. 위탕語堂 선생과 선생의 졸렬함을 감추지 말라고 부탁하는 성의에는 감사하고 또 감사합니다. 다만 격투해서 싸운 지 10년 근력이 상하고 힘들어 이리하여 깊이 깨달은 바가 있습니다. 확실한 것은 올해부터 평소 관계가 있는 잡지가 아니면 전부 가입하지 않고, 이로부터 여가를 얻는다면 손을 소매에 넣고 벽에 기대어 기세 좋게 허공을 잡거나 혹은 구르며 땅을 쓰다 듬는 대사장大師匠 무리가 태극권을 단련하는 것을 보고 조용히 관찰하며 자득自得하여 소품문의 위기가 목전에 다다랐어도 움직이려고 생각하지 않는 것입니다. 다행히 그 나태와 한가로움을 양해받기를 시도합니다. 이만 줄입니다.

건필하시기 바라며

4월 7일

쉰 돈수

주)_____

1) 소품문의 반월간으로 린위탕이 주편이다. 타오캉더(陶亢德), 쉬쉬(徐訏)가 편집하고 1934년 4월 5일 상하이에서 창간했다. 1935년 12월 20일 정간했다.

340409① 야오커에게

야오커 선생께

우인절[1]에 발송한 편지 지금 받았습니다. 중국에는 정확한 자국의 역사가 없을 뿐만 아니라 세계사도 없습니다. 무책임한 인간이 입에서 나오는 대로 적고, 청년은 영문도 모른 채 현재를 알고 옛날을 알며 밖을 알고 안을 알려고 하더라도 모두 말이 되지 않습니다. 제가 젊었을 때 사람들은 수염의 끝을 편으로 세우고 있는 것을 서양풍이라고 하고, 밑으로 내리고 있는 것을 국수國粹라고 했지만, 밑으로 내리고 있는 것이 몽고식임을 알지 못한 것입니다. 한당漢唐의 화상畵像은 모두 수염을 핀으로 세우고 있습니다.[2] 지금 소영웅 무리[3]가 양복을 입은 사람에게 초산硝酸을 뿌리며 파오쯔袍子, 마과馬掛로 바꿔 입게 하고 쾌재를 부르고 있는데, 이것은 만주 복장이었음을 잊어버리고 있습니다. 이러한 기만적이고 망령된 일에 대해서는 제가 단평에서 종종 언급하고 있지만 효과는 없습니다. 대체로 이러한 무리는 원래 글을 읽지 않기 때문입니다.

한당의 화상은 적당한 것을 골라서 출판하려고 생각한 적이 있습니다. 그렇지 않다면 수년이 걸려서 수집한 노력이 아깝기 때문입니다. 하지만 상하이는 시비是非가 벌집을 쑤신 것처럼 소란스러운 고장이라, 여기서 살아가고 있다면 붉은 열이 오르는 화로 위에 있는 것처럼 조급하기는 해도 조용하기는 어렵습니다. 장소를 바꿔서 잠시 정양靜養하고 싶다고 생각하지만, 적당한 장소가 생각나지 않습니다. 그러나 어찌되었든 이것은 생각할 수 없는 일입니다.

청초淸初의 학자는 당송唐宋을 종횡하며 논하고 명조의 유문遺聞을 모았습니다. 문자옥[4] 뒤 오로지 글자의 착오를 연구하게 되고 탄생일에 관해서 논쟁하는 등 '이웃집의 고양이가 새끼를 낳는다'[5]는 식의 학자로 변하고 말았습니다. 혁명 이후 원래 좀더 전개되었지만, 노예식의 가법家法을 지키는 것에 지나지 않습니다. 그러나 그 태도는 밥그릇에는 상당히 도움이 됩니다.

이만 줄입니다.

건필하시기를 기원하며

4월 9일

위 돈수

1) 우인절(愚人節), 만우절이라고도 부르는데, 곧 4월 1일이다. 구미의 풍속으로 이날은 사람들을 우롱하는 여러 가지 장난을 해도 된다.

2) 수염에 관한 일은 『무덤』(루쉰전집 1권)의 「수염 이야기」 참조.

3) 『신생』 주간 제1권 제10기(1934년 4월 14일) 기사에 "항저우에서 모던파괴철혈단(鐵血團)이 출현하여 초산수로 길 가는 사람의 모던한 옷을 불태우고, 또 박래품을 착용한 모던한 신사와 숙녀에게 경고하는 글을 발표했다." 당시 베이징, 상하이에도 이러한 조직이 있었다. 『꽃테문학』(루쉰전집 7권)의 「양복의 몰락」 참조.

4) 문자옥(文字獄). 봉건시대에 지식인을 박해한 사건으로, 종종 저자의 시문에서 고의로 글자를 뽑아 죄명을 나열하는 것이다. 이 청대의 문자옥은 량치차오의 『중국근삼백년학술사』(中國近三百年學術史)에 의하면 순치(順治), 강희(康熙), 옹정(擁正), 건륭(乾隆) 때 각각의 문자옥은 헤아릴 수가 없었는데, 건륭제 때만 해도 130회 이상 있었으며, 건륭 39년부터 47년까지 24차례나 책을 태웠는데, 불태운 서적은 모두 13,860부였다고 한다.

5) 원문은 '鄰猫生子'. 량치차오의 『중국사계혁명안』(中國史界革命案)에서 인용한 스펜서의 말이다. "어떤 사람이 어제 이웃집 고양이가 새끼를 낳았다고 했다. 사실이라고 하면 분명히 사실이다. 하지만 누가 무용(無用)한 사실임을 모르겠는가. 왜냐, 이것은 다른 일과 전혀 관계가 없고 우리 생활상의 행위에도 전혀 영향이 없기 때문이다."

340409② 웨이멍커에게[1]

××선생께

　7일자 편지는 받았습니다. 옛사람들의 '철선묘'鐵線描는, 인물을 그릴 때는 기구를 쓰지 않으나 집 같은 것을 그릴 때는 기구를 쓰는 것입니다. 제가 본 것은 계척界尺 하나와 반원형의 나무막대기 하나로 이것에 붓을 바싹 붙여 겹쳐 쥐고서 계척을 바꾸어 대면서 줄을 그어 나가는데 이렇게 하면 선이 구불지도 않고 크기도 일정하게 되는 것이었습니다. 이렇게 그린 그림을 '계화'界畵라고 합니다.

오우여의 화법을 배우는 데 위험한 점은 그의 매끄러운 가락油滑입니다. 그는 『화보』²⁾를 찍어 내는데 매달 약 40~50장의 그림을 그립니다. 그는 사진을 찍지 않고 약물을 사용해 특별한 종이에 그린 것을 직접 석판에 올립니다. 그림을 많이 그리다 보니 나중에는 매끄러운 가락이 됩니다. 그러나 관찰이 정밀한 점은 취할 만합니다. 하지만 그것도 외국인이 많은 도시의 사정에 한해서 그렇지 농촌의 경우는 그렇지 않습니다. 그의 말류는 후이윈탕³⁾에서 낸 소설 삽화의 화가입니다. 그런데 예링펑⁴⁾ 선생은 스스로 중국의 비어즐리⁵⁾라고 생각하고 있습니다. 그러나 그들은 상하이에 살면서 건달기에 물들었으므로 서로 비슷해 보입니다.

새로운 예술이란 아무 근거도 없이 하늘에서 떨어지는 법은 없습니다. 아무튼 이전의 유산으로부터 계승하기 마련입니다. 그것을 채용하는 것은 곧 투항을 의미한다고 생각하는 청년들이 더러 있는데, 그것을 '채용'하는 것과 '모방'하는 것을 혼동하는 것입니다. 중국과 일본의 그림이 유럽에 전파되자 사람들이 그것을 채용함으로서 '인상파'⁶⁾가 생겼는데, 인상파를 중국 그림의 포로라고 말하는 사람이 있습니까? 오로지 유럽에서 이미 정평이 난 새로운 예술만을 배우는 것은 모방에 지나지 않습니다. '다다파'⁷⁾는 괴상한 얼굴을 만드는 것이고, 미래파⁸⁾도 '기괴'한 것으로 사람들을 놀라게 하는 데 지나지 않습니다. 비록 새로운 것이긴 하지만 마야코프스키⁹⁾의 실패(그도 그림을 많이 그렸습니다)를 본다면 그것이 바로 거울이 됩니다. 채용하는 데는 물론 조건이 있습니다. 예를 들어서 유행시키기 위해 전적으로 저속한 취미를 취한다면 그것이 잘못임은 말할 것도 없습니다. 이것은 나쁜 점을 취한 것입니다. 반드시 남이 알아볼 수 있고 사람들에게 유익하며 또 예술이 아니면 안 됩니다. 「모씨 형님」은 비록 실패작이기는 하지만, 남이 알아볼 수 있는 것입니다. 천징성¹⁰⁾ 선생의 연환도화를 저는 주의 깊게 보았습니다. 그러나 솔직히 말해 아무리 집중을 해도 이해할 수 없을 때가 있습니다. 얼핏 보고도 분명히 알아볼 수 있는 사람은 아마 많지 않으리라고 생각됩니다.

신문에서 토론을 전개한다는 것은 좋은 일입니다. 그러나 저는 별로 할 말이 없습니다.

저는 그림을 그릴 줄 모르지만 2년간 해부학을 배우면서 시체를 여러 번 그려 봤으므로 팔다리의 비례에 대해서는 대략 알고 있습니다. 이번에 그에게 살을 붙이고 옷을 입혔으나 결국은 생기가 없게 되었습니다.[11] 얼굴 모양은 연극에서 본 것이려니와 이 공소의 얼굴은 그리기도 쉬운 것이었습니다. 더구나 그 얼굴 모양이 제대로 되었느냐 못 되었느냐 하고 평할 만한 사람도 없습니다. 만일 이것이 '사람'이라면 저는 그릴 수 없습니다.

이상으로 답신을 대신합니다.

평안하시기를 바라며

4월 9 밤

쉰 올림

주)_____

1) 이 편지는 1937년 7월 21일 『베이핑신보』(北平新報) 별책 『문예주간』에 실린 것에 근거해 수록했다. 게재된 것에는 수신자의 이름이 생략되어 있다.

2) 곧 『점석재화보』로 순간(旬刊)이며 『선바오』 별책으로 출판된 석인(石印)의 화보다. 오우여는 이것의 편집인이다. 1884년에 창간되고 1898년에 정간되었다.

3) 후이원탕(會文堂). 상하이의 출판사. 1903년에 선위린(沈玉林), 탕서우첸(湯壽潛) 등이 설립하고 각종 연의소설(演義小說)로 유명했다. 1916년부터 1926년까지 『역조통속연의』(歷朝通俗演義) 1종을 발행했는데, 그 안에는 치졸한 삽화가 많았다. 1926년 조직 개편을 거쳐 후이원탕신지서국(新記書局)으로 명명했다.

4) 예링펑(葉靈峰, 1904~1975). 장쑤 난징 사람으로 작가이자 화가다. 창조사 성원이었다. 1926년부터 27년 초에 걸쳐 상하이에서 판한녠(潘漢年)과 공동으로 『환주』(幻洲) 반월

간을 창간하고 '신건달주의'를 고쳤다.
5) 비어즐리(Beardsley, 1872~1898). 영국 화가. 도안(圖案)적인 백과 흑의 선으로 사회생
활을 묘사한 작품이 많다. 인물을 마른 형태로 그렸다.
6) 인상파(impressionism). 19세기 80년대에 유럽에서 형성된 회화 유파다. 330801② 편
지 참조.
7) 다다파. 보통 다다이즘(dadaism)이라고 부른다. 제1차 세계대전 당시 스위스, 미국, 프
랑스에서 유행한 유파이다. 예술의 법칙성에 반대하고 언어, 형상의 사상적 의의를 부
정하며 잠꼬대와 혼란스러운 말 그리고 괴상망측한 형상으로 설명할 수 없는 사물을
표현했다. 당시 청년 세대의 정신상태를 반영한 것이었다.
8) 미래파(futurism). 20세기 초에 이탈리아에서 형성된 예술 유파다. 문화유산과 일체의
전통을 부정하고 현대의 기계문명을 강조해서 표현했지만, 그 형식은 기이하여 이해하
기 어렵다.
9) 마야코프스키(Владимир Владимирович Маяковский, 1893~1930). 소련 시인으로 저서
에 장편시 『레닌』(Владимир Ильич Ленин), 『좋습니다』(Хорошо!) 등이 있다. 10월혁명
뒤 자신의 시에 삽화를 그렸는데, 그 일부는 미래파의 영향을 받은 것으로, 이해하기 어
렵다.
10) 천징성(陳靜生). 당시 연환도화(連環圖畫) 작가다.
11) 『아침 꽃 저녁에 줍다』(루쉰전집 3권) 「후기」에 루쉰이 그린 삽화 「무상」(無常)을 가리
킨다.

340412① 천옌차오에게

우청 선생께

　　10일 밤 편지와 목판화를 받았습니다. 세 점 모두 평범하지만 「피난」
은 좀 낫습니다.

　　판화의 출판은 천 부 이하는 불가능합니다. 예를 들어 당신의 「이
별」賦別은 약 48평방인치는 되지요. 1평방인치는 제판製版비가 높아서 1자
오 2편分, 싸도 8편이기 때문에 어떻게 하더라도 4위안 내지 5위안이 듭니
다. 한 권에 20점을 수록하면 제판비만으로 100위안 전후는 들겠네요. 게

다가 싸게 한다고 좋은 것은 아닙니다. 싸게 하면 판이 종종 정확하지 않아 간혹 선線의 굵기까지 원래와 달라지고 맙니다. 그래서 판목을 사용하여 깎는 수밖에 없습니다. 고른 그림이 다른 곳에서 온 것이라면 작가에게 판목을 우송해 달라고 부탁해 주십시오. 소포라면 4, 5자오면 되겠습니다. 그렇게 한다면 반송할 때의 우편대도 포함해 겨우 1위안입니다. 판목의 입수가 불가능한 것이 있다면 몇 점은 제판해도 괜찮습니다.

M.K.사가 이 일[1]을 진행해 준다면 고맙겠습니다. 그러나 지구력이 있고 또 어떤 작은 일도 큰 일로 다루고 책임감이 강한 사람이 없어서는 안 됩니다. 예를 들어 용지를 선택하는 것, 인쇄에 관한 것, 제본에 관한 것 모두 검토하고 조사해 두어야만 합니다. 제가 알고 있는 바에 의하면──

초갱지는 한 묶음에 약 90매, 가격은 1위안 2 내지 3자오(구화당九華堂), 많이 사면 20% 할인, 찢어진 것이나 오염된 것을 골라내고 남은 70매는 사용할 수 있겠죠. 이 1장을 2장으로 재단하고 각 1장에 양洋 1펀分이 필요합니다.

목판에 인쇄하고 또 단지 백 부만 한다면 수동식을 사용할 수 있습니다. 중국의 종이에 인쇄한다면 양질의 묵을 사용하고 기름은 적은 것이 좋습니다.

표지는 싼 양지洋紙를 사용해도 괜찮지만 두꺼운 것이 아니면 안 됩니다.

이 밖에도 여러 가지 있습니다. 어떤 것이든 사전에 검토하고 확정하고 나서 인쇄에 착수하지 않으면 안 됩니다. 그리고 내용의 선택이 특히 엄격해야만 합니다. 좋지 않은 작품이 많은 것보다도 적어도 좋은 작품이 있는 것이 낫고, 판매를 고려해 풍경, 정물, 미녀도 약간 넣어 두어야 합니다.

공장의 상황은 저도 알지 못합니다. 그렇지만 생각해 보니 증기를 방출한다면 그 증기는 보일러에서 나오는데, 석탄을 태우지 않는다면 보일러의 물이 끓을 리가 없습니다. 대체로 석탄은 넣을 분량이 잘못되었다 하더라도 하루 종일 태우겠죠. 그래서 작업시간이 되지 않았는데도 굴뚝에는 연기가 나는 것입니다. 그러나 이것은 확실하게 알고 있는 사람에게 물어보기를 권합니다.

그럼 이만 줄입니다.

몸조심하시기 바라며

4월 12일

쉰 올림

주)_____

1) 목판화 간행물 출판과 관련된 일을 말한다. 340405② 편지 참조.

340412② 타이징눙에게

징눙 형

7일자 편지 잘 받았습니다. 젠스兼士의 작품[1]은 문외한이기 때문에 사실 감히 입을 열지 못하겠습니다. 하지 못할 것은 아니나 할 수 없습니다. 제게 각석刻石의 서書[2]를 지으라고 명하는 것은 정말로 뇌막염이 발발하는 것처럼 너무 뜻밖의 일입니다. 필화筆畵하는데 평온할 수 없다면 사용할 수 있을까요? 상하이의 유머는 좀 퇴색했고 위탕語堂은 소품문의 편집으로 돌아서서 『인간세』라고 이름 붙이고 최근 제1기를 선보였습니다. 류

박사의 「간천행」³⁾에서 말했습니다. "일전에 조선미인도^{朝鮮美人圖} 한 폭을 얻었다. 지묵^{紙墨}을 아주 새롭게 하고 포국^{布局}도 대단히 각별하다. 생각건 대 속공^{俗工}이 옛날의 분본^{粉本}을 살펴서 회성^{繪成}한 것이다"라고. 지묵을 일신하면 곧 속공.⁴⁾ 즉 오늘에 태어나서 아雅가 되는 것은 곤란. 이것이 건 륭지^{乾隆紙5)}의 귀한 까닭인가? 연래 정말로 귀성^{歸省}할 뜻이 있음. 하지만 발섭^{跋涉}이 쉽지 않음. 여부는 지금 특히 아직 정할 수 없음.

　　이만 줄입니다.

　　행운이 가득하기 바라며⁶⁾

4월 12 밤

준隼 돈수

주)＿＿＿＿

1) 340327① 편지 참조.
2) 원문은 '刻石之書'. 루쉰이 쓴 「웨이쑤위안 묘지명」(韋素園墓記)을 가리킨다. 뒤에 『차개 정잡문』에 수록되었다.
3) '류 박사'의 원문은 반눙 국가박사(半農國博), 곧 류반눙(劉半農)을 가리킨다. 320618② 서신 참조. 「간천행」(東天行)은 그가 지은 『쌍봉황전재소품문』(雙鳳凰磚齋小品文) 가운 데 한 편으로 『인간세』 제1기(1934년 4월 5일)에 실렸다.
4) 직인(職人)을 멸시하는 말.
5) 청의 건륭 연간에 제조된 종이로 회화용 또는 목판화용의 진귀한 고급 종이다.
6) 원문은 '曼福不盡'.

340412③ 야오커에게

야오커 선생께

　지금 8일자 편지를 받았습니다. 1일자 편지도 이미 받았습니다. 9일에 답신을 보냈습니다만 생각해 보니 검열을 은사恩賜받은 뒤에 손에 도착했을 듯합니다. 양모楊某에게 보낸 편지[1]는 일부를 적은 것에 불과한데, 여태 만나온바 변화가 많고 음험하게 사람을 속이고 태도를 자주 바꾸는 무리가 아주 많습니다. 그렇지만 습관이 되어 이상하다고 생각지 않습니다. 많은 것을 적을 가치가 없기 때문에 단지 대략을 대답했을 따름입니다. 그러나 선생은 이미 침통함을 느꼈는데, 이제까지 만나온바 이런 종류의 인간이 아직 적다고 생각되면 이 또한 다행한 일입니다. 그러나 조심하지 않으면 안 되는데, 만약 입 안 가득 격렬한 얘기만을 하는 인간은 경계하는 것이 바람직합니다.

　쉬허徐訐의 창작문제에 대한 논쟁[2]은 표면상으로는 단순한 듯하지만, 내부는 표면상과 같이 그렇게 간단하지 않습니다. 상하이 문단의 어정쩡함은 여기서도 볼 수 있습니다. 최근 2년 동안 일체의 무치無恥하고 나쁜 일이 없었던 적이 없고, '박사', '학자'의 여러 존칭은 이미 악명惡名이 되었습니다. 이제부터 '작가'라는 칭호도 다소 자애를 심득한 인간은 싫어하게 되었습니다. 최근 다른 일을 익히지 않았기 때문에 전직轉職할 수 없는 것이 유감이라고 생각합니다. 그렇지 않으면 마차를 끌고 쌀을 파는 편이 작가보다도 청결합니다. 왜냐하면 마차를 끌고 쌀을 판다면 마부나 소상인에 지나지 않지만, '작가'라는 이름에는 무수한 악행이 포함되어 있기 때문입니다.

　편지에서 뛰어난 삽화는 큰 유화보다도 힘이 있다고 말씀하셨는데,

이것은 대단히 정확합니다. 그러나 이것에 주의하는 중국의 젊은 화가는 극히 적습니다. 첫째, 젊은 사람은 이제까지 한 가지 나쁜 습관이 있습니다. 그것은 과학이 싫으면 문학가가 되고, 문장을 쓸 수 없으면 미술가가 되고, 긴 머리칼을 펴서 커다란 넥타이를 만든다면 그것으로 끝입니다. 약간 나은 것은 두드러진 것을 하고 싶어서 오로지 '미래파', '입체파'[3]의 작품을 고맙게 보지만, 각고의 노력을 들여서 진지한 그림을 그리려고는 하지 않습니다. 얼굴은 반드시 왜곡하여 녹색을 많이 칠하지만, 왜곡되지 않은 인간의 얼굴은 그릴 수 없습니다. 그래서 큰 폭의 유화는 그려도 '말기'木技의 삽화는 그릴 수 없습니다. 예를 들어 재주넘기는 가능해도 똑바로 걸을 수 없는 아이와 같습니다. 둘째, 그들의 선생이 책임을 지지 않으면 안 됩니다. 이 또한 기기괴괴한 것이 많은데, 무언가를 가르치고자 하지 않기 때문입니다. 중국의 전통적인 삽화와 외국의 현대 삽화에 관해서 젊은 예술가는 거의 모릅니다. 특히 기괴한 것은 미술학교에는 거의 장서가 없습니다. 저는 고급은 아니지만 유익한 말기木技를 소개하는 전문잡지를 창간하고자 생각한 적이 있습니다만, 자금, 원고, 독자 어떤 것도 어려워서 실현할 수 없었습니다.

상하이는 봄이지만, 매일 바람과 비고 또 따뜻하지 않습니다. 그저 조용히 칩거하며 근래에는 친구도 더욱 줄어들어 완전히 적막을 느끼고 있습니다. 선생은 늦어도 며칠쯤 남쪽으로 오실 겁니까? 얘기할 기회가 있으면 다행이겠습니다.

이만 줄입니다.

건강하시기 바라며

4월 12일

위 돈수

1) 이것은 「양춘런(楊邨人) 선생의 공개서신에 대한 공개답신」을 가리킨다. 뒤에 『남강북 조집』(루쉰전집 6권)에 수록되었다.

2) 1934년 2월 칭다오푸(淸道夫; 린시쥐안林希雋의 다른 이름)가 한스형(韓侍桁)이 제공한 자 료에 근거하여 『문화열차』(文化列車) 제9기에 「'해파'의 신인 허자화이(何家槐)의 소설 은 다른 사람의 작품이다」를 발표하여 허자화이가 쉬촨펑(徐轉蓬)의 소설 몇 편을 자신 의 이름으로 발표한 것을 폭로하고, 계속해서 『선바오』의 「자유담」, 『문화열차』 등이 이 어서 당사자의 고백과 양춘런, 한스형, 위원저우(宇文宙; 곧 런바이거任白戈) 등의 논평을 게재하여 논쟁이 되었다.

3) 입체파(立體派). 20세기 초 프랑스에서 형성된 예술 유파. 사물을 객관적으로 묘사하는 것에 반대하고, 기하학적인 도형을 조형예술의 기초로 삼을 것을 주장했다. 작품의 구 도가 기괴하다.

340413 어머니께

어머님 전. 4월 7일자 편지 잘 받았습니다. 베이징의 집은 모두 평안하다 는 얘기를 들으니 아주 기쁩니다. 허썬和森과 쯔페이子佩[1]는 아직 만나 지 못했습니다. 집을 떠나 상하이를 지날 때 방문할 거라고 생각합니 다. 하이잉은 많이 나았고 의사의 추천으로 매일 알약 두 알을 먹고 있습니다. 건강증진제라는 것으로 요즘 식욕은 늘어났으나 뚱뚱하지 는 않습니다. 대체로 이 나이는 하루 종일 장난을 치고 차분히 있지 않기 때문에 뚱뚱하지 않습니다. 의사는 올해 여름 자주 일광욕을 시 켜 피부를 검게 태우라고 당부하지만, 이것은 바닷가나 야외에서나 가능한 일이지 상하이의 집에서는 할 수 없습니다. 여름이 되면 뭔가 방법을 생각해 볼 작정입니다. 올해 이곳의 날씨는 아주 불순하여 매 일 바람이 불고 비가 내리고 또 춥습니다. 하이마害馬는 이전부터 남진과 우룽²⁾에 가 보고 싶다고 했는데, 올해는 공교롭게도 녹일³⁾ 때에 춥거나 비가 내려서 갈 수가 없었습니다. 지금도 밤에는 면옷을 입어야 합니다. 하이마는 건강하고 저도 건강합니다. 다만 최근 위가 아픈데, 이것은 지병으로 약을 4, 5일 먹으면 나으니 먼 곳에서 걱정하지 마시기 바랍니다. 급히 용건만 간단히 적습니다.

항상 건강하시기 바라며

4월 13일

아들 수, 광핑, 하이잉 올림

주)＿＿＿＿

1) 허썬(和森)은 곧 롼허쑨(阮和孫)으로 340315② 편지 참조. 쯔페이(子佩)는 곧 쑹린(宋琳, 1887~1952)으로 루쉰이 베이징을 떠난 후 루쉰의 부탁으로 베이징 거처를 돌보았다. 1930년 이후 루쉰과 베이징 거처 사이의 서신은 대부분 그가 대신 쓰거나 전해 주었다.
2) 남진(南鎮)과 우룽(禹陵). 모두 사오싱(紹興)의 옛 유적이다. 남진은 우룽 동남쪽 약 1킬로미터에 있으며 남진묘(南鎮廟)가 있다.
3) 원문은 '香市'. 음력 2월 19일로 관음보살탄생일을 기념하기 위해 녹일(綠日)이라고 한다. 양력으로는 4월 9일이었다.

340414 리례원에게

례원 선생께

지금 13일자 편지와 원고 6편을 받았습니다. 마음속 깊이 감사드립니다. '이 공公'은 선생의 동향으로 나이는 아직 '이립'而立이 되지 않았습니다. 문장을 읽어 보면 젊은데 세상과 깊이 통하고 있지만, 그것은 서적 혹은 상상에서 온 것으로 실제상의 각종 곤란을 사실상 경험한 적은 많지 않습니다. 원고에 약간 가필하고 이미 해석을 더했으니 오해가 없기를 바랍니다.

일전에 또 한 편을 받았습니다. 여기에 동봉했습니다.

건강하시기 바라며

4월 14일

쉰 돈수

340415 린위탕에게[1]

좀 전에 13일자 편지 잘 받았고, 말씀하신 건은 삼가 알겠습니다. 저는 시종 사私에 두텁고 공公에 얇아서 이전에 사진을 드리지 않았던 것은 '개인적인 청탁이 아니라', 독자제현에게 공公으로 여겨질까 염려되었기 때문입니다. 최근에 사상은 후퇴하고 '작가'라는 이름은 들어도 아주 머리가 아픕니다. 그리고 붓을 놓은 지 오래되어 부합하지도 않습니다. 게다가 대중들에게 알려지면 알아보는 사람이 갑자기 늘어나서 산보를 하거나 요리점에 들어가거나 하는 일이 불편해집니다. 『자선집』 속의 사진은 구할 수 없는 것은 아니지만, 하나는 자신을 이롭게 하고 또 하나는 현賢을 피하기 위해 재앙을 종이와 묵으로 바꾸는[2] 일을 하지 않고자 개인적인 깊은 정을 담아 간절히 바라는 바입니다. 이러한 것은 원래 야단스럽게 말하는 것이 아닌데, 누차 하문을 하시니 지기知己의 느낌을 참지 못하고 제 감회의 대강을 적어서 완곡하게 양해를 구하는 바입니다. 이렇게 답신을 올립니다.

건강하시기 바라며

4월 15일

쉰 올림

주)＿＿＿＿

1) 이 편지는 1949년 2월 상하이 만상(萬象)도서관에서 출판한 『작가서간』(作家書簡)에 게
   재된 것에 근거해 수록했다. 게재될 때 칭호가 생략되었다.
2) 여기서 종이와 묵은 곧 책과 시문(詩文)을 가리킨다. 곧 린위탕의 잡지에 자신의 사진을
   싣는 것을 말한다. 그것은 잡지에도 재난이 된다는 의미다. 앞의 '현(賢)을 피한다'는 말
   은 자신을 주목하는 구경꾼을 피한다는 뜻이다.

340416 타오캉더에게

캉더 선생께

지인[1]이 한 권의 원고를 가져와서 발표할 곳을 찾는다고 했습니다.
혹 『인간세』가 어떨까 하는 생각에 방금 서점에 부탁해 우송하도록 했습
니다. 필경 채택될지 아닐지는 모르겠습니다. 만약 채택된다면 말씀드릴
것은 아무것도 없습니다. 채택되지 않는다면 선생에게 한 가지 특별한 부
탁이 되겠는데, 본인에게 전해 주고자 하니 빨리 제게 돌려주시기 바랍니
다. 번거롭게 해드려 뭐라 감사드려야 할지 모르겠습니다. 원고는 『니사
잡습』[2]이라는 이름으로, 저자는 '셴자이'閒齋라고 서명했습니다.

평안하시기 바라며

4월 16일

쉰 돈수

주)_____

1) 쉬스취안(徐詩荃)이다.

2) 『니사잡습』(泥砂雜拾). 수필로 『인간세』 제3기~제6기(1934년 5, 6월), 제18기(12월)와 제19기(1935년 1월)에 실렸다.

340417 뤄칭전에게

칭전 선생께

일전에 편지와 사진 한 장 그리고 목판화 한 장을 받았습니다. 대단히 감사합니다. 이것에는 결점이 없지만, 인물의 자태는 전회前回의 「겁탈당하고」劫后餘生와 거의 같은 것으로, 출판하게 되면 어느 쪽인가를 버리지 않으면 안 됩니다. 제 생각에는 이쪽을 수록하는 것으로 하면 어떨까 합니다.

송부한 20여 매는 일찍이 받았습니다. 「어떤 사람의 집」或人之家은 안정적이고, 「버려진 뒤」被棄之后의 구도는 힘이 있습니다. 그러나 서 있는 인물이 적절하지 않고, 이 부인이 없다면 더 좋지 않을까 합니다. 「늦겨울」殘冬은 가장 뛰어납니다. 다만 인물이 너무 큽니다. 일어선다면 패방牌坊과 같은 높이가 되는 것은 아닐까요.

저는 일본을 떠난 지 벌써 20년이 되었습니다. 현재의 상황과는 아주 다르기 때문에 어떤 것도 얘기할 수 있는 것이 없습니다. 또 편지에는 저의 친구에게 서명書名의 문자 휘호를 부탁하고 싶다는 뜻이 쓰여져 있는데, 누구입니까. 알려 주시기 바랍니다. 아는 사람이라면 부탁해 볼 수 있겠습니다.

그럼 이만 줄입니다.

몸조심하시기 바라며

4월 17 밤

쉰 올림

340419 천옌차오에게

우청 선생께

어제 막 편지 한 통을 부쳤는데 오늘 16일자 편지를 받고 모든 것을 알았습니다. 크건 작건 무슨 일을 한 가지 하자면 지구력이 없어서는 안 됩니다. 그러나 무슨 일이나 너무 어렵게 생각하면 아무 일도 이루지 못하게 되지만, 만약 너무 쉽게 생각하면 역시 아무 성과도 보지 못하게 될 수 있습니다.

저는 일찍이 MK사의 전람회를 보았고, 최근에는 무명목각사의 『목각집』[1](그 책에는 나의 서문이 들어 있으나 그때 나에게 보여 준 판화와 지금 인쇄된 것은 다릅니다)을 보았는데, 공통된 결점이 있음을 깨달았습니다. 그것은 목판화가 있어서 전람회를 개최하고 책을 내는 것이 아니라, 오히려 전람회를 열고 책을 내기 위해서 사람들에게 목판화를 새기게 다그치는 것입니다. 그래서 거칠고 유치한 작품까지 가져다 수효를 채우고 있습니다. 인내심이 없다면 이런 결함을 극복할 수 없습니다.

목판화는 아직 크게 발전하지 못하고 있습니다. 그래서 제 생각에는 먼저 일반 독서계의 주목과 중시를 끌어내야 합니다. 그들이 감상하며 승인하게 되면 길이 열리고, 길이 열리면 그 활동력도 커질 겁니다. 만일 바로 이것을 땅밑으로 끌어다가 몇 사람만이 보고 칭찬하게 한다면, 그것은 사실 자살정책입니다. 제가 정물, 풍경, 각 지방의 풍속, 거리풍경을 넣자고 주장하는 것은 바로 이 때문입니다. 현재의 문학도 마찬가지여서 지방색채를 띠는 것이 오히려 세계적인 것으로 되기 쉽고, 다른 나라의 주목을 받습니다. 그것이 세계에 소개되어 나가면 중국의 활동에 유리할 것입니다. 그런데 애석하게도 중국의 청년예술가들은 대체로 이렇게 생각하지 않습니다.

더구나 단순히 소재만 좋아서는 소용이 없고, 그 밖에도 기술이 있어야 합니다. 더 나쁜 것은 내용은 별로 힘이 없으면서 놀랄 만한 겉모습만으로 우선 일반 독자들이 겁이 나서 물러나게 하는 것입니다. 예를 들어 이번 무명목각사의 화집은 책표지에 맑스의 초상을 실어서 일부 사람들은 감히 사지 못했습니다.

지난번에 말한 인쇄할 책[2]은 제가 다시 생각해 보고 한번 인쇄해 볼까 합니다. 그런데 뽑을 만한 작품이 많지 않아서 '연간'이나 부정기 간행물로밖에 찍지 못할 가능성이 있으며, 그 수도 30폭을 넘지 못할 것 같습니다. 그런데 뤄 군[3]은 자신의 특별집을 내겠다고 하고 있고, 저는 커바이[4]의 주소를 모르기 때문에 수집할 수 있을지가 의문입니다. 그렇게 되면 한 권에 20여 폭밖에 안 될 것입니다.

이상으로 답신을 대신합니다.

평안하시기 바라며

4월 19일

쉰 올림

그리고 지난번 편지에서 선생이 이미 몇 폭을 다른 곳에 보내어 발표하기로 했다고 했는데, 제 생각에는 그들이 쓸 것 같지 않습니다. 혹시 쓴다 해도 축소할 것이 틀림없습니다. 이번에도 역시 수록할 수 있습니다.

주)_____

1) 무명목각사(無名木刻社). 뒤에 웨이밍(未名)목각사로 고쳤다. 1933년 말 상하이미술전과학교를 설립했다. 성원은 류셴(劉峴), 황신보(黃新波)이다. 『목각집』(木刻集)은 무명목각사가 편한 『무명목각집』으로 '1934년 5월 출판'이라는 서명이 있다. 루쉰은 이것을 위해 「『무명목각집』 서」를 썼고, 뒤에 『집외집습유보편』(루쉰전집 10권)에 수록했다.
2) 뒤에 출판된 『목판화가 걸어온 길』(木刻紀程)을 가리킨다.
3) 뤄칭전이다.
4) 커바이(克白). 천톄경(陳鐵耕, 1906~1970)이다. 본명은 천야오탕(陳耀唐). 목판화가로 목판화연구단체 '이바이사'(一八藝社)의 주요 성원이자 예수이사(野穗社) 발기인이다. 331204 편지 참조.

340422 야오커에게

야오커 선생께

13일자 편지는 이미 받았습니다. 요즘 위병이 발발하여 복통이 생기고 힘이 없어서, 며칠 동안 침대에 누워 있다 보니 답신이 늦었습니다. 죄송합니다. 중국인은 '명'名을 좋아합니다. 신선한 명목名目을 세운다면 그것을 손에 놓고 노는데, 오래지 않아 이 명목도 오염되면 버리고 다른 것을 취합니다. 완전히 흑색의 염료통처럼 이것에 넣어서 검은색이 되지 않는 것은 없습니다. 예를 들어, '위인', '교수', '학자', '명인', '작가'라는 칭호는 처음에는 당당한 것이었지만, 지금은 들으니 마치 풍자하는 것 같습니다. 모든 것이 이렇지 않은 것이 없습니다.

석각화상을 출판한다면 해설이 필요합니다. 저를 위해 영문으로 번역해 주신다면 더욱 좋습니다. 그러나 착수한다면 쉬운 일은 아니고, 젊은 사람이 반드시 읽어 준다고는 할 수 없기 때문에 잠시 자신의 마음을 만족시킬 따름입니다. 『주유석실화상』은 두 질을 갖고 있는데, 합해도 완전하지 않습니다. 비첩점碑帖店이 몇 질을 보내 준다면 선생이 필요로 하는 것을 제외하고 나머지는 저 대신 구해 둘 수 있겠습니까. 전서全畵를 모두 갖추고 싶습니다. 이 석실은 4, 5년 전에 흙으로 봉쇄되었습니다(너무 이상한데 무슨 생각인지 모르겠습니다). 봉쇄되기 전에 탁본을 작성했는데, 소문에는 장지[1] 위원이 한 질을 갖고 있다고 해서 사람을 넣어 차용을 시도했으나 빌려주기를 거부했습니다. 웃긴 일입니다. 이상 답장을 대신합니다.

건필을 기원하며

4월 22 밤

위 돈수

주)_____

1) 장지(張繼, 1882~1947). 본명은 푸(溥). 자는 푸취안(溥泉). 허베이성 창현(滄縣) 사람이다. 국민당중앙감찰위원, 사법원 원장 등을 역임했다. 당시는 교육부 고물보관위원회 주임위원, 베이핑고궁박물원 이사를 겸임하고 있었다.

340423 천옌차오에게

우칭 선생께

21일자 편지와 목각 2점 잘 받았습니다. 이번에는 비교적 합리적이지만, 내 생각에 연기가 아직 너무 작으니 과감히 크게 해서 꼭대기까지 이어지도록 하고, 주변의 검은 테두리도 남기지 않는다면 힘있게 되지 않을까요. 선생은 어떻게 생각하십니까.

MK목각사는 이미 편지를 보내왔는데, 천천히 한 권을 시험 삼아 출판해 볼까 생각하고 있습니다.

선생의 작품은 다시 한번 본 뒤에 자세히 편집하고 그런 뒤 다시 편지로 판목을 빌리는 식으로 해주십시오. 이번에는 모든 판목을 갖추고 나서 인쇄하는 것이 아니라, 입선ㅅ選한 작품을 계속 인쇄해 두고 20여 점이 되면 제본해서 출판하는 식으로 하고 싶습니다.

그럼 이만 줄입니다.

몸조심하시기 바라며

23일

쉰 올림

340424① 양지윈에게[1]

지윈 선생께

편지 잘 받았습니다. 열거한 세 부류의 청년 가운데 첫번째 부류는 사람들에게 존경받는 것은 말할 것도 없고, 세번째 부류는 정상참작의 여지가 있으며 혹은 잠시 휴식하고 있는 것에 지나지 않지만, 두번째 부류만은 투기적이라는 것 외에 설명할 길이 없습니다. 다이지타오[2]와 같은 이는 아주 많습니다. 갑자기 충忠을 가르치다가 효孝를 외치고, 불상 앞에서 경을 읽다가 갑자기 묘지에 참배를 합니다. 옛일을 참회하는 것이라거나 혹은 이것으로 양심의 가책에서 도망가는 것이라고 한다면, 저는 그것은 그래도 성실한 말이며 자신을 꼭 책망하는 것은 아니라고 생각합니다. 약간의 지조도 없는 이는 무료와 무치로 환경의 변화에 적응하고 있을 뿐입니다.

질문이 너무 커서 저로서는 회답이 불가능합니다. 스스로 오늘까지 소아小我를 희생할 수 없었는데, 어찌 부끄럼도 없이 대언大言을 말할 수 있겠습니까. 다만 요약하면 전선戰線에 나가지 않더라도 모두 어느 정도라도 모든 사람을 위해 생각하고 장래를 생각한다면, 이것은 대체로 길을 잘못 가는 것은 아닐 겁니다.

이만 줄입니다.

몸조심하시기 바라며

4월 24 밤

쉰 올림

주)_____

1) 양지윈(楊霽雲, 1910~1996). 장쑤성 창저우(常州) 사람이다. 상하이 푸단대학, 정풍문학원(正風文學院)에서 가르쳤다. 1934년 문집에 수록되지 않은 당시 루쉰의 일문(佚文)을 수집 정리해서 『집외집』(集外集)을 출판했다.

2) 다이지타오(戴季陶). 270925① 편지와 주석 참조. 기부를 통해 우싱(吳興)의 공자묘를 수리해서 '인애'(仁愛)와 '충서'(忠恕)를 고취하고, 또 '충효인애신의화평'(忠孝仁愛信義

和平)이란 소위 '팔덕'(八德)을 선양하였다. 국민당 당국은 이것을 현판으로 해서 기관이나 단체가 그 강당에 걸도록 강제했다. 1933년 초 난징의 동쪽 교외 탕산(湯山)에 별장을 건설하여 '효원'(孝園)이라고 명명하고 '효사불귀'(孝思不匱)라고 자칭했다. 국민당정부 고시원(考試院) 원장을 맡았을 때, 고시원 내에 불당을 설치하고 서재 안에 불교의 경전과 불상을 설치하여 육식을 끊고 정진했다. 1934년 4월 그는 산시(陝西)에 가서 문왕, 무왕, 주공(周公)의 묘에 제사 지내고, '구국구민'(救國救民)과 '국본'(國本)을 배양해 국력을 두텁게' 한다는 명목으로 '국학·과학을 연구하는 제가(諸家)들이 고묘(古墓)를 발굴하는' 것을 엄금한다는 통전(通電)을 발표했다.

340424② 허바이타오에게

바이타오 선생께

　4월 18일자 편지, 목각 2점과 함께 방금 받았습니다. 초학자는 책 한 권을 내고 싶어서 조급한데 처음에는 대체로 그렇습니다. 그러나 이후에는 기본적인 수업을 무시해서는 안 됩니다. 왜냐하면 이 각법刻法이 발전해 나간다면 난각亂刻의 길로 나아가게 되고, 게다가 잠깐 보면 기백氣魄이 있는 것처럼 느껴지기 때문입니다.

　목판화 책[1]이 출판되면 일이십 권을 보낼 터인데, 그것은 필시 5월 중순이 될 듯합니다. 조각칼은 요 며칠 사이에 서점에 가서 물어보겠습니다. 있으면 보내 주도록 의뢰하겠습니다. 『문학잡지』의 목판화는 앞서 제가 고른 것입니다. 뒤에 저는 사퇴했기 때문에 참견할 수가 없습니다. 근래 독일파의 판화만이 게재되었는데, 누가 담당하고 있는지 모릅니다. 생각건대 아마도 황위안[2]이나 푸둥화傅東華겠죠.

　최근 상하이에는 유언비어가 많아서 그다지 외출을 하지 않습니다.

그러나 중국목판화의 선집을 출판하고자 생각하고 있어 상황에 따라 계간 혹은 부정기간으로 할까 합니다. 매호 약 스무 점, 원판을 사용하고 인쇄소에서 인쇄합니다. 백 권이나 백오십 권 한도로 고취의 역할을 할 생각입니다. 선생의 작품으로 제가 넣고 싶은 것은 「가두」, 「일」, 「작은 배」, 「흑연」 4점[3)]입니다. 어떻습니까? 괜찮다면 원판을 서점에 소포로 보내 주십시오. 인쇄한 뒤에 다시 돌려드리겠습니다. 누군가에게 전달을 부탁해도 무방합니다. 출판을 서두를 것은 아니기 때문입니다.

이만 줄입니다.

몸조심하시기 바라며

4월 24 밤

쉰 올림

주)

1) 『인옥집』을 가리킨다.
2) 황위안(黃源, 1905~2003)에 대해서는 340814② 편지와 주석 참조.
3) 「가두」(街頭), 「일」(工作), 「작은 배」(小艇), 「흑연」(黑煙) 가운데 「일」은 『목판화가 걸어온 길』에 수록되지 않았다.

340425① 어머니께

어머님 전. 4월 16일에 보내신 편지는 일찍이 받았습니다. 허썬 형은 상하이가 생소하고 체류를 연장하는 것이 어려워 만나지 못했습니다. 아쉽습니다. 쯔페이도 오지 않았습니다. 아마도 집에 며칠 더 머무르는 듯합니다. 올해는 남방의 날씨가 춥고 과일이나 야채도 늦어서 새로운 쑨간筍乾은 시장에 나오지 않아 쯔페이에게 들려보낼 수도 없겠습니다. 어쩔 수 없이 다음에 우체국을 통해 부쳐야겠습니다. 저의 위병은 예전에는 늘 아픈 것은 아니었는데, 가끔 통증을 느낄 때도 일 년 중에 간혹 있었으나, 그런데 이번에는 꽤 오래 통증이 사라지지 않습니다. 약을 복용하고 일주일이 지나니 좀 나아졌습니다. 의사는 사흘 더 먹으면 약은 안 먹어도 된다고 합니다. 모쪼록 염려하지 마시기 바랍니다. 하이마도 건강합니다. 하이잉도 더 튼튼하고 몸이 작년에 비해 많이 컸습니다. 말도 많이 늘었으나 글자를 외우려고 하지 않습니다. 종일 큰소리로 꾸짖으며 놀고 있습니다. 올해 여름은 어떻게 하든지 일광욕을 시켜야겠습니다. 그렇게 하면 피부가 좋아지고 겨울에 감기도 걸리지 않을 듯합니다. 셋째도 변함없이 잘 지내나 매일 8시간은 일을 해야 하니 많이 피곤합니다. 다른 일은 또 편지하겠습니다. 이만 줄입니다.

늘 건강하시기 바라며

4월 25일

아들 수, 광핑, 하이잉 올림

340425② 허바이타오에게

바이타오 선생께

　오전에 편지를 부쳤는데 이미 도착했을 거라고 생각합니다. 일전에 우치야마서점에 가서 조각칼을 물었는데, 5개 1조밖에 없었습니다. 상등의 철이라고 하는데 1조에 2위안이라고 합니다. 쓸 만한 것입니까? 필요하다면 소포로 보내겠습니다. 답신을 기다리겠습니다.

몸조심하시기 바라며

4월 25일

쉰 올림

340430 차오쥐런에게[1]

쥐런 선생께

편지 잘 받았습니다. 『남강북조집』은 월초에 출판사에 우송을 의뢰했는데, 이제야 부치게 되었으니 일처리가 늦는 것에 할 말이 없습니다. 감상에 빠지는 것은 지식인에게 늘상 있는 일이고, 제게도 이러한 습관이 있어서 죽기 전에는 고치지 못할 겁니다. 양춘런에게는 이런 것은 없습니다. 이 공公은 무뢰한 무리로서 진실한 마음도 없고 진정한 모습도 없습니다.

서양의학을 배우는 데는 반드시 기초과학을 기억할 필요가 있으며 적어도 4년이 걸리는데, 그래도 배아胚芽에 지나지 않으며 이후에도 몇 년간 실습을 하지 않으면 안 됩니다. 저는 2년간 이론을 배우고 나서 청진기를 들고 사람의 가슴을 들어 본 적이 있는데, 건강한 사람이나 환자나 모두 소리는 똑같아서 서적에 기록되어 있는 만큼 분명하게 하지 못했습니다. 지금은 다행히 그만두어 사람을 죽이는 일에서 벗어났지만, 불행하게도 문단 깡패가 되어 죽임을 당할지도 모릅니다. 파멸할 때가 되어 그래도 목숨이 남아 있다면 붉은 조끼[2]를 받고 상하이 도로 청소라도 합시다.

저우쭤런의 자수시[3]에 정말로 세상을 풍자하는 뜻이 있는데, 이러한 미사微辭는 지금 젊은이들에게는 통하지 않으며, 제공諸公들 가운데 많은 이들이 이에 화창하는 것은 몹시 오글거립니다. 그래서 불에 기름을 붓고 중시衆矢의 표적이 되었습니다. 그리고 이러한 공격의 문장을 쓰는 것 외에 요즘 발언할 수 있는 것이 없습니다. 이 또한 '옛날부터 이미 있었던'古已有之 것으로, 문인과 미녀는 반드시 망국의 책임을 져야 하는데, 최근에는 나라가 망하려고 하는 것을 느낀 사람이 책임을 청류淸流라든가 여론[4]에 억지로 떠맡기고 있습니다.

간단히 답신을 대신합니다.

건강하시기 바라며

4월 30일

쉰 돈수

주)_____

1) 차오쥐런(曹聚仁, 1900~1972). 저장 푸장(浦江) 출신의 작가이자 학자. 자는 팅슈(挺岫), 호는 팅타오(聽濤)이다. 상하이 지난(暨南)대학의 교수를 지냈으며, 『파도소리』(濤聲) 주간을 주편했다. 루쉰에게 편지를 보내 『서우창전집』(守常全集)의 제기(題記)를 써 달라고 부탁했다. 1935년 3월 쉬마오융(徐懋庸)과 소품문 반월간인 『망종』(芒種)을 창간한 후 원고 청탁과 편집 등의 일로 여러 차례 루쉰과 편지를 주고받았다.

2) 옛날 상하이 조계에서 도로청소부가 착용하던 '작업복'이다.

3) 자수시(自壽詩). 『인간세』 제1기(1934년 4월 5일)에 게재되었다. 목차에는 「오십 자수시」(五秩自壽詩)라는 제목이었다. 본문은 자필의 영인판으로 「우연히 타유시 두 수를 짓다」(打油詩二首)라고 이름을 붙였다. 그 가운데 "거리에서 종일 귀신얘기를 듣고, 창 아래서 한해 뱀 그리는 것을 배우네"라는 구절이 있다. 이어서 『선바오』의 「자유담」, 『인언주간』(人言週刊) 등이 계속해서 문장을 발표해 저우쭤런을 비판했다. 예를 들어 야룽(埜容)은 1934년 4월 14일 『선바오』의 「자유담」에 「인간은 어떻게 사는가」(人間何世)라는 제목의 시를 발표하여, 그가 "스스로 냉혈을 즐기고 뱀처럼 게으르다", "귀찮은 일을

일으키는 것을 두려워하고 닭살을 좋아한다"고 비꼬았다.

4) 『한혈월간』(汗血月刊) 제2권 제3기(1933년 12월)에 '번쥔'(本俊)이라고 서명한 「명대 사대부의 교격비하(矯激卑下) 및 그 나라를 잘못 이끈 죄악」이란 문장이 발표되었다. 거기에는 다음과 같은 말이 있다. "명대의 사대부는 비하와 무치에 빠졌다. 그래서 환관이 정치를 어지럽히는데 부화뇌동하게 되었다. 허교편격(虛矯偏激)으로 흘렀다. 그래서 극렬한 당쟁을 일으키고 청에 저항하는 대계(大計)를 그르쳤다. 그 결과 명조의 사직은 전복되고 민족의 역사상 또 침통한 한 페이지를 장식했다."

340501 러우루잉에게[1]

루잉[2] 선생께

편지 잘 받았습니다. 저는 교제에 서툴러 사람에 대해 교양이 없는 실수를 항상 하고는 곧 스스로 미안함에 어쩔 줄 몰라합니다. 어찌 감히 '몰래 욕하기'暗罵를 하겠습니까. 훌륭한 분이 외국과 통하는 것은, 아마도 이를 주인으로 보고 적으로 보지 않는 것으로 서적을 구입하는 것에 비할 수 없습니다. 딩링丁玲은 체포되어 생사를 알지 못합니다. 사회를 생각한다면 생명을 희생하는 것이 종국적인 목적이 아닌 것은 말할 것도 없으며, 그리고 희생자는 대체로 사람에게 살해당하는바, 만일 목숨이 붙어 있더라도 사회에 악영향을 끼칠지도 모르고 그래서 차라리 생명을 버리기를 바라는 것입니다. 제가 문학사를 탈퇴한 일은 『문학』[3]에 하나의 서신이 공개되었으니 참고하시면 되겠는데, 요약하면 적과 공공연하게 싸우더라도 동료들의 암전暗箭에서는 벗어나기를 바라는 것입니다. 허자화이何家槐가 문장을 탈취한 것은 그 인간의 치욕이며, 전체 문단과는 관계가 없으니 그런 까닭에 문제시하지 않습니다. 이상으로 답신을 대신합니다.

몸조심하시기 바라며

5월 1 밤

루쉰 올림

주)_____

1) 러우루잉(婁如瑛, 1914~1980). 다른 이름은 러우화이팅(婁懷庭), 저장성 사오싱 사람으로 당시 상하이 정풍문학원 학생이었다.
2) 여기서 루쉰은 '如暎'이라고 잘못 적었다.
3) 「문학사에 보내는 편지」를 가리킨다. 뒤에 『남강북조집』(루쉰전집 6권)에 실렸다.

340502 정전둬에게

시디 선생께

『베이핑전보』 재판의 건은 이미 진행하고 있습니까? 초판의 제2책에 왕자오[1]가 그린 매화(제목이 「룽터우龐頭의 사람에게 부친다」) 한 폭이 빠진 게 있는데, 인쇄할 때 한 장 더 많이 인쇄하여 보내 주신다면 보충하겠습니다. 그럼 간단히 용건만.

건필하시기 바라며

5월 2 밤

쉰 올림

주)_____

1) 왕자오(王詔)는 미상.

340504① 어머니께

어머님 전. 4월 20일자 편지를 좀 전에 받았습니다. 쯔페이는 이미 왔었는데, 테이블보 1장, 베개 커버 2장, 비누 한 상자를 가져가도록 부탁했습니다. 이미 베이핑에 도착했을 거라고 생각합니다. 저는 위통은 나았지만, 약은 복용하고 있습니다. 의사가 담배를 너무 많이 피워서 그렇다고 하니, 이제 조금씩 줄여 하루에 10개비만 피우자고 생각하고 있는데 과연 잘 될지 모르겠습니다. 하이마도 건강하고 하이잉도 날마다 크고 있습니다. 매일 이야기해 달라고 조르고 있습니다. 작년보다 고분고분해졌으며 도리를 분별할 수 있는 때도 있어서 가르치기 수월하게 되었습니다. 어머님은 리빙중李秉中 군을 기억하고 있으실 거라고 생각하는데, 공무로 상하이에 와서 두 번 만났습니다. 난징에서 교련教練의 교관을 하고 있다고 하는데, 이전보다 형편이 나은 듯합니다. 또 편지 드리겠습니다.

모쪼록 건강하시기를 기원합니다.

5월 4일

아들 수, 하이잉 그리고 광핑 올림

340504② 린위탕에게

위탕 선생께

보내 주신 편지 잘 받았습니다. 저는 성실한 인간은 아니지만, 소품문에 관한 의론은 기회가 있을 때마다 섭렵했습니다. 삼가 말씀드린다면 반대하는 무리에게는 세 가지의 구별이 있습니다. 첫째, 따로 마음에 속셈이 있는 이들로 예를 들어 덩룽쥔[1]입니다. 이것에 관해서 여기서는 언급하지 않겠습니다. 둘째, 아주 열심인 자들로 예를 들면 「자유담」에서 종종 기괴한 필명을 갖고 있는 모군[2]인데, 그는 『니사잡습』泥砂雜拾의 작가로 때로 냉담한 말은 있어도 악의는 없습니다. 셋째, 선생이 말씀하신 '항위항위파'[3]로 원고료를 노리는 것은 아닌데, 환경이 다르고 또 사상도 감각도 같지 않아서 미사와 요론[4]은 이미 이해할 수 없습니다. 곧 무능한 것과 같습니다. 압박을 받을 때마다 쉽게 화를 내는데, 생각해 보니 경험이 없는 사람에게는 추측도 쉽지 않습니다. 따라서 어디까지나 참參과 상商[5]이니 어찌할 수 없습니다. 그러나 「동향」[6]에 여러 편이 있는데, 덩룽에게 이용당한 듯합니다. 근래 깨달은 것인데, 쓴 것이 없습니다. 이상 답신을 대신합니다.

건강하시기 바라며

5월 4일 밤

쉰 돈수

선생은 『인간세』를 스스로 평하며[7] 화류춘광花柳春光의 문장이 너무 많다고 말씀하셨는데, 이것은 필자가 대체로 문장을 쓸 수는 있지만 할 말이 없는 까닭에 결국 공허한 것입니다. 일부 사람들이 불만을 품고 있는 것은 이 때문입니까? 듣자 하니 리례원 선생이 사직한다[8] 하니 「자유담」의 면모가 일변하겠군요. 또 적었습니다.

1) 덩룽쥔(登龍君). 장커뱌오(章克標)인데, 저장 하이닝(海寧) 사람이다. 저서에 『문단등용술』 한 권이 있다.
2) 모군(謀君)은 쉬스취안이다.
3) 항위항위파(杭育杭育派). 린위탕은 1934년 4월 28일, 30일 그리고 5월 3일 『선바오』의 「자유담」에 게재한 「방건기연구」(方巾氣硏究)에서 이렇게 말했다. "비평 방면에서 최근 신구(新舊)의 위도파(衛道派)가 일치하여 방건의 기가 점점 농후해졌다. 대체로 흔흔지지(哼哼唧唧)나 항위항위(杭育杭育)가 아닌 것은 경멸의 대열에 들어간다." 또 말했다. "『인간세』의 창간은 항위항위의 방건의 기를 자극하여 그들이 수족을 움직이고 사방팔방으로 마구 소리치게 했는데, 『인간세』를 움직이게 할 수는 없었다." 여기서 흔흔지지나 항위항위는 모두 의성어이다. 흔흔지지는 항위항위를 끄집어내기 위해 말한 것이다. 흔흔은 노동할 때 내는 소리로 노동자를 제재로 한 문학을 비꼬는 것이고, 지지는 소란스럽게 떠드는 것의 형용이거나 혹은 정부의 방침을 추종한 내용 없는 작품과 평론을 가리킨다. '방건'은 명대에 유학자나 관료가 되지 않고 은거하고 있는 처사가 쓰고 있던 사각의 두건을 말한다. 그 무리는 세상 물정에 어둡고 융통성 없는 태도로 도덕을 말했기 때문에 그것을 조롱하여 '방건의 기'라고 했다. 린위탕은 그 도덕을 좌익의 교조에 치환한 것이다.
4) 원문은 '微詞窅論'. 노골적이지 않게 본심을 표현한 말과 심원해서 이해하기 어려운 의론을 말한다.
5) 가는 길이 달라서 일치하는 것이 어려움을 나타낸다. 참성(參星)은 서쪽 하늘에서, 상성(商星)은 동쪽 하늘에서 나온다.
6) 「동향」(動向). 상하이 『중화일보』 부간 중 하나로 녜간누(聶紺弩)가 주편이며 1934년 4월 11일 창간하고 같은 해 12월 18일에 정간했다.
7) 1934년 5월 3일 『선바오』의 「자유담」에 실린 「방건기연구(3)」을 가리킨다.
8) 리례원은 1934년 5월 9일 『선바오』 「자유담」 편집을 사퇴했다.

340505 타오캉더에게

캉더 선생께

　　보내 주신 편지 잘 받았습니다. 『니사잡습』의 저자는 여러 가지 필명으로 「자유담」에 투고하여 일부 사람들에게 졸작이라고 의심받는 인물인데, 원고는 분명히 제가 전송했습니다. 작가 스스로 흥이 넘치면 집필을 한다고 합니다. 늘 방문하지는 않기 때문에 의뢰한 것은 없고, 의뢰할 만한 것도 없습니다. 지금 수중에 잡감 3편이 있는데, 모두 「자유담」이 실으려고 하지 않아 되돌아온 것으로 화를 불러올 문장은 아니고 평범한 것입니다. 우선 보냅니다. 채택할 수 있다면 채택해 주십시오. 걱정이 되는 부분은 조금 잘라 내도 괜찮습니다. 안 되겠으면 돌려주시기 바랍니다.

　건필을 기원하며

5월 5 밤
쉰 돈수

340506 양지원에게

지원 선생께

　4일자 편지는 잘 받았습니다. 근래 소품문이 유행하는 것에 대해 저는 가슴 아프지 않습니다. 혁신이나 유학으로 명성을 얻고 생활이 풍족해진다면 이런 길에 들어서기 쉽습니다. 대체로 이전에는 마魔가 낀 것이었는데, 환경의 압박에 의해 새로운 것을 취하지 않을 수 없게 되었고, 일단 뜻을 이루고 보니 지병이 도져서 골동품을 감상하게 되어, 처음 노장[1]을 읽고 그 심오함에 놀라고, 『문선』을 보고는 그것이 규범적이고 풍부함에 놀라고, 불경을 읽고는 그 광대함에 탄복하고, 송대 사람들의 어록[2]을 보고는 그것이 쉽고 소탈함에 탄복을 금치 못하고 그래서 경솔하게 찬양합니다. 이것은 사실 애초에 명예를 추구하던 상투적인 수단입니다. 일부 청년들은 좀 해를 입게 되지만, 원래 성미가 비슷한 까닭에 전반적인 국면과는 관계가 별로 없습니다. 예를 들어 『인간세』가 출판된 뒤 불만을 가진 사람이 많았습니다. 그리고 제3기에는 벌써 수감록이 실렸는데, 온화한 말이 많은데도 벌써 편집자가 주장하는 '한적'[3])과 모순을 이루고 있습니다. 앞으로도 변화가 있겠죠. 만약 세상 밖에서 초연하려고 한다면 오히려 오랫동안 존재할 수 없을 것입니다.

기고자들의 명단[4])을 살펴보면, 중국에는 확실히 이러한 작가들이 수두룩합니다. 그들은 모두가 『인간세』에 망라되어 있는데, 이것을 통하여 그들의 글과 사상을 고찰하는 것도 무모한 짓은 아닐 듯합니다. 이른바 유명 작가는 태반이 이름뿐이고 실속은 없으며, 그들의 작품은 이름없는 소졸들, 이를테면 『선바오』의 '본부부간'이나 '과외주간'[5])의 작가들보다 못하다는 것이 단지 3호에 의해서도 벌써 확증되고 있습니다. 저우쭤런의 시에 대해서 말하자면, 사실 현상에 대한 불만을 가지고 있기는 하나 너무 난해하여 일반 독자들이 이해하지 못하고, 게다가 허풍을 떨며 끝없이 부추기기 때문에 혐오감을 주고 있습니다.

문집에 수록되지 않은 저의 글은 별로 많지 않은데, 그 가운데 빠트린 것도 있지만 취할 가치가 없어서 고의로 빼 버린 것도 있습니다. 『저장의 조수』[6])에서 사용했던 필명은 저 자신도 잊어버렸습니다. 단지 기억하고 있는 것은, 한 편은 「라듐에 관해」說鈤(뒤에 뇌정雷錠이라고 번역했음)이고, 한 편은 「스파르타의 혼」(?)이며, 그리고 『지구 속 여행』도 제가 번역한 것인데 번역했다고는 하지만 실제로는 개작한 것이며 필명은 '쒀쯔'索子가 아니면 '쒀스'索士일 겁니다. 그런데 완결하지 않았을 겁니다.

30년 전에는 문학을 하는 사람이 아주 적어서 친구가 없으므로 어떤 일은 자기 혼자만 알고 있었습니다. 지금은 누구나 다 「광인일기」가 저의 첫 소설이라고 말하고 있으나, 사실 맨 처음 활자로 찍혀 나온 저의 작품은 『소설림』(?)에 실렸던 문언문 단편소설[7]입니다. 그것은 혁명 전의 일인 듯한데, 제목과 필명은 다 잊어버렸습니다. 내용은 사숙私塾의 일을 그려 낸 것인데, 나중에 윈톄차오[8]의 평어評語를 달았으며 상품으로 소설 몇편을 받았습니다. 그 당시 『달나라 여행』이라는 것도 제가 편역한 것으로 다른 사람의 이름을 붙였으며 30위안에 팔았습니다. 그리고 천 자당 5자오를 받고 세계사[9]를 번역한 일이 있는데, 출판되었는지 지금까지도 모르고 있습니다. 장쯔핑張資平 식의 글장사는 사실 30년 전부터 있었으며 오늘날 새로 생긴 것이 아닙니다. 양춘런처럼 나를 공격하기를 일삼는 이도 이전부터 있었습니다. 다만 그의 글이 나타났다가는 사라지기 때문에 사람들에게 오늘의 발바리는 옛날 것보다 훨씬 못하다는 느낌을 줄 뿐인데 내가 보기에는 비슷합니다.

러우루잉 군과 저는 아마 서로 아는 사이가 아닐 것입니다. 왜냐하면 제가 고향을 떠난 지는 벌써 30년이나 되었는데, 그는 대략 스무 살밖에 되지 않으니 서로 만날 기회가 있을 수 없기 때문입니다. 얼마 전에 선생께 물어본 뒤에 썼다고 생각되는 편지 한 통을 저에게 보내왔는데, 그 편지에 몇 가지 질문이 있어서 바로 회답을 했으나 그 뒤로는 아직 편지가 없습니다.

'쪼개기'설[10]은 일종의 불만입니다. 그러나 그때 저는 다른 사람의 원고를 고쳐 주고 소개를 해주고 교정을 하느라고 신바람이 났는데, 지금은 퍽 게을러지기는 했으나 그래도 몇 마디 회답을 할 겨를은 있습니다.

이상으로 답신을 대신합니다.

평안하시기 바라며

5월 6 밤

루쉰

1) 노자(老子)와 장자(莊子)를 말한다. 주요 저작인 『도덕경』(道德經)은 춘추시대 노담(老聃)이 지은 것으로 도가의 주요 경전이다.

2) 송대의 어록은 하나의 문체로서 강의(講義)와 전도(傳道)를 기록한 것이다. 문자의 수식을 중시하지 않고 말한 것을 그 자리에서 기록했다. 예를 들어 『정이어록』(程頤語錄), 『주희어록』(朱熹語錄) 등. 린위탕은 『논어』 제26기(1933년 10월 1일)에 「어록체의 쓰임을 논함」을 발표하여 다음과 같이 주장했다. "저는 백화의 문(文)을 싫어하고 문언의 백(白)을 좋아한다. 고로 어록체를 제창한다", "대체로 어록은 문언과 같이 간결하게 하고, 백화와 같이 질박하게 하고, 백화의 깔끔함은 있고 백화의 번잡함은 없다."

3) 한적(閑適). 『인간세』 편집자는 창간호(1934년 4월 5일) 창간사에서 소품문은 "특히 자아를 중심으로 하고 한적을 격조로 만든다"라고 적었다.

4) 『인간세』 창간호에 열거한 49인의 '특약기고자' 명부를 가리킨다.

5) 『선바오』의 '본부부간'(本埠附刊)은 곧 『선바오』의 「본부증간」(本埠增刊). '과외주간'(業余週刊)은 그것에 설치된 하나의 코너이다.

6) 『저장의 조수』(浙江潮). 종합성 월간지로 쑨이중(孫翼中), 쉬서우창 등이 편집했다. 광서(光緖) 29년(1903) 2월 도쿄에서 창간하고 12기를 내고 정간했다.

7) 「옛날을 그리워하며」(懷舊; 『집외집습유』 수록)를 말한다. 이것은 『소설월보』(『소설림』이 아니다) 제4권 제1호(1913년 4월)에 발표될 때 편말에 윈톄차오(惲鐵樵)의 안어(按語)가 덧붙어 있다. 즉 "저자의 실력은 아직 노력이 필요하지만, 초보로서는 실패작은 아니며 재능이 보이고 노력을 하면 잘될 수 있다. 젊은 사람이 조금 문장을 쓸 수 있게 되자 시와 산문을 마구 써서 원고에는 문자가 나란하지만 뛰어난 표현은 하나도 없는 것이 작금의 상황이다. 이러한 문장으로 나쁜 습관을 고친다면 좋겠다." 『소설림』(小說林)은 문예월간으로 황모시(黃摩西)가 주편이며 1907년 1월 창간되었고 1908년 9월 제12기를 내고 정간했다.

8) 윈톄차오(惲鐵樵, 1878~1935). 이름은 수줴(樹珏), 다른 이름은 렁펑(冷風)이며 장쑤 우진(武進) 사람이다. 민국 초년 『소설월보』를 편집하고 뒤에 의사가 되었다.

9) 세계사(世界史)는 미상이며, 번역원고 미발견.

10) 쪼개기 설('碎割'之說). 생명을 '쪼개어' 다른 사람에게 원고를 봐주고 고쳐 주고 교정하는 일 등을 하는 것을 말한다. 『먼 곳에서 온 편지』 71 참조.

340508 쉬서우창에게[1]

지푸 형

『가업당서목』[2]은 이미 받았습니다. 이번에 연속해서 두 번이나 방문했는데, 문패가 899호로 바뀌고 문을 열려고 하지 않았습니다. 안에는 중국 순포巡捕, 백계 러시아인의 호위護衛가 있으며, 책을 구한다고 하자 다 팔렸다라든지 발매중지라든지 담당자가 없다라든지 하는데, 사실인지 하인이 귀찮아서 아무렇게나 말하며 거절하는 것인지 알 수 없습니다. 아무튼 결국 구할 수가 없었습니다. 형은 류씨[3]가 새긴 서적을 산 적이 있습니까? 만약 샀다면 어떻게 한 것인지 기회가 될 때 알려 주십시오.

행복하기를 기원합니다.

5월 8 밤

아우 링페이令飛 돈수

주)_____

1) 이 편지는 쉬서우창의 가족이 필사해서 보내 준 것을 수록한 것이다.
2) 『가업당서목』(嘉業堂書目). 곧 『가업당총서서목』(嘉業堂叢書書目)이다. 이것은 1916년부터 간행을 시작했는데, 이 가운데 청조의 금서도 포함되었다. 가업당은 류한이(劉翰怡)의 저장성 난쉰(南潯)에 있었던 장서실 이름으로 상하이에 분실이 있었다.
3) 류청간(劉承干, 1882~1963)이다. 자는 한이(翰怡), 저장 우싱(吳興) 사람으로 장서가이다. 『가업당총서』와 『구서재총서』(求恕齋叢書) 등을 출판했다.

340510 타이징눙에게

징눙 형

　6일자 편지 잘 받았습니다. 서적[1] 여섯 권을 부친 뒤 편지 쓰는 것을 잊어버렸습니다. 그 안의 5권은 지霽, 창常, 웨이魏, 선沈, 야亞 다섯 사람에게 전해 주십시오. 이 책은 자비로 출판한 것인데, 어떤 이에게 부탁해 종이를 샀는데 한바탕 속임을 당했고, 종이도 잉크도 질이 나빠서 모양새가 아주 좋지 않습니다. 정말 탄식할 따름입니다.

　얼마 뒤에 목판화집[2]을 출판합니다. 나오면 일곱 권을 보낼 예정인데, 한 권은 쥔추[3] 형에게 증정하겠습니다. 특별히 말씀드립니다. 그러나 무게 때문에 여섯 권밖에 보내지 못할 것 같습니다. 그렇게 되면 야 형 것은 따로 부치겠습니다.

　베이핑의 제공諸公은 정말로 기가 막힙니다. 윗사람에게 아첨하거나 혹은 영합하고 있으니 5·4 당시를 돌아보면 격세지감이 듭니다. 『인간세』는 뭐가 좋아서 그렇게 하는지 모르겠습니다. 아마도 오래가지 못할 듯합니다. 마춰에 걸린 인간이 있다고 하더라도 딱하지도 않습니다.

　몸조심하시기 바라며

5월 10일

위 돈수

주)＿＿＿＿

1) 『해방된 돈키호테』를 가리킨다.
2) 『인옥집』이다.
3) 왕진추(王鈞初, 1904~?)이다. 다른 이름은 후만(胡蠻, 祜曼)이며 허난(河南) 푸거우(扶溝) 사람이다. 미술가.

340511 왕즈즈에게

쓰위안思遠 선생께

　　이전에 편지를 받고 답신을 드렸습니다. 얼마 전에 4월 8일자 서신을 받고 도착하지 않은 사실을 비로소 알았습니다. 그 뒤에 교편을 잡았다고 들었으나 편지는 쓰지 못했습니다. 최근의 출판계는 아주 불경기라서 원고를 채택해 주는 곳이 적습니다. 채택되더라도 원고료를 받는 것이 아주 어렵습니다. 저는 자주 아파서 누워 있다 보니 걸어서 돌아다니는 것이 어렵습니다. 그러한 까닭에 곤란하겠습니다. 그러나 북방에는 적당한 서점도 없기 때문에 아무튼 보내 주시면 읽어 보겠습니다. 어떠십니까? 읽어 본 뒤 여기에 두면 혹시 좋은 기회를 만날 수도 있겠지요.

　　『문사』[1]는 받았습니다. 한 권은 전해 주었습니다.[2] 안에 작가가 잡다한데 대체로 이러합니다. 『문학계간』에 실릴 문장[3]은 쓰는 것도 좋은데, 그러나 어디로 보내야 합니까? 또 하나는 게재할 때 낡은 이름을 사용한다면, 필시 『문사』에는 좋지 않을 테지요. 현재로서는 내용이 어떤지는 문제되지 않습니다. 옌 군[4]의 작품도 마찬가지입니다. 이것은 편집자에게 설명하지 않으면 안 됩니다. 최근의 상황에 관해서 알지 못하기 때문입니다. 다른 사람의 작품은 곤란합니다. 첫째, 저의 교제가 좁은데, 병중에는 특히 교류가 없습니다. 둘째, 젊은 작가는 생활이 어려워 가작이 나온다면 가까운 곳에 팔아 버리기 때문입니다.

　　여기는 새로운 출판물이 없습니다. 다만 최근에 희곡[5] 한 권이 출판되었습니다. 얼마 뒤에 목판화집[6]도 한 권 나올 겁니다. 그때 함께 보내겠습니다.

　　『베이핑전보』는 아직 저의 손에 있습니다. 그러나 결항缺頁이 있어서 정鄭 군에게 추가해서 인쇄하도록 편지를 썼습니다. 도착하면 가지런히 해서 보내겠습니다. 소포의 수취인은 인감이 필요합니다. 정鄭 여사[7]는 꼭 갖고 있겠죠. 소포에는 그녀의 이름만 기록하는 편이 간단명료할 거라고 생각합니다. 일단 연락해 두십시오.

여기에는 『춘광』春光이라는 잡지가 창간되었습니다. 대체로 훌륭하지는 않지만——훌륭하게 할 용기도 없고, 훌륭하게 하는 것을 허락하지 않지만——판매는 나쁘지 않습니다. 그러나 아마도 오래가지는 못하겠죠. 그 외는 열에 아홉은 어설픈 것입니다. 그런데 독자도 많지 않기 때문에 아주 불쌍합니다.

저는 자주 아파서 그다지 글을 쓰지 못합니다. 쓰더라도 사용할 곳이 없습니다. 의사는 조심해야 하니 외출도 안 된다고 하고 결국 누워 있을 때가 많습니다. 전지轉地요양이 가능하면 아주 좋겠습니다만, 그것도 여의치 않아서 정말로 방법이 없습니다.

그럼 이만 줄입니다.

평안하시기 바라며

5월 11 밤
위 계상啓上

주)_____

1) 『문사』(文史). 격월간 학술잡지로 우청스(吳承仕)가 편집했다. 1934년 4월 창간하였고 그해 12월에 정간했다. 모두 4기를 냈다. 베이핑중국학원국학계(北平中國學院國學系)에서 출판했다.
2) 선옌빙(沈雁冰)에게 전해 주었다.
3) 「선본」(選本)을 가리킨다. 뒤에 『집외집』에 수록했다.
4) 선옌빙(沈雁冰) 곧 마오둔(茅盾)이다.
5) 『해방된 돈키호테』다.

6) 『인옥집』이다.

7) 정잉(鄭瑛)으로, 왕즈즈가 베이징사범대학 국문과에서 공부할 때의 동학이다.

340515① 양지원에게

지원 선생께

　　보내 주신 편지 잘 받았습니다. 그리고 오려 보낸 신문도 대단히 감사합니다. 『소설림』에 실린 옛 문장들은 아마도 찾기 쉽지 않을 겁니다. 저는 과학을 배우려는 마음에 과학소설을 좋아했습니다. 그러나 젊었을 때는 스스로 총명한 체하다 보니 직역하기를 꺼렸는데, 지금 생각해 보면 정말 후회막급입니다. 그때 또 『북극탐험기』[1]라는 책을 번역한 일이 있는데, 서술은 문언문으로 쓰고 대화는 백화문으로 써서 장관윈蔣觀雲 선생의 소개로 상우인서관에 보냈더니 그것을 접수하지 않았을 뿐만 아니라 엉터리 번역이라며 제게 한바탕 욕설을 퍼부었습니다. 그 뒤에도 몇 번 부쳐 오고 부쳐 가고 했으나, 결국 받으려는 사람이 없을 뿐만 아니라 원고마저 분실하고 말았습니다. 이 책은 지금까지도 누가 가져다 출판할 것 같지 않습니다.

　　장쯔핑식과 여불위[2]식은 좀 다르다고 생각합니다. 장은 이익만을 꾀하고 여는 명예를 도모합니다. 명예와 이익을 갈라놓을 수 없는 것은 물론이지만, 아무튼 여씨에게는 명예를 위하는 요소가 더 많습니다. 근래에 하둔[3]이 『예술총편』과 불경을 찍어 낸 것이라든가 류한이劉翰怡가 고서를 복각하며 유로遺老를 부양한다든가 하는 것은 여불위식에 가까운 것입니다.

그런데 장쯔핑식의 냄새는 그보다 더 고약합니다.

민족반역자라는 칭호는 오래전에 사람들로부터 받았습니다. 대략 7, 8년 전 예로센코 군이 중국에서 독일에 이르러[4] 중국의 암흑상이며 베이양군벌의 암흑상에 관해 말했던 것입니다. 그때 상하이의 신문에는 그의 선전은 제가 추동한 것이고, 제 처가 일본사람이기에 일본사람을 위해서 제가 봉사한다고 하는 글이 한 편 실렸습니다. 이러한 수법은 천 년 전이나 백 년 전이나 십 년 전이나 다 같습니다. 발바리들은 민족주의가 무엇인지 모르며 또 민족에 대해 생각해 본 적도 없습니다. 단지 한번 짖어서 뼈다귀를 얻어먹을 수만 있다면 그림자만 봐도 짖어 댑니다. 사실 만약 제가 정말 민족반역자라고 한다면 그 무리의 주인이 악수를 하러 올 것인데 그들은 찍소리나 할 수 있겠습니까?

『10년간의 포위토벌』[5]을 묶어 내어 첫째, 필자의 본명과 변화의 경력, 둘째, 그 글의 전술과 의도…… 등을 고증하면, 후대의 독자들에게 유익한 점이 없지는 않을 것입니다. 하지만 많지는 않을 것입니다. 왜냐하면 자신과 동시대 사람들은 내막을 알고 있는 까닭에 훤히 알 수 있겠지만, 후대의 사람들은 실제로 경험해 보지 않은 탓에 가려운 발을 신은 신은 채 긁는 것과 같을 것이기 때문입니다. 예를 들어 화상을 당한 적이 없는 아이는 불에 데면 어떻다는 것을 말해 주어도 이해하지 못하는 것입니다. 저는 때때로 외국 사람들에게 이야기하는 경우가 있는데, 중국에 온 지 오래되지 않은 사람은 대체로 세상에 이런 일도 있는가 하며 믿지 않고 '아라비안나이트' 이야기를 듣는 것처럼 생각했습니다. 그래서 이런 책을 묶어낼지 말지 아직 결정하지 못했습니다.

다음으로 이런 유의 글은 종래로 매우 많았습니다. 제가 읽어 본 것도 있고 읽어 보지 못한 것도 있는데, 읽어 본 것들도 나중에는 이리저리 내버려 어디에 있는지 모릅니다. 대체로 이런 글은 경험을 해본 사람은 처음에는 분개하다가 차차 경험이 쌓이면 그다지 마음이 동하지 않을 뿐만 아니라 분개나 고통도 없습니다. 저는 아프리카의 흑인노예들이 매일 채찍에 얻어맞으면서도 살아갈 수 있는 원인이 바로 여기에 있다고 생각합니다. 이런(이전의) 인신공격을 하는 글 가운데에는 루지예[6]의 작품이 있고, 궈모뤄가 이름을 바꾸어 쓴 작품[7]도 있습니다. 선생은 틀림없이 깜짝 놀라겠죠. 그러나 사람들은 종종 이렇습니다.

례원 선생이 편집을 그만둔 것은 그 자신을 위해서 생각해 보면 시원한 일이지만, 「자유담」을 잘 꾸리는 것은 난제입니다. 쯔성[8]은 지인이지만, 그가 편집을 넘겨받는다고 하더라도 도와줄 힘이 없습니다. 나는 투고를 하지 않은 지가 오래되었습니다. 자주 변명하며 불경을 인용하기 좋아하는 사람이 있는데, 흔히 제가 아닌가 하고 생각하는 사람이 있으나 사실은 다른 사람[9]입니다.

이상으로 답신을 대신합니다.

평안하시기 바라며

5월 15일

쉰 올림

주)_____

1) 『북극탐험기』(北極探險記). 미상으로, 번역 원고는 발견되지 않았다.

2) 여불위(呂不韋, ?~B.C. 235). 전국 말기 위나라 푸양(濮陽) 출신으로 원래 대상인이었는데, 뒤에 재상이 되었다. 그는 3천 명의 식객을 모아서 『여씨춘추』(呂氏春秋)를 편찬하게 했는데 "셴양(咸陽)의 시문(市門)에 설치하여 그 위에 천금을 달아 놓고 제후의 유사(遊士), 빈객(賓客)들을 청하여 거기에 한 글자를 보태거나 줄이면 천금을 주기로 하였다."(『사기』史記 「여불위전」)

3) 하둔(S. A. Hardoon, 1847~1931). 영국 국적의 유태인이다. 1874년에 중국에 와서 상

하이 공공조계지 공부국(工部局) 이사로 있으면서 하둔양행을 세웠다. 상하이에서 가장 큰 부동산 자본가가 되었다. 그가 자금을 대어『예술총편』을 간행한 것은 210630 편지와 주석 참조. 또 자본을 대어 도합 1,916부, 8,416권으로 된『대장경』을 인쇄했는데, 1913년에 상하이 빈가정사(頻伽精舍)의 이름으로 모두 출판했다.

4) 예로센코가 1923년 4월 베이징을 떠나 귀국한 뒤, 같은 해 8월 초에 독일 뉘른베르크에서 제15회 에스페란토대회에 참가한 것을 말한다.

5)『10년간의 포위토벌』(包圍討伐十年). 루쉰이 엮어 내려고 계획했던 논문집인데, 뒤에 실천하지 못했다.

6) 루지예(盧冀野, 1905~1951). 본명은 루첸(盧前)이고 장쑤성 난징 출신으로, 당시 국민당정부 교육부 표준교과서 심사위원, 중앙대학 교수로 있었다. 그는 1929년 8월 8일자 『중앙일보』「청백」(靑白)에「차좌쇄어」(茶座瑣語)라는 짧은 글을 발표하여 루쉰을 중상했다.

7) 궈모뤄가 두취안(杜荃)이란 필명으로『창조월간』제2권 제1호(1928년 8월)에 게재한 「문예전선상의 봉건 잔재」(文藝戰線上的封建餘孼)를 가리킨다.

8) 장쯔성(張梓生, 1892~1967)으로 저장성 사오싱 출신이다. 그는『동방잡지』의 편집과 『선바오연감』(申報年鑑) 주필로 있었으며, 1934년 5월에 리례원의 뒤를 이어『선바오』 「자유담」을 편집했다.

9) 쉬스취안이다.

340515② 차오징화에게

루전 형

4월 25일자 편지는 이미 받았습니다. 번역할 만한 자료가 없다면 취소하는 수밖에 없습니다. 현재까지 계속해서 잡지 한 권,『문학신문』몇 부를 받았습니다. 오늘 서점에 부탁해서 등기로 보냈습니다. 신문의 호수는 연속되지 않는데, 도중에 자주 분실되는 듯합니다. 최근 희곡[1]을 출판해서 전해 주도록 눙農에게 부탁했는데 받았습니까? 인쇄는 아주 나쁩니다.

현대서국 원고[2]는 편지로 몇 번이나 말했지만 전혀 대답이 없습니다.

목판화집은 곧 출판됩니다. 작가에게 증정하고 싶은데 그때는 두 개로 나누어 보내겠습니다. 소포에 붙일 주소를 두 장에 각각 써서(5인과 6인으로) 보내 주시겠습니까. 작가는 미트로힌(D. I. Mitrokhin), 파보르스키(V. A. Favorsky), 파블리노프(P. Y. Pavlinov), 곤차로프(A. D. Goncharov), 피코프(M. Pikov), 모차로프(S. M. Mocharov), 키진스키(L. S. Khizhinsky), 알렉세예프(N. V. Alekseev), 포자르스키(S. M. Pozharsky), 크랍첸코(A. I. Kravchenko), 피스카레프(N. I. Piskarev).[3]

저희는 잘 지내고 있습니다.

건강하시기 바라며

5월 15일

아우 위 돈수

주)_____

1) 『해방된 돈키호테』를 말한다.
2) 「담배쌈지」와 「마흔한번째」를 가리킨다.
3) 이들은 모두 소련의 목판화가로, 『인옥집』에 이들의 작품이 실렸다.

340516① 어머니께

어머님 전. 잘 지내셨는지요. 쯔페이는 일찌감치 베이핑에 도착해서 이미 만났을 거라고 생각합니다. 어제 셋째 말로 쑨간筍乾을 샀으니 빨리 부치자고 하네요. 또 사흘 전에 『금분세가』1부 12권 그리고 『미인의 은혜』1부 3권을 구했습니다. 모두 장헌수이[1]의 작품으로 포장 두

개로 나누어 세계서국에서 부치도록 했습니다. 도착했을 거라고 생각합니다. 다만 저 자신은 읽은 적이 없기 때문에 내용이 어떤지 모릅니다. 상하이는 많이 따뜻해졌고, 집안은 모두 평안하니 심려치 마시기 바랍니다. 이상으로 간단히 적습니다.

모쪼록 몸 건강하시기 바라며

5월 16일

아들 수, 광핑 그리고 하이잉 올림

주)_____

1) 장헌수이(張恨水, 1895~1967). 안후이 첸산(潛山) 사람, 통속소설가. 초기에 원앙호접파 작가이며, 『이스바오』(益世報), 『세계만보』(世界晚報), 『세계일보』를 편집했다. 『금분세가』(金粉世家)와 『미인의 은혜』(美人恩)는 모두 장편 장회체소설이며 상하이 세계서국(世界書局)에서 출판했다. 그는 이외에도 장편 장회체소설 『제소인연』(啼笑姻緣) 등을 썼다.

340516② 정전둬에게

시디 선생께

12일자 편지와 복제한 목판화 한 권을 동시에 받았습니다. 『전보보편』笺譜補編이 있으면 대단히 좋기는 하겠지만, 되도록 다른 사람이 맡는 것이 좋겠습니다. 한 사람이 겸하게 되면 번거롭기도 하고 한 가지 일에만 맴돌게 됩니다. 왕샤오츠와 마롄[1] 두 분을 편집에 가담시키고 서문을 쓰게 한다면 저는 대찬성일 뿐만 아니라, 『사부총간』[2]처럼 매 책의 첫 페이지에 원본의 유래를 명기하여 미美를 훔쳤다는 말을 듣지 않는 것이 좋습니다. 『십죽재전보』를 1차, 2차 인쇄한 다음 그 판목을 왕 군에게 증정한다는 것에 대해서 저도 찬성합니다. 그러나 이 책은 잘 팔리는 책이 아닌 만큼 얼마간 판 다음에는 판로가 별로 크지 않을 듯합니다. 왕 군 또한 상인이 아닌지라 경영을 잘하지 못할 것이니 준마의 뼈[3]를 얻게 되는 것과 무엇이 다르겠습니까. 사실 인쇄하여 판매할 때 정가를 1, 2할씩 값을 높여 원본 소유자에게 사례를 하는 것이 어떻습니까. 사는 사람은 나가는 비용이 많지 않고 한편으로는 실익이 있는 것입니다. 판목을 증정하는 것은 물론입니다. 『조판화집』[4]은 인쇄가 참 잘 되었습니다. 도판은 「완사」浣紗와 「향불을 피우다」가 가장 잘 되었고, 「버드나무 가지」가 좀 못합니다. 아쉬운 것은 종이가 질기지 못해 오래가지 않을 듯한 것입니다. 그러나 달리 좋은 방법도 없습니다. 이 책은 『베이핑전보』처럼 산뜻하지 않으므로 사는 사람이 좀 적겠지만 100부쯤은 팔릴 듯합니다. 도판만 있고 설명이 없으면 판목에 정통한 사람이 아니고서는 모를 것이니 상세한 해설이 불가결합니다.

보낸 편지를 보고서야 『계공당』[5]이 선생의 작품이라는 것을 알았습니다. 그전에 한번 읽어 보았으나, 너무 『지남록』[6]에 구애되어 활발하지 않다고 느꼈습니다. 그 외에 다른 감상은 없었습니다. 다른 사람들의 비평은 유의하지 않았습니다. 『문학』의 글들은 종종 혹평을 받습니다. 어떤 사람들은 이것을 '노작가' 집단이 꾸리는 것이라고 생각하여 기어코 타격해야 한다고 생각합니다. 이른바 '민족작가'라는 것은 대개 『신루』[7]에서 쓰는 말인데, 『문학』을 중상하여 민족주의문학의 동렬에 두는 한편, 소위 민족주의 작가들을 풍자하여 그들에게 훌륭한 작품이 없다고 비웃자는 것입니다. 이것이 곧 이른바 '왼쪽으로는 좌파를 치고 오른쪽으로는 우파를

지는'『철보』[8] 이래의 낡은 권법인데, 그들에게 '보부'가 없다는 것을 알수 있습니다. 『신광』[9]의 저자들은 모두가 젊은이들이라 왕왕 조잡하고 안정감이 없으며 거만하게 사람들을 모욕하는 것은 피하기 어려운 사정입니다. 마치 어린이들이 처음 구두를 신었을 때 일부러 발을 탕탕 굴려 소리를 높이 내고는 좋아하는 격입니다. 별로 악의는 없는 것이니 그저 웃어버리면 그만입니다. 그러나 악랄하기 그지없는 문단 깡패들도 있습니다. 최근에 일부 사람들은 단합하여 저의 『남강북조집』을 일본사람들한테서 만금을 받고 지은 것이고 매국을 목적으로 한 것이라 하면서 민족반역자라고 부르고 있습니다.[10] 그리고 위탕에게 불만을 가진 자들은 푸젠福建이 독립할 때 비밀리에 찾아가서 교섭을 했다고 거짓말을 날조하여 신문에 내기까지 했습니다.[11] 이것은 곧바로 우리를 사지에 빠뜨리려는 것으로, 저의 일생에서 이보다 더 큰 암흑은 보지 못했습니다.

례원은 다른 데로 옮겼습니다. 옮긴 이유는 '린'의 논전[12]과는 관계가 없습니다. 대체로 그를 기어코 사퇴시키려는 실력자가 있기 때문인데, 뒤에서 암암리에 충동하는 자는 스헝侍珩인 듯합니다. 이 자는 관료사회에서 활동력이 강할 뿐 아니라, 제가 「자유담」에 기고하는 것을 극히 싫어했습니다. 허자화이의 표절사건을 폭로한 것[13]도 그와 양춘런의 소행입니다. 「자유담」에 자주 허자화이에게 유리한 글이 실리는 것에 불만을 가졌던 것입니다. 나중에 '위원저우'라고 서명한 글[14]이 나타나자, 그자들은 그것이 저인가 해서 더욱 격분해하면서 리례원을 내쫓으려는 결심이 더 굳어졌습니다. 그러나 위원저우는 제가 아니며, 그 글이 무엇을 말하고 있는지 지금까지도 모르고 있습니다. 쯔성梓生은 충직하기는 하나 담이 작은 사람입니다. 요 며칠 보니 기고자가 이전과 그다지 다르지 않습니다. 그러나 문단 깡패들은 반드시 원고의 게재를 명할 것이며, 만일 거절하면 례원과 같은 운명을 면치 못할 것입니다. 요컨대 「자유담」은 필경 꾸려 나가기 어려워질 것입니다.

붓을 들지 않는 것이 제일 좋은 일입니다. 저는 『들풀』에서 두 남녀가 넓은 벌판에서 손에 칼을 들고 마주 서 있는데, 무료한 사람이 따라와 보면서 반드시 사건이 생겨서 무료함을 달래 줄 것이라 생각했으나, 그 두 사람이 아무런 행동도 하지 않는 까닭에 그 무료한 사람은 여전히 무료하게 되었으며 이렇게 무료하게 늙어 죽었다는 것을 서술하고, 제목을 「복수」라고 했는데 역시 이런 의미에서 쓴 것입니다. 그러나 이것도 격분해서 한 말에 불과하고, 그 두 사람은 서로 사랑하거나 서로 죽이거나 의연히 하고 싶은 대로 행동하기 마련입니다. 왜냐하면 세상은 결국 문단 깡패들의 세상이 아니기 때문입니다. 급히 답신을 대신합니다.

평안하시기 바라며

5월 16 밤

쉰 돈수

짧은 글 한 편[15]을 월말에 부치겠습니다. 이에 부언하는 바입니다.

주)_____

1) 왕샤오츠(王孝慈, 1883~1936), 허베이(河北)성 퉁셴(通縣; 지금의 베이징시에 속함) 출신으로 고서적 장서가이다. 루쉰과 정전둬가 공동으로 『십죽재전보』(十竹齋箋譜)를 편할 때 명 숭정(崇禎) 17년 간행본을 제공했다.
마롄(馬廉, 1893~1935), 자는 위칭(隅卿)이며 저장성 친셴(鄞縣) 출신으로 고전소설 연구가이다. 베이징대학, 베이징사범대학 교수를 역임했다.

2) 『사부총간』(四部叢刊), 장위안지(張元濟)가 편집한 총서로, 경사자집(經史子集) 4부로 나뉘어 있다. 1919년부터 1922년까지 상우인서관에서 초판 350종을 출판했고, 1930년대에 또 속편 81종과 3편 73종을 출판했다.

3) 원문은 '駿骨'. 준마의 뼈. 『전국책』(戰國策) 「연군」(燕軍)에 "천금을 가지고 천리마를 사려고 했으나 사지 못하게 되니 결국 오백금으로 천리마의 뼈를 샀다"는 이야기가 있는데, 여기서는 명색은 좋으나 실용가치가 없는 물건을 비유한 것이다.

4) 『조판화집』(雕版畫集). 당시 정전둬가 편집 발간하려고 계획하고 있던 중국고대판화집이다. 1940년에서 1942년까지 출판될 때의 명칭은 『중국판화사도록』(中國版畫史圖錄)이며, 안에는 당대와 오대로부터 민국에 이르기까지의 판화의 사실(史實)과 도록이 들어 있는데, 본문 4권에 도록 20권(도합 1,700여 점)이다. 당시 이미 명대의 전기극본 『완사기』(浣紗記), 『분향기』(焚香記) 및 원명대 잡극집 『유지집』(柳枝集) 등을 수집하여 시험적으로 삽화견본을 인쇄했다.

5) 『계공당』(桂公塘). 귀위안신(郭源新; 곧 정전둬)이 문천상(文天祥)의 『지남록』에 근거하여 지은 역사소설이다. 『문학』 월간 제2권 제4호(1934년 1월)에 게재되었다.

6) 『지남록』(指南錄). 송대 문천상이 사절로 북영(北營)에 파견되어 구류당했다가 도망쳐서 남으로 돌아오는 기간에 쓴 시집으로 모두 4권이다.

7) 『신루』(新壘). 문예월간이며 왕징웨이(王精衛)를 비롯한 개조파의 일부 정객들이 지지하는 간행물이었는데, 리옌성(李焰生)이 편집장이었다. 1933년 1월 상하이에서 창간되었다가 1935년 6월에 정간되었다. 이 간행물 제3권 제4호와 제5호(1934년 4월과 5월)에 '마얼'(馬兒; 리옌성)이라는 필명으로 쓴 「귀위안신의 『계공당』」, '천랑'(天狼)이란 필명으로 쓴 「『계공당』을 평함」이라는 글이 연속 발표되었는데, 이 글들은 좌익작가들의 작품을 공격하고, '민족주의문학'에는 '훌륭한 것이 하나도 없다'고 원망하는 동시에 『계공당』은 '진정한 민족문예이며 국가문예이다'라고 인식했다.

8) 『철보』(鐵報) 소보(小報)로서 1929년 7월 7일 상하이에서 창간되었는데, 처음에는 사흘간으로 내다가 나중에 일간으로 고쳐졌으며 1949년 6월 13일에 정간되었다. 이 신문은 '사적인 정은 보지 않고 무자비하게 있는 소식은 꼭 낸다'고 표방하고 있었다.

9) 『신광』(新光). 미상

10) 루쉰을 민족반역자라고 중상한 일은 상하이의 『사회신문』(社會新聞) 제7권 제12호(1934년 5월 6일)에 '쓰'(思)라는 필명으로 쓴 「루쉰은 민족반역자가 되기를 원한다」라는 글에 있다. 이 글에서 루쉰을 중상하기를 "그가 1년 동안 정부를 폄훼해 오던 글들을 수집하여 『남강북조집』을 엮어서 그의 오랜 친구 우치야마 간조한테 일본정보국에 소개해 달라고 부탁했는데, 과연 말을 하자 말 그대로 되어 루쉰은 원고비를 거의 만 위안이나 탔다. …… 기쁘게 민족반역자가 된 것이다"라고 하였다.

11) 1933년 11월의 푸젠사변을 가리킨다. 1932년 '1·28'사변 때 상하이에서 침범해 오는 일본군을 물리치고 있던 19로군을 장제스는 공산당을 반대하는 내전을 하도록 푸젠으로 이동시켰다. 이 군의 많은 장병들은 중국공산당의 항일주장에 영향을 받아 장제스의 일본 투항 정책을 반대했으며 홍군과 싸우기를 거부하였다. 1933년 11월 19로군 장병들은 국민당 내부에서 장제스를 반대하는 일부 세력들과 연합하여 푸젠에다 '중화공화국인민혁명정부'를 수립했으며, 홍군과 더불어 항일반장(抗日反蔣)협정을 맺었다. 그러나 오래지 않아 장제스의 우세한 병력의 압박 아래 실패했다.
『사회신문』 제7권 제12호에는 '톈이'(天一)라는 필명으로 「린위탕의 환변기(幻變記)」

라는 글이 발표되었는데, 거기에는 푸젠사변 때 린위탕이 "차이팅제(蔡廷鍇), 장광나이(蔣光鼐)에게 몸을 기대고 …… 차이팅제에게 흠모함을 표시하는 편지를 써 보냈다. 인민정부가 수립되자 그는 푸젠에 한번 찾아갔었다"라고 씌어 있었다.

12) 린위탕이 『인언』(人言)에서 갈라져 나와 따로 『인간세』를 꾸림에 따라 벌어지게 된 논전을 말한다. 1934년 4월 26일, 28일, 30일 그리고 5월 3일의 『선바오』 「자유담」에는 『인언』주간 편집자 궈밍(郭明), 셰윈이(謝雲翼), 장커뱌오(章克標)와 린위탕 사이의 왕복서한이 게재되었는데, 그 서한에서 린위탕은 『인언』 등의 간행물이 『인간세』를 공격한다고 비난하였다.

13) 한스헝(韓侍桁)이 「허자화이(何家槐)의 창작문제」라는 글을 써서 1934년 3월 7일 『선바오』 「자유담」에 발표하였고, 양춘런은 「허자화이에 관하여」라는 글을 써서 『문화열차』 제11호(1934년 3월 5일)에 게재하였던 일을 가리킨다.

14) 1934년 3월 21일 『선바오』 「자유담」에 게재된 「허쉬(何徐)의 창작문제에 대한 감상」을 가리킨다. 위원저우(宇文宙)는 런바이거(任白戈, 1906~1987)의 필명이다.

15) 「그림을 보며 글자 익히기」를 말하는데 나중에 『차개정잡문』에 수록되었다.

340516③ 타오캉더에게

캉더 선생께

　　신문에서 오린 것을 한 장 보냈습니다. 5월 14일 『다메이완바오』[1]입니다. '세 명의 괴상한 사람' 가운데 두 명은 분명히 기형으로, 사오싱紹興에서 말하는 '태내병'胎內病입니다. '머리 큰 남자'는 환자로 그 병은 뇌수종腦水腫입니다. 이를 동물원에 넣고 '동물 가운데 특별한 것'이라고 하는 것이야말로 정말 특별하고 너무 참혹합니다. 하는 김에 오려내 본 것인데, '고향재'[2]에 게재할 수 있을까요?

　　건필을 기원합니다.

5월 16 밤

쉰 계상啓上

1) 『다메이완바오』(大美晩報). 1929년 4월 미국인이 상하이에서 창간한 영자신문. 1933년
   1월에 중문판을 창간했고 쑹쯔원(宋子文)이 출자했다. 1949년 상하이 해방 뒤 정간되
   었다.
2) '고향재'(古香齋). 『논어』 제4기부터 설치된 코너로 각지의 복고적인 미신 등 당시의 기
   괴한 사건의 기사와 문장을 게재했다. 루쉰이 오려서 기고한 『다메이완바오』의 「현무
   호(玄武湖) 괴인(怪人)」과 그 안어(按語)는 지금 「'현무호 괴인' 해설」이라는 제목으로
   『집외집습유보편』에 수록되었다.

340518① 타오캉더에게

캉더 선생께

  보내 주신 편지 잘 받았습니다. 가업당嘉業堂의 서적 구입에 관해 고심
해서 찾아봐 주신 것에 대해 너무 감사드립니다. 저의 '착오를 지적하고'
'고향재'라는 꼬리를 붙인 것은 물론 괜찮습니다. 다만 서명은 '중터우'中頭
라고 고쳐 주십시오. 너무 농담이 심하다고 생각하신다면, '준'隼이라고 해
도 좋습니다. 『논어』는 선생이 편집하시는데, 성가의 사위[1]의 상품인지라
그다지 깊은 관련은 맺고 싶지 않습니다. 간단히 답신을 대신합니다.

  건필을 기원하며

5월 18일

쉰 올림

1) 성가(盛家)의 사위는 곧 사오쉰메이(邵洵美)를 가리킨다. 『논어』 반월간은 그가 설립한
   시대도서인쇄공사(時代圖書印刷公司)에서 발행했다.

340518② 허바이타오에게

바이타오 선생께

　9일자 편지 잘 받았습니다. 전람회에 저의 서문은 불필요합니다. 앞에 보낸 편지에서 말씀드린 것입니다. 게다가 저는 이러한 문장을 짓는 데 능하지도 않습니다.

　목각칼은 서점에 의뢰해 주문한 대로 보내 주도록 했습니다. 대금상환 방식으로 보낸다고 합니다. 물품은 우체국에 있으며 우체국으로부터 대금의 통지가 갈 겁니다. 대금 지불, 물품 수령, 이제까지보다는 편리합니다.

　목판화 선집[1]은 계속해서 출판할 작정입니다. 선생의 판목을 급히 보내 주실 수는 없겠습니까? 또 『인옥집』[2]이라는 외국의 목판화집을 오래지 않아 출판할 겁니다. 총 59항, 정가 1위안 5자오. 광저우에서 구입을 희망하는 사람은 없습니까? 미리 희망자 수를 알려 주신다면 보내겠습니다.

　몸조심하시기 바라며

5월 18 밤

쉰 올림

주)＿＿＿＿＿

1) 『목판화가 걸어온 길』을 가리킨다.
2) 『인옥집』(引玉集). 루쉰이 편한 소련판화집으로 곤차로프(Иван Александрович Гончаров, 1812~1891), 파보르스키(Владимир Андреевич Фаворский, 1886~1964) 등의 작품 59점을 수록했다. 1934년 3월 삼한서옥(三閑書屋) 출판.

340518③ 천옌차오에게

우청 선생께

　　오랫동안 격조했습니다만 변함없이 잘 지내셨을 거라고 생각합니다.

　　MK목각사에서 판목 6매[1]를 보내 주었는데, 이제부터 슬슬 진행해 볼까 합니다. 선생의 작품은 「창밖」, 「풍경」, 「끌기」 3점을 사용할까 하니 기회가 될 때 서점에 전해 주시겠습니까? 인쇄가 끝나면 돌려드리겠습니다. 최근의 2점은 판목이 너무 커서 담을 수가 없습니다.

　　바이타오 형 앞으로 편지를 보냈으나 아직 연락이 없습니다. 톄경 형의 판목은 상하이에 있습니까? 그렇지 않다면 다음 호에 넣을 수밖에 없습니다.

　　소련목판화의 복제는 다음 달 초에 가능합니다. 한 권 보낼 생각입니다. 능기로 부칠 깃인데, 천난밍[2] 선생 앞으로 보내면 분실되지는 않겠습니까? 기회가 되면 알려 주십시오.

　　몸조심하시기 바라며

5월 18 밤

쉰 올림

주)_____

1) 「출구」, 「부상당한 머리」, 「거지」, 「돼지」, 「뱃사공」, 「인력거꾼」 등을 가리킨다. 본문 뒤에 보이는 3점과 함께 뒤에 『목판화가 걸어온 길』에 수록되었다.
2) 천난밍(陳南溟). 천옌차오의 동생으로 당시 상하이 다샤대학(大夏大學) 학생이었다.

340519 리샤오펑에게

샤오펑 형

　재판『거짓자유서』의 검인 영수증 그리고『외침』등을 합하여 한 장으로 한 것 지금 찾아서 보냈습니다. 고쳐 써서 보내 주십시오.

　용건만 간단히

　건강을 기원하며

5월 19일

쉰 올림

340522① 쉬마오융에게[1]

마오융 선생께

　헤어진 뒤 모두 평상시와 같으니 염려는 안 하셔도 되겠습니다. 몽테뉴[2]의 이름은 일본인 논문에도 언급된 적이 있습니다만, 작품의 번역본은 본 적이 없습니다. 그다지 주목을 받지 못한 듯합니다.

　바로하의 작품[3]은 제가 번역한 것입니다. 저본으로 삼은 것은 가사이 시즈오[4]의『바스크목가조[5]』라는 일본어 번역으로『해외문학신선』海外文學新選 제13편, 신초샤新潮社 출판입니다만, 그것은 1924년이기 때문에 지금은 구입할 수 없습니다.『혁명가의 수기[6]』라는 것도 본 적이 있습니다. 이것도 그의 작품입니다. 그러나 출판사도 정확한 서명도 잊어버렸습니다.

　바로하는 훌륭합니다. 제 생각에는 이바녜스[7]보다 낫고 중국에 소개해야 합니다. 안타깝게도 일본에는 이것 이외의 번역본이 없습니다. 영문 번역에는 『*Weed*』[8]라는 것이 있고, 프랑스어 번역은 알지 못하지만, 없는 것은 아닙니다.

답신을 대신합니다.

건강하시기 바라며

5월 22일

쉰 올림

주)_____

1) 쉬마오융(徐懋庸, 1911~1977). 저장 상위(上虞) 사람. 작가. 원명은 마오룽(茂榮), 위양링 (余楊靈) 혹은 위즈리(余致力)로도 불렸다. 좌익작가연맹 성원. 차오쥐런(曹聚仁)과 함께 『망종』(芒種) 반월간을 편집했다.

2) 몽테뉴(Michel de Montaigne, 1533~1592). 문예부흥기의 프랑스 사상가로 산문작가다. 저서로 『산문집』(수상록, *Essais*) 등이 있다.

3) 여기서는 「산중적운」(山中笛韻)을 가리킨다. 단편소설이다. 번역문은 『문학』 제2권 제 3호(1934년 3월)에 실렸고, 뒤에 「산민목창」(山民牧唱; 바스크 목가)으로 고쳐 이것을 바 로하 단편소설집의 제목으로 삼았다.

4) 가사이 시즈오(笠井鎭夫, 1895~?). 일본의 스페인문학 연구자. 스페인에 유학한 뒤 귀국 하여 도쿄외국어대학 교수를 지냈다. 저서에 『스페인어입문』 등이 있다.

5) 『바스크 목가조』(バスク牧歌調). 즉 『바스크 목가』로 단편소설집이다. 바스크(Basque) 는 스페인 동북부의 민족이다.

6) 『혁명가의 수기』(革命家의 手記). 곧 『어느 활동가의 회상록』으로 장편소설이다.

7) 이바녜스(Vicente Blasco Ibáñez, 1867~1928). 스페인의 작가이자 정치가. 장편소설 『묵시록의 네 기사』(*Los cuatro jinetes del Apocalipsis*) 등이 있다. 210825 편지 참조.

8) 곧 『잡초』(雜草)로 장편소설이다.

340522② 양지원에게

지원 선생께

편지를 받고 사정을 잘 알았습니다. 류한이는 베이징으로 갔다는 말을 들었습니다. 전날에 그가 찍어 낸 서목을 보았는데 정말 '뒤죽박죽'이었으며 쓸 만한 책이 많지 않았습니다. 그러나 약간의 책은 이 공公처럼 미련한 공자公子가 아니고는 찍어 낼 수 없는 것이므로, 그는 그래도 전혀 무익한 인간은 아닙니다.

인쇄되지 않은 졸작이 이렇게 많은 것은 의외입니다. 그러나 다른 이름으로 바꾸어 『위쓰』語絲, 『신청년』, 『천바오 부간』에 발표하고, 뒤에 빼버리고 인쇄하지 않은 것도 아마 적지 않을 것입니다. 『위쓰』 첫 해의 몇 호에 쉬즈모徐志摩의 시를 모방하여 그를 욕하는 글[1]이 하나 있었는데 역시 내가 쓴 것이었습니다. 그 뒤부터 즈모는 화가 나서 다시는 원고를 보내 주지 않았습니다. 아마 이것은 다른 사람들이 모를 것입니다. 그리고 홍콩에서 「케케묵은 가락은 이제 그만」老調子已經唱完이라는 연설을 한 적이 있는데, 신문에 게재되기는 했었으나 원고를 잃어버렸기 때문에 역시 수록하지 못했습니다.

『광둥에 있어서의 루쉰』에 실려 있는 강연은 기록이 잘못되어 대체로 원뜻과 차이가 너무 큽니다. 저도 정정하지 않았습니다. 그러니 선생은 모두 수록하지 마시기 바랍니다.

나의 첫 소설을 게재한 것은 아마 『소설월보』가 아닐 것입니다. 만일 윈톈차오惲鐵樵가 『소설림』을 꾸린 일이 없다면 비평을 한 선생은 바오톈샤오[2]따위일지도 모릅니다. 이 회사는 일찍이 「협기의 여자노예」(『아라비안 나이트』의 한 단락) 및 「황금충」(A. Poe 작)[3]을 낸 적이 있는데, 사실은 당시 난징수사학당의 학생으로 있던 저우쭤런이 번역한 것이었습니다. 저의 그 소설도 저우쭤런이 부쳐 보낸 것인데 시기는 대략 선통宣統 초일 것입니다. 지금 상우인서관의 책[4]에 「협기의 여자노예」가 들어 있지 않다면, 이 회사는 소설림사일 가능성이 높습니다.

명말의 야사를 보면 현재의 포위토벌법이 더 심하지 않다는 느낌을 받습니다. 몇 달 전의 『한혈월간』[5]에는 명말 사대부가 '교격矯激 비하한' 것에 덧붙여 망국의 죄가 있다고 매도한 글이 실렸습니다. 그렇다면 수단이 비슷하다는 것을 그들 자신도 느꼈던 것입니다. 물론 편집하여 출판한다면 후세 사람들의 거울이 될 수 없는 것이 아님을 알 수 있습니다. 그러나 독자들은 이런 것을 알아차리지 못하고 흔히 그것을 개인적인 일이라고 생각하여 주의를 돌리지 않거나 또는 도리어 저를 '너무 간악하다'고 합니다. 저의 잡감집 『화개집』과 『속편』에 있는 글은 대체로 개인과의 투쟁입니다. 그러나 그것은 공분公憤이지 결코 사적인 원한이 아닙니다. 그런데도 팔린 부수가 적은 것은 독자의 판단이 많이 유치함을 알 수 있습니다.

평생 해놓은 일은 결코 보낸 편지에서 칭찬한 그런 정도는 아닙니다. 그러나 수십 년 동안의 일을 자문해 볼 때 자기를 보존하려고 한 것 외에도 늘 중국을 생각했고 미래를 생각했으며 모든 사람을 위해 미력을 다해 왔다고 고백할 수 있습니다. 그리고 또 발바리들과 겨룬다면 몸과 마음이 더 허비될 것이므로, 『10년간의 포위토벌』은 아마도 한가할 때나 써야 할 것 같습니다.

이상으로 답신을 대신합니다.

평안하시기 바라며

5월 22일

쉰 올림

그리고 베이신北新에는 발바리가 아직 혼입해 있는 것 같지 않으나, 그들은 아주 게으르고 산만하여 판이 있는데도 인쇄하지 않고 있습니다. 마침 렌화[6]가 저더러 도와 달라고 하니 거기에 넘겼습니다. 아직 전부 다 넘기지는 않았습니다. 우치야마한테 가는 시간은 고정적이지 않습니다. 만일 내방하시려면 3, 4일 전에 날짜와 시간을 정해서 편지로 알려 주십시오. 그러면 시간에 맞춰 가서 기다리겠습니다. 그 시간은 오후가 좋습니다. 부언하는 바입니다.

주)_____

1) 「'음악'?」을 가리킨다. 뒤에 『집외집』에 수록되었다.

2) 바오톈샤오(包天笑, 1876~1973). 이름은 궁이(公毅)이고 자는 랑쑨(朗孫)이며, 저장성 우현(吳縣) 출신으로 원앙호접파의 주요 작가 가운데 한 사람이다. 그는 상하이시보사(上海時報社), 유정(有正)서국, 대동서국의 편집을 맡았으며, 『소설대관』(小說大觀), 『요일』(星期) 주간의 주필도 지냈다.

3) 「협기의 예자노예」(俠女奴). 곧 아라비안 나이트의 「알리바바와 40명의 큰 도적」을 말하는데, "핑윈(萍雲) 번역, 추위(初我) 윤필"이라고 적혀 있었다.
   「황금충」(黃金蟲). 단편소설 「옥충의 연」(玉蟲緣)을 말하는데, '미국 앨런 포 저술, 비뤄(碧羅) 번역, 추위 윤필'이라고 적혀 있었다.
   이 두 책은 모두 1905년에 상하이 소설림사에서 출판한 것이다.
   포(A. Poe)는 에드거 앨런 포(Edgar Allan Poe, 1809~1849)이다. 미국 작가로 미스터리 작품과 단편소설 창작으로 유명하다. 저작으로는 「검은 고양이」(The Black Cat), 「어셔가의 몰락」(The Fall of the House of Usher), 「도둑 맞은 편지」(The Purloined Letter) 등이 있다.

4) 『소설월보총서』(小說月報叢書)를 가리킨다.

5) 『한혈월간』(汗血月刊). 판궁잔(潘公展)이 주재하고 류다싱(劉達行)이 편집했던 월간 종합잡지다. 1933년 4월에 창간되었고 1937년 10월에 정간되었다. 여기서 말한 문장은 340430 편지 참조.

6) 렌화(聯華)서국을 가리킨다. 퉁원(同文)서점, 싱중(興中)서국이라고 명칭을 바꾸어 사용한 일이 있으며, 페이선샹(費愼祥)이 책임지고 꾸린 것이다. 당시 루쉰은 『남강북조집』, 『풍월이야기』 등을 이 서국에 맡겨 출판하였다.

340523① 차오징화에게

루전 형

　18일자 편지 잘 받았습니다. 현대現代에서 부탁한 원고는 마오茅 형에게도 의뢰하고 편지로 재촉했습니다. 그래서 바로 편지를 보내지 말고 며칠 기다려 주시기 바랍니다. 그 답신의 유무에 따라 다시 생각해 보죠. 답신이 없으면 통지하겠습니다. 그때는 눙農 형에게 편지를 써 달라고 하면 좋겠습니다.

　서적과 신문의 등기는 전부 서점이 처리해 주니 저는 더 바쁘지는 않습니다만, 그러나 형이 불편한지 어떤지 모르겠으니 말씀해 주십시오. 불편하지 않다면 등기가 좋을 듯합니다. 혹시 분실되는 일이 있다면 안타깝습니다.

　저희 집은 모두 건강합니다. 저는 위병이 이미 나았지만 이것은 오랜 기간의 지병으로 뿌리뽑는 것은 어렵습니다. 늘 조심하는 수밖에 없습니다. 여기 친구들이 단편과 문단소식을 게재하고 싶다며 형이 번역해서 보내 주시기를 희망한다고 저에게 전해 달라고 하는군요.

　이상 답신을 대신합니다.

　몸조심하시기 바라며

5월 23일

아우 위豫 돈수

340523② 쉬서우창에게[1]

지푸 형

좀 전에 보내신 편지를 받았고, 『차이선생 65세 축하 기념 논문집』[2]은 어제 도착했습니다. 역작이 적지 않고 아주 참고할 만합니다. 젠스 兼士 형에게는 별쇄가 한 편 있는데[3] 이것에는 보이지 않습니다. 아마도 하책 下冊에 있겠죠. 그렇다면 하책은 이미 계속해서 인쇄 중이라고 생각됩니다.

편지에 보니 다음 달 하순에 연구원을 떠납니까? 갈 곳은 이미 정해 놓은 것입니까? 매우 궁금하고 걱정이 됩니다. 미리 좀 알려 주시기 바랍니다.

행운이 있기를 기원하며

5월 23일

아우 페이 飛 돈수

주)_____

1) 이 편지는 쉬서우창의 가족이 필사한 것을 수록한 것임.
2) 『차이선생 65세 축하 기념 논문집』(祝蔡先生六十五世論文集). 곧 『차이위안페이 선생 65세 축하 기념 논문집』(慶祝蔡元培先生六十五世論文集) 상책(上冊)으로 1933년 국민당 중앙연구원 역사언어연구소 출판.
3) 곧 「우문설(右文說)의 훈고학상에 있어서 연혁과 그 추천(推闡)」을 말한다.

340523③ 차오징화에게

루전 형

오전에 편지를 보냈는데 이미 도착했을 거라고 생각합니다.

목판화집은 인쇄가 끝났습니다. 무게를 재어 보니 한 개마다 4권밖에 포장할 수 없습니다. 그래서 작가에게 우송하는 것은 네 개로 나누지 않으면 안 되겠습니다. 한 개에 3권씩(그 안에 하나는 VOKS[1]에게 보내는 것)을 넣습니다. 형을 다시 귀찮게 해서 미안합니다만, 다시 4장 써서 보내 주십시오. 발신인은 서점이 인장을 찍었기 때문에.

형에게 증정할 한 권은 조만간 눙 형에게 보내고(사람들에게 보낼 것이 여러 권 있기 때문에), 눙 형에게 전해 주라고 하겠습니다.

용건만 간단히 적습니다.

건필하시기 바라며

5월 23일

아우 위 돈수

집안에 행운이 깃들기를 기원합니다.[2]

주)_____

1) 'VOKS'는 소련대외문화협회(Всесоюзное общество культурной связи с заграницей, BOKC)의 영문 표기 'Vsesoiuznoe Obshchestvo Kul'turnoi Sviazi s zagranitsei'의 약칭이다.
2) 편지에 자주 사용하는 표현으로 원문은 '闔府均吉'.

340523④ 천옌차오에게

우청 선생께

오후에 편지를 보낸 뒤 밤에 편지와 판목 3매를 받았습니다. 판화집은 우송할 수 있으나, 서점에 의뢰한 뒤라 다시 가서 회수할 생각이 들지 않아 우송은 단념했습니다. 역시 앞의 편지에서 적은 대로 친구에게 부탁해서 인환증引換證을 갖고 기회가 될 때 찾는 것이 좋겠습니다. 이번에는 인쇄가 나쁘지 않은데, 아쉬운 것은 몇 점의 대형을 꽤 축소했다는 점입니다.

바이타오 형에게는 저도 편지로 재촉했습니다만, 아직 답신이 없습니다. 톄경 형의 작품은 제2집을 인쇄할 때에 고려하는 수밖에 없습니다. 왜냐하면 제가 준비한 돈이 불확실하기 때문입니다. 다른 용도로 사용할수도 있습니다. 그래서 계획한 것은 빨리 하지 않으면 안 됩니다. 현재 초갱지 20첩帖을 구입했고 다음 달 초부터 계속해서 인쇄합니다.[1] 20여 점이 되면 장정, 발매합니다. 이번에는 120부를 만들 작정입니다. 각각의 작가에게 한 부 증정하는 것은 별도로 해서, 발매할 수 있는 것은 백 부가 되겠습니다. 대체로 한 부에 5자오 내지 6자오라면 비용은 회수할 수 있습니다.

건강하시기 바라며

5월 23 밤

쉰 올림

주)_____

1)『목판화가 걸어온 길』을 가리킨다.

340524① 양지원에게

지원 선생께

일전에 23일자 편지를 받았습니다. 조점[1]의 건에 대해 여러 가지 가르쳐 주셔서 감사드립니다. 『소설사략』은 여전히 베이신에 있고, 천여 권이 남아 있다고 합니다. 서둘러 재판을 찍지는 않을 듯합니다. 아무튼 재판할 때 정정하겠습니다.

제가 제시한 삼흥[2]에 관해서는 정말로 존중할 발언입니다만, 단지 양춘런은 너무 보잘것없는데 그 특징은 무치無恥한 것입니다. 내심은 음험하고 악랄하지만, 그것을 발휘할 수 있는 기량이 갖추어져 있지 않아 불충분합니다. 최근에는 『신상하이반월간』[3] 편집을 맡아 행세깨나 하는 듯한데, 겉치장을 하는 것일 뿐 선천적인 작은 장사꾼으로 환골탈태는 곤란하고 골계극을 상연하고 있는 것에 불과합니다.

송명의 야사에 기록된 것은 은원恩怨의 개인적 감정이 뒤섞인 것에서 벗어나지 못하지만, 대체로 그만큼 과도하지는 않고 게다가 충분히 발휘하지 않은 것이 꽤 있습니다. 5, 6년 전에 학살의 방법[4]을 고증한 적이 있는데, 일본의 서적[5]에 기록되어 있는 그리스도교도를 살해할 때의 화형 방법은 다른 나라와 다릅니다. 그것은 떨어진 곳에 불을 놓고 굽는 것입니다. 그 잔혹함에 크게 탄식했습니다. 뒤에 당나라 사람의 필기筆記를 보니 관官이 도적을 살해할 때 역시 약한 불로 천천히 태워서 목이 마르면 식초를 마시게 했다고 합니다. 이것은 또한 일본인이 미치지 못한 바입니다.[6] 악비[7]의 사후 가족들이 광저우를 떠돌게 되었는데, 현지에서 죽음을 내려야 한다고 상주한 인물이 있었습니다. 그렇다면 지금의 인심은 아직 고인에 미치지 못하는 듯합니다. 만약 가르침을 주실 수 있다면 다음 주 월요일(28일) 오후 2시에 서점으로 광림해 주시기 바랍니다. 뵙게 된다면 편지보다도 상세한 얘기를 이어 갈 수 있을 듯합니다.

이상 답신을 대신합니다.

건승을 기원하면서

5월 24 밤

쉰 올림

주)＿＿＿＿＿

1) 조점(曹霑, ?~1763 일설에 1764). 자는 몽완(夢阮). 호는 설근(雪芹). 청대의 만주정백기(滿洲正白旗)의 포의인(包衣人). 문학가, 장편소설『홍루몽』을 지었다. 당시 양지원은 조설근의 졸년 등에 관한 후스의 새로운 고증을 루쉰에 알렸다.

2) 삼흉(三凶). 양지원의 회고에 의하면 당시 신문에도 보도되었던 루쉰이 '삼허'(三噓)를 부여했던 세 명의 인간으로 곧 량스추, 양춘런, 장뤄구(張若谷)이다.

3) 『신상하이반월간』(新上海半月刊). 『대상하이반월간』(大上海半月刊)이라고 한다. 문예잡지로 양춘런 등이 편집했다. 1934년 5월에 창간되었고 같은 해 10월에 정간했다. 3기를 냈다.

4) 1927, 28년 루쉰은 국민당의 '학살의 흉악'에 느낀 바가 있어 「학살」이란 문장을 집필했는데, 원고는 남아 있지 않다. 『이심집』(루쉰전집 6권)의 「고문을 짓는 비결과 착한 사람이 되는 비결」 참조.

5) 『절지단 순교기』(切支丹殉教記)를 가리킨다. 원명은 『절지단의 순교자』(切支丹の殉教者)이다. 일본 마쓰자키 미노루(松崎實)가 지었고 1922년에 출판되었다. 1925년에 개정판을 낼 때 현재의 책이름으로 고쳤다. 16세기 이래 일본에서의 천주교 보급 및 에도막부시대 봉건지배계급의 천주교에 대한 잔혹한 박해와 학살의 상황을 기록했다. '절지단'('切利支丹'이라고도 한다)은 '천주교'(및 천주교도)의 일본어 번역이다.

6) 당나라 사람의 필기에 기록된 학살 방법은 『태평광기』(太平廣記) 권268에 인용된 『신이경』(新異經)에 의하면 이렇다. 당의 무측천(武則天) 때 혹리(酷吏) 내준신(來俊臣)은 범인을 심문할 때 "늘 죄수를 추국함에 경중이 없었는데, 먼저 초(醋)를 코에 붓고 지하감옥에 가두고 불로 둘러싸서 태웠다".

7) 악비(岳飛, 1103~1142). 자는 붕거(鵬擧). 샹저우 탕인(相州湯陰; 지금의 허난성) 사람. 남송때 금에 저항한 명장이다. 뒤에 송 고종이 투항노선을 추진하며 간신 진회(秦檜)의 참언(讒言)을 믿고 '모반'이란 죄명으로 그를 투옥하고 사형에 처했다. 『송인일사휘편』(宋人軼事彙編) 권15에 인용된 송 왕명청(王明淸)의 『옥조신지』(玉照新志)는 다음과 같이

기록했다. "진회는 이미 악씨 부자를 죽이고 그의 자손은 모두 중호민령(重湖閩嶺)으로 이송했다. 날마다 전미(錢米)를 받아서 그 목숨을 유지했다. 소흥(紹興) 때 장저우(漳州)에 알려진 이가 '반역 뒤의 가솔은 남아 있어서는 안 되며, 그 급수(急需)를 끊어서 남은 목숨을 다하게 하기를 바란다'라고 건의했다. 진회는 그 문서를 받고 서찰을 악씨에게 보냈다."

340524② 왕즈즈에게

쓰위안思遠 형

19일자 편지 잘 받았습니다. 호칭에 관한 항의는 물론 일리가 있습니다만, 시기가 다소 다릅니다. 그때는 평시平時이기 때문에 질서가 있는 편이었지만, 지금은 전시戰時입니다. 따라서 때로는 변동이 있고 마침내 친구를 아보阿伯라고 부르고 젊은 남편을 아가씨라고 부르는 일이 없지는 않습니다. 그렇지만 이후에는 고치도록 하겠습니다.

그 '골동품' 같은 사람은 우吳[1]라고 하지 않습니까. 만약 그렇다면 역시 타이옌 선생의 학생이라고 생각합니다. 저와는 동창이라고 할 수 있는데, 저는 본 적이 없습니다. 문장[2]은 월말에 맞출 수 있을 것 같습니다. 다만 옌雁 군의 글은 시간에 맞추지 못할 듯합니다. 글을 구하는 길은 첫번째는 '재촉'에 있지만 우리는 좀체 얼굴을 보지 않기 때문에 편지에만 의존하는데 특별한 효과는 없습니다.

답신을 받고 형도 정鄭 군과 알고 있다는 것을 알았습니다. 이 사람은 대단한 사람입니다. 『베이핑전보』는 재판 중으로 6월에는 출판될 것입니다. 제가 예약한 것이 있기 때문에, 형은 기회가 될 때 그와 연락해서 한 부

받으시기 바랍니다. 저는 이미 편지를 써서 말해 두었습니다만, 형 스스로도 편지를 보내 연락해 두는 것이 좋을 듯합니다. 이 서적은 처음 계획했을 때는 우리가 적자가 날 수 있다고 생각했으나 의외로 그렇지 않고 지금 재판을 내게 되었습니다. 정말로 예상 밖의 일입니다. 다만 상하이의 예약 신청은 단지 두 명뿐입니다.

며칠 전에 『춘광』 3권, 희곡[3] 1권을 우송했습니다. 정鄭 여사 앞으로 했는데 받았습니까? 『춘광』은 그다지 좋지 않습니다만, 집필자의 다수가 친구라서 보냈습니다. 희곡은 번역이 아주 좋습니다만 인쇄가 너무 나쁩니다. 이것은 저의 자비출판입니다만, 인쇄소가 중개한 인간에게 사기를 당했습니다. 오늘 또 서적 상자 하나를 우송했습니다. 바로 수취인으로 했습니다. 안에 구작[4]이 두 권 있는데 형은 이미 읽었을지도 모르겠습니다. 또 목판화집 한 권이 있는데 이것은 신간입니다. 중국의 도판 인쇄기술은 이 이상의 것은 별로 없습니다. 그렇지만 도쿄에서 인쇄해서 운송해 온 것은 감탄할 만하지 않습니까. 3백 권 인쇄했습니다만 아무래도 판매는 적자입니다. 이후에는 자비출판은 안 될 것 같습니다.

상하이의 공기는 정말 나빠서 건강에 좋지 않습니다. 그러나 여기밖에는 살 만한 곳이 없습니다. 산꼭대기도 해안도 좋습니다만 부자가 아니면 그곳에서는 살 수 없기 때문에, 수명을 단축시키더라도 여기서 생활하는 수밖에 없습니다.

이상으로 답신을 대신합니다.

몸조심하시기 바라며

5월 24일

위 올림

1) 340528② 편지 참조.
2) 「유가의 학술」을 가리킨다. 뒤에 『차개정잡문』에 수록했다.
3) 『해방된 돈키호테』이다. 『루쉰일기』에 의하면 이 책과 『춘광』(春光) 잡지는 5월 15일에 부쳤다고 한다.
4) 구작(舊作)은 왕즈즈의 회고에 의하면 『외침』과 『방황』이다.

340524③ 정전둬에게

시디 선생께

　새로운 러시아판화집이 나왔기에 오늘 한 권을 보냈습니다. 이 편지와 동시에 도착할 거라고 생각합니다. 이것은 도쿄에서 인쇄한 것으로 한 권에 실비 1위안 2자오가 들었습니다. 비싸지는 않고 인쇄기술도 좋습니다. 그러나 250권을 다 파는 것은 어렵기 때문에 적자는 피할 수 없겠습니다.

　『베이핑전보』는 우치야마의 30부 외에 제 몫으로 2부 예약했습니다만, 그 가운데 한 부는 왕쓰위안 군에게 증정할 것입니다. 최근 왕 군의 편지에서 선생과 아는 사이라는 것을 알았습니다. 출판되면 이 한 부를 기회를 봐서 전해 주시기 바라고, 31부만을 상하이로 발송해 주시면 되겠습니다. 제가 왕 군에게 편지를 써서 그가 선생에게 연락하도록 하겠습니다.

　재판이 나온다면 휘호를 써준 두 선(沈)[1]에게 각각 한 부씩 증정해야겠다고 생각하는데 어떻습니까?

　『문학계간』의 문장[2]은 월말에 보내겠습니다만, 무료한 점은 반드시 「선본」選本과 비슷할 겁니다. 상하이에는 소품문이 유행하고 있습니다. 이것을 공격하자고 제가 호령하고 있다고 의심하는 사람이 있는데, 그런 것은 없습니다. 그러나 최근 명가名家의 작품을 보면 정말 읽으면 읽을수록 싫증이 나 참을 수가 없습니다.

건필을 기원하며

5월 24일

쉰 돈수

주)——

1) 선젠스(沈兼士)와 선인모(沈尹默)이다. 당시 그들은 각각 『베이핑전보』를 위해 책 이름과 속표지의 글자를 휘호했다.
2) 「그림을 보며 글자 익히기」를 말하는데, 뒤에 『차개정잡문』에 수록되었다.

340524④ 야오커에게

신눙莘農 선생께

오늘 저녁 서점에 가서 전언傳言을 받았습니다. 지극히 다행이고 기쁩니다. 이번 주 일요일(27일) 오후 5시에 '스가오타로施高塔路 다루신춘大陸新邨 제일룽第一弄 제9호'에 광림하시기 바랍니다. 조촐한 술자리를 만들고 이참에 길게 얘기를 나누고 싶습니다. 아우님에게는 이날은 반드시 휴일이라고 합시다. 간절히 같이 오시기를 바랍니다.

다루신춘은 서점에서 멀지 않습니다. 스가오타로로 들어오면 신축건물이 몇 동 나란히 있는데 이것이 '유청소축'留靑小築으로 이 '소축'이 끝나면 신춘 제일통입니다.

이에 초대하는 바입니다.

건필하시기 바라며

5월 24 밤

위 돈수

340525 타오캉더에게

캉더 선생께

좀 전에 편지를 받고 여러 가지 알게 되었습니다. 앞서 보낸 편지도
이미 읽었습니다. 감사합니다.

작가라는 명칭은 너무 아름다운데, 옛날에는 자신을 가늠하지 못해
그 대열에 들어가는[1] 것도 좋겠다고 생각했습니다만, 지금은 각성하여 입
에 담는 것이 부끄럽습니다. 더군다나 머리에는 생각하는 것이 없고 집에
는 서재도 없습니다. 더구나 '부인과 자식'은 문단과 관계하는 바도 없습
니다. 고상한 명령 세 가지[2]는 모두 받들지 못했습니다. 만약 선생이 다른
날 딴 기회에 『위작가소전』僞作家小傳을 만들 때가 있다면, 도서를 나열해서
위엄을 세우고 문을 열어 환영하겠습니다.

간단히 답신을 대신합니다.

건필을 기원하며

5월 25일

쉰 올림

쉬쉬(徐訏) 선생에게 안부 전해 주십시오. 따로 편지는 하지 않겠습니다.

주)_____

1) 원문은 '濫竽'. '竽'(악기의 일종)를 함부로 분다는 뜻으로, 무능한 사람이 재능인 체하는 것을 뜻하는 말.
2) 원문은 '雅命三種'. 타오캉더의 회고에 따르면 당시 『인간세』는 「작가방문기」란을 설치하여 루쉰의 집을 방문하고 싶으며 동시에 서재를 배경으로 한 장, 쉬광핑·하이잉과 함께 한 장 사진을 찍고 싶다는 뜻을 편지로 알렸다고 한다.

340526 쉬마오융에게

마오융 선생께

보내신 편지 잘 받았습니다. 5년 전의 경험[1]으로 몇 군데 서점의 잡지에는 제가 투고하지 않았습니다. 광화는 그 가운데 하나입니다.[2]

그들은 기회를 보고 다른 사람을 이용하여 잡지를 출판하는 것에 솜씨가 좋은데, 적당한 시기를 봐서 태도를 바꿉니다. 결코 다른 사람을 배려하지 않습니다. 예를 들어 『자유담 반월간』[3]이라는 명칭은 빈정대거나 남이 하니 따라 하는 것으로 아주 좋지 않습니다. 그들은 선생을 편집자로 원하면서 그 첫걸음으로 이미 편집자가 말한 것을 들으려고 하지 않지 않습니까. 이것은 뒤에 생각해 보면 알게 될 겁니다.

선생과는 몇 차례나 만났고, 이미 적어도 지인이기 때문에 그래서 충고를 드리는 것인데, 편집자가 되는 것은 그만두십시오. 선생은 아마도 이미 받아들였으니 신용을 잃을 수 없다고 생각할지도 모르겠습니다. 하지만 그들은 신용을 중시하지 않습니다. 신용을 중시한다면 쌍방이 중시해야 합니다. 그들이 태도를 바꾸고 안면몰수하면 아주 낭패입니다. 그래서 저는 선생에게 권하는 바인데, 이 진흙탕에 뛰어들지 마시고 단호히 사퇴하십시오.

선생이 청년에게 도움이 되고자 하는 것은 대단히 훌륭합니다. 그러나 스스로 여러 곳에 기고하고 또 유익한 책을 번역하여 믿을 수 있는 출판사에서 출판하는 것이 자신에게도 다른 사람에게도 보다 이익입니다.

이상은 완전히 성의에서 나온 말입니다. 직언을 용서하시기 바랍니다. 만나서 얘기를 나누는 것은 저도 바라는 바이지만, 이번 달은 여가가 없습니다. 다음 달 초가 되면 괜찮습니다. 선생의 연락처를 잃어버렸으니 가르쳐 주시면 고맙겠습니다.

그럼 이만 줄입니다.

건필을 기원하며

5월 26일

쉰 계상啓上

주)_____

1) 1930년 루쉰은 상하이 신주국광사(神州國光社)의 요청을 받아 소련의 문학작품만을 모은 '현대문예총서'를 편집했는데, 이 출판사는 도중에 계약을 파기했다. 『집외집습유』의 「『철의 흐름』 편집교정 후기」 참조.
2) 광화(光華)서국의 일에 대해서는 321212와 330209 편지 참조.
3) 『자유담 반월간』(自由談半月刊). 창간할 때 『신어림』(新語林)으로 이름을 고쳤다. 당시 광화서국이 쉬마오융을 편집장으로 초빙한 문예반월간이다.

340528① 뤄칭전에게

칭전 선생께

지금 대작 제2집[1] 한 권을 받았습니다. 뛰어난 작품이 아주 많습니다. 감사합니다.

저는 중국작가의 목판화를 골라서 한 권으로 정리해 매년 한 권 혹은 두세 권을 출판하고 싶습니다. 이름은 『목판화가 걸어온 길』[2]로 하고 원래 판목을 사용하여 각 권 스무 점, 백 권을 인쇄합니다. 이것으로 편리하게 유포하여 예술애호가들의 주목을 끌려고 합니다. 선생의 작품은 「아버지는 아직 공장에」, 「한강韓江의 뱃머리」, 「밤에 건너다」夜渡, 「정물」靜物, 「오지봉五指峰의 흰구름」[3] 5점을 수록하고 싶습니다. 다만 한 권에 게재하지 않고 두 호로 나누려고 합니다. 사례는 없고 한 점당 한 권을 증정하겠습니다. 판목을 빌려주실 수 있겠습니까? 만약 가능하다면 소포로 서점에 우송해 주시면 고맙겠습니다. 인쇄가 끝나면 돌려드리겠습니다.

작년에 인쇄에 들어간 신러시아 판화는 얼마 전에 완성되었습니다. 나쁘지는 않다고 생각합니다. 며칠 전에 서점에서 한 권을 보냈다고 합니다. 이 편지보다 먼저 도착할 거라고 생각합니다.

그럼 이만 줄입니다.

건필을 기원하며

5월 28 밤

쉰 올림

주)＿＿＿＿

1) 『칭전 목판화』(淸楨木刻畵) 제2집을 가리킨다.

2) 『목판화가 걸어온 길』(木刻紀程). 목판화집으로 루쉰이 편집했는데, 목판화 24폭을 수록했다. 저자는 허바이타오, 리우청(李霧城), 천톄겅, 이궁(一工), 천푸즈(陳普之), 장즈핑(張致平), 류셴, 뤄칭전 등이다. 1934년 6월(『루쉰일기』에 의하면 같은 해 8월 14일 편집을 마치고 인쇄에 들어갔다) '쇠나무예술사'(鐵木藝術社)라는 이름으로 자비 출판했다. 초판 120권이다.
3) 이 가운데 「오지봉의 흰구름」은 『목판화가 걸어온 길』에 수록되지 않았다.

340528② 왕즈즈에게[1]

『문사』의 문장[2]이 완성되었으니 보내겠습니다. 책임을 다했을 따름입니다.

앞의 편지에서 우군은 타이옌 선생의 제자라고 말씀드렸는데, 지금 생각해 보니 틀렸습니다. 타이옌 선생의 학생 이름은 청스[3]이고 마지막 글자는 다릅니다.

앞에 우송한 화집 등 3권은 아마도 도착했을 거라고 생각합니다.

건강하시기 바라며

5월 28 밤

위 계啓

주)_____

1) 이 편지는 서두의 경칭이 빠져 있다.
2) 『문사』(文史)의 문장은 「유가의 학술」을 가리킨다. 뒤에 『차개정잡문』에 수록되었다.
3) 우청스(吳承仕, 1884~1939). 자는 젠자이(檢齋), 안후이 서현(歙縣) 사람으로 학자. 장타이옌의 학생이다. 9·18사변 이후 중국공산당이 영도하는 항일민주운동에 참가했다. 당시 베이핑중국학원 국문과 주임이었으며 『문사』 주편이었다.

340529① 허바이타오에게

바이타오 선생께

조각칼 3조를 서점에서 우송했는데 이미 받았을 거라고 생각합니다. 며칠 전에 또 『인옥집』 한 권을 증정했는데, 인쇄 기술은 쓸 만합니다. 도착했습니까?

현재 중국의 판화를 한 권 출판하려고 하는데, 이것은 앞서 보낸 편지에서 말한 것이지만, 어제 종이를 구입해서 바로 시작했습니다. 선생의 판목은 하루라도 빨리 보내 주셔서 인쇄에 들어갈 수 있기를 바랍니다.

용건만 간단히 적습니다.

몸조심하시기 바라며

5월 29일

쉰 올림

340529② 양지윈에게

지윈 선생께

어제 내방해 주셔서 얘기를 나누게 되어 정말 기뻤습니다. 앞의 편지에서 얘기한 바 있는 조설근曹雪芹의 졸년卒年에 대해서 후스胡適가 구한 지연재본[1]에 근거해 건륭乾隆 27년으로 고쳤습니다. 이것은 후의 논문[2]에 보입니까? 만나는 기회에 여쭤 본다고 생각했는데 잊어버렸습니다. 바쁘신데 죄송합니다만, 알려 주시면 고맙겠습니다.

용건만 간단히

건필을 기원합니다.

5월 29일

쉰 올림

주)_____

1) 지연재본(脂硯齋本). 청대 유전복(劉銓福)이 소장한 『지연재중평석두기』(脂硯齋重評石頭
   記)의 초본(抄本)을 말한다. 16회가 남아 있고, 갑술본(甲戌本)이라고도 한다. 1927년 상
   하이에서 발견되었고, 뒤에 후스의 소유가 되었다.
2) 「『홍루몽』의 신자료를 고증한다」를 가리킨다. 『신월』 제1권 제1호(1928년 3월)에 게재
   되었다. 뒤에 『후스문존』(胡適文存) 3집 및 『후스문선』(胡適文選)에 수록되었다.

340529③ 어머니께

어머님 전. 5월 16일에 보내신 편지 잘 받았습니다. 위병은 아마도 담배와
관계가 있고, 의사도 그렇다고 했습니다. 그러나 줄이는 것이 쉽지가
않고 조금씩 줄여 볼까 생각 중입니다. 이제부터 어느 정도 고급의 담
배를 피우는 것으로 바꾸려고 합니다. 통증은 이미 완전히 사라졌습
니다. 약을 먹지 않은 지 2주가 되었습니다. 걱정하지 마시기 바랍니
다. 하이마와 하이잉도 건강하고, 하이잉은 매일 크는 게 자신의 생각
을 갖게 되었습니다. 늘 문밖에 나가 누구에게라도 개구쟁이짓을 하
는데 어른이고 아이고 가릴 것 없이 좌충우돌입니다.

16일 편지에는 부인[1]이 보낸 편지가 들어 있었습니다. 커밍[2]의 둘째

아들이 상하이에서 일하고 있는데, 너무 힘들고 아픈 데도 많아서 베이징의 집[3]으로 불러서 일을 찾아보고 싶다며 제 의견을 물었습니다. 커밍의 아들 셋은 모두 상하이에 있는데, 셋째는 셋째 아우가 추천해서 인쇄소에 들어갔습니다. 둘째도 노력은 했으나 잘 되지 않았습니다. 저는 생활을 위해 밖에서 떠도는 수밖에 없고 약간의 재산도 가진 게 없습니다. 소위 하루 벌어 하루 사는 정도니 자신조차도 내일이 어떻게 될지 모릅니다. 베이징의 집을 떠난 지 꽤 오래되어서 자세한 사정도 장래도 모릅니다. 그래서 이러한 건에 관해서는 부인이 스스로 생각해서 정해도 되겠습니다. 제게는 생각이 없으며 아울러 어떻게 하자는 의견도 없습니다. 이상을 전해 주시기 바랍니다. 용건만 간단히 적습니다.

늘 건강하시기 바라며

5월 29일

아들 수, 광핑 그리고 하이잉 올림

주)_____

1) 주안(朱安)이다.
2) 커밍(可銘). 주훙유(朱鴻猷, 1880~1931)로 자는 커민(可民), 저장 사오싱 사람이다. 주안의 오빠.
3) 원문은 '京寓'. 루쉰의 어머니와 주안이 사는 베이징의 집.

340531① 정전둬에게

시디 선생께

며칠 전에 『인옥집』 한 권을 보냈는데 도착했을 거라고 생각합니다.

졸문¹⁾을 동봉합니다. 정말 너무 '졸'입니다. 이미 퇴화하고 있다는 것을 이것으로 알게 되었습니다. 만약 '산문수필'의 말미에라도 넣어 주실 수 있다면 다행이라고 생각합니다.

용건만 간단히 적습니다.

평안하시기 바라며

5월 31일

쉰 돈수

근래 중국의 신인작가의 판화를 모아 스무 점을 한 권으로 만들어 『목판화가 걸어온 길』이라고 이름 붙이고 기록으로 보존하여 이후 진보되었는지 여부를 볼 작정입니다. 또 적었습니다.

주)_____

1) 「그림을 보며 글자 익히기」이다. 1934년 7월 1일 출판된 『문학계간』 제1권 제3기 '산문수필'란에 실렸다.

340531② 양지원에게

지원 선생께

좀 전에 30일자 편지와 『후스문선』[1] 한 권을 받았습니다. 감사합니다. 쉬 선생도 거절하기로 결심했다[2]는 편지가 있었습니다. 아주 좋습니다. 그렇지 않으면 상하이의 소위 작가는 도깨비가 너무 많은데 당해낼 수 있겠습니까. 분명히 함정에 빠집니다. 그러나 '작가'의 변신이 끝이 없는 것은 한편으로는 문단의 불행이라고 생각합니다만, 다른 한편으로는 진상을 보다 명백하게 하는 것입니다. 대개 호리狐狸라는 것은 꼬리를 마침내 보이는 것입니다. 게다가 신진新進의 사람도 많아지고 있으니 비관할 필요는 없습니다.

『앵무이야기』[3]는 제가 번역본을 읽은 적이 없으며, 고대 인도의 문학 작품으로 작은 얘기를 집성한 것이라는 것밖에 모릅니다. 대체로 그 안에는 중국의 것도 말하고 있겠죠. 그래서 중국을 묘사한 삽화가 한 장 있습니다. 그러나 당시 중국에는 아직 변발자가 없었음에도 불구하고 우리들을 위해 화가는 늘어뜨리고 있습니다. 정말 웃깁니다. 중국인은 쭉 변발을 늘어뜨리고 있다고 믿고 있습니다. 2월 초[4]에 몇 권의 고대복장인물의 화집을 그들에게 우송했습니다. 만약 도착했다면 장래의 삽화에 다소간의 영향이 있을지도 모르겠습니다.

『인옥집』 후기는 한쪽이 거꾸로 인쇄되어 있습니다. 먼 곳이라 정정할 방법도 없고, 정말 안타깝습니다. 이 서적이 다 팔리고 나면 독일의 것을 출판할 작정입니다. 답신을 대신합니다.

몸조심하시기 바라며

5월 31일 저녁
쉰 올림

주)_____

1) 『후스문선』(胡適文選). 후스의 논문 자선집으로 1930년 12월 상하이 야둥(亞東)도서관
   에서 출판했다.
2) 쉬마오융이 광화서국으로부터 잡지의 편집을 의뢰받았던 일을 말한다. 뒤에 그는 역시
   이 출판사를 위해 『신어림』을 편집했다.
3) 『앵무이야기』(鸚鵡物語). 소련에서 출판한 인도의 고사(故事)집이다.
4) 『루쉰일기』에 의하면 2월 초가 아니라 1월 초가 되어야 한다.

340601 리샤오펑에게

샤오펑 형

『먼 곳에서 온 편지』의 검인지에 날인을 끝냈습니다. 용지가 길기 때문에 우편으로 보낼 수 없습니다. 섬포의 소시小使에게 기회가 되면 제 쪽으로 받으러 보내 주십시오. 그때 『먼 곳에서 온 편지』 3권을 지참시켜 주십시오. 검인이 없는 것도 상관없습니다. 여기서 붙이겠습니다. 그리고 전해 줄 검인은 1,497매로 줄였습니다.

『연분홍 구름』, 『작은 요하네스』의 지형紙型도 함께 지참하도록 해주십시오. 올해는 고향의 묘지를 손보지 않으면 안 됩니다. 그래서 단오절 전에 돈을 마련할 필요가 있습니다. 이것으로 무언가를 할 것입니다.

6월 1 밤
쉰 올림

340602① 차오쥐런에게

보내 주신 편지 잘 받았습니다. 그림은 배운 적이 없기 때문에 질문에는 확답을 드릴 수 없으나, 뜻을 갖고 이것을 생각해 보니 논리상 어떤 붓을 사용하더라도 괜찮을 듯합니다. 그렇지만 펜을 사용하면 처음에 펜의 어려움 —— 종이에 걸리고, 잉크가 없어지는 등 —— 이 있기 때문에 배우는 사람은 한층 힘이 듭니다. 그래서 연필 —— 회화용의 연필 —— 을 사용하는 편이 낫습니다.

앞에 말씀드린 서적은 『거짓자유서』의 뒤를 이은 『풍월이야기』입니다. 작년 말에 사람[1]이 와서 약속한 것인데, 례원 선생을 곤란하게 해서는 안 되겠다는 생각에 바로 출판하지 않았던 것입니다. 지금 출판하는 것은 이전의 약속 때문입니다. 군중[2]에 대해서는 장래를 생각할 수밖에 없습니다.

민족반역자[3]라고 지목된 것은 올해 두 번입니다. 10년쯤 전의 일입니다만, 예로센코가 중국의 결점을 공격한 것 때문입니다. 상하이의 신문도 제가 배후에서 조종하고 있다고 했던 것입니다. 그리고 제가 나라를 배신한 것은 처가 일본 부인이기 때문이라고 했습니다. 현재의 수많은 제공諸公들과 그 발바리들은 아마도 또 중국이 팔려 망하고 있다는 것을 깊이 깨달았기 때문에 힘을 다해 다른 매국노를 찾아서 죄를 뒤집어 씌우려고 합니다. 예를 들어 『한혈월간』이 명의 멸망을 동림東林 탓이라고[4] 한 것은 곧 그 미의微意입니다.

그러나 변천은 아주 빨라서 한두 해가 지나지 않아도 누가 민족반역자인지 일목요연해집니다.

간단히 답신을 대신합니다.

평안하시기 바라며

6월 2일

쉰 돈수

주)_____

1) 롄화서국(聯華書局)의 페이선샹(費愼祥)이다.
2) 상하이 군중도서공사를 가리킨다.
3) 민족반역자(漢奸)에 대해서는 340516② 편지와 주석 참조.
4) 340430 편지와 주석 참조.

340602② 정전둬에게

시디 선생께

5월 28일자 편지는 오늘 오후에 받았습니다. 작년 연말에 선생은 『십죽재전보』를 문구당이 이미 다 팔았다고 말한 적이 있지 않습니까? 며칠 전에 우치야마서점 점원이 도쿄에서 왔는데, 그는 그런 책이 있는 것을 보았으나 문구당의 영감¹⁾이 아까워서 팔지 않더라고, 값을 더 받을 수 있으리라 생각하는 것 같더라고 말했습니다. 문구당의 올해 서적목록을 보니 이 책이 들어 있지 않습니다. 그는 이것을 보배로 여겨 감추고 있는 것 같습니다. 우리의 복제품이 발행되는 날이면 이 보배는 값이 뚝 떨어지게 될 것입니다.

그러나 우리의 동포들은 복각의 속도가 너무도 느립니다. 그 유유한 태도는 탄복할 정도이긴 하지만, 그러나 일은 일생 얼마 하지 못할 것입니다. 그래서 옛사람들은 수련하여 신선이 되려고 했습니다. 그러지 않고서는 책을 많이 읽을 수가 없었으니까 말입니다. 올해 안으로 먼저 두 가지를 출판한다는 것은 아주 잘된 일입니다. 낡은 종이나 모변지毛邊紙는 되도록 쓰지 않는 것이 좋겠습니다. 그것을 찍어 내는 목적은 첫째로는 널리 전파하자는 것이고, 둘째로는 오래 보존하자는 것인 만큼 종이는 오래갈 수 있는 것이라야 합니다. 만일 할 수 있다면 황색 나문지羅紋紙를 쓰는 편이 나을 것입니다. 이런 책을 살 사람은 빈궁하지 않을 것이니 한 책에 몇 십 자오씩 비싸도 그들이 안 사지는 않을 것입니다. 그리고 또 듣자 하니 색깔을 들이면 낡은 종이처럼 보이게 된다고 하는데, 염색료가 비싸지 않고 물감이 종이를 상하게 해 약해지지만 않는다면 선지宣紙를 써도 무방할 것입니다.

따로 120장을 골라 보급판을 만드는 것도 중요한 일입니다. 이런 그림을 청년작가들은 정말 볼 필요가 있습니다. 근래의 작품을 보면 옛날의 의복이나 기물은 말할 것도 없고, 오늘의 일을 그리는 데도 의복과 기물을 잘못 그린 것이 너무 많습니다. 제씨들이 누드모델 외에는 주의해서 관찰하지 않은 듯합니다. 그런데 나체화도 잘 그리지 못합니다. 이달의 『동방잡지』(31권 11호)에는 창수홍²⁾이 그린 「나체여인」이 실렸습니다. 가슴에 아주 큰 유방이 달려 있는데, 만약 정말 사람이라면 이러한 인물은 보기 드물 것입니다. 중국의 예술가들은 지금까지 19세기 말 유럽의 괴상망측한 그림을 소개하기를 즐겼습니다. 그래서 괴상하게 하는 것이 제멋대로 하는 것으로 되고, 그래서 괴상망측한 것들이 미술계를 뒤덮게 되었습니다. 그리고 다른 한 파는 무릇 혁명적 예술이라고 하면 마땅히 큰 칼과 도끼를 들고 마구 휘둘러야 하며 눈을 부라리고 주먹을 휘둘러야 한다고 생각합니다. 그러지 않으면 귀족이 되는 것입니다. 내가 이번에 찍어 낸 『인옥집』은 태반이 이런 파의 제씨들에게 참고로 보여 주자는 것입니다. 그 가운데는 다소 착실하고 정밀한 것들이 있습니다. '천재'적 재능에 의해 붓을 한번 휘두르기만 하면 되는 작품은 없습니다. 만약 영향력을 가진다면 다행이겠습니다.

『인옥집』은 300부를 찍었는데, 서문과 발문은 상하이에서 판을 짜서 지형을 떠 보낸 것입니다(그런데 그들은 두 페이지를 뒤바꾸어 놓았습니다). 인쇄비, 종이값, 제본비, 운임까지 하여 도합 320위안(중국돈으로 환산해서)입니다. 그러나 중국의 목판화를 인쇄하는 것은 아마도 어렵습니다. 『인옥집』은 원래 그림이 작아서 책을 작게 만들어도 무방하지만, 이번에는 적어도 3분의 1을 확대하지 않으면 안 됩니다. 확대한 인쇄비는 일전에 편지로 문의했는데 회답이 오는 대로 통지하겠습니다. 대체로 매 책에 그림 60폭씩이면 한 책에 2위안씩 할 것이니 120폭을 두 책으로 나누면 원가가 4위안 내지 3위안 5자오일 것이며 따라서 판매가격은 적어도 5위안으로 정해야 할 것입니다.

투고자는 투고하지 않으면 안 됩니다. 그런데 견문이 많지 않다 보니 자그마한 일도 크게 쓸 뿐만 아니라 종종 여러 번 반복합니다. 『계공당』과 관련한 일이 그 실례의 하나입니다. 제 생각에는 아랑곳하지 않는 것이 좋을 것 같습니다. 이런 변론은 시간만 허비하고 본업을 망칠 뿐이니 정말 한가히 앉아 있는 편이 더 낫습니다. 근간에 때때로 공격을 받으나 이미 습관이 되어 편안합니다. 설령 제게 죽을 죄를 졌다고 모함한다 하더라도 변론할 마음이 없습니다. 그래도 지금까지 죽지 않고 있습니다. 이런 인간들과 시비를 다투다가는 도리어 꾀임에 빠지게 된다는 것을 알았습니다. 예를 들어 시골의 장난꾸러기 아이들은 흔히 종이에 자라를 그려서 남의 등뒤에 붙여 놓는데, 그런 것은 상대하지 않는 것이 가장 좋습니다. 만일 정색을 해가지고 자기는 자라가 아니라는 것을 그들과 변론한다면 공연한 짓이 아니겠습니까.

소품문 자체는 본래 공功도 과過도 없는 것이지만, 오늘 사람들에게 수모를 당하게 되는 것은 사실을 너무 과장하여 본래는 시를 쓸 줄 모르는 사람이 익살스러운 자유시를 쓰려고 다투기 때문입니다. 원쾽도나 이일화³⁾의 글이라면 모두가 글자마다 묘하다고 칭찬을 받는 탓에 반감이 일어나게 된 것입니다. 한마디로 말해서 허장성세가 이번의 큰 병근病根인 것입니다. 사실 문인이 글을 짓고 농부가 괭이질을 하는 것은 본래 평범한 일입니다. 그런데 만일 사진을 찍을 때 문인이 노동자인 체하여 '호미를 메고 삿갓을 쓴 사진'을 만들어 내고, 농부는 버드나무 밑에서 책 한 권을 들고 '우거진 버드나무 밑에서 글공부하는 사진'을 만들어 내려고 한다면 몹시 역겨울 것입니다. 지금은 진晋대나 명明대가 아님에도 불구하고 『논어』와 『인간세』의 작가들은 기어이 소탈하고 점잖은 말만 하려고 하니 어려울 수밖에 없는 까닭입니다.

그러나 장커뱌오가 린위탕을 공격한⁴⁾ 데는 다른 이유가 있습니다. 장커뱌오가 『인언』⁵⁾을 편집하게 되자 린위탕이 사퇴하고 따로 간행물을 꾸렸습니다. 이에 몹시 미워하게 되었는데 이는 이익으로 인한 것일 따름입니다. 게다가 장커뱌오는 대단히 악랄한 사람입니다. 제가 외국에서 글을 발표했다고 하여 군사재판에 붙이도록 당국⁶⁾에 암시한 이도 이 인간입니다. 여기서 산 지는 벌써 5년이 다 되어 가는데, 문단의 타락은 실로 이전에 본 적이 없으며 마치 더 이상 타락할 수 없는 지경에 이른 듯합니다.

이달의 『문학』을 읽어 보았는데 내용이 아주 충실합니다. 중국 사람의 사상적 바탕을 분명하게 하는 글이 많았습니다. 요즘 『청대문자옥당』⁷⁾ 제8권을 읽다가 산시성의 수재秀才가 외사촌 여동생에게 장가를 들려다가 되지 않으니까 도와 달라고 건륭에게 글을 올려 목이 달아날 뻔했다는 것을 보았습니다. 정말 명대나 청대 때의 재가가인소설이나 다름없는데, 유감스럽게도 결말이 판이하게 다릅니다. 청대 때는 자신이 노예가 된 것을 깨닫지 못한 중국인이 많은 것 같습니다. 기가 막힐 노릇입니다.

이상으로 답신을 대신합니다.

건필을 기원하며

6월 2 밤

쉰 돈수

주)_____

1) 일본의 문구당(文求堂)서점 주인 다나카 게이타로(田中慶太郎, 1880~1951)다. 이 서점은 중국서적을 전문적으로 출판하여 판매했다.

2) 창수훙(常書鴻, 1904~1994). 저장성 항저우 사람으로 미술가다. 당시 프랑스에 유학하여 1935년 파리고등미술학원을 졸업했다.

3) 원굉도(袁宏道, 1568~1610). 자는 중랑(中郞), 후베이성 궁안(公安) 사람이다. 명대 문학가. 저서로 『원중랑전집』(袁中郞全集)이 있다. 형 종도(宗道), 동생 중도(中道)와 함께 '공안파'(公安派)라고 불린다. '홀로 성령(性靈)을 써내고 격식에 얽매이지 않는다'라는 문학창작을 제창하였다.
이일화(李日華, 1565~1635). 자는 군실(君實), 저장성 자싱(嘉興) 사람이다. 명대 문학가. 저서에 『자도헌잡철』(紫桃軒雜綴), 『미수헌일기』(味水軒日記) 등이 있고, 작품은 주로 봉건사대부의 한적(閑適)한 정조를 표현했다.

4) 장커뱌오(章克標)는 저장성 하이닝(海寧) 사람이다. 340516② 편지와 주석 참조.

5) 『인언』(人言). 종합성 주간지로 귀밍(郭明; 곧 사오쉰메이邵洵美), 장커뱌오 등이 편집했다. 1934년 2월 19일 상하이에서 창간되었고, 1936년 6월 13일에 정간했다.

6) 340306② 편지와 주석 참조.

7) 『청대문자옥당』(淸代文字獄檔). 전 고궁박물원 문헌관 편. 군기처(軍機處)의 당안(檔案)에 의해 궁중에 보존되었고 관리에게 되돌아온 주비주절(朱批奏折), 실록 등을 집록한 것으로 9집이 있다. 1931년부터 1934년에 걸쳐 계속 출판되었다. 여기에 기술되어 있는 것은 같은 책 제8집의 「풍기염(馮起炎)이 역경(易經)과 시경(詩經)을 주해한 것을 상소하려 한 사건」에 보인다. 『차개정잡문』에 수록된 「간극」 참조.

340602③ 허바이타오에게

바이타오 선생께

　며칠 전에 5월 26일자 편지를 받았습니다. 판화집은 24일 한 권을 부쳤습니다. 이미 도착했을 거라고 생각합니다. 3, 4일 이내에 서점에 부탁해서 16권을 더 보내겠습니다. 4포^包로 나누고 대금상환은 하지 않았습니다. 소포에 붙여진 우표를 보고 그것을 각 권수로 나누고 한 권의 정가에 가산한 뒤 일괄해서 서점에 송금해 주시면 되겠습니다.

　동시에 톄경 형이 보낸 편지를 받았습니다. 그의 이전 판목은 모두 선생에게 있다고 합니다. 이 편지가 산^汕으로 돌아가기 전에 도착한다면, 산으로 돌아가게 되었을 때 그의 「아버지의 귀가를 기다리며」¹⁾(어머니와 아들이, 한 사람은 앉고 한 사람은 서 있는 것)를 합해서 우송해 주시기 바랍니다. 그러나 만약 시간이 되지 않는다면 장래에 다시 얘기할 수밖에 없겠습니다.

　이상 답신을 대신합니다.

　건강하시기 바라며

6월 2 밤

쉰 올림

주)_____

1) 이것은 뒤에 『목판화가 걸어온 길』에 수록될 때 「어머니와 아들」로 이름을 바꾸었다.

340603 양지원에게

지원 선생께

    2일자 편지 잘 받았습니다. 발바리의 종류가 너무 많다는 우려는 이론상 정확합니다. 마치 누군가가 입을 열어 소리를 지른다면 공기가 진동하고 점점 멀리 점점 희미해지더라도 필시 공기가 있는 곳은 결국 반드시 진동하게 될 것입니다. 그러나 결국 점점 멀리 점점 희미해집니다. 중국의 문단에는 인간 쓰레기가 원래 많습니다. 최근 10년 동안 일부 청년은 과학을 혐오해서 문학을 배우고, 문장을 짓지 못해 미술을 배우고 게다가 그림은 그리지 못하면서 머리를 길게 늘어뜨리고 긴 넥타이를 만들고는 즐거워합니다. 정말 엉터리입니다. 만약 중국에 이런 인간뿐이라면 정말 앞날이 어둡습니다. 하지만 사회에는 다른 측면이 있고, 그쪽에서 문단에 영향을 주고 있습니다. 사회의 현상을 보십시오. 이미 매우 위급하여 하루도 지탱하기 힘듭니다. 그렇다면 발바리들도 위급하여 하루도 지탱하기 어렵습니다. 그들에게 어디 약간의 자신감이라도 있습니까. 개가 되는 것조차도 충실하지 않습니다. 일단 변화가 발생하면 금방 다른 얼굴로 변합니다. 다만 그때는 현재보다도 위험합니다. 무리는 반드시 과격하게 됩니다. 그래도 그렇게 된다면 일어나서 싸우는 사람이 나옵니다. 무리의 습성에 대해서 사람들이 잘 알고 있기 때문입니다. 왜 잘 알고 있는가 하면 현재의 경험에 의한 것입니다. 그래서 현재의 상황은 장래에 손실뿐이라고 할 수는 없습니다. 많은 희생이 지불되는 것은 면할 수 없습니다. 물론 적으면 적을수록 좋습니다. 제가 일관되게 '참호전'을 주장하는 것은 이런 이유 때문입니다.

    청조 말년에도 똑같이 발바리들이 있었습니다. 다만 그 수완은 지금의 발바리만큼 뛰어나지 않았습니다. 그러나 혁명가의 수완도 향상되었습니다. 당시의 혁명은 마치 아이들 장난 같았습니다.

『신사회반월간』[1]은 몇 기인가 읽은 적이 있습니다. 그 결점은 '평범'하다는 것인데, 읽은 뒤에 얻은 것이 아무것도 없습니다. 사람들의 주목을 끌지 못하는 것은 말할 것도 없습니다. 편지에서 거론한 방침[2]은 좋다고 생각합니다. 일어서려 한다면 이것밖에 없습니다. 다만 한탄스러운 것은 독자의 감각인데, 오히려 발바리들 쪽이 더 민첩합니다. 발바리들은 알고 있는데 그들은 모르고 있습니다. 조롱이나 풍자조차 통하지 않습니다. 현재의 젊은이들은 사방을 살피는 범위가 대체로 협소한데, 이것은 문단에 발바리가 많은 것보다 더 우려할 만한 일입니다. 그러나 그렇게 많이 고려해야만 하는 것은 아닙니다. 단지 자신이 정한 대로 하는 것 외에 방법이 없습니다. 벽에 부딪혀서 휴식하는 것은 당연하며 필요하기도 합니다.

개시한다면 기고하겠습니다. 다만 매 호는 안 됩니다. 저의 이름은 역시 바꾸는 것이 좋겠습니다. 그렇지 않으면 문장의 내용이 어떤지에 관계없이 반드시 금세 사건이 되고 잡지에는 셈이 맞지 않습니다.

『인옥집』의 판매는 편지에서 상상하는 만큼 잘 되지 않습니다. 이런 서적을 필요로 하는 이는 고학생이 많고 그것도 250명이 되겠습니까. 하물며 일부 학생한테는 제가 증정했습니다. 돈이 있는 청년은 이러한 것을 필요로 하지 않습니다. 다만 독일판화집은 역시 출판할 예정입니다. 그것은 대형이기 때문에 인쇄한다면 서적은 대형이 되고 그림의 수도 많기 때문에 자본이 몇 배가 더 듭니다. 현재 주저하고 있는 것은 이 때문입니다.

저는 자주 우치야마서점에 앉아서 중국인들이 책 사는 것을 바라보고 한탄스러운 현상이 적지 않음을 느낍니다. 예를 든다면, 일본에 관한 서적(일본인 자신이 쓴 것)을 모두 사고 있구나 하고 생각하면 곧 『일본연구』라는 종류가 출판됩니다. 최근에는 자주 파시즘에 대한 서적을 찾으러 오는 청년이 있습니다. 제조업에 종사하는 사람이 책을 구입하러 오면 비결을 기록한 팸플릿을 찾습니다. 그러한 책이 있습니까. 화가는 자료 그리고 반드시 연구하고 융화해서 응용할 수 있는 양서를 손에 넣으려고 하지 않습니다. 그들이 더 좋아하는 것은 그대로 흉내를 낼 수 있는 회화 혹은 도안 혹은 광고 그림 그리고 한 권의 무슨 '대관'大觀입니다. 한 권의 서적으로 '대관'할 수 있는 것은 없는데, 그들은 그것을 생각하지 않습니다. 더 심한 것은 훌훌 넘긴 뒤에 사지도 않고 게다가 몇 장인가 컬러화를 잘라서 가져가는 것입니다.

현재 수집 중인 중국 청년작가의 목판화는 스무 점을 모아 한 권으로 인쇄하고 『목판화가 걸어온 길』이라는 이름을 붙이려고 합니다. 남겨서 다음 해의 작품에 발전이 있는지 없는지를 봅니다. 이번에는 백 권밖에 만들지 않았습니다. 대략 필요한 사람은 이 정도밖에 없습니다.

건강하시기 바라며

6월 3 밤

쉰 돈수

주)_____

1) 『신사회반월간』(新社會半月刊). 곧 『신사회』(新社會)로 종합성 반월간이며 위쑹화(兪頌華) 등이 편집했다. 1931년 7월 상하이에서 창간했고 1935년 6월에 정간했다.
2) 양지원의 회고에 의하면 그는 『신사회』의 내용에 대해 불만이어서 혁신을 계획한 바 있다. 성공하지는 못했다.

340606① 타오캉더에게

캉더 선생께

저는 일본 유학생 무리 가운데 지인이 없으며, 누가 일본어를 잘하는지 모릅니다. 그래서 소개할 수가 없습니다.[1]

하지만 제 생각에는 개인교수를 두는 것보다 학교에 들어가는 편이 나을 듯합니다. 이것은 저의 청년시대의 경험입니다. 개인교수는 비용이 들 뿐만 아니라 교사가 학습자의 환심을 사기 위해 엄격하지 않기 때문에 결과는 좋지 않습니다. 학교는 단계를 밟아서 가르치기 때문에 이런 폐단은 없습니다.

쓰촨로四川路에 학교가 있습니다. 지금 규정을 동봉합니다. 이러한 학교는 다른 데도 적지 않습니다. 몸조심하시기 바라며

6월 6일

쉰 돈수

추신. 모군[2]의 원고는 『논어』에서 채택한다면 분할해도 괜찮습니다. 그가 보내올 때 게재할 곳을 지정하지 않았기 때문입니다. 또 적었습니다.

주)_____

1) 당시 타오캉더가 루쉰에게 일본어 선생을 소개해 달라고 부탁했다.
2) 모군(某君)은 쉬스취안을 가리킨다.

340606② 리례원에게

레원 선생

　우리가 한담을 나누기 위해 이번 주 토요일(9일) 오후 5시 반부터 6시 사이에 선생께서 치판제棋盤街 상우인서관商務印書館 편집처編輯處(곧 발행소의 2층)에서 저우젠런周建人을 찾은 뒤 함께 저희 집으로 광림해 주시기를 청합니다. 한담 외에 간단히 저녁식사를 대접하겠습니다.

　이외에 쉬안玄 선생[1] 한 사람이 올 겁니다. 다른 사람은 없습니다.

　간단히 용건만 적습니다.

　모두 평안하시기 바라며

　　　　　　　　　　　　　　　　　　　　　　　　6월 6일

　　　　　　　　　　　　　　　　　　　　　　　　쉰 돈수

주)_____

1) 선옌빙(沈雁冰)이다.

340606③ 왕즈즈에게

쓰위안 형

　옌雁 선생이 『문사』를 위해 지은 원고[1]를 이미 받았습니다. 여기에서 부칩니다. 잘 받아 주시기 바랍니다.

소설 2편은 이미 받았습니다. 아울러 알려 드립니다.

건강하시기 바라며

6월 6일

위 돈수

주)_____

1) 「셰익스피어와 현실주의」를 말한다. 필자의 서명은 '웨이밍'(味茗)이다. 베이핑『문사』
(文史) 제1권 제3호(1934년 8월)에 게재되었다.

340606④ 우보에게

우보 선생께

5월 25일자 편지 잘 받았습니다. 여러 가지 가르침 감사합니다. 여기에서는 의미가 있는 문학서를 출판하기가 아주 어렵고, 잡지는 겨우 3호까지밖에 내지 못합니다. 다른 방면의 것은 많이 출판되지만 독자는 얼마 없습니다.

『목각법』[1]은 빨리 출판할 곳이 없습니다.

최근 『인옥집』이라는 목판화를 한 권 출판했습니다. 도쿄에서 인쇄했습니다. 그래서 인쇄기술이 나쁘지 않습니다. 오전에 등기로 한 권 부쳤습니다. 이 편지와 동시에 도착할 겁니다. 그 외에도 중국 신인작가들의 목판화를 출판할 준비를 하고 있습니다. 스무 점을 모을 예정인데,『목판화가 걸어온 길』이라고 명명했습니다. 아마도 가을에는 나올 듯합니다.

저희들은 변함없이 잘 지내고 있습니다.

간단히 답신을 대신합니다.

평안하시기 바라며

6월 6 밤

수樹 올림

우송한 목판화[2]는 오늘까지 아무런 소식이 없습니다. 또 적었습니다.

주)_____

1) 『목각법』(木刻法). 곧 『목각창작법』이다.
2) 루쉰이 파리에 보내서 전람회를 열려고 했던 중국 판화가의 작품. 331204 편지 참조.

340606⑤ 천톄겅에게

톄겅 선생께

어제 22일자 편지와 판화를 받았습니다. 대단히 기쁩니다. 여러 가지 일은 정말로 한 마디로 다할 수 없고 여기서는 말하지 않기로 하겠습니다.

목판화는 그럭저럭 주목을 하는 사람이 많아진 듯하고 여기저기서 삽화로 사용하고 있습니다. 그러나 훌륭한 것은 없습니다. 저는 사료를 보존하는 것과 함께 발전했는가 그렇지 않은가를 비교하기 위해 부정기간 혹은 연간을 내고자 생각하고 있습니다. 스무 점을 모아서 120권을 인쇄하고 『목판화가 걸어온 길』이라고 이름 붙여서 기념으로 삼겠습니다. 다만 지금은 모두 흩어져 있기 때문에 수집은 쉽지 않습니다(최근 또다시 목판화 단체가 파괴되었습니다).[1] 당신의 판목은 이때 바이타오 형한테 있는 것으로 알고 있는데, 그는 광저우에 있고 판목은 산터우汕頭에 있습니다. 편지에는 일간 한 번 돌아간다고 합니다. 그래서 저는 바로 편지를 써서 당신의 「아버지의 귀가를 기다리며」를 보내 주도록 할 작정이나, 출발하기 전에 저의 편지를 받을 수 있을지 모르겠습니다.

「영남嶺南의 봄」의 결점은 소의 머리가 너무 크다는 것인데 사용할 수는 있습니다. 수고를 끼치는 것이 아니라면 판목을 우송해 주십시오(소포로밖에 우송이 안 됩니다). 다만 제2권에 들어갈지는 확실히 말할 수 없습니다. 15매의 연환도화[2]는 저는 보면 알 수 있습니다. 우리들한테도 이런 고사가 있기 때문입니다. 그러나 구도와 각법刻法은 정말 편지에서 말한 대로 약간 엉성합니다.

저는 작품을 만들 수는 없습니다. 그러나 그 목판화집은 인쇄가 끝났습니다. 인쇄는 나쁘지 않아 아연판亞鉛版에 의한 인쇄도 비교할 수 없습니다. 오전에 한 권 보냈습니다. 이 편지와 동시에 도착할 겁니다. 또 독일판화銅版(석인石印)를 소개하려고 생각합니다. 그러나 매수가 많고 비용도 적지 않게 듭니다. 그래서 바로 착수하기는 어렵겠습니다.

제가 작년 편지에서 말했다고 기억하는데, 『베이핑전보』한 부를 얻었습니까? 현재 일찍이 인쇄를 마쳤고 게다가 이미 다 팔렸습니다. 그러나 당신이 필요로 하는 한 부는 저희 집에 있습니다. 저는 대금을 받을 생각이 없습니다. 지금의 주소로 우송하면 틀리지 않고 도착하겠습니까? 이 서적은 인쇄부수가 많지 않기 때문에 우송할 때 아주 조심하고 있습니다. 편지를 기다린 뒤 소포로 부치겠습니다.

이만 답신을 대신합니다.

평안하시기 바라며

6월 6 밤

수樹 올림

주)_____

1) MK목각연구사를 가리킨다. 1934년 5월에 이 단체의 일부 회원(저우진하이周金海, 천바오전陳葆眞 등)이 프랑스조계 공부국에 의해 체포되었고, 어떤 이는 압박을 받고 흩어지는 바람에 활동이 정지되었다.
2) 이 연환도화(連環圖畵)는 『요곤옥(廖坤玉) 이야기』로 천톄겅이 광둥성 싱닝(興寧) 일대의 민간전설에 의거해 창작한 목판화 연작이다.

340607 쉬마오융에게

마오융 선생께

6일자 편지 잘 받았습니다.

이번 주 토요일(9일) 오후 2시 베이쓰촨로北四川路 끝(1호선 전차의 종점) 우치야마서점으로 오시기 바랍니다. 거기서 기다리겠습니다.

그럼 이만 줄입니다.

평안하시기 바라며

6월 7 밤

쉰 올림

340608 타오캉더에게

캉더 선생께

    장기간의 일본어학교는 모릅니다. 제 생각에는 일본어는 논문을 읽을 수 있으면 그것으로 좋다고 봅니다. 그들이 소개하는 것이 빠르기 때문입니다. 문예를 읽는 것은 힘은 많이 들지만 공功이 적습니다. 신어新語, 방언이 소설 속에 자주 나오는데 완전한 사전이 없기 때문에 일본인에게 물어보는 수밖에 없습니다. 이것은 품이 많이 듭니다. 그런 데다 우리 외국 독자의 노력을 보상해 줄 위대한 창작도 없습니다.

    일본어를 배워서 수박 겉핥기가 아니라 정말 소설을 읽을 수 있게 되었다고 하더라도, 그 때문에 들여야 할 시간과 노력은 유럽의 언어를 배우는 것에 뒤지지 않을 거라고 생각합니다. 그런데 유럽에는 대작품이 있습니다. 선생은 어째서 일본어를 배우고자 하는 정력을 갖고 서양의 언어를 배우고자 하지 않습니까?

    원고에 여러 가지 필명[1]을 사용하는 것은 제가 재발송한 때라도 선생이 상황을 보고 처리하시면 좋겠습니다. 원고료는 그가 자세하게 말하지 않았습니다. 이렇게 답신드립니다.

    건필하시기 바라며

6월 8일

쉰 돈수

주)_____

1) 쉬스취안(徐詩荃)이 여러 가지 필명을 사용하여 투고한 것을 가리킨다. 루쉰은 당시 여러 차례 그에게 부탁을 받아 그가 보낸 원고를 서점이나 잡지사에 추천했다.

340609① 타이징눙에게[1]

도판을 출판하는 것에 관해 두 가지 작은 야심이 있습니다. 첫째, 독일판화를 출판하는 것입니다. 이것은 어렵지 않습니다. 인쇄비가 있으면 됩니다. 둘째, 한대에서 당대까지의 화상畵像을 출판하는 것입니다. 다만 당시의 풍속을 알 수 있는 것에 한해서, 예를 들어 수렵, 노부,[2] 연회라는 종류를 수록하는 데 착수하게 되면 그다지 쉽지는 않습니다. 5, 6년 전에 수집한 것은 적다고는 할 수 없는데, 탁본의 기술이 좋지 않은 것이 많습니다. 예를 들어 『무량사화상』武梁祠畵像, 『효당산화상』孝堂山畵像, 『주유석실화상』朱鮪石室畵像 등은 가지고는 있으나 효용은 없습니다. 뒤에 출토된 것의 탁본은 하나도 소장하고 있지 않습니다. 상하이는 상업도시라서 구하기 어렵습니다. 형이 저를 위해 수집해서 보충해 주면 안 되겠습니까? 즉 새로운 탁본을 수집하는 것과 함께 옛 탁본(예를 들어 위에서 말한 3점)을 찾는 일입니다. 중복되어도 상관없습니다. 비교적 정밀한 것을 뽑아서 인쇄하는 것입니다. 이상으로 답신을 대신합니다.

  평안하시기 바라며

6월 9일

위 돈수

주)_____

1) 이 편지는 빠진 부분이 있다.
2) 노부(鹵簿). 고대 천자나 왕을 비롯한 고관대작 등이 외출할 때의 의장대. 천자의 행차 행렬.

340609② 차오쥐런에게

쥐런 선생께

『풍월이야기』의 출판이 틀어진 것은 아주 옛날 얘기입니다. 뒤에 교섭이 성립된 것은 다른 곳으로 현재 계속 원고를 독촉받고 있습니다.

경서를 읽고 문언문을 짓는다.[1] 개두[2]를 하고 볼기를 때린다. 이것은 바로 현재 성대하게 유행하고 있는 것임에는 틀림없지만 그 주인과 함께 숨통을 끊어야 합니다. 다만 우리 붓을 놀리는 인간들은 붓을 갖고 정벌하는 수밖에 없습니다. 왕다오(望道)[3] 선생이 계획하신 것은 중지되어서는 안 됩니다. 적어도 한 방 타격을 먹일 수 있습니다.

평안하시기 바라며

6월 9일

쉰 올림

주)＿＿＿＿

1) 이해부터 후난성, 광둥성의 소학교에서 유교의 고전을 정규 과정에 넣고 소학생이 사서오경과 『효경』 등을 배우도록 했다. 이것과 함께 문언문도 과정에 포함시켰다. 또 이 것을 전국적으로 보급하자고 제창하는 의견도 발표되었다.
2) 개두(磕頭). 땅과 봉당에 무릎을 꿇고 머리를 땅과 봉당에 톡톡 부딪히는 경례의 방식이다. 중화민국의 성립과 함께 공식적인 의례로서는 '개두'를 폐지하고 '국궁'(鞠躬)을 채택했다.
3) 천왕다오(陳望道, 1890~1977). 저장성 이오(義烏) 사람으로 교육가, 언어학자다. 일본에서 유학했다. 잡지 『신청년』의 편집인, 푸단대학 교수 등를 거쳐 다장서포(大江書鋪)를 설립하여 『다장월간』, 『태백』(太白) 반월간 등을 창간했다. 왕마오쭈(王懋祖) 등이 문언문을 부흥시키고자 한 역류에 반격하기 위해 '대중어' 운동에 발기인으로서 참가하고 동시에 반월간의 문예잡지 창간을 준비했다.

340609③ 양지원에게

지원 선생께

6일자 편지는 받았습니다. 잡지의 원고를 사전에 검열받아야 하니 글을 쓰기가 쉽지 않을 것이며, 기껏해야 「자유담」 같은 글밖에 실을 수 없게 되었네요. 정부 식객들의 대작은 보자는 사람이 없으니, 다른 사람까지 억눌러 그들의 글도 마찬가지로 생기가 없게 하는 수밖에 없습니다. 이것이 곧 자기가 서지 못한다면 다른 사람을 걸어 넘어뜨리는 방법입니다. 만일 쥐런 선생을 편집자로 내세운다면 그들은 더욱 주목할 것입니다.

편지에서 말한 우려는 물론 그렇게 될 가능성도 있지만, 꼭 그렇게 된다고 할 수도 없습니다. 왜냐하면 편지에서 언급했다시피 중국의 일은 대체로 외국의 지배를 받기 때문입니다. 그래서 세계에 큰 변동이 없는 한 중국 단독으로 전면적으로 변동하는 일은 없습니다. 변동이 일어나게 되면 제국주의도 이미 조락하여 매수하려는 주인이 없을 것입니다. 그러나 약간의 발바리들이 문득 방향을 바꾸어 새로운 간판을 내걸고 사리를 취하는 한편 진상을 은폐하여 세상을 속이는 일은 있을 수도 있습니다. 이런 것과는 싸우는 것 외에 다른 방법이 없습니다. 이러한 싸움은 오랫동안 계속될 것입니다. 그러니 당면한 급선무의 하나는 용감하고도 총명한 투사를 양성하는 것입니다. 저는 종래 이런 점에 주의력을 기울여 왔습니다. 비록 인품이 낮고 말이 서지 않아서 시종 효과를 보지 못하고 있지만 말입니다.

이상으로 답신을 대신합니다.

평안하시기 바라며

6월 9 밤

쉰 올림

340611 차오징화에게

루전 형

  8일자 편지와 함께 원고를 받았습니다. 이전에 부쳐 주신 주소[1] 네 장과 삽화본 『도시와 세월』[2] 또한 일찍이 받았습니다. 책과 대조해 보니 탁본[3] 가운데 하나가 빠졌습니다. 그러나 상관없습니다. 사용한다면 책에서 복제할 수 있습니다.

  목판화집은 도쿄에서 인쇄했습니다. 중국의 인쇄는 아직 이 정도까지 되지 않습니다. 작가에게 증정할 12권은 일주일 전에 발송했습니다. 정월부터 계속해서 그들에게 중국의 옛 목판화 책 모두 4꾸러미를 우송했는데 오늘까지 답장이 없어 도착했는지 알 수가 없습니다.

  며칠 전에 『문학보』 4부를 보냈는데 받았습니까? 이 잡지는 도중에 자주 분실되는 듯합니다.

  상하이는 아주 따뜻합니다. 저희들은 건강합니다. 그러나 저는 저술도 번역도 하지 못하고 단지 자질구레한 일만 하고 있습니다. 정말 게으른 자입니다. 이제부터 번역을 해볼까 생각하고 있습니다.

  건강하시기 바라며

6월 11일

아우 위 돈수

주)_____

1) 루쉰이 차오징화에게 의뢰한 러시아어로 기록된 '소련대외문화협회' 주소로 네 장이다.
2) 『도시와 세월』(城與年, Города и годы), 장편소설로 소련의 페딘(Константин А. Федин)의 작품이다. 알렉세예프(Николай Васильевич Алексеев)가 그린 목판화의 삽화 28점은 뒤에 차오징화가 중국어로 번역하여 1947년에 출판했다.

3) 수탁(手拓)한 『도시와 세월』 목각 삽화다. 루쉰은 삽화만을 출판하고자 계획했으나, 실현하지 못했다. 『집외집습유』에 수록된 「『도시와 세월』 삽화 소인(小引)」 참조.

340612 양지원에게

지원 선생께

　　속달 편지 받았습니다. 『사화』[1]의 가격은 36위안입니다. 전부 21권이며 그 가운데 수상繡像 한 권은 원래부터 『사화』에 있었던 것은 아니고, 출판사가 비교적 늦게 나온 판본[2]에서 뽑아 넣은 것입니다. 또 『후스문선』은 사용했기 때문에 이번에 돌려드리겠습니다. 감사합니다.

　　22일 오후 2시에 혹시 다른 급한 일이 없으시다면 서점에서 기다리겠습니다.

　　간단히 용건만 적습니다.

　　건강하시기 바라며

6월 12일

쉰 올림

주)＿＿＿＿＿

1) 베이핑고일소설간행회(北平古佚小說刊行會)에서 영인한 명대 만력각본(萬曆刻本)의 『금병매사화』(金甁梅詞話)를 말한다.
2) 명 숭정(崇禎) 연간 각본 『금병매』를 가리킨다.

340613 어머니께

어머님 전. 보내신 편지 잘 받았습니다. 하이잉은 요 며칠 밖에 나가서 장
난을 치지 않습니다. 공원이나 교외로 나갑니다. 게다가 날마다 성장
하고 있는데, 뚱뚱하지는 않고 이것저것 떠드는데 집에 있으면 조용
히 있을 때가 없습니다. 동물을 주고 놀게 하는 것이 안 됩니다. 좋아
할 때도 있으나 때로는 괴롭습니다. 집에 쥐를 한 마리 기르고 있었
는데, 며칠 전에 촛불로 쥐의 뒷다리를 태워 버렸습니다. 학교는 올해
보내지는 못할 것 같습니다. 가까운 곳에 괜찮은 소학교가 없기 때문
입니다. 돈이 목적인 데다 교사는 모던한 복장을 하고 있으나 학문이
없습니다. 어떤 곳은 교회가 운영하는데 늘 설교만 하니 너무 싫증냅
니다. 하이잉은 6살이지만 올해 9월 말이 되어야 만으로 5살이 되기
때문에 잠시 실컷 놀게 하고 6살이 되면 다시 생각해 보겠습니다.

상하이는 오늘부터 장마가 시작되었습니다. 사오싱보다는 낫지만 지
독한 습기는 참기 어렵습니다. 그 덕분에 파리와 모기도 나왔습니다.
저는 위병이 많이 나았고, 하이마도 건강합니다. 염려하지 마시기 바
랍니다. 리빙중李秉中 군은 난징에서 일을 하고 가족은 난징에 있습니
다. 그는 이따금 난징을 떠납니다. 육군에서 훈육을 담당하고 있기 때
문에 따라 가야 할 일이 가끔 있습니다. 지난달에 한 번 만났습니다.
예전에 비해 살이 좀 쪘습니다.

뒤에 다시 편지하겠습니다. 이상으로 간단히 인사드립니다.

늘 건강하시기 바라며

6월 13일

아들 수, 광핑 그리고 하이잉 올림

340618① 타이징눙에게

징눙 형

　　오늘 저녁에 13일자 편지를 받았습니다. 서적[1]은 어제 도착했습니다. 이와 같은 판본처럼 오자가 증가하지 않는 것은 방법이 아주 뛰어나고 또 대신 '보급'해 주려는 마음이 더욱 느껴집니다. 다만 애석한 것은 인장印章이 너무 비슷하다는 것입니다. 만약 얻기 어려운 모든 좋은 책에 이 방법을 사용한다면 그 독자에게 더욱 유익할 것입니다.

　　석각화상은 「군차」 잔석[2](음각) 외에는 복제된 것이 아주 적고, 그래서 감별할 필요까지는 없습니다. 다만 구탁舊托은 사람들에게 물어볼 필요가 있습니다. 제가 바라는 것은 첫째, 무량사武梁祠, 효당산孝堂山의 2종은 구탁을 원하지만, 뛰어난 것은 완전하지 않더라도 상관없습니다. 둘째 숭산삼궐[3]은 필요없습니다. 셋째, 그 밖의 석각은 탁본에 볼만한 것이 있다면 모두 수집해 주십시오. 이미 가지고 있는 것도 중복되더라도 상관없습니다. 비교해서 좋은 쪽을 선택할 수 있기 때문입니다. 다만 '볼만하다'라고 말한 것은 탁본의 기술에 관한 것입니다. 석각은 분명하게 되어 있는데 기술이 좋지 못하면 '볼만하지' 않기 때문입니다. 만약 석각 자체가 닳았다면 도상이 흐릿하더라도 역시 '볼만한' 것 안에 들어갑니다.

　　지난濟南도서관이 소장한 돌은 옛 왕조에 있을 때 탁본을 조금만 허가했습니다. 듣자 하니 이 5, 6년 동안 새롭게 발견되어 수집한 것이 적지 않다고 합니다. 그러나 저는 이미 하야下野했으니 구할 수 없습니다. 형에게 부탁드리는 것은 예를 들어 대학 혹은 도서관이라는 기관에 소속된 누군가에게 대신 편지를 내어 구입해 줄 수 있을까 하는 것입니다. 가능하다면 대단히 감사하겠습니다. 대금 지불의 필요가 있다면 그때마다 대신해서 지불해 주십시오. 뒤에 일괄해서 변제해 드리겠습니다.

『인옥집』은 이미 50권 이상 판매되었습니다. 『시멘트 그림』에 비해서 아주 낫습니다. 제가 소장한 독일판화는 4백여 점 있는데, 180점을 뽑아서 3권으로 정리해 중국에 소개하려고 합니다. 그러나 이것은 큰일이고 만일 판매가 잘 되지 않으면 생계가 곤란해집니다. 그래서 또 방황하고 있습니다.

상하이는 '장마'에 들어갔다고 해도 되겠는데, 단지 바람만 불고 비는 오지 않습니다. 어제는 단오절이었는데 집에 창포와 쑥을 걸어 두는 것이 예년보다 성대해졌습니다. 저희 집도 한 묶음 걸고 제 길을 갈 생각이 없다는 것을 표시했습니다. 문단에서는 잡지가 잡다하게 출판되고 있는데, 대체로 '소품'에 속합니다. 이것은 린위탕 공이 제창한 것으로 아마도 송인의 어록, 명인의 소품을 느닷없이 보고, 이제까지 들었던 바가 없기 때문에 결국 보물로 삼은 것입니다. 그러나 그 작품은 멀리 이전의 것에 미치지 못합니다. 이렇게 해간다면 필시 라오서,[4] 반눙半農과 같은 굴로 돌아가겠죠. 사실 정말 소위 '이것 역시 그만둘 수 없는 것인가'입니다.

제 몸은 여전하고 뇌막은 이상 없습니다. 다만 노안이 왔을 뿐입니다. 아이는 점점 자라고 장난치는 것을 좋아하는데, 책을 읽을 결심은 종종 실패하여 지난달 적으로 보겠다고 명백하게 선언했습니다.

근래 『신문학운동사』[5]를 보니, 저자의 필명이 첨부되어 있었습니다. 저를 '우첸'吳謙이라고 이름하고 있는데, 틀렸고 광핑의 밑에 '죽다'라고 주석한 것도 틀렸습니다. 이상으로 답신을 대신합니다.

행운을 기원하며

6월 18 밤

준 돈수

1) 『남강북조집』의 베이핑(北平) 복제본을 가리킨다. 사진 석인(石印)이었다.
2) 「군차」(君車) 잔석(殘石). 미상이다.
3) 숭산삼궐(嵩山三闕). 허난성 덩펑(登封)의 숭산에 있는 동한(東漢) 때의 석각으로 태실 석궐(太室石闕)(예서隷書), 소실석궐(少室石闕)(전서篆書), 개모묘석궐(開母廟石闕)(예서, 전서, 화상)의 3종이다.
4) 라오서(老舍, 1898~1966). 본명은 수칭춘(舒慶春), 자는 서쯔(舍子), 필명은 라오서. 베이 징 사람으로 소설가, 극작가다. 지루(齊魯)대학, 산둥대학 교수를 지냈고, 자주 『논어』에 소품을 발표했다.
5) 『신문학운동사』(新文學運動史). 곧 『중국신문학운동사』(中國新文學運動史)로 왕저푸(王 哲甫)가 썼다. 1933년 9월 베이징대성인서국(北京戴成印書局)에서 출판했다. 본문의 말 은 이 책 제10장 부록 '작가필명일람'에 보인다.

340618② 양지원에게

지원 선생께

　　지금 위병이 나고 가족도 유행성 감기에 걸렸습니다. 약속한 문장[1]은 급히 책임을 다하는 정도에 지나지 않아서 죄송합니다. 아무튼 보내 드리니 사용할지 말지는 생각해 보시기 바랍니다.

　　또 사용하더라도 검열을 받게 된다면 원고 그대로 송부하지 않기를 바랍니다. 그런데 또 필사해 줄 사람을 의뢰할 수가 없습니다. 죄송합니다만 선생이 누군가에게 필사를 부탁하시고 원고를 돌려주신다면 고맙겠습니다.

　　건승을 기원합니다.

6월 18 밤

쉰 올림

1) 「거꾸로 매달기」를 가리킨다. 뒤에 『꽃테문학』에 수록되었다. 양지원의 회상에 의하면
   그가 편집하려고 했던 잡지가 실현되지 못해 이 원고는 루쉰에게 되돌아갔다.

340619 차오징화에게

루전 형

　　단오절 전후의 편지는 이미 받았습니다. 『남북집』의 해적판은 징憬 형
이 한 권 보내 주었습니다. 사진을 찍어 석인으로 만든 책이라 거의 오자
가 없으며 종이의 질은 조악하지만 정가는 쌉니다. 좀체 책을 사기 어려운
현재로서는 독자에게 일종의 공덕입니다. 게다가 약간의 문장은 강권으
로 탄압할 수 없는 것임을 알 수 있습니다.

　　『인옥집』은 도쿄에서 인쇄한 것입니다. 상하이의 인쇄공은 단가는 비
싸고 이만큼 잘할 수 없습니다. 지금까지 약 80권을 판매했습니다. 판매
도 꽤 좋습니다. 이 책을 연내에 다 판다면 그럭저럭 손해는 보지 않을 듯
합니다. 다음에는 문학서의 삽화를 출판하려고 합니다. 갖고 있는 자료는
『도시와 세월』 또 『열둘』[1]입니다. 기회가 될 때 형이 편지로 V.O.K.S에게
삽화(목판화)를 보내어 이쪽의 원판으로 하면 안 되는지 물어봐 주실 수
있겠습니까? 예를 들어 『철의 흐름』, 『훼멸』, 『비료』라는, 중국에 이미 번
역되어 있는 것의 삽화라면 이것을 능가하는 것은 없습니다.

　　저희들은 모두 건강합니다.

　　때가 때인 만큼 몸조심하시기 바랍니다.

6월 19일

아우 위 올림

주)_____

1) 『열둘』(十二). 장편시로 소련의 블로크(Александр Александрович Блок, 1880~1921)의 작품이다. 마슈틴이 삽화 4폭을 그렸다. 후샤오(胡斅)가 번역했고 루쉰이 「후기」를 썼다. 1926년 8월 베이징 베이신서국에서 출판했다.

340620① 정전둬에게

시디 선생께

재판 『베이핑전보』를 두 부 예약하고 싶어 하는 사람이 있는데 여분이 있습니까? 만약 있다면 뒤에 발송할 때 두 부를 더해 주십시오. 또 기회가 되면 이것의 유무를 알려 주시면 고맙겠습니다. 그럼 용건만.

건승을 기원합니다.

6월 20일

쉰 돈수

340620② 천옌차오에게

우청 선생께

목판화집[1]의 인쇄에 착수하려고 하는데 입수한 판목은 아직 17점입니다. 톄경과 바이타오 두 사람이 아직 보내 주지 않았습니다.

MK사에서 선집[2]을 낸다는 얘기가 있고, 원고는 제가 갖고 있으나 출판이 될 수 있을지? 사실 뛰어난 작품은 그다지 많지 않습니다. 즈핑致平[3]의 「부상당한 머리」가 가장 좋고, 작년의 「출로」보다 많이 발전했습니다. 이것도 인쇄해서 넣고 싶은데, 찾아가서 동의해 줄지 어떨지 물어봐 주시겠습니까. 선집 역시 출판되어 양쪽에 모두 수록되어도 상관없습니다. 찬성한다면 판목을 빌려주시면 고맙겠습니다. 만약 잃어버렸다면 여기서 아연판을 만들어도 괜찮습니다.

한 미국인이 말해 준 것인데, 어느 독일인한테 들은 것으로 우리의 회화(베이핑 작가의 작품입니다만) 그리고 목판화가 파리에서 전시되었고 큰 반향을 일으켰다고 합니다. 또 어떤 소련인으로부터 들은 것인데, 이러한 작품이 그 뒤 모스크바에서 전시되어 호평을 얻었다고 합니다. 하지만 자세한 사정은 모릅니다. 그럼에도 수집한 인간[4]이 직접 우리들에게 한 통의 편지도 보내지 않는 것은 정말 이상한 일입니다. 이상으로 간단히 적습니다.

몸조심하시기 바라며

6월 20 밤
쉰 올림

주)_____

1) 『목판화가 걸어온 길』(木刻紀程)을 가리킨다.
2) MK목각연구회 제4회 전람회의 작품집이다. 이 단체에서 전시한 작품에서 20여 점을 골라 루쉰에게 심사를 의뢰했다. 뒤에 이 단체는 탄압을 받아 원판을 국민당 당국에 몰수당해 출판되지 못했다.
3) 장즈핑(張致平) 곧 장왕(張望)으로 340406 편지와 주석 참조.
4) 이다 트리트(Ida Treat)를 가리킨다. 당시 프랑스 종합잡지 『관찰』(Vu)의 기자였다. 331204 편지 참조.

340621① 쉬마오융에게

마오융 선생께

　　19일자 편지 잘 받았습니다. 『신어림』[1] 제2기의 기고는 확답을 드릴수 없겠습니다. 일전에 한 편의 작은 글[2]을 쓰고 있었습니다. 이것도 청대의 금서에 관한 것인데, 위가 아프고 아이가 감기에 걸려서 쓰고 있던 채로 내버려 두었습니다. 월말에는 어떻게 될지 모르겠지만, 완성이 되면 보내겠습니다. 센자이[3]로부터는 아직 원고가 오지 않았습니다만, 제게는 다소 긴 원고 한 편이 있습니다. 「쉬(徐)를 공격하는 글」이라는 것으로 「자유담」이 채택하지 않았던 것입니다. 사실 선생에 대해서 무슨 악의는 없습니다. 제 생각에는 자신이 편집하는 잡지에 게재하는 것도 재미있는 것은 아닐까 합니다. 내일 등기로 보내겠습니다. 필요 없으면 돌려주셔도 괜찮습니다.

　　「동향」의 최근 태도는 지병이 재발한 것입니다. 5, 6년 전에는 두세 개의 잡지가 이러했습니다. 소설가가 '신변잡사'를 쓰고 있는데, 이러한 소설에 반대하는 평론가는 스스로 자신의 친구를 공격하고 있다는 사실을 잊어버립니다. 쾌재를 부르는 인간도 있습니다. 그런데 이러한 병적인 태도는 치료하기 어렵습니다.

　　다만 선생의 문장(예를 들어 최근 『인간세』에 실린 것)을 읽으면 대체로 방어전입니다. 이것은 손해가 적지 않습니다. 제 생각에는 이런 비평에 대해서는 전적으로 무시하고, 스스로 책을 읽고 스스로 논리를 세워서 그러한 비평과 상대할 필요가 없습니다. 그렇지 않으면 하루 종일 이것으로 인해 피곤하며 자신의 진보는 없습니다. 비평하는 무리의 시야는 협소합니다. 그래서 크고 높은 곳에서 문장을 쓸 수 없습니다. 그 영향을 받으면 자신의 시야까지 그들에 의해 협소해집니다. 공격하는 인간이 많은데 하나하나 대응하다 보면 이 때문에 자신의 일생을 무의미하게 보내게 됩니다. 자신에게도 사회에도 이익이 되지 않습니다.

그렇지만 그 때문에라도 자신은 바른 견해가 있어야 하고, 위탕 선생 같은 경우는 제 생각으로는 반감으로 인해 계속 침륜沈淪하고 있는 것 같습니다.

『인옥집』의 도판4)을 사용하는 것은 상관없습니다. 차오펑喬峰의 글은 만났을 때 전해 주십시오. 다만 그는 매일 시간과 정력을 상우인서관에서 팔고 있기 때문에 원고를 쓸 시간이 있다고 생각하지 않습니다. 저와 셴자이의 원고료를 그에게 의뢰하는 것도 좋지 않습니다(그는 사소한 일을 관리할 정신적 여유가 없습니다). 역시 선생이 대리로 수령하시고 기회가 될 때 저에게 전해 주십시오. 좀 늦어도 상관없습니다.

몸조심하시기 바라며

6월 21일
쉰 올림

아직 시간이 이르니 등기로 부쳐도 되겠습니다.
셴자이(=區區)의 원고를 동봉합니다. 또 적었습니다.

주)_____

1) 『신어림』(新語林). 문예반월간으로 1934년 7월 5일 창간했는데 제1기부터 제4기까지는 쉬마오융이 주편이었고, 뒤에 신어림사가 편집하다가 1934년 10월 제6기를 내고 정간했다. 상하이 광화서국에서 출판했다.
2) 「『소학대전』을 산 기록」을 말한다. 뒤에 『차개정잡문』에 수록되었다.
3) 셴자이(閑齋). 쉬스취안(徐詩荃)인데 여기의 「쉬를 공격하는 글」은 잡문으로 서명은 '區

區'이고,『신어림』제2기(1934년 7월 20일)에 게재되었다.
4) 쉬마오융이『인옥집』속의 작품을『신어림』의 표지에 사용하고자 한 것을 말한다. 뒤에
이 잡지의 제1, 2, 4기 표지는 모두 이 안의 작품을 사용했다.

340621② 정전둬에게

시디 선생께

6월 18일자 편지와『십죽재전보』견본을 오늘 받았습니다.『전보』의 조각은 아주 잘 되었고, 대형의 산수와 사의寫意에 가까운 화초는 특히 훌륭합니다. 이것은 연내에 출판하고 또 9월 혹은 10월에 우선 콜로타이프 인쇄의 것을 한 점 내는 것이 좋겠습니다. 제 생각에는 구입자의 경제력도 고려해야 하는데, 매달 1종씩 출판해서 6종을 내년 6월 안에 전부 낸다면 대다수의 사람들에게 힘든 일이니, 평균 2개월에 한 점씩 낸다면 애호자에게도 여유가 생길 거라고 생각합니다.

종이에 관해서는 제가 문외한입니다. 최근 상하이에는 '특별선'特別宣이라는 것이 있는데 좀 두껍습니다만 제가 보기에는 크게 좋지는 않습니다. 막 문질러 윤을 내도 소용없습니다. 원래 질이 좋지 않기 때문입니다. 협공夾貢은 떨어져 나가는 때가 있기 때문에 사용할 수 없습니다. 제가 상하이에서 본 것은 이상의 두 종류 외에 단선單宣, 협선夾宣(일설에는 이것을 협공이라고도 부릅니다만), 옥판선玉版宣, 자추요煮硾了가 있습니다. 항저우에는 '육길'六吉이라고 불리는 것이 있는데, 좀 얇지만 상하이에서는 본 적이 없습니다.『베이핑전보』에서 사용한 진선眞宣이라면 충분합니다. 명대의 그러한 면지棉紙는 새로운 제품을 본 적이 없습니다.

지난 편지에서 말씀드린 『미술별집』¹⁾ 가운데 『수호도』²⁾는 노련老蓮의 작품이 아닙니다. 다른 명인의 판본이며 일본에서 복각한 것입니다. 노련의 그림은 저는 한 장도 본 적이 없습니다. 저우쯔징³⁾도 누구인지 모릅니다. 차이蔡 선생의 친척일지도. 만약 그렇다고 한다면 그 소재는 찾아볼 수 있겠습니다. 제 생각에는 우선 현재 소장하고 있는 것을 토대로 해서 출판해야 한다고 생각합니다. 『수호도』, 『박고혈자』博古頁子는 페이지 수가 꽤 많기 때문에 장래 입수하고 나서 단행본으로 출판하면 좋겠습니다.

젊은 사람들을 위한 보급판에 대해서는 명대 판본의 삽화를 출판하는 것은 부족하다고 생각합니다. 명나라 사람이 그린 그림은 명나라의 일에 관해서는 오류가 없지만 옛 의관에 이르면 믿을 수가 없습니다. 무량사화상에서 상주尙周 시기의 고사를 그린 그림은 대체로 이와 같습니다. 혹이렇게 하면 어떻겠습니까. 첫째, 한대의 석각 가운데 화상이 분명한 것, 진晉과 당唐의 인물화(고개지의 『여사잠도』⁴⁾류)에서 시작하여 명대의 『성유상해』⁵⁾(시안西安에 각본이 있습니다)에 이르는 것을 골라서 해설을 가합니다. 둘째, 다시 육조와 당의 토용土俑에서 뽑아 그림을 잘 그리는 사람에게 의뢰해 선線으로 묘사하고(다만 이러한 그림을 그리는 사람은 현재 중국에서는 구하기 어렵습니다. 그렇다면 사진으로 찍을 수밖에 없습니다), 하나하나 해설을 붙이는 것입니다. 청년들은 경솔한 이가 많아서 해설을 붙이지 않으면 상세하게 보는 것도 생각하는 것도 거의 하지 않기 때문에 힘이 듭니다. 그렇지만 지위가 높고 명망이 있는 리이스李毅士 교수와 같은 분이 지은 『장한가화의』長恨歌畵意도 메이란팡梅蘭芳을 광둥대여관廣東大旅館에 안치하는 데 불과한데, 도사라고 한다면 팔괘八卦 모양의 옷을 입고 연극에 나오는 제갈량⁶⁾이라고 하는 형편입니다. 그러니 젊은이들에게 무슨 죄가 있겠습니까? 일본인이 중국의 고사를 그릴 때에도 이렇게 심하지는 않습니다.

6월호 『문학』이 나왔는데, 여기에는 아직 매도하는 소리는 없습니다. 그러나 다른 질병이 있어서 아무것도 아닌 것을 거창하게 열거하여 말하고, 진정한 적이 아닌 사람에게 트집을 잡습니다. 이것은 다년간의 지병으로 지금 재발한 것입니다. 많은 사람들이 이것에 불만을 품고 있는데 달랠 방법이 없습니다. 그렇다고 해서 이러한 비평가의 병을 치료하는 것 또한 어렵습니다. 그들은 소설가는 '신변쇄사'를 쓴다고 질책하지만, 그러한 자신이 '신변비평'을 하고 있는 것에는 생각이 미치지 못하고, 좀 먼 큰 적은 눈에 보이지 않아 제기하지 않습니다. 그러나(!) 이곳의 소품문 풍조도 정말 진저리나는데 모든 잡지가 소품화해서 소품이기도 하고 또 잔소리이며 또 무사상이고 너무 지루합니다. 위탕이 성탄[7]류를 베낀 문장은 날로 함몰해 가고 있는데도 자만하여 즐거워하고 있으니 이 병 또한 치료가 어렵습니다.

다른 사람이 혁명하지 않는 것을 힐난하는 것이 혁명가입니다. 그렇다면 자신은 일을 하지 않으면서 다른 사람이 일을 훌륭하게 하지 못하는 것을 타박하는 것이 한층 일을 잘하는 사람이 되는 것은 말할 필요도 없습니다. 이러한 무리와 의론을 교환하고자 하는 이라면 수렁에 빠져서 혀를 아무런 소용없이 사용하고 어떤 일도 되지 않으며 그리하여 일생을 무의미하게 살게 되는데, 자신에게도 타인에게도 유익한 바가 없습니다. 저는 지금 묘법을 얻었습니다. 그것은 헛소문은 해명하지 말고 모독은 설욕하지 않고 단지 자신의 일에 집중하여 기회가 될 때 가끔 예리하게 찌르는 것입니다. 그들은 아무튼 멸망합니다. 그럼에도 불구하고 예리하게 찌르는 것은, 이것으로 가끔은 불유쾌하게 하고 또 대략 보복의 의도가 있는 것입니다.

『십죽재전보』를 새긴 직공의 수고비는 월말이나 다음 달 초에 일부를 송금하겠습니다.

그럼 이만 적습니다.

건승을 기원합니다.

6월 21일

준 올림

마오茅 형 앞으로 보내는 편지는 좀 전에 보냈습니다. 또 적었습니다.

주)_____

1) 『미술별집』(美術別集). 곧 『세계미술전집(별권)』이다.
2) 『수호도』(水滸圖). 명대 두근(杜堇)이 지은 『수호도찬』(水滸圖贊)이다.
3) 저우쯔징(周子兢, 1892~1973). 본명은 저우런(周仁). 장쑤성 장닝(江寧) 사람이다. 차이위안페이의 처남이다. 미국에서 유학했고, 당시 국민당 중앙연구원 공정(工程)연구소 소장이었다.
4) 고개지(顧愷之)의 『여사잠도』(女史箴圖)에 관해서는 340403② 편지와 주석 참조.
5) 『성유상해』(聖諭像解). 청대 양연년(梁延年)이 편했고 모두 20권이다. 강희 9년(1670)에 '효제(孝弟)를 돈독히 하고, 종족에 충실하며, 향당과 화목하고 농상(農桑)을 중시한다……'라는 '상유'(上諭) 16조를 공포하고 '이로서 민중을 교화하고 풍속을 정돈하는 기본'으로 삼고자 했다. 『성유상해』는 이러한 '상유'에 회화와 해설을 덧붙인 것이다. 편자는 서문에서 "상유에 근거해 고인의 사적(事跡)은 그림을 그리고, 원문을 그 뒤에 붙이고, …… 동시에 대강의 해설을 통해 이해하기 쉽게 했다"고 한다. 여기서 명대라고 한 것은 청대라고 해야 한다.
6) 제갈량(諸葛亮, 181~234). 자는 공명(孔明)이고 랑예 양두(琅琊陽都; 지금의 산둥 이난沂南) 사람이다. 삼국시대의 정치가이자 군사가다.
7) 성탄(聖歎)은 곧 김성탄(1608~1661). 이름은 인서(人瑞), 자는 성탄으로 장저우(長洲) 우현(吳縣; 지금의 장쑤성 우현) 사람이며, 명말청초의 문인이다. 당시 린위탕은 김성탄 등의 문장이 어록체에 속한다고 생각하고 "이후 교과서를 편찬할 때 문언문은 반드시 이런 문장에서 뽑고, 중랑(中郎), 선승(禪僧), 성탄, 판교(板橋)를 첫번째로 한다"라고 했다(「어록체의 용用을 논함」, 『논어』 제26기).

340624① 쉬서우창에게[1]

지푸 형

22일자 편지 잘 받았습니다. 스쩡의 그림 사진[2]은 아직 받지 못했습니다만, 이미 찍었는데 1자 남짓으로 이것을 변경하는 것은 어렵습니다.

저우쯔징 선생이라는 분이 있습니다. 이름은 런仁입니다. 형은 이 분을 아십니까? 왜냐하면 진노련陳老蓮의 삽화집을 출판하고자 하는데, 『박고엽자』에 좋은 판본이 없고 탄인루[3] 석인본이 있지만 저본이 아주 나쁩니다. 정전둬 군에 의하면 언젠가 저우 선생이 이 그림의 원각原刻을 소장하고 있는 것을 보았다고 하는데 어떻게 빌릴 수 있을까 기대하고 있습니다. 소중하게 다루고 책임지고 돌려드릴 것입니다. 형이 만약 저우 선생과 아는 사이라면 의향을 물어봐 주시겠습니까?

행운이 깃들기를 기원합니다.

6월 24일

아우 쒸스素士 돈수

주)_____

1) 이 편지는 쉬서우창의 가족이 보내 준 필사에 의한다.
2) 당시 쉬서우창은 천스쩡(陳師曾)의 생전에 받은 몇 점의 중국화를 사진 찍고 『천스쩡화집』을 출판하는 데 도움을 주고자 했다.
3) 탄인루(蟬隱廬). 뤄전창(羅振常)이 상하이에서 열었던 서점 이름.

340624② 왕즈즈에게

쓰위안 형

20일자 편지 잘 받았습니다. 『문사』는 아직 도착하지 않았습니다. 서적은 보통 편지보다 늦습니다. 『춘광』은 이미 정간이 임박해졌는데, 송부한 것이 도착한다면 잠시 제가 보관하겠습니다.[1]

『베이핑전보』는 아직 인쇄가 끝나지 않았습니다. 아마 7월 안에 될 것 같습니다. 정鄭 군한테는 일찍이 편지를 했습니다. 주소를 물어보길래 본인이 직접 통지하라고 답신했습니다. 본인의 동의 없이 함부로 가르쳐 주는 것을 저는 좋아하지 않기 때문입니다. 지금 당신이 편지를 한 이상 만약 연락처를 명기해 두었다면 제본이 끝난 다음 정확히 통지가 있을 겁니다. 그러나 이후 편지를 할 때 저는 몇 번이고 확인합니다.

우못 선생에게 편지를 부치는 것은 바라는 바지만, 좀 뒤로 늦춰야겠습니다. 저는 너무 '하는 일 없이 바쁘기'[2] 때문입니다.──하지만 대옥黛玉과 같은 것이 있기 때문은 아닙니다. 첫째, 편지를 쓸 일이 많아 매일 약간의 시간을 소비합니다. 둘째, 때로는 단평을 쓰지 않으면 안 되는데 입언立言하는 것이 아주 어렵습니다. 따라서 쓰는 것이 늦고 어색하며 이전처럼 붓을 잡고 날렵하게 써 버리는 식으로 하지 못합니다. 그래서 문장을 읽을 때도 자세하게 읽지 못합니다. 그런 까닭에 당신의 소설도 대략 한 번 읽을 뿐으로, 평정하게 검토하면서 읽고 비평하는 것이 곤란합니다. 이러한 상황은 그다지 좋지 않습니다. 고치려고 생각하지만 현재는 방법이 없습니다.

이상 답신을 대신합니다.

몸조심하시기 바라며

주)_____

1) 왕즈즈가 『춘광』 편집자에게 전송하려고 루쉰에게 부탁한 『문사』 제1권 제2호를 가리킨다.
2) 원문은 '無事忙'. 『홍루몽』 속의 가보옥(賈寶玉)의 별명. 이 책 제37회에 보인다.

340624③ 러우웨이춘에게[1]

웨이춘 선생께

어제 편지와 스이 형의 편지[2]을 받았습니다. 이전에 때때로 요언謠言을 듣고 그것이 대다수는 나쁘게 알려졌기 때문에 대체로 사람들을 믿게 만들었습니다. 지금 그 친필을 보고 마음이 놓였습니다. 아직 시간이 있기 때문에 무기[3]로 될지 어떨지는 넓은 마음[4]과는 관련이 없습니다. 다만 지금으로서는 쓸 수단이 없습니다. 편지는 이대로 돌려드리겠는데, 분실되면 안 되기 때문에 등기로 부칩니다. 잘 살펴보시기 바랍니다.

간단히 용건만 적습니다.

몸조심하시기 바라며

6월 24 밤

쉰 돈수

1) 러우웨이춘(樓煒春, 1910~1994). 저장성 위야오(余姚) 사람으로 러우스이(樓適夷)의 사촌이다. 톈마(天馬)서점의 부지배인이었다.
2) 편지의 원문은 '箋'. 러우웨이춘이 보낸 편지에 동봉된 러우스이의 편지.
3) 무기(無期)는 무기징역을 말한다. 1934년 5월 러우스이는 무기징역 판결을 받고 난징의 군인감옥으로 압송되었다.
4) 형량을 매기는 관헌에게 뭔가를 기대하는 것을 암시하는 말.

340625 쉬마오융에게

마오융 선생께

모군[1]이 원고 두 개를 보냈습니다. 그 안의 「고시신개」古詩新改는 채택할 수 없을 듯합니다. 「자유담」도 채택할 수 없다고 합니다. 이러한 번역시를 게재한 적이 있기 때문입니다. 일단 보류[2]하고 보내니 봐주시기 바랍니다. 채택은 절반이든 전부든 어느 쪽이든 좋습니다.

간단히 적습니다.

몸조심하시기 바라며

6월 25 밤
쉰 올림

주)_____

1) 쉬스취안이다.
2) 원문은 '拘留'라고 썼다.

340626① 허바이타오에게

바이타오 선생께

　　15일자 편지를 어제 받았습니다. 판목 6매는 오늘 오후에 도착했습니다. 신작 판목 2매 가운데 「마부」는 생동적이지만 결점이 있는데, 화면의 마부가 끌고 있는 것이 화면 밖에 있고, 화면 가운데의 말은 따로 보이지 않는 마부가 끌고 있습니다. 가혹한 비평을 한다면 '중요한 것을 피하고 가벼운 것을 취하는' 구도에 다름 아닙니다. 그래서 채택할 수 없습니다. 「시장에 가다」[1]는 좋습니다. 짐을 지고 있는 인물은 생활에 고통받고 있는 표정이 잘 표현되었습니다. 그래서 이 한 장을 채택합니다.

　　야오탕耀唐 형의 1매[2]는 제가 요구한 것입니다. 다른 1매는 신각新刻의 「영남의 봄」을 요구한 것인데, 아직 보내오지 않았습니다.

　　『인옥집』은 일찍이 16권을 보냈는데 도착했습니까? 이 책은 아직 절반밖에 팔리지 않았습니다. 좀 뒤에 또 8권을 보내겠습니다.

　　판화집은 대략 7월 중에 인쇄할 수 있을 것 같습니다. 모두 24매입니다.

　　간단히 답신을 대신합니다.

　　몸조심하시기 바라며

6월 26 밤

쉰 올림

주)＿＿＿＿

1) 「시장에 가다」(上市). 뒤에 『목판화가 걸어온 길』에 수록되었다.
2) 「아버지의 귀가를 기다리며」(「어머니와 아들」)를 가리킨다.

340626② 정전둬에게

시디 선생께

　며칠 전에 편지를 보냈는데, 도착했을 거라고 생각합니다.

　오늘 카이밍開明서점에서 양洋 3백 위안을 외국환으로 보냈습니다. 『십죽재전보』의 조각 대금입니다. 영수증을 동봉했으니 기회가 될 때 찾으시기 바랍니다.

　재판의 『베이핑전보』는 일전에 2부를 예약하고 뒤에 또 편지를 보내서 대리인으로 2부를 예약했습니다. 그 가운데 한 부는 기회가 될 때 왕王군[1]에게 전해 주시고 동시에 그에게 직접 연락하라고 했는데, 편지가 왔습니까?

　이미 조각된 『십죽재전』을 지물포에서 빌려 좀 인쇄해 본 것은 나쁘지는 않습니다만 너무 많으면 판목의 예각鋭角이 닳아서 책으로 만들 때 그 가운데 일부는 '초쇄'初刷가 아니게 됩니다. 그래서 제 생각에는 전箋을 붙인다면 책을 만든 뒤가 좋을 듯합니다.

　이 판목의 조각이 끝나면 적어도 5, 6백 부를 인쇄할 수 있습니다. 따로 한 가지 콜로타이프판으로 인쇄하는 것은 백 부뿐입니다. 수의 많고 적음이 차이가 큽니다. 이전에 상하이의 노老동문[2]의 석인은 아주 정교했는데, 베이징에는 이것에 필적할 만한 것이 있습니까? 만약 있다면 석인으로 고쳐도 상관없습니다. 서적의 정가는 종이의 질에 따라 나뉘는데, 특제본은 선지宣紙를 사용하고 그 밖에는 싼 종이로 몇 부를 인쇄한다면 정가는 극히 싸게 되어 학생들도 구독할 수 있기 때문에 일거양득입니다. 다만 좋은 석인이 없다면 전에 의논한 대로 하는 수밖에 없습니다.

　상하이는 아주 덥고 실내도 90도 이상입니다.

용건만 간단히 적었습니다.

건필하시기를 기원하며

6월 26 밤

준 돈수

주)_____

1) 왕즈즈이다.
2) 노동문(老同文). 청조 말년부터 중화민국 초기에 이르기까지 상하이에 동문서국(同文書局)이 있었고, 석인의 서적을 출판하여 유명했다. 뒤에 같은 이름의 서점이 늘어나서 최초의 동문서국을 '노동문'이라고 불렀다.

340628① 타이징눙에게

징靜 형

쉬許 선생[1]에게 보낼 편지가 있는데, 주소를 모르겠습니다. 형이 알아봐서 봉투에 넣고 투함投函해 주시기 바랍니다. 혹시 형이 직접 가봐 주신다면 더욱 좋겠습니다. 편지에 쓴 것을 직접 의논할 수 있기 때문입니다.

[6월 28일]

주)_____

1) 쉬서우창이다.

340628② 리지예에게

지제 형[1]

24일자 편지를 받았습니다. 쉬허 선생 앞으로 보낼 편지는 다 썼고, 징정 형에게 전해 달라고 부탁했습니다. 형의 일도 적었습니다. 그러나 베이핑의 학계는 거의 '시비是非가 봉기蜂起'하는 고장이라 톈진에서 베이핑으로 가는 것이 득일지 실일지 저는 그쪽의 상세한 사정을 모르기 때문에 찬성도 반대도 할 수 없습니다. 모쪼록 잘 생각해 보시기를 희망합니다.

쑤素 형에 관한 문장[2]은 7월 15일 전후에 써서 보내겠습니다.

28일

주)_____

1) 원문은 '轉霽'. 전은 전교(轉交)로 누군가에게 보낸 편지에 동봉한 것이다. 리지예(李霽野)는 당시 톈진에 있었으며 베이핑의 대학으로 전직하는 데 루쉰의 힘을 빌리려고 했다. 그래서 루쉰은 쉬서우창에게 편지를 쓴 것인데, 주소를 몰라서 타이징눙에게 1934년 6월 28일에 편지를 보낸 것이다.
2) 「웨이쑤위안(韋素園) 군을 추억하며」이다. 뒤에 『차개정잡문』에 수록되었다.

340629① 차오징화에게

루전 형

24일자 편지 잘 받았습니다. 며칠 전 지제 형의 편지를 받고 형의 일에 관해 언급한 적이 있습니다. 지푸는 이미 학교로 돌아간 듯해서 편지를 한통 써서 징 형에게 전해 달라고 부탁해야겠다고 생각해 오늘 아침에 투함했습니다. 뜻밖에도 그는 아직 출발하지 않았고, 오전에 저희 집에 와서 말하기를 일주일 뒤에 북상北上할 수 있다는 것입니다. 그래서 형의 일은 직접 부탁했습니다. 징 형에게 부탁한 편지는 전해 주지 않아도 되겠습니다. 만나게 되면 이렇게 전해 주시면 고맙겠습니다.

저는 그와 친한 사이고 어릴 때부터 동창입니다. 그는 사람됨이 아주 좋으나 강인하지 못해 만약 사람들에게 둘러싸이면 거기서 탈출하지 못하는 경우가 자주 있습니다. 저는 베이핑의 학계는 시비가 봉기를 일으킬 정도니 가서 일하기가 쉽지 않다고 생각합니다. 그래서 처음에 그만두라고 충고했던 것입니다. 뒤에는 다른 사람들이 권했는데 겨우 대답을 했습니다. 시간을 늘리고 싶다는 형의 신청은 기쁘게 받아들일 것입니다. 문제가 없다고 생각합니다.

서적 가운데 삽화는 저자가 손으로 찍어 낸 것과 비교하면 완전히 천연적인 구별이 있고, 이것을 다시 콜로타이프판으로 하는 것은 불가능합니다. 이후 만약 삽화를 본 사람이 늘어나게 된다면, 아연판으로 복제하고 염가본으로 만들어 수요에 대응하면 되겠습니다. 단지 선화線畵라면 목판화가 아니라도 상관없습니다. 중국에 번역본이 나오지 않는 경우에는 각각 책의 개략을 붙여 독자의 흥미를 끌게 하고 싶습니다. 이것은 지금 잠시 착수하지 않을 생각이니, 형의 책[1]은 보내지 마십시오. 「일주일」의 그림은 그다지 좋지 않고, 너무 크기 때문에 사용할 수 없습니다(삽화본 『시멘트』[2]는 저도 소장하고 있습니다).

『비료』의 삽화본은 형이 갖고 있습니까? 꼭 보고 싶습니다. 그것은 일본어에서 중역한 것인데, 다른 문장에 인용된 것을 보니 부분적으로도 또 자구에도 꽤 차이가 나고 어디가 틀렸는지 모르겠습니다. 이렇게 보면 중역은 그다지 온당한 일은 아닙니다.

「양식」은 『문학』 7월호에 들어갔는데, 검열관에 의해 잘렸습니다.

현대[3]에 원고의 반환을 요구했지만, 아직 반환하지 않았습니다. 정말 증오할 만한 일입니다. 일간 또 편지를 보내어 상황을 물어보겠습니다. 그들은 사람에게 의뢰할 일이 없는 경우에는 전연 상대하려고 하지 않습니다. 원고료도 이런 식입니다.

저의 영문 주소명은 다음과 같습니다. 타자기가 없기 때문에 형이 이것을 써서 부쳐 주십시오. 그들은 쓸 수 있겠죠.

Mr. Y. Chow,

Uchiyama Book-store,

11 Scott Road,

Shanghai, China.[4]

여기는 요즘 너무 덥습니다. 우리집의 실내는 92도입니다. 듣자 하니 옥외의 공기는 120도, 지면은 130도라고 합니다. 그렇지만 우리들은 건강합니다.

건승을 기원하며

6월 29일 오후
아우 위 올림

주)＿＿＿＿

1) 차오징화가 수집한, 삽화가 들어간 소련의 문학작품이다.
2) 즉 『메페르트의 목각 시멘트 그림』이다.

340629② 정전둬에게

시디 선생께

27일자 편지와 외국환 300위안을 보냈는데, 받았습니까?

저우쯔징 선생에 관해서는 쉬지푸許季弗에게 물어본 결과 지인으로 차이蔡 선생의 친척이라고 합니다. 그러나 만난 지 꽤 오래되어서 오늘 차이 선생에게 직접 부탁하여 선생이 만날 때 빌려주도록 전하겠다고 했습니다. 제 생각에는 그렇다면 늦든 빠르든 답신이 올 거라고 생각합니다.

만약 대여해 준다면 등기로 베이핑까지 보낼까요, 아니면 제가 여기서 사진을 찍을까요? 후자의 방법을 택한다면 사진의 크기를 어느 정도로 해야 할까요? 이것을 알려 주시기 바랍니다.

2, 3주 전에 이유二酉서점에서 『필화루신성』筆花樓新聲을 보았습니다. 고중방1)의 그림, 진계유2)의 서, 만력병신萬曆丙申 간刊. 많이 부서진 것을 이미 보완한 것으로 가격은 60위안. 며칠 뒤에 가서 보니 판매되었습니다. 그림은 산수로 제가 보기에는 그다지 좋은 것 같지 않습니다.

그럼 이만

건승을 기원하며

6월 29일

준 돈수

『베이핑전보』재판본에 관해서 제가 예약한 것은 모두 4부인데, 지금 또 사고 싶다는 사람이 있습니다. 한 부 더하면 모두 5부입니다. 그 가운데 한 부를 직접 베이핑의 왕 군에게 전해 주시고, 나머지 4부는 우치야마 앞으로 상자에 넣어서 보내 주시면 감사하겠습니다. 또 적었습니다.

주)_____

1) 고중방(顧仲芳). 고정의(顧正誼), 자는 중방이고 호는 정림(亭林)이며 쑹장 화팅(松江華亭; 지금의 상하이) 사람이다. 명대 만력 때 중서사인(中書舍人)을 지냈다. 산수화가로 화정 화파(華亭畵派)의 창시자다. 저서에는『정림집』(亭林集),『고씨총서』(顧氏叢書)가 있다.
2) 진계유(陳繼儒, 1558~1639). 자는 중순(仲醇), 호는 미공(眉公), 쑹장 화팅 사람이다. 제생 (諸生)이며 명대 문학가, 서화가다. 저서에는『진미공전집』(陳眉公全集)이 있다.

340703 천톄경에게

톄경 선생께

6월 21일자 편지와 목판[1] 1매 모두 이미 받았습니다.『인옥집』은 2주가 지났는데 아직 도착하지 않은 것이 이상합니다. 그러나 이것은 등기로 보낸 것이라 분실할 일은 없을 거라고 생각합니다.

『베이핑전보』1부 6권은 어제 서점에 소포로 보내 달라고 부탁했습니다. 이것은 백 부를 인쇄했는데 서점에 놓아 둔 부수는 일찍이 다 팔렸습니다. 지금 베이핑에서 재판 중인데 이번에도 백 부인데 아직 완성되지 않았습니다.

연환도화[2]는 싱닝[3]에서는 예약이 700부에 이르렀습니다. 이것은 전혀 예상 밖의 일입니다. 이것으로도 목판화가 유용하다는 것을 알 수 있고, 또 그림에 대한 많은 사람들의 수요가 있음을 알 수 있습니다. 출판되면 제게 5부를 보내 주시면 고맙겠습니다.

몸조심하시기 바라며

7월 3일

쉰 올림

주)_____

1) 「영남의 봄」을 가리킨다.
2) 연환도화(連環圖畵)는 『요곤옥(廖坤玉) 이야기』를 가리킨다.
3) 『요곤옥 이야기』의 무대는 광둥성 싱닝(興寧)이다.

340706 정전둬에게

시디 선생께

2일자 편지 잘 받았습니다. 바오쭝[1] 형 앞으로 보낸 편지[2]는 전해 주었습니다.

『십죽재전보』는 제 생각에 예약은 8위안 이상은 무리입니다. 예약이 아닌 것은 12위안. 아마도 첫째는 중국인의 구매력이 크지 않을 거라는 점, 둘째는 고본孤本은 세상에서 중시를 받지만 새로운 복제는 가볍게 취급받기 때문에 정가가 너무 높으면 사람들이 구입을 포기할 염려가 있습니다. 실제로 예약본은 초판이기 때문에 가치가 원래 올라가는 것입니다.

그러나 중국의 독자는 이 점을 생각하지 못합니다.

유정有正서국의 『개자원화보』芥子園畵譜 3집은 정가가 너무 비쌉니다. 광고에는 목판화라고 부르는데, 대부분이 콜로타이프판으로, 목판으로 착색한 것입니다. 일본에 이 인쇄방법이 있습니다. 아마도 유정은 그 나라에 위탁해서 인쇄한 것입니다. 게다가 목판을 연구한 지 10여 년이라고 자칭하는 것은 완전히 기만적입니다.

쏸건[2]은 신통력을 드러냈습니다. 그러나 지금 드러나는 것은 완만緩慢입니다. 이 공公은 온 몸이 모략이라, 접촉하는 인간은 반드시 곤란을 겪게 됩니다. 만약 논쟁을 할 작정이라면 본래 두려움은 없지만, 그러나 다른 사람에게 그러한 여유가 있겠습니까. 원래 말더듬이가 아니면서 더듬더듬 말하는 것은 말하면서 음모를 꾸미고 있기 때문입니다. 샤먼대학에 있을 때 교장에게 아첨하여 동조하지 않는 사람을 제거했었는데, 동조하지 않는 사람이 사라지니 이번에는 이 공이 교장에게 경멸을 당하고 결국 광저우까지 왔습니다. 저는 급히 도망쳤습니다. 그 월粵에서도 정착하지 못한 것은 어떤 이유인지 모르겠습니다. 현재 발휘하고 있는 발바리의 성격은 아마도 샤먼대학 때와 똑같습니다. 가장 좋은 것은 관계를 갖지 않는 것입니다. 그렇지 않으면 다른 사람을 배척하기 위해 끊임없이 음모를 꾸미고[3] 또 그 괴롭힘은 지독합니다. 사실 그에게는 파괴는 있어도 건설은 없습니다. 그의 『고사변』古史辨을 보십시오. 고사를 '변'辨하는 것은 전혀 없고 자신이 걸어갈 길조차 없습니다. 단지 또 낡은 수단을 사용하고 있을 뿐입니다.

석인石印은 폐단이 많고 가격도 싸지 않기 때문에 그만두는 것이 좋겠습니다. 그런데 베이핑의 콜로타이프판 가격은 오히려 너무 비쌉니다. 제가 이전에 『시멘트』250권을 인쇄했을 때 도판이 10쪽이고 종이값, 제본대製本代를 합해서 220여 위안이 들었습니다. 지금 상우인서관은 이 영업을 그만두었는데, 다른 데 아직 인수할 곳이 있을 터입니다. 만약 서적을 남쪽으로 운반하는 것이 가능하다면 상하이에서 인쇄하는 것은 어떻겠습니까. 그리고 종이의 수배 등도 편리합니다. 여름 휴가 중에 선생이 남으로 올 예정은 없습니까?

저우쯔징은 과연 차이蔡 선생의 친척이었습니다. 일전에 쉬지푸에게 물어와 달라고 부탁한바, 어제 차이 선생으로부터 편지가 와서 그가 빌려주겠다고 했고 그 자택의 전화번호도 적어 주며 직접 연락해 보라고 했습니다. 생각해 보니 바로 사진을 찍지 않고 빌려와서 두는 것은 좋지 않으니 그때가 되어 찍으러 가는 것이 좋겠습니다. 선생은 어떻게 생각하십니까? 아니면 우선 황색 나문지羅紋紙를 사서 그것에 우선 인쇄하고 제본하기까지 보관해 둘까요?

쉬지푸는 베이핑의 무슨 여자학교[4]의 교장이 되어 교사를 찾고 있습니다. 이 학교의 기백은 연대燕大의 크기에 미치지 못하고 시비是非도 필시 많을 것입니다. 그런데 선생이 가서 가르칠 마음이 있는지요? 답신해 주시기 바랍니다.

상하이는 요 열흘간 실내는 90여 도, 정말 참기 어렵습니다. 아무 일도 할 수 없고 온 몸의 땀띠만이 성과라고 할 수 있습니다. 이상으로 답신을 대신합니다.

건필하시기 바라며

7월 6 밤

준 돈수

1) 바오쭝(保宗). 선옌빙(沈雁冰)이다.
2) 싼건(三根). 구제강(顧頡剛)이다.
3) 원문은 '鉤心鬪角'. 타인을 배척하기 위해 음모를 꾸미는 것을 가리킴.
4) 베이핑대학 여자문리학원(北平大學女子文理學院)이다.

340707 왕즈즈에게

쓰위안 형

3일자 편지 잘 받았습니다. "편지는 잠시 시간을 두고"와 "주소는 함부로 사람들에게 가르쳐 주지 않는"[1] 것은 각각 별개입니다. 형은 어째서 이것저것 뒤섞어 "괴로운 생각"을 한 것입니까. 저는 조금도 무슨 언외의 뜻을 담지 않았습니다.

정鄭 군의 편지가 도착했습니다. 『전보』가 출판되면 한 부는 왕□□[2] 옛이름에게 전해 준다고 했습니다. 그래서 그는 이미 알고 있는 것입니다.

『국문주보』國聞週報는 받았습니다. 이곳의 출판사는 반드시 □벌[3]에 의해 점거되어 저와 같은 이는 출판하는 것이 대단히 어렵습니다. 좀 시원해지고 나면 알아보겠습니다. 만약 있으면 말씀드리겠습니다.

그럼 이만 줄입니다.

건필을 기원합니다.

7월 7일
위 올림

1) 340624② 편지 참고.
2) '王□□'는 곧 왕즈즈로 당시 그는 이미 왕쓰위안으로 개명했다.
3) '□閥'은 문벌(文閥)일 듯하다.

340708 쉬마오융에게

마오융 선생께

　이것은 셴자이閑齋가 보낸 것입니다. 『신어림』의 여백 메우는 용도로
사용할 수 있겠습니까? 아무튼 보냅니다.[1]

　몸조심하시기 바라며

7월 8 밤

쉰 돈수

1) 쉬스취안(徐詩荃)의 시 「소품문을 읽고」(소동파蘇東坡의 맹교시孟郊詩를 읽고 2장을 개찬改
竄하여 지음)이다. 작가는 '무명씨'라고 서명했다. 뒤에 『신어림』 제2기(1934년 7월 20일)
에 게재되었다.

340709 쉬마오융에게

마오융 선생께

8일자 편지 잘 받았습니다. 저는 「비정치화의 고리키」[1]를 쓴 적이 없습니다. 아마도 예전에 어딘가에 다른 사람의 작품을 소개한 적이 있는지 모르겠습니다.

『신어림』은 사실 다른 잡지와 많이 비슷합니다. 상인은 아무튼 다른 사람에게 비슷하게 보이게 하려는 이로서 중화서국이 상우인서관과 가까운 곳에 개설된 것을 봐도 알 수 있습니다. 광화光華의 사장이 결코 독립의 깃발을 들 수는 없습니다.

센자이는 왜시孫詩 2수밖에 없습니다. 어제 이미 보냈고 이 밖에는 없습니다. 저는 아무것도 없으며 온몸의 땀띠 때문에 중국문학을 생각할 시간이 없습니다.

위병은 통증이 심하지 않아서 환자가 조심하지 않는데, 이것은 아주 좋지 않습니다.

이상으로 답신을 대신합니다.

몸조심하시기 바라며

9일

준 올림

주)＿＿＿

1) 잡문으로 상팅파(商廷發; 곧 취추바이)가 집필했다. 『신어림』 제2기(1934년 7월 20일)에 게재되었다.

340712① 어머니께

어머님 전. 오랫동안 편지가 없으셨습니다. 오늘 오전에 비로소 편지 한 통을 받고 안심했습니다. 그런데 어머님의 치통은 이미 완전히 나았는지요? 걱정이 됩니다. 이가 아프면 곧 흔들리게 됩니다. 흔들리면 빠지기 쉽습니다. 그래서 제가 생각한 것인데, 날씨가 좀 시원해지면 단골 의사에게 상담을 받아 보는 것이 어떻겠습니까. 아프지 않다고 보증해 준다면 뽑고 전부 의치를 하는 것이 좋을 듯합니다. 불편하더라도 열흘이나 이십 일이면 괜찮고 또 습관이 되면 진짜 이와 구분이 안 됩니다.

상하이의 올해 더위는 굉장합니다. 맑은 날에 비가 내리지 않은 지가 이미 보름이 넘었습니다. 매일 실내는 91도에서 95, 6도이고 한밤중이라도 87, 8도입니다. 어른은 잠들지 못하고 이웃의 아이들은 한밤중에 웁니다. 하지만 하이잉은 아주 건강합니다. 밤에는 한 번인가 두 번 눈을 뜨지만 식욕이 좋고 변함없이 활발하며 낮에는 온몸이 땀범벅이 될 정도로 바쁘게 뛰어놉니다. 먹는 것도 입는 것도 조심하기 때문에 염려 마시기 바랍니다.

하이마도 건강합니다. 저도 변함없지만 땀띠가 너무 많이 났습니다. 땀띠를 없애는 약을 발라도 그다지 효과는 없는데 나은 듯하더니 또 생깁니다. 가을이 되어 시원해지지 않는 한 안되겠습니다. 더위를 견뎌 내기 위해 맥주를 마시고 있습니다. 왕셴전[1] 아가씨의 집에서 양메이주楊梅酒를 한 병 받았습니다. 한 여름은 먹겠습니다.

상하이의 신문에 의하면 베이핑도 너무 덥다고 하던데, 편지를 받고 신문에서 말한 정도는 아닌 것을 알았습니다. 이곳의 화염은 정말로 보기 드물고 누구라도 비가 내리기를 바라고 있습니다. 그러나 지금도 하늘에는 구름 한 점 없습니다.

짧게 답신 드립니다.

건강하시기 바라며

7월 12일

아들 수, 광핑 그리고 하이잉 올림

주)_____

1) 왕셴전(王賢楨, 1900~1990). 곧 왕윈루(王蘊如)로 저장성 상위(上虞) 사람이며 저우젠런(周建人) 부인이다.

340712② 천톄겅에게

톄겅 선생께

　　7월 4일자 편지와 목판화 3점 이미 받았습니다. 「말하고, 듣고」가 가장 좋습니다. 「신부神父……」는 일반사람들이 이해하기 어렵겠습니다. 대중을 위해 생각한다면 이러한 화법을 사용해서는 안 됩니다. 두 권의 책은 아직 도착하지 않았습니다. 『베이핑전보』는 일주일 전에 소포로 발송했습니다. 그러나 상하이에서 당신의 고향까지 등기 편은 아주 느리다고 합니다.

　　「영남의 봄」의 판목과 바이타오 형이 보내 준 한 장은 모두 받았습니다. 편집도 끝났고 종이도 샀고 원래는 인쇄에 착수해야 했으나, 근래 너무 너무 더워서 종일 땀을 흘리고 있습니다. 어쩔 수 없이 조금 시원해지면 인쇄에 들어가려고 합니다. 이 책은 모두 24점, 120권을 인쇄하고 저자에게 24권을 증정한다면 96권만 발매할 수 있습니다.

목판화는 프랑스, 러시아에서 전람회가 열려 비평도 나쁘지 않았다고 합니다. 그러나 상세한 소식은 모릅니다.

연환도화의 판권을 여기서 사는 것은 아주 곤란합니다. 잡지에 목판화가 가끔 게재되고 있지만, 여기저기에 발견될 뿐으로 한 푼도 지불하지 않습니다. 지불을 요구한다면 게재는 그만두라고 하겠죠. 당신의 「법망」[1])도 아직 게재되지 않았습니다.

『인옥집』은 우표로 살 수 있습니다. 어제 서점에 가서 문의했습니다. 서적대금, 송금비용에 부족하지는 않고, 이미 발송했다고 합니다.

독일판화 건은 빨리 착수할 수 없습니다. 원화가 커서 크게 인쇄하려고 생각하는데(적어도 『인옥집』의 배), 그렇게 하면 밑천이 듭니다. 인세의 지불이 늘 늦기 때문에 저의 수입도 줄어듭니다. 또 하나는 제가 한 가지에 전념하지 못하는 것입니다. 목판화를 했다가 문학을 했다가 스스로 잡역부가 되어서 이 때문에 적도 늘어납니다. 그래서 근래 스스로 열심히 하고 쓸데없는 일에는 상관하지 않으려고 합니다. 그래서 계획을 세우는 흥취가 솟아나지 않습니다. 그렇지만 늦든 빠르든 출판합니다. 그렇지 않으면 모은 것이 소용없게 되지 않겠습니까?

여기는 너무 덥고 90도 이상이 이미 2주간 계속되고 있으며 밤에도 숙면하기 어렵습니다.

이상으로 답신을 대신합니다.

몸조심하시기 바라며

7월 12일

쉰 올림

1) 「법망」(法網). 천톄경이 딩링(丁玲)의 소설 『법망』을 위해 그린 목판화 삽화.

340714 쉬마오융에게

마오융 선생께

12일자 편지 어제 받았습니다. L. 쾨르버[1]의 연회에 출석한 자가 이처럼 적었던 것은 의외입니다. 중국의 사정은 그녀 자신이 보지 못하고 또 알려 주는 이도 없습니다. 정말로 무슨 방도가 없습니다. 중국에 온 외국인은 대체로 이렇습니다. 그녀만이 아닙니다.

「비정치화……」는 다른 사람의 작품[2]입니다. 제가 누군가에게 필사해 달라고 의뢰했습니다. 원고대로 기고하는 것을 바라지 않는 사람이 있어서 중개자로서는 아주 곤란합니다. 이 사람은 『문학계간』(1)에 실은[3] 적이 있습니다.

광화의 지병[4]이 재발했습니다. 지병인 이상 재발하지 않을 수 없습니다. 이후의 편집자는 곤란하게 되었습니다. 돈이 나오지 않는다면 15일에 급히 보내 주지 않아도 됩니다. 혹서酷暑에는 저도 서점에서 기다리지 못하겠습니다. 최근 무료한 문장[5]을 지었습니다. 동봉해서 보냅니다. 또 젠런建人의 한 편[6]도 함께 보냅니다. 선생이 90도의 폭서暴署 속에 일부러 오시는 수고를 하지 않도록 15일 이전에 받을 수 있기를 희망합니다.

간단히 답신을 대신합니다.

건강하시기를

7월 14 아침

쉰 올림

주)_____

1) 쾨르버(Lili Körber, 1897~1982). 오스트리아 작가이다. 『새로운 러시아의 여성노동
자』(*Eine Frau erlebt den roten Alltag*),『새로운 독일의 유대인』(*Eine Jüdin erlebt das
neue Deutschland*) 등의 저서가 있다. 1934년 6월 중국을 방문했을 때 신어림사 등 3
개의 문예단체가 공동으로 상하이에서 환영회를 열었다. 출석자는 다섯 사람뿐이었다.
2) 취추바이의 「'비정치화'의 고리키」를 가리킨다. 340709 편지와 주석 참조.
3) 잡문「팡룽(房龍)의 '지리'를 읽으며」를 말한다. 상팅(商霆; 곧 취추바이)이 쓴 것으로『문
학계간』제1권 제1기(1934년 1월)에 게재되었다.
4) 광화서국이『신어림』필자의 원고료를 지불하지 않은 것을 가리킨다.
5) 「『소학대전』을 산 기록」을 가리키고, 뒤에『차개정잡문』에 수록했다.
6) 「특권자의 철학과 과학」으로, 서명은 '커스'(克士)다. 뒤에『신어림』제3기(1934년 8월 5
일)에 게재되었다.

340717① 우보에게

우보 선생께

　　11일자 편지 잘 받았습니다. 도중에 6일밖에 걸리지 않는데 한 권의
『인옥집』이 21일이나 걸린 것은 이상한 일입니다. 이 서적의 판매는 나쁘
지 않아 이미 백여 권이 팔렸습니다. 인쇄비는 잡비를 포함해서 합계 350
여 위안으로, 평균하면 한 권당 1위안 2자오입니다. 서적의 판매는 판매방
식에 좌우되는데 신뢰할 수 있는 서점은 판매에 능하지 못하고, 판매방식
을 잘 알고 있는 서점은 대체로 서적의 대금(할인 가격으로 한)조차 지불

해 주지 않습니다. 그래서 저는 어차피 잘 될 수가 없습니다.

『도시와 세월』의 삽화는 27매가 있는데, 이것을 수록하면 이 사람의 작품만으로 절반을 점하여 다른 사람들의 것을 밀어내게 됩니다. 그래서 확보해 두고 다른 화집을 이어서 낼 때 사용할 생각입니다. 현재 또 친구에게 부탁해 저쪽에 편지를 보내서[1] 명작 전부의 삽화를 구했습니다. 반응이 있다면 내년에 또 삽화집을 한 권 낼 수 있을 것 같습니다.

목판화 서적을 출판하는 것은 80위안으로 부족하고 120위안으로 견적을 내야 합니다. 현재 종이 가격이 비싸고 게다가 이것에는 신문용지를 사용할 수 없기 때문입니다.

『목판화가 걸어온 길』의 재료는 전부 수집을 끝냈습니다. 종이도 샀습니다. 다만 이 20일 정도는 매일 백 도 전후의 더위라서 외출해 연락하는 것이 어렵습니다. 조금 시원해지고 나서 인쇄에 착수할 생각입니다.

들기로는 우리의 목판화가 파리, 모스크바[2]에서 전시되고 꽤 호평을 받았다고 합니다. 그런데 수집자[3] 본인은 어떤 소식도 저에게 전해 주지 않습니다. 도대체 무슨 일입니까.

건강하시기 바라며

7월 17일

쉰 올림

주)_____
1) 여기서 친구는 차오징화, 저쪽은 소련대외문화협회를 가리킨다.
2) 원문은 '莫S科'.
3) 즉 이다 트리트.

340717② 양지원에게

지원 선생께

방금 16일 저녁에 보낸 편지를 읽었습니다. 출발할 때의 편지와 『연환』[1] 모두 일찍이 받았습니다.

『저장의 조수』浙江潮는 10기뿐으로 그 뒤로는 나오지 않았습니다. 판아이눙[2] 등이 일본에서 돌아온 것은 저보다 늦고, 그 「제명」[3]은 대체로 그들이 도착하기 전에 인쇄되었기에 찾을 수 없습니다.

쥘 베른[4]의 원명은 조사할 수 있는 책이 없고 기억도 확실하지 않은데, 아마도 Jules Verne이겠죠. 프랑스의 과학소설가로 신문에서 영국이라고 한 것은 착오입니다. 량런궁梁任公의 『신소설』[5]에 『해저여행』이라는 것이 있는데 저자는 자오스웨이누(?)라고 했는데, 이것도 그 사람입니다. 다만 저의 번역본은 미완이었습니다. 게다가 거의 개작改作에 가깝고 보존하기에는 부족합니다.

저의 자질구레한 일을 조사해 보니 이런 것이 아직 있다는 것에 자신도 의외입니다. 그러나 일부는 분실한 것이고, 일부는 볼 만한 것이 없다고 삭제한 것입니다. 선생이 한 권의 책[6]으로 출판하고자 하는데, 출판해 주는 사람이 있고 읽고 싶은 사람이 있다면 그것으로 충분합니다. 저 개인은 어떤 이의도 없습니다.

요 20일 정도 상하이는 매일 기온이 백 도 전후라서 일을 방해하고 있습니다. 그래서 목판화도 아직 인쇄에 들어가지 못했습니다. 가을 초까지 기다려야 할지도 모르겠습니다. 저는 짬이 나는 관계로 온몸의 땀띠를 제외하고 다른 피해는 없습니다. 염려하지 마시기 바랍니다.

이상으로 답신합니다.

몸조심하시기 바라며

7월 17일

쉰 계상^{啓上}

주)_____

1) 『연환』(連環). 즉 『연환 2주간』(連環兩週刊)으로 종합성 잡지이며 러쓰빙(樂嗣炳)이 편집
했다. 1934년 6월 상하이에서 창간했고 뒤에 『병병세계』(丘丘世界)로 개명했다.
2) 판아이눙(范靄農, 1883~1912). 이름은 쓰녠(斯年), 저장 사오싱 사람. 일본에서 유학하면
서 루쉰과 교류를 맺었다. 귀국해서 사오싱부중학당, 산콰이초급사범학당에서 일을 했
다. 후에 물에 빠져 익사했다. 100815 편지와 주석 참조.
3) 곧 「저장 동향의 도쿄 유학생 제명」(浙江同鄕留學東京題名; 癸卯三月調查)으로 『저장의
조수』 제3기(1903년 4월)에 실렸다.
4) 쥘 베른(Jules Verne, 1828~1905)의 원문은 '威男'. 일찍이 자오스웨이누(焦土威奴)로 번
역했다. 프랑스의 과학환상소설가이다. 저서에 『그랜트 선장의 아이들』, 『해저 2만리』
등이 있다. 루쉰은 그의 『달나라여행』(『지구에서 달까지』)을 번역하여 1903년 일본 도
쿄의 진화사(進化社)에서 출판했다. 또 『지구 속 여행』(地心游記)이 있는데 1906년 난징
치신서국(啓新書局)에서 발행했다.
5) 『신소설』(新小說). 월간으로 량치차오가 주편이다. 1902년 일본 요코하마에서 창간했
고, 1905년 1월 상하이로 옮겨서 출판하고 같은 해 12월 정간됐다. 이 잡지는 제1기부
터 제6기까지, 제10기, 12기에 『해저여행』(『해저 2만리』)을 연재했다. 미완이며 서명(署
名)은 '英國蕭魯士原著, 南海盧籍東譯意, 東越紅溪生潤文'이다.
6) 『집외집』을 말한다.

340717③ 뤄칭전에게

칭전 선생께

　7일과 16일에 보낸 편지 그리고 판목 1매 모두 받았습니다. 장 선생¹⁾
의 병이 이미 쾌유되었다고 하니 정말 안심입니다. 안타까운 것은 일본으

로 갈 수 없게 된 것입니다. 이것도 어쩔 수 없는 일이겠죠.

서문을 쓰는 일은 저의 장기가 아니나 제자^{題字}는 좀 용이합니다.²⁾ 장 선생이 어떻게 몇 자 쓰라고 얘기했는지 알려 주시면 고맙겠습니다.

간단히 답신합니다.

무더운 여름 건강 조심하시기 바라며

7월 17 밤

쉰 올림

주)_____

1) 장후이(張慧)다. 루쉰의 소개로 일본독립미술회에 가서 목판화를 배우고자 했는데, 병이 나서 가지 못했다.
2) 장후이가 자비로 출판한 목판화집의 제자 즉 '張慧木刻畵'를 가리킨다.

340717④ 쉬마오융에게

마오융 선생께

16일자 편지 잘 받았습니다. 광화는 확실히 정체를 드러냈습니다. 작년의 뤄뤄텅^{羅羅藤}(이것은 사오싱 말인데, 선생은 이 식물을 알고 있습니까?)이 올해 포도가 되는 것은 아닙니다.

두 가지를 번역했습니다.¹⁾ 짧은 것은 시입니다. 다만 번역해 보니 시가 되지 않고 두 마디 말이 되었습니다.

「담언」²⁾의 한 편은 읽었습니다. 열에 아홉은 스저춘이 집필한 것입니다. 하지만 그는 두 개의 잡지[3]를 편집하는 권한을 갖고 있는데, 봉건문화를 반대했던 적이 있습니까. 또 언제 누가 그가 반대하는 것을 허락하지 않은 적이 있습니까. 또 어떻게 그가 반대하는 것을 허락하지 않을 수 있겠습니까. 이러한 문장은 요언을 방사하며 거짓을 말하는 것으로 비겁한 발바리의 맨얼굴을 드러내 보이는 것에 불과합니다.

게다가 「담언」 스스로가 대중어의 토론[4]을 정지한다고 선언한 뒤인데 지금 이 문장을 게재하는 것은 완전히 발바리의 혈통입니다.

건강하시기 바라며

7월 17일

준 올림

커克 아가씨[5]의 원문과 졸역을 동봉했습니다. 또 적었습니다.

주)_____

1) 「『신어림』 제시」(題『新語林』詩)와 「『신어림』 독자에게 보내는 글」(致『新語林』讀者辭)을 가리킨다. 쾨르버가 지은 것으로 장루루(張祿如; 곧 루쉰)가 번역하여 『신어림』 제3기(1934년 8월 5일)에 게재했다. 발표될 때 원문의 필적도 함께 실렸다.
2) 「담언」(談言). 『선바오』(申報) '본부증간'(本埠增刊)의 잡문 전문 코너이다. 1934년 7월 7일 여기에 「중국에서 대중어의 중요성」이란 글이 발표되었다. 필자 서명은 '한바이'(寒白)이다.
3) 스저춘(施蟄存)이 편집한 『현대』 월간과 『문예풍경』 월간을 가리킨다.
4) 1934년 7월 5일 『선바오』는 다음과 같은 「편집실계사」(編輯室啓辭)를 게재했다. "대중어를 건설하는 문제는 이론적인 면에서 충분히 토론되었다. 본지는 오늘부로 이것과 관련된 문장을 게재하지 않는다. 문어와 구어의 문제도 토론하지 않는다."
5) 릴리 쾨르버를 가리킨다. 340714 편지와 주석 참조.

340721 쉬마오융에게

마오융 선생께

지금 모군의 편지를 받았는데, 전에 제게 송부한 커 여사의 독일어 원고 한 편[1]을 『신어림』에 기고하고 싶으니 저에게 번역해 달라는 것입니다. 혹은 원문을 선생에게 전송해서 누군가에게 번역해 달라고 부탁해 달라는 것입니다. 저는 독일어에 능통하지도 않고 사전도 없기 때문에 별 도리가 없습니다. 어쩔 수 없이 원문을 전송하니 좀 부탁드립니다.

또 새롭게 셴자이閑齋의 글 한 편을 얻었습니다. 혹 사용하게 될 수도 있으니 같이 보냅니다.

그럼 이만.

몸조심하시기 바라며

7월 21일

쉰 올림

주)_____

1) 「잠자는 상하이」이다. 쾨르버가 썼고 후이톈(惠天)이 번역하여 『신어림』 제4기(1934년 8월 20일)에 실렸다.

340725 리례원에게

례원 선생께

『홍당무』의 저자[1] 사진은 이미 복사했으니(책을 제판소에 빌려줄 수는 없습니다. 자주 오염되기 때문입니다) 월초에는 인화가 되고 8월 5일 이전에 보낼 수 있겠습니다. 번역본에 삽입하는데 시간이 맞을 듯합니다.

이번의 『역문』[2] 번역에는 별지에 작가와 작품에 관해 극히 간략한 설명을 붙이고 권말에 함께 게재해도 좋다고 봅니다. 공동의 「편집후기」가 되겠습니다.

간단히 용건만 적습니다.

건승을 기원하며

7월 25일

준 돈수

주)_____

1) 『홍당무』(*Poil de carotte*)는 프랑스 작가 쥘 르나르(Pierre-Jules Renard, 1864~1910)가 쓴 소설이다. 리례원이 1933년 4월 『선바오』의 「자유담」에 연재했고 1934년 10월 상하이 생활서점에서 출판됐다.

2) 『역문』(譯文). 외국문학의 번역과 소개를 주로 하는 월간으로 1934년 9월에 창간하여 처음 3기까지는 루쉰이 편집하고 뒤에 황위안(黃源)이 이어받았다. 기고자는 루쉰, 마오둔, 리례원, 멍스환(孟十還) 등이다. 상하이 생활서점에서 출판했고 1935년 9월 제13기를 내고 정간했다. 다음 해 3월 복간하여 상하이 잡지공사에서 출판했고 1937년 6월 제3권 제4기를 내고 정간했다. 모두 29기를 냈다.

340727① 허바이타오에게

바이타오 선생께

　　7월 19일자 편지는 어제 도착했습니다. 『인옥집』은 빨리 판매되지 않아도 상관없습니다. 조금씩 팔려도 좋습니다.

　　야오탕耀唐 형의 연환도화는 보았습니다. 대체로 괜찮습니다만 대중에게 보이기 위해서는 중국의 화법을 많이 채용해야 한다고 생각합니다. 게다가 한층 긴장된 묘사방식을 사용하는 부분이 있으면 좋겠습니다. 예를 들어 맹인이 두들겨 맞는 것 같은 류.

　　며칠 전은 혹서인 탓에 아무것도 할 수 없었습니다만, 지금은 시원해져서 중국목각선은 인쇄에 착수했습니다. 모두 24점입니다. 경제상의 이유로 120권만 인쇄하고 각각의 저자에게 모두 24권 그리고 다른 곳에 증정하는 것을 제외하고 80권만을 발매할 수 있습니다. 한 권당 정가는 6자오나 8자오, 인쇄가 끝난 뒤에 결정하겠습니다.

　　답신을 대신합니다.

　　몸조심하시기 바라며

7월 27일

쉰 올림

340727② 탕타오에게[1]

탕타오 선생께

편지 안의 몇 가지 질문 가운데 서적에 관한 것은 대답할 수 없습니다. 줄곧 주의를 기울이지 않았기 때문입니다. 사회과학 서적의 경우 저는 중국의 번역본을 읽지 않았습니다. 그러나 일본어 학습서는 며칠 뒤에 우치야마서점에 가서 물어보고 다시 통지하겠습니다. 요 며칠 감기에 열이 나서 집에 누워 있었습니다.

일본의 번역계는 아주 풍부합니다. 적절한 인재가 많고 독자도 적지 않습니다. 따라서 유명한 작품은 거의 다 번역본이 있습니다. 제 생각에는 독일 외에 다른 나라의 작품을 소개하는 데 열심인 곳은 필시 일본입니다. 다만 소련의 문학이론 소개는 최근에 큰 결점이 있습니다. 자주 삭제되어서 '전쟁', '혁명', '살해'(누가 누구를 살해하든 상관없이)라는 글자는 ××로 되어 있고 읽어도 유쾌하지 않습니다.

그래서 일본어에 의지하는 것으로는 불충분하고, 소비에트러시아 문학을 연구하려면 러시아어를 아는 편이 낫습니다. 그러나 저는 3, 4년의 시간을 할애(게다가 도중에 중단하지 않고)하여 우선 일본어를 배우고 그 사이 러시아어도 공부한다면 좋겠습니다. 왜냐하면 첫째, 우리들에게는 아직 괜찮은 러시아어 사전이 없고 모르는 단어는 일본 서적을 사용하지 않으면 안 되며 둘째, 그들에게는 러시아어를 연구하는 전문잡지가 있어서 참고할 만하기 때문입니다.

독학은 그다지 좋지 않다고 생각합니다. 독촉을 받지 않기 때문에 중단하기 쉽습니다. 야학과 같은 곳에 나가는 것이 타당합니다. 제가 독학한 것은 전부 실패했습니다. 그러나 이것은 제가 게으르기 때문이겠죠. 아무튼 기록해 두니 참고가 되었으면 좋겠습니다.

답신을 대신합니다.

몸조심하시기 바라며

7월 27일

쉰 올림

주)_____

1) 탕타오(唐弢, 1913~1992). 저장성 전하이(鎭海) 사람으로 작가다. 당시 상하이의 우체국에서 근무하며 여가로 잡문 저작에 종사했다.

340727③ 쉬마오융에게

마오융 선생께

광화에 대해서 저는 일말의 동정도 없습니다. 그들은 다른 사람의 동정과 곤궁을 이용했습니다. 판로가 괜찮은데도 어찌된 일인지 돈이 없습니다. 잡지를 공짜로 사람들에게 보내 주는 것일까요?

생활서점이 인수한다면 원고료가 나올 곳이 없는 것은 아니겠죠.[1] 그러나 왕다오 선생의 '결심'[2]을 보니 아마도 약간의 시간이 필요할 듯합니다.

큰 바람이 부는데 잠을 잤더니 병이 났습니다. 그러나 대체로 낫는 듯합니다.

답신을 대신합니다.

몸조심하시기 바라며

7월 27일

쉰 올림

주)_____

1) 쉬마오융이 『신어림』의 출판을 생활서점과 교섭하고자 한 일을 가리킨다. 이것은 실현
되지 않았다.
2) 천왕다오(陳望道)가 출판을 계획했던 『태백』 반월간을 말한다. 1934년 9월 20일에 창
간되었다.

340727④ 뤄칭전에게

칭전 선생께

　보내 주신 편지 잘 받았습니다. 일전에 큰 바람 속에 잠을 자다 열이
나서 오랫동안 앉지를 못해 한때는 병이 오래가는 것은 아닌가 걱정하는
차제입니다.

　선생이 돌아갈 날도 이처럼 총망한데, 초대도 하지 못하고 정말 면목
이 없습니다. 널리 이해해 주시기를 바랄 뿐입니다.

　간단히 답신을 대신합니다.

　무더운 여름 건강에 주의하시기 바랍니다.

7월 27일

쉰 올림

340727⑤ 한바이뤄에게[1]

바이뤄 선생께

편지와 함께 『시멘트』 2권을 잘 받았습니다. 복사의 성과는 예술을 배운 적이 없는 대중에게 제공하는 것으로서는 충분합니다. 그러나 책에서 취한 것이라 제명題名이 원화原畵와 다소 차이가 있습니다. 복제본의 원문에도 몇 군데 오자가 있습니다. 이 책은 출판될 때 저는 웨이밍사未名社에 보내 위탁판매를 부탁하려고 했는데 어찌된 일인지 제게 진열해 주지 않았던 듯합니다.

이번의 『인옥집』은 예술을 배우는 젊은 사람들에게 참고로 제공하기 위한 것입니다. 그래서 인쇄공은 정밀하게 일하지 않으면 안 되고, 그렇다면 가격이 올라갑니다. 본전은 권당 1위안 2자오입니다. 만약 인쇄부수가 많아지면 싸집니다만 저에게는 팔아치울 수완은 없습니다. 그러나 누구든 복제하는 사람이 있기만 하면 좋습니다. 현재 편지를 써서 큰 저작에 들어갈 목판화 삽화를 구하고 있는데 과연 있는지 모르겠습니다. 이후 과연 출판할 힘이 있을지도 모르겠습니다.

『어머니』의 삽화는 낱장은 없습니다. 한 권의 완정한 서적에서 찢어 내는 것도 애석합니다. 이 책은 중국에서는 3백 권이 채 되지 않기 때문입니다. 제게 낙정본落丁本이 있는데 이것은 사용할 곳이 없기 때문에 14매를 잘라 내어 따로 서점에 부탁하여 부치겠습니다. 설명은 제가 쓸 수 없습니다. 저도 각각의 삽화가 어떤 곳에 조응하고 있는지 분명하게 알지 못하기 때문입니다. 지금 2백 자의 소개글[2]을 썼습니다. 동봉했습니다. 사용할 때 누군가에게 의뢰하여 베껴 써 주십시오.

『신러시아 화보선』[3]은 어디에서도 살 수 없습니다. 사실 그 안의 재료는 좋지 않습니다. 『바스크 목가』[4]는 언제 출판할 수 있을지 모르겠습니다. 자주 중간에 쉬는 바람에 저의 번역은 아직 완성하지 못했기 때문입니다.

답신을 대신합니다.

몸조심하시기 바라며

7월 27일

쉰 올림

주)_____

1) 한바이뤄(韓白羅). 본명은 한바오산(韓寶善)으로 톈진 사람이며 에스페란토어 학자다. 북방 '좌련'에 참가했다. 당시 타이위안(太原)의 철도국에 근무하며 여가로 청사진을 사용해 루쉰이 편집 출판했던 메페르트의 『시멘트 그림』과 알렉세예프가 그린 고리키 『어머니』의 목판화 삽화를 복제했다.

2) 곧 「'『어머니』 목판화 14폭' 서」(『母』木刻十四幅序)로 『집외집습유보편』(루쉰전집 10권)에 수록되어 있다.

3) 『신러시아 화보선』(新俄畵選). 곧 '예원조화'(藝苑朝華) 제5집인데, 루쉰이 편해 소련회화, 목판화 13폭을 수록하여 1930년 3월 광화서국에서 출판했다.

4) 『바스크 목가』(山民牧唱). 단편소설집으로 스페인의 바로하(Pío Baroja)가 지었다. 루쉰이 중역하였고, 생전에 출판되지 못했다. 1938년 루쉰전집출판사가 『루쉰전집』 제18권에 수록했다.

340729 차오쥐런에게

쥐런 선생께

저는 대중어 문제[1]에 대해서 지금까지 연구해 본 일이 없습니다. 그래서 질문하신 문제에 대해서 별로 할 말이 없습니다. 그래서 편지를 받고 생각난 것을 다음과 같이 적습니다.

① 새로운 단계를 설정하고 제창할 필요가 있습니다. 백화와 국어에 대해서는 덮어놓고 '계승'만 하지 말고 선택이 있어야 합니다.

② 수재[2)]는 반역하려 하다가도 갑자기 거인擧人에 급제하기만 하면 관화官話를 합니다.

③ 가장 중요한 것은 적어도 대중이 읽을 수 있어야 한다는 것입니다. 그렇지 않으면 설령 '대중어문'을 만들어 냈다고 하더라도 역시 특수한 계급의 독점된 도구에 불과합니다.

④ 먼저 다원적인 대중어문을 만들어 내고, 그 다음에 사정을 보아서 집중하거나 집중하지 않거나 하는 것입니다.

⑤ 지금은 대답을 하지 못하겠습니다.

제가 보건대 이 일은 복잡하여 여간 어렵지 않을 것 같습니다. 한편으로는 로마자표기법을 연구하고 보급시키며, 한편으로는 대중을 교육시켜 그들이 우선 읽을 수 있게 합니다. 또 한편으로는 이 제창자들이 먼저 써 보이는 것입니다. 점차적으로 대중이 쓸 줄 알게 되면 이 대중어는 진정한 대중어가 될 것입니다.

그러나 지금은 그저 떠들썩하기만 합니다. 어떤 논자들은 그야말로 개자식이어서 대중어를 핑계삼아 백화문을 타격하고 있습니다. 아직은 대중어가 흥성하는 때가 아니라는 것을 그들도 잘 알아서 이 기회를 틈타 우선 위해성이 현저한 백화문부터 타도하자[3)]고 하는 것입니다. 대중어를 확립하는 데 그들은 가담하지 않을 것입니다.

중국어를 라틴화한다든가, 대중 속에 들어가 방언을 배우고 채용한다든가, 대중 자신이 그런 글을 쓰게 한다든가 하는 것은 다 괜찮은 일입니다. 그러나 당장 내일 모레는 어떻게 합니까? 역시 일부의 사람들이 바로 알아보기 쉬운 글을 써내어 시험하는 한편 미래의 대중어에 대해서 좋은 점이 있는지 보아야 한다고 생각합니다. 그리고 또 서양화된 글을 지지해야 할 것입니다. 그러나 이런 글들이 일부러 법석을 떠는 것인지 아니면 논리의 정밀성을 위하여 부득이 그렇게 쓴 것인지 구별해야 합니다.

지금의 형편으로 볼 때 조심하지 않다가는 대중어가 열매를 맺지 못하고 백화문이 혹독한 타격을 받게 될 것입니다. 그러면 남는 것은 어떤 것일까요?

급히 답신을 대신합니다.

평안하시기 바라며

7월 29일

쉰 올림

주)_____

1) 1934년 5월 왕마오쭈(王懋祖)는 난징의 『시대공론』(時代公論) 주간 제110기에 「문언문 학습의 금지와 경서 읽기의 강요」를 발표하여 소학교 고학년에게 문언문을 가르치고 경서를 읽을 것을 제창했다. 당시 우옌인(吳硏因)은 난징과 상하이의 신문에 동시에 「소학교에서 문언을 가르쳐 주고 중학에서 맹자를 읽게 하는 것을 반대함」이라는 글을 발표하여 반박했다. 이리하여 문화계에서는 문언과 백화에 관한 논전이 벌어졌다. 같은 해 6월 18, 19일 『선바오』 「자유담」에서 천쯔잔(陳子展)의 「문언-백화-대중어」와 천왕다오의 「대중어 문학의 건설에 대하여」를 차례로 게재하여 어문개혁과 관련한 대중어 문제를 제기하였다. 뒤이어 각 신문과 잡지에서도 계속 많은 글이 발표되어 대중어 문제에 관한 토론이 전개되었다. 7월 25일 당시 『사회월보』 편집자 차오쥐런은 대중어에 관한 의견을 청취하는 앙케이트를 발송했는데, 그 안에서 다음과 같은 다섯 가지 문제를 제기하였다. "첫째, 대중어문 운동은 당연히 백화문 운동, 국어문 운동을 계승한 것이다. 그런데 지금 새로운 단계를 확정하고 대중어를 제창할 필요가 있는가? 둘째, 백화문 운동은 어째서 정체되었는가? 왜 새로운 문인(5·4운동 이후의 문인)들에게는 은연히 복고적 경향이 존재하는가? 셋째, 백화문은 특수계급(지식인)이 독점하는 도구가 되어 일반 민중과는 상관없게 되었는데 어떻게 하면 백화문을 대중적인 도구가 되

게 할 수 있는가? 넷째, 대중어문을 건설함에 있어서 먼저 표준적인 일원적 국어를 확정하고 점차 보급시킴으로서 방언을 차차 소멸시킬 것인가? 아니면 먼저 각 큰 행정구의 방언에 의해 다원적인 대중어문을 건설하고 나서 점차 집중시켜 일원적인 국어를 만들 것인가? 다섯째, 대중어문의 작품은 어떤 방식으로 쓸 것인가? 민중들에게 습관이 된 방식을 우리는 어떻게 취사선택할 것인가?"

2) 수재(秀才). 이전 관리 채용 시험 중 최초 단계의 합격자로 정식으로는 생원(生員)이라고 부른다. 다음 단계의 합격자는 거인, 진사라는 칭호를 받는다. 수재에서 거인에 합격하는 것은 아주 어려웠다.

3) 대중어 문제와 관련한 토론은『선바오』「담언」에 1934년 6월 26, 28, 30일에 차례로 거우푸(垢佛)의 「문언과 백화 논전 선언」, 자웨이(家爲)의 「역사는 반복되는 것인가?」, 바이시(白今)의 「문언, 백화, 대중어」가 발표되었고, 7월 6일 『다완바오』(大晩報) 「횃불」(火炬)에 니루(霓璐)의 글 「대중어 문제 비판」이 발표되었다. 이 글들은 "'백화문'에는 봉건의식의 잔재가 잠복되어 있고 제국주의적 독소가 내포되어 있다"고 인식했으며, "지금대중어를 건설하자고 제창하는 것은 필연적으로 문언문과 백화문을 완전히 방기하는 것이다"라고 썼다.

340730 어머니께

어머님 전. 7월 16일에 보내신 편지는 잘 받았습니다. 요즘 편지의 필적이 자주 바뀝니다. 아마도 위(魏) 아가씨들[1]이 자주 오지 않아서 수시로 사람들에게 부탁한 탓이겠지요. 상하이에서는 7, 8일 전에 큰 바람이 불어서 며칠 시원한 날이 계속되었는데 지금은 또 더워졌습니다. 그렇지만 때때로 비가 내려서 이전보다는 낫습니다. 저는 바람을 맞으며 잠을 자는 바람에 이틀 가벼운 감기를 앓았습니다. 지금은 완전히 나았습니다. 하이마도 하이잉도 건강합니다. 하이잉은 많이 컸고 생각도 점점 거칠어져서 바깥에서 놀 때가 더 많고 배고프기 전까지는 집에 들어오지 않습니다. 집에서는 가만히 앉아 있지 못하니 돌보는 것이 아주 피곤합니다. 그저께 사진을 한 장 찍었습니다. 대략 8월 초에 완성되니 그때에 부치겠습니다. 또 어머님께 편지를 보내겠다며 광핑에게 자신이 말한 대로 쓰라고 합니다. 지금 같이 부쳤습니다. 안에는 몇 마디 상하이 말이 섞여 있으니 그 옆에 주註를 붙여 두었습니다. 여자 하녀는 또 한 사람 바뀌었는데 사오싱 사람이며 나이는 좀 들었습니다. 대체로 좀 오래 일을 해주기를 바라고 있습니다. 하이잉을 돌봐주는 사람은 그대로입니다. 완고한 점이 있지만 아이를 학대하지 않기 때문에 우리는 그만두라고 하지 않습니다.

건강하시기 바랍니다.

7월 30일

아들 수 올림

주)＿＿＿

1) 위팡(兪芳), 위짜오(兪藻) 자매를 가리킨다. 저장성 사오싱 사람이다. 당시 위팡은 베이징사범대학 수학과 학생으로 자주 루쉰의 어머니 집에 와서 루쉰에게 보낼 편지의 대필을 해주었다.

340731① 리샤오펑에게

샤오펑 형

검인檢印 3천, 지금 미스 왕[1]의 명의로 등기로 발송했습니다.

반눙에 관해서 저는 몇 마디[2]는 쓸 수 있지만, 좋은 말만 쓰는 것은 어

렵습니다. 그러나 또 나쁜 말을 하려는 것도 아닙니다. 다만 편지에 '이달
내로 보내 달라'고 하고, 기록한 날짜는 '7월 31일'입니다. 그렇다면 오늘
이 마지막이니 결코 시간에 맞출 수 없겠습니다.

　　건강하시기 바라며

7월 31 저녁
쉰 올림

　　만약 마감이 엄격하지 않다면 통지해 주시기 바랍니다.

주)_____

1) 왕인루(王蘊如)다. 340712① 편지와 주석 참조.
2) 뒤에 「류반눙 군을 기억하며」를 써서 『차개정잡문』에 수록했다.

340731② 타오캉더에게

캉더 선생께

　　보내 주신 편지 잘 받았습니다. 셴자이는 오랫동안 원고를 보내지 않
았습니다. 주소를 몰라서 재촉할 수도 없고 기다리는 수밖에 없습니다.

　　간단히 답신을 대신합니다.

　　더운 여름 건강 조심하시기 바라며

7월 31일
쉰 올림

340803 쉬마오융에게

마오융 선생

방금 1일자 편지를 받았습니다. 광화는 어떤 때는 이해를 미리 따지고 어떤 때는 간청하는데, 이것은 어떤 때는 장사를 중시하고 어떤 때는 우정을 중시하는 것으로 자신에게 유리하면 어떤 방법이라도 이용합니다. 이것은 정말 깡패적인 행위의 모범적인 표본입니다. 그래서 저는 '화를 내지'는 않지만 당신에게는 '고민'하지 않도록 충고합니다. 생각해 보고 발표하는 것이 중요하면 손해가 있어도 기고합니다. 그렇지 않으면 단호히 떠나고 뭐라고 간청하더라도 상대하지 않습니다. 고민만 하고 있는 것은 손해에 손해를 보는 것입니다.

저는 위병이 나서 좋지가 않습니다. 근래에는 설사까지 더해졌는데 왜 그런지 모르겠습니다. 지금 약속하더라도 그때가 되어 봐야 외출할 수 있을지 없을지 알 수 있습니다. 좀 나으면 면담 날짜를 정합시다.

생활 조건이 이렇게 가혹하면 여하튼 일하기가 어렵습니다.

제가 차오曹 선생 앞으로 보낸 편지에 적은 '개자식'은 푸훙랴오[1]가 아닙니다. 푸훙랴오는 무료할 따름입니다. 제가 말한 「담언」談言과 「횃불」火炬의 몇 문장의 필자는 꽤 급진적인 듯하지만 사실은 적에게 무장해제를 하고 있는 것입니다. 이것은 1년인가 반년도 지나지 않아서 사실로 증명되었습니다. 「동향」의 필자들이 주장하고 있는 것은 저와 가까운데(단지 소설 각 편 첫머리의 작법이 다르다고 하는 한 편이 곧 신팔고新八股적인데, 저는 이것은 골계라고 생각합니다), 제가 어떻게 그런 식으로 그들을 매도하겠습니까?

변해辨解, 설명과 같은 종류에 저는 정말 피곤합니다. 공개하지 말자고 차오 선생에게 편지를 썼습니다.

이상 답신을 대신합니다.

몸조심하시기 바라며

8월 3일

쉰 올림

주)_____

1) 푸훙랴오(傅紅蓼). 당시 『다완바오』, 「횃불」의 편집자다. 『거짓자유서』 「'이이제이'」와 그 부록 참조.

340805 정전둬에게

시디 선생께

2일자 편지 잘 받았습니다. 그 앞의 편지도 받았습니다만 선생이 상하이에 오신다는 얘기를 들었기 때문에 답신을 보류하고 있었습니다. 의외로 오시지 않아서 오늘에 이르렀습니다. 여전히 오십니까?

『베이핑전보』가 도착하면 말씀하신 대로 하겠습니다.

『십죽재』전箋의 견본은 화훼花卉가 최고입니다. 이런 화법은 지금 유명한 화가에게는 이만큼의 수완이 없습니다. 산수도 잘 조각되었는데 하지만 화고본畵稿本이 섬세하기 때문에 어느 정도 헛수고가 있습니다. 원서의 분량은 이전의 배가 되지만 환경이 허락한다면 이를 악물고 완성시키겠습니다. 판목이 조각되고 인쇄되어 제게 부쳐 와서 보관해 둔다는 것도 좋습니다. 현재 제게는 보관해 둘 장소가 있습니다. 다만 앞으로는 확약할 수 없습니다. 하지만 현재라고 해서 저것도 이것도 예측할 수 있다는 것은 아닙니다. 선생이 말씀하신 제1, 2책은 전반입니까? 저는 우선 이것을 발 매하는 것도 나쁘지 않다고 생각합니다. 단면만 인쇄하고 여백의 종이를 잘라 내지 않은 것을 전기前期라고 합니다. 후반은 후기라고 하고 그때 다 시 한번 예약을 모집합니다.

선생이 남쪽으로 오신다면 진노련화집陳老蓮畵集을 출판하는 것이 어 떻겠습니까? 재료는 지참하는데, 저우쯔징 군에게도 선생이 와서 상의할 것이 기다리고 있습니다. 상하이에서 생각하는 것처럼 인쇄할 수 없다면 스스로 종이를 사서 도쿄에 의뢰해 인쇄하는 것도 괜찮습니다. 저의 이번 목판화 인쇄에도 그들은 원판을 조금도 오염시키지 않았습니다.

징靜의 일[1]은 들었지만, 자세히 알지 못합니다. 생각해 보니 공功을 세 우는 것과 밥그릇을 빼앗는 것에 불과하니, 이 바람은 남이나 북이나 같습 니다. 돤段이 집정할 때 '학자문인'은 이미 추태를 다 드러내었다고 생각했 는데, 지금 보니 이것은 틀린 평가입니다. 이전에 송말, 명말의 야사를 읽 다가 집어던지고 분개 탄식한 적이 종종 있었는데, 의외로 자신이 이것을 만난 것입니다. 아아!

상하이는 또 혹서가 되었는데 우리는 건강합니다. 무무톈[2]이 체포된 것은 무엇 때문인지 모르겠습니다. 반일反日을 도모했다는 것과 관련이 있 다고들 합니다.

이상으로 답신을 대신합니다.

건승을 기원하며

8월 5일

준 돈수

주)_____

1) 1934년 7월 26일 타이징눙이 '공산당원 혐의'로 베이핑 국민당특별시당부의 위탁을
받은 헌병 제3연대에 의해 체포되었다. 얼마 뒤 난징경비사령부에 압송되어 구금되고
다음 해 석방되었다.
2) 무무톈(穆木天, 1900~1971). 지린성(吉林省) 이퉁(伊通) 사람으로 시인, 번역가다. 일찍
이 중국공산당 및 중국좌익작가연맹에 참가했고, 1933년 국민어모자구회(國民御侮自
救會) 비서장을 역임했다. 1934년 7월 상하이에서 국민당 당국에 의해 체포되었다.

340807 쉬마오융에게

마오융 선생께

　　역시 힘이 없습니다. 급한 대로 이것[1]만 써서 책임을 다하고자 합니
다.

　　몸조심하시기 바라며

8월 7일

준 돈수

주)_____

1) 「아이 사진을 보며 떠오르는 이야기」를 가리킨다. 뒤에 『차개정잡문』에 수록되었다.

340809 탕타오에게

탕타오 선생께

우치야마서점의 일본어 서적 목록을 보냈습니다. 안에 화살표가 붙어 있는 것은 서점 사장이 추천한 것입니다. 제 생각에 빨리 사지 않아도 되거나 사지 않아도 되는 것은 위에 동그라미를 붙여 두었습니다.

우치야마서점에는 중국인 점원도 있기 때문에 일본어를 하지 않아도 됩니다.

학교는 어디가 좋을지 말하기 어렵습니다. 그러나 발음을 방기해서는 안 된다고 생각합니다. 부근에 학교(좋든 나쁘든 상관없이)나 개인을 찾아서 가나의 정확한 발음과 맞춤법을 배우는 것이 좋습니다. 그것을 배우고 나서 독학하는 것입니다. 어떤 돈벌이를 위한 학교라도 가나의 발음을 가르치는 데 2개월 이상 끌 수는 없습니다.

답신을 대신합니다.

몸조심하시기 바라며

8월 9 밤

이름 즈[1] 돈수

주)_____

1) 원문은 '名知', 자신의 이름을 생략할 때 쓰는 방식이다.

340812① 어머니께

어머님 전. 6일자 편지 잘 받았습니다. 하이잉 앞으로 보낸 편지도 읽어 그에게 들려 주니 아주 기뻐했습니다. 하이잉의 사진은 이미 도착했을 거라고 생각되는데, 보통은 사진처럼 그렇게 얌전하지 않습니다. 올해 저희는 여름 초에 어머님을 방문할 예정이었으나, 그 사이에 제가 외출하는 것이 어렵게 되고, 광핑도 저를 혼자 상하이에 남겨 두고 싶지 않아서 망설이다가 어쩔 수 없이 포기했습니다. 그러나 장래에 저희들이 기회를 봐서 한번 북상할 생각입니다.

셋째는 건강합니다. 그러나 회사에서의 근무시간이 너무 길고 그래서 아주 피곤합니다. 급료도 매월 절반 이상은 바다오완^{八道灣}에 보내는 것 같습니다. 게다가 상하이의 물가는 매달 오르고 있으니 생활은 아주 힘이 듭니다. 그러나 이런 것은 그가 다른 사람에게 말하지 않습니다. 그만 아는 것입니다. 저는 지금 매주 토요일에 식사에 초대하고 두 명의 아이들 학비를 대신 내주고 있습니다. 이외에는 아무것도 도와주지 못합니다. 아무튼 그는 바다오완에 헌납하는 것이니 무엇이 아쉽겠습니까? 바다오완은 영원히 성에 차지 않겠죠.[1] 친원은 나왔습니다.[2] 두 번 만났습니다. 그는 이후에는 문제가 없을 듯하다고 했습니다.

또 편지하겠습니다.

늘 건강하시기 바랍니다.

8월 12일
아들 수^樹와 광핑 그리고 하이잉 올림

1) 당시 바다오완에는 저우젠런의 일본인 처가 아이들을 데리고 저우쭤런 부부와 같이 살
   고 있었다. 저우젠런은 직장 때문에 상하이에 와 있었다.
2) 쉬친원(許欽文)이 7월 10일에 출옥한 일을 말한다. 330820① 편지와 주석 참조.

340812② 리샤오펑에게

샤오펑 형

　　반눙에 관한 문장은 조금 썼는데 동봉했습니다.

　　필자의 서명은, 현재 많은 사람들이 제게 오래된 필명을 사용하라고
요구하는데, 아마도 무슨 큰 관계는 없습니다. 다만 저는 상세한 사정을
알 수 없기 때문에 형에게 일임합니다. 탕쓰唐俟로 고쳐도 상관없습니다.

　　용건만 간단히 적습니다.

　　몸조심하시기 바라며

8월 12일

쉰 올림

340813 차오쥐런에게

쥐런 선생께

　　11일자 편지는 13일에 받았습니다. 어제 저는 가지 않았습니다. 비록

"청제는 밥을 먹지 않습니다"[1]는 아니시만, 사실 나소 연회가 누렵습니다. 제 생각에는 작은 간행물[2]을 창간하되 광고를 크게 하지 말고 좋은 상품을 팔며 편집은 독재를 합니다. "중이 하나일 때는 물을 메고 먹고 중이 둘일 때는 물을 맞들고 먹으나 중이 셋이면 물이 없어서 먹지 못하게 된다"는 것은 중국인의 낡은 결점입니다. 그런데 이번에는 위에서 말한 두 가지 결점으로 인해 서점 주인이 편집자를 대신하여 주판알을 튕기는데 서로 길이 달라 틀림없이 맞지 않을 것이니 앞으로는 꾸려 나가기 어려울 듯합니다. 그러나 저는 글을 쓰겠다고 말한 적이 있으니 물론 글을 쓸 겁니다.

　대중어 문제와 관련하여 저는 지금까지 연구해 본 일이 없습니다. 그래서 개인에게 사적인 생각을 말하는 것은 별문제지만, 공개적으로 한다면 좀 주저하게 됩니다. 공개할 예정이 아니므로 여러 면을 주밀하게 고려하지 않고 그저 생각나는 대로 썼으니 비난을 받기 쉽습니다. 게다가 저는 비난을 받기 쉬운 사람이어서 나중에 일부 사람들은 이것을 계기로 루쉰을 욕하는 것으로 바꾸고 대중어는 잊어버릴 것입니다. 상하이에는 이러한 '혁명'적인 청년이 있습니다. 그들은 이것으로 자신의 '혁명성'을 보여 주는 한편, 어느 한 측의 환심을 살 수도 있습니다. 이것은 결코 저의 신경과민이 아닙니다. "물고기가 물을 마시는 것처럼 차고 따뜻함은 스스로 안다"[3]는 격으로 화살이 날아오면 저는 그 의향을 알아차릴 수 있습니다. 그러나 선생이 기어코 발표하려고 한다면 두 편[4] 모두 발표해도 좋습니다. 그러나 '개자식'이 어떠하다는 그 한마디만은 원문을 잊어버렸는데, 불필요한 말썽을 피하기 위하여 '객관적으로 적에게 무장해제하는'이라는 의미로 고쳐 주었으면 합니다.

　위탕은 저의 오랜 친구이므로 저는 그를 친구로 대해야 합니다. 일찍이 『인간세』가 아직 발간되지 않았고 『논어』가 이미 재미없게 되었을 때, 저는 성의껏 편지 한 통을 써서 이런 장난감은 버리라고 권했던 것입니다. 저는 그가 혁명을 하며 목숨을 걸라고 주장하지 않습니다. 단지 그에게 영국문학의 명작을 좀 번역하라고 권했을 따름입니다. 그의 영문실력이면 그 번역본이 오늘에 유용할 뿐만 아니라 앞으로도 유용할 것입니다. 그런데 그는 회신에서 이런 일은 자기가 늙은 다음에 얘기하자고 했습니다. 이 편지를 보고서 저의 생각이 위탕에게는 늙은이의 표현으로 보였다는 것을 깨달았습니다. 그러나 저는 이것이 유익한 말이며, 그가 중국에 유익하고 또 중국에 남아 있기를 바라는 것이지 소멸되기를 바라는 것이 아니었다는 점은 지금도 자신합니다. 그가 더 급진적으로 나갈 수 있다면 물론 좋겠지만, 결코 그럴 일은 없을 것 같습니다. 저는 다른 사람에게 난제를 주고 하라고 하는 것이 아닙니다. 그러나 이 밖에는 할 말이 없습니다.

근래 『논어』류를 보면 위탕은 아무 의미도 없는 문제에 불평불만을 가득 갖고 있으면서 오히려 거기에 더욱 파고 들어가려고 하니, 저의 미약한 힘으로는 그를 끌어당길 수가 없습니다. 그리고 타오씨와 쉬씨[5]는 학문의 대문林門의 안씨와 증씨로서, 공부자와는 거리가 멀고도 멀지만 어찌할 방법은 더욱 없습니다.

이상으로 답신을 대신합니다.

문학연구가 순조롭기를 바라며

8월 13일

쉰 돈수

1) 이것은 베이양정부 참정원(參政院) 참정 취잉광(屈映光)이 한 말이다. 『취잉광 기사』(屈映光紀事; 저자 이름과 출판사를 밝히지 않음)에는 다음과 같이 적혀 있다. "재작년에 잉광이 베이징으로 가서 알현했다. 한 친구가 그를 저녁식사에 초대했다. 잉광은 거절하고서 답서에다 동생은 종래로 밥을 먹지 않습니다. 저녁밥은 더구나 먹지 않습니다라고 썼다. 그래서 이 이야기는 베이징 안팎에서 웃음거리로 전해지게 되었다."

2) 여기서는 차오쥐런, 쉬마오융 등이 창간을 준비하고 있던 『망종』(芒種) 반월간을 가리킨다.

3) 이 말은 북송 때 승려 도언(道言)의 『전등록』(傳燈錄) 「몽산도명」(蒙山道明)에 있는데, 거기에는 "사람이 물을 마시는 것처럼 차고 따뜻함을 스스로 안다"고 적혀 있다. 남송 때 악가(岳珂)의 『정사』(桯史) 「기용면해회도」(記龍眠海會圖)에는 "물고기가 물을 마시는 것처럼 차고 따뜻함을 스스로 안다"는 말이 보인다.

4) 340729 편지와 「차오쥐런 선생에게 답신함」(『차개정잡문』에 수록되었음)을 가리킨다.

5) 타오씨는 타오캉더이고, 쉬씨는 쉬쉬(徐訏)다. 안씨와 중씨란 공자의 제자 안회(顔回)와 증삼(曾參)을 가리킨다.

340814① 정전둬에게

시디 선생께

　　7일자 편지, 서적[1] 인환증 1장, 메모 2장을 일찍이 받았습니다. 서적만은 도착하지 않았는데, 이것은 예전처럼 늦어지고 있습니다.

　　선생이 이번에 남쪽으로 오실 때 예전에 저를 위해 주문해 주신 인장印章을 지참해 주신다면 고맙겠습니다.

　　나머지는 면담을 기대합니다.

　　평안한 여행을 기원하며

8월 14 밤

준 돈수

주)_____

1) 『베이핑전보』 재판본을 가리킨다.

340814② 황위안에게[1]

허칭河淸 선생께

『고골 사관』[2] 뒤의 역자 이름과 「후기」의 서명 모두 덩당스鄧當世로 고치고 싶습니다. 검열의 제공諸公은 '선입관이 없다'라고 하지만 믿을 수 없습니다. 한 가지 서명으로 그들의 주의를 촉진시키고 흠을 들추어내게 한다면 무슨 일이 있을 때마다 해나가기 어렵게 됩니다. 지금 조심하는 것보다 나은 것은 없습니다.

8월 14 밤

쉰 올림

주)_____

1) 황위안(黃源, 1905~2003). 자는 허칭(河淸), 저장성 하이옌(海鹽) 사람으로 번역가다. 당시 『문학』, 『역문』의 편집을 담당했다.
2) 『고골사관』(果戈理私觀). 문예논문으로 일본 다테노 노부유키(立野信之)가 썼다. 루쉰이 번역하여 『역문』 제1권 제1기(1934년 9월)에 게재되었다. 「후기」(後記)는 곧 「『고골사관』 번역 후기」(『果戈理私觀』譯後記)이다.

340820 러우웨이춘에게

웨이춘 선생께

　스이適夷 형은 언제 태어났습니까. 올해 몇 살인지요? 어느 미국인[1]이 그의 소설[2]을 번역한 뒤 작가에 대해 부기附記하고 싶다고 편지를 보내 문의했습니다. 알고 계신다면 알려 주시기 바랍니다. 답신은 '베이쓰촨로 우치야마서점 저우위차이 앞'으로 해주시면 고맙겠습니다.

　그럼 이만.

　여름 날씨에 몸조심하시기 바라며

8월 20일

쉰 올림

주)＿＿＿＿

1) 아이작스(伊羅生)로 상하이에서 출판하는 중국어와 영어 문장을 함께 게재하는 잡지 『중국논단』(*China Forum*)의 편집자이다. 당시 중국단편소설집을 편집하고자 했다. 아이작스(Harold Isaacs)는 1910년에 태어났으며, 1935년에 중국을 떠났다.
2) 「염전」(盐場)이다. 340921 편지와 주석 참조.

340821 어머니께

어머님 전. 15일자 편지 그저께 받았습니다. 장헌수이張恨水 등의 소설은 사 달라고 다른 사람에게 부탁했습니다. 일주일 안에 서점에서 직접 발송할 것입니다.

하이잉의 설사는 오랫동안 재발하지 않았습니다. 간신히 뿌리를 뽑은 듯합니다. 다만 자주 감기에 걸립니다. 이것은 큰 것은 아니어서 며칠 뒤에 나았습니다. 올해는 너무 더워서 아이들이 대체로 병이 나거나 부스럼이 나거나 하는데, 하이잉은 한 번 감기를 걸린 것 외에는 아주 건강합니다. 그래서 어떤 병에도 걸리지 않습니다.

그러나 아무래도 살이 찌는 것은 아닌 듯합니다. 매일 7시에 일어나고 낮잠을 싫어합니다. 저녁 8시까지 조용히 있을 때가 없습니다. 배가 고프다든가 장난감을 사고 싶다든가 하며 끊임없이 떼를 씁니다. 손님이 오면 안내를 하는데(사실은 와서 과자를 먹기 위함이지만) 조그만 일도 신경을 쓰기 때문에 살이 찔 수가 없습니다. 그가 무서워하는 이는 저입니다. 그렇지만 계단에서 떼를 쓴다면 저는 조용히 책을 읽을 수가 없기 때문에 정말 어찌할 방법이 없습니다.

상하이는 요즘 또 더워졌습니다. 매일 90도 이상입니다. 저녁에는 조금 시원해져서 잠을 좀 편안히 잘 수 있습니다. 저와 광핑은 건강합니다. 셋째도 건강합니다. 대체로 매주 한 번은 만납니다. 염려하지 마시기 바랍니다.

그럼 이만 줄입니다.

늘 건강하시기 바라며

8월 21일

아들 수, 광핑 그리고 하이잉 올림

340831① 어머니께

어머님 전. 8월 23일 그리고 28일 편지 두 통은 이미 받았습니다. 하이잉이 놈은 사실 평소에는 장난스럽고 말도 잘 안 듣는데 어찌된 일인지 사진에는 어른스럽게 찍혔습니다. 지금 이미 인화를 부탁해 두었으니 다음 주에는 보낼 수 있겠습니다. 도착하면 전해 드리겠습니다.

소설은 그저께 구입해서 서점에 부탁해 발송했습니다. 청잔루程瞻廬[1] 2종, 장헌수이 3종입니다. 이미 도착했을 거라고 생각합니다.

허 아가씨[2]는 분명히 저의 학생입니다. 하이마와 동급생이며 집에 있을 때 두세 번 방문한 적이 있습니다. 그래서 어머니도 면식이 있을 거라고 생각합니다. 만약 상하이에 오면 우리를 만날 수 있으니 안부 전해 주십시오.

며칠간 비가 자주 내린 덕분에 상하이는 꽤 시원해졌습니다. 그래도 햇살의 재난은 벗어날 수가 없고 저장江浙의 시골에서 쌀소동이 있었던 것은 사실입니다. 상하이는 평온하지만 쌀 가격은 일석一石에 12위안 6자오까지 올랐습니다. 저와 하이마, 하이잉은 모두 건강합니다. 모쪼록 염려하지 마시기 바랍니다.

이상으로 답신 드립니다.

건강하시기 바라며

8월 31일

아들 수, 광핑 그리고 하이잉 올림

1) 청장루(程瞻廬, ?~1943). 자는 관친(觀欽), 따로 망운거사(望雲居士)라고도 서명한다. 장 쑤 우현 사람으로 원앙호접파 소설가다. 저서에『차료소사』(茶寮小史),『쾌활신선전』(快 活神仙傳) 및『우사연탄사』(藕絲緣彈詞) 등이 있다.
2) 허 아가씨(何小姐). 허자오롱(何昭容)이며 광둥 사람으로 베이징여자사범대학 국문과 학생이다.

340831② 야오커에게

Y선생께

22일자 편지는 그저께 받았습니다. 프랑스어 비평[1] 등은 아직 도착 하지 않았습니다. 무슨 영문인지 하루 이틀 사이에 편지로 아우님에게 물 어볼 작정이었습니다.

앞의 편지도 받았습니다. S부인이 이곳의 회화를 찾아 달라고 부탁했 는데 아무런 결과도 없습니다. 깨어 있는 젊은 화가는 뿔뿔이 흩어져 힘든 노동에 종사하거나 가 버리거나 하고 있습니다. 그래서 약간의 선색線索도 없습니다.

저는『목판화가 걸어온 길』을 인쇄하고 있습니다. 전부 24점입니다. 중국 청년들만의 새로운 작품으로 대략 9월 말에는 인쇄가 끝나기 때문 에 그때는 한 권 보내 드리겠습니다. 그러나 이것은 보급을 목적으로 하 고, 뽑은 것은 온당한 것뿐입니다. 무슨 재료를 만들 수 없습니다.

베이핑은 제국의 도시帝都이기 때문에 권력을 장악한 인간이 '나태' 를 제창한다면 모두 '무료'에 빠집니다. 대저 신문만이 그러한 것은 아닙 니다. 이쪽도 마찬가지입니다. 그러나 출판계 또한 정말 어렵습니다. 다른 나라의 검열은 사라졌지만, 여기서는 집필자를 위해 첨삭을 해줍니다. 그러한 무리는 원래 작가가 될 수 없어서 직업을 바꿔 관리가 되었는데, 지금은 오히려 문장을 고쳐 주고 있는 것입니다. 수정을 당한 필자의 몸이 되어 보십시오. 그래서 저는 지금 수정당한 것은 발표하지 않는 수단을 강구하고 있습니다.

이전에 여자 수영선수 '아름다운 인어'[2]가 중국에 소동을 일으킨 적이 있었는데, 그것도 일단락되고 대신 출현한 것은 공자제[3]입니다. 이것도 오래가지 않을 것입니다. 무위도식하는 고관들의 머리에서는 제가 보기에 이 이상 좋은 곡예는 생각나지 않습니다. 다만 중소학생이 그들의 뒤를 이어서 빙글빙글 도는데 아무래도 불쌍합니다.

장천사가 법을 사용하는 것[4]도 효과가 없고, 시후西湖의 물은 마르고 여기에 비는 내리지만 논의 묘에는 이미 너무 늦었습니다. 다만 날씨는 오히려 이 때문에 조금 시원해졌습니다. 우리는 건강하게 지내고 있습니다. 요 며칠 저는 집에 없었습니다.[5] 상황을 보고 나서 돌아갈 겁니다.

선생이 알고 있는 동족[6]은 소문에 의하면 관리가 되어 난징에서 한 잡지의 편집을 도와주고 있다고 합니다. 특별히 기쁜 소식을 전합니다.

이상으로 소식 전합니다.

더운 여름 건강 주의하시기 바라며

8월 31일

L 올림

S군과 그의 부인에게 안부 전해 주세요.

1) 이것에 대해서는 미상이다.
2) 원문은 '美人魚'. 여성 수영선수 양슈충(楊秀瓊)의 별명이다. 그녀는 1933년 10월 제5회 전국체육대회 여자수영 부문에서 5개 종목의 우승을 차지했고, 또 1934년 5월 제10회 원동(遠東)체육대회에서 3개 종목의 우승을 차지했다. 당시 광둥에서 상하이, 난징에 와서 시범을 보여 주자 신문에서는 연일 그녀에 관한 뉴스를 실었는데, 그 가운데 국민 당정부 행정원 비서장 추민이(褚民誼)가 난징에서 그녀를 위해 말고삐를 잡고 부채를 부쳤다는 기사가 실렸다.
3) 원문은 '祭孔'. 1934년 7월 국민당정부는 장제스의 제안에 근거해 공자의 탄생일인 8월 27일을 국정 기념일로 하는 법령을 발표했다. 당시 난징, 상하이 등지에서 대규모의 '공자탄신기념회'를 거행했다.
4) 1934년 7월 제63대 장천사(張天師; 瑞齡)가 상하이 대세계에서 경을 암송하는 법을 사용해 비가 내리기를 빌었다.
5) 당시 우치야마서점의 두 명의 중국직원이 '공산당이란 의심을 받고' 체포되었는데, 루 쉰은 8월 23일부터 첸아이리(千愛里)에 있는 우치야마 간조의 집으로 피신했다가 9월 중순에 돌아왔다.
6) 원문은 '貴同宗'. 곧 동족(同族)으로 야오펑쯔(姚蓬子, 1905~1969)를 가리킨다. 저장성 주지(諸暨) 사람으로 작가다. 중국공산당과 '좌련'에 참가했다. 1933년 12월 톈진에서 체포되어 이듬해 5월 14일 난징의 『중앙일보』에 「공산당 탈퇴 선언」을 발표했다. 출옥 한 뒤 국민당 중앙문화운동위원회 위원, 국민당 중앙도서잡지심사위원회 위원이 되었다. 또 국민당 특무 쩡양푸(曾養甫)의 『부륜일보』(扶輪日報) 부간의 편집을 맡았다.

340901 자오자비에게

자비 선생께

　　지금 편지와 인세 검인지 한 장을 받았습니다. 또 제게 '문학총서'[1] 두 권을 보내 주셨는데 감사합니다. 이전의 아홉 권[2]은 모두 소장하고 있 습니다. 최근 1년간 발표한 잡문은 적지 않습니다만, 량유공사良友公司에서 출판하기에는 적당하지 않습니다. 모두 단문短文으로 일부 삭제되기라도 하면 무엇을 말하고 있는지 독자들은 모를 것이기 때문입니다. 그래서 스스로 출판하는 수밖에 없습니다. 공개적으로 출판할 수 있는 것은 없습니다. 검열제도 아래에서는 있을 리가 없습니다.

편지에서 말한 판화집은 『인옥집』입니다. 출판한 뒤 공사 바로 앞을 지나가는 사람이 있다고 해서 선생에게 증정할 한 권을 전해 주도록 부탁했습니다. 오늘이 되어서 그 사람을 통해 몰수당했다는 얘기를 들었습니다. 몇몇 사람은 전혀 신용할 수 없습니다. 다음 주 월요일에 서점에 의뢰해 틀리지 않을 등기로 보내겠습니다.

『딩링을 적다』는 가운데가 삭제된 것만이 아니라 끝에도 그렇게 많이 잘렸다고 한다면, 원작은 파괴되었다라고밖에는 할 말이 없습니다. 이후의 신간도 몇 권인가 그렇게 되겠죠.

답신을 대신합니다.

무더운 여름 건강 조심하시기 바라며

9월 1일

쉰 올림

주)_____

1) '문학총서'(文學叢書)는 량유도서인쇄공사에서 출판한 '량유문학총서'를 가리킨다. 두 권은 『딩링을 적다』(記丁玲; 선충원沈從文 저)와 『시장에 가다』(趕集; 라오서老舍 저)이다.

2) 아홉 권은 『하프』(루쉰 역), 『애매』(曖昧; 허자화이 저), 『비』(바진 저), 『하루의 일』(루쉰 역), 『일년』(장톈이張天翼 저), 『스케치북』(剪影集; 펑쯔蓬子 저), 『어머니』(딩링 저), 『이혼』(라오서 저), 『선녀의 품행』(스저춘 저)이다.

340904 왕즈즈에게

쓰위안 형

　　1일자 편지는 받았는데, 원고는 아직 오지 않았습니다. 앞의 두 통과 소설 2편[1]은 도착했으나, 김 군[2]은 끝내 오지 않았습니다. 딩 군[3]은 분명히 건재합니다만 이후는 필시 문장을 쓰지 않거나 혹은 이전과 같은 문장을 쓰지는 않겠죠. 이것은 건재한 것의 대가입니다.

　　저는 이전부터 사교를 끊고 출판계와 소원하게 지내고 있기 때문에 번역과 저작을 소개하더라도 벽에 부딪히는 일이 많고, 지금은 시도할 용기도 없습니다. 정 군[4]은 남쪽으로 와서 일전에 만났습니다. 그때 얘기를 해봤습니다.

　　저는 모두 예전과 같은데 작은 병 때문에 치료를 받고 있는 중입니다. 열흘 정도면 완전히 나아서 집으로 돌아가겠죠.[5]

　　몸조심하시기 바라며

9월 4일

예 돈수

주)＿＿＿＿

1) 중편소설 『바람은 잦아들고 파도는 고요해진다』(風平浪靜)를 가리킨다. 1934년 베이징 인문서점에서 출판했다.
2) 김담연(金湛然)이다. 1934년 후반에 상하이를 경유해서 조선으로 돌아갈 때 왕즈즈가 소개하여 루쉰을 방문할 예정이었다.
3) 딩링(丁玲)이다. 후난성 린펑(臨澧) 사람으로 작가다. 저작으로 단편소설집 『어둠 속에서』와 중편소설 『물』 등이 있다. 1933년 5월 14일 배신자에게 밀고를 당해 상하이에서 체포되었고 뒤에 난징으로 갔다.
4) 정전둬다.
5) 피신 중임을 암시하는 말. 340831② 편지와 주석 참조.

340910 위다푸에게

다푸 선생께

　　생활서점이 월 2회 발행하는 잡지를 내는데, 대체로 소품을 게재한다고 합니다. 몇 번인가 손님으로 초대했습니다. 그때 잡지 이름을 『태백』[1]으로 정하고, 편집위원 11인을 추천했습니다. 선생도 그중에 한 사람입니다. 때때로 선생이 칭다오靑島에 가 있어 편지를 보낼 수 없으니 사람들이 저에게 만날 때 전해 달라고 합니다. 보지 않은 채로 벌써 서늘한 가을이 되었습니다. 이미 항저우로 돌아갔을 거라고 생각합니다. 그래서 편지로 알려 드리는 바입니다. 두루 잘 살펴보시기 바랍니다. 용건만 간단히 적습니다.

　　건승을 기원하며

9월 10일

쉰 돈수

미스 왕에게도 안부 전해 주십시오.

주)＿＿＿＿

1) 『태백』(太白). 문예반월간으로 천왕다오가 주편이며 1934년 9월에 창간했고 1935년 9월에 정간했다. 모두 34기를 냈다. '편집위원 11인'은 곧 아이한쑹(艾寒松), 푸둥화, 정전둬, 주쯔청(朱自淸), 리례원, 천왕다오, 쉬댜오푸(徐調孚), 쉬마오융, 차오쥐런, 예사오쥔(葉紹鈞), 위다푸다.

340916① 어머니께

어머님 전. 보내신 편지 잘 받았습니다. 셋째 앞으로 보낸 편지도 그저께 받았고 바로 전해 주었습니다. 창렌[1]이 요구하는 사진은 쯔페이紫佩에게 책을 붙일 때 거기에 동봉해서 어머님께 전해 달라고 부탁했습니다. 곧 도착할 거라고 생각합니다.

장헌수이의 소설은 정가가 비싸지만 지인에게 사 달라고 부탁하여 할인해서 샀는데, 사실 비싼 것은 아닙니다. 이번에 보낸 다섯 권도 잠깐 보니 20위안을 지불한 듯한데, 사실은 우편요금도 포함한 것이니 10위안 정도에 산 것입니다.

허何 아가씨는 상하이에 왔습니다. 어머님께 물건을 보내 준 것에 대해서 고맙다고 말했습니다. 다만 그 사진은 광선이 부족하여 잘 찍히지 못했습니다. 저는 한 장 받을 생각이나 시간에 대지 못할 것 같습니다.

상하이는 오랫동안 가물었는데 어젯밤에는 큰 비가 내렸습니다. 그러나 가을 수확에는 부족합니다. 집안은 모두 평안하니 아무 걱정하지 마십시오.

하이잉도 건강합니다. 어머님께 편지를 쓰고 싶다고 해서 동봉했습니다. 이 아이는 여름을 좋아합니다. 올해는 이처럼 더워서 다른 아이들은 대부분 마르거나 땀띠가 나고는 하는데 이 애는 아무렇지도 않습니다. 그 대신에 날씨가 선선해지니 바로 감기에 걸렸습니다. 요즘 한창 소동을 피우고 더욱 말참견을 하며 매일 바쁩니다.

용건만 간단히 적습니다.

늘 건강하시기 바라며

9월 16일

아들 수, 광핑 그리고 하이잉 올림

주)_____

1) 창롄(長連). 곧 롼산셴(阮善先, 1919~?). 루쉰의 이종사촌조카이다. 360215② 편지 참조.

340916② 쉬마오융에게

アンドレ·ヅイド[1] 作, 竹内道之助 譯

『ドストイエフスキイ研究』[2]　　1円80錢

　　東京淀橋區戸塚町一, 四四九, 三笠書房出版

アンドレ·ヅイド 作, 秋田滋 譯

『ドストエフスキー論』[3]　　1円80錢

　　東京市品川區上大崎二丁目五四三, 芝書店出版

이상 2종. 다케우치竹内 씨의 번역본 안에 따로 도스토예프스키에 관한 지드의 짧은 글 몇 편이 있습니다.

참고로 보시면 좋을 듯한데, 번역은 어느 쪽이 정확한지 잘 모르겠습니다.

그럼 이만.

마오융 선생

9월 16일

쉰 돈수

주)_____

1) 앙드레 지드이다. 340920 편지 참조.
2) 『도스토예프스키연구』이다. 1933년 도쿄 미카사쇼보(三笠書房)에 출판했다.
3) 『도스토예프스키론』으로 1933년 도쿄 시바쇼텐(芝書店)에 출판했다.

340920 쉬마오융에게

마오융 선생께

　편지 잘 받았습니다. 『역문』의 판매는 그다지 좋지 않을 듯합니다. 그래서 처음 3, 4기는 시험적인 것으로 모두 공짜로 일한 것입니다. 서점에 이익이 나는 것 같으면 다시 그들과 원고료 등을 계약합니다. 지금은 아직 기고를 바랄 수 없습니다.

　이 잡지를 계속 해나갈 수 있더라도 Gide의 『D론』[1]은 너무 깁니다. 지금 '미완'이라고 하는 번역은 게재하지 않거나 가능한 한 적게 실을 요량이며, 각 편도 많아야 만 자 정도를 한도로 삼으려고 합니다. 한 권에 5만 자밖에 게재할 수 없습니다.

　Gide의 작가론은 짧은 것도 적지 않은데, 어떤 것은 평론이고 어떤 것은 단지 생활 상태를 기록한 것(예를 들어, Wilde[2])으로 재미있게 읽을 수 있습니다. 선생이 우선 짧은 것을 골라서 번역해 보는 것이 어떻겠습니까?

　선생이 『신어림』을 편집하는 것은 제가 원래 찬성하지 않았습니다. 상하이의 문단은 시장과 같아서 먹느냐 먹히느냐의 세계입니다. 만약 깡패와 같은 수단을 사용하지 않으면 아무것도 손에 넣을 수 없고, 상처를 입을 뿐입니다. 그렇지만 이 일은 지난 것이니 말하지 마십시다. 그러나 감상은 불필요합니다. 아이의 부스럼과 같이 일시적인 것입니다. 제 생각에는 편집자가 된다면 교제는 분명히 늘어나고 그래서 무료한 사람이 틈을 이용해 들어옵니다. 이후 몇 명의 오랜 친구와의 교제에 그치고 신용할 수 없는 새로운 교제는 끊습니다. 그리하여 무용한 구설을 살피고 또 시간을 절약하여 스스로 책을 읽습니다. 기고할 때는 함축을 담고 중국문학을 말해도 좋고 외국문학을 말해도 좋습니다. 이것은 오로지 돈을 위한 작품이기 때문에 별개의 일로 하고, 자신의 진의는 준비해 두고 다른 날 발표한다면 좋겠습니다.

그럼 간단히 답신을 대신합니다.

몸조심하시기 바라며

9월 20일

쉰 올림

주)＿＿＿＿

1) Gide의 『D론』. 곧 지드의 『도스토예프스키론』이다. 지드(André Gide, 1869~1951)는 프랑스 작가로 저서에는 『좁은 문』(*La porte étroite*), 『지상의 양식』(*Les nourritures terrestres*), 『전원 교향악』(*La symphonie pastorale*) 등이 있다.

2) 지드의 『와일드』(*Oscar Wilde*)이다. 뒤에 『역문』 제2권 제2기(1935년 4월)에 실렸다. 와일드(Oscar Wilde, 1854~1900). 아일랜드의 극작가, 소설가. 저서에 동화 『행복한 왕자』(*The Happy Prince and Other Tales*), 극본 『살로메』(*Salomé*) 등이 있다.

340921 러우웨이춘에게

웨이춘 선생께

　　보내 주신 편지와 함께 스^適 형의 전^箋을 받았습니다. 근황을 알게 되어 아주 기뻤습니다.

　　영역된 스 형의 소설은 「염전」[1]입니다. 잡지에 게재되지 않고 『짚신』[2]이라는 중국소설선집에 수록되었습니다. 이것은 현대 작품을 뽑아서 저부터 새로운 작가까지 모두 한 권으로 하고 원고는 미국으로 보냈는데, 아직 출판되지 않았습니다. 출판되면 보내 드리겠습니다. 기회가 되면 전해 주시기 바랍니다.

　　요구하신 책 9종[3]은 지금 6종을 모았습니다. 또 한 권은 곧 입수할 수 있는데, 루^盧의 『예술론』과 『예술사회학』[4]은 이미 상하이에는 없고, 도쿄에서 사 달라고 오늘 서점에 부탁했습니다. 늦어도 3주일 뒤에는 답신이 있을 텐데 구할 수 있을지는 약속할 수 없습니다. 현재 갖고 있는 6종은 먼저 선생이 서점에 찾으러 오시겠습니까. 아니면 다른 책을 구할 수 있는지 알고 나서 다시 얘기할지 알려 주십시오. 만약 우선 이 6종을 찾으러 오신다면 서점에 전해 주고 나서 다시 알려 드리도록 하겠습니다.

　　답신을 대신합니다.

　　몸조심하시기 바라며

9월 21 밤

쉰 돈수

주)_____

1) 「염전」(鹽場). 단편소설, 젠난(建南; 러우스이樓適夷)의 작품으로 『척황자』(拓荒者) 제2기
   (1930년 2월)에 실렸다.

2) 『짚신』(草鞋脚). 영역된 중국현대단편소설집이다. 루쉰, 마오둔이 골라서 편했고, 아이
   작스 등이 번역했다. 26편의 작품을 수록했다. 뒤에 아이작스에 의해 다시 편집되고
   1974년 미국 매사추세츠공과대학 출판부에서 출판했다. '짚신'(草鞋脚)이라는 말은 루
   쉰이 「제3종인 재론」을 강연했을 때 쓴 용어이다(『중국논단』 제2권 제1기에 게재된 「루쉰
   베이핑에서의 강연」 참고).

3) 러우스이가 감옥에서 루쉰에게 구입을 의뢰한 문예이론에 관한 일본 서적을 가리킨다.

4) '루'는 루나차르스키이며, 『예술사회학』(藝術社會學)은 문예이론에 관한 책으로 소련 프
   리체(Владимир М. Фриче)의 저작이다.

340924① 허바이타오에게

바이타오 선생께

19일자 편지 받았습니다. 중국목판화선집은 판목을 사용하고 기계
인쇄가 아니기 때문에 진척이 매우 느립니다. 10월 초가 되어야 제본이
가능할 듯합니다. 수록한 판화 1폭에 한 권을 증정, 곧 합계 24권 증정할
것을 제외하면 발매할 수 있는 것은 80권뿐입니다.

제가 베이징대학 교수가 되었다는 것은 결코 사실이 아닙니다. 제가
교단에 서는 것을 그들이 원할 리가 없습니다.

『인옥집』의 대금은 다 팔고 나서 보내도 되겠습니다. 선생이 조각한
「풍경」 한 폭은 태백사太白社로 보냈습니다. 그들은 창간호에 게재하고 발
표비로 4위안을 주었습니다. 이것은 서적의 대금에서 제하고 주시면 되겠
습니다.

인쇄가 끝난 판목은 일간 소포로 돌려드리겠습니다. 판화집은 출판

되는 대로 바로 보내겠습니다. 그럼 이만 줄입니다.

건강하시기 바라며

9월 24 밤
쉰 올림

340924② 차오징화에게

야푸[주] 형

9월 21일자 편지 잘 받았습니다. 기쁘기 그지없습니다. 앞의 편지도 받았습니다.

『문학보』文學報는 십 몇 호분이 여기에 있습니다. 일간 등기로 학교로 보내겠습니다. 또 일전에 커克씨[1]의 편지와 함께 판화 15폭을 받았습니다. 편지는 개봉되었고 결락이 있는지 없는지 모르겠습니다. 그 편지도 『문학보』와 함께 보냈습니다.

저희는 변함없이 잘 지냅니다. 걱정하지 마시기 바랍니다. 형의 집은 이전과 같습니까? 이후 편지는 직접 집으로 보내도 괜찮겠습니까? 기회가 될 때 알려 주십시오.

용건만 간단히 적습니다.

평안하시기 바라며

9월 24일
아우 위 돈수

부인에게 안부 전해 주십시오.

주)_____

1) 소련 목판화가 크랍첸코(Алексей Ильич Кравченко, 1889~1940)이다.

340925 리례원에게

례원 선생께

22일자 편지와 원고 2편 방금 받았습니다.

프랑스[1] 소설과 복대 모두 구입해서 지금 보냈습니다. 대의 크기가 몸에 맞을런지요? 너무 크면 알려 주십시오. 따로 좀 작은 것을 사겠습니다. 그 2장은 내년에 쓸 용도로 보관해 주십시오. 너무 작으면 위의 대를 길게 펼치면 괜찮은데, 그래도 맞지 않으면 반환하겠습니다. 이것은 산 점포와 약속을 했습니다.

쉬(徐) 군이 보낸 번역 원고[2] 한 편과 원문이 도착했습니다. 동봉했으니 일독해 주시기 바랍니다. 가필해서 『역문』에 게재된다면 좋겠습니다. 앞으로는 스스로 번역하는 것보다 원고를 읽는 것으로 고생할 듯합니다.

답신을 대신합니다.

평안하시기 바라며

9월 25일

쉰 돈수

삽화 프랑스어본 2, 3권이 있는데, 다른 장소에 있어서 일간 찾으러 가서 보여 드리겠습니다. 또 적었습니다.

주)_____

1) 작가 아나톨 프랑스(Anatole France, 1844~1924)다.
2) 「심리묘사를 논함」을 말한다. 소련의 쿠시노프가 쓴 것으로 쉬마오융이 번역했다. 뒤에
　『문학총보』제2기(1936년 5월)에 실렸다.

340927① 정전둬에게

시디 선생께

　　24일자 편지와 종이 견본, 전篆 견본 방금 받았습니다. 서적은 아직 도
착하지 않았는데, 조금 늦는 것은 늘상 있는 일입니다. 카이밍開明이 종이
를 산 건은 오랫동안 소식이 없어 멘쥔[1]에게 부탁해 물어보았는데, 뒤에
편지로 전해 주길 쉐춘雪村이 광둥으로 가 버려서 이외에 이 건에 관해서
아는 사람이 없다고 했습니다. 어떤 영문인지 모르게 되었습니다. 며칠 전
에 또 쯔셩梓生에게 부탁해 아는 지물포에 가서 종이 견본을 보내 달라고
했는데, 소위 '나전지'羅甸紙는 연사連史의 모조품으로 또다시 무슨 영문인
지 모르게 되었습니다. 지금 현물을 입수해 보니 아주 훌륭했습니다. 일간
스스로 할 수 있는 방법을 찾아보겠습니다. 요령부득이면 그때는 카이밍
에 의뢰할 작정입니다. 왜냐하면 저는 카이밍 역시 전혀 소식이 없는 것에
능하다고 의심하기 때문입니다.

　　『십죽재』 제1권이 이미 조각이 끝났다면, 노련老蓮을 기다리지 말고
먼저 이것을 발매하는 것이 좋다고 생각합니다. 다만 예약모집의 방법은
어렵습니다. 사는 사람에게 4위안을 내게 하고 한 권을 전한다, 반년 뒤에
제2권이 나온다, 그래도 아직 절반 구비한 것에 지나지 않는다. 비교적 명

쾌한 방법으로서는 출판하고 2, 3개월은 특가로 팔아 한 권에 2위안으로 한다. 다만 이 방법이라도 각 권의 판매가 같지 않아 뒤에 곤란하다. 어떻게 하면 좋을지 선생이 결정해 주시기 바랍니다.

뒤의 3권은 조각하는 직인을 재촉하여 5개월에 한 권으로 올리도록 하고 싶습니다. 이렇게 하면 내년 말에 전부 끝날 수 있습니다. 너무 오래 가면 좋지 않습니다.

『수호패자』[2]는 아마도 구하기 어렵습니다. 하지만 주의하고 있습니다. 『능연각도』[3]는 본 적이 있는데 꽤 좋았습니다. 종이의 가격에 의해 정해지겠으나 전부를 부록으로 붙일 수 있으면 전부 인쇄하고 서문에 의문을 언급해 두면 좋겠습니다. 상관주[4]의 작품은 소개해야 하지만, 『죽장화전』이 아직 유행하고 있으니 우리가 중복해서 출판할 필요는 없습니다. 기회가 있을 때 출판한다면 아주 훌륭할 것입니다.

이상으로 답신을 대신합니다.

건필을 기원하며

9월 27일

쉰 돈수

『역문』은 단지 2천 5백 부를 인쇄했습니다. 판매는 모르지만 꼭 좋다고는 할 수 없을 듯합니다. 또 적었습니다.

주)_____

1) 샤몐쥔(夏丏尊, 1885~1946)으로 저장성 상위(上虞) 사람이다. 일본에서 유학했고 카이밍서점의 창립자 가운데 한 사람이다. 『중학생』 잡지의 편집을 맡기도 했다.
2) 『수호패자』(水滸牌子). 곧 진노련의 『수호엽자』(水滸葉子)이다.
3) 『능연각도』(凌煙閣圖). 곧 『능연각공신도상』(凌煙閣功臣圖像)이다. 청대 초에 유원(劉源)

의 그림에 주규(朱圭)가 새긴 것이다. 안에는 당(唐)대의 공신상 24폭에 대사(大士), 관제상(關帝像) 각 3폭을 덧붙였다. 강희 7년(1668)에 인쇄했고, 1930년에 섭원(涉園)이 영인했다.

4) 상관주(上官周, 1665~약 1745). 자는 문좌(文佐), 호는 죽장(竹莊), 푸젠성 장팅(長汀) 사람으로 청대의 화가다. 저서에 『만소당시집』(晩笑堂詩集)과 『만소당화전』(晩笑堂畵傳; 곧 『죽장화전』竹莊畵傳) 등이 있다.

340927② 어머니께

어머님 전. 편지 잘 받았습니다. 빙중秉中이 주소를 알려 주지 않은 것은 선물받는 것을 꺼려해서라고 생각합니다. 다른 날 만날 때 감사를 전하겠습니다. 하이잉의 사진은 기회가 되어 쯔페이에게 보내 전해 달라고 했습니다. 편지도 있습니다. 지금 쯔페이로부터 도착하지 않았다는 말을 듣지 않았으니 분실한 것은 아닐 거라고 생각합니다. 일전에 『선바오』를 보니 정저우鄭州에서 열린 국어통일회[1]에 참가한 베이핑 대표 가운데 쯔페이의 이름이 있었습니다. 그렇다면 지금 베이핑에는 없는 것입니다. 하이잉은 요즘 말을 잘 듣습니다. 오늘은 태어난 지 5년 된 생일이라 음식을 조금 만들어 먹었습니다. 축하를 하고 손님은 초대하지 않았습니다.

간단히 용건만 적었습니다.

늘 건강하시기 바라며

9월 27일

아들 수, 광핑 그리고 하이잉 올림

1) 국어로마자촉진회(國語羅馬字促進會)를 가리킨다. 1934년 9월 24일 정저우에서 제1회
   전국대표대회를 개최했다. 같은 달 26일의 『선바오』는 「국어로마자촉진회가 정저우에
   서 대표대회를 개최했다」라는 기사를 게재했는데, 그 가운데 "베이핑(北平)대표 쑹린
   (宋琳)"이 보인다.

340928 정전둬에게

시디 선생께

　　어제 편지를 받고 바로 답신을 드렸습니다. 도착했을 거라고 생각합
니다. 오늘 정오에 책 3권, 종이 220매가 들어 있는 소포 하나를 착오 없이
받았습니다. 『능연공신도』凌煙功臣圖는 상하이에서 한 부 본 적이 있습니다.
판版은 좀 크고 보내 준 것과는 달랐습니다. 작은 것은 모본摹本이기 때문
입니다. 대강 한 번 보았는데, 그 기술은 상관죽장上官竹莊보다 많이 뒤떨어
지고, 『죽장화전』 중의 인물을 뽑아 서명書名을 바꾸어 달고 일본인을 속
인 거라고 생각합니다. 동시에 심남빈[1]의 발跋도 위조입니다. 남빈은 일본
에서 꽤 유명하기 때문입니다. 남빈이 비록 화훼에 뛰어나지만, 인물에도
이처럼 변별할 수 없을 정도로 심하지는 않을 터입니다. 제 생각에는 한두
장을 부록으로 할 필요는 없고, 총서總序 속에 가볍게 언급해도 되고, 언급
하지 않아도 상관없다고 봅니다.

　　오전에 '나전지'를 가지고 지물포를 돌아다녔는데, 대부분 본 적이 없
고 외국제품일 거라고 했습니다. 그렇다면 이것은 남방에서 그다지 많이
볼 수 없음을 알 수 있습니다. 종이 견본을 보면 발簾의 문양이 세밀한 것

이 고려산高麗産일지도 모르겠습니다. 견본의 절반을 샤몐쭌에게 보내 전문가를 통해서 지물포에 문의해 보도록 하는 한편, 우치야마에게 부탁해 일본의 지물포에 이것이 있는지 물어봐 달라고 하고, 하는 김에 일본의 종이 견본을 들여오게 하여 사용할 수 있는지 없는지 조사해 보겠습니다.

『구가도』[2]는 각 페이지에 2장의 사진을 찍지 않으면 안 되기 때문에 제판 비용이 비쌉니다. 종이 한 장의 가격이 2편分이라고 하더라도 100페이지면 실비만으로 3위안 전후가 들기 때문에 5위안에 팔지 않으면 안 됩니다.

현재의 문제는 만약 나전이 있다면 물론 나전을 사용하는 것입니다. 만약 없다면 모태지毛太紙를 사용하든지, 아니면 일본의 종이(만약 1장에 2편 이하라면)를 사용하든지 하는 것입니다. 의견을 주시면 고맙겠습니다.

용건만 간단히 적습니다.

건강하시기 바라며

9월 28일

쉰 올림

주)_____

1) 심남빈(沈南蘋, 1682~약 1760). 이름은 전(銓), 자는 남평(南萍), 저장성 더칭(德淸) 사람으로 청대 화가다. 화조주수(花鳥走獸)로 유명하다. 옹정(擁正) 연간에 일본에 초빙되어 그림을 가르치고 3년 뒤 돌아왔다. 일본에서 벌어 온 돈을 친구와 친척에게 마구 썼다.
2) 『구가도』(九歌圖). 명대 진홍수(陳洪綬)의 그림이다. 구가에 관한 그림 11폭과 「굴자행음도」(屈子行吟圖) 한 폭을 수록했다.

340930 리례원에게

례원 선생께

일본어역 프랑스 소설 한 권과 복대 2장을 일주일 전에 선바오관에 보내 전해 주도록 쯔성[1]에게 부탁했습니다. 어제 저녁에 선생이 매일 관에 출근하는 것은 아니라는 사실을 처음 알았습니다. 그렇다면 우편물은 쯔성이 전송하는 방법을 취하고 있는 것입니까? 걱정이 됩니다. 아직 도착하지 않았다면 관에 가서 문의해 주시면 고맙겠습니다.

간단히 용건만 적습니다.

건승을 기원하며

9월 30 밤

쉰 돈수

주)＿＿＿＿

1) 장쯔성(張梓生)으로 선바오관(申報館)의 편집자다. 340515① 편지와 주석 참조.

341001 뤄칭전에게

칭전 선생께

보내 주신 편지 잘 받았습니다. 『목판화가 걸어온 길』은 제본에 착수하여 대략 열흘이 지나면 완성될 것입니다. 선생의 작품 네 점이 포함되었으니 네 권을 받을 수 있습니다. 완성되면 조속히 보내겠습니다. 경제적인 관계로 120권만 인쇄했으니 발매할 수 있는 것은 많지 않습니다.

학생이 목판화를 출판한[1] 것은 '교지'校誌로서는 나쁘지 않습니다만, 본격적인 작품이라면 너무 빠른 것이 아닐까요. 저는 청년이 작품을 발표함에 있어서는 '대담하고 섬세하게'를 주장합니다. 세심하지 않으면 쉽게 조잡한 길로 가기 때문입니다. 제자題字에 관해서는 배치와 크기를 말해 주시면 써서 보내겠습니다.

일본의 두 화가는 답신을 보낼지 모르겠으나, 보통의 사교적인 멘트일 거라고 생각합니다. 그들에게는 작가와 비평가는 분업으로, 특히 친한 친구가 아닌 한 경솔하게 의견을 말하지 않습니다.

답신을 대신합니다.

몸조심하시기 바라며

10월 1일

쉰 올림

주)＿＿＿＿

1) 광둥성 메이현(梅縣) 쑹커우(松口)중학 학생들이 스스로 인쇄한 『쑹중목각』(松中木刻)을 가리킨다. 루쉰은 이를 위해 제자를 써 주었다.

341005 차오징화에게

야쯔亞丹 형

1일자 편지를 받고 기뻤습니다. 커克씨의 편지를 동봉했는데 아우(곧 루쉰—역자 주)도 얘기할 것은 없습니다. 다만 그림[1]에 빠진 것이 있는지 없는지를 알고 싶을 따름입니다. 받은 것은 크고 작은 것 15매인데 편지 속에 언급하고 있는 것입니까? 올해 1월부터 6월까지 『별목련』星花의 인세는 결산이 끝났습니다. 겨우 12위안, 평년보다 5분의 4가 줄었습니다. 외국환 수표 1장을 동봉했으니 안에 서명날인한 뒤에 류리창琉璃廠에 있는 상우인서관 분점의 회계會計(2층에 있음)에서 현금으로 교환하시면 됩니다. 『문학보』는 열흘 전후에 보내겠습니다. 아우는 모든 것이 평소와 다름없고 아내와 아이도 건강합니다. 염려하지 않으셔도 됩니다.

그럼 이만 줄입니다.

몸조심하시기 바라며

10월 5 밤

아우 위 돈수

주)_____

1) 소련 판화가가 스스로 인쇄한 목판화의 원판을 가리킨다.

341006① 허바이타오에게

바이타오 선생께

『목판화가 걸어온 길』은 이미 인쇄가 끝나 서점에 의뢰해서 4권 부쳤는데, 받으셨는지요? 이번 출판에 관해서는 아주 마음을 썼고 많은 경비가 들었습니다. 그런데도 판매는 성적이 좋지 못해 의기소침합니다. 계속해서 제2권을 출판할 수 있을지 모르겠습니다.

판목은 일간 소포로 돌려드리겠으니 잘 받으시기 바랍니다. 톄경鐵耕형의 2매도 동봉합니다. 용건만 간단히 적습니다.

몸조심하시기 바라며

10월 6일
쉰 올림

341006② 뤼칭전에게

칭전 선생께

『목판화가 걸어온 길』은 제본을 끝내고 서점에 부탁해 네 권을 보냈습니다. 선생의 그림을 네 폭 뽑았으니 한 폭당 한 권으로 보답하겠습니다.

판목도 일간 소포로 돌려드리겠습니다. 잘 받으시기 바랍니다.

이번의 인쇄기술은 그다지 좋지 않습니다. 게다가 손이 많이 가서 비용도 많이 들었습니다. 그래서 제2권은 언제 출판할 수 있을지 기약할 수 없습니다. 선생의 판목은 「오지산五指山의 소나무」 1개를 제가 갖고 있고, 「부두에서」在碼頭上는 다른 곳에 발표되었으니 중복할 필요가 없어 함께 돌려드리겠습니다.

간단히 답신을 대신합니다.

몸조심하시기 바라며

10월 6일
쉰 올림

341008① 정전둬에게

시디 선생께

3일자 편지 잘 받았습니다. 일본의 종이 견본은 이미 수령했습니다. 그러나 어떻게 하든 가격은 중국보다 비쌉니다. 멘쭌으로부터는 아직 편지가 없습니다. 황색 나문지에 관해서는 잠시 상황을 보는 것으로 합시다. 저우쯔징은 조급하겠지만 모르는 체하는 수밖에 없습니다.

제가 앞의 편지에서 말한 『구가도』 사진은 두 번 찍지 않으면 안 된다고 말씀드린 것은 당연하다고 생각하는데, 왜냐하면 책은 쪼갤 수 없기 때문에 전후의 절반은 나누어서 찍어야 할 것이기 때문입니다. 인쇄하는 직인의 수고비가 5, 6위안일 수 없습니다.

『십죽재』 제1권은 노련老蓮의 화책畵冊보다 이전에 인쇄가 끝났을 터입니다. 그렇다면 우선 단독으로 먼저 예약을 해도 좋겠습니다. 정가는 비쌉니다. 그러나 각 권 4위안으로 하면 전서全書는 16위안입니다. 지금 3위안 반으로 정하고 예약기간이 끝난 뒤에는 5위안으로 하는 것이 어떻겠습니까? 예약은 기한을 정해야 하는 것이니 제2권을 새겨서 발매할 때의 예약(내년 2월)을 최종 기한으로 하는 것은 너무 깁니까? 아니면 올해 12월까지로 하더라도 상관없습니다. 숙련된 직인이 죽는다면 이러한 각본은 두 번 다시 만들 수 없으니 이름을 기록해 두어야 합니다. 중국의 현행 판권板權 페이지는 일본을 모방한 것으로 그 나라가 유신[1] 전에 제후諸侯의 발톱에 보고를 올렸던 흔적에 다름 아닙니다. 다만 『베이핑전보』와 같은 것도 이미 모습이 변했다고 하지만 볼만합니다. 생각건대 이번은 새로운 체재를 만들어 내고, 책의 가장 앞에 한 페이지를 추가하여 서명을 크게 적고, 또 작은 글자로 원서의 제공자와 조각 직인 등을 기록하여 소위 '패'

牌子의 체재로 한다면 또 각별한 흥취가 있을 거라고 생각합니다.

최근 젊은 작가의 목판화 20매를 골라서 한 권으로 묶고 『목판화가 걸어온 길』이라고 명명했습니다. 공을 많이 들였는데 인쇄도 제본도 뜻대로 되지 않았습니다. 오후에 서점에 부탁해 한 권을 부쳤으니 잘 받아주십시오. 그 외에 2권(그 한 권 속에 전람회의 광고가 끼워져 있는데, 그것은 돌려주는 것입니다)은 스노(E. Snow) 선생에게 전해 주시기 바랍니다. 그는 군기처軍機處 8호(8 Chun Chi Ch'u)에 살고 있으며 학교[2]에서도 멀지 않습니다. 학교에서 교편을 잡고 있는 듯합니다. 다만 첫 페이지에는 모두 문자를 기록했습니다. 잘 살펴봐 주시기 바랍니다.

건필을 기원하며

10월 8일

쉰 돈수

주)_____

1) 메이지유신(明治維新)을 가리킨다. 일본 메이지 연간(1868~1912)의 유신운동이다. 도쿠가와(德川) 막부의 통치를 끝내고 메이지 천황이 정권을 장악하여 자본주의 발전에 유리한 각종 개혁을 실행했다.
2) 옌징(燕京)대학이다.

341008② 정전둬에게

시디 선생께

오전에 편지와 『목판화가 걸어온 길』을 보냈는데 도착했습니까? 지금 멘쥰의 회신을 받았는데 동봉했으니 보시기 바랍니다.

가장 좋은 것은 역시 왕보샹[1] 선생이 라이칭거[2]에 의뢰해서 황색의 것을 입수하는 것입니다. 만약 염색을 해야 한다면 아주 번거롭게 되는데, 적어도 베이징에서 상하이로, 상하이에서 다시 도쿄로 종이는 두 번의 여행을 하지 않으면 안 됩니다.

선생의 편지에서 우치야마의 『베이핑전보』 대금을 물어보셨습니다. 조사해 본 바에 의하면 300입니다. 아침 편지에 대답한다는 것을 잊어버린 듯하여 여기에 기록합니다.

건필을 기원하며

10월 8일 저녁

쉰 돈수

주)_____

1) 왕보샹(王伯祥, 1890~1973). 이름은 종기(鐘麒), 장쑤 우현(吳縣) 사람. 당시 상하이 카이밍서점의 편집자였다.
2) 라이칭거(來靑閣). 상하이의 고적 서점으로 설립자는 양서우치(楊壽琪)다.

341009① 뤄칭전에게

칭전 선생께

장후이(張慧) 선생에게 보낼 답신 한 통이 있는데 확실한 주소를 잊어버렸습니다. 수고를 끼치는 듯하지만 전해 주신다면 감사하겠습니다.

건강하시기 바라며

10월 9일

쉰 올림

341009② 장후이에게

장후이 선생께

　편지와 목판화를 보내 주셔서 대단히 감사합니다. 각각 보았는데 부분적으로는 뛰어난 점도 있지만, 전체적으로는 수준이 일정하지 않습니다. 예를 들어 「걸식」은 수목도 개도 전체와 조화를 이루지 못하고 도로도 없기 때문에 완전하다고 할 수 없습니다. 아우는 화가가 아니기 때문에 함부로 말할 수 없지만, 가만히 생각해 보면 판화도 회화와 다르지 않습니다. 기본은 역시 소묘素描에 있고 동시에 화면畵面은 통일되지 않으면 안 됩니다.

　급히 답신을 대신합니다.

　몸조심하시기 바라며

10월 9일

쉰 올림

341009③ 샤오쥔에게[1)

샤오쥔 선생께

저에게 보낸 편지는 받았습니다. 쉬위눠[2)]의 이름은 익숙한데, 만난 적은 없는 것 같습니다. 그는 시를 짓는 사람인데 저는 시에 주의를 기울이지 않았기 때문에 만난 적이 없다고 생각합니다. 지금은 그의 작품을 못 본 지가 오래되었는데 어디로 갔는지요?

편지의 두 가지 문제에 관한 대답은 ……

첫째, 현재 무엇이 필요한가를 생각할 필요는 없고, 스스로 무엇이 가능할까를 생각합니다. 현재 필요하다고 보는 것은 투쟁의 문학이지만, 만약 작가가 한 명의 투사라면 그 인간이 무엇을 쓰더라도 쓰여진 것은 반드시 투쟁적입니다. 예를 들어 커피숍과 댄스홀을 썼다고 하더라도 젊은 도련님과 혁명가의 작품이 같을 리가 없습니다.

둘째, 제가 읽어 볼 수 있겠습니다.[3)] 다만 비평할 시간도 없고 재능도 없습니다. 원고는 '상하이 베이쓰촨로北四川路 우치야마서점內山書店 저우위차이周豫才'라고 해주십시오. 분실하지 않도록 등기로 보내 주십시오.

저의 『들풀』은 기교가 나쁘지는 않습니다만, 기분은 의기소침한 것이 있습니다. 왜냐하면 벽에 부딪힌 뒤에 쓴 것이기 때문입니다. 당신이 이러한 의기소침한 기분의 영향에서 벗어나기를 희망합니다.

이상으로 답신을 대신합니다.

몸조심하시기 바라며

10월 9일 밤

쉰 올림

주)_____

1) 샤오쥔(蕭軍, 1907~1988). 본명은 류훙린(劉鴻霖), 필명은 샤오쥔, 톈쥔(田軍) 등이며 랴오닝(遼寧)성 이현(義縣) 사람으로 작가다. 당시 일본이 침략해서 점령당한 동북지방을 떠돌다 상하이로 왔고 문학창작에 종사했다. 저서에『8월의 향촌』(八月的郷村)이 있다.
2) 쉬위눠(徐玉諾, 1893~1958). 허난성 루산(魯山) 사람으로 시인이며 문학연구회 멤버다. 저서에『장래의 꽃동산』(將來之花園) 등이 있다.
3) 샤오쥔의 회상에 의하면, 샤오훙의『삶과 죽음의 자리』(生死場) 원고 및 샤오쥔과 샤오훙이 같이 쓴 소설산문집『발섭』(跋涉)을 가리킨다.

341010 양지원에게

지원 선생께

중국의 신작가 목판화 24점은『목판화가 걸어온 길』木刻紀程이라고 이름하고 이미 출판되었습니다. 또 재판『베이핑전보』도 이미 상하이에 도착했는데, 초판에 미치지 못하기 때문에 선생에게 초판과 바꾸어서 드릴 수도 있습니다. 다만 댁으로 보내는 것이 좋습니까, 아니면 선생이 상하이에 올 때 직접 찾아가는 편이 좋겠습니까? 우송하면 약간의 염려가 있습니다. 알려 주시면 고맙겠습니다.

몸조심하시기 바라며

10월 10일

쉰 올림

341013① 허중서점[1]

보내 주신 편지 잘 받아보았습니다. 삭제하고 남은 『이심집』을 다른 명칭으로 출판하겠다[2]는 것에 대해서는 판권을 팔아 버린 필자로서는 이의가 있을 수 없습니다. 그러나 첫 페이지에다 이 책은 중앙도서심사회[3]에서 심사하여 삭제한 나머지라는 성명을 내주기 바랍니다. 만약 광고를 낸다 하더라도 역시 『이심집』의 일부분이라는 점을 밝혀주시기 바랍니다. 그렇게 하지 않으면 독자를 속인 책임을 출판사나 저자가 지지 않을 수 없을 것이니, 저는 무슨 방법을 써서라도 스스로 대중에게 알릴 예정입니다.

　이를 허중서점에서 고려해 주기 바랍니다.

10월 13일

루쉰

주)＿＿＿＿

1) 허중서점(合衆書店). 1932년 팡자룽(方家龍)이 상하이에서 설립했다.
2) 1932년 10월에 『이심집』이 출판된 후 오래지 않아 국민당 당국은 그것을 금지시켰다. 그 뒤 출판사인 허중서점에서는 그 삭제되고 남은 16편을 『습영집』(拾零集)이라고 명칭을 바꾸어 1934년 10월에 출판하였다.
3) 국민당 중앙선전위원회 도서잡지심사위원회를 말하는데 진보적인 서적을 검열해서 금지시키고 문화통제를 실시하기 위한 국민당의 기구다. 1934년 5월 25일 상하이에서 창립되었는데, 이 위원회의 검열관 샹더옌(項德言) 등 7명이 『신생』 사건'으로 사직을 당하자 말없이 해체되었다.

341013② 양지원에게

지원 선생께

11일자 편지 잘 받았습니다. 새로 출판할 잡감집[1]은 아직 교정을 끝내지 못했습니다. 출판은 선생이 상하이에 오신 뒤가 될 듯합니다.

소설 『발굴』[2]은 비평[3]을 보았는데, 책은 아직입니다. 요 며칠 사이에 나가 사서 읽어 볼 생각을 하고 있습니다. 근래 잡다한 일을 전문적으로 하고 있어 독서의 시간도 전혀 없습니다. 물론 빈둥빈둥거리는 것도 있습니다. '유화'流火[4]는 물론 아주 전아典雅합니다만, 생각해 보니 '화류'火流도 너무 생경합니다. 무슨 '대한'大旱, '화해'火海류가 바로 정통입니다. 최근 조사회라는 것이 생겨서 뛰어난 작품은 자비 출판하는 것밖에는 출판을 할 수 없게 되었습니다. 출판사에서 내려고 생각한다면 먼저 원고의 심사를 받지 않으면 안 되는데, 삭제와 가필도 당하여 마치 뼈가 부러진 사람처럼 심하게 바뀌어 버립니다.

저는 평생 시를 짓지 않았습니다. 누군가가 휘호揮毫를 부탁할 때만 책임을 면할 요량으로 꾸며 내고 초고는 남겨 두지 않았습니다. 스스로 기억하고 있는 것도 약간에 불과하고 다른 것은 더 없습니다.

이상으로 답신을 대신합니다.

건강하시기 바라며

10월 13일

쉰 돈수

1) 『풍월이야기』(루쉰전집 7권)이다.
2) 『발굴』(發掘). 역사소설집으로 성간(聖旦)의 작품이다. 1934년 5월 상하이 톈마(天馬)서
   점에서 출판했다.
3) 차오쥐런의 「『발굴』에서 역사소설을 얘기한다」를 가리킨다.
4) 양지윈의 회상에 의하면, 루쉰이 여기서 말한 것은 다른 사람의 작품으로 당시 한해(旱
   害)를 묘사한 소설의 편명이다.

341013③ 리례원에게

례원 선생께

　『역문』 제3기의 마감일이 다 되었습니다. 마오^苺 선생은 아파서 많이
쓰지 못합니다. 선생이 많이 번역하고 게다가 빨리 번역해 주실 수 있겠습
니까? 그리고 번역출판을 생각하고 있습니까? 혹시 이미 번역했다면 편
명篇名과 저자명을 알려 주시기 바랍니다. 삽화를 생각해 두고 싶기 때문
입니다.

　용건만 간단히 적습니다.

　건승을 기원하며

10월 13 밤

쉰 돈수

341014 차오징화에게

야푸 형

10일자 편지 잘 받았습니다. 3, 4일 전에 『문학신문』[1] 한 권을 발송했는데 도착했는지요? 형의 집은 이전과 달라지지 않았는지 기회가 될 때 알려 주시기 바랍니다. 그렇다면 편지는 학교로 보내지 않아도 되겠지요.

『인옥집』이 도착하지 않은 것은 이상합니다. 그것은 등기로 보낸 것입니다. 5권을 한 꾸러미로 해서 보냈으니 그렇다면 5권이 모두 도착하지 않은 것입니다. 요 며칠 사이에 커씨에게 한 권 보냈습니다. 올해 정월 미술가 단체에 서적 6, 7권을 발송했습니다. V[2] 앞으로 해서 안에는 청대 초년의 판화도 있고 모두 등기로 했습니다. 편지도 한 통 보냈는데 그것은 타 형이 대필해 준 것입니다. 그렇지만 지금 답신이 한 통도 없으니 모두 도착하지 않은 것은 아닐까요? 만약 그렇다면 이후에는 서적을 보내는 것은 곤란하겠습니다.

커씨에게는 형이 회신을 보내 이전에 꽤 많은 중국의 고서를 미술가 앞으로 보냈던 일, 게다가 근래에 『인옥집』 한 권을 보낸 것, 곧 그 안에 그의 작품을 한 점밖에 수록하지 못했는데 가장 적어서 한 권밖에 드릴 수 없다는 점을 설명해 주시기 바랍니다. 중국의 젊은 판화가들은 이미 흩어져서 찾으려고 해도 찾을 수가 없습니다. 다만 저는 이 일 년 동안 입수할 수 있는 작품을 골라서 『목판화가 걸어온 길』이라는 이름을 붙이고 출판했으니 한 권 보냅니다.

이 편지는 형이 쓰셔서 가능하면 겉봉투와 함께(V의 주소를 동봉해서) 보내 주십시오. 제가 발송합니다.

또 일전에 강삐[3]씨의 편지와 목판화 14점이 도착했습니다. 편지를 동봉했으니 만약 회신이 필요하면 커씨에게 보내는 회신에 동봉해서 보냅시다.

『인옥집』은 필시 강씨도 받지 않았음에 틀림없습니다. 추가해서 보내도 괜찮습니다(같은 소포에 넣어서). 우송료는 어떤 것이든 같기 때문입니다. 다만 커씨 앞으로 보내는 편지에 설명을 해주시기 바랍니다.

편지와 같은 사정이라면 커씨의 주소를 2매(곧 전송해 줄 부인의 주소) 쓰셔서 동봉해 주십시오. 한 장은 『인옥집』에, 또 한 장은 『목판화가 걸어온 길』에 붙이는 것입니다.

새로 입수한 목판화는 지금 약 40매입니다. 고른다면 30여 매가 되고 아직 보내올 것도 있다고 생각합니다. 그렇다면 내년에는 제2집을 출판할 수 있습니다.

우리는 잘 지내고 있습니다. 염려하지 마시기 바랍니다.

용건만 간단히 적습니다.

차가운 가을 날씨에 건강 유의하시기 바라며

10월 14일

아우 위 돈수

강씨의 편지 2장, V의 주소 1장 동봉합니다.

Ул. Лассаля. д. И 2.

В.О.К.С. для : [4]

주)_____

1) 『문학신문』. 소련의 『문학보』를 가리킨다.
2) V는 곧 VOKS, 소련대외문화협회다.

3) 소련 목판화가 곤차로프이다.
4) 곧 라살루가 2호, 소련대외문화협회 앞.

341016① 우보에게

우보 선생께

5일자 편지는 16일이 되어서야 받았습니다. 『목판화가 걸어온 길』은 이미 출판되었고, 5,6일 전에 한 권을 보냈습니다. 톄경 선생 앞으로 보냈는데 받았는지요?

중국의 목판화는 파리에서 전시되었다고 하는데, 그쪽의 작가단체에서 중국 작가 앞으로 한 통의 편지가 왔습니다. 다만 비평은 없고, 격려의 말이 적혀 있는 것에 불과합니다. 이 편지는 현재 발표할 방법도 없습니다.

『목각법』[1]의 원고는 빨리 출판하는 것은 곤란합니다. 상하이의 출판계는 정말 어렵습니다. 이상으로 답신을 대신합니다.

몸조심하시기 바라며

10월 16일

쉰 올림

주)_____

1) 『목각법』(木刻法). 곧 『목각창작법』.

341016② 쉬마오융에게

마오융 선생께

「심리묘사를 논함」[1]은 리黎 선생에게 부탁해서 원문과 대조해 보고 조금 수정한 뒤 저한테 왔던 것인데, 검열관의 꼬투리잡기를 피해야 해서 또 제가 몇 글자인가 고쳤습니다. 『역문』 제3기에 넣을 작정입니다. 문제를 일으킬 것은 없습니다.

지금 원문을 돌려드리니 '후기'後記를 조금 써서 바로 보내 주십시오. 저자의 경력에 관해서 아는 것이 없다면 번역은 어느 잡지 몇 호에 의한 것 정도 써 주셔도 괜찮습니다. 역자 자신의 감상을 덧붙여도 좋습니다.

용건만 간단히 적습니다.

몸조심하시기 바라며

10월 16 밤

쉰 올림

주)_____

1) 「심리묘사를 논함」. 340925 편지와 주석 참조.

341018 쉬마오융에게

마오융 선생께

17일자 편지 잘 받았습니다. 그 번역은 리 선생의 가필이 그다지 많지 않아서 대략 8, 9군데인데, 2, 3군데는 좀 중요합니다.

　원문이 실린 잡지[1]의 호수는 그다지 중요하지 않습니다. 조사해 봐서 수고가 많이 든다면 그만두어도 괜찮습니다. 생각해 보니 대조해서 읽으려는 그런 열성파는 없을 것입니다.

　간단히 답신을 대신합니다.

　몸조심하시기 바라며

10월 18일

쉰 올림

주)＿＿＿＿＿

1) 프랑스의 『르몽드』(世界週刊)를 가리킨다.

341019 리례원에게

례원 선생께

　일본어 역 「시골의사」는 오늘에 이르러서야 겨우 『농민문학』[1]에 있다는 것을 알아냈습니다. 다만 수십 쪽은 생략되었음에 틀림없어 참고하기 어렵습니다. 이 밖에는 아직 미상으로 뒤에 조사해 보겠습니다.

　『지드집』은 일본어역이 두 종류 있는데 어느 쪽이든 여러 사람이 분담해서 번역한 것입니다. 하나는 18권, 1권에 1엔 65전이고, 다른 하나는 12권, 1권에 2엔 75전인데, 저는 후자[2]가 낫다고 생각합니다. 선생은 일괄 지불(합계 30엔 80전, 1엔은 중국의 9자오)할 것인지 아니면 매달 분할 지불할 것인지 알려 주십시오. 서점에서 직접 부칩니다(현재 7권이 나왔고, 뒤에 매달 한 권씩입니다). 대금은 제가 대신 치렀습니다.

지드의 시[3]는 앞의 편지에서 써 주셨던 한 행을 '후기'로 삼는데, 『스페인 서간』[4]의 '후기'는 좀 적어 주십시오. 그렇지 않으면 독자가 적막하다고 느낄 것이기 때문입니다. 공론空論을 적은 것이든 혹은 작가가 스페인에 있었을 때의 일을 적은 것이든 혹은 문학사를 베낀 것이든 혹은 크게 의론을 발하는 것이든 모두 가능합니다. 가능하다면 황허칭黃河淸 선생에게 직접 보내 주시기 바랍니다.

용건만 간단히 적습니다.

건승을 기원하며

10월 19일

쉰 올림

주)_____

1) 『농민문학』. 즉 『농민문예 16강』(農民文藝十六講)으로 이누타 시게루(犬田卯)가 편찬했다. 1926년 10월 일본 슌요도(春陽堂)에서 출판했다. 「시골의사」는 이 책 제5강 제2장 가운데 한 절이다.

2) 『앙드레 지드 전집』(アンドレ·ジイド全集)을 가리킨다. 야마노우치 요시오(山內義雄) 등이 번역하여 1934년부터 1935년에 걸쳐 도쿄 겐세쓰사(建設社)에서 출판했다. 모두 12권이다.

3) 「올해 봄은 없다」를 말한다. 리례원이 번역하여 『역문』 제1권 제3기(1934년 11월)에 실렸다.

4) 『스페인 서간』(Lettres d'Espagne). 프랑스의 메리메(Prosper Mérimée, 1803~1870)가 쓴 것으로, 리례원이 번역하여 『역문』 제1권 제3기부터 제5기(1934년 11월에서 다음 해 1월까지)에 걸쳐 연재되었다.

341020 어머니께

어머님 전. 10월 13일자 편지는 이미 받았습니다. 요 앞의 편지도 받았습니다. 상하이에서 출판하는 소설은 내부인이 사면 시장 가격과 차이가 있습니다. 예를 들어 장헌수이의 소설은 세계서점의 본점에서 사면 정가의 절반이나 60%로 싸게 살 수 있지만, 다른 곳에서는 정가대로 팝니다. 그러나 서점은 변함없이 불경기입니다. 이것은 모두 빈곤해서 책을 읽을 사람이 적기 때문입니다. 하이잉은 점점 커서 말을 잘 알아듣습니다. 그래서 약간의 일은 알게 되고 이전보다 가르치기 쉽습니다. 성격도 좋고 손님이 오는 것도 좋아하며 옹졸하지는 않습니다. 다만 가끔은 사람 특히 자신의 엄마를 괴롭히는데, 저에게는 비교적 조심합니다. 내년에 학교 들어가는데, 상하이에는 좋은 학교가 없습니다. 그래서 1년 연기해 보고 다시 생각해 보려고 합니다. 하이잉이 입으로 말한 것을 광핑이 받아쓴 편지가 있는데 동봉했습니다. 상하이의 날씨는 아직 따뜻하고 저와 광핑은 모두 건강합니다. 염려하지 마시기 바랍니다.

용건만 간단히 적습니다.

늘 건강하시기 바라며

10월 20일

아들 수, 광핑 그리고 하이잉 올림

341021① 뤄칭전에게

칭전 선생께

10일자 편지와 목판화 모두 잘 받았습니다. 대단히 감사합니다. 『목판화가 걸어온 길』과 판목은 며칠 전에 발송했습니다. 이미 도착했을 거라고 생각합니다. 이번 인쇄는 실패했습니다. 판면이 평평하지 않아 기계인쇄에 적합하지 않습니다. 목판화는 손으로 찍는 것보다 나은 것은 없는데, 그렇지 않으면 판면을 평탄하게 하지 않으면 안 됩니다.

서점에 문의해 보니 조각칼은 이미 발송했다고 합니다. 그런데 마침 4본조^{本組}가 없어서 숫자가 다르게 되었습니다.

일본의 목판화가는 상담해 보았는데 물어볼 수 있는 사람이 없습니다. 하나는 그들의 목판화가 초연해서 유파가 우리와 다르니(이 점은 일부 일본인들도 그들의 예술가연하는 것에 불만을 갖고 있습니다), 그들을 비판할 수 없습니다. 또 하나는 그들의 습관이 우리와 달라서 대단히 조심성이 많습니다. 경솔하게 발언하지 않습니다. 그래서 진실한——사교적이 아닌 비평을 받으려고 해도 그것은 어렵습니다.

선생의 목판화 인쇄는 분명히 발전했습니다. 목판화 자체도 대단히 발전했습니다. 다만 저는 풍경이 가장 뛰어나고 인물은 거기에 미치지 못한다고 생각합니다. 인체에 관한 미술해부학을 연구하면 좋겠습니다.

목판화의 용지는 선생이 이번에 사용한 것이 좋다고 생각합니다. 만약 서적의 체재로 하고자 한다면 안에 다른 종이를 붙이면 보기에 좋습니다. 두꺼운 종이에 붙여도 아주 좋습니다. 제가 사용하고 있는 이 편지지(옅은 적색은 이 종이를 염색한 것으로 지질^{紙質}은 동일합니다)는 '초갱지'^{抄更紙}라고 부르고 상하이에서 만든 것입니다. 반고지^{反故紙}를 빻아 바수어 제조한 것으로 소위 '환혼지'還魂紙이며 상등의 것은 아닙니다. 근래 또 한 종의 '특별선'特別宣이 있는데 두껍지만 좋은 제품입니다. 다만 광둥에는 없을지도 모릅니다.

이상 답신을 대신합니다.

몸조심하시기 바라며

10월 21일

쉰 올림

표지의 제자題字[1] 2매를 동봉합니다. 채택된다면 다행이겠습니다. 또 적었습니다.

주)_____

1) 『쑹중목각』(松中木刻)의 표지에 쓴 휘호를 가리킨다.

341021② 예쯔에게[1]

Y.Z. 형

어제 마침내 번역[2]을 건네고 오늘 「야초선」[3]을 읽었습니다.

여기에는 뛰어난 곳도 있고 또 좋지 않은 곳도 있습니다. 이것은 필시 당신이 예상하지 못한 것입니다.

대략 예상하고 있었던 것은 자오더성趙得勝을 그리고, 그를 중심으로 그의 내심과 주위의 사건을 전개하는 것입니다. 그러나 첫번째 단락에 쓰여진 자오 공은 활발하지 않고, 두번째 단락에서 시작하는 사건이 오히려 긴장되고 생동적입니다. 그래서 이것이 거꾸로 첫번째 단락이 잘 되지 않은 것을 두드러지게 합니다.

저는 이것을 보완하는 것은 쉽다고 생각합니다. 뒤집어서 자오 공을 주인공으로 하지 않고 사건을 위주로 한다면 좋습니다. 그 방법은 첫번째 단락의 자오더성을 묘사하고 설명한 문장을 더 짧게 하여 결국 그 개인의 흔적을 극력 줄인다면 좋습니다. '줄인다'라는 것은 글자 수를 줄이는 것으로, 비교적 간단한 몇 마디의 말로 원래 문장의 몇 줄을 포괄하는 것입니다.

몸조심하시기 바라며

10월 21일

L 올림

주)_____

1) 예쯔(葉紫, 1910~1939). 본명은 위허린(兪鶴林), 필명은 예쯔, 예즈(葉芷) 등이고 후난성 이양(益陽) 사람이다. 작가며 '좌련'의 멤버다. 저서에 단편소설집 『풍성한 수확』(豊收) 이 있는데, 루쉰이 이에 서문을 써 주었고, '노예총서'(奴隷叢書)에 수록되었다.
2) 『역문』(譯文) 제3기를 편집한 것을 말한다.
3) 「야초선」(夜哨線). 단편소설로 예쯔의 작품이다. 1934년 『당대문학』 제3기(1934년 9월) 에 게재되었고, 뒤에 단편소설집 『풍성한 수확』에 수록되었다.

341021③ 멍스환에게[1]

멍 선생께

얼예[2] 형으로부터 『역문』 후기[3]를 받아서 생활서점에 우송했습니다. 다만 서두를 조금 첨삭했습니다.──왜냐하면 차오징화와 제가 소개한 것이 있어서 원작자는 중국에서 생소한 사람이 아니기 때문입니다──혜량해 주시면 고맙겠습니다.

삽화 2매는 원판이 분명하지 않아 이것을 토대로 제판製版하면 더 분명하지 않게 됩니다. 부득이하게 사용하지 못하게 되어 지금 돌려드립니다. 『역문』 제3기에 한 장의 고리키 만화漫畫[4]를 게재했는데, 그의 초상을 매호 실을 수는 없어서 제4기에는 사용하지 않았습니다. 선생의 그 한 장이 만약 원판이 분명하고 또 급히 발표를 하지 않아도 된다면 제게 보여 주지 않겠습니까(단 바쁘지 않다면).

용건만 간단히 적습니다.

몸조심하시기 바라며

10월 21일

쉰 올림

편지 주소: 번부 베이쓰촨로 우치야마서점 저우위차이 앞本埠北四川路底, 內山書店收轉, 周豫才收

주)____

1) 멍스환(孟十還). 본명은 쓰건(斯根)이며 소련에 유학했고, 『역문』에 자주 투고했던 필자다. 1936년 『작가』 월간의 주편이었다.

    멤버다. 『중화일보』 「동향」 편집, 1936년 『바다제비』(海燕) 월간을 편집했다.
3) 「역문」 후기. 소련 조시첸코의 「나는 어떻게 창작을 했는가」라는 글의 번역 후기를 가
    리킨다. 멍스환이 지었고 뒤에 『역문』 제1권 제3기(1934년 11월)에 수록되었다.
4) 소련 예피모프(Борис Ефимович Ефимов)의 「고리키 초상」을 가리킨다.

341022① 차오징화에게

야 형

　　오늘 강岡씨의 편지를 받고 나서 동봉했습니다. 판화집[1]이 도착한 듯
한데, 그러한지 아닌지 모르겠습니다. 다만 그들에게 보낸 소포에는 커克
씨에게 보내는 것은 함께 넣지 않았습니다.

　　내일 서점에 부탁해서 서적 소포를 보내겠습니다. 내용은 문학잡지 2
권입니다. 『역문』 2권도 넣었는데, 이것은 우리가 장난삼아 낸 것으로 판
매부수도 3천 전후에 지나지 않습니다.

　　형이 시간이 있으면 기고해 주십시오. 대체로 단편이 맞을 듯하고 수
백에서 일천 자까지면 괜찮습니다. 또 '후기'를 붙여서 작가를 소개할 필
요가 있습니다. 원고료는 아주 적어서 천 자에 3위안입니다.

　　우리는 건강하게 잘 지내고 있으니 걱정하지 마시기 바랍니다.

　　용건만 간단히 적습니다.

　　쌀쌀한 가을 날씨에 건강 유의하시기 바라며

10월 22일

아우 위 올림

강씨의 편지 1장 동봉합니다.

주)_____

1)『인옥집』이다.

341022② 쉬마오융에게

마오융 선생께

Sheherazade[1]는 저의 오래된 인명지명사전에서 찾아보았지만 없습니다. 신화학사전은 갖고 있지 않아 생각해 볼 수도 없습니다. 그렇지만 『천일야화』 속의 인명이 아닌가라고 생각합니다.

간단히 회신합니다.

건강하시기 바라며

[10월] 22일

쉰 올림

주)_____

1) 셰헤라자데.『천일야화』(天方夜談;『一千零一夜』) 속의 인물이다.

341024 선전황에게[1]

전황 선생께

당신이 목판화에 관심을 갖고 있다는 것에 대해 우리는 대단히 감사드립니다.

목판화는 대예술가로 알려진 분들은 상대도 하지 않는 것으로, 이 작가들은 생활이 안정되지 못하며 먹고살기 위해 사방으로 분주한 사람들뿐입니다. 그래서 소위 쇠나무예술사[2]에는 고정적인 사원도 사무소도 없습니다.

이 『목판화가 걸어온 길』은 최근 2년간 입수한 목판화를 인쇄한 것으로, 역사가 비교적 오래된 유화에 비해서도 성과는 아주 적습니다. 다만 모두 편지왕래를 통해 모집한 것으로 작가와 출판사는 얼굴을 모르는 사람이 많고 그래서 소개할 필요가 없습니다. 주재하고 있는 이는 목판을 조각할 수 없는 인간으로 그는 출판만 할 따름입니다.

선생이 목판화에 뜻을 갖는 것은 아주 좋은 일입니다. 그러나 판화가를 방문하는 것은 무익합니다. 이미 성과를 내고 있는 판화가라고 하더라도 암중모색하고 있기 때문입니다. 판화의 기초는 역시 소묘입니다. 조각칼, 판목은 우치야마서점에 주문하면 보내줍니다. 이 밖에 외국의 작품을 많이 보고 그 조각하는 방법을 살피는 수밖에 없습니다. 중국의 옛 목판화를 참고하는 것도 유익합니다.

이러한 회신은 선생에게 만족을 드리지 못할 것 같은데, 여러 가지 사정이 겹쳐서 이렇게밖에 할 수 없습니다. 모쪼록 혜량하시기 바랍니다.

이상으로 답신을 대신합니다.

몸조심하시기 바라며

10월 24일

쇠나무사鐵木社 경계敬啓

주)_____

1) 선전황(沈振黃, 1912~1944). 본명은 선야오중(沈耀中), 저장 자싱(嘉興) 사람이며 만화작
업가. 당시 카이밍서점의 미술담당 편집자였다.
2) 쇠나무예술사(鐵木藝術社). 루쉰은 이 명의로 『목판화가 걸어온 길』(木刻紀程)을 편집해
서 출판했다.

341025 황위안에게

허칭河淸 선생께

베허[1]의 시를 넣어서 게재하는 것은 아주 훌륭합니다. 그는 독일에서 가장 유명한 프로시인으로 망명하지 않았다면 감옥에 있을 겁니다. 번역시에는 후기가 없는데 M[2] 선생이 대신 써 주어도 괜찮다고 했습니다. 며칠 뒤에 보내겠습니다.

저한테는 그의 동판화 초상[3]이 있는데, 아주 크고 또 원판原板이라서 액자에 넣지 않고는 제판소에 전해 줄 수 없습니다. 우치야마서점에 맡겨 두고 누군가에게 생활서점의 명함이나 선생의 명함을 주어서 찾게 하는 것이 어떻겠습니까?

리黎 선생이 편지를 보내서 멍쓰건孟斯根은 자주 『논어』에 기고하고 있기 때문에 『역문』에서는 새로운 필명을 사용하는 것이 어떨까 합니다. 이 것도 한 가지 견해입니다. 다만 이것은 본인에게는 말하기 어렵습니다.

332 서신 3

오늘 그의 친구[4]에게 부탁해 의논해 보라고 했습니다. 그래서 그의 그 한 편[5]을 검열에 보내는 것은 답신을 기다려 잠시 연기해 주십시오. 다만 검열 뒤 서명을 고쳐도 좋다면 보내도 상관없습니다. 답신을 대신합니다.

　　몸조심하시기 바라며

10월 25 밤

쉰 올림

주)_____

1) 원문은 'Becher'. 베허(Johannes R. Becher, 1891~1958)는 독일 시인이다. 여기서 말하는 그의 시는 「기아의 거리」인데, 샤오모(小默; 곧 류무劉穆)가 번역했고, 『역문』 제1권 제3기(1934년 11월)에 게재되었다.

2) 마오둔이다.

3) 베허의 동판 초상은 독일의 마트넬이 만든 것으로 『역문』 제1권 제3기에 실렸다.

4) 네간누이다. 341021③ 편지와 주석 참조.

5) 「나는 어떻게 창작을 했논가」를 가리킨다. 소련 조시첸코가 지었고, 멍스환이 번역했으며 뒤에 『역문』 제1권 제3기에 수록되었다.

341026 차오징화에게

루전 형

　　23일자 편지 잘 받았습니다. 일전에 또 강䍐씨로부터 한 통의 편지를 받고 바로 전송했는데 도착했습니까? 거기에는 『인옥집』을 받았다고 적혀 있었습니다. 그저께 모스크바시의 미술비평가 파벨 에팅거[1]의 편지(영문으로 쓰여진 것)를 받았는데, 친구 강씨의 집에서 『인옥집』을 보았는데, 소개하고 싶으니 자신도 한 권 받을 수 있을까 하는 것이었습니다. 그리고 다른 목판화와 동판화, 석판화는 필요 없는지 물었습니다. 그 편지는 어제 예전처럼 보냈고 회신은 오늘 발송했으며 모두 필요하다고 대답해 두었습니다.

모스크바시에서 보낸 것은 5권이 들어 있는 소포 한 개입니다. 강씨의 것이 도착한다면 커씨의 것도 도착할 것입니다.

그런데 저는 내일 커씨 앞으로 편지를 보낼 생각입니다. 그리고 『인옥집』 한 권도 같이. 그가 갖고 있다고 하더라도 누군가에게 증정해도 좋습니다. 또 커씨와 강씨에게 증정할 『목판화가 걸어온 길』 각 한 권은 E씨 앞으로 발송해서 각각 전해 주도록 부탁할 겁니다. 그는 강씨의 친구이기 때문에 커씨를 찾을 수 있을 겁니다.

강씨 앞으로 보낼 편지는 발송하지 않았습니다. 대체로 새로 쓰지 않으면 안 됩니다. 써 주실 때 『목판화가 걸어온 길』 한 권이 있다고 써 주십시오. E씨에게 부탁해 전해 주도록 했다고. 종이가 필요하다면 저는 기쁘게 보낼 생각인데 좋은 방법이 없습니다. 편지에 종이를 보낼 때의 어려움을 설명해야 합니다. 왜냐하면 세관이 상품으로 간주해 입국을 허가하지 않기 때문입니다. 이전에 반송되어 온 것이 있습니다. 그들이 V에게 설명을 하고, 저는 V에게 보낸다면 이것은 공공기관이기 때문에 벽에 부딪힐 일은 없을 겁니다.

저희들은 모두 변함없이 잘 지내고 있습니다. 걱정하지 마시기 바랍니다.

용건만 간단히 적습니다.

쌀쌀한 가을 날씨에 몸조심하시기 바라며

10월 26일

아우 위 돈수

부인에게도 안부 전해 주십시오.

주)_____

1) 에팅거(Pavel Ettinger)는 당시 소련 모스크바에 거주하고 있었던 독일 미술가. 루쉰은
   그에게 『인옥집』(引玉集)과 『목판화가 걸어온 길』(木刻紀程)을 보내 주었다. 351207(독
   일) 편지와 주석(루쉰전집 16권) 참조.

341027① 정전둬에게

시디 선생께

　10월 16일자 편지는 일찍이 받았습니다. 『목판화가 걸어온 길』은 원래의 판목을 사용해서 인쇄했습니다. 판면이 평평하지 않아서 인쇄소에 약점이 잡혀 적지 않게 속임을 당했습니다. 그 두 권은 이미 전해 주셨다고 하니 감사합니다.

　황색 나문지羅紋紙는 단서가 없다면 모변지毛邊紙에 인쇄해도 상관없습니다. 혹은 염색한 나문에 인쇄하든가. 그때에 다시 의논합시다. 저는 이미 모변, 백의白宜를 도쿄의 인쇄소에 보내고 여기에 인쇄하면 어떤 모습이 될지 물어보았습니다. 또 『구가도』 크기의 가격도 알아봤습니다. 회신이 오면 알려 드리겠습니다. 이 책을 빨리 출판하는 것은 곤란합니다. 저 우쯔징에게 정중하게 거절하는 수밖에 없습니다. 그러나 재촉이 심하면 돌려줘도 좋습니다. 이 서적에 대해 저는 복각複刻이 아닌가 의심하고 있습니다. 황자립1)이라는 이름조차 비뚤게 조각하고 있는 곳이 있기 때문입니다. 아무튼 우리도 아직 『수호도』를 찾지 못했기 때문에 완벽한 것과는

거리가 있으니, 우선 확실하게 원각原刻인 것을 출판하는 것도 좋습니다.

『십죽재』 예약의 기간, 패찰²⁾의 배치 모두 편지에서 말한 대로 좋습니다. 예약의 가격은 그렇게 정합시다. 전부 출판한 뒤에 20위안으로 합시다. 예약기간이 지나면 각 권 5위안입니다. 이것은 초판이기 때문에 비싸지는 않습니다. 그리고 전부 출판하고 나서는 영자신문에 광고를 내고 서양인의 돈을 모읍시다. 『베이핑전보』는 베파서점³⁾도 우치야마에 와서 두 권을 샀기 때문입니다.

간단히 답신을 대신합니다.

건승을 기원하며

10월 27일

쉰 돈수

주)＿＿＿＿

1) 황자립(黃子立). 본명은 건중(建中)으로 안후이성 후이주(徽州) 사람이다. 명말청초의 각공(刻工)으로 1653년에 『박고혈자』(博古頁子)를 새겼다.
2) 「『십죽재전보』 패기」를 가리킨다. 현재 『집외집습유보편』에 수록되어 있다.
3) 베파서점(別發書店). 난징로(南京路)에 있던 Kelly & Walsh 서점의 중국 이름. 영국과 미국 등지의 서적을 취급했다.

341027② 쉬서우창에게¹⁾

지푸 형

23일 부인이 스양²⁾을 데리고 왔고, 아울러 편지도 받았습니다. 급히 시노자키의원³⁾에 가서 진찰을 받은바, 의사가 말하기를 편도선이 좀 부었는데 절제할 정도는 아니라고 합니다. 일주일 정도 약을 먹으면 나을 거라고 하네요. 그리고 고향으로 돌아가서 약 일주일 뒤에 다시 상하이에 와 체류하면서 치료를 받는 것으로 했습니다. 그렇다면 절제하는 편이 간단하고 깨끗합니다. 지금 치료해서 나았다고 하더라도 목은 약하기 때문에 이후 쭉 섭생할 필요가 있으며, 몸이 허약한 것이 편도선과 관계가 없다면 따로 진찰을 받고 치료해야 하기 때문입니다. 뒤에 잘 생각해 보니 이번에 시노자키의원에 간 것은 여기에 전문이 있기 때문입니다. 그러나 절제는 하지 않아도 약을 바를 필요가 있고, 또 내과는 다른 의사에게 진찰을 받지 않으면 안 됩니다. 차라리 인후와 내과를 겸하는 곳을 찾아보는 편이 수고를 덜겠습니다. 제가 그런 의사를 알고 있으니 부인이 상하이에 오시면 이것을 권하겠습니다. 형도 그렇게 생각할 거라고 봅니다. 또 스양이 책을 오래 읽어 눈이 아프게 되었는데 중국의 의사가 트라코마라고 했다고 하는데, 시노자키의원에서 이것을 물어 보고 진찰을 받은 결과 그렇지 않고 뒤에 다른 의사에게 진찰을 받아야 한다고 말했습니다. 혹은 근시인데 안경을 쓰지 않아서 오래 책을 보면 피곤할지도 모릅니다. 저희는 변함없이 잘 지내고 있습니다. 걱정하지 마시기 바랍니다. 급히 용건만 적습니다.

　　건승을 기원하며

10월 27일

아우 페이飛 돈수

주)_____

1) 이 편지는 쉬서우창의 유족이 부쳐 준 것에 근거해 수록한 것이다.
2) 부인은 타오보친(陶伯勤, 1899~1994)이고 저장성 자싱 사람이다. 스양(世暘)은 쉬서우

창의 셋째 딸이다.
3) 시노자키 의원(篠崎醫院). 당시 일본인 시노자키 쓰카사(篠崎都香佐)가 상하이에서 열었던 병원이다.

341030 어머니께

어머님 전. 10월 25일자 편지와 사진 2장 잘 받았습니다. 셋째의 한 장은 토요일에 전해 주겠습니다. 토요일 저녁이나 일요일만 겨우 쉴 수 있고 세상 얘기를 하러 오기 때문입니다. 이 사진은 아주 잘 찍었습니다. 보니 제가 재작년에 갔을 때와 모습에 변화가 없어서 아주 기쁩니다. 하이잉은 이미 봤습니다. 이것으로 처음 어머님과 만나게 되었습니다. 지금 낮에도 밤에도 응석을 부리고 여자 하인이 말하는 것 등은 들으려고도 하지 않습니다. 다만 제가 말하는 것은 좀 듣습니다. 도리도 분별할 수 있고 끙끙거리지 않고 알랑거리지도 않고 성격은 좋은 편입니다. 지금은 건강합니다. 겨울이 다가오면 의사의 지시를 지켜서 어간유魚肝油를 복용시키려고 합니다. 상하이는 날씨가 아직 추운 정도는 아니고 저와 하이마 모두 건강하니 걱정하지 마시기 바랍니다. 허썬和森의 딸이 베이징에 오면 어머님이 우리집에 숙박시켜 주십시오. 약간 떠들썩하게 살고 있는 듯하게 보이는 것은 저도 좋다고 생각합니다. 답신을 대신합니다.

건강하시기 바라며

10월 30일

아들 수, 광핑 그리고 하이잉 올림

341031① 류웨이밍에게[1]

웨이밍 선생께

어제 편지를 받았습니다. 요 몇 년 동안 단평은 자주 써 왔지만 종종 서명署名을 바꾸었습니다. 왜냐하면 언젠가 우체국이 저의 이름을 본 것만으로 잡지를 압류한 적이 있기 때문에 사용할 수 없는 것입니다. 요즘 그들은 방법을 바꾸어 이름은 사용해도 상관없습니다만, 출판사에 압력을 가해 원고를 먼저 갖고 오게 해서 심사를 하고 게재를 금지하거나 삭제와 가필을 가하거나 합니다. 출판사는 영리사업이기 때문에 따르는 수밖에 도리가 없습니다. 그래서 저의 예전 이름으로 발표하는 것은 지장이 없는 문장으로 제한합니다.

단평을 모아서 한 권으로 묶어 출판한 것이 모두 세 권입니다. 하나는 『이심집』, 또 하나는 『거짓자유서』, 다른 하나는 『남강북조집』입니다. 모두 출판한 뒤 바로 금지를 당했고 책 자체는 다 팔렸든가 몰수되었든가 했습니다. 지금 『거짓자유서』밖에 남지 않았습니다. 선생은 보신 적이 있습니까? 아직 보지 못하셨다면 보내 드리겠습니다. 다른 두 권은 다른 사람들이 가지고 가서 제가 갖고 있지 않으니 다른 데서도 찾을 수 없습니다. 몰래 재판할 사람이 없는 한 필시 구하기는 어려울 것입니다. 그러나 수시로 유의하다가 만에 하나라도 구하게 되면 증정하겠습니다.

펑쯔[2]는 저의 다른 이름이 아닙니다.

이상으로 답신을 대신합니다.

몸조심하시기 바라며

10월 31일

쉰 올림

1) 류웨이밍(劉煒明). 본명은 류스아이(劉始愛), 광둥 다푸(大埔) 사람이다. 당시 싱가포르에서 상업에 종사했고 루쉰 작품의 독자다.
2) 펑쯔(鳳子). 탕타오의 필명이다.

341031② 멍스환에게

멍 선생께

　30일자 편지 잘 받았습니다. 개명의 건[1]은 황선생에게 통지했습니다.

　고리키의 「코롤렌코」[2]는 중국에 번역본이 없는 듯합니다. 왜냐하면 여기에 기재되어 있는 커料씨는 중국에서 유명한 사람이 아니고, 단지 톨스토이와 관련된 것이 몇 번인가 번역된 것에 지나지 않기 때문입니다.[3]

　제가 문학가의 초상을 출판하고자(화가는 포함하지 않습니다) 하는 것은 세 종류의 독자를 위한 것입니다. 첫째, 화가 특히 초상화가. 둘째, 문학사의 재료를 수집하는 사람. 셋째, 호사가 무리. 그리고 사진은 채용하지 않고 오로지 회화, 목판화, 조각의 초상을 출판할 생각입니다. 인쇄 직인과 종이는 상등이 좋고, 콜로타이프판을 사용해 도쿄의 유명한 인쇄소에 의뢰해 인쇄할 것입니다.

　그런데 조금 전에 연기했습니다. 우선『역문』이 출판을 계속할 수 있을지 없을지 보지 않으면 안 되기 때문입니다(이것은 대략 다음 달이 되면 분명해질 겁니다). 계속된다면 편승해서 광고를 게재할 수 있습니다.『역문』의 일부 독자가 화상畵像의 독자이기를 희망하고 있습니다. 만약 출판할 수 있다면 철하지 않고 12매를 한 질帙로 할 생각입니다. 귀하의 몇 매인가

화상은 제1질이 출판된 뒤에 다시 빌리겠습니다.

앞의 편지에서 한 가지 답하는 것을 잊어버렸습니다. 톨스토이 옹의 『안나 카레니나』는 중국에서 그다지 좋지 않지만 번역이 되었는데,[4] 다만 중국의 출판계에서는 다시 출판할 사람이 없습니다. 그래서 A.T.의 『빅토르 1세』[5]를 번역하는 것이 좋습니다. 이것도 유명한데 저는 본 적이 없습니다. 길이가 어느 정도 됩니까? 길다면 출판의 희망은 없습니다.

저쪽에는 또 한 명의 작가 TOLSTOI가 출현한 듯합니다. 이름의 첫 글자는 V로 서양의 문창제군[6]이 톨스토이의 저택 위에 계신 듯합니다.

이상으로 답신을 대신합니다.

몸조심하시기 바라며

10월 31일

쉰 올림

주)＿＿＿＿

1) 멍쓰건(孟斯根)이 멍스환(孟十還)으로 이름을 바꾼 것을 말한다. 341025 편지 참조.

2) 고리키가 지은 것으로, 코롤렌코(Володимир Галактионович Короленко)에 관한 회상록이다. 「콜로렌코 회상록 1장」이라는 제목으로 소련 『혁명연감』 제1기(1922년)에 게재되었다.

3) 1901년부터 1902년까지 고리키는 레프 톨스토이를 회상한 노트 44편 및 코롤렌코에게 보낸 「한 통의 편지」를 집필했다. 중국어 번역은 위다푸의 「톨스토이」(回憶雜記; 『분류』奔流 제1권 제1기에 게재)와 러우스이(柔石)의 「톨스토이에 관한 한 통의 편지」(『맹아』萌芽 월간 제1권 제1기에 게재)가 있다.

4) 천자린(陳家麟), 천다덩(陳大鐙)이 번역한 『안나 카레니나』(婀娜小史)다. 1917년 8월 상하이 중화서국에서 출판했다.

5) A. T.는 톨스토이(Алексей Николаевич Толстой, 1883~1945)를 가리킨다. 소련작가로 저서에 장편역사소설 『고난의 역정』(Хождение по мукам) 3부작 등이 있고, 러우스이(樓適夷)가 번역한 『빅토르 1세』(지금은 『빅토르대제』라고 번역함)가 있다.

6) 문창제군(文昌帝君). 미신적인 전설에 의하면 진나라 때 쓰촨 사람 장아자(張亞子)가 죽은 뒤 이 세상의 문관시험합격에 관한 원부(原簿)를 관장하는 신이 되어 문창제군이라고 칭했다.

341101① 쉬마오융에게

마오융 선생께

　　편지와 번역원고[1] 잘 받았습니다. 소장한 와일드에 관한 문장은 그가 호텔에서 병에 걸려 장례식을 치를 때까지를 적은 것으로, 다른 것이기 때문에 대조할 수 없습니다. 리■ 선생은 출판사를 위해 번역에 신음하고 있고 연말까지 마무리하지 않으면 안 되기 때문에 대조를 바랄 수는 없습니다. 선생이 다른 곳에 급하게 투고하지 않아도 된다면 잠시 기다려 줄 수 없겠습니까?

　　두탄 선생[2]에게 보내는 회신을 동봉합니다. 전해 주시면 감사하겠습니다.

11월 1 밤

쉰 올림

주)＿＿＿＿

1) 「와일드」(*Oscar Wilde*)이다. 앙드레 지드(André Gide)의 작품으로 뒤에 『역문』 제2권 제2기(1935년 4월)에 실렸다.
2) 두탄(杜談). 더우인푸(竇隱夫)이다. 341101② 편지와 주석 참조.

341101② 더우인푸에게[1]

인푸 선생께

    편지와 함께 『신시가』[2] 제3기를 받았습니다. 고맙습니다. 제2기도 일찍이 받았습니다.

    저에게 시에 대해서 논하라고 하니 실로 천문에 대해 이야기를 하라는 것이나 다름없습니다. 뭐라고 말해야 좋을지 모르겠습니다. 사실 저는 전혀 연구해 본 일이 없으므로 머리가 텅 비어 있습니다. 저는 단지 한 가지 사견私見을 갖고 있습니다. 즉 극본이라는 것은 책상에 놓고 보는 것과 무대에서 공연하는 것 두 종류가 있지만 후자가 더 좋다시피, 시가도 눈으로 보는 것과 입으로 부르는 것 두 가지가 있으나 후자가 더 좋다고 생각됩니다. 그런데 유감스럽게도 중국의 신시는 대개 전자가 많습니다. 절조節調도 없고 운도 없으니 부를 수가 없고 부르지 못하면 기억할 수가 없고 기억하지 못하면 사람들의 머릿속에서 구시를 밀어내고 그 자리를 차지할 수 없습니다. 많은 사람들이 「보슬비」를 부르고 있지만, 그것은 리진후이[3]가 부른 노래이기 때문입니다. 사람들이 리진후이가 부르던 것을 따라 부르는 것이지 신시 자체를 부르는 것은 아닙니다. 신시는 지금까지도 불운한 처지에 있습니다.

    내용은 잠시 차치하더라도 신시는 우선 절조가 있고 비슷하게 운을 맞추어 사람들이 기억하기 쉽고 입에 잘 맞아서 부를 수 있게 해야 한다고 생각합니다. 그러나 백화문으로 운도 맞고 자연스럽게도 하게 짓자면 그리 쉬운 일이 아닙니다. 저 자신은 지을 수가 없어서 그저 논의나 할 따름입니다.

    저는 가난하다고는 할 수 없으나 돈이 있다고도 할 수 없습니다. 다른 데 절약하여 몇 위안인가를 기부하는 것[4] 정도는 아직 어려운 일이 아닙니다. 그렇지만 요 며칠 사이는 안 되겠습니다. 좀 기다려야겠습니다.

저를 욕한다는 말은 누구한테도 듣지 못했습니다. 그 글[5]은 이전에 읽었지만 또 저를 욕하는 것이라고 느끼지는 못했습니다. 상하이 문단의 소식통들은 요언을 날조하는 데 능합니다. 그들의 말에 일일이 신경을 쓰다가는 곧바로 그들의 꾀임에 빠질 것입니다. 그래서 저는 종래로 그런 것에 아랑곳하지 않습니다.

이상으로 답신을 대신합니다.

평안하시기를 기원하며

11월 1 밤

쉰 올림

우리의 동료들 가운데도 머리가 단순하여 피아를 구분하지 못하는 사람들이 있습니다. 미풍사가 저를 '문단의 요귀'라고 욕하자[6] 곧이곧대로 '루쉰은 문단의 요귀이다'라는 것만 기억하고 있습니다. 그리하여 그 뒤부터는 '문단의 요귀'라는 글자를 보기만 하면 곧 저를 욕한 것이라고 생각하여 서로 알리고 있는 것입니다. 이런 상황은 그야말로 개탄할 만한 일입니다. 그러나 저는 이만 한 식별력도 가지지 못한 사람이 아니니 걱정하지 마시기 바랍니다. 부언해 두는 바입니다.

주)＿＿＿＿

1) 더우인푸(竇隱夫, 1911~1986). 본명은 두싱순(杜興順)이고 탄(談)으로 고쳤다. 필명은 더우인푸이고 허난성 네이샹(內鄉) 출신으로 좌익작가연맹 멤버였으며, 당시 『신시가』의 편집인이었다.

2) 『신시가』(新詩歌). 상하이 중국시가회에서 편집 출판했으며 모두 12기를 냈다. 1933년

2월에 창간되었다가 1934년 12월에 정간되었다.

3) 리진후이(黎錦暉, 1891~1967). 후난성 샹탄(湘潭) 출신으로 음악가다. 초기에는 아동가 곡 창작에 종사했으며 1929년부터는 명월가무극사(明月歌舞劇社)를 창립하였다. 그가 편곡 연출한 가무음악에 「보슬비」 등이 있는데, 한때 민간에서 유행했다.

4) 『신시가』 잡지를 위하여 의연금을 모으던 것을 가리킨다.

5) 두탄이 쓴 「문학청년과 도덕」(1934년 10월 『신어림』 제5호)를 가리킨다. 이 글은 다른 사람을 공격하고 자신을 높이는 일부 문예청년들의 악랄한 작풍을 비난하였는데, 오히려 다른 사람이 루쉰을 공격하던 다음과 같은 말을 인용했다. "얼마 전 『선바오』에 어떤 문예단체가 모모 '2명의 문단요귀'를 성토하자는 선언이 실렸는데, 이에 저는 전적으로 동의한다. 이러한 '문단의 요귀'는 일찌감치 자취를 감추게 해야 할 것이다."

6) 미풍사(微風社). 곧 미풍문예사인데, 국민당 상하이시 당부가 주재한 어용 문학단체로서 1934년 7월 상하이에서 설립되었고, 그 주요성원은 주샤오춘(朱小春), 린경바이(林庚白), 린중커(林衆可), 장이핑(章衣萍) 등이다. 미풍사가 7월 25일에 소집한 제1차 사무회의에서는 '루쉰을 성토한다'는 등의 각종 제안이 의결되었는데, 관련된 제안에는 루쉰을 '문단의 요귀'라고 모독한 것이 있었다. 그리고 또 '당정기관에 보고하여 엄격히 제재할 것을 청원하는 것'을 의결하였다(1934년 7월 26일 『선바오』에 근거함).

341103 샤오쥔에게

류劉 선생께

편지는 오늘 받았습니다. 이전의 편지, 책, 원고 모두 잘 받았고 분실된 것은 없습니다. 훔쳐 간 것은 없다고 생각합니다.

만남 건은 잠시 연기하는 것이 어떨까 합니다. 일자를 정해서 만나는 것은 번거롭습니다. 필요할 때 다시 얘기합시다.

간단히 용건만 적습니다.

몸조심하시기 바라며

11월 3일

쉰 올림

부인[1]에게도 안부 전해 주십시오.

주)_____

1) 샤오훙을 가리킨다. 341112① 편지와 주석 참조.

341105① 쉬마오융에게

마오융 선생께

편지 잘 받았습니다. 제가 본 O.W.[1]에 관한 문장은 긴 것이 아니었습니다. 후반뿐이었을지도 모릅니다. 시간이 나면 조사해 보겠습니다. 만약 연속되는 것이라면 번역해서 보완하고 리裳 선생에게 교열을 부탁하겠습니다.

두杜 선생[2] 앞으로 보낸 편지 전해 주시면 고맙겠습니다.

그럼 이만 줄입니다.

몸조심하시기 바라며

11월 5일

쉰 돈수

주)_____

1) 「와일드」를 가리킨다. 340920 편지와 주석 참조.
2) 두탄(杜談) 즉 더우인푸(竇隱夫)다.

341105② 샤오쥔에게

류 선생께

4일자 편지 잘 받았습니다. 동삼성東三省의 신문에 제가 뇌막염[1]을 앓고 있고 의사로부터 10년간 집필을 금지당했다는 기사가 실렸다는 것은 들었습니다. 그러나 뇌막염에 걸리면 십중팔구는 죽습니다. 죽지 않고 살아도 대개 백치가 되어 살아 있는 송장입니다. 이 정보는 상하이에서 흘러간 것으로 상하이의 소위 '문학가'가 만든 요언입니다. 이 때문에 받은 피해는 멀리 있는 친구가 걱정한 것은 그렇다고 하더라도 수십 통의 정정 편지를 써야 했습니다.

상하이에 일군의 '문학가'가 있는데 음험합니다. 조심하지 않으면 안 됩니다.

두 분이 상하이에 오래 있을 거라면 만날 기회가 있겠죠.

답신을 대신합니다.

몸조심하시기 바라며

11월 5 밤

쉰 올림

인吟 여사[2]에게 안부 전해 주십시오, 따로 편지하지 않겠습니다.

주)_____

1) 340324 편지와 주석 참조.
2) 샤오훙을 가리킨다.

341107 리지예에게

지예 형

　4일자 편지 잘 받았습니다. 앞의 편지도 받았습니다. 칭青 형의 일[1]이 이렇게 번거롭게 될 줄은 몰랐습니다.

　비첩碑帖은 바로 필요한 것이 아니기 때문에 사는 것은 그만두겠습니다. 다만 형이 베이징에 갈 기회에 아직 남아 있는 일부분을 우송해 주면 그것을 보고 매듭을 짓겠습니다. 산둥山東, 산시山西에서 보내 준 탁본은 저는 본 적이 없습니다.

　우리는 모두 여전합니다. 멀리서 걱정하지 마시기 바랍니다. 저 역시 어떤 것도 쓸 수 없습니다. 최근 몇 명의 친구와 월간 잡지를 시작했는데, 모두 번역뿐으로 『역문』이라고 합니다. 그래도 삭제되는 곳이 있습니다. 형은 본 적이 있습니까?

　그럼 이만 줄입니다.

　몸조심하시기 바라며

11월 7일

위豫 계상啓上

주)＿＿＿＿

1) 타이징능(臺靜農)이 베이핑에서 국민당 헌병에게 체포된 일을 말한다. 340805 편지와 주석 참조.

341108 정전뒤에게

시디 선생께

4일자 편지 받았습니다. 『박고패자』[1]를 사진으로 찍어 두는 것은 아주 좋다고 생각합니다. 다만 저는 상하이의 실정에 정말로 어두워 바로 사기를 당합니다. 그래서 오전에 서점에 부탁해 보냈습니다. 선생이 사진관에 말하는 것이 타당하지 않을까 생각합니다. 아마도 장래 제판할 때 사진 원판의 대소는 관계없고, 원서의 크기만 기록해 두면 그대로 확대해 줄 겁니다.

왕王 군[2]의 발병은 가여운 것만이 아니라 애석하기도 합니다. 마치 성실한 사람이 쉽게 미치는 것과 같습니다.

학교의 선생도 무료하지만 매문賣文도 무료합니다. 상하이의 문인은 정밀 기괴함이 대단한데, 비평하는 인간은 저를 가혹하다고 하지만, 많은 사실이 저의 악의적 추측을 초월합니다. 어찌 탄식하지 않겠습니까. 근래 조금 바쁘고 좀 아팠는데 사나흘 지나면 나을 겁니다.

답신을 대신합니다.

건승을 기원하며

11월 8일

쉰 돈수

주)_____

1) 『박고패자』(博古牌子). 곧 『박고엽자』(博古葉子)다.
2) 왕샤오츠(王孝慈)를 가리킨다. 340516② 편지와 주석 참조.

341110 정전둬에게

시디 선생께

8일에 편지 한 통과 『박고패자』 한 권을 부쳤습니다. 도착했을 거라고 생각합니다. 오늘 도쿄의 고요샤洪洋社로부터 편지를 받았는데, 콜로타이프판의 견적으로 크게 『구가도』 전 페이지의 경우에 제판비와 인쇄비로 1장당 5편分입니다. 그렇다면 백 장에 5위안으로 베이핑의 가격과 다르지 않습니다. 일본의 엔이 좀 싸다고 하더라도 종이를 보내는 것과 운송비를 포함하면 다소 비싸집니다.

그렇다면 노련집老蓮集은 베이핑에서 인쇄하는 것이 어떻겠습니까? 출판부수가 적다면 정가가 높아지고 그다지 보급은 잘 되지 않겠지만, 저우周 군[1]에게도 이때 연기를 신청하고 선생이 상하이에 오시고 나서 종이를 운송하고(혹은 베이핑에도 있을지 모르겠습니다만), 바로 착수하는 것은 어떻습니까? 그렇다면 사진촬영 비용도 절약할 수 있습니다.

용건만 간단히 적습니다.

건승을 기원하며

11월 10일

쉰 올림

주)＿＿＿＿

1) 저우쯔징이다. 루쉰은 일찍이 그에게 진노련이 지은 『수호엽자』(水滸葉子)를 차용할 것을 건의했다. 340621② 편지와 주석 참조.

341112① 샤오쥔, 샤오훙에게[1]

류, 차오^悄 두 분 선생께

7일자 편지를 잘 받았습니다. 먼저 호칭의 문제입니다. 중국의 많은 말은 퇴고推敲해 보면 사용할 수 없는 것이 많습니다. 그러나 남용되어 의미가 애매해졌습니다. 그래서 또 이렇게 부연합니다. 말씀하신 대로 선생이란 두 글자는 글자 그대로 앞에 태어난 인간이란 것인데, 이렇게 진지하게 다룬다면 동년배의 사람도 부르기 전에 먼저 태어난 날을 확인하지 않으면 안 되니 아주 불편합니다. 여성에 대한 호칭은 적당한 것이 없어서 차오 여사로부터 항의를 받았는데 저는 어떻게 불러야 됩니까? 차오 숙모悄嬸子, 차오 누이悄姉姉, 차오 여동생悄妹妹, 차오 질녀悄侄女······ 모두 좋지 않습니다. 그래서 저는 역시 부인夫人, 부인太太, 혹은 여사女士, 선생先生이라고 할 생각입니다. 현재 호칭을 붙이지 않고 부르는 방법도 있지만, 이것은 무정부주의자 식이라서 저는 사용하지 않습니다.

치기의 말은 조금 하는 것도 상관없습니다. 치기는 진정한 친구를 찾을 수 있습니다. 그러나 자칫 다른 사람에게 속임을 당하고 해를 입을 수 있습니다. 상하이는 좋은 곳이 아닙니다. 물론 사람을 보면서 호랑이나 이리로 생각할 필요는 없지만, 결코 바로 믿고 본심을 숨김없이 털어놓아서는 안 됩니다.

아래는 문의하신 것에 대한 대답입니다. ──

첫째, 저는 대중어에 찬성합니다. 『태백』 2기에 게재한 화위華圉의 「문밖의 글 이야기」門外文談는 제가 쓴 것입니다.

둘째, 중국작가의 작품은 그다지 읽지 않습니다. 저는 비평가가 아니기 때문입니다. 자주 읽는 것은 외국인의 소설이나 논문입니다. 그러나 책을 읽을 시간도 제한적입니다.

셋째, 없습니다.[2] 아마도 이후에도 당분간 없습니다. 출판이 허가되지 않기 때문입니다.

넷째, 『남강북조집』을 출판했지만, 바로 금지당했습니다.

다섯째, 펑쯔蓬子는 전향했습니다. 딩링丁玲[3]은 생존하고 있으나 정부가 그녀를 키우고 있습니다.

여섯째, 탄압합니다. 그들 스스로 통일되지 않기 때문에 수단은 지방에 따라 다릅니다. 상하이는 비교적 느슨합니다만, 어떤 지방은 제게 보낸 편지가 검열에 걸리면 발신자가 위험합니다. 서적이 우체국에서 압류되는 일은 자주 있는데, 외국에서 우송되어 온 잡지도 종종 도착하지 않습니다.

일곱째, 일괄적으로 말할 수 없습니다. 제 생각에 가장 좋은 것은 청서淸書한 뒤 잠시 방치해 두고 보지 않고 한두 달 뒤에 다시 읽는 것입니다.

여덟째, 이것도 일괄적으로 말할 수 없습니다. 청년이라는 두 글자로 그 부류의 사람을 전부 포괄할 수 없습니다. 좋은 사람도 있고 나쁜 사람도 있습니다. 다만 청년이라고 하더라도 치기가 있고 불안정한 이는 많지 않습니다. 제가 만났던 열 명 중에 일고여덟은 나이에 비해 노숙해서 신중하게 처신합니다. 대체로 저는 이러한 사람들과는 교제하지 않습니다.

아홉째, 그러한 감각[4]은 없습니다.

저는 분명히 다년간 교사와 교수를 했습니다. 그러나 자신이 학생 출신이었던 점을 잊지 않습니다. 그래서 예의가 바르든 그렇지 않든 신경 쓰지 않습니다. 글자라면 저는 중단 없이 글을 써서 40여 년이 되었으니 좀 잘 쓴 것이 아닐까요. 그러나 경과한 시간과 비교해 보면 역시 좋지 못합니다.

답신을 대신합니다.

평안하시기 바라며[5]

11월 12일, 쉰 올림

╲이 두 글자에 항의합니까?

주)_____

1) 샤오훙(蕭紅, 1911~1942). 본명은 장추잉(張迺瑩)이고 필명은 샤오훙, 차오인(悄吟)이다. 헤이룽장(黑龍江)성 후란(呼蘭) 사람으로 여성작가다. 당시 샤오쥔과 함께 상하이로 피신하여 문학창작에 종사하고 있었다. 저서에 중편소설 『삶과 죽음의 자리』(生死場) 등이 있다.
2) 샤오쥔의 회상에 의하면 여기서는 당시 '좌련'의 기관지를 말하고 있다.
3) 펑쯔의 전향은 340831② 편지와 주석 참조. 딩링의 일은 340904 편지와 주석 참조.
4) 샤오쥔의 회상에 의하면, 그들은 루쉰에게 보낸 편지에서 평소에 고독과 적막의 느낌을 갖고 있는지 물었다.
5) 원문은 '儷安'. '儷'는 부부의 미칭(美稱)이다. 예를 들어 부부가 같이 찍은 사진을 '儷影'이라고 한다.

341112② 쉬마오융에게

마오융 선생께

차오쁠 선생[1]의 주소는 기억이 불확실합니다. 선생과 3, 4호밖에 떨어지지 않았죠. 동봉한 편지를 전해 주시면 고맙겠습니다.

수고를 끼쳐서 죄송합니다.

몸조심하시기 바라며

12일
쉰 올림

주)_____

1) 차오쥐런을 가리킨다.

341116① 뤼펑쭌에게[1]

젠자이漸齋 선생께

  보내 주신 편지로 가르침을 주셔서 감사합니다. 제시하신 제1조[2]인데, 독일어역을 조사해 보니 "경찰에게 나는 모든 것을 당신을 대신해 스스로 여기에 와야만 했던 것입니까"라고 되어 있고, 리季[3] 역의 "변명을 하다"는 틀리지 않습니다. 뒤에 기회가 있으면 정정하겠습니다. 제2조는 정말로 비유와 풍자가 두 가지 의미를 갖게 하는데, 하나는 상인이 손님에게 접대하는 버터는 품질이 나쁜 비누와 같은 것을 풍자하고, 다른 하나는 또 이발소가 사용하는 비누가 품질이 나쁜 버터와 같은 것을 풍자하고 있습니다. 주를 붙이는 것 외에 방법이 없습니다. 간단히 답신을 대신합니다.

  몸조심하시기 바라며

10월 16일

쉬샤許遐 근상謹上

주)_____

1) 뤼펑쭌(呂蓬尊, 1899~1944). 광둥(廣東) 신후이(新會) 출신이며, 원명은 사오탕(劭堂) 혹은 젠자이(漸齋)이다. 소학교 교원을 지냈다. 루쉰의 번역들 가운데 몇몇 용어에 대한 이견이 있어서 편지를 보내 루쉰과 논의했다.
2) 고골 소설 『코』의 번역(루쉰 역)에 대한 뤼펑쭌의 의견을 가리킨다. 제1조의 루쉰 번역

은 "당신은 내가 당신을 대신해 경찰에 통보하러 갔다고 생각하고 있었습니까?"이다. 리빙즈(李秉之)는 '러시아의 명저 2집' 『코』에서 번역하기를 "내가 당신을 대신해 변명을 하려고 경찰에 간 때문입니까"라고 했다.

제2조라는 것은 루쉰의 번역이 "상인이 생일축하에 사람을 초대할 때처럼 버터를 발랐다"라고 한 것이다.

3) 리빙즈를 가리킨다. 러시아문학 번역에 종사했다. 번역으로 『러시아의 명저』 제1, 2집 등이 있다.

341116② 차오징화에게

루전 형

편지 두 통 잘 받았습니다. 강岡 앞으로 보내는 편지는 이미 발송했습니다. 비문[1]은 꼭 쓰겠지만, 기한을 연기해 주십시오. 월말에는 보내겠습니다. 매일 열이 나서 일주일이나 누워 있었습니다. 유행성 감기와 같은데 격일로 의사를 찾아갔더니 대략 일주일 정도면 나을 거라고 합니다.

아내와 아들은 건강합니다. 염려치 마시기 바랍니다.

답신을 대신합니다.

추운 겨울에 몸조심하시기 바라며

11월 16일

아우 위豫 배상拜上

주)_____

1) 차오징화의 아버지 차오페이위안(曹培元)을 위해 지은 「허난성여씨현(河南省廬氏縣), 차오선생공적현창비(曹先生功績顯彰碑)」를 가리킨다. 이 글은 「차오 선생의 가르침을 기리는 비문」이란 이름으로 『차개정잡문』(루쉰전집 8권)에 수록되었다.

341117 샤오쥔, 샤오훙에게

류 선생:

11일자 편지는 일찍이 받았는데, 이제야 답신을 합니다. 저는 병이 나서 열흘 정도 지났는데도 하루에 일을 할 수 있는 체력에 한계가 있어 여러 가지를 연기하였습니다. 다만 지금은 꽤 좋아졌습니다. 의사가 전신을 검사해 주었는데, 그의 말에 의하면 죽을 모습은 전혀 아니라고 합니다. 그래서 두 분도 안심하시기 바랍니다. 스스로 죽으러 갈 시기가 저에게는 아직 오지 않았습니다.

나카노 시게하루[1]의 작품은 중국에 그 한 권 외에는 없습니다. 그도 전향했습니다. 일본의 모든 좌익작가 가운데 현재 전향하지 않은 이는 두 사람뿐입니다(구라하라와 미야모토[2]). 두 분은 필시 놀라며 그들은 중국 좌익의 완강함에 미치지 못한다고 간주할 걸로 생각합니다만, 일체의 사물은 비교하고 나서 논하지 않으면 안 됩니다. 그들의 압박 수단은 정말 조직적이며 실수가 없습니다. 그들은 독일형으로 주도면밀합니다. 중국이 이것을 모방하려고 해도 상황이 다릅니다.

펑쯔蓬子의 변화는 단지 그가 감옥에 들어가고 싶지 않기 때문입니다. 원래 그는 로맨틱한 인물입니다. 대체로 지식인 중에는 성질이 좋지 않은 사람이 많은데, 특히 소위 '문학가'는 좌익이 번성할 때는 이것이 유행의 첨단이라고 생각해 바로 좌경화하지만, 탄압이 시작되면 참지 못하고 바로 변합니다. 심한 것은 배반의 선물로 친구를 파는 것입니다(다만 펑쯔는 이런 일은 하지 않았습니다). 이러한 일은 대체로 어느 나라에나 있습니다. 그러나 중국은 특별히 심하다고 생각합니다. 정말로 좋은 현상은 아닙니다.

아래는 질문에 대한 답입니다. ──

첫째, 고칠 필요는 없습니다. 상하이는 우편물이 많기 때문에 그들은 하나하나 유념할 시간이 없습니다.

둘째, 서점에 예약해 두면 좋습니다.[3] 다만 아직 열흘 정도 있으니 그때가 되어 다른 방법을 의논해 봅시다.

셋째, 일을 찾는 것은 곤란합니다. 다른 사람과 교제가 없기 때문입니다.

넷째, 제가 준비합니다. 문제는 없습니다.[4]

북방에서 태어나고 자란 사람이 상하이에서 사는 것은 정말 어렵습니다. 방이 비둘기집과 같은데 이 작은 방을 빌리는 비용이 너무 비쌉니다. 숨을 쉬더라도 돈이 필요합니다. 옛날 사람은 물과 공기는 누구에게도 주어진 것이라고 말했지만, 이것은 틀렸습니다.

아내는 여기에 있고 아이도 있습니다. 저의 『먼 곳에서 온 편지』는 우리 두 사람의 왕복서신인데, 본 적이 있습니까? 없다면 한 권 보내겠습니다.

어머니는 베이징에 계십니다. 큰 도마뱀[5]도 베이징에 있는데, 도마뱀이 좋아하는 것은 저뿐입니다. 지금은 아마도 그들에 의해 쫓겨났을 거라고 생각합니다.

간단히 회신을 대신합니다.

평안하시기 바라며

11월 17일

쉰 올림

주)_____

1) 나카노 시게하루(中野重治, 1902~1979). 일본 문예비평가이자 작가다. 일본프롤레타리아예술연맹 멤버로 1926년 이전에 맑스주의예술연구회를 조직했다. 1934년 5월 도쿄상소원(上訴院)에서 공산당원임을 인정하고 동시에 공산주의운동을 그만둘 것을 약속했다. 그의 작품 가운데 중국어 번역으로는 단편소설집『나카노 시게하루 집』(中野重治集; 인경尹庚 역, 1934년 3월 상하이 현대서국 출판)이 있다.

2) 곧 구라하라 고레히토(藏原惟人)와 미야모토 유리코(宮本百合子)이다. 구라하라 고레히토는 320423① 편지와 주석 참조. 그는 1932년에 체포되었고 1940년에 출옥했다. 미야모토 유리코(1899~1951)는 본명이 주조 유리코(中條百合子)이고, 일본여류작가다. 일본프롤레타리아작가동맹 멤버다. 그녀는 미야모토 겐지(宮本顯治)의 부인으로 수차례의 체포와 투옥에도 불구하고 줄곧 글쓰기를 견지했다. 저서에는『반슈평야』(播州平野) 등이 있다.

3) 샤오쥔의 회상에 의하면,『8월의 향촌』원고를 우치야마서점에 맡겨 둔 것을 말한다.

4) 샤오쥔의 회상에 의하면, 그들이 루쉰에게 돈을 빌리는 것을 가리킨다.

5) 루쉰이 베이징에 처음 왔을 때 머물던 곳은 사오싱(紹興)회관이었다. 그의 방에 도마뱀이 살고 있었는데, 루쉰은 매일 먹이를 주며 길러서 크게 자랐다. 사람을 봐도 도망가지 않았다. 손님은 기분이 좋지 않았지만, 루쉰은 아무렇지 않았다고 한다.

341118 어머니께

어머님 전. 편지와 소포 2개 어제 오후에 받았습니다. 많은 물품에 하이잉은 아주 즐거워했습니다. 그는 냥냥[1]이 어째서 저를 알고 있는지 이상하다고 말했습니다.

셋째는 막 저녁에 왔길래 바로 그에게 온 것을 전해 주었습니다. 손에 가득 안고 돌아갔습니다. 그 아이들도 분명히 즐거워했을 거라고 생각합니다.

하이잉에게 주신 외투는 지금 딱 맞게 입을 수 있습니다. 안에는 털실 내의와 조끼이기 때문입니다. 겨울에 내의를 많이 입으면 너무 작아

서 내년 봄에 입을 수 있습니다. 키가 좀 커서 어제 재어 보니 족히 3
자尺입니다. 게다가 상하이의 구척舊尺²⁾입니다. 이것은 베이징의 자라
면 3척 3촌寸입니다. 잘 모르는 사람은 7살이라고 합니다.

저는 열이 나서 7, 8일 누워 있었습니다. 의사도 어디가 아픈지 모르는
데 지금은 나았습니다. 아마도 피로가 원인으로 베이징에 있을 때 장
스자오와 다투던³⁾ 때의 병과 같습니다. 글을 팔아 삶을 도모하는 것
은 다른 직업과 달라서 활동하는 시간이 매일 일정하지 않습니다. 한
가할 때는 하루 놀기도 하지만, 바쁠 때는 밤에도 자지 못합니다. 게
다가 쓰지 않을 때라도 생각하고 있기 때문에 쉽게 피로합니다. 이후
로는 일을 줄일 작정인데, 이미 이러한 국면에 이른 이상 아마도 축소
하는 것은 어렵고, 정확히 신타이먼의 저우가⁴⁾인바 반드시 그럴듯하
게 문門을 꾸미지 않으면 안 되는 것과 같습니다. 광핑과 하이잉은 건
강하니 걱정하지 마시기 바랍니다.

상하이는 그만큼 춥지 않고 난로도 아직 켜지 않았습니다. 아직 보름
정도는 없이 지낼 수 있겠습니다. 간단히 답신 드립니다.

늘 건강하시기 바라며

11월 18일

아들 수, 광핑 그리고 하이잉 올림

주)_____

1) 냥냥(娘娘). 루쉰은 자신의 어머니를 이렇게 불렀다. 그리고 하이잉도 따라했다고 한다.
2) 상하이의 구척은 베이징의 1척 1촌에 해당한다. 베이징 자의 3척은 1미터에 해당한다.
3) 장스자오(章士釗)와의 다툼은 250823 편지와 주석 참조.
4) 신타이먼(新台門)의 저우가(周家)는 루쉰의 고향 사오싱의 둥창팡커우(東昌坊口)에 있
　는 옛집이다.

341119① 진싱야오에게[1]

싱야오 선생께

　　보내 주신 편지 잘 받았습니다. 면담의 건은 시간과 환경이 용이하지 않습니다. 저희 집은 손님을 초대할 수 없고, 약속한 뒤 서점에서 만난다면 평소의 담화를 하더라도 무언가 중요한 용건이 있는가 의심을 받기 쉽습니다. 그래서 저는 극력 사람을 만나는 것을 피하고 있습니다. 양해해 주시기 바랍니다.

　　답신을 대신합니다.

　　몸조심하시기 바라며

11월 19일

루쉰

주)_____

1) 진싱야오(金性堯). 필명은 원짜이다오(文載道)이고 저장성 딩하이(定海) 사람이다. 당시 상하이 중화매구공사(中華媒球公司)의 사무원이었다.

341119② 리지예에게

지예 형

　　16일자 편지와 탁편拓片 한 꾸러미를 오늘 동시에 받았습니다. 안에 봉투와 외환수표가 있고 틀림이 없어서 지금 특별히 회신합니다.

탁편은 취할 수 있는 것이 없고, 단지 베이핑서점[1]이 가져가지 않은 것 가운데 한대 화상畵像 1조 3매를 받겠습니다. 목록에는 가격이 4위안으로 적혀 있습니다. 그 밖에는 일간 서점에 부탁해서 돌려드리겠습니다.

『역문』은 본래 몇 명이 시작한 놀이였습니다. 한편으로는 번역을 경시하는 사고방식을 교정하는 것입니다. 다만 번역이라고 하더라도 검열은 신경 쓰이는 일이고, 뽑아내거나 삭제하거나 하는 것이 자주 있어서 잘된 잡지가 되기는 곤란합니다. 최근에는 몇 명의 '문학가'가 검열관이 되어[2] 그 본령을 계속 발휘하고 있으니 아주 볼만합니다. 현재 3호가 나와서 이것도 일간 서점에 부탁해서 보내겠습니다.

아무 일도 하지 않는데 바쁘고, 나이가 들어 기억력이 나빠졌습니다. 열흘 전에 병이 나서 일주일 동안 누워 있었습니다. 매일 열이 나서 의사가 정밀검사를 했는데도 전신 고장의 장소를 발견하지 못했습니다. 지금은 이미 나아서 앉았고 열도 점점 내려가서 대체로 좋아진 듯합니다.

이상으로 간단히 답신합니다.

건강하시기 바라며

11월 19일

예 돈수

주)_____

1) 원문은 '平店', 곧 베이핑서점이다.
2) 국민당 중앙선전위원회 도서잡지심사위원회 멤버는 샹더옌(項德言; 중선회 문예과 총간사), 주쯔솽(朱子爽), 장쩡(張增), 잔톈펑(展天鵬), 류민가오(劉民皐), 천원쉬(陳文煦), 왕슈더(王修德)이다.

341120① 진자오예에게[1]

자오예 선생께

보내신 편지 잘 받았습니다. 바로 우치야마서점에 가서 알아본바 『인옥집』은 아직 몇 권이 남아 있었습니다. 그래서 등기로 한 권 보내 달라고 부탁했습니다. 며칠 안에 도착할 거라고 생각합니다. 이것은 정가가 1위안 5자오이고 또 우송료(도착한 소포의 표를 보시면 비용이 얼마인지 알 수 있습니다)을 더해 저에게 보내지 말고, 1자오 혹은 5편의 우표로 서점으로 보내 주십시오. 『인옥집』의 대금이라고 기록해 주시면 되겠습니다. 용건만 간단히 적습니다.

건강하시기 바라며

11월 20일

허간[何干] 계상[啓上]

주)_____

1) 진자오예(金肇野, 1912~1996). 랴오닝성 랴오중(遼中) 사람이다. 9·18사변 뒤 동북항일의용군에 참가했고, 1932년 말 베이징에 온 뒤 목각운동에 종사했다 일찍이 탕허(唐訶) 등과 핑진(平津)목각연구회를 조직하고 제1차 전국목각연합전람회를 개최했다.

341120② 샤오쥔, 샤오훙에게

류 선생:
인

  19일자 편지 잘 받았습니다. 여러 가지 사정은 한 마디로 말할 수 없습니다. 생각해 보니 우리는 월말에 얘기를 하는 것이 좋을 듯합니다. 그때에는 저의 병도 나을 듯합니다. 말을 하는 편이 편지보다 분명하게 전할 수 있습니다. 하지만 물론 그때까지 시간이 있다면 저는 붓으로 답하겠습니다.

  지금 제가 급하게 두 분에게 통지하고 싶은 것은 샤페이루霞飛路의 러시아 남녀의 일입니다. 대체로 백러시아인입니다. 결코 러시아어로 그들과 얘기를 하지 마십시오. 그렇지 않으면 그들은 당신들이 유학생인가라고 의심해 골치 아픈 일이 생길 겁니다. 그들 가운데에는 밀고하는 것으로 생계를 유지하는 인간이 적지 않습니다.

  제 아들은 만 5세입니다. 사내아이로 놀랄 정도로 장난이 심합니다.

  그럼 이만 줄입니다.

  평안하시기 바라며

20일

쉰 올림

341122 멍스환에게

스환 선생께

21일자 편지 잘 받았습니다. 그리고 그 논문 1편도 감사합니다. 이 문장은 저는 오늘 처음 알았습니다.

「5월의 밤」[1]은 늦어도 상관없습니다. 왜냐하면 게재는 아무래도 제5기가 되어야 할 것 같습니다. 제5기는 12월 15일에 원고를 마감합니다. 2만 자는 너무 길어서 두 기에 나눠서 실어야겠습니다. 삽화는 새로운 것이 없어서 낡은 것을 넣을 생각입니다. 없는 것보다는 낫습니다. 기회가 될 때 원서를 서점에 맡겨 두십시오.

후기는 역시 직접 써 주시기 바랍니다. 자만하는 것이 아니라 충실하게 번역했다고 스스로 말하는 것이 못할 일입니까? 만약 험담하는 사람이 있다면 멋대로 말하도록 내버려 두십시오.

건강하시기 바라며

22일

쉰 올림

주)_____

1) 「5월의 밤」(五月的夜). 단편소설, 러시아 고골의 작품이고 멍스환이 번역했다. 아래에서 말한 삽화는 러시아 가르도프의 것으로 6매다. 또 여기서 말한 후기는 멍스환의 「「5월의 밤」 번역후기」를 가리킨다. 모두 『역문』 제1권 제5기(1935년 1월)에 실렸다.

341124 진자오예에게

자오예 선생께

    보내 주신 편지 잘 받았습니다. 중국인에게 사람답다는 것은 줄곧 어려운 문제입니다. 그러나 현재가 가장 어렵습니다. 저는 이전에 경험한 적이 없습니다. 일부의 '문학가'는 올해 검열관이 되었습니다. 한번 생각해 보십시오, 그 변신의 빠름을.

    『신어림』의 사진에 관한 문장[1]은 제가 썼습니다. 궁한公汗도 저의 별명입니다. 다만 문장은 검열관에 의해 삭제된 곳이 있고, 중간에서 끊어져 꼴사나운 것이 되고 말았습니다.

    답신을 대신합니다.

    몸조심하시기 바라며

11월 24일
쉰 올림

주)_____

1) 「아이 사진을 보며 떠오르는 이야기」. 뒤에 『차개정잡문』에 수록되었다.

341125 차오징화에게

루전 형

    22일자 편지 잘 받았습니다. 23일 이후에는 열이 나지 않고 3일간 계속해서 열이 없었습니다. 유행성 감기는 나은 듯합니다. 이번에는 족히 2주간 병치레를 했는데, 제 일생에 가장 긴 시간이었습니다.

목판화는 K., G.[1] 두 사람을 제외하고 아무도 답신이 없습니다. 『인옥집』은 곧 다 팔릴 것 같아서 지금 2백 권을 재판하고 있습니다.

며칠 전 등기로 『문학신문』 한 묶음을 학교로 부쳤는데, 받으셨는지요?

저는 대략 이렇게 원상으로 돌아온 것 같습니다. 이 밖에 집안은 모두 평안하니 염려하지 마시기 바랍니다.

건승을 기원하며

11월 25일
아우 위 올림

주)＿＿＿

1) 소련목각가 크랍첸코와 곤차로프를 가리킨다.

341127① 쉬서우창에게[1]

지푸 형

보내 주신 편지 일찍이 받았습니다. 제가 너무 모호하게 썼는지 형이 잘못 읽었는지 잘 모르겠지만, 제가 말한 것은 편도선을 제거할 필요는 없고, 트라코마도 아니기 때문에 그렇다면 따로 전문의에게 가 볼 필요가 없고, 비용도 절약해서 내과 의사 한 사람에게 진찰을 받으면 되겠다는 말이었습니다.

오늘 부인이 스양을 데리고 왔는데, 저는 저의 주장대로 스도(須藤)[2]라는 의사로 바꾸었습니다. 그는 60여 세의 노련한 의사로 경험이 풍부하고 저와도 친해서 결코 돈을 밝히는 사람이 아닙니다. 진단 결과 얘기하기로는 문제는 소화기 계통에 있고 편도선과는 관계가 없으며, 눈에는 트라코마가 아니라 근시인데 안경을 쓰지 않아 피곤하다는 것이었습니다. 눈은 이미 두 명의 의사에게 진단받았는데, 두 사람 모두 트라코마가 아니라고 했습니다. 그렇다면 처음 진단이 이상합니다.

이달 초부터 매일 발열이 나서 오랫동안 앉아 있을 수 없습니다. 피로해서 그렇겠죠. 4, 5일 전부터 좀 나아졌습니다. 상하이는 자질구레한 일이 많고 살기 좋은 곳이 아닙니다.

용건만 간단히 적습니다.

건승을 기원하며

11월 27일

아우 위 돈수

주)_____

1) 이 편지는 쉬서우창의 가족이 보내 준 것에 근거해 수록한 것이다.
2) 스도 이오조(須藤五百三, 1876~1959)이다. 일본 군의관 출신으로 1911년 조선에서 도립의원 원장을 역임했다. 1917년 퇴역 이후 중국에 와서 상하이에 스도의원(須藤醫院)을 열었다. 우치야마서점(內山書店)의 의약고문을 맡았고, 1933년 7월부터 쓰보이 요시하루(坪井芳治)를 뒤이어 하이잉(海嬰)을 진료했다. 1934년 11월 이후부터 루쉰이 세상을 뜨기까지 늘 루쉰을 진료했다. 귀국한 후에는 고향에서 의료를 행했다.

341127② 샤오쥔, 샤오훙에게

류 선생:
인

  이달 30일(금요일) 오후 2시에 두 분이 서점에 한 번 나오시겠습니까? 소설[1]의 필사가 끝났으면 가져오시기 바랍니다. 저는 거기서 기다리고 있겠습니다.

  그 서점은 1호선 전차를 타면 됩니다. 종점(바쯔창靶子場)에서 내려 삼사십 보 걸어오면 도착합니다.

  용건만 간단히

  평안하시기 바라며

11월 27일

쉰 올림

주)_____

1) 『8월의 향촌』 원고를 말한다.

341128① 진싱야오에게

싱야오 선생께

  원고[1]에는 통하지 않는 곳과 생경한 곳은 없지만, 아이가 이발사에게 하는 말이 문언文言에 가깝고 아이답지 않기 때문에 고치는 것이 좋겠습니다.

그 외에 오자가 몇 개 있습니다. 이것은 중요하지 않지만 전부 수정했습니다.

간단히 적습니다.

몸조심하시기 바라며

11월 28일

쉰 올림

1) 이 원고는 뒤에 발표되지 않았다.

341128② 류웨이밍에게

웨이밍 선생께

15일자 편지 잘 받았습니다. 사람은 번뇌의 시기에 있으면 쉽게 옛 서적 읽는 것에 심취하게 됩니다. 연구라면 읽는 것도 나쁘지 않습니다. 다만 깊게 들어가면 쉽게 침윤浸潤을 받아 현대와 멀어집니다.

저는 선생이 돈을 보내지 않기를 바랍니다. 첫째, 저는 잡일이 많고 잊어버리고 소홀하기 쉽기 때문입니다. 다른 하나는 최근에 별명으로 집필을 하고 있으나 그 수가 많지 않고, 또 출판되더라도 검열관에게 삭제되어 아주 이상한 것이 되어 버려 읽을 가치가 없기 때문입니다. 만약 단행본이 출판되면 보내겠습니다. 얼마 되지 않기 때문에 돈은 주지 않으셔도 됩니다.

『이심집』은 판권을 서점에 팔았습니다. 금지당한 뒤 서점은 또 검사를 신청하고 그 결과 3분의 2 이상이 삭제되었습니다. 듣자 하니 서점에서는 그래도 서명을 『습영집』拾零集이라고 고쳐서 내자고 합니다. 그러나 이미 참고 읽을 수 있는 것이 거의 남지 않은 것은 확실합니다.

현재 당국이 하는 일을 보면 압박과 파괴뿐입니다. 미래의 일을 그들은 생각하는 것입니까, 문학방면에서 압박받는 이가 저 혼자뿐입니까, 청년작가는 정말 많이 힘듭니다. 다만 아무도 모릅니다. 상하이의 출판물에서 조금이라도 진보적인 것은 삭제되어 엉망진창이 되어 버리니 대체로 해나갈 수가 없습니다. 이처럼 잔혹한 조치가 당국의 의지에 의한 것임은 말할 것도 없지만, 다른 한편으로는 검열관의 개인적인 원한에 따른 것이기도 합니다. 왜냐하면 '문학가'가 되고 싶었으나 될 수 없었던 인간이 지금 아주 비밀스러운 검열관이 되었기 때문입니다. 자신의 적을 일망타진할 수 없는 것을 무리들은 얼마나 분하게 생각하고 있는지.

싱가포르[1]도 언론자유의 땅은 아닙니다. 대체로 신문에 실린 소식은 상하이보다 확실한 것은 아닙니다. 우송은 번거로우니 저에게 보내지 않는 것이 좋겠습니다.

이상으로 답신을 대신합니다.

몸조심하시기 바라며

11월 28 밤

루쉰

주)_____

1) 원문은 '星洲'.

341202 정전둬에게

시디 선생께

잘 포장된 『청인잡극』淸人雜劇 2집을 일찌감치 받았습니다. 감사합니다.

『십죽재전보』는 우치야마의 예약이 20부고, 저도 10부가 필요하니 모두 30부가 남아 있으면 되겠습니다.

저본[1]을 빌릴 수 있다면 내년 중에는 노련화집 한 부를 내고, 또 전력을 기울여 『전보』를 완성해 천하에 커다란 공훈을 세우고 싶습니다.

용건만 간단히 적습니다.

건승을 기원하며

12월 2 밤

쉰 돈수

주)_____

1) 저본(底本)은 저우쯔징이 소장한 『수호엽자』다.

341204 멍스환에게

스환 선생께

3일 편지와 번역원고를 오늘 정오에 받았습니다. 원고는 1기에 전부 게재하는 것이 가장 좋다고 생각합니다. 그러나 단편을 많이 배치하지 않으면 안 됩니다. 왜냐하면 매 기의 목차가 8, 9편을 나란히 하지 않으면 모양이 갖추어지지 않기 때문입니다. 제게 가필을 해 달라고 하는데 저는 그런 능력은 없습니다. 몇 개 오자가 있으면 그것을 고치는 것은 가능합니다.

삽화 역시 좋습니다. 다만 복제해서 축소하니 신통치 않습니다. 원화原畵는 사용한 뒤 돌려드리겠습니다.

이후의 『역문』은 고골[1]만을 소개할 수 없습니다. 고리키는 『동화』[2]가 있고, 제3기는 검열관 나으리로부터 의식의 정확성이 떨어진다는 비평을 받았습니다. 그래서 제5기부터 잠시 게재를 보류합니다. 선생은 지금부터 『나는 어떻게 창작을 했는가』[3]를 번역하는 것이 좋겠다고 생각합니다. 검열을 받더라도 아무튼 문제가 생길 리가 없고 또 독자들에게는 유익합니다. 대체로 우선 중국의 독자가 좀 알고 있는 인물 예를 들어, 라브레뇨프, 리베딘스키, 페딘[4] 등이 좋습니다.

『역문』을 기증하는 건 서점에 제안했습니다. 상인과 교섭하는 것은 정말 어렵습니다. 그들이 주판알을 퉁기는데 그 퉁기는 방식의 조밀하고 박정함은 정말 의외였습니다. 『역문』은 이미 3기가 나왔는데, 모든 규약 예를 들어 원고료의 종류는 아직 협약이 이루어지지 않았습니다. 우리가 페이지로 산출하는 것을 요구하는 것에 대해서 그들은 글자 수로 계산하고자 합니다. 이러한 것으로 10여 일간 충분히 논의했지만, 그래도 결론이 나지 않습니다. 그래서 선생의 원고료는 좀더 기다려 주십시오. 다만 연내에는 꼭 정리되도록 하겠습니다.

고골은 오래되었지만, 문학적 재능은 정말 대단합니다. 며칠 전 독일어역 전집[5]을 한 부 구입했습니다. 대충 보다가 「코」[6]에는 오역이 있음을 알았습니다. 중국은 선집을 내야 한다고 생각합니다. ①『디칸카 근교 야화』, ②『미르고로드』, ③단편소설 및 아라베스크, ④희곡, ⑤와 ⑥『죽은 혼』.[7] 그러나 현재 밥벌이로 번역을 하지 않아도 되는 번역자가 있다고 해도 출판을 해줄 서점이 없습니다. 지금은 평범한 작은 꿈도 실현하기 어렵습니다.

이상으로 답신을 대신합니다.

몸조심하시기 바라며

12월 4일

쉰 올림

주)_____

1) 원문은 'Gogol'.

2) 『러시아 동화』로 고리키가 지었고, 덩당스(鄧當世; 곧 루쉰)가 번역하여 『역문』 제1권 제2기부터 제4기까지(1934년 10월부터 12월까지) 일부를 연재했다. 제2권 제2기에 계속한 차례 연재했으나 미완이다. 전서는 1935년 8월 상하이 문화생활출판사에서 출판했고, '문화생활총간' 제3권에 들어갔다.

3) 『나는 어떻게 창작을 했는가』. 소련 작가의 창작체험 문장을 모은 것이다. 1930년 레닌그라드저작가출판부에서 출판했다.

4) 라브레뇨프(Борис Андреевич Лавренёв, 1891~1959). 소련 작가로 저서에 중편소설 『마흔한번째』(Сорок первый)와 극본 『해상의 사람들을 위해』 등이 있다.
리베딘스키(Юрий Николаевич Либединский, 1898~1959). 소련 작가. 중편소설 『일주일』(Неделя)을 1923년에 썼다.
페딘(Константин Александрович Федин, 1892~1977). 소련 작가. 저서에 장편소설 『도시와 세월』(Города и годы), 『최초의 기쁨』(Первые радости) 등이 있다.

5) 독일어역 『고골전집』(Nikolaus Gogol Sämtliche Werke in acht Bänden, Hrsg. von Otto Buek, Berlin : Propyläen, 1920)을 가리킨다.

6) 「코」(鼻子). 단편소설로 고골(Николай Васильевич Гоголь, 1809~1852)의 작품이다. 쉬샤(許遐)가 번역하여 『역문』 제1권 제1기(1934년 9월)에 게재되었다.

7) 『디칸카 근교 야화(夜談)』(Вечера на хуторе близ Диканьки, 1831~2), 『미르고로드』(Миргород, 1835), 『아라베스크』(Арабески, 1935)는 단편소설집이며, 『죽은 혼』(Мёртвые души, 1842)은 장편소설이다.

341205① 정전둬에게

시디 선생께

　며칠 전 편지를 보내 우치야마의 『십죽재전보』 예약이 20부라고 말씀드렸는데, 현재 그는 10부 더 추가하고 싶다고 합니다. 그래서 제가 필요하다고 한 것을 포함해 전부 40부입니다. 특별히 명기합니다.

　기억에 의하면 『박고패자』의 보수본補修本은 서발序跋에 혼란이 있고, 첫 페이지는 권말에 두어야 하는 게 아닌가 합니다. 이번에 복제複製할 때 옮겨야겠습니다.

　건필을 기원합니다.

12월 5일

쉰 돈수

341205② 멍스환에게

스환 선생께

　어제 낮에 편지를 보낸 뒤 저녁에 황위안 선생을 만나 라브레뇨프의 「나는 어떻게 창작을 했는가」는 징화靖華의 번역원고[1]가 도착했음을 알게 되었습니다. 그래서 앞의 편지에서 썼던 것은 취소합니다.

　페딘은 사용합니다. 그의 「화원」花園은 중국어로 번역되었습니다. 이밖에 중국인에게 좀 익숙한 사람은 없습니까? 다만 알려지지 않은 사람뿐이라면 이 작가의 단편을 한 편 번역해서 동시에 게재해도 좋다고 생각합니다.

　　선생은 어떻게 생각하십니까?

　　용건만 적습니다.

　　몸조심하시기 바라며

12월 5일

쉰 올림

주)_____

1) 차오징화의 이 두 편의 원고는 당시 『역문』에는 발표되지 않았다. 라브레뇨프의 「나는
　어떻게 창작을 했는가」는 뒤에 『현대문학』 제1권 제2기(1936년 8월)에 게재되었다.

341205③ 양지원에게

방금 4일자 편지를 받고 이미 상하이에 오신 것을 알았습니다. 7일(금요일) 오후 2시 서점에서 만나 뵙기를 바라며 거기서 기다리겠습니다. 선생이 필요로 하신 『베이핑전보』北平箋譜와 『목판화가 걸어온 길』도 지참하겠습니다.

　　삭제된 뒤 남은 문장을 출판하고 싶다고 하셨는데, 독자에게 죄송하지 않다면 본인으로서는 이의가 없습니다. 만약 급하지 않다면 저 자신이 한 차례 교열해도 상관없습니다. 다만 요 며칠은 불가능합니다. 왜냐하면 거의 1개월 병으로 인해 아직 기력이 없기 때문입니다.

　　답신을 대신합니다.

건승을 기원하며

341206① 멍스환에게

멍 선생께

　5일자 편지 잘 받았습니다. 아마도 외국의 작가는 사실 중국에 소개되지 않은 것과 같습니다. 각 작가들은 몇 권이 난역亂譯되고 난 뒤 끝났습니다. 투르게네프[1]는 가장 많이 번역되었으나, 오늘까지 선집으로 정리하는 사람은 없습니다. 『전쟁과 평화』[2]는 번역이 완성된 것이 아닙니다. 저는 궈모뤄郭沫若 선생의 번역에 대해 그다지 마음을 놓을 수가 없습니다. 그는 너무 총명하고 또 너무 대담합니다.

　계획한 번역선집[3]은 저로서는 지금 꿈에 지나지 않습니다. 근 10년간 번역 회사를 세우고 총서[4]를 편집하는 일을 네다섯 차례 했습니다. 이전은 현재보다도 '나이도 적고 힘도 좋았고' 정말로 필사적으로 했습니다. 그러나 결과는 좋지 않았을 뿐만 아니라, 곤경에 처하게 되는 형편이었습니다. 현재의 모든 출판사는 이전보다 더 나빠져서, 그들은 단기간에 돈을 벌려고 하는 것 외에 어떤 것도 염두에 두지 않는데, 예를 들어 계약을 체결해도 외면한 채 안면을 바꿉니다. 저는 이전에 신주국광사에게 사기를 당한[5] 적이 있습니다. 『철의 흐름』은 그들이 먼저 의뢰해서 원고를 모은 것인데 뒤에 필요 없다고 퇴짜를 놓았습니다. 『역문』 재료의 대강大綱

을 제정하는 것은 물론 좋습니다. 그러나 사실상 곤란합니다. 대강을 제정할 수 있는 원수元帥도 없고, 번역을 분담할 수 있는 번역자가 많이 있는 것도 아닙니다. 그래서 지금 잠시 뒤섞인 채 오합주의烏合主義를 취하고, 이것으로 우리가 모르는 새로운 번역자 몇 명을 끌어오기를 바랄 수밖에 없습니다.──이 바람도 사소한 것이지만.

원고는 매수에 의해야만 하지만 상인의 의견은 우리와 달라서 무와 배추가 다르지 않다고 생각합니다. 시詩의 주株는 작아서 당연히 쌉니다. 페이지를 틈이 없게 다 메운 문장은 주株가 큰 것이기 때문에 약간 비쌉니다. 구두점이나 영어는 배추를 묶는 짚과 같은 것이기 때문에 제거해야 합니다. 머리가 돌과 같아서 웬만큼 설득해도 모릅니다. 원고료는 매수에 의해 계산하는 것임을 우리 스스로 결정하자 이번에는 그들이 삽화를 빼자고 요구합니다. 몇 장의 저 황색 종이가 아까울 따름입니다. 이것은 분통 터지는 일이 아니겠습니까?

상하이에도 작가 출신의 주인들이 있는데, 순수한 상인보다 더 잔혹하고 악랄합니다.

작은 잡지를 내는 데 이렇게 번거롭다면 저는 참을 수 없습니다. 다행히 마오茅 선생이 그들과 '담판을 지어'[6] 지금까지 분쟁이 없습니다. 그들의 말에 따르면 현재 『역문』은 1권당 2편分의 적자가 난다고 하는데, 저는 믿지 않습니다.

이상으로 마칩니다.

몸조심하시기 바라며

12월 6일

쉰 올림

주)_____

1) 투르게네프(屠格涅夫, Иван Сергеевич Тургенев. 1818~1883). 러시아 작가. 저서에 장편
   소설 『아버지와 아들』(Отцы и дети), 『루딘』(Рудин), 『전야』(Накануне), 『귀족의 보금
   자리』(Дворянское гнездо), 『연기』(Дым), 중편소설 『봄물결』(Вешние воды), 『첫사랑』
   (Первая любовь), 『아샤』(Ася) 등이 있다. 당시 모두 중국어 번역본이 있었다.
2) 『전쟁과 평화』(Война и мир). 장편소설, 러시아 레프 톨스토이의 작품으로 궈모뤄가 독
   일어본에 근거해 일부를 번역했다. 1931년부터 1933년까지 상하이 문예서점에서 3권
   으로 출판했다.
3) 『고골선집』을 말한다.
4) 웨이밍사(未名社), 조화사(朝花社) 등을 창립한 것 그리고 '웨이밍총서', '과학적예술론
   총서', '조화소집'(朝花小集), '현대문예총서', '문예연총'(文藝連叢) 등을 발간한 것을 말
   한다.
5) 신주국광사(神州國光社)에 사기를 당한 것에 대해서는 340526 편지와 주석 참조.
6) 원문은 '尊俎折衝'. 『전국책』(戰國策) 「제책 5」(齊策五)에 나오는 말이다. 술통과 안주를
   놓은 상에서 적의 창끝을 꺾는다는 뜻으로, 공식적인 연회에서 담소하면서 유리하게
   외교 활동을 벌이는 것을 일컫는다.

341206② 샤오쥔, 샤오훙에게

류 선생:
인

두 통의 편지는 다 받았습니다. 저는 우리가 만난 뒤에 두 분이 비애
를 느끼게 될 것을 알고 있습니다. 두 분은 저의 글만 보고 제가 이미 노쇠
했다는 것을 짐작하지 못할 것입니다. 그러나 이것은 자연법칙이니 어찌
할 수 없습니다. 사실 저의 몸이 그리 나쁜 편은 아닙니다. 16, 17살 때부
터 혼자 밖에 나와 떠돈 지가 30년이나 되었고 그동안 고생도 적지 않았
습니다. 그러나 큰 병을 앓거나 수십 일씩 침대에 누워 있었던 적은 없었
습니다. 아무래도 힘이 예전만 못한 듯합니다. 사람이 오십이 넘었는데 그

렇지 않을 수 있겠습니까?

중국은 오래된 나라고 역사가 길어서 농간이 많고 상황이 복잡하여 사람노릇 하기 아주 어렵습니다. 제가 보건대 다른 나라의 경우는 어쨌든 처세법이 좀 단순하여 사람마다 무슨 일을 좀 할 기회가 있습니다. 그러나 중국에서는 단순히 생활을 위해서도 생명의 거의 전부를 내놓아야 합니다. 더욱이 사람을 모함하는 방법은 상상하기 어려울 정도입니다. 이를테면 저에 대한 많은 요언이 그러한 것들입니다. 사실 그 대부분은 이른바 '문학가'들이 날조해 낸 것입니다. 무슨 원한이 있는 것입니까? 기껏 문장상의 충돌에 불과하며, 어떤 이들은 종래 전혀 관계가 없는데 그저 요언날조를 재미로 삼고 있습니다. 작년에 그들은 저를 '민족반역자'라고 하면서 일본정부를 위해 정탐[1]을 했다고 했습니다. 그들을 되받아쳐 욕하자 그들은 또 저를 보고 도량이 좁다고 말했습니다.

그저 시시한 일에 많은 기력을 허비했습니다. 그런데 적들에 대해서는 두려워할 것이 없습니다. 가장 두려운 것은 자기 진영 내의 좀벌레들입니다. 많은 일들은 이들 손에 의해 잘못되고 있습니다. 그렇지만 저는 그냥 예전대로 일해 나가고 있습니다. 비록 지금은 힘이 이전만 못하고 또 학문도 한계가 있어서 청년들의 열망에 만족을 주지는 못하지만, 그러나 주저앉을 생각은 털끝만큼도 없습니다.

『먼 곳에서 온 편지』는 사실 소위 '연애편지'와는 다릅니다. 첫째, 우리가 처음 편지를 주고받을 때는 정말 뒷일을 예견하지 못했으며 둘째, 나이로 보나 처지로 보나 조용한 것을 좋아하는 편이어서 결코 어떤 정열을 쏟을 형편이 아니었기 때문입니다. 두 사람 사이에서 냉정한 것도 결함이거니와 소란을 피우는 것도 문제가 있는 것입니다. 그렇지만 즉시 서로 양해할 수 있다면 그래도 괜찮습니다. 어린애는 어쩌다 보면 재미도 있지만 온종일 같이 있으면서 기르자면 여간 성가시지 않습니다.

현재 두 분이 일을 할 수 없는 것은 안정이 되지 않아서입니다. 고향을 떠나 낯선 곳에 와서 관계를 맺기 전까지는 말하자면 그곳에서 뿌리를 내리기 전까지는 이런 상황이 생기기 쉬운 것입니다. 한 작가가 나라를 떠난 뒤로 글쓰기를 영영 그만두고 마는 것은 흔히 있는 일입니다. 저는 상하이에 와서 소설을 쓸 수 없게 되었는데, 상하이라는 곳은 정말 사람들에게 친숙해지기 어려운 곳입니다. 두 분의 그런 초조한 심정은 더 발전시켜서는 좋지 않습니다. 가장 좋은 것은 자주 돌아다니며 사회의 상황이나 여러 인물들의 모습을 살펴보는 것입니다.

질문에 대해서 다음과 같이 대답합니다.

1. 우리 아이 이름은 하이잉이라고 하는데, 앞으로 자라면 자기 스스로 이름을 고치겠죠. 그의 아버지는 성까지도 고쳤으니 말입니다. 아푸阿菩는 저의 둘째동생의 딸입니다.

2. 회의는 많은 힘을 들인 결과 열렸던 것입니다.[2] 이 회의와 관련된 온갖 소식들을 신문들에서 실어 주려 하지 않았기 때문에, 중국에는 그 소식을 아는 사람이 적습니다. 결과는 괜찮은 편입니다. 대표들마다 자기 나라로 돌아가서 보고를 했으므로 중국의 실정이 세계에 더욱 명백히 알려지게 되었습니다. 저는 가입했습니다.

3. 『군산』昆山이 저에게는 없습니다.

4. 『어머니』[3]도 없습니다. 이 책은 금지되어 있지만 사람들한테 부탁하여 구해 볼 수는 있습니다. 『몰락』[4]은 본 적이 없습니다.

5. 『먼 곳에서 온 편지』는 동북에는 있으리라고 생각합니다. 베이신서국에서 부쳐 주고 있습니다.

6. 사실 저는 술을 마시지 않습니다. 다만 몹시 피로하거나 분개했을

때 가끔 마셨으나 지금은 절대 마시지 않습니다. 손님을 접대할 때는 예외입니다. 제가 술 마시기를 좋아한다는 것도 '문학가'들이 날조해 낸 것입니다.

7. 뇌막염에 관한 일은 이미 시일이 지난 지가 오래니 정정할 필요가 없을 것 같습니다.

우리에게 어린애가 생긴 이부부터 징쑹景宋은 붓과 인연을 끊게 되었으므로 원고를 고치는 일이라면 그녀는 감당하지 못할 것입니다. 그러나 만약 출판할 수 있는 것이라면 틀린 글자나 타당하지 못한 곳쯤은 제가 책임지고 고쳐 줄 수 있겠습니다.

문화단체들은 모두가 정체상태 —— 무정부상태에 있다……고 한 당신의 말은 정확합니다. 논의는 있으나 대체로 큰소리뿐입니다. 사실 큰소리를 치는 것은 관료주의입니다. 저는 확실히 초조와 번민을 느낄 때가 자주 있습니다만, 그러나 자신의 힘으로 할 수 있는 일은 서슴없이 하고 있습니다. 그렇지만 늘 '고군분투'의 비애를 느낍니다. 뜻밖에도 어떤 친구들은 제가 게을러서 일을 하지 않는다고 나무랍니다. 얼굴을 하늘로 향하고 논평을 한 뒤 그들은 어디로 가 버렸는지 모르겠습니다.

편지에서 말하기를 저한테서 가져간 돈을 쓸 때 가슴이 쓰리다고 했는데 그럴 필요는 없습니다. 저는 물론 러시아의 루블이나 일본의 엔을 한 푼도 받지 않았지만, 출판계에서의 자격관계로 아무튼 청년작가들보다는 원고료를 받기가 쉽고 거기에 청년작가들의 원고료에 들어 있는 그런 땀은 결코 들어 있지 않습니다. 그러니 좀 써도 무방합니다. 더구나 이런 작은 일은 마음에 새겨 두지 않는 것이 좋겠습니다. 그렇게 하지 않으면 신경쇠약에 걸려 우울해지기 쉽습니다.

편지에서 또 그들이 저를 박해하는 것에 대해서 격분했는데, 이것은 괴이하게 생각할 것이 없습니다. 그들이 무슨 다른 일을 할 수 있겠습니까? 필경 저는 계속 말을 할 작정입니다. 한번 보십시오. 백성들은 찍소리 없이 땀과 피를 바치고서도 입지 못하고 먹지 못하는 형편인데 그들은 백성들의 목숨마저 빼앗아 가려 하고 있지 않습니까?

이상으로 답신을 대신합니다.

평안하시기 바라며

12월 6일

쉰 올림

추신: 『연분홍 구름』과 『작은 요하네스』는 제가 10년 전에 번역한 것인데, 지금 재판 인쇄가 되었습니다. 두 분은 읽고 싶으신지요? 알려 주시기 바랍니다. 또 적었습니다.

주)_____

1) 340516② 편지와 주석 참조.
2) 세계제국주의전쟁반대위원회에서 조직한 극동반전회의를 말한다. 1933년 9월 30일 일본제국주의의 중국 침략에 반대하는 것을 주제로 하여 상하이에서 비밀리에 소집되었다. 회의에는 영국, 프랑스, 벨기에 등의 나라 대표들이 참석했으며, 루쉰은 회의에 참석하지는 않았으나 대회주석단 명예주석의 일인으로 선출되었다.
3) 『어머니』(母親). 고리키가 쓴 장편소설이다. 331220① 편지와 주석 참조.
4) 『몰락』(沒落). 고리키가 지은 장편소설 『아르타모노프 일가의 사업』을 말하는데, 천샤오항(陳小航)이 번역하여 1932년 8월 상하이 신주국광사에서 출판하였다.

341206③ 어머니께

어머님 전. 11월 26일자 편지는 잘 받았습니다. 저는 이번에 20여 일간 병을 앓았습니다. 좀 길었지만 지금은 나았습니다. 식욕도 돌고 원기도 많이 회복하고 약도 이제 안 먹습니다. 걱정하지 마시기 바랍니다. 하이마도 건강합니다. 하이잉은 아주 건강합니다. 의사가 어간유魚肝油 (한데 섞은 것 말고)를 먹이라고 해서 한 달 전부터 식후에 조금씩 마시게 하고 있습니다. 비린내가 나지만 잘 먹고 있습니다. 지금은 뚱뚱해져서 안으면 돌처럼 무겁습니다. 어간유가 이렇게 효과가 있을 줄은 몰랐습니다. 그러나 맥정麥精 어간유와 제가 베이징에 있을 때 복용했던 것은 이처럼 효과가 있지는 않았습니다.

그는 지금 하루 종일 밖에서 놉니다. 아침부터 잠들 때까지 쉬는 적이 없습니다. 그러나 이전에 비해서 말을 잘 듣습니다. 외투는 좀 작아서 내년 봄에는 입을 수 없겠습니다. 뒤에는 셋째의 아이들에게 물려주겠습니다. 그들은 지금은 입을 수 없습니다. 큰 애가 입으면 너무 작고, 작은 애가 입으면 너무 큽니다.

상하이도 추워졌습니다. 집에 난로를 놓았습니다. 어제 저녁에 피우니 너무 뜨거워서 잠자기가 어려웠습니다. 남방은 춥다고 해도 역시 따뜻하여 북방과는 비교가 안 됩니다.

간단히 답신 드립니다.

늘 건강하시기 바라며

12월 6일

아들 수, 광핑 그리고 하이잉 올림

341209① 쉬서우창에게[1]

지푸 형

지금 12월 5일자 편지를 받고 여러 가지 잘 알았습니다. 스양이 의사를 만났던 것은 저도 격일로 병원에 가고 있을 때의 일이어서 같이 간 것이라 시간과 체력을 그 때문에 소모한 것은 아닙니다. 신경 쓰지 않으셔도 됩니다. 진찰료와 약값은 의사와 잘 아는 사이라 그때마다 지불하지 않고 매달 말에 장부를 갖고 옵니다. 그때에 스양과 타오陶 여사[2]의 치료비를 합해서 알려 드리겠습니다.

저는 감기로 인해 위장까지 상태가 좋지 않고, 또 한가로이 놀 수도 없으며 결국 여러 날을 곤비하게 보냈습니다. 다행히 지금은 좀 나아져서 식욕도 있습니다. 곧 회복되겠죠. 염려치 마시기 바랍니다.

간단히 답신을 대신합니다.

평안하시기 바라며

12월 9일

아우 페이飛 돈수

주)_____

1) 이 편지는 쉬서우창의 가족으로부터 받았던 것에 근거해 수록했다.
2) 곧 타오전능(陶振能)이다. 저장성 자싱 사람으로 쉬서우창의 질녀.

341209② 양지원에게

지원 선생께

보내 주신 편지 잘 받았습니다. 문집명은 역시 『집외집』이 좋겠습니다. 원고는 한 번 보았고 몇 군데를 고쳤습니다. 내일 서점에 의뢰해 먼저 등기로 반송하겠습니다. 전달을 부탁하거나 편지로 보내거나 제게는 같은 것으로 오히려 선생의 분주함을 덜어 드릴 수는 있겠습니다. 다만 선생이 여행 중이니 인감을 소지하지 않고 있음을 고려해서 원고는 차오[車]ᵇᵇ 선생[1]에게 보냈습니다. 먼저 차오 선생에게 연락하시기를 바랍니다.

그 한 편[2]의 가짜 변문[駢文]은 『수쯔의 편지』 서문으로, 신문 등에서 수쯔는 저의 첩이라고 합니다. 사실 그들 부부와는 평소 교제가 없고 할 말도 없습니다. 그래서 변문으로 속인 것입니다. 이 책은 한 권 갖고 있는데, 어디에 두었는지 잊어버렸습니다. 좀 쉬고 나서 찾아 필사해서 보내겠습니다. 다른 사람의 번역과 창작을 위해 지은 서문은 아직 여러 편이 있습니다. 예를 들어 웨이충우[韋叢蕪] 역의 『가난한 사람들』[3]류입니다(문집에는 수록하지 않은 듯합니다). 만약 필요하다면 『수쯔』를 찾을 때 이것도 생각해 두었다가 발견되면 필사해서 보내겠습니다.

구시[舊詩]는 길지 않아서 끊임없이 지었는데 뒤에는 잊어버렸습니다. 지금 아직 기억하고 있는 몇 수를 보냅니다. 『집외집』의 제자[題字]는 썼습니다. 시와 같이 잘 되지는 않았습니다. 아무튼 보냅니다. 너무 크거나 너무 작거나 하면 제판할 때 늘리거나 줄여도 됩니다. 서문은 20일 전에 제출할 수 있을 듯합니다. 그럼 이만 답신을 대신합니다.

건강하시기 바라며

12월 9일
쉰 돈수

쥐런聚仁 선생에게 안부 전해 주십시오.

무제[4]

동정호에 낙엽 지고 초땅 하늘 드높은데,

여인들의 새빨간 피 군복을 물들였네.

호숫가의 사람은 시를 읊지 못한 채

가을 물결 아득한데 이소를 잃어버렸네.

남에게 주다 (이것은 '월녀……'의 한 수와 같다)

진나라 여인 단아한 얼굴로 옥쟁을 다루니

대들보 티끌 튀어 오르고 밤바람 잔잔하네.

순식간에 소리 급해지더니 새하얀 줄 끊기고

우르릉 내달리는 별똥별만 바라보이누나.

민국 22년의 원단[5]

구름은 높은 봉우리 에워싸고 장군을 호위하고,

천둥은 가난한 마을을 덮쳐 백성을 절멸하누나.

도무지 조계만도 못하는데,

마작 소리에 또다시 새봄이로구나.

자조

화개운이 씌웠으니 무엇을 바라겠소만

팔자 고치지도 못했는데 벌써 머리를 찧었소.

헤진 모자로 얼굴 가린 채 떠들썩한 저자 지나고

구멍 뚫린 배에 술을 싣고서 강물을 떠다닌다오.

사람들 손가락질에 사나운 눈초리로 째려보지만

고개 숙여 기꺼이 아이들의 소가 되어 주려오.

좁은 다락에 숨어 있어도 마음은 한결같으니

봄 여름 가을 겨울 무슨 상관 있겠소.

1) 차오쥐런을 가리킨다.
2) 「『수쯔의 편지』 서문」(『淑姿的信』序)이다. 뒤에 『집외집』에 수록되었다. 1932년 9월 26
   일 『다완바오』(大晩報) 「독서계」(讀書界)의 '문단신신'(文壇新訊)란에 「루쉰, 첩을 위해
   서를 쓰다」라는 글이 게재되었다. 그 속에는 이렇게 말했다. "최근 베이신서국이 진수
   쯔(金淑姿) 여사의 창작 「편지」를 출판했다. 그 권두에 루쉰 씨의 서문 한 편이 있고, 사
   륙구(四六句)로 만들어 사조(詞藻)가 아주 풍부하다. 듣기에 진여사는 루쉰의 첩이라고
   한다."
3) 『가난한 사람들』(窮人). 여기서는 「『가난한 사람들』 서문」(『窮人』小引)을 가리킨다. 뒤에
   『집외집』에 수록되었다.
4) 이 시 및 이하의 각 시는 모두 『집외집』에 수록되었다.
5) 원문에는 23년 원단으로 되어 있다.

341210① 정전둬에게

시디 선생께

　　7일자 편지 잘 받았습니다. 『전보』를 인쇄할 종이는 8절[1]이 좀 싸지
만 보면 답답해서 아무래도 궁상맞습니다. 그래서 6절로 하는 편이 낙낙
한 느낌이 나지 않을까 생각합니다. 깎고 인쇄하는 등에 비용이 많이 들었

기 때문에 마지막의 종이값을 절약해서는 안 됩니다. 아니면 초판을 다 팔고 난 뒤 혹은 서적 전체가 완성된 뒤 재판에 착수할 때에 8절을 사용해서 구별하는 것도 좋습니다.

먼저 『박고혈자』가 출판되어서 아주 좋습니다. 생각해 보니 이번에는 한 종으로 충분하니 차라리 『구가도』도 수록하지 않고 독립시키는 것이 좋겠습니다. 선생은 발跋을 써서 저본底本의 유래를 명기하고 동시에 뤄羅유로遺老가 출판한 위본僞本[2]에 대해 지적을 해서 독자가 이 판본의 중요함을 알게 해야 합니다.

저는 특별히 황색으로 염색한 나문지羅紋紙로 5부를 인쇄하고 안쪽에 모태지毛太紙를 넣어서 보강하고 묶어서 서적의 형태로 만들고 싶습니다. 매수가 많지 않기 때문에 염색은 어렵지 않을 거라고 생각하는데, 선생이 대신 책임을 지고 적절히 지도指圖해 주시기를 바라는데 어떠십니까? 번거롭다면 그만두겠습니다.

답신을 대신합니다.

건필을 기원하며

12월 10일

쉰 돈수

주)_____

1) 원문은 '八開'. 여기서 '開'는 책 등을 인쇄하는 종이의 크기. 전지(全紙)를 8등분한 것.
2) 상하이 탄인루(蟬隱廬)가 1930년에 영인한 『박고엽자』(博古葉子)를 가리킨다. 저본은 청대의 원신부(袁辛夫)의 모본(模本)으로 뤄전위(羅振玉)가 서명을 휘호했다.

341210② 샤오췬, 샤오훙에게

류
인 선생:

8일 밤의 편지를 받았습니다. 저의 병은 차도가 보이고 입맛도 좀 돌아왔으니 차차 회복될 듯합니다. 동화 2권을 이미 서점을 통해 부쳤습니다. 번역 두 권[1]도 두 분이 읽어 보지 않았을 듯해서 같이 넣어 보냈습니다. 『하프』의 서문[2]은 나중에 검열관한테 삭제당했는데, 보낸 책은 초판이라서 그대로 있습니다. 보다시피 그들은 제가 몇 마디 말조차 하지 못하게 합니다.

만일 그곳에 관청의 힘이 미치지 못하는 신문이 있다면 '뇌막염'에 관한 얘기를 '문예통신'의 형식으로 설명하는 것도 좋을 듯합니다. 이 요언 때문에 저는 정정해 달라는 편지를 몇십 통을 썼고 우표값만 해도 2위안 정도 들었습니다.

중화서국에서 세계문학을 번역한다던 일은 실행되지 않고 옛날 일이 되었습니다. 사실대로 말하면 그들은 본래 실행할 생각이 없었습니다. 설령 처음에 몇 편을 번역한다고 하더라도 암암리에 벌써 몇 사람이 번역하기로 되어 있으니, 낯선 사람이 할 몫은 없습니다. 지금은 장[3]이 죽고 없으니까 그에게 번역을 시킬 예정이었다고 말하고 있지만, 정작 그가 살아 있다면 그에게 번역을 시키지도 않았을 것입니다. 만약 그에게 부탁했다가 정말 번역해 낸다면 큰일이 아니겠습니까? 그때 그들은 나를 찾아와서 징화靖華에게 번역을 맡기겠다고 하면서 그의 연락처를 물었습니다. 이것이 그들의 수작이라는 것을 저는 잘 알고 있어서 주소를 알려 주지 않았습니다. 지금은 '세계문학명작'이니 뭐니 하는 것은 전혀 입 밖에 내지 않습니다.

명인이요 부자요 상인이요…… 하는 사람들은 이런 수작을 잘 부립니다. 큼직한 제목을 내놓고는 자기들의 열정을 보여 준다고 한바탕 떠들썩하게 하는 것입니다. 세상풍파를 겪어 보지 못한 청년들은 흔히 정체를 알지 못해 꾐에 빠지곤 합니다. 벽에 부딪히는 것은 그래도 작은 일이지만 때로는 생명까지 잃을 수 있습니다. 이렇게 피를 빨아먹는 명인의 이름을 저는 적지 않게 알고 있습니다. 저 자신도 지금 세상물정을 잘 아는 듯이 말하고 있지만, 근래에 신주국광사의 꾐에 빠졌습니다. 그들은 저하고 계약 맺기로는 열두 사람을 수소문해서 소련 명작을 한 사람에게 한 권씩 번역 맡기라고 했습니다. 그런데 몇 권을 내고는 계약도 무시하고 더 내지 않겠다고 하는 것입니다. 그래서 저는 하는 수 없이 손이야 발이야 빌다시피 하면서 번역을 중지하게 했는데, 징화만은 멀어서 알리지 못했더니 이미 다 번역했다고 해서 어쩔 수 없이 제가 원고료를 물어 주고는 계속 그것을 출판해 보려고 애를 썼습니다. 이 책이 바로 『철의 흐름』입니다. 그런데 이미 인쇄된 책 대부분과 지형판도 나중에는 다른 서국[4]에 빼앗기고 말았습니다.

그때의 회의[5]는 배 위에서가 아니라 육지에서 열렸는데, 대략 이삼십 명이 참석했습니다. 회의가 끝나자 한 사람도 빠짐없이 몽땅 나왔습니다. 그런데 나중에 그들에게 붙잡혀 간 사람도 있는 것 같습니다. 근래에는 사람을 체포하거나 죽이는 일도 거의 비밀에 붙이기 때문에 다른 사람은 알 길이 없습니다. 예로센코는 죽지 않았습니다. 번역을 하고 있다는 말은 들었으나 어떤 사람이 편지를 부쳐도 회답은 없습니다.

의병[6]에 관한 보도는 읽었습니다. 이런 사람들이야말로 전사라고 부를 수 있습니다. 저같이 붓대나 놀리는 사람은 부끄럽기 짝이 없습니다. 문인들은 자못 성질이 좋지 않다고 생각합니다. 그들은 지식과 사상이 보다 복잡할 뿐만 아니라 이쪽에 붙을 수도 있고 저쪽에 붙을 수도 있는 위치에 있기 때문에 입장이 분명한 사람이 적습니다. 현재 문단에 나타난 무정부적 상태는 당연히 좋지 않고 또 이보다 더 나쁜 것도 있을 수 있겠지만, 제가 보건대 이런 상황이 오래갈 것 같지는 않습니다. 4, 5년 전에는 분열을 책동하고 큰소리만 치고 일부러 과격하게 나오는 등의 현상이 발생했으나, 좌익작가연맹이 생기면서 그것을 눌러 버렸습니다. 그러나 그 뿌리가 근절되지 못한 데다가 새로운 분자들이 나타남에 따라 지금은 그 지병이 다시 도지고 말았습니다. 하지만 공담은 오래가지 못할 것이고 아무것도 이루지 못할 것이며 결국은 사실의 거울 앞에 정체가 드러나 꼬리를 끌며 달아날 것입니다. 만약 글을 가지고 투쟁한다면 물론 더욱 좋겠지만 이런 간행물은 출판할 수가 없으니 차차 사실로써 이를 이겨 내는 수밖에 없습니다.

사실 좌익작가연맹의 토대가 그리 좋지도 않았습니다. 그 당시에는 지금처럼 탄압이 심하지 않았으므로 어떤 사람은 거기에 들면 진보적이라는 말을 들을 수 있고 별로 위험이 크지도 않을 거라고 생각했는데, 뜻밖에 탄압이 가해지자 한 무리가 도망을 쳤습니다. 도망한 것은 그래도 괜찮은 편입니다. 어떤 이는 심지어 내부 소식을 팔아먹기까지 했습니다. 질이 좋기만 하다면 사람 수가 적은 것은 상관없습니다. 지금은 이것마저 보장할 수 없습니다. 훌륭한 사람도 있기는 하지만, 경험이 모자라지 않으면 신체가 건강하지 못하니(태반은 생활이 어렵기 때문에) 전투에 지장을 받고 있습니다. 그러나 억압을 당하는 시기에는 대체로 이런 현상이 나타나기 마련이니 비관할 것은 못 된다고 생각합니다.

성性을 팔아먹는 일에 대해서는 들은 바 없으나, 생각해 보면 있을 수도 있을 것 같습니다. 여성을 대하는 데 남방의 관리들은 대체로 북방보다 잔혹하며 피의 빚을 많이 지고 있습니다.

이상으로 답신을 대신합니다.

평안하시기 바라며

12월 10 밤

쉰 올림

주)_____

1) 『하프』(竪琴)와 『하루의 일』(一天的工作)을 가리킨다.
2) 「『하프』를 펴내며」를 말하는데 뒤에 『남강북조집』에 수록되었다. 1933년 『하프』 제3판
   을 찍을 때 삭제되었다.
3) 장광츠(蔣光慈, 1901~1931)이다.
4) 광화서국을 가리킨다.
5) 극동반전회의를 가리킨다.
6) 동북항일의용군을 가리킨다.

341211① 진싱야오에게

싱야오 선생께

편지 잘 받았습니다. 선생이 비판한 몇 가지는 모두 타당합니다. 그러
나 제가 말씀드린 것은 혜량해 주시기를 바랍니다. 왜냐하면 원래 저는 사
람들에게 문장을 고쳐 주는 것은 잘 못하며, 게다가 저는 제 나름의 사정
이 있어서 책상에는 아직 읽지 못한 원고, 답신을 하지 못한 편지가 많이
쌓여 있습니다. 저는 선생에게 가능한 한 미력을 다했다고 생각합니다. 제
가 하루에 어느 정도 많은 회신을 하지 않으면 안 되는지 생각해 보시면

알 겁니다. 비록 몇 글자라고 해도 합하면 소비한 시간과 정력은 많습니다.

제가 지금 분명하게 안 것인데, 선생과의 편지 교환은 서로 무익하다는 것입니다. 따라서 이후에는 다시 얘기하고 싶지 않습니다.

원고는 돌려드립니다. 저는 지금 '잡감'이라는 것을 출판하고 있지 않습니다.

그럼 이만 줄입니다.

평안하시기 바라며

12월 11일

루쉰

341211② 차오쥐런에게

쥐런 선생께

8일자 편지 잘 받았습니다. 대체로 이전에 받은 편지는 회신을 드릴 작정이었으나 문패 번호가 확실하게 기억나지 않아서 그만두었습니다. 앞의 편지에서 심정이 변했다고 말했으나, 이것은 사람에게는 자주 있는 일입니다. 장길[1]의 시에 "'심사'心事는 파도와 같다"고 했는데, 정말 적절합니다. 사실 변했다고 하더라도 변한 것이 아니고, 기복하고 있을 뿐인 때도 있습니다.

톈마서점天馬書店이 검열에 제출하려고[2] 한다면 마음대로 보내라고 하지요. 그 가운데 금지에 걸릴 곳이 반드시 있다고 할 수는 없습니다. 검열관의 심안心眼이 상식을 갖고 추측할 수 없다고 할지라도.

한 달 전부터 매일 발열이 나서 스페인 유행성 감기라고 했으나, 그 잘 낫지 않는 것을 보고 스페인적이라고 해도 욕은 아닌 듯합니다. 다만 일주일 전에 겨우 물리친 듯 식욕도 점점 좋아져서 나았다고 할 수 있겠습니다.

답신을 대신합니다.

건필을 기원하며

12월 11일

쉰 돈수

양楊 선생에게 보낸 편지箋 전해 주시면 고맙겠습니다.

주)_____

1) 곧 이하(李賀, 790~816). 자는 장길(長吉), 푸창(福昌; 지금의 허난 이양宜陽) 사람이며 당 대 시인이다. 저서에는 『창곡집』(昌谷集)이 있다. "심사는 파도와 같다"(心事如波濤)는 말은 『신호자필률가』(申胡子觱篥歌)에 나온다.

2) 『문밖의 글 이야기』(門外文談)의 원고를 검열에 보내는 것을 가리킨다. 안에는 루쉰의 「문밖의 글 이야기」(門外文談) 등 어문개혁에 관한 문장 5편이 수록되었다. 1935년 9월 출판했다.

341211③ 양지원에게

지원 선생께

『집외집』 원고는 어제 보냈습니다. 받으셨는지요? 10일자 편지는 방금 도착했습니다.

중징원鐘敬文이 편한 서적 가운데 3편의 연설[1]은 수록하지 않도록 의뢰했습니다. 기록이 너무 틀리고 게다가 제가 정정을 가하지 않았는데 마음대로 집어넣었습니다. 이 건은 자서自序에서 설명할 작정입니다. 『현대신문학……』서[2]는 수록하지 않는 것이 좋겠습니다. 서적이 금지당한 이상 서문도 삭제하는 것으로 했습니다.

『남강북조』에 수록하지 않았던 것 두 편이 있는데, 하나는 「선본」選本입니다. 의론은 평범한 것으로 금지에 걸릴지 모르겠으나 수록합시다. 다른 하나는 「상하이 잡감」[3]으로 먼저 일본의 『아사히신문』에 실렸고, 뒤에 『문학신지』[4]에 번역 게재되었습니다. 검열로 삭제될 것이 확실하니 수록하지 않는 것이 좋겠습니다. 지난에서의 강연[5]은 찾아보았는데 무사히 통과될 수 있다고는 생각할 수 없습니다.

1931년[6] 베이핑에 갔을 때 다섯 차례 강연을 했는데, 신문에 게재된 강연 원고는 한 편[7]만 제가 가필한 것으로 지금 보냈습니다. 혹 사용할 수 있을지 모르겠습니다. 그러나 기록자의 이름은 삭제했습니다. 그들을 번거로운 일에 말려들게 하기 때문입니다. 중국의 일은 상상할 수 없습니다. 필사한 뒤 신문은 돌려주시면 고맙겠습니다.

간단히 답신을 대신합니다.

편안한 여행 되시기를 바라며

12월 11일

쉰 돈수

주)_____

1) 『광둥에서의 루쉰』에 수록된 「루쉰 선생의 연설」, 「케케묵은 가락은 이제 그만」, 「독서

와 혁명」을 가리킨다.

2) 곧 『『현대 신흥문학의 제문제』 소인』으로 뒤에 『역문서발집』에 수록되었다. 『현대 신흥문학의 제문제』는 일본 가타가미 노부루(片上伸)의 저작으로 루쉰이 번역하여 1929년 4월 상하이 다장서포(大江書鋪)에서 출판했다. 1934년 2월 국민당 당국에 의해 발매금지당했다.

3) 「상하이 잡감」(上海雜感). 즉 「상하이 소감」(上海所感)으로 뒤에 『집외집습유』에 수록되었다.

4) 『문학신지』(文學新地). '좌련'과 관련된 잡지로 상하이 문학신지사에서 편집했다. 1934년 9월에 창간했고 단지 1기만 냈다.

5) 「문예와 정치의 기로」를 가리킨다. 뒤에 『집외집』에 수록되었다.

6) 마땅히 1932년이 되어야 한다.

7) 「올 봄의 두 가지 감상」을 가리킨다. 뒤에 『집외집습유』에 수록되었다.

341212 자오자비에게

자비 선생께

그 『니체자전』[1] 지금 보냈습니다. 대략적인 글자 수는 6만에 달하지 않고 중간 정도 크기의 책으로 4호 활자로 인쇄하면 200여 쪽 전후입니다.

만약 출판한다면 ——

첫째, 역자는 책 안의 중요한 자구는 자간을 좀 벌리려고 하는데 서양어는 괜찮지만 한문에 이것을 적용하면 아름답지 않습니다(확실하지 않고 눈에 띄지 않습니다). 그래서 저는 글자 옆에 검은 점을 붙이는 것으로 바꿉니다. 흑체자黑體字나 송체자宋體字를 사용하는 것도 좋다고 생각합니다.

둘째, 구두점은 글자의 옆에 붙여서 고치는 것이 좋습니다. 4호 활자로 구두점이 각각 한 글자분을 점한다면 산만한 느낌이 듭니다.

셋째, 앞에 작가의 초상을 넣습니다. 이 사진은 제가 갖고 있습니다.

빌려드리겠습니다.

넷째, 역자는 스스로 교정하겠다고 말합니다. 그러나 이것은 적합하지 않습니다. 인쇄의 실제를 알지 못하기 때문에 그 약간의 의견은 실행할 수 없습니다. 그래서 제가 교정하는 것이 비교적 타당합니다. 그러나 선생이 천하의 각종 기괴한 영웅과 교제를 맺고 싶다면 역자 자신에게 출마出馬케 해도 상관없습니다.

용건만 간단히 적습니다.

건승을 기원하며

12월 12일

쉰 올림

조금 전에 보낸 도표圖表[2] 한 조組, 『량유』[3]는 필요가 없을 듯합니다. 만약 찾아낼 수 있다면 기회가 될 때 서섬에 맡겨 두시면 고맙겠습니다. 또 적었습니다.

주)_____

1) 『니체자전』(尼采自傳). 판청(梵澄: 곧 쉬스취안徐詩荃)이 번역하여 1935년 4월 량유도서인쇄공사에서 출판했다.
2) 소련의 제1차 5개년계획의 도표다. 당시 루쉰은 출판을 위해 량유도서인쇄공사에 전해 주었다.
3) 『량유도화잡지』(良友圖畫雜誌)로 월간이며 1926년 2월 창간되었고 1945년 10월 정간되었다. 상하이 량유도서인쇄공사에서 출판했다.

341213① 차오쥐런에게

쥐런 선생께

11일자 편지 잘 받았습니다. 『집외집』이 어디서 출판되더라도 저는 조금도 선입관이 없습니다. 군중[1]도 물론 괜찮습니다. 인세도 필요 없습니다. 이 한 권은 저 자신 어떤 정력도 소비하지 않은 것입니다. 유일한 조건은 『열풍』熱風과 같은 장정裝幀이라면 가장 좋겠다는 것입니다.

이러한 것은 출판되더라도 필시 금지에 저촉되지는 않겠으나, 내용이 좋지 않아서 판매가 잘 되지는 않을 듯합니다.

간단히 답신합니다.

건필을 기원하며

12월 13일

쉰 돈수

동봉한 2장은 양楊 선생에게 전해 주십시오. 또 적었습니다.

주)_____

1) 원문은 '群衆'. 상하이 군중도서공사를 가리킨다.

341213② 양지원에게

판아이눙을 곡하다[1](1913년)

술들어 천하를 논하되, 선생은 주정뱅이를 얕보았네.

온 세상 대취하였더니, 약간의 취기에 몸을 던졌구려.

깊은 골짜기 밤 끝없으나, 신궁의 봄은 마냥 즐겁네.

옛 벗 구름 흩어지듯 사라지니, 나 또한 먼지 같구려.

지원 선생께

『편지』 서[2]는 이미 찾았습니다. 지금 필사해서 보냈습니다. 구시 한 수도 같이. 앞의 편지에서 말한 『가난한 사람들』 서문은 찾지 못했습니다. 다른 사람의 번역을 위해 쓴 서발序跋을 모두 수록하는 것은 번거롭기도 하고 동시에 저는 원래 서를 쓰는 데 능하지도 않기 때문에 그만두는 게 좋겠습니다.

평안한 여행 되시기 바라며

12월 13일

쉰 돈수

앞의 편지에 부친 구시 몇 수는 도착했습니까?

주)_____

1) 「판아이눙을 곡하다」(哭范愛農). 이 시는 「판 군을 애도하는 시 세 수」(哀范君三章)의 제3 수로 뒤에 『집외집』에 수록되었다. 시 전체는 『집외집습유』에 수록되었다.
2) 원문은 '『信』序'. 『수쯔의 편지』 서를 가리킨다.

341214 양지원에게

지원 선생께

13일자 편지 잘 받았습니다. 편지에서 열거한 각 편에 관해서는 이의가 없습니다. 그런데 또 두 편이 기억났습니다.

1. 「『예로센코 동화집』 서」[1](상우판商務版)

2. 『붉은 웃음』 발[2](『붉은 웃음』은 상우판, 메이촨[3] 역, 다만 저의 문장은 아마도 『위쓰』語絲에 실린 듯합니다)

각종 강연은 「케케묵은 가락은 이제 그만」 외에는 생각해 보니 역시 전부 그만두어야겠습니다. 왜냐하면 대부분 기록이 아주 좋지 않기 때문입니다. 어떤 때는 제가 말하지 않은 것이 혹은 말한 것과 반대가 되어서 고치려면 또 한 번 처음부터 쓰지 않으면 안 됩니다. 당시는 그것을 할 기력이 없어서 방치해 두었던 것인데, 지금은 더욱 그 원기가 없습니다.

「감옥, 불……」[4]은 올해 집필한 것이기 때문에 집외集外의 문장이라고 할 수 없습니다.

검열과 관련해서는 선생이 말씀하신 대로입니다. 다만 저도 때로는 출판사를 생각합니다. 『남강북조집』은 스스로 세 편을 걸러 냈습니다. 그러나 결과는 역시 금지한 것도 아니고 금지하지 않은 것도 아닙니다. 이번에 차오 선생이 보낸 편지에서 군중공사가 출판을 생각하고 있다고 했는데, 저는 별로 상관없다고 회신했습니다. 현재 어떻게 해야 좋을까요. 저는 선입관이 없기 때문에 두 분에게 상의하는 것이 좋다고 생각합니다.

그 뽑아낸 세 편과 「선본」選本 원고는 지금 보내니 참고하시고, 사용한 뒤에는 돌려주시기 바랍니다.

건륭乾隆의 금서는 현재 한 부에 수십 위안이지만, 우연히 입수해서 읽어 보면 아무것도 아닌 내용이어서 너무 웃깁니다. 지금『한어한한록』[5]
을 읽고 있습니다. 이것으로 인해 작가는 머리가 잘렸는데, 내용은 공순한
것이 대부분입니다. 아마도 당시의 사정은 현재와 똑같이 사적인 원한에
기인한 것이 많았습니다.

　　이상으로 답신을 대신합니다.

　　평안한 여행을 기원하며

12월 14일

쉰 돈수

주)＿＿＿＿＿

1)『『예로센코 동화집』서』는 뒤에『역문서발집』에 수록되었다.

2)「『붉은 웃음에 관하여』에 관하여」(『紅笑』跋)로 뒤에『집외집』에 수록되었다.

3) 메이촨(梅川). 왕팡런(王方仁, 1905~1946)으로 본명은 왕이팡(王以芳), 필명이 메이촨이
　 며 저장 전하이(鎭海) 사람이다. 루쉰이 샤먼대학에서 가르쳤던 학생으로 조화사(朝花
　 社) 성원이다.

4)「감옥, 불……」, 곧「중국에 관한 두세 가지 일」이고 뒤에『차개정잡문』에 수록되었다.

5)『한어한한록』(閑漁閑閑錄). 조정의 의식, 시사, 시구에 관해 기록한 잡기로, 청대 채현(蔡
　 顯)이 썼다. 9권으로 건륭 때 금서가 되었고 1915년에 우싱(吳興) 유씨 가업당(嘉業堂)
　 이 복각했다.『청대문자옥당』(淸代文字獄檔) 제2집 '채현『한어한한록』안'(蔡顯『閑漁閑
　 閑錄』案)의 기재에 의하면 이러하다.

　 채현(1697~1767). 자는 입부(笠夫), 호는 한어(閑漁), 칭장 쑤화팅(淸江蘇華亭; 지금의 상
　 하이 쑹장松江) 사람이다. 옹정 때에 거인으로 건륭 32년(1767)에 양강총독과 장쑤순무
　 가 채현의 책『한어한한록』은 "말은 비방을 담고, 뜻은 모순이 많다"라고 고발했다. 그
　 때문에 채현은 "참결"(斬決; 참죄의 판결을 받고 집행되는 것)에 처해졌고, 그 아들은 "참
　 감후(斬監候; 참죄인데 옥중에서 가을이 되는 것을 기다려 집행되는 것) 가을 뒤에 처결"을
　 받았으며, 문인(門人)들은 "장류"(杖流; 몽둥이로 맞은 뒤 유형流刑을 당하는 것)와 "이리
　 (伊犁; 중국 신장 위구르 지역의 한 지명) 등의 곳에 보내져 고차(苦差; 잡역과 노동에 종사
　 하는 것)에 충원"되었다.

341215 허바이타오에게

바이타오 선생께

　12월 8일자 편지는 이미 받았습니다. 요 몇 개월간 잡일이 많고 게다가 한 달간 병으로 아팠는데, 한편으로는 생활을 영위하지 않으면 안 되었고, 그 때문에 생활은 더욱 어지럽게 되었습니다. 그래서 2개월 전의 편지에 대한 회신을 잊어버렸습니다. 그러나 편지는 받았습니다. 저는 아직 흐릿하게 선생이 이미 광저우에 계시지 않다고 기억하고 있기 때문입니다.

　이번 2매의 목판화는 「수확」이 비교적 좋은데, 이것은 『문학』에 소개하려고 합니다. 『태백』의 독자는 아마도 그다지 예술에 유의하지 않기 때문입니다. 「상봉」相逢의 구상과 표현법은 극히 흥취가 있으나, 안타깝게도 그중에 가장 중요한 두 필匹의 주인공이 평범합니다.

　선생의 작품은 또 한 조組 받고 싶은데, 백색의 중국종이에 인쇄한다면 최상입니다.

　『인옥집』의 감정鑑定 등은 직접 우치야마서점과 교섭해 주십시오. 대금도 직접 그쪽으로 보내 주십시오. 『인옥집』의 대금이라고 설명해 주시면 좋겠습니다. 점원 중에 중국어 문장을 읽을 수 있는 사람이 있습니다. 이러한 서적 판매의 일은 전부 서점이 처리하게 되었습니다. 『인옥집』은 잘 팔려서 두 권밖에 남지 않았는데, 2백 권을 재판할 예정입니다. 이 책은 아직 당분간은 찾는 사람이 있을 듯합니다.

　답신을 대신합니다.

　몸조심하시기 바라며

12월 15일

쉰 올림

341216① 양지원에게

지원 선생께

14, 15일자 두 통의 편지 지금 동시에 받았습니다. 베이핑에서는 5회 강연을 했고, 지금 제가 기록으로 갖고 있는 것은 2편[1]뿐입니다. 모두 기록이 정확하지 않아서 수록할 수 없습니다. 우선 보내니 한번 보시기 바랍니다. 그 밖에 승차하기 전에 강연이 두 번 있었는데, 하나는 「문예와 무력」[2]이고, 다른 하나는 강연의 제목을 잊어버렸습니다.[3] 당시에는 관료가 저를 아주 증오했기 때문에 신문에서 강연의 대략을 게재하지 않았을지도 모릅니다.

어용문학은 사실 중요한 연구입니다. 당시에는 아주 바빠서 상하이에 돌아와서 한 번 더 쓸 생각이었으나 돌아온 뒤에는 착수할 수가 없었고, 지금은 일이 변하면 마음도 따라 바뀌는 것으로 쓸 마음이 사라졌습니다. 그래서 그 『오강삼허집』五講三噓集은 영원히 하나의 명칭에 지나지 않을 듯합니다.

편지에서 말씀하신 인쇄 방법, 종이 모두 동의합니다. 원고는 새롭게 첨가된 것만 제게 보여 주시면 되겠습니다. 전에 봤던 부분은 보내실 필요가 없습니다. 인세가 들어오면 절반을 보내시는 것에도 동의합니다. 필시 제가 절반을 받지 않더라도 선생 역시 반드시 그만두려고 하지 않을 테니까요. 이번에 제가 이 때문에 노력을 많이 했다고 하는데, 그런 것은 아닙니다. 신경 쓰지 않아도 되는 일은 그다지 피곤하지 않습니다. 그런데 근래 며칠간 휴식을 했습니다. 이것은 하루에 4, 5천 자[4]를 썼기 때문으로, 스스로도 정신, 체력이 이전만큼은 아니라고 느끼고 있습니다. 향촌으로 돌아가 신문도 읽지 않고 1년이나 반년 놀고 싶다고 자꾸 생각합니다. 그러나 최근 국민복역조례[5]라는 것이 만들어져, 잡혀서 도로공사에라도 보내지게 되면 문장을 짓는 것보다 더 힘들겠죠. 이것이 진정한 국천척지[6]라는 것입니다.

앞의 편지에서 적은 「『예로센코 동화집』서」는 뒤에 생각해 보니 수록할 필요가 없겠습니다. 그 동화는 거의 제가 번역한 것이기 때문입니다.

동북東北의 문풍文風은 확실히 공순하고 또 아첨하는 것입니다. 소문에 의하면 신문지상의 논문은 열에 아홉이 '왕도정치'[7]를 결론으로 낸다고 합니다. 또 관청이 편집자에게 보내는 통지를 본 적이 있는데, 빈부의 차를 드러내고 투쟁을 말하는 문장은 모두 '왕도'에 부합하지 않기 때문에 이후에는 검열을 받을 필요도 없다고 합니다. 다만 관료적 냄새는 현지 우리 주위에 많이 있는 패도정치에 미치지 못합니다. 다만 한 가지 있습니다. 아마 우리 현지의 견식 있는 사람이라면 분명히 알고 있는 것입니다. 이것은 낙관입니다. 무슨 언론자유의 통전[8]에 대해서는 후스를 제외하면 누구도 부화附和도 보족補足도 하지 않은 것이 아닙니까? 이것은 정말 정말로 대단히 좋고 대단히 묘합니다.

이상으로 답신을 대신합니다.

편안한 여행 되시기 바라며

12월 16일

쉰 돈수

주)_____

1) 「식객문학과 어용문학」(幇忙文學與幇閑文學)과 「혁명문학과 준명(遵命)문학」을 말한다. 전자는 『집외집습유』에 수록되었고, 후자는 루쉰이 1932년 11월 24일 베이핑여자문리학원에서 한 강연이다.

2) 「문예와 무력」. 루쉰이 1932년 11월 28일 베이핑중국대학에서 한 강연이다.

3) 루쉰이 1932년 11월 27일 베이징사범대학에서 한 강연으로, 강연제목은 「'제3종인' 재론」이다.

4) 「아프고 난 뒤 잡담」(病後雜談)을 가리킨다. 뒤에 『차개정잡문』에 수록되었다.

5) 국민복역조례(國民服役條例). 1934년 12월 2일 장제스는 '노동 습관을 배양하고 건설 사업을 촉진하며 봉공(奉公)의 관념을 진흥한다'는 명목으로 장쑤, 저장, 안후이 등 16개 성에 '즉시 각 인민들을 공역(工役)에 복무시킬 방법을 규정하라'는 통전을 발표했다. 전문에는 "공(工)을 징용해서 도로를 건설하는" 것이 "현재 가장 시급한 임무", 또 "대체로 공역에 복무해야 할 인간은 스스로 징용에 응해야 하며 도피는 허용되지 않는다고 규정하며" 등의 말이 보인다(1934년 12월 3일 『선바오』에 의거함).

6) 국천척지(跼天蹐地). 『시경』에 나오는 말로, 황송하거나 두려워 몸을 굽히고 조심스럽게 걷는 걸음을 가리킨다.

7) '왕도정치'(王道政治). 1932년 3월 8일 괴뢰만주국 '집정' 푸이(溥儀)는 창춘(長春)에서 「집정선언」을 발표하고 "지금 우리나라를 세움에 도덕인애를 주로 하고 종족의 차이, 국제적 분쟁을 제거하여, 왕도낙토 정말 이것을 사실로 봐야 한다"고 외쳤다. 1934년 3월 1일 괴뢰만주제국이 성립하고 푸이는 「즉위조서」에서 "영원히 왕도정치를 존중하고, 절대로 변경하지 않는다"고 말했다.

8) 1934년 11월 27일 왕징웨이(汪精衛), 장제스가 전국에 '통전'(通電)을 발표했는데, 그 안에는 "인민과 사회단체는 법에 의해 언론결사의 자유를 누리고 무력과 폭동을 배경으로 하지 않는 한 정부는 반드시 보장할 것이며 제재를 가하지 않는다" 등이 있었다(1934년 11월 28일 『선바오』에 의함), 같은 해 12월 9일 후스는 톈진 『다궁바오』(大公報)에서 「왕장통전에서 제기된 자유」를 발표하고 "우리는 이 원칙에 대해 당연히 전적으로 찬성한다"고 천명하고, 또 '통전'이 "'무력 및 폭력을 배경으로 하지 않는다'라고 말한 것은 헌법초안에 '법에 의해'와 '법률에 의하지 않는'이라는 문자를 사용한 것에 비해 한층 분명해졌다"고 말했다.

341216② 어머니께

어머님 전. 하이잉이 어머님께 편지를 드리자고 해서 광핑이 대필하고 여기에 동봉했습니다. 입으로 떠드는 대로 적다 보니 상하이말이 뒤섞여 있어서 아실 수 있도록 제가 글자 옆에 역주를 붙였습니다. 아이는 지금 동글동글 살이 찌고 이전보다 말을 잘 듣습니다. 요 며칠 득의한 일이 세 가지 있습니다. 첫째는 손님 대접을 할 수 있는 것(사실은 마구 휘젓는 것이지만), 둘째는 수도꼭지를 수리할 때 수리공의 집을 알고 있어서 불러올 수 있다는 것, 셋째는 도장을 새겼다는 것입니다. 편지의 끝에 말하고 있는 것이 바로 이것입니다. 다만 글자를 많이 알지 못해 매일 익히라고 말해도 소용없습니다. 어머님이 보내 주신 사진은 지금 액자에 넣어 방에 걸어 두었습니다. 3년 전에 만났을 때와 변함없고 또 특히 자연스럽게 찍혀서 가장 잘 찍은 사진입니다. 저의 병은 치료가 되었고, 식욕도 돌아왔습니다. 광핑도 건강하니 심려치 마시기 바랍니다. 이상으로 간단히 적습니다.

늘 건강하시기 바라며

12월 16일

아들 수, 광핑 그리고 하이잉 올림

341217 샤오쥔, 샤오훙에게

류 선생:
인

이달 19일(수요일) 오후 6시에 저희가 두 분을 량위안梁園 위차이관豫菜館에 초대하고 싶습니다. 그 외에 몇 명의 친구[1]도 오는데 편안하게 같이 얘기를 나눌 수 있을 겁니다. 량위안의 장소는 광시로廣西路 332호입니다. 광시로는 얼마로二馬路와 싼마로三馬路 사이의 가로길橫街로 얼마로에서 돌아가면 좀 가깝습니다.

용건만 간단히 적습니다.

평안하시기 바라며

12월 17일

위광豫廣 경구敬具

1) 루쉰일기에 의하면 선옌빙, 예쯔, 녜간누 부부, 후펑 부부(당일 오지 않음) 등이다.

341218① 양지원에게

지원 선생께

　17일자 편지 잘 받았습니다. 그 연설 두 편은 실제와 거리가 너무 멀기 때문에 수록하지 않기로 했습니다. 기자는 저의 말을 이해하지 못한 듯하고, 의견도 일치하지 않습니다. 그래서 제가 중요하다고 생각하는 것을 그는 도리어 도외시하거나 웃음거리로 만들었습니다. 「혁명문학……」에는 그야말로 저의 말과는 정반대되는 것이 몇 군데 있으니 더욱 안 됩니다. 이 두 제목은 확실히 중요하므로 저는 한번 써 볼 생각입니다.

　「붉은 웃음에 관하여」는 제가 갖고 있는 것이 있으니 부칩니다. 다시 베낄 필요는 없을 듯합니다. 인쇄 견본대로 인쇄에 넘기면 될 듯합니다. 이런 말다툼 문장에는 품을 들일 필요가 없습니다. 그런데 이번에 다시 한번 읽어 보고서 이 허시[1] 선생이야말로 너무도 공명정대하지 못하다고 느꼈습니다.

발바리 무리는 두려울 것이 없습니다. 제일 두려운 것은 겉 다르고 속 다른 소위 '전우'들입니다. 왜냐하면 방비하기가 어렵기 때문입니다. 예컨 대 사오보[2]류에 대해서는 저는 지금까지도 그의 속셈이 무언지 알지 못 하고 있습니다. 뒤쪽을 방비하기 위해서 나는 적과 맞서지 못하고 가로 서 있을 수밖에 없습니다. 게다가 앞뒤를 다 살피자니 각별히 힘이 듭니다. 몸이 좋지 않은 것은 나이 탓이므로 그들과는 상관없습니다. 그러나 때로 는 정말 분개하기도 합니다. 이렇게 많은 기력을 헛되이 낭비하다니 그만 한 기력으로 제 할 일을 했더라면 얼마나 많은 성과가 있었겠는가 하는 생 각이 듭니다.

중국의 향촌과 소도시 가운데 지금 갈 만한 곳이 없는 듯합니다. 그래 서 저는 그냥 베이징에 있는 편이 낫겠다고 생각합니다. 그 도서관 하나만 해도 저에게는 여간 편리하지 않습니다. 그러나 이것도 몽상에 지나지 않 습니다. 펑유란[3]처럼 본분을 지키는 사람마저도 체포되었으니 다른 사람 이야 더 말할 게 없습니다. 그래서 당분간은 움직일 수 없을 것 같습니다.

저번 편지에서 선생은 집으로 돌아갈 날짜를 며칠 미루었다고 했는 데, 저의 서문은 늦어서 24일에는 부칠 것 같습니다. 미처 받아 보지 못하 게 되지는 않겠지요.

이만 답신을 대신합니다.

평안한 여행 되시기 바라며

12월 18일

쉰 올림

주)_____

1) 허시(鶴西). 청간성(程侃聲, 1907~1999)으로 후베이 사람이다. 그는 1929년 4월 15일,

17일, 19일 베이징 『화베이일보』 부간에 「붉은 웃음에 관하여」를 연재했고, 메이촨(梅川)이 번역한 『붉은 웃음』은 그의 번역본을 베낀 것이라고 지적했다.

2) 여기서는 사오보(紹伯: 톈한田漢)라고 서명한 「조화」(調和)를 말한다. 『차개정잡문』 부기와 350207① 편지 참조.

3) 펑유란(馮友蘭, 1895~1990). 자는 즈성(芝生), 허난 탕허(唐河) 사람으로 철학가다. 당시 칭화(淸華)대학 문학원 원장 겸 철학과 주임이었다. 1934년 11월 28일 그는 「소련에서 받은 인상」이라 제목의 강연을 발표하여 베이핑의 국민당 보팅(保定)군사위원회 행영(行營)에서 심문을 받고 다음 날 석방되었다.

341218② 리화에게[1]

리화 선생께

제가 알고 있는 편지의 주소는 너무 간단해서 이 편지가 도착할지 잘 모르겠습니다.

오늘 편지와 화집 3권[2]을 받았습니다. 이렇게 많은 작품을 보내 주셔서 대단히 감사합니다. 전람회 목록[3]을 보고 비로소 광저우에서 이러한 화전畵展이 열린 것을 알았습니다. 그러나 우리는 몰랐습니다. 이치적으로 본다면 이만큼 큰 중국에서 하나의(적어도) 정정당당한 미술잡지가 있어서 외국의 작품을 소개하는 것과 동시에 국내의 예술 발전을 소개해야만 합니다. 그러나 우리에게는 없습니다. 미술로 이름난 잡지가 게재하는 것이 대체로 저급취미의 것이니 이것은 정말 탄식할 노릇입니다.

동판과 석각은 도구가 극히 중요한데, 중국에서 구입할 수 없습니다. 생각한 성과가 나오지 않는 것은 이상한 일이 아닙니다. 사회에서는 일반적으로 아직 Etching와 Lithography[4]라는 이름을 알지 못합니다.

Monotype[5]는 아마도 일찍이 이것을 제기한 사람이 없습니다. 그러나 선생의 목판화 성적은 대단히 뛰어나다고 생각합니다. 가장 좋은 것은 「봄날 교외의 풍경」입니다. 일본의 현대 유명작가와 앞을 다툴 정도입니다. 「즉경」卽景은 독일풍을 사용한 시도이고, 역시 훌륭합니다. 예를 들어 「메뚜기蝗 재해」, 「실업자」, 「수공업자」 등입니다. 『목판화집』 가운데 새로운 길을 탐험한 것으로 「부자」父子, 「북국풍경」北國風景, 「휴식하는 노동자」, 「작은 새의 운명」은 모두 좋다고 생각합니다. 제가 몇 매를 잡지사에 보내 게재를 의뢰해도 괜찮겠습니까? 물론 복제하면 좋은 곳이 적지 않게 손실됩니다. 그래도 안 하는 것보다 낫습니다. 게다가 저는 스스로 자신을 믿고 있는데, 경박하고 시시한 잡지에 소개하지는 않을 것입니다.

베이징과 톈진에서의 판화 상황은 저는 모릅니다. 우연히 2, 3매를 보았는데, 아주 유치한 것이 마치 소묘의 기초훈련도 연습한 적이 없는 듯했습니다. 상하이도 비슷한데 단체가 없고(단체를 만드는 것도 어렵습니다), 흩어져서 잠시 조각하고 있는가 보다 생각하면 어딘가로 사라지고 마는 일이 비일비재합니다. 알고 있는 목판화가 가운데 뤄칭전羅淸楨 군이 성실한데, 그는 산터우汕頭 쑹커우중학松口中學의 교사입니다(아마도 산터우 사람이겠죠). 가입했습니까?

목판화는 분명히 객관적인 지지를 얻고 있지만, 이러한 때야말로 타락과 쇠퇴를 엄중히 방비해야 합니다. 특히 좀벌레는 목판화의 취미를 떨어뜨립니다. 신극新劇이 웃음거리의 '문명희'文明戱로 변하는 것처럼 말입니다. 저는 선생들의 단체[6]가 판화를 지탱하고 발전시키는 중심이 될 것을 깊이 바라고 있습니다. 저로서는 창작이 불가능하지만 소개하거나 복각하는 일은 능력이 미치는 한 멈추지 않을 생각입니다.

이상으로 용건만 간단히 적습니다.

건강하시기 바라며

12월 18 밤

쉰 올림

주)_____

1) 리화(李樺, 1907~1994). 광둥 판위(番禺) 사람으로 목판화가다. 일찍이 일본에서 유학했고, 당시 광저우 시립미술학교 교사였다. 1934년 목판화운동에 종사하기 시작해 같은 해 6월 현대창작판화연구회 조직을 발기했다.
2) 리화의 회상에 의하면, 그가 손으로 인쇄하여 출판한 목판화집『춘교소경집』(春郊小景集), 『1934년 즉경』(一九三四年卽景)과 붙인『목판화집』을 가리킨다.
3) 1934년 4월 광저우에서 열린 리화 개인의 판화전람회 손인쇄 목록이다.
4) 에칭(Etching)은 동판화, 리소그래피(Lithography)는 석판화다.
5) 모노타이프(Monotype)는 한 장의 단독 판화다.
6) 현대창작판화연구회. 1934년 6월에 광저우미술전과학교에서 성립되었다. 주요 멤버는 리화, 라이사오치(賴少麒), 장잉(張影), 탕잉웨이(唐英偉) 등이다. 기관지『현대판화』를 출판했다.

341218③ 진자오예에게

자오예肇野 선생께

12일자 편지와 우표 1위안 6자오 5편을 받았습니다. 잡지특집호도 도착했습니다. 『인옥집』을 재차 보낸 것은 대체로 편지를 대충 읽은 서점의 부주의입니다. 잘 설명했습니다. 『목판화가 걸어온 길』은 제가 갖고 있기 때문에 일간 한 권 보내겠습니다. 대금은 필요 없습니다. 『장후이張慧 목판화집』, 『무명사 목판화집』[1]은 기증받았기 때문에 드립니다. 다른 것은 입수가 어렵습니다. 기회가 되면 친구에게 의뢰해서 찾아보겠습니다. 저 자신은 상하이의 출판사와 소원하기 때문입니다. 다만 선생에게 경고해 두지 않으면 안 되겠습니다. 기예技藝를 발전시키고자 한다면 본국인의 작품을 봐서는 안 됩니다. 그들 스스로 아직 결점을 갖고 있기 때문입니다. 반드시 외국 명가의 작품을 보십시오.

량유공사가 마세렐의 목판화를 4점 출판했는데 보셨습니까? 다만 보는 것은 좋지만 배우는 것은 금물입니다.

목판화에 능력이 있는 사람은 광둥에 많습니다. 가장 뛰어난 이는 리화와 뤄칭전이라고 생각합니다. 장후이는 유미唯美에 경도되어, 그것이 퇴폐의 유파로 가지 않는다면 좋은데 하며 걱정하고 있습니다. 류셴劉峴(허난 사람인 듯합니다)은 근래 거칠게 함부로 만들어 발전이 없습니다. 신보新波[2]는 작품이 많지 않습니다. 전람회[3]에 관해 문의해 달라고 하셨는데, 사실 저는 물어볼 수가 없습니다. 여기에서 목판화를 하고 있는 사람은 연락이 없고, 만나고 싶어도 어디에 있는지 모릅니다.

선생이 보내 주신 4매는 제가 허풍을 떨지 않고 정직하게 말한다면 아직 습작으로밖에 보이지 않습니다. 목판화도 기초는 역시 소묘에 있습니다. 그래서 선과 명암을 충분히 파악하지 않으면 목판화도 잘 깎이지 않습니다. 이 4매의 형상이 어렴풋한 인상을 주는 것은 그 때문입니다. 깎는 자가 어려운 곳을 일부러 회피하고 있을 때가 있다고 생각합니다. 가장 두드러진 것이 고리키(Gorky)의 눈입니다(그의 눈이 작은 것은 눈두덩이 높기 때문입니다). 용건만 간단히 적습니다.

건강하시기 바라며

12월 18일
쉰 올림

주)_____

1) 『無名社之木刻集』, 곧 『무명목각집』이다.
2) 황신보(黃新波)로 목판화가. 본명은 황위상(黃裕祥). 광둥성 타이산(台山) 사람. 좌익작가연맹, 좌익미술가연맹의 회원이었다.
3) 탕허(唐訶), 진자오예 등이 조직한 핑진(平津)목각연구회 명의로 거행한 제1차 전국목각연합전람회를 가리킨다. 1935년 원단(元旦; 새해 아침)부터 차례로 베이핑, 톈진, 상하이 등지에서 순회 전시회를 열었다. 여기서 말하고 있는 것은 이 단체의 준비사무소다.

341219 양지원에게

지원 선생께

　　18일자 편지와 원고 오늘 아침에 받았습니다. 지금 다 읽고 우선 등기로 반송합니다. 서문은 며칠 동안 쓰셨습니다. 다 되면 바로 보내겠습니다.

　　강연 원고는 「어용문학……」 및 「혁명문학……」 2편을 뺐습니다. 「케케묵은 가락……」은 원래 저 자신이 가필한 것입니다. 차오^喬 선생이 기록한 한 편[1]도 좋지만 부록으로 하지 않아도 괜찮습니다.

　　시詩는 연월이 기록되어 있지 않지만, 저 스스로 대략 선후先後를 기억하고 있어서 지금 약간 바꾸었습니다. 이 순서로 배열해 주시면 고맙겠습니다.

　　간단히 답신을 대신합니다.

　　편안한 여행 되시기를 바라며

19일 오후

쉰 돈수

『풍월이야기』는 출판되었습니다. 오전에 서점에 부쳐 달라고 부탁했으니 이미 도착했을 거라고 생각합니다. 또 적었습니다.

주)_____

1) 차오쥐런이 기록한 「문예와 정치의 기로」를 가리킨다. 뒤에 『집외집』에 수록되었다.

341220① 양지원에게

지원 선생께

어제 편지를 받고 나서 급하게 답신을 하다 보니 한 가지 대답하는 것을 잊어버렸습니다. 곧 러우스를 애도하는 시[1]인데, 수록할 필요는 없다고 생각합니다. 이 문장은 『남강북조집』에 있으니 '집외'라고 볼 수 없기 때문입니다. 「판아이눙을 곡하다」 시는 『아침 꽃 저녁에 줍다』에서 말한 적이 있지만 전편이 아니기 때문에 다른 것입니다.

편지에서 저의 시에 대한 상찬이 지나칩니다. 사실 구시는 평소 연구한 적이 없고 입에서 나오는 대로 쓴 것일 따름입니다. 모든 좋은 시는 당唐에서 다 지었으니 이후로는 여래의 손바닥을 뛰어넘는 '제천태성'[2]이 아니라면 손대지 않는 것이 현명합니다. 그러나 언행이 일치하지 않아서 때로는 대충 꾸며 내기도 하는데, 반성하는 것도 우습습니다. 옥계생[3]의 청사려구清詞麗句에 어찌 감히 비견하겠습니까. 그러나 전고典故를 너무 많이 사용하는 것은 저는 불만인데, 린공 겅바이[4]의 의론은 지당한 말이 아닙니다. 오직 『천바오』[5]의 모든 조소가 바로 그 무리들의 기량과 부합합니다.

편안한 여행 되시기 바라며

20일

쉰 올림

주)_____

1) 원문은 '悼柔石詩'. 『남강북조집』「망각을 위한 기념」안의 7율("긴 밤에 길이 들어 봄을 보낼제……")을 가리킨다.
2) 제천태성(齊天太聖). 원래는 '제천대성'(齊天大聖)으로 곧 손오공이다. 손오공이 여래의 손바닥에서 탈출하고자 했다는 얘기는 『서유기』제7회에 보인다.
3) 옥계생(玉谿生)은 이상은(李商隱, 약813~약858)으로 자는 이산(義山), 호는 옥계생으로 후이저우 허네이(懷州河內; 지금 허난 친양沁陽) 사람이며 당대 시인이다. 후인이 편집한 것으로 『번남문집』(樊南文集)과 『보편』(補編)이 있다.
4) 린겅바이(林庚白, 1891~1941). 자는 준남(浚南), 호는 우공(愚公), 푸젠 민허우(閩侯) 사람이며 시인이다. 일찍이 국민당 난징시정부 참사(參事)와 입법원 입헌위원 등을 지냈다. 그는 1933년 7월 19일 상하이 『천바오』에 발표한 「혈루시사화」(子樓詩詞話) 제13칙(則) 중 루쉰의 러우스를 애도하는 7율을 평론하여 말하기를 "'치의'(緇衣) 구는 루쉰이 늘 와후쿠(和服)를 입고 있었기 때문에 사실을 기록했을 따름이다", "'꿈속에 어리는 어머니 눈물' 구는 시로 논한다면 우수하지만, 그러나 우리 사대부 계급의 의식과 정서는 대체로 자각하지 못하고 유로(流露)한 것이다. '볼셰비키'에는 이것은 없다"고 했다.
5) 『천바오』(晨報). 상하이 『천바오』로, 판궁잔(潘公展)이 주재하고 1932년 4월 7일 창간했다. 1936년 1월 26일 정간되었다.

341220② 샤오쥔, 샤오훙에게

류 선생:
인

하이잉을 대표해서 보내 주신 작은 곤봉에 대해 고마움을 전합니다. 이것은 저도 처음 봤습니다. 다만 저에게 그는 작은 봉갈단 단원[1]입니다.

작년에 "아빠, 먹어도 돼요?"라고 물었습니다. 저는 대답하기를 "먹는다면 먹어도 돼. 그러나 역시 먹지 않도록 하자"라고 말입니다. 올해는 더 묻지 않습니다. 아마도 먹지 않는 것으로 결정한 거겠죠.

텐[2]의 직접적인 주소는 알지 못합니다. 다만 바깥 봉투에 '번부허난로本埠河南路 303호號, 중화일보관中華日報館, 『극』戲 주간週刊[3] 편집부編輯部 앞'이라고 쓰고, 안에 봉투를 하나 더 사용해 '천위陳瑜 선생先生 계啓'라고 쓴다면 그가 받을 것입니다. 그런데 생각해 보니 그가 받는다고 하더라도 회신을 보낼지는 알 수 없습니다. 희곡 원고[4]가 아직 있는지도 문제입니다. 시험 삼아 편지를 써서 그에게 물어보는 것도 좋지만, 열에 아홉은 결과가 없을 듯합니다. 이 공公은 유명한 애매모호입니다.

소설 원고[5]는 한번 읽어 보고 나서 다시 답신을 하겠습니다. 인 부인의 원고[6]는 생활서점이 출판할 것 같고 검열할 관료에게 보냈습니다. 통과하면 인쇄소에 들어갑니다.

용건만 간단히 적습니다.

평안하시기 바라며

12월 20일

쉰 올림

주)_____

1) 봉갈단(棒喝團). 당시 이탈리아, 독일의 파시스트당을 이렇게 불렀다.
2) 톈한(田漢)으로 '천위'(陳瑜)라는 필명을 사용했다.
3) 중화일보(中華日報). 국민당 왕징웨이 개조파의 신문으로 1932년 4월에 창간되었고, 1945년 8월 21일 정간되었다. 『극』(戲) 주간(週刊)은 이 신문의 부간 가운데 하나로 1934년 8월 19일 창간되었고, 위안메이(袁梅; 곧 무즈牧之)가 주편이었다.
4) 샤오쥔의 회고에 의하면, 그의 친구가 『극』 주간에 투고한 극본 원고이다.
5) 『8월의 향촌』 원고를 가리킨다.
6) 『삶과 죽음의 자리』 원고를 가리킨다.

341223① 양지원에게

지원 선생께

21일, 22일 편지를 조금 전에 동시에 받았습니다. 작시作詩의 연대는 대략 기억하고 있어서 연도와 호수를 붙여서 다시 보냈습니다. 안에는 착오가 있을지도 모르겠으나, 중요한 것은 아닙니다.

다른 한 편 「식객문학……」은 기록자 자신이 말할 정도로 믿을 수 없는데, 후반으로 가면 저 자신도 이해할 수 없습니다. 그래서 삭제합니다. 단지 비교적 괜찮은 전반부만 남겨서 집集에 넣읍시다. 이것만으로도 제목의 설명으로는 충분합니다.

선생의 서[1]는 좋다고 생각합니다. 오자 한 글자를 고쳤습니다. 그러나 결말이 아무래도 너무 과격하니 조금 함축적으로 고치는 것이 좋겠습니다. 왜냐하면 문장으로 소인小人들의 원망을 사는 것은 무의미하기 때문입니다. 저로서는 사실 화살을 활에 걸었으니 쏘지 않으면 안 됩니다. 선생은 어떻게 생각하십니까?

답신을 대신합니다.

편안한 여행 되시기 바라며

12월 23일

쉰 올림

주)_____

1) 양지원의 『『집외집』 엮은이 서언」(『集外集』編者引言)을 가리킨다. 『집외집』을 검열에 제출할 때 삭제했다. 뒤에 쉬광핑이 『집외집습유』에 부록으로 수록했다.

341223② 왕즈즈에게

쓰위안 형

11일자 편지 오늘 도착했습니다. 이상한 일입니다. 『문사』文史와 소설[1]은 이전에 받았습니다. 소설은 편지의 창구가 되고 있는 서점에 위탁 판매하는 수밖에 없습니다. 왜냐하면 다른 서점과는 교류가 없고 지참해서 위탁했을 때 그들이 받아 주더라도, 그들로부터 대금을 거둘 수완이 저에게는 없고, 자비출판한 제 자신의 책도 손해를 보지 않았던 적이 없기 때문입니다.

문학사와는 교류가 없습니다. 1년에 한두 차례 기고하는 데 불과하고, 우연히 연락하는 상대도 한 사람뿐입니다. 말씀하신 원고를 돌려받는 건은 물어보겠으나, 그들이 들어 줄지 말지 말하기 어렵습니다.

첨부한 우표가 부족해서 전송을 부탁한 분에게 정말로 죄송합니다. 근래 정신이 쇠약하고 편지를 쓸 때 대여섯 통을 한 번에 하는 바람에 가끔씩 착오가 있습니다.

발신이 많아서 자주 폐를 끼칩니다. 요 며칠 저의 편지를 소지하고 있던 사람이 사건에 연루된 바람에 저도 잠시 집에 조용히 있을 수밖에 없습니다.

답신을 대신합니다.

몸조심하시기 바라며

12월 23 밤
위 올림

주)_____

1) 『바람은 잦아들고 파도는 고요해진다』(風不浪靜)를 가리킨다. 340904 편지 참조.

341225① 자오자비에게

자비 선생께

　보내 주신 편지와 도표 잘 받았습니다. 『니체자전』은 량유공사가 접수하기로 했으니 잘된 일입니다. 다만 이것은 단독으로 출판하는 것이 좋을 듯한데, 왜냐하면 이 공公이 아주 니체적 기풍이 있어서 어떤 '총'叢의 안에 뒤섞이는 것을 좋아하지 않고, 판매의 많고 적음에 관해서는 묻지 않기 때문입니다. 그러나 량유가 어떻든지 총서에 넣고 싶다고 한다면, 만났을 때 상담해 보겠습니다. 다만 빨리 회신이 가능할지 잘 모르겠습니다.

　『신문학대계』[1]의 조건은 대체로 이의가 없습니다. 다만 오랫동안 앓았던 병이 막 나아서 의사가 집필을 금지하라고 했습니다. 해가 바뀌고 나서 급히 연일 작품을 읽고 하는 일을 지속할 수 있을지 어떨지 확신은 없습니다. 또 서문을 2만 자까지 쓸 수 있을지 예측할 수 없습니다. 저는 긴 문장을 잘 쓰지 못합니다. 말하고 싶은 것을 하고 난 뒤 문장을 길게 끄는 것은 무료의 극치이기 때문입니다. 그래서 마감에 맞추지 못할 경우는 연장해 주고, 서문도 글자 수를 한정하지 않으며 원고료는 글자 수에 의한다는 것으로 한다면 받아들이겠습니다.

　답신을 대신합니다.

　건필을 기원하며

12월 25일

쉰 올림

주)＿＿＿＿＿

1) 『신문학대계』(新文學大系). 곧 『중국신문학대계』(中國新文學大系)다. 1917년 신문학운동

의 개시부터 1926년까지의 10년간의 문학창작과 이론의 선집이다. 문학건설이론, 문학논쟁, 소설(1집부터 3집까지), 산문(1집, 2집), 시가, 희곡, 사료, 색인 등 10권으로 나누었다. 각 권의 각 담당자가 선택하고 편집했다. 자오자비 주편으로 상하이 량유도서인 쇄공사가 출판했다. 1935년부터 1936년에 걸쳐서 전권이 출판되었다. 『소설 2집』은 루쉰이 편집하고 서문을 썼다. 문학연구회와 창조사의 다른 작가 33명, 작품 59편을 뽑아서 수록했다. 서문은 뒤에 『차개정잡문 2집』에 수록되었다.

341225② 허바이타오에게

바이타오 선생께

일전에 편지와 목판화 2매를 받고 바로 회신을 드렸는데 받으셨을 거라고 생각합니다. 오늘 또 16일자 편지와 목판화를 받고 선생의 뜻을 잘 알았습니다. 「폭풍우」는 안정감이 있고, 「농촌의 10월」은 다른 것은 괜찮은데, 타작을 하는 주요 인물이 정지 상태에 가깝고 동시에 도안화圖案化되어서(서양의 고대 목판화에는 자주 이런 화법이 있습니다만) 옥에 티가 있다고 느끼게 합니다. 이후 보내 주시는 것은 1점에 2장으로 하고, 백지를 사용해서 인쇄해 주신다면 고맙겠습니다.

근래 병이 나고 또 생활도 도모해야 해서 문장을 팔지 않으면 안 되는 관계로 많은 것을 생각하고 있을 수가 없습니다. 베이핑에서 전국목각전람회[1]가 열려 귀하의 목판화 몇 점을 보냈습니다. 다만 많지는 않습니다.

답신을 대신합니다.

몸조심하시기 바라며

12월 25일

쉰 올림

1) 제1차 전국목각연합전람회를 가리킨다.

341225③ 자오자비에게

자비 선생께

　　아침에 편지 한 통을 부쳤는데, 이미 받아 보셨을 거라고 생각합니다. 『문학』 내년 1월호에 투고할 수필 1편,[1] 약 6천 자를 썼는데, 내용은 명말의 이야기로 옛 서적을 인용했고 그 안에 감개의 말은 스스로 벗어나기 어려웠습니다. 오늘 밤 검열관에게 4분의 3이 삭제당하고 서두의 1천여 자만 남았다는 것을 알았습니다. 이로써 생각해 보니, 예를 들어 반고의 천지개벽신화를 말하더라도 그들의 뜻을 만족시킬 수 없으며, 저도 분명히 그들의 뜻을 만족시킬 수 있는 문장을 쓸 수 없습니다.

　　그래서 『신문학대계』를 생각했습니다. 뽑은 소설을 검열에 보낼 때 어떤 사람이 뽑았는지 알지 못하기 때문에 우선 문제는 없습니다만, 서론을 보냈을 때 문제가 생길 수 있습니다. 5·4 시대는 명말보다 가깝고, 저도 무던하게 '오늘의 날씨는 하하하'로 시작하는 1만여 자의 문장을 쓸 수는 없었습니다. 게다가 정말로 군관軍官의 의견과 일치할 수 없었는데, 그때는 반드시 분규가 일어난다고 생각했습니다. 저는 그들의 의견에 비추어 문장을 고치거나 따로 한 편을 쓰거나 하는 데는 능하지 못한데, 그래서 다른 사람에게 의뢰했는데도 소설은 제가 뽑게 되었고, 다른 사람의 의견은 이와 같지 않아서 손쓸 수 없게 되고 말았습니다. 출판사가 헛되게 비용을 지불하든가 아니면 제가 시간을 낭비하든가 둘 중에 하나는 손해를 입습니다. 그래서 저는 이 일은 하지 않기로 결심했습니다. 생각해 보면 그들에게 미움을 받지 않는 사람이 처음부터 착수하는 것이 더욱 안정적입니다. 검열관은 작가는 상관없고 내용만 문제시한다고 언명했으나, 그렇게 마음과 말이 일치하는 군자는 어디에도 있을 리가 없고, 있다고 하더라도 검열관 안에는 없습니다. 그들이 농담하는 것이야 대단히 쉬운 일이니 그들의 간계에 말리고 싶지 않습니다. 저는 역시 정면에서 그들에게 대항하려고 합니다.

이것은 제가 빙글빙글 바뀌는 것이 아닙니다. 실정을 본다면 기우가 아니며, 이것은 선생이 잘 살펴보시기를 바라는 것입니다. 저는 다른 몇 명의 편집자라고 해도 그 서문의 통과는 우려할 대열에 있다고 생각합니다.

용건만 간단히 적습니다.

건필을 기원하며

12월 25 밤

쉰 올림

주)_____

1)「아프고 난 뒤 잡담」을 가리킨다. 뒤에『차개정잡문』에 수록되었다.

341226① 리례원에게

례원 선생께

보내 주신 편지 잘 받았습니다.『풍월이야기』는 이미 돌아와서 어제 다시 포장을 해서 발송했습니다. 등기로 보냈으니 도착했을 거라고 생각합니다. 이것은 다른 지방에 각각 발송한 뒤 우치야마에서 발매했던 것인데, 광고를 붙이기 전[1]에 30여 권이 팔렸습니다. 그렇다면 풍월이야기[2]는 사람들이 듣고 싶어 하는 것이라고 할 수 있습니다.

『역문』은 비교적 논문이 적습니다. 제6기에 선생에게 예렌부르크의 한 편[3]을 번역 부탁드리려고 하는데 괜찮겠습니까? 지드가 좌로 전향[4]했다는 것은 이미 문관文官[5]에게 들었으며 따라서 지드론은 적당하지 않습니다. 예를 들어 「초현실주의를 논함」[6]이라는 것이 좋다고 생각합니다.

용건만 간단히 적습니다.

추운 날씨에 건강 유의하시기 바라며

12월 26 밤

쉰 돈수

주)_____

1) 우치야마서점은 새로 발매하는 서적의 두세 가지에 관해서는 큰 종이에 서명 등을 기재하여 서점 입구에 붙였다.

2) 풍월이야기(風月談). 남녀의 연애사건 얘기다. 『풍월이야기』라는 문집의 이름과 연관이 있다.

3) 예렌부르크(Илья Григорьевич Эренбург, 1891~1967). 소련작가로, 리례원이 그의 「모루아론과 기타」를 번역해 『역문』 제2권 제1기(1935년 3월)에 게재하였다.

4) 지드(André Gide)에 대해서는 340920 편지와 주석 참조. 그는 1932년 초 『일기초』(日記抄)를 발표하여 "소련의 상황에 깊은 관심을 갖고 있다"고 하고, 동시에 맑스주의에 흥미를 갖고 있다고 적었다. 1933년 3월 21일 그는 또 프랑스 혁명문학문예가협회에서 강연을 했고, 히틀러 독일의 파쇼지배에 항의하고 혁명문예가와 대중이 연합하여 투쟁할 것을 요구했다.

5) 문장을 다루는 관리라는 뜻으로 곧 검열관이다.

6) 곧 「초현실주의파를 논함」이다. 예렌부르크의 글을 리례원이 번역하여 『역문』 제1권 제4기(1934년 12월)에 게재하였다.

341226② 샤오쥔, 샤오훙에게

류 선생:
인

24일자 편지 잘 받았습니다. 20일자 편지도 받았습니다. 아파서가 아니라 요 며칠은 바빠서 바로 답신을 드리지 못했습니다.

저우周 여사들이 하고 있는 연극반[1]은 실정을 알지 못하지만, 제가 보기에 문제는 없고 괜찮습니다. 다만 이후 만나는 사람이 많아지겠는데, 서로 정체를 알기 어려우니 조심해서 말해야 합니다. 다른 사람의 말을 많이 듣고 자신은 말은 조금만 하는 것이 좋습니다. 말할 때는 한담을 많이 하십시오.

『풍월이야기』는 아직 공개적으로 발매하지 않았고, 또 공개적으로 발매할 생각도 없습니다. 그래도 이것은 금서가 되겠죠. 소위 상하이의 문학가들 중에는 무서운 인간도 있습니다. 조그만 이익을 위해 다른 사람의 생명을 빼앗습니다. 그러나 물론 무료하고 무섭지 않은 사람이 많습니다. 그렇지만 아주 꼴 보기 싫습니다. 마치 이와 벼룩처럼 항상 어두운 곳에서 당신의 몇 군데 종기를 무는데, 큰일이 아니라고 해도 긁어 대지 않을 수 없습니다. 이런 인물은 사귀지 않는 것이 좋습니다. 저는 강남의 재자才子가 가장 혐오스럽습니다. 구불구불 하늘하늘 힘이 없고 사람 같지 않습니다. 지금은 대체로 양복으로 바꿔 입었는데, 내용은 변하지 않았습니다. 그러나 상하이의 토착인은 나쁘지 않습니다. 단지 각지의 나쁜 종자가 상하이로 나와서 나쁜 짓을 하고 있고, 그래서 상하이는 하류의 땅이 된 것입니다.

『어머니』는 금지당한 지 오래되었는데, 이것은 서점의 점원에게 부탁해서 구입한 것입니다. 어떤 연고가 있었는지 모릅니다. 며칠 전 수필을 한 편 써서 문학사에 가서 돈으로 바꾸려고 했습니다. 7천 자인데 검열관이 4분의 3을 삭제했기 때문에 머리밖에 남지 않아서 값어치가 없어지고 말았습니다. 인부인의 소설은 이 정도까지는 되지 않을 겁니다. 몇 단락을 삭제한다면 몇 단락 삭제하게 하고, 첫걸음은 아무튼 출판하는 것입니다.

요 며칠 정말로 답답합니다. 검열 관리들은 내용만 문제로 삼아서 작가가 누구든 상관없다고 공개적으로 말했습니다. 곧 특정인을 곤란하게 할 의도는 없다는 의미입니다. 일부 출판사가 이 말을 듣고 '공평'이 정말로 나타났다고 생각해 제게 이전의 이름으로 문장을 써도 이의가 없을 거라고 했습니다. 그런데 사실은 그들의 음모였습니다. 저의 문장을 보더니 한바탕 삭제를 하고 엉망으로 만들어 놓아서, 인쇄를 했더니 독자들은 사정을 몰라서 제가 미쳤다고 생각했습니다. 만약 아프고 가려운 것과 무관한 내용이라면 합격입니다. 그러나 그런 것이 무슨 의미가 있습니까?

올해는 더 편지를 쓰지 않겠습니다. 이사한 뒤 새 주소를 기다리겠습니다.

이상으로 간단히 적습니다.

평안하시기 바라며

12월 26 밤
위 올림

주)_____

1) 저우잉(周穎, 1909~1991)으로 녜간누의 부인이다. 연극반은 당시 좌익희극가연맹의 희극공응사(戲劇供應社)이다. 오직 상연용으로 복장과 도구를 제공했다.

341226③ 쉬서우창에게

지푸 형

　　의약비 감정서를 보냈습니다. 스양은 합계 7위안 5자오입니다. 이 금액은 기회가 될 때 쯔페이紫佩에게 전해 주십시오. 제가 고서古書의 보수를 의뢰했기 때문입니다. 그때 만약 남더라도 이쪽으로 보내지 말고 다른 날 서적의 보수를 위해 잠시 거기에 맡겨 달라고 전해 주십시오. 타오陶 아가씨는 16위안으로 청산서를 전해 주십시오. 변제의 반환은 급하게 하지 않아도 됩니다. 저는 당장 필요하지 않습니다.

　　저는 잠시 병이 나서 아팠는데 지금은 회복했으며 아내와 아이도 평안합니다. 걱정하지 마시기 바랍니다.

　　급하게 용건만 적습니다.

　　건필을 기원하며

12월 26 밤

아우 페이 돈수

341227① 정전둬에게

시디 선생께

　　24일자 편지 방금 받았습니다. 『박고혈자』 전부에 황색 나문지羅紋紙를 사용한다면 너무 좋습니다. 모변毛邊은 약해서 걱정되기 때문입니다. 그러나 베이핑의 공임이 싼 것은 정말 의외입니다.

『십죽전보』의 판권[1])에 관해서는 별지를 동봉했으니 참작해 주시기 바랍니다. 생활의 광고[2])는 봤습니다. 『베이핑전보』는 서점의 경우 우치야 마에게 대여섯 부가 있을 뿐으로 이미 25위안으로 비싸졌습니다. 어제 생활의 대리인이 20위안에 사 갔습니다. 우리나라의 의심 많은 군자가 예약하지 않았던 것은 탄식할 만합니다. 앞의 실패에 비추어 이후에는 예약에 뛰어들까요?

최근 명明의 유민遺民 『명재집』(팽손태)[3])이 노련老蓮의 『수호도』를 언급하고 있는 것을 읽었습니다. 그렇다면 이것은 청초에 대단히 유행했던 것입니다. 그것이 지금 한 권도 보이지 않는 것은 무엇 때문일까요?

급히 회신을 대신합니다.

건필을 기원하며

12월 27일

쉰 돈수

판권　　　　　　　표지

十竹斋笺谱
明海阳　胡日从编
鲁迅、西谛编：版画丛刊
第一种

民国二十三年（或一九三四年）十
二月鲁迅西谛假通县王孝慈先生藏
本翻印画工〇〇〇刻工〇〇〇印工
〇〇〇经理其事者为北平荣宝斋

주)＿＿＿＿

1) 원문은 '牌子'. 이른바 서적의 판권을 기록하는 곳으로, 보통 책의 권말에 있는 것과 달리 표지의 안쪽이나 속표지에 있다.

2) 『십죽재전보』 등의 '특가예약발매' 광고. 뒤에 생활서점 출판의 『문학』 제4권 제5호 (1935년 5월)에 게재되었다.
3) 팽손태(彭孫胎, 1615~1673). 자는 중모(仲謀), 호는 명재(茗齋), 저장성 하이옌(海鹽) 사람이다. 명대의 선공생(選貢生)으로 명이 멸망하고 나서 문을 닫고 외출하지 않았다. 『명재집』(茗齋集)은 그의 시가집으로 모두 23권(따로 『명시초』明詩鈔 9권 추가)이다. 권2에 7언고시 「진장후(陳章侯)가 그린 수호엽자(水滸葉子)의 노래」 한 수 및 그 서가 실려 있다.

341227② 멍스환에게

스환 선생께

보내 주신 편지 잘 받았습니다. 『역문』 원고료는 매달 일정하고 매호의 페이지수는 많았다가 적었다가 하는데 페이지로 산출한다면 매달 다릅니다(페이지수가 적을 때는 원고료가 높고, 많다면 반대입니다). 게다가 소수까지 나오면 사소한 것입니다.

「5월의 밤」은 어제 황黃선생을 만나서 물어본바 아직 결정할 수 없다는 것입니다. 다른 사람의 원고가 길지 짧을지에 의거하기 때문입니다. 그러나 생각해 보니 이번 원고는 모두 짧은 것뿐이라는 우연은 있을 수 없으며, 『역문』의 목차 또한 적어도 10편 전후는 열거하지 않으면 안 되기 때문에 열에 아홉은 두 기에 분재하려고 생각합니다.

답신을 대신합니다.

몸조심하시기 바라며

12월 27 밤
쉰 올림

341228① 차오징화에게

루전 형

　25일자 편지 오늘 받았습니다. 우리들은 모두 건강합니다. 저는 거의 회복되어 수천 자를 써도 피로를 느끼지 않습니다. 그러나 너무 바쁩니다. 잡문을 써서 친구들을 돕고 있지만 검열을 받으면 늘 삭제를 당합니다. 요 몇 달은 『역문』을 돕고 있습니다. 게다가 매일 적어도 4, 5통의 편지를 쓰지 않으면 안 되어서 정말로 책 읽을 시간이 없습니다.

　『역문』은 처음 3기는 우리 세 사람(저하고 옌嘧, 리黎)이 책임을 맡아서 번역을 할 때도 아주 주의를 기울였습니다. 일주일 전에 간신히 서점1)과 원고료 협정을 맺어 한 페이지에 1위안 2자오로 했습니다. 그러나 원고료 가 나오게 되자 기고가 많아져서 게재하지 않으면 불공평하다고 욕을 하고, 게재하면 원문과 대조해서 읽지 않으면 안 됩니다. 번역문이 좋다면 괜찮으나, 안 좋으면 이 노력은 헛수고가 되고 우리 몇 명은 교열자로 변신하여 스스로는 아무것도 번역하지 못하게 됩니다. 이런 상황은 오래갈 수가 없습니다. 그래서 하는 방식을 바꾸지 않으면 안 되겠는데, 안타깝게도 방법이 생각나지 않습니다.

　형이 『문학』으로 부친 원고는 있습니다. 관헌이 『문학』에 대해 특별히 엄격하여 주저하고 있습니다. 이번 『역문』에 시험 삼아 한번 실어 보겠습니다. 단행본은 편집해 볼 것을 추천합니다. 뒤에 량유 등에게 가서 물어보겠습니다. 내용이 평범하다고 하더라도 중국에는 그러한 도리가 인정되지 않습니다. 그들은 내용이 어떤지는 관여치 않습니다. 몇 년 전 저는 일찍이 원고2)를 서점에 팔고 인쇄한 뒤 얼마 지나지 않아 바로 발매를 금지당했습니다. 이번에 검열에 보냈는데 4분의 3이 삭제된 뒤 합격을 받았습니다. 그러나 그 검열을 받았던 한 권[3]을 항저우에서 판매했는데 또 몰수당했습니다. 서점이 이미 중앙의 심사를 받은 것이라고 해도 그 대답은 이러했습니다. 이것은 저장에서 특별히 금지하는 것이다라고.

목판화 제1집[4]은 전부 팔렸습니다. 재판 2백 부를 인쇄하고 있는데, 아직 완성되지 않았습니다. 2집은 계획하지 않고 있습니다. 입수할 수 있는 것이 단지 세 사람의 작품으로, 강□□씨[5]의 것은 단편소설의 삽화인데, 제각각이라 잠시 연기하기로 마음먹었습니다.

며칠 전『문학보』한 묶음을 보냈습니다.『역문』(4)과 저의 작은 책[6] 각 한 권은 받았습니까? 형이 저의 후기를 읽어 보신다면 상하이 문단의 상황이 얼마나 혐오스러운지 알게 될 것입니다. 이와 벼룩의 무리에 지나지 않지만 물리면 긁어야 하기 때문에 힘을 빼게 됩니다.

답신을 대신합니다.

차가운 날씨에 건강하시기 바라며

12월 28일

아우 위 계상

주)_____

1) 생활서점이다.
2)『이심집』을 가리킨다.
3)『이심집』이 '검열'을 받고 난 뒤에 남은 원고를 가리킨다. 상하이 허중(合衆)서점에서 『습영집』이란 이름으로 출판했다.
4)『인옥집』이다.
5) 곤차로프를 말한다.
6)『풍월이야기』를 가리킨다.

341228② 장후이에게

장후이 선생께

　지금 18일자 편지와 함께 목판화 3매를 받았습니다. 대단히 감사합니다. 지난달 28일자 편지도 잘 받았습니다. 선생이 알고 계시는 대로 저는 미술평론가가 아니기 때문에 저에게 잘된 곳과 안 좋은 곳을 한두 가지 지적하라고 해도 정말로 그런 능력이 없습니다. 들은 바에 의하면 광저우에는 최근 목판화가 단체[1]가 만들어져 서로 갈고 닦고 있다고 하는데, 선생은 그들과 연구해 보는 것이 어떻습니까?

　대체로 보면 중국의 목판화가에게는 두 가지의 공통된 결점이 있습니다. 첫째, 인물을 대체로 잘 깎지 못해 자주 안 좋게 나옵니다. 둘째, 무거운 것을 피하고 가벼운 것을 고릅니다. 예를 들어 선생의 작품 「뱃머리」에서 유사한 화법을 몇 장이나 보았습니다. 단지 사람만 보이고 배는 보이지 않기 때문에 구도는 비교적 용이합니다. 게다가 집 꼭대기와 집의 등만을 약간 조각했습니다. 사실은 그러한 경향이 있는 것입니다. 선생의 이전 작품에는 퇴폐적인 색채가 있어서 지은 시와 일치하고 있었으나 이번에는 그것이 없습니다. 답신을 대신합니다.

　몸조심하시기 바라며

12월 28일

쉰 올림

주)＿＿＿＿

1) 현대창작판화연구회를 가리킨다.

341228③ 왕즈즈에게

쓰위안 형

　　며칠 전에 편지를 보냈는데 도착했을 거라고 생각합니다. 지금 또 24일자 편지를 받았고 모든 것을 소상히 알게 되었습니다. 소설은 어느 서점에 갖다 두었는데 그다지 팔리지 않습니다. 필시 상하이의 독자는 이름을 보는 것입니다. 작가의 이름이 익숙지 않으면 잘 사지 않습니다. 형은 상하이에서 멀리 떨어져 있고 이곳의 서점 상황에 대해 잘 알지 못할 거라고 생각합니다만, 그들은 모두 진영이 있습니다. 카이밍은 가혹하여 저는 줄곧 왕래를 하지 않습니다. 베이신은 엉망이라서 제가 편지를 보냈지만 그들은 일찍이 회신조차도 보내오지 않고, 저 역시 칩거하고 있기 때문에 별 도리가 없습니다. 원고를 소개하더라도 또 이와 같아서 변함없이 소식은 기약이 없고 왜 그런지 이유도 모릅니다. 저는 중간에 끼여서 적지 않은 고배를 마셨습니다. 작년부터 모두 계속해서 싸우며 헤어지고 있습니다. 그래서 이 방면에서는 저는 입에 올리지도 않습니다.

　　『역문』에 저는 매기 수천 자의 기고를 맡고 있습니다. 다른 사람의 원고는 직접 부치기를 바라고 있습니다. 왜냐하면 저는 할 일이 많아서 충분히 손길이 미칠 수 없고, 편집자도 간접적으로 소개하는 것을 그다지 좋아하지 않는 듯합니다. 그래서 제가 소개한 사람은 대체로 벽에 부딪히는 경우가 많습니다. 궁懇[1] 군에게 편지를 쓴 것은 잠시 연기하고 싶기 때문입니다. 저는 결코 문하생까지 말려들게 할 생각이 없더라도, 편지한 것을 선생이 알게 되면 사이에 무언가 꾸미고 있구나 하는 혐의를 받게 됩니다. 게다가 이것을 기화로 소란을 크게 만드는 인간이 많기 때문에 아주 골치 아픕니다. 귓전이 조용할 수 있도록 저는 줄곧 아주 신중하게 해오고 있습니다.

　답신을 대신합니다.

　몸조심하시기 바라며

12월 28일

위 올림

주)＿＿＿＿

1) 궁메이성(龔梅生)으로 후난 사람이며, 당시 베이징대학에서 공부하고 있었고 저우쭤런의 학생이었다. 그의 번역이 발표될 수 있도록 왕즈즈가 루쉰에게 소개를 의뢰했다.

341229 양지원에게

지원 선생께

　지금 편지를 받고 선생이 아직 귀향하지 않았음을 알게 되었습니다. 빙중兼中[1]에게 보낸 편지는 필요 없겠습니다. 이런 편지는 다른 곳에서 아마 공개된 적이 있는 것 같습니다. 사실 저는 편지를 많이 썼는데, 직언도 있고 사교적인 것도 있어 일률적이지 않으니, 신고 싶어도 그럴 수 없겠습니다. 지금 잠시 수록하지 않는 것이 좋을 듯합니다. 1931년에 지은 시는 수록해도 괜찮겠는데, 제목은 「난초를 지니고서 귀국하는 O.E.군을 전송하다」[2]라고 하겠습니다. 또 '獨記'는 '獨托'으로 고쳐 주십시오. 오자입니다. 며칠 전 서문 한 편[3]을 찾았는데 지금 필사해서 보냅니다. 또 구시 한 수, 1933년 작[4]도 실으면 좋겠습니다. 이만 답신을 대신합니다.

편안한 여행 되시기 바라며

12월 29일

쉰 돈수

싼이탑에 부쳐[4]

> 싼이탑은 중국 상하이 자베이(閘北) 싼이리(三義里)에서 살아남은 비둘기의 뼈를 묻은 곳의 탑이다. 일본에 있으며 농민이 함께 세웠다.

터지는 천둥과 날아다니는 불똥, 사람을 다 죽이는데

낡은 우물 허물어진 담에 굶주린 비둘기 남아 있네.

우연히 자비로운 이 만나 불타는 집을 떠났건만

끝내 높은 탑만을 남긴 채 영주를 그리워하네.

정위는 꿈에서 깨어 거듭 돌 물어 바다를 메우고

투사는 꿋꿋이 더불어 시대 흐름에 맞서네.

모진 고난 함께 겪은 형제 있나니

서로 만나 웃으면 은원을 씻어 내리.

주)_____

1) 곧 310204 편지다.
2) 뒤에 『집외집』에 수록되었다.
3) 「『근대세계단편소설집』 소인」을 가리킨다. 뒤에 『삼한집』에 수록되었다.
4) 원명은 「題三義塔」으로 뒤에 『집외집』에 수록되었다.

341231 류웨이밍에게

웨이밍 선생께

　12일자 편지는 일찍이 받았습니다. 『싱가포르일보』[1]도 한 호 받았습니다. 내용도 상하이의 신문에 뒤지지 않습니다. 감사드립니다. 『이심집』은 겨우 한 권 구했습니다. 항저우의 서점에 팔고 남은 것이 있었습니다. 오후에 서점에 부탁해 제가 새로 쓴 단평[2]과 함께 등기로 보냈습니다. 받으셨는지 모르겠습니다. 책값은 절대 보내지 마십시오. 저는 저자인 관계로 서점에서 가져올 때 돈을 내지 않습니다.

　중국의 사정은 그야말로 한 마디로 말하기 어렵습니다. 저는 내년부터 정기간행물에 기고하지 않을 생각입니다. 상반기에는 『선바오』 「자유담」에 글을 보냈으나 나중에 편집자가 바뀐 뒤로는 원고를 보내지 않고 대신 『중화일보』 「동향」에 기고했습니다. 그런데 이 부간도 내년 1월 1일부터는 정간됩니다. 무릇 개혁을 주장하는 글은 대체로 이제는 발표할 수 없게 되었습니다. 심지어 간행물에까지 재난이 미친 듯합니다. 그래서 신문에는 저의 글을 발표할 데가 없습니다. 제가 기고하는 정기간행물은 『문학』, 『태백』, 『독서생활』,[3] 『만화생활』[4] 등이 있으며, 때로는 본명으로 발표하기도 하고 때로는 궁한公汗이라는 필명으로 발표하기도 합니다. 그런데 이러한 간행물들은 항상 억압을 당하고 있어서 몇 호까지 낼 수 있을지 말하기 어렵습니다. 출판되었다는 그 책 몇 권도 태반이 엉망진창으로 삭제당했습니다.

　올해에 설립된 서적신문검사처에는 '문학가'들이 꽤나 들어앉아 있어서 글을 지을 줄은 모르지만 금지시키는 일은 곧잘 하여 아무 말도 못하게 금지시키고 있습니다. 지금은 저의 본명을 써도 무방합니다. 그들은 문장을 대대적으로 삭제해 버려서 글의 기본 형태마저 남겨 두지 않습니다. 최근에 저는 내년도 『문학』에 실을 약 7천, 8천 자의 수필 한 편을 썼는데, 그들이 천여 자만 남기고 모두 삭제해 버려서 쓸 수 없게 되었습니다. 게다가 일처리도 일정치 않아서 『습영집』을 예로 들면 중앙이 삭제하고 남은 것은 발행하도록 허가했으나, 항저우로 운송되자 거기서는 특별금지라는 이유로 몰수당했습니다.

　이처럼 어둡고 도리가 없는 것은 저는 난생 처음 봅니다. 그렇지만 저는 계속 반항할 겁니다. 내년부터 저는 품을 좀더 들여 완정한 책을 만들어 낼 작정입니다. 그렇게 하면 여전히 억압과 금지를 당하겠지만, 그들한테 삭제당하지는 않을 것입니다.

　답신을 대신합니다.

　건강하시기 바라며

12월 31 밤

쉰 올림

주)_____

1) 『싱가포르일보』(星洲日報). 싱가포르에서 발행하는 중국어 신문이다. 1929년에 창간되었다.
2) 『풍월이야기』를 가리킨다.
3) 『독서생활』(讀書生活). 종합적인 반월간으로 리궁포(李公朴) 등이 편했다. 1934년 11월에 창간되었고 1936년 11월에 정간되었다. 상하이 잡지공사에서 발행했다.
4) 『만화생활』(漫畵生活). 만화와 잡문을 게재하는 월간으로 우랑시(吳朗西), 황스잉(黃士英) 등이 편집했다. 1934년 9월에 창간되었고 1935년 9월에 정간되었다. 상하이 미술생활잡지사에서 출판했다.

350104① 리화에게[1]

리화 선생님

작년 12월 23, 4일 편지를 방금 받았습니다. 지난번 편지에서 내가 지나치게 칭찬한 것은 아니라고 자신합니다. 그 목판화[2]는 확실히 아주 좋았고, 그런데 그 후에 나온 작품은 조금 변화가 있습니다. 나는 선생께서 수시로 이런 작품을 만들어 동방의 미美의 힘이 문인의 서재로 침입에 들어가기를 더욱 희망하고 있습니다.

『현대판화』[3]는 작년에 받았습니다. 내용 선택은 우선 따로 논하기로 하고 반질거리는 종이, 기름진 먹이 작품의 장점을 적지 않게 훼손했습니다. 목판화 창작은 판화이기는 해도 작가가 스스로 찍어야지만 우수한 점이 모두 갖추어지게 됩니다. 일단 기계의 처리를 거치면 원작과 크게 달라집니다. 게다가 중국의 인쇄술은 이렇듯 진보하지 않았으니 일러 무엇하겠습니까?

『현대판화』는 우치야마內山서점에 위탁판매를 이미 말해 두었고 가능할 것입니다. 앞으로 서신은 직접 그들과 왕래하면 됩니다. 전람회를 여는 일[4]에 대해서는 방법이 없습니다. 나는 움직이는 것도 쉽지 않고 교제도 적어서 그야말로 부탁할 만한 사람이 없습니다. 관청은 신경과민으로 무슨 일이건 가로막고 박멸할 줄만 알고, 또 자칭 '예술가'들이 그들을 돕고 있습니다. 나는 편지 몇 통을 쓰는 것 말고 아무것도 할 수가 없습니다.

목판화운동은 당연히 큰 조직이 있어야 하지만, 조직이 일단 커지면 의심도 따라옵니다. 따라서 나는 조직이 만들어지려면 모름지기 색깔이 전혀 없는 사람이 중심이 되어야 한다고 생각합니다.

채색목판화⁵⁾는 중국에서는 아직 시도한 사람이 없습니다. 상하이로 말하자면 지금은 목판화가 단체가 없어졌습니다. 시작은 4년 전입니다. 일본인 선생이 2주일 동안 목판화 방법을 강의했는데, 내가 통역했습니다. 강의를 듣는 사람이 20여 명이었으니 작은 단체라고 할 수 있는데, 나중에 어떤 사람은 체포되고 어떤 사람은 귀향하고 다 흩어졌습니다.⁶⁾ 그후 그래도 조금 남아 있었으나 결국은 압박을 받고 흩어져 버렸습니다.⁷⁾ 사실 상하이에서 목판화를 좋아하는 청년들 중에는 확실히 급진적인 사람들이 많았습니다. 따라서 이곳에서 '목판화'라고 하면 가끔은 '혁명' 혹은 '반동'과 같은 의미로 바로 사람들의 의심을 낳습니다. 현재 드물게 아직도 목판화를 파는 사람이 있기는 하지만, 그러나 진보하기는 매우 어렵습니다. 그 원인 중 하나는 연구하는 사람이 없고, 둘은 대개가 외국어를 몰라서 참고서를 볼 줄 모르고 기껏해야 혼자서 암중모색이나 할 수 있을 뿐이기 때문입니다.

우선 이렇게 답신을 보냅니다.

새해 복 많이 받으시길 송축합니다.

1월 4일, 쉰 올림

주)＿＿＿

1) 리화(李樺, 1907~1994). 광둥 판위(番愚) 사람. 목판화가. 광저우 시립미술학교 교사. 광저우 현대창작판화연구회를 조직했다.

2) 「봄날 교외의 풍경」(春郊小景)을 가리킨다.

3) 『현대판화』(現代版畵). 월간. 광저우(廣州)시립미술학교 현대창작판화연구회 편. 1934년 11월 창간, 1936년 5월 제18기를 내고 정간.

4) 수신인의 기억에 따르면 당시 그는 상하이에서 현대창작판화연구회의 작품 전시를 할 계획으로 루쉰의 도움을 바라고 있었지만 열지 못했다고 한다.

5) 루쉰은 '色刷'라고 했는데, 일본식 표현이다.
6) 1931년 8월 루쉰은 일본의 우치야마 가키쓰(内山嘉吉)가 강연하는 목판화강습반을 열었다. 수강생은 주로 상하이 이바이사(一八藝社) 동인이었다. 이바이사는 1932년 1·28 전쟁 이후 해체되었다. 주요 동인들이 5월에 따로 춘디(春地)미술연구소를 조직했는데, 7월 국민당에 의해 금지되고 체포되었다.
7) 1932년 가을에 만들어진 예평화회(野風畵會; 전신은 춘디미술연구소), M.K.목판화연구회, 그리고 1933년에 만들어진 예수이(野穗)목판화연구사 등을 가리킨다. 모두 국민당과 조계지 당국의 박해 혹은 경제적 압박으로 얼마 못 가 문을 닫았다.

350104② 샤오쥔, 샤오훙에게[1]

류劉
인吟 선생:

2일 편지는 4일에 받았고, 이미 집을 옮겼다는 것을 알게 되었습니다. 너무 너무 잘 됐습니다. 그런데 이사하고 이사해도 라두로[2]를 벗어나지 못하는 모습은 내가 늘 베이쓰촨로北四川路를 뱅뱅 도는 것과 똑같습니다. 볼만한 큰 초지가 있다면 상하이에서 올 한해 행복하게 지낼 수 있을 것입니다. 나는 시골에서 태어났고 베이징에서 살았기 때문에 광활한 토지를 보는 게 익숙합니다. 처음 상하이에 와서는 정말이지 비둘기집에 들어간 것 같았고 2, 3년 지나서야 겨우 습관이 되었습니다. 새해 사흘간은 동화 6천 자[3]를 번역했습니다. 어려운 글자를 쓰지 않고 말도 비교적 이해하기 쉽게 번역하려고 하지만, 뜻밖에 고문을 짓는 것보다 훨씬 더 어렵습니다. 매일 한밤중까지 일하고 잠에 들어도 꿈이 어지럽습니다. 어디 어머니를 생각하고 베이핑에 달려갈 수 있겠습니까?

문장을 삭제하여 수정하는 일은 모름지기 그것을 발표해야 해서이고, 그런데 아연판으로 만들 필요는 없습니다. 그들의 추악한 역사는 아주 많지만, 그들에게도 약간의 부끄러움은 있습니다. 부끄러워서 그나마 이런 수작을 부리지 않았던 것이고, 그들 스스로도 결코 남들에게 보여서는 안 되었던 것입니다.

인터 부인은 어쨌거나 부인입니다. 관찰이 우리 사내들만큼 정확하고 자세하지 않습니다. 대화를 적게 하는 것이나 잡담을 많이 하는 것이 어찌 생쥐가 고양이를 피하는 방법일 수 있겠습니까? 나는 고양이가 하루 종일 야옹 하고 우는 것은 봄날의 어느 한때를 제외하고는 본 적이 없습니다. 봄날에는 그것들이 다른 목적이 있는 것이니까 따로 이야기하기로 합시다. 평소에 그것은 늘 가만히 소리를 듣고 있다가 기회를 틈타 공격을 하는데, 이것은 맹수의 방법입니다. 물론 그것은 결코 생쥐와 잡담을 나누지 않습니다만, 생쥐도 마찬가지로 고양이와 잡담을 나누지는 않습니다.

당신이 만난 사람이 내가 얼마나 나쁜 사람인지 말했을 리도 없고, 적대하거나 비방하려는 뜻도 없었을 것이라 믿습니다. 그러나 '너무 인정사정없'는 평가는 절대로 가르침이 되지 못합니다. 벌써 필전을 시작했다면 왜 사정을 봐주려고 합니까? 사정을 봐주는 것은 중국문인의 가장 큰 약점입니다. 그는 자신이 사정을 봐주며 글을 쓰면 앞으로 실패했을 때 적들도 사정을 봐줄 거라 생각합니다. 그때 가서 그들이 결코 사정을 봐주지 않는다는 것을 전혀 모르는 것입니다. 아프지도 않고 가렵지도 않은 몇 문장을 쓰기보다는 차라리 쓰지 않는 것이 좋습니다.

게다가 요즘 비평가들은 '욕'이라는 글자에 대해서도 대단히 모호하게 사용합니다. 이를테면, 양갓집 여성을 창녀라고 하면 이것은 '욕'이고, 창녀를 창녀라고 하는 것은 욕이 아닙니다. 나는 몇몇 사람들의 진면목은 창녀이거나 발바리라고 명확히 밝혔습니다. 그것들은 정말로 창녀거나 발바리이므로 결코 '욕'이 아닙니다. 그런데 논자들은 일률적으로 '욕'이라고 하니 어찌 안타깝지 않겠소이까.

검열관들의 요즘 이런 재주에 대해서는 터럭만치도 괴상할 것이 없습니다. 그들은 그저 이런 재주가 있을 따름입니다. 그런데 이른바 문학가라고 하는 사람들을 생각해 보면, 원래 스스로 글을 쓸 줄 알아야 하는 사람인데도 그들은 그저 다른 사람들의 글을 금지할 줄만 아니, 그야말로 웃기지 않을 수가 없습니다. 그런데 지금은 구국하는 사람이 영웅이 아니고 매국하는 사람이 도리어 영웅이 되는 때가 아닙니까?

상하이를 좀 관찰해 보는 것은 매우 좋은 일입니다만, 나는 적절한 짝을 추천하지 못하겠습니다. 아무래도 혼자서 살펴보는 것이 좋을 듯합니다. 대략 한두 번 지나가 보면 아무것도 아닐 것입니다. 그러나 노동자 지역에는 가지 말아야 합니다. 거기는 개가 많고, 행색이 좀 다른 사람이 지나가면 어쩌면 이목을 끌 수도 있습니다.

최근 글에 대한 압박이 더욱 심해져서 단문조차도 발표할 데가 거의 없습니다. 작년에 쓴 것을 보고 있고, 또 단평과 잡론 각 한 권[4]이 있습니다. 올해 안에 그것을 출판하고 새로운 글은 더 쓰지 않을 생각입니다. 요 몇 년간 정말 너무 애를 썼습니다. 가까운 시일에 고서를 좀 보고 다시 어떤 책을 써 볼까 합니다. 못된 놈의 조상의 무덤을 파헤쳐 보는 거지요.

한 해를 보내면 아이가 한 살 더 먹습니다. 그런데 나도 한 살 더 먹게 되니, 이렇게 가다가는 어쩌면 내가 그 아이를 이길 수가 없게 되고 혁명도 눈앞에 닥치게 되겠지요. 이것을 정말 뭐라고 불러야 좋을지요.

우선 이렇게 알려 드립니다.

두 분 모두 평안하기 바랍니다.

1월 4일, 쉰 올림. 광핑도 더불어 안부를 묻습니다

주)_____

1) 샤오쥔(蕭軍, 1907~1988). 랴오닝(遼寧) 이현(義縣) 사람. 작가. 원명은 류훙린(劉鴻霖), 필
  명은 사오쥔, 톈쥔(田軍) 등이다. 작품으로 상편소설『8월의 향촌』(八月的鄕村)이 있다.
  샤오훙(蕭紅, 1911~1942). 헤이룽장(黑龍江) 후란(呼蘭) 사람. 작가. 원명은 장나이잉(張
  迺瑩), 필명이 샤오훙. 샤오쥔의 부인이다. 작품으로 중편소설『삶과 죽음의 자리』(生死
  場)가 있다.
2) 원문은 '拉都路'. 프랑스 조계지 내의 거리 이름으로 Route Tenant de la Tour의 번역
  이다. 프랑스 우편선 회사의 한 직원의 이름에서 비롯되었으며, 지금의 샹양난로(襄陽
  南路)이다.
3) 판텔레예프(Л. Пантелеев, 1908~1987)의 중편동화『시계』를 가리킨다. 서신 350316 참
  조. 판텔레예프는 알렉세이 예레메예프(Алексей Иванович Еремеев)의 필명이다. 루쉰
  의 번역문은『역문』제2권 제1기(1935년 3월)에 실렸다. 같은 해 7월 생활서점에서 단
  행본으로 출판했다.
4)『꽃테문학』(花邊文學)과『차개정잡문』(且介亭雜文)을 가리킨다.

350104③ 예쯔에게[1]

즈츠茈 형:

  섣달 그믐날 편지는 새해 4일에 받았습니다. 서적[2]이 출판되면 일부
분 위탁판매하도록 그 서점[3]에 넘겨주는 것은 문제없습니다. 그런데 전
부 위탁판매하는 것은 그가 하려고 하지 않고, 사실 그도 팔 방법이 없습
니다. 내 생각으로는 중국책방의 점원과 의논해 보는 것이 낫겠으니, 편한
때 대신 물어보겠습니다. 서문은 한 편 쓰겠습니다.[4] 톄경鐵耕은 집으로 돌
아갔습니다. 내가 편지로 말해 볼 수 있습니다. 그러나 그는 산터우汕頭 시
골에 있으니 서찰의 왕래는 아주 느립니다. 그림[5]은 모름지기 새기는 작
업을 하자면, 시간에 댈 수 있을지 모르겠습니다.

[1월 4일]

1) 이 편지의 후반부는 잘려 나갔다. 수신인에 따르면 원래 편지의 뒷부분에 다음과 같은
   주석을 붙여 두었다. "이 편지의 후반부는 나의 한 친구에 관한 말에 대답한 것이다(아
   마도 이 편지였을 것인데, 지금은 기억이 분명하지 않다). 나는 그것을 잘라 내어 그 친구에
   게 보내 주었다. 그 친구는 베이핑 칭화(淸華)대학에서 공부하고 있었는데 나더러 루쉰
   선생에게 그들의 문예사를 위한 간판을 써 달라고 부탁하는 편지를 보내왔다. 선생은
   나에게 보낸 회신에서 쓸 수 없다고 말했다. 하나는 그의 글자가 결코 좋지 않고, 간판
   을 쓰려면 글자를 아름답게 쓰는 사람에게 청해야 한다는 것이었다. 둘은 그가 쓴 간판
   은 문예사를 빛나게 할 수 없을 뿐만 아니라 많은 불편함을 가져다주고 심지어는 해가
   된다고 했다. 셋은 그는 중국의 청년들이 앞으로 일을 하거나 문예를 연구함에 있어 착
   실한 발걸음으로 나가기를 바라고 형식적으로 자기를 내세우거나 아름답게 만들려고
   하지 말아야 한다고 했다. 간판의 용처는 그저 이곳이 어떤 곳인지를 분명히 지시하면
   될 따름이다.……대충 이런 뜻이었다."
   예쯔(葉紫, 1910~1939). 후난(湖南) 이양(益陽) 사람. 원명은 위허린(兪鶴林), 필명은 예
   쯔, 예즈(葉芷), 아즈(阿芷) 등이다. 작가, 좌익작가연맹의 성원. 단편소설집 『풍성한 수
   확』(豊收) 등이 있다.
2) 『풍성한 수확』을 가리킨다. 1935년 3월 상하이 룽광(容光)서국에서 '노예총서'(奴隸叢
   書) 중 하나로 출판.
3) 우치야마서점(內山書店)을 가리킨다.
4) 「예쯔의 『풍성한 수확』 서문」(葉紫作『豊收』序)을 가리키는데, 후에 『차개정잡문 2집』(且
   介亭雜文二集)에 수록되었다.
5) 『풍성한 수확』의 목판화 삽화를 가리킨다. 이 책의 삽화는 후에 루쉰이 황신보(黃新波)
   에게 대신 작업해 달라고 부탁했다. 삽화 12점과 표지그림 1점이다.

350104④ 자오자비, 정보치에게[1]

자비家璧
쥔핑君平 선생:

　　우선 『신청년』과 『신조』新潮를 좀 보고 싶습니다. 만약 빌릴 수 있다면

사람을 보내 서점에 가져다 놓으면 감사하겠습니다.

　　우선 이렇게 알려 드립니다.

평안하기를 바랍니다.

1월 4일, 쉰 올림

주)_____

1) 자오자비(趙家璧)에 대해서는 서신 340122 참조.
   정보치(鄭伯奇, 1895~1979). 산시(陝西) 창안(長安) 사람. 작가. 이름은 룽진(隆謹), 자가
   보치, 필명은 정쥔핑(鄭君平) 등이다. 창조사(創造社) 동인, 좌익작가연맹의 성원. 상하
   이 량유도서인쇄공사에서 『신소설』(新小說)의 편집을 맡았다.

350104⑤ 어머니께

모친 대인 슬하에 삼가 올립니다. 작년 12월 20일 편지는 벌써 받았습니
다. 지금은 새해를 맞이하고 겨우 사흘이 지났습니다. 상하이 사정은
모든 것이 그대로이고, 다만 몇몇 오래된 상점들이 문을 닫았습니다.
음력 세밑을 보내기는 더욱 쉽지 않았을 듯합니다. 아들은 이미 회복
했으니 염려 않으셔도 괜찮습니다. 사나토겐[1]이 벌써부터 잘 유통되
지 않아서 지금 먹는 것은 맥아정 어간유의 일종인데, 아직은 효과가
있습니다. 하이잉海嬰이 먹는 것은 순수 어간유여서 꽤 비린내가 납니
다. 하지만 병세는 전혀 심각하지 않습니다.

작년 연말 아이에게 사진 한 장을 찍어 주었습니다. 머지 않아 찾아올
것인데, 만약 사진이 좋으면 다시 찍지 않고 바로 부치겠습니다. 양력
설에 몸무게를 재어 보니 옷까지 합쳐서 41파운드였습니다. 중국의
16량 저울로는 30근 12량에 해당하니 가벼운 편은 아닙니다. 아이는

이제 꽤 말을 잘 듣고, 날마다 가끔 아이에게 몇 글자 가르쳐 주고 있습니다. 그런데 성격이 꽤 강해서 부드럽게 하면 받아들이고 세게 하면 받아들이지 않아서 야단치는 것은 그다지 쓸모가 없습니다. 우리도 아이에게 크게 야단치지는 않습니다만, 귀찮게 굴기 시작하면 정말 너무 성가십니다.

상하이 날씨는 여전히 너무 차갑습니다. 오늘은 벌써 음력 12월 초하루고 비가 왔고 눈은 안 내렸습니다. 셋째가 일하는 곳은 올 1월에 이틀만 휴가라서 어제 출근해야 했습니다. 하이마[2]도 잘 지내니 마음 놓으시기 바랍니다.

우선 이렇게 알려 드립니다.

평안하시길 바랍니다.

> 1월 4일, 아들 수 절을 올립니다
>
> 광핑, 하이잉도 함께 절을 올립니다

주)_____

1) 독일 산으로 두뇌와 위를 튼튼하게 하는 건강보조제이다.
2) '하이마'(害馬)는 쉬광핑에 대한 루쉰의 애칭이다.

350106① 황위안에게[1]

허칭河清 선생:

방금 5일 편지를 받았습니다. 우선 아이가 태어난 것은 축하합니다만, 바빠지게 될 것입니다.

라브레뇨프[2]의 사진은 그 낡은 책[3](192쪽 상上)에 있습니다. 보낸 편지에서 말한 것처럼 서점에 두겠습니다.

그 글은 구俞가 일찍이 편지를 보내 말한 적이 있는데,[4] 나는 답신하지 않았습니다. 오늘 만나서 그에게 내보내지 말고 나중에 다시 말해 보자고 했습니다. 『문학』文學에 대해서는 나는 아직도 여전히 제2호에 「잡담」을 싣고, 제3호에 다시 「남은 이야기」,[5] 혹은 「남은 이야기」의 잘려 나간 나머지 부분을 싣는 것이 낫다는 생각입니다. 실리고 난 뒤에 나는 작년 1년간의 잡문을 모아 인쇄할 생각이니, 다시 베이핑으로 부칠 필요는 없습니다.

작년에 생생미술공사를 위해 단문 한 편[6]을 썼고 정치적 의미나 풍자 따위는 결코 없었는데, 지금에서야 비로소 확실히 잘려 나갔다는 것을 알게 되었습니다. 그렇다면, 우리의 출판 일에 대해서 선鈜선생이 말한 것보다 훨씬 큰 문제가 있습니다. 즉, 그들은 아직도 사람을 대하는 데 있어서 어느 때는 이렇게 하고 어느 때는 저렇게 한다는 것이고, 역문사에 어떤 사람들이 있는지 그들은 알고 있습니다. 우리가 일을 하는 데 아무리 조심한다고 해도 그들은 일단 기분이 안 좋아지면 이유도 말하지 않고 그저 손가락 하나 까딱하는 것으로도 출판사업은 치명적이 됩니다. 그때는 우리는 완전히 실패하고 일의 성사를 위해 양보하는, 즉 그들의 포로가 되어가 버립니다. 따라서 이 일은 아무래도 앞으로 다시 한번 이야기해 보아야 합니다.

방금 『문학』을 보았습니다. 삽화에 위고라고 제목 붙인 것은 사실 요커이 모르고, 요커이의 소년 화상이라는 제목을 붙인 것은 본래 위고라고 해야 합니다.[7] 그런데 소년시대의 화상을 나는 본 적이 없어서 확정할 수는 없습니다. 이러한 착오는 다음 기에 정정해야 한다고 생각합니다.

이상입니다.

편안하기를 송축합니다.

6일 밤, 쉰 인사를 올립니다

주)_____

1) 황위안(黃源, 1905~2003). 저장(浙江) 하이옌(海鹽) 사람. 번역가, 자는 허칭(河淸). 상하이에서 루쉰을 도와 『역문』(譯文), '역문총서'(譯文叢書)를 잇달아 편집했다.

2) 보리스 라브레뇨프(Борис Андреевич Лавренёв, 1891~1959). 단편소설 「마흔한번째」가 있다.

3) 『작가 ― 당대 러시아 산문작가의 자전과 화상』(作家 ― 當代俄羅斯散文作家的自傳與畫像)을 가리킨다. 리딩(理定) 주편, 1928년 모스크바(莫斯科)현대문제출판사 출판.

4) 수신인의 기억에 따르면, 루쉰의 「아프고 난 뒤 잡담」(病後雜談)이 국민당 당국에 의해 검열, 삭제되자 후펑(胡風; 필명이 구페이谷非)이 원문 그대로 발표하려는 계획을 가지고 있었다.

5) 「남은 이야기」(之餘)는 「아프고 난 뒤 잡담의 남은 이야기 ― '울분을 토하는 것'에 대하여」(病後雜談之餘 ― 關於"舒憤懣")를 가리킨다. 후에 『치개정잡문』에 수록했다.

6) 「얼굴 분장에 대한 억측」(臉譜臆測)을 가리킨다. 후에 『차개정잡문』에 수록했다.

7) 위고(Victor Hugo, 1802~1885)는 프랑스 작가, 장편소설 『파리의 노트르담』(*Notre-Dame de Paris*), 『레미제라블』(*Les Misérables*) 등이 있다.
모르 요커이(Mor Jokai)는 헝가리 작가. 서신 101115 참고. 이 두 장의 삽화는 모두 『문학』 제4권 제1호(1935년 1월)에 실렸다. 루쉰이 지적한 것은 『문학』 제4권 제2호에서 수정했다.

350106② 차오징화에게[1]

루전汝珍 형:

작년 그믐 편지는 오늘 받았습니다. 『역문』譯文과 함께 붙인 것은 정鄭

군²⁾이 말한 그 책³⁾인데, 그것들이 도착하기를 희망합니다. 그 속에 있는 것들은 단평들로 작년 하반기에 『선바오』^{申報}에 발표한 것입니다. 마지막에는 후기 한 편이 있는데 이곳의 어둠을 대략 볼 수 있을 것입니다.

상하이 출판계의 상황은 베이핑과 같지 않은 듯합니다. 베이핑에서 출판된 글 중 상당수가 여기서는 결코 허락되지 않습니다. 뿐만 아니라 서국에 대한 문제(바로 서국에 대한 개인의 감정), 사람에 대한 문제도 있고, 결코 전적으로 작품에 색깔이 있는지의 여부에 달려 있는 것은 아닙니다. 나는 최근 한 정기간행물⁴⁾에 단문을 써 주었습니다. 구극 속의 배우 분장에 대해 이야기한 것으로 다른 뜻은 터럭만치도 없었지만 금지되었습니다. 그들의 입이 바로 법률이라서 설명할 도리가 없습니다. 따라서 무릇 비교적 진보적인 정기간행물에는 상대적으로 골기가 있는 편집인이 있지만 모두 대단히 생활이 어렵습니다. 올해는 아마도 더욱 나빠질 듯합니다. 허튼소리나 하는 관청이 주관하는 것들과 식객이 취미로 하는 '문학' 잡지를 제외하면 모든 간행물은 압박으로 생기 없이 숨을 헉헉댈 것입니다.

「창작경험」⁵⁾은 기회를 봐서 소개할 수 있도록 다 베끼면 바로 보내주기를 기대하고 있습니다.

이곳은 아직 눈은 내리지 않았고 모든 업종이 못 버틸 정도로 부진합니다. 음력 세밑에는 도산하는 큰 상점들이 많이 나올 것입니다. 아우의 병은 벌써부터 나았고, 결코 무너질 것 같지는 않습니다. 지난달 아이에게 어간유를 먹였더니 살이 올랐습니다. 아내도 평안하니 멀리서 염려 놓으십시오. 아주머니는 평안한지, 형께서는 세상일로 분주하실 텐데 몸은 어떤지 모르겠습니다. 이렇게 올립니다.

겨울 편안하시길 바랍니다.

1월 6일 밤, 아우 위^豫 인사를 올립니다

주)_____

1) 차오징화(曹靖華, 1897~1987). 허난(河南) 루스(盧氏) 사람. 번역가. 원명은 롄야(聯亞).
   웨이밍사(未名社) 동인. 모스크바의 동방대학(東方大學)에서 공부했으며 귀국 후 베이
   핑대학 등에서 가르치며 러시아문학을 번역, 소개했다.
2) 정전둬(鄭振鐸)를 가리킨다.
3) 『풍월이야기』(准風月談)를 가리킨다. 이어지는 '작년'은 '재작년'이라고 해야 한다.
4) 『생생』(生生)을 가리킨다. 문예월간. 리후이잉(李輝英), 주루위안(朱葇園) 편집. 1935년
   2월 창간호만 출간되었다. 상하이도화(圖畫)서국 발행. 루쉰이 보낸 글은 「얼굴 분장에
   대한 억측」이다.
5) 「창작경험」(創作經驗)은 「우리는 어떻게 글을 쓰는가」(我們怎樣寫作)의 번역원고를 가
   리킨다.

350108 정전둬에게

시디西諦 선생:

4일 밤 편지를 받았습니다. 작년 연말 생활서점에서 조판을 마친 교정본 하나를 내게 보내 오자가 있는지를 물어 와 당일로 두 군데 고쳐서 도로 부쳐 주었던 것을 기억하고 있습니다. 이것은 곧 『십죽재』十竹齋 광고입니다. 헤아려 보니 날짜로는 인쇄할 수 있었을 터인데, 결국 실리지 않았으니 정말 무슨 까닭인지 모르겠습니다. 장사꾼과의 교섭에는 늘 이런 일이 생깁니다. 어느 때는 모호하고 어느 때는 따로 속셈이 있기 때문에 그들의 뜻을 짐작할 수가 없고(『역문』은 같은 서점에서 출판하는 다른 정기간행물에 광고를 실었는데, 또한 잘려 나간 것입니다), 그저 따를 수밖에 없고 따로 예약기간을 연장하거나 특가로 팔아야 할 것입니다.

동일한 판형에 다양한 색을 칠하면 내 생각으로는 두 가지 색이 만나는 곳에 어쨌거나 아무래도 조금 섞이게 됩니다. 양면이 모두 축축해서 반

드시 서로 스며들게 되기 때문입니다. 만약 경계가 분명하다면, 그렇다면 어쩌면 몇 번은 잘 찍어 낼 수 있을 것입니다. 그러나 판은 하나만 있어도 무방하고 붓으로 여러 번 나누어 칠하면 그만입니다. 나는 구이저우貴州의 세화[1](새해에 가지고 놀도록 파는 것입니다) 한 장이 있는데, 그것의 채색법을 보니 곧 지형[2] 여러 장을 사용했습니다. 각각 특정한 색이 있어야 할 곳을 투각[3]하여 종이 위에 눌러 두고 다시 특정 색으로 빈 곳을 아무렇게나 칠하기를 여러 차례 하고 끝냅니다. 또 일찍이 E. Mun-ch[4]의 이색목판을 본 적이 있는데, 이런 판본은 두 장으로 파서 각각 색을 칠한 뒤에 맞붙여서 다시 인쇄한 것입니다. 대략 이른바 채색판화의 인쇄법은 아마도 몇 가지 종류에 그치지 않을 것입니다.

사리私利를 꾀하고 파벌을 만드는 것은 본래 쌴건三根의 유일한 장점입니다. 나는 일찍이 두 번이나 경험을 했는데, 숨이 끊어지는 지경에 이르지는 않지만 젖은 적삼을 입은 것처럼 온몸이 편치 않아서 어서 피하고 싶은 생각뿐이었습니다. 그런데 그의 이전의 역사를 살펴보면 자신과 다른 사람들은 다 배척하고 나서 자신의 장점을 쓸 데가 없어지면 바로 또 그들의 동인에게 그런 짓을 합니다. 따라서 그가 통일하는 때는 또한 바로 패배의 시작입니다. 그런데 지금은 달[5]빛이 비추고 있으니 상황이 또 달라질 것입니다. 대략 훨씬 꾸준하고 훨씬 악랄해질 것입니다. 하지만 쌴건은 결국 그들과 동족이 아니므로 일을 완성하고 나면 버려지지 않으면 삶아 먹힐 것입니다.[6] 이 공公은 샤먼廈門에서 교장[7]의 시중을 드느라 얼굴과 무릎이 안타까울 지경이었는데, 자신과 다른 사람들이 다 떠난 뒤에는 교장이 그를 경박하다고 하며 마침내 직위에서 내려가게 했으니, 너무도 우습습니다. 요즘도 아직 약간의 똑똑한 학생들이 물론 잠시 남아 있기는 하지만, 달 요괴와의 싸움에서 학생은 틀림없이 패배할 것입니다. 그들은 부지런하고 지칠 줄 모르고 못하는 일이 없습니다. 나 또한 일찍이 베이징에서 배운 것이 있습니다. 그들의 흉악하고 음험함은 쌴건 선생을 뛰어넘습니다. 이들 무리와 한두 해 함께하다 다행히 살아남는다 해도 여전히 해가 될 뿐 이득이 없습니다. 왜냐하면 보는 것, 듣는 것이 결코 심신에 유익한 일이 있을 리가 없기 때문입니다. 한두 해 동안 오로지『논어』論語나『인간세』人間世만 읽으면서 폐물로 변하지 않기를 바라는 것이 불가능한 것과 마찬가지입니다. 그런데 물러날 의향은 꼭 가지지 않아도 괜찮습니다. 나 또한 아직 인간세상을 보고 있습니다. 하지만 결국 언젠가는 마침내 '뒤돌아보지 않고 떠'날 것입니다. 지금은 이런 세상입니다.

우연히 명말의 야사를 보다가 지금의 사대부가 그때와 서로 닮았다고 느끼고 정말 놀라지 않을 수 없었습니다. 연말에 명말에 관한 수필을 써서『문학』(제1기)에 실으려고 했습니다. 결코 방자한 곳이 없는데도 결국 오분의 사가 잘려 나가고 겨우 머리 하나만 남았습니다.[8] 나는 이 머리를 우선 대중들에게 보일 생각으로 제2기에 실으라고 요구했습니다. 상하이 상황은 발광의 정도가 베이핑보다 못하지 않습니다. 청년들이 유희를 좋아하면 유희를 즐기라고 합시다. 사실 중국에 언제 진정한 도당徒黨이 있었던 적이 있습니까. 바람 따라 방향타를 돌린 지가 20여 년이 되었지만 언제 자신의 수령을 위해 목숨을 바치고 일하는 사람을 본 적이 있습니까? 앞으로 다른 위인의 역할을 미친 듯이 할 사람들의 열에 아홉은 바로 현재 Herr Hitler 역을 하는 사람입니다. 무무톈[9] 공公도 정상으로 돌아온 것입니다. 그가 다른 세 사람과 함께 헌상한 보고문은 좌련 비방이 충분하지 않을지 걱정하고 있을 따름이니, 예전에 격앙강개하던 사람과 전혀 딴 사람인 것 같습니다. 그런데 나는 그가 어느 날 또 극렬해져서 우리들을 골동품으로 낙인찍고 중죄를 물을까 심히 걱정입니다. (무 공 등의 헌상문은 비밀 간행물에 실렸는데, 어찌된 까닭인지 일본인이 구해서 「지나연구 자료」에 번역해서 실었고, 마침내 우리 같은 국외자들도 감상할 수 있게 되었습니다. 그는 모某익에 두 명의 태상황이 있는데, 역시 꼭두각시라고 말했습니다. 이는 나와 중팡입니다. 사실 이런 의견은 그가 아마도 이미 오랫동안 품어 온 생각이나 때가 아니라서 꺼내지 못했을 것입니다. 그렇다면 본모습을 드러내지 않고 이른바 '친구'라고 했던 자이니 어찌 두렵지 않겠습니까?)

　　S군[10]은 똑똑한 사람입니다. 몇몇 외국인의 중국 사랑은 동포들을 훨씬 뛰어넘는데, 이것은 정말 너무 슬픈 일입니다. 우리 자신에게도 아직은 좋은 청년들이 있지만, 이런 세계에서 결국 몇 명이나 살아남을 수 있을지 모르겠습니다. 나는 지금 동화[11]를 번역하고 있고 『역문』에 넘겨줄 작정인데, 아직은 장래에 희망을 걸어 보는 것일 따름이로소이다, 오호라!

　　우선 이렇게 알려 드립니다.

　　편안하길 바랍니다.

1월 8밤, 쉰 인사를 올립니다

주)＿＿＿＿
1) '세화'(歲畵)는 새해에 실내에 붙이는 그림이다.
2) '지형'(紙型)은 연판(鉛版)을 뜨기 위하여 식자한 활판 위에 축축한 종이나 건식 펄프를 올려놓고 눌러서 그 종이에 활자나 모형의 자국을 나타나게 한 것이다.
3) '투각'은 재료를 뚫거나 파서 모양을 새기는 것을 뜻하는 미술 용어이다.
4) 뭉크(E. Munch, 1863~1944). 노르웨이 화가이자 판화가이다.
5) '신월파'(新月派)를 가리킨다.
6) 『사기』(史記) 「구천세가」(勾踐世家)에서 "나는 새를 다 잡고 나면 좋은 활은 감추어지고, 교활한 토끼가 다 죽고 나면 사냥개를 삶아 먹는다"라는 말이 나온다. 여기에서 '토사구팽'(兎死狗烹)이라는 말이 나왔다.
7) 샤먼대학 교장 린원칭(林文慶)을 가리킨다.
8) 「아프고 난 뒤 잡담」(病後雜談)을 가리킨다. 이 글은 총 5절로 구성되어 있는데, 당시 검열로 인해 2절 이하 모두 삭제되었다.

9) 무무톈(穆木天, 1900~1971). 지린(吉林) 이퉁(伊通) 사람. 시인이자 번역가. 중국공산당에 참가, 중국좌익작가연맹 회원으로 '좌련'의 선전부장을 역임했다. 1933년 국민저항자구회(國民禦侮自救會) 비서장 역임. 1934년 7월 상하이에서 국민당 당국에 의해 체포되었다가 동년 9월에 석방되었다. 이어지는 문장의 '헌상한 보고문'과 「지나연구자료」(支那硏究資料)는 일본인이 상하이에서 편집, 출판한 일본어 잡지 『중국자료월보』(中國資料月報) 제2권 제1호(1935년 1월 1일)에 실린 「좌익작가연맹투시」(左翼作家聯盟透視)를 가리킨다. 잡지의 편집인은 이 글 앞에 다음과 같이 주석을 달았다. 이 글은 무무톈, 루썬바오(廬森堡), 왕사오(汪紹), 류즈민(劉智民) 4인이 "「좌련휘편」(左聯彙編)이라는 제목으로 상하이 란이사(藍衣社)의 기관지 『지남침』(指南針)에 발표했다." 루쉰이 인용한 말은 이 글의 제6절에 있다. '중팡'(仲方)은 원문에는 마오둔(茅盾)이라고 되어 있다. 무무톈은 생전에 이런 글을 쓴 사실을 부정했다.

10) 에드거 스노(Edgar Snow, 1905~1972)를 가리킨다.

11) 「시계」(錶)를 가리킨다.

350109① 정전둬에게

시디 선생:

어제 서신 한 통을 보냈으니 받았으리라 생각합니다. 방금 6일 편지를 받았고 여러 가지 잘 알게 되었습니다. 사리를 꾀하고 파벌을 만드는 데 장기가 있는 자들은 틀림없이 질투가 대단합니다. 그들과 한 편이 아니면 문을 닫고 바깥일에 신경 쓰지 않고 있어도 질시를 받기 마련입니다. 완대성은 그나마 『연자전』을 지을 줄도 알았지만,[1] 이들 무리는 결코 이런 재주도 없고 퇴화의 행색이 명명백백합니다.

선생이 베이핑을 떠난다면 너무 안타까운 일입니다. 베이핑은 어쨌거나 문화의 고도로 옛것을 계승하여 새것을 여는 일에 아직 할 만한 일이 많이 있습니다. 쉬 군[2]이 있는 곳에 서신을 보내 물었으니 답신을 받으면 바로 전달하겠습니다. 쉬 군은 사람됨이 아주 성실하지만 임기응변이 모자랍니다. 내가 보기에 그는 지금은 중임을 맡은 인물이지만 앞으로는 모른 척 외면당하는 적이 될 것입니다. 아마도 앞으로 저들 무리에 의해 강탈당하지 않으면 쫓겨나게 될 것입니다. 지금은 아직 그때가 아닐 따름입니다.

남방이라고 해서 당연히 암흑이 아닐 수가 없지만 상태는 자못 북방과 다릅니다. 나는 교육계의 상황에 대해서는 잘 모르지만, 문단에 대해서라면 악랄하고 비열하여 정말 실소를 금할 수가 없습니다. 사람을 살리는 영웅이 있고 사람을 죽이는 영웅이 있는 것이 세상의 통례입니다. 그런데 글을 쓰는 문학가가 있고 글을 쓰는 것을 금지하는 '문학가'가 있는 것은 중국만의 독특한 모습인 듯합니다. 얼굴 두껍기로는 세상에 둘도 없으니 어찌 이치를 논하기 족하겠습니까.

방금 『문학계간』을 보고 선생이 들어 올린 사대부와 상인의 논쟁[3]은 정말 비밀을 간파했다는 생각이 들었습니다. 원나라 사람의 곡에는 상인의 모습을 풍자한 것을 풍아風雅한 작품으로 간주하고 아직 많이 있는 듯하다는 말이 있었던 것으로 기억하고 있습니다. 모두 패배한 선비들의 허튼소리일 따름입니다.

우선 이렇게 알려 드립니다.

평안하길 바랍니다.

1월 9 밤, 쉰 인사를 올립니다

주)_____

1) 완대성(阮大鋮, 약1587~약1646). 화이닝(懷寧; 지금의 안후이安徽에 속한다) 사람. 명말의 간신. 동림당(東林黨), 복사(復社)의 회원들을 공격했다. 청나라 군대가 남하하자 솔선

하여 힝복겠다. 『연자전』(燕子箋)은 그가 쓴 전기(傳奇)이다.
2) 쉬서우창(許壽裳)을 가리킨다. 당시 베이핑여자문리학원 원장으로 있었다.
3) 정전둬의 「원나라 사람이 쓴 선비·상인·기녀 사이의 삼각연애극을 논한다」(論元人所寫士子商人妓女間的三角戀愛劇)를 가리킨다. 『문학계간』(文學季刊) 제1권 제4기(1934년 12월)에 실렸다.

350109② 쉬서우창에게

지푸 형:

　작년 서신 한 통과 병원 장부를 부쳤는데, 벌써 받아 보았으리라 생각하네. 최근 정전둬 군이 옌징대학에 오래 머무를 생각이 아주 없다고 들었네. 정 군이 열심이고 학문을 좋아하는 것은 세상이 아는 바이고, 만약 그가 중용되지 못한다면 너무 안타까운 일이네. 올해 가을부터 학원에서 문학을 가르치도록 초청할 수 있는지 모르겠네. 색깔도 없고 또 함부로 추종하는 인물도 아니니 여러 생간[1]에서 반대하는 자가 없을 것이네. 이로써 실례를 무릅쓰고 못난 사람의 진정을 바치니, 만약 적당한 데가 있으면 뽑아 주시길 바라고 앞으로 직접 교섭하거나 혹 아우가 사는 곳에서 소개하는 것 모두 안 될 것이 없네. 어떻게 처리할지 답신을 주길 바라네. 우선 이렇게 알리네. 편안하기 바라네.

1월 9일 밤, 아우 페이(飛) 인사 올림

주)＿＿＿＿

1) '생간'(生間)은 손자병법에 나오는 말로 적지의 정보를 수집하여 돌아온 사람을 말한다.

350109③ 예쯔에게

즈페형:

4일 편지는 받았습니다. 내막을 알 수 없는 서점, 나는 그들과 관계를 맺고 싶지 않습니다. 처음에는 이야기가 잘 되더라도 나중에는 생각지도 못한 성가신 일이 생길 수 있습니다. 『이심집』二心集을 예로 들면, 나는 검열을 받자고 주장한 적이 없었습니다. 그런데 원고를 넘기고 나자 서점이 권리를 갖게 되고 막을 도리가 없었습니다.

따라서 당신이 나는 동의하지 않는다, 라고 서점[1]에 답신을 해주기 바랍니다.

그 문집에서 몇 편은 지금까지 그나마 보존할 수 있었습니다. 나는 스스로 그것을 인쇄할 방법을 찾으려 했고, 비로소 매 쪽 글자 수를 너무 적게 조판하지 않고 책을 두껍게 채울 수 있었습니다. 정가는 1위안입니다.[2]

이렇게 답신합니다.

더불어 새해 복 많이 받으시기를 송축합니다.

1월 9일 밤, 위豫 올림

주)_____

1) 상하이도화서국을 가리킨다.
2) 『습영집』(拾零集)을 가리킨다. 『이심집』 중에서 국민당 도서검열기관에 의해 삭제되고 남은 16편을 수록했다. 1934년 10월 상하이 허중(合衆)서점에서 출판했다.

350115① 차오싱화에게

루전汝珍 형:

11일 편지는 어제 받았습니다. 소포 수령증도 오늘 배달됐고, 내일 찾을 수 있을 것입니다. 감사합니다.

눙農 형의 병이 치유되어서[1] 너무 기쁘고, 앞으로 더욱 건강해지시겠지요. 지霽 형의 편지에서도 대강 언급이 있었습니다.

재작년부터 작년 상반기까지 이곳 문예계의 상황에 대하여 아우는 후기[2]에서 이미 그 대략을 말했습니다. 최근에는 더욱 나빠져서 새 책은 볼 만할 것이 없습니다. 라브레뇨프의 한 편[3]은 『역문』 제5권에 넣었지만 검열하는 자들에 의해 잘려 나갔습니다. 이 책에서 모두 네 편이나 잘려 나갔고(부분 삭제된 것은 계산하지 않았습니다), 따라서 원고가 부족해져서 우리는 서둘러 번역해서 보충하지 않을 수 없었습니다. 이것은 자신과 다른 사람들을 학대하는 그들의 방법 중 하나입니다. 숨 돌릴 틈도 없게 만드는 것이 하나이고, 가작佳作이 없도록 하는 것이 둘이고, 출판을 연기하게 만들어 독자들의 신용을 잃게 만드는 것이 셋입니다.…… 이것은 정말 출판계의 거대한 액운으로 내가 보기에 다른 나라에서는 일어나지 않는 일입니다.

그런데 형의 번역원고는 그대로 보내 주십시오. 편하게 아무 때나 알아보겠습니다. 왜냐하면 검열관이 출판업자에 대하여 사적인 애증을 가지고 있기 때문에 이 서점에서는 출판 못 해도 저 서점에서는 간혹 출판할 수가 있습니다. 혹 차라리 더욱 중요한 작품을 보태서 우리가 방법을 강구해서 자체적으로 출판할 수도 있습니다. 지금은 관청의 허가를 받는 인쇄물은 반드시 검열을 거쳐야 하고, 중요한 곳이 잘려 나가 버리면 흡사 뼈

없는 사람처럼 아무런 생기가 없어지기 때문입니다.

이번 『역문』에 실으려고 했던 한 편[4]은 독일의 한 초등학교에서 히틀러의 사진을 걸지 않으려고 했다는 이야기인데, 게재를 불허했습니다. 또한 편[5]은 19세기 초 프랑스 사람이 쓴 작품으로 스페인에서 도둑이 많아지는 것은 정부 때문이라고 하는 내용이 포함되어 있는데, 삭제되었습니다. 오늘날의 독일과 과거의 스페인에 대해 거론하는 것은 모두 불허하니또 무슨 할 수 있는 말이 있겠습니까?

최근 2년 동안 아우는 단문을 적지 않게 썼습니다. 작년에 쓴 것이 60편 있어서 올해 인쇄할 생각이고, 올해는 더 쓰지 않을 것입니다. 하나는물론 실을 수 있는 데가 없어서이고, 설령 실린다 해도 또 하고 싶은 말을시원하게 할 수가 없습니다. 제일 이상한 것은 놀랍게도 동인이면서도 익명으로 공격에 가담하는 자가 있다는 것입니다.[6] 총알이 등뒤에서 날아오는 것은 정말 너무도 슬프고 분한 일입니다. 나는 한 일 년 그들을 구경해볼 생각입니다.

이곳은 어제부터 좀 추워지기 시작했지만, 실내는 여전히 50도 남짓합니다. 여기는 어른 아이 모두 평안하니 염려 놓으십시오. 이상입니다.

겨울 평안하길 바랍니다.

1월 15 밤, 아우 위 인사를 올립니다

주)_____

1) 타이징능(臺靜農)이 체포되었다가 석방된 것을 가리킨다. 타이징능은 1934년 7월 26일
   공산당이라는 혐의로 베이핑국민당 특별시당부 위탁헌병 제3단에 의해 체포되었다가
   이듬해 석방되었다.
2) 『풍월이야기』의 「후기」를 가리킨다.
3) 「나는 어떻게 글을 쓰는가」(我怎樣寫作)를 가리킨다.

4) 「정정」(釘丁)을 가리킨다. 독일 작품으로 리례원(黎烈文)이 번역했다.

5) 「스페인 서간(제3신)」을 가리킨나. 프랑스 프로스페르 메리메(Prosper Mérimée, 1803~1870)의 작품으로 리례원이 번역했다. 『역문』제1권 제5기(1935년 1월)에 실렸다.

6) 서신 350207① 참고.

350115② 자오자비에게

자비 선생:

12일 편지는 받았습니다.

말을 하자니 나는 정말 좀 황당합니다. 그 감상 건을 내가 뜻밖에 잊어버렸습니다. 지금 조금 써서 부칩니다.[1] 사실 나는 작품 몇 개를 아직 못 봤고, 이 감상도 좀 적게 말할 수밖에 없었습니다.

『니체자전』의 일은 역자를 보면 한번 물어보겠지만 답장은 늦을 것입니다. 내가 그의 주소를 모르고 그가 찾아오기를 기다리지 않으면 안 되기 때문입니다.

이상입니다.

평안하길 바랍니다.

1월 15 밤, 쉰 올림

주)_____

1) 『중국신문학대계·소설 2집』편찬 감상(『中國新文學大系·小說二集』編選感想)을 가리킨다. 『집외집습유보편』(集外集拾遺補編)에 실렸다.

350116 어머니께

모친 대인 슬하에 삼가 올립니다. 일전에 하이잉 사진 한 장을 부쳤으니 이미 받았으리라 생각합니다. 소포 한 개는 오늘 받았습니다. 오리조림, 고기조림에는 흰꽃이 조금 폈지만 쪘더니 맛이 나쁘지 않습니다. 다만 닭콩팥은 모두 먹을 수 없었습니다. 나머지는 다 괜찮습니다. 오후에 한 몫 나눠서 셋째에게 주었습니다. 그런데 그중에 가루가 있는데, 아는 사람이 없고 또 먹는 법도 모르겠습니다. 다음 편지에서 알려 주시기 바랍니다.

상하이는 줄곧 아주 따뜻하더니 어제 바람이 불고 비로소 추워지기 시작했습니다. 그런데 방안은 아직도 50도가 넘습니다. 집안에는 어른 아이 모두 편안하니 제발 염려하지 마시기 바랍니다.

하이잉의 몇 마디 말은 다른 종이에 써서 지금 함께 보냅니다.

우선 이렇게 알려 드립니다.

삼가 옥체 편안하시길 바랍니다.

1월 16일,

아들 수가 절을 올립니다

광핑과 하이잉도 함께 절을 올립니다

350117① 멍스환에게[1]

스환 선생:

14일 밤 편지는 받았습니다. 라브레뇨프의 글도 삭제되는 영광을 누렸다면 파데예프는 틀림없이 통과하지 못할 것입니다.[2] 관청의 권위는 추측불가이고 앞으로 어떻게 가려 뽑아야 할지도 말하기가 너무 어렵습니다. 내 생각으로 가장 타당한 것은 비교적 옛날 작품을 번역하는 것입니다. 예컨대 Korolenko, Uspensky 등입니다.[3] 루씨[4]의 이름은 온당하지 않은데 통과될 수 있을지는 아마도 말하기 매우 어려울 것입니다.

아는 친구들 중에 『세 사람』 원본을 찾을 수 있는 사람은 없습니다. 사실 내가 상하이에 있기 때문에 아는 사람도 많지 않습니다.

이렇게 보냅니다.

늘 편안하길 송축합니다.

1월 17일, 쉰 올림

주)_____

1) 멍스환(孟十還, 1908~?). 랴오닝(遼寧) 사람. 러시아문학 번역가. 원명은 멍쓰건(孟斯根)이다.
2) 파데예프의 「나는 어떻게 글을 쓰는가」(我怎樣寫作)의 번역문을 가리킨다.
3) Korolenko는 블라디미르 코롤렌코(Владимир Галактионович Короленко, 1853~1921)를 가리킨다. 러시아 소설가. 혁명활동에 참가했으며 단편소설 「마카르의 꿈」 등이 있다. Uspensky는 우스펜스키(Глеб Иванович Успенский, 1843~1902)를 가리킨다. 러시아 작가. 저서로 보고문학집 『파산』, 『대지의 힘』(Власть земли) 등이 있다.
4) 루나차르스키를 가리킨다.

350117② 차오쥐런에게[1]

쥐런 선생:

17일 편지가 당일로 도착했습니다. 관청의 위협은 헤아릴 수가 없습니다. 어찌되건 원만히 처리된다고 해도 쉽지는 않을 것입니다. 중국에서는 이쪽에서 한 걸음 물러서도 저쪽에서 앞으로 나아가지 않는 경우가 대단히 드물고 대개는 도리어 두 걸음 앞으로 나아갑니다. 힘으로 저들의 뺨을 때리지 않으면 저들은 결코 걸음을 멈추지 않기 때문입니다. 중국인들이 중용을 지키지 않는 것 또한 이런 일들을 너무 많이 본 까닭이라고 말씀드립니다.

『건안오기』[2]는 잘 받았습니다. 감사합니다. 그런데 정장본으로 종이를 방중국지仿中國紙로 한 것은 작은 결점입니다. 나 또한 중용을 지키는 사람이 아닙니다. 때로는 극단적인 국수파가 되어 고색창연한 책을 인쇄할 때는 반드시 옛날식 종이를 사용해야 한다고 생각합니다. 기계제작자들은 중국 녹차를 끓일 때 커피잔을 사용해서는 안 된다고 하는 것과 같다고 싫어합니다.

이렇게 보냅니다.

편안하길 바랍니다.

1월 17 저녁, 쉰 인사를 올립니다

쉬徐 선생께 서신 한 통을 보내니 편한 때 전해 주면 고맙겠습니다. 추신.

1) 차오쥐런(曹聚仁, 1900~1972)은 저장(浙江) 푸장(浦江) 사람. 작가이자 학자. 자는 팅슈 (挺岫), 호는 팅타오(聽濤)이다.
2) 『젠안오기』(寒安五記)는 변문소설이다. 「현현기」(玄玄記), 「습서기」(拾書記), 「습서후기」 (拾書後記), 「귀연기」(歸燕記), 「쇄골기」(鎖骨記) 5종이 있다. 1935년 상하이 한문정해(漢 文正楷)인쇄국 간행. "화이닝(懷寧) 판씨(潘氏) 젠즈자이(寒止齋)가 수고에 근거하여 교 정하고 기록하다"라는 서명과 '푸공'(鳧公)의 서가 있다. '판씨 젠즈자이'와 '푸공'은 판 보잉(潘伯鷹, 1904~1966)을 가리킨다.

350117③ 쉬마오융에게[1]

마오융 선생:

　　오늘 편지를 받고서야 비로소 선생이 아직도 상하이에 있다는 것을 알게 되었습니다. 그전에 나는 고향으로 내려갔다고 생각했습니다. 잠시 좀 '의기소침'하게 지내는 것도 괜찮습니다. 좀 쉬는 셈치면 됩니다. 기력 이 생기면 자연스럽게 '의기소침'하지 않을 것입니다. 피로해도 여전히 일 하고 꼭 기력이 쇠하고 난 뒤에야 그만두는데, 나는 채찍을 들고 오로지 다른 사람들을 때리기만 하는 사람들을 증오합니다.

　　필기는 아마도 꼭 타당할 것 같지는 않습니다. 어떤 것을 쓰든지 간에 호흡은 어쨌거나 고칠 수가 없습니다. 보고 들은 것도 있지만 생각해 보면 대개가 무료한 것이 대부분입니다. 스스로 쓸 만한 것이다 싶은 것도 틀림 없이 통과하지 못합니다. 한동안은 정말이지 결심을 할 수가 없을 것입니 다. 나중에 다시 말해 보기로 합시다.

　　「춘우도」[2]는 나는 가지고 있지 않고 또한 어디에서 살 수 있는지도 모르겠습니다. 요즘은 음력 사용이 금지되어[3] 살 수 있는 곳이 꼭 있을 것 같지 않습니다.

이렇게 보냅니다.

겨울 평안하기를 송축합니다.

1월 17 밤, 쉰 인사를 올립니다

주)_____

1) 쉬마오융(徐懋庸)에 대해서는 서신 340522① 참조.
2) 「춘우도」(春牛圖)는 「망신춘우도」(芒神春牛圖)이다. 과거 역서의 첫 페이지에 나오는 그림으로 밭 가는 소와 소를 끄는 망신이 그려져 있다.
3) 1929년 10월 7일 국민당정부는 1930년 1월 1일부터 "국력(양력)을 사용하고 '음력을 공용'해서는 안 된다"고 선포했다.

350118① 왕즈즈에게

쓰위안思遠 형:

12일 편지는 받았습니다. 말한 원고[1]는 내가 보기에 쓸 수 없고, 이런 조건은 뛰지는 못하게 하고 빨리 걸어가라고 하는 것과 같습니다. 요즘 상하이 출판계에서 요구하는 원고도 역시 이런 글이라서 나는 오랫동안 쓰지 않았습니다. 마오茅 선생의 서신은 벌써 전달했지만 결과는 없을 듯합니다. 사실 투고도 어렵지만, 원고 청탁 시기가 되면 원고 청탁도 어렵습니다. 두 가지 다 너무 힘들어서 나는 편집인 중 한 명은 되지 않겠다고 맹세했습니다. 투고할 때는 편집인의 낯빛을 살펴야 하고, 그런데 일단 편집인이 되면 또 투고자, 책방 주인, 독자의 낯빛을 살펴야 합니다. 낯빛 세계입니다.

내 원고는 이미 편지로 생활서점에 부탁해서 서둘러 돌려 달라고 청했습니다. 이외에는 달리 방법이 없습니다.

『풍월이야기』는 조만간 바로 부치겠습니다.

이렇게 보냅니다.

늘 편안하시길 송축합니다.

1월 18일, 위 올림

주)_____

1) 수신인의 기억에 따르면, 당시 그는 루쉰에게 진보적인 내용이면서도 정치색깔이 두드러지지 않는 작품을 써 달라고 부탁했다.

350118② 탕허에게[1]

탕허 선생:

11일에 보낸 편지는 받았습니다만, 회신 주소가 없고 예전 것은 내가 잊어버렸습니다. 지금 사서함으로 보내는데 아마도 받아 보시겠지요. 잘 받아 보게 되기를 희망합니다.

전람회에 관한 간행물[2]도 다 받았습니다. 이렇듯 성대했다니 뜻밖입니다. 하지만 이런 때야말로 딱 조심해야 합니다. 한 번 소리 치고 흩어지지 않으려면, 변하거나 타락하지 않으려면 말입니다.

그 전문간행물에 나도 어쩌면 몇 구절 쓸 수 있을 것입니다.[3] 하지만 역시 무슨 새로운 생각은 없습니다. 보내온 편지에서 그림을 찍는 데 원판을 사용한다고 했습니다. 내가 『목판화가 걸어온 길』을 인쇄할 때도 그렇게 했는데, 뜻밖에도 대실패였습니다. 왜냐하면 원판의 대부분이 고르지 않아서 기계로 찍었더니 인쇄되어 나온 곳도 있고 인쇄되지 못한 곳도 있었습니다. 틀림없이 목판의 조금 나직한 곳을 살펴보고 기계 위에 종이를 잘 붙이고 시간을 들이고 노력을 들였지만 결과는 여전히 좋지 않았습니다. 따라서 원판을 사용하더라도 손으로 찍어 내는 것으로만 제한해야 합니다. 베이핑 사람들의 수공비는 비싸지 않으니 차라리 손으로 찍어 내거나 혹은 수동식 기계로 찍는 것은 어떻습니까? 이 점에 대해서는 반드시 찍기 시작하기 전에 인쇄국과 잘 의논해야 합니다. 그렇지 않으면 꼴 같지 않게 찍혀 나올 수 있습니다.

독일 목판화는 지금은 수집할 필요가 없는 것 같습니다.[4] 그들의 새 작품이 상하이에서 전시된 적이 있는데, 내가 보기에 자못 가라앉아 있었습니다. 나는 벌써부터 독일 판화를 200여 장 가지고 있고 그중에서 유명 작가의 작품 또한 적지 않습니다. 일찍이 그중에서 목판화 60점을 골라서 『인옥집』引玉集의 방식을 본 따 찍어 낼 생각도 했습니다. 그런데 원작은 모두 큰데(대체로 가로 약 28cm, 세로 40cm) 축소하기는 아깝고, 크게 찍자니 원가가 너무 비싸서 찍지 못했습니다. 그래서 내내 지금까지 미뤄 두고 있습니다. 그런데 축소할 수밖에 없다는 생각이고, 따라서 올해는 아마도 찍어 낼 것입니다.

『월담』과 『걸어온 길』[5]은 다 부칠 수 있고, 그저 책을 부칠 마땅한 주소를 기다리고 있습니다. 또 하나, 틀림없이 저우타오[6] 선생을 아실 것이라고 생각합니다. 같은 책 두 권을 삼가 전해 주길 부탁드립니다.

이렇게 보냅니다.

늘 편안하시길 송축합니다.

1월 18일, 쉰 올림

주)_____

1) 탕허(唐訶, 1913~1984). 원명은 톈지화(田際華), 산시(山西) 펀양(汾陽) 사람. 타이위안(太原)에서 문예단체 류화이사(榴花藝社)를 조직했다. 당시 베이핑의학원 학생으로 핑진(平津)목판화연구회의 책임자 중 한 명이었다.

2) 베이핑의 『베이핑천바오』(北平晨報), 『베이천바오』(北辰報), 『둥팡콰이바오』(東方快報) 등이 제1차 전국목판화연합전람회를 위해 출판한 간행물을 가리킨다.

3) 탕허, 진자오예(金肇野) 등이 출판하려고 한 『전국목판화연합전람회전집』(全國木刻聯合展覽會專輯)을 가리키는데, 출판되지 않았다. 루쉰이 쓴 서문은 후에 『차개정잡문 2집』에 수록되었다.

4) 수신인의 기억에 따르면, 당시 베이핑에서 독일목판화전람회를 개최할 것을 베이핑 중독(中德)문화학회가 건의했다.

5) 원문은 『月談』, 『紀程』이다. 『풍월이야기』(准風月談)와 『목판화가 걸어온 길』(木刻紀程)을 가리킨다.

6) 저우타오(周燾). 원명은 뤄빈쑨(羅濱蓀), 후난(湖南) 안런(安仁) 사람. 당시 베이징대학 학생, 핑진목판화연구회 회원이었다.

350118③ 돤간칭에게[1]

간칭 선생:

그제 『목판화집』[2] 두 권을 받았고 오늘 편지를 받았습니다. 감사합니다. 현재의 상황에 비추어 보면, 목판화운동의 상황은 틀림없이 그렇습니다. 따라서 나는 첫째 수는 우선 그것이 존재할 수 있게끔 하는 것입니다.

내용은 금기는 좀 피하는 것도 괜찮고, 크게 중요하지 않은 제재로 우선 기술부터 숙련하는 것입니다. 따라서 나는 풍경과 지극히 평범한 사회현상을 새겨 보기를 주장합니다.

보낸 편지에서 말한 그들의 말에 근거하면, 그저 의아하게 여기는 것일 뿐 이해나 수용이 아닙니다. 만약 그들로 하여금 어느 그림을 원하는지 고르게 한다면, 나는 아마도 골라낸 것이 대개는 결코 그들을 새긴 그림이 아닐 것이라고 생각합니다. 오늘날 중국의 노동자, 농민들은 사실 아이처럼 새로운 것과 이상한 것을 좋아합니다. 그들이 완고하게 보이는 까닭은 의심하고 있기 때문이거나, 혹 그야말로 '새로운 것'이 그들에게 해가 된다고 느낄 때입니다. 그들이 새해를 보낼 때 고르는 세화歲畵 종류가 좋은 참고가 될 수 있을 것입니다. 비행기와 잠수함, 기이한 꽃과 풀과 같은 각종 새로운 디자인은 환영을 받는 것들입니다. 목판화의 제재는 내가 보기에 더욱 광대하게 넓혀야 합니다. 그런데 물론 이것은 지금 목전에 해당하는 말일 따름입니다.

『목판화집』은 보았습니다. 내 개인적인 의견으로는 「시평커우」,[3] 「들판에서 돌아오다」田間歸來, 「음식을 가져가다」送飯, 「손」手, 「소 두 마리」兩頭牛 이 다섯 점이 좋고, 「사육」豢養과 「수공업의 전형」手工業的典型은 상대적으로 괜찮습니다. 그런데 군상을 새길 때는 실패한 것이 많습니다. 요즘 청년 예술가들은 풍경을 새기고 싶어 하지 않지만, 결과적으로는 대개 그래도 풍경을 상대적으로 잘 새기는 편입니다. 무슨 까닭이겠습니까? 내가 보기에는 아무래도 풍경에 익숙한 까닭입니다. 인물에 대해서는 하나는 기본 연습이 충분하지 않아서인데(예컨대 소묘와 인체해부 같은 종류), 이런 까닭으로 종종 진짜 같지 않고 혹은 생동적이지 않습니다. 둘은 아무래도 그들의 생활과 떨어져 있기 때문에 속사정에 밝지 않기 때문입니다. 무릇 목판화에 등장하는 인물들을 살펴보면, 군상이라고 해도 지극히 단순한 것은 바로 이 때문입니다. 이러한 결점을 극복하자면 나는 하나는 소묘 연습을 해야 하고, 둘은 수시로 모든 것을 관찰해야 한다는 생각입니다.

우선 이렇게 답신을 보냅니다.

늘 편안하길 송축합니다.

1월 18 밤, 쉰 올림

주)_____

1) 돤간칭(段干青, 1902~1956). 산시(山西) 루이청(芮城) 사람. 목판화가로 핑진목판화연구회 회원이었다.
2) 『목판화집』(木刻集)은 『간칭목판화초집』(干青木刻初集)이다. 자비로 손으로 찍어 출판했다.
3) '시펑커우'(喜峰口)는 허베이성(河北省) 첸안(遷安)과 콴청(寬城)현이 만나는 곳에 있다.

350118④ 라이사오치에게[1]

사오치 선생:

내게 보낸 『시와 판화』[2]는 일찌감치 받았고, 매우 감사합니다. 그런데 병도 나고 바쁘기도 해서 즉시 답신을 쓰지 못한 데 대해 너무 미안합니다.

이 책에 있는 시의 분위기는 판화와 일치합니다. 그런데 판화는 상대적으로 인상 측면에 치우쳐져 있습니다. 나는 이 책에서 각종 기법을 보았습니다. 「병과 부채」病與債가 한 종류이고, 「채권」債權이 한 종류이고, 「다바이시」大白詩가 한 종류입니다. 그런데 나는 이런 방법들은 그때 그때 가끔

한 번 쓸 수 있을 뿐이고 여러 번 쓸 수는 없다고 생각합니다. 예컨대 「채권」 같은 것은 분방하고 생동적이지만, 「광명이 도래했다」^{光明來臨了}라는 그림에 이르면 최고봉(다시 말하면 궁지)이어서 발전할 수가 없습니다. 따라서 내가 보기에는 대략 「배웅」^{送行}, 「자아 형상」^{自我寫照}(나는 「병과 부채」에 비하면 훨씬 치밀하다고 생각합니다), 「도로를 만들다」^{開公路}, 「지독한 가뭄과 전쟁 재앙」^{苦旱與兵災} 같은 기법이 앞으로 발전할 수 있습니다.

「아름다움을 겨루다」^{比美} 같은 종류의 소품은 비록 소품에 지나지 않지만 한 점 한 점 다 잘 새겼고 매우 사랑스럽습니다. 판화로 장식한 서적은 앞으로 틀림없이 필요하게 될 것입니다. 변함없이 포기하지 않기를 바랍니다.

장잉張影 선생에게 부칠 편지가 있는데, 그의 주소를 모릅니다. 지금 첨부합니다. 선생은 틀림없이 그를 알겠지요. 전해 주면 고맙겠습니다.

우선 이렇게 알립니다.

늘 편안하길 송축합니다.

1월 18일 밤, 루쉰

주)_____

1) 라이사오치(賴少麒, 1915~2000). 광둥(廣東) 푸닝(普寧) 사람. 미술가. 당시 광저우시립 미술학교 학생으로 현대창작판화연구회 회원이었다.
2) 『시와 판화』(詩與版畵)는 시가 있는 목판화집으로 라이사오치의 작품집이다. 자비로 손으로 찍어서 출판했다.

350118⑤ 장잉에게[1]

장잉 선생:

내게 부친 판화집[2]은 벌써 받았지만, 병도 나고 바쁘기도 해서 즉시 답장할 수 없었습니다. 심히 미안합니다. 판화집의 작품 가운데 나는 「수확」收穫, 「농촌 한 모퉁이」農村一角, 「귀가」歸, 「석양」夕陽, 이 네 점이 좋습니다. 인물은 실패한 것이 많지만, 「기아」飢餓, 「돌 나르기」運石는 비교적 좋습니다. 인물은 풍경에 못 미치는데, 최근 모든 청년 예술학도의 보편적인 모습입니다. 또 다른 면으로 동적인 것을 새긴 것이 종종 정적인 것에 미치지 못하기도 하는데, 선생도 이러합니다. 따라서 제목은 '분주히 뛰어다니다'奔波이지만, 인물은 아무래도 바쁜 모습으로 보이지 않습니다. 하지만 배우는 중에 있으므로 이런 것들은 결코 중요하지 않습니다. 손을 놓지만 않는다면 반드시 진보할 것이라고 확신합니다.

우선 이렇게 답신을 보냅니다.

늘 편안하길 바랍니다.

1월 18일 밤, 루쉰

주)_____

1) 장잉(張影, 1910~1961). 광둥 카이핑(開平) 사람. 당시 광저우시립미술학원 학생으로 현대창작판화연구회 회원이었다.
2) 『장잉목판화집』(張影木刻集)을 가리킨다. 자비로 손으로 찍어 출판했다.

350119 자오자비에게

자비 선생:

　『신조』 다섯 권을 삼가 돌려드립니다. 이중 소설 4편 즉——

　　1. 왕징시 : 「부지런히 공부하는 학생」[1](2호)

　　2. 양전성 : 「어부의 집」[2](3호)

　　3. 뤄자룬 : 「사랑이냐 고통이냐」[3](3호)

　　4. 위핑보 : 「꽃장수」[4](4호)

　이 네 편은 회사 사람에게 부탁해서 한 부 베껴서 필사본을 부쳐 주길 바랍니다.

　또『신조』의 그 뒤 다섯 권과『신청년』이 수중에 있다면 사람을 보내 보내 주기 바랍니다. 1926년까지의『현대평론』도 더불어 빌려서 일독할 수 있도록 방법을 찾아주면 고맙겠습니다.

　이상입니다.

　편안하길 바랍니다.

1월 19일, 쉰 올림

주)_____

1) 왕징시(汪敬熙, 1897~1968). 장쑤(江蘇) 우현(吳縣) 사람, 소설가. 신조사(新潮社) 동인. 「부지런히 공부하는 학생」(一個勤學的學生)은 단편소설로 『신조』(新潮) 제1권 제2호 (1919년 2월)에 실렸다.
2) 「어부의 집」(漁家)은 양전성(楊振聲)의 단편소설로『신조』제1권 제3호(1919년 3월)에 실렸다.
3) 「사랑이냐 고통이냐」(是愛情還是苦痛)는 뤄자룬(羅家倫)의 단편소설로『신조』제1권 제3호(1919년 3월)에 실렸다.
4) 위핑보(兪平伯, 1900~1990). 이름은 밍헝(銘衡), 자가 핑보. 저장(浙江) 더칭(德淸) 사람. 문학가. 신조사 동인. 「꽃장수」(花匠)는 단편소설로『신조』제1권 제4호(1919년 4월)에 실렸다.

350121① 자오자비에게

자비 선생:

『니체자전』尼采自傳의 역자는 어제 보았습니다. 그는 그의 역서를 총서[1]에 넣어도 좋다고 말했습니다.

특별히 이를 알립니다.

평안하길 바랍니다.

1월 21일, 쉰 올림

주)_____

1) '량유문고'(良友文庫)를 가리킨다.

350121② 샤오쥔, 샤오훙에게

류 선생:
인

먹는 것을 조심하지 않아서 또 며칠 병을 앓았습니다. 지금은 다시 좋아졌습니다. 두 편의 원고[1]는 일찌감치 받았고 아주 잘 썼습니다. 틀린 글자, 잘못 쓴 글자도 아주 적습니다. 나는 오늘부터 밖으로 나가 보려 하고, 『문학』에 소개할 생각입니다. 또 한 편[2]은 량유공사에 가져가 알아봅시다.

지난 며칠 동안 아팠던 것은 아마도 동화 번역을 서둘렀기 때문인 듯합니다. 열흘 사이 4만여 자 번역했고, 지금의 체력으로 버틸 수 없었던 듯합니다. 그런데 동화는 번역을 끝냈습니다. 이것은 부랑아 출신의

Panterejev[3]가 지은 것으로 매우 재밌습니다. 통과할 수만 있으면 『역문』 제2권 제1호(3월 출판)에 쓰고, 안 되면 내가 직접 출판할 것입니다.

지금은 집을 옮겼고, 또 몇 사람 알게 되어(예,[4] 이 사람은 아주 좋은 사람입니다) 생활이 상대적으로 무료하지 않을 수 있을 것입니다.

우선 이렇게 알립니다.

늘 편안하길 송축합니다.

[1월 21일][5] 쉰 올림. 광[6]도 두 사람의 안부를 물었습니다

'어린 놈'은 예전보다 좀 살이 올랐고, 하지만 너무 시끄럽게 굽니다.

주)_____

1) 샤오쥔의 「직업」(職業)과 「벚꽃」(櫻花)을 가리킨다. 각각 『문학』(文學) 제4권 제3, 5기 (1935년 3월, 5월)에 실렸다.
2) 샤오쥔의 「탑승객」(搭客)을 가리킨다. 후에 「화물선」(貨船)으로 제목을 바꾸어 『신소설』(新小說) 제1권 제4기(1935년 5월)에 실렸다.
3) 판텔레예프는 소련의 아동문학 작가이다.
4) '예'(葉)는 예쯔(葉紫)이다.
5) 루쉰의 원래 편지에는 날짜가 없다.
6) '광'(廣)은 쉬광핑이다.

350123 황위안에게

허칭 선생:

『역문』제6기 원고는 지금 끝났는지 모르겠습니다. 선^沈 선생이 논문
「레르몬토프」[1] 한 편을 보내왔습니다. 약 2천 자인데 통과될 수 있을지 모
르겠습니다. 만약 쓸 수 있다면 레르몬토프 씨의 화상 1점, 레르몬토프 씨
가 그린 스케치 1점(결투하는 모습)을 덧붙일 수 있습니다. 이 두 점은 모
두 독일어본 『러시아문학 화원』[2]에 있습니다. 이 책은 나한테는 없고 아
마도 아직 서점에 있을 겁니다.

『이상한 이야기 두 가지』[3]도 이미 번역을 끝냈습니다. 원고는 원본
(도면 뜨기 용)과 함께 모두 우치야마점^{內山店}에 두겠으니 사람을 보내 가
져가는 것은 어떻겠습니까? 회신을 기다려 그대로 처리하겠습니다.

이상입니다.

편안하길 바랍니다.

1월 23일, 쉰 인사를 올립니다

주)_____

1) 「레르몬토프」(萊蒙托夫)는 셰펀(謝芬)의 번역으로 『역문』(譯文) 제1권 제6기(1935
년 2월)에 실렸다. 셰펀은 선옌빙(沈雁氷)이다. 미하일 레르몬토프(Михаил Юрьевич
Лермонтов, 1814~1841)는 러시아의 작가, 사상가이다. 『역문』 같은 기에 러시아 표트르
자볼로츠키(Пётр Ефимович Заболотский)가 그린 「레르몬토프 상」이 실렸다.

2) 『러시아문학 화원』(俄國文學花苑)의 독일어 제목은 *Bilder Galerie zur Russ. Lit.*이다.
루쉰은 1930년 10월 15일 쉬스취안(徐詩荃)이 독일에서 보낸 이 책을 받았다.

3) 『이상한 이야기 두 가지』(奇聞二則)는 「나쁜 아이」(壞孩子)와 「성미 급한 사람」(暴躁人)
이다. 단편소설. 러시아 체호프의 작품. 『역문』 제1권 제6기(1935년 2월)에 실렸고, 마슈
틴(Василий Николаевич Масютин, 1884~1955)이 그린 삽화 2점이 실렸다. 후에 『나쁜
아이와 기타 이상한 이야기』(壞孩子和別的奇聞)에 수록했다.

350124 진자오예에게[1]

자오예 선생:

20일 편지는 받았고 신문[2]은 아직 도착하지 않았습니다. 개인 작품을 선별하지 않고 바로 개인화집으로 내는 것에 대해서 나는 보낸 편지에서 말한 것처럼 그렇게 낙관하지 않습니다. 남방에도 몇 가지 종류가 있고, 지난 편지에서는 되는대로 말해 본 것에 불과하고, 게다가 그들을 대신해서 위탁판매처를 찾지 않으면 안 됩니다.

『조화』[3]의 책값은 꼭 부치지 않아도 됩니다. 왜냐하면 나의 친구도 내게 달라고 하지 않았으니, 내가 보기에 받지 않겠다는 것이고 따라서 나도 받지 않겠습니다. 하지만 그 다섯 권을 모으는 것만으로도 꽤 성가셨습니다. 이미 절판되었기 때문에 앞으로 두 부는 아마도 구할 수 있을 것 같지 않습니다.

이렇게 보냅니다.

늘 편안하길 송축합니다.

1월 24일, 위豫 올림

주)_____

1) 진자오예(金肇野, 1912~1996). 랴오닝 랴오중(遼中) 사람. 목판화운동가, 좌익작가연맹의 성원. 핑진(平津)목판화연구회를 조직했다.
2) 톈진(天津)의 『다궁바오』(大公報), 『융바오』(庸報), 『이스바오』(益世報) 등을 가리킨다. 당시 제1차 전국목판화연합전람회가 톈진에서 순회 전시를 하고 있었고, 이상의 신문에서 모두 특별란을 만들어 전람회를 소개했다.
3) 『조화』(朝花)는 '예원조화'(藝苑朝花)를 가리킨다. 서신 290708 참고.

350126 차오징화에게

루전 형:

　22일 편지는 방금 도착했습니다. 붉은 대추는 벌써 찾아와서 죽도 끓이고 떡도 만들어서 이미 적지 않게 먹었고 제 동생에게도 나누어 주었습니다. 남방에도 붉은 대추를 살 수 있는데 어느 곳에서 가져오는지는 모르겠고 과육이 너무 얇아서 형이 내게 부쳐 준 것만큼 좋지 않습니다.

　이곳 친구의 행동은 무슨 뜻인지 정말 모르겠습니다. 간행물 한 종류[1]를 출간했는데, 작년까지의 우리 일에 대하여 듣자 하니 한 푼의 가치도 없다고 비판했다고 합니다. 그런데 다시 비밀로 하면서 내가 볼 수 있도록 부쳐 주지도 않았습니다. 게다가 보여 주지 않는 사람은 나 한 사람에만 그치지 않았습니다. 아마도 싼 형[2]에게도 부칠 리가 없을 것 같습니다. 따라서 나는 지금은 좀 물러서서 도대체 어떻게 된 일인지 살펴보고나서 말할 생각입니다.

　검열도 극도로 심각합니다. 작년 말 이래로 삭제되고 게재불허되고 심지어 원고가 압류되는 일까지 연달아 일어났습니다. 듣자 하니, 검열하는 사람 가운데 하이힐에 파마머리를 한 아가씨들이 있다고 하니 우리들의 사나운 운수는 가히 짐작할 수 있습니다. 형의 원고[3]는 아직 찾아오지 못했지만 찾아올 수 있을 것입니다. 왜냐하면 잡지는 조판하여 인쇄를 마친 원고를 보내 검열을 받기 때문입니다. 내 원고[4]의 압류는 화보에 싣고자 한 것이기 때문에 일반 잡지와는 조금 다릅니다. 번역본은 다 베끼고난 뒤에도 여전히 부쳐 주기를 바란다면 언제라도 방법을 강구하겠습니다. 나의 그 책[5]은 몇몇 서점의 점원들이 사사로이 인쇄한 것이고 현재 천 권이 다 팔릴 예정이어서 할인하지는 않을 것입니다. 이런 것이 또 한 권[6]

이 있고, 더불어 잡문(조금 긴 것) 한 권[7]은 올해 안에 그것을 인쇄할 생각입니다. 신작에 대해서는 지금으로서는 어렵습니다. 좀 좋은 것은 그야말로 발표할 데가 없고, 다만 우물쭈물 쓰자니 스스로가 무료하다고 느껴집니다. 이렇게 가다가는 저술계는 아무것도 남지 않을 정도로 무너지게 될 수 있습니다.

목판화는 곤씨, 크씨[8] 두 사람을 제외하면 아무것도 없습니다. 『인옥집』을 부친 것은 작년 가을이고 그 후에 한 통의 회신도 받지 못했습니다. 작년 정월에 나는 중국 고서 세 꾸러미를 보냈습니다. 안에는 그림 여러 점과 V[9]에게 보낸 편지 한 통(이것은 형이 쓴 것입니다)을 넣었습니다. 그 사람 쪽의 목판화가를 초빙하는 내용이었는데 지금까지 한 마디 회신도 없습니다. 나는 V가 좀 관료적이지 않은가 의심하고 있습니다.

체코의 독일어 신문에 『인옥집』 소개가 있는데, 거기에서 사망한 사람은 Aleksejev[10]라고 했습니다. 그에게는 또한 『도시와 세월』 20여 점도 있는데 여기에서는 아직 인쇄되지 않았습니다. 올해 크씨, 곤씨 것과 함께 그것을 인쇄할 생각입니다. 그런데 만약 그 소설의 한 편이 대략 2천 자라면 훨씬 좋겠고, 형이 한 번 할 수 있을지 모르겠습니다. 곤씨의 것은 이바노프[11] 단편의 삽화인데, 나는 두 점이 형이 번역한 「아이」의 삽화라는 것을 알고 있을 뿐입니다. 이외에 제목을 모사한 것 중에 어떤 것은 형도 읽어 본 것이 있을 것입니다.

『목판화가 걸어온 길』은 찾지 못한다면 중지하는 수밖에 없습니다.

이곳 날씨는 결코 춥지는 않고 그저 가끔 얇은 얼음이 맺힙니다. 우리는 모두 좋습니다. 그런데 나는 아무래도 기력이 예전 같지 않고 기억력도 나빠졌다고 느낍니다. 그것을 핑계로 한 해쯤 놀고 싶지만 아마 할 수 없을 것 같습니다. 지금은 『역문』에 원고를 보내는 것 말고, 또 한 서국에 다른 사람들의 단편소설을 골라서[12] 3월 15일까지 답안을 제출해야 합니다. 이런 일은 그저 밥 먹는 문제를 해결하기 위해서일 따름입니다. 작품을 찾아보려고 『위바오 부간』[13]을 보았는데, 여기에서 형의 작품을 발견했습니다. 형 본인은 아마도 벌써 잊어버렸을 터이지요.

눙農이 베이핑으로 돌아갔다니 심히 기쁩니다. 그런데 그의 밥그릇이 아직 남아 있는지 모르겠습니다. 이것도 중요합니다.

우선 이렇게 알립니다.

겨울 평안하기 바랍니다.

1월 26일, 아우 예 인사를 올립니다

형수님께도 이렇게 안부를 전하고, 따로 편지를 보내지는 않겠습니다.

주)_____

1) 『문학생활』(文學生活) 반월간을 가리킨다. '좌련' 비서처에서 편인한 내부 유인간행물이다. 1934년 1월 창간했으며 지금까지 1기만 발견되었다.
2) '싼 형'(三兄)은 샤오싼(蕭三, 1896~1983)을 가리킨다. 시인이자 번역가이다. 당시 소련 국제혁명작가연맹에서 일하고 있었다.
3) 「양식」(糧食) 번역원고를 가리킨다. 서신 321212 참고.
4) 「아진」(阿金)을 가리킨다. 『만화생활』(漫畵生活)에 투고했으나 금지되고 후에 『차개정 잡문』에 실렸다.
5) 『풍월이야기』를 가리킨다.
6) 『꽃테문학』을 가리킨다.
7) 『차개정잡문』을 가리킨다.
8) '곤씨'(岡氏)는 곤차로프(Иван Александрович Гончаров, 1812~1891), '크씨'(克氏)는 크랍첸코(Алексей Ильич Кравченко, 1889~1940)를 가리킨다.
9) V는 VOKS, 소련대외문화협회를 가리킨다.
10) 알렉세예프(Н. В. Алексеев, 1894~1934). 러시아 판화가이다. 『도시와 세월』(城與年, *Cities and Years*, Города и годы)은 페딘(К. А. Федин, 1892~1977)의 장편소설이며, 알렉세예프가 삽화를 그렸다.

11) 이바노프(В. В. Иванов, 1895~1963). 소련 작가. 그의 단편소설 「아이」(孩子)는 차오징화가 「유아」(幼兒)라는 제목으로 번역했고 후에 『담배쌈지』(煙袋)에 수록했다.

12) 루쉰은 량유(良友)도서인쇄공사가 편선한 『중국신문학대계·소설 2집』에 실을 단편소설을 선정하는 일을 했다.

13) 『위바오 부간』(豫報副刊)은 일보. 1925년 5월 4일 창간하여 동년 8월 30일에 정간했다. 카이펑(開封) 위바오사에서 편집, 출판했다.

350127① 멍스환에게

스환 선생:

보낸 편지는 받았습니다. 30일에 틀림없이 뵈러 가서 가르침을 받겠습니다. 리黎, 마오茅 두 분께 보낸 초청장은 이미 각각 전달했습니다.

우선 이렇게 답신을 올립니다.

늘 편안하길 송축합니다.

1월 27일, 쉰 올림

350127② 리례원에게

례원 선생:

25일 편지는 받았습니다. Führer는 곧 안내자, 지도자이고, 뜻이 확장되어 우두머리와 장관을 의미합니다. 히 공[11]의 앞에 붙은 것이므로 지도자로 번역하는 것이 비교적 적합할 듯합니다.

『역문』의 번역원고는 사실 문제입니다. 교열을 거치지 않아서 종종 결점이 드러납니다. 그런데 원문을 달라고 하면 번역가를 믿지 않는다는 의심을 받게 되고, 정말 처리하기가 어렵습니다. 삽화가 내용과 무관해도 괜찮다면 지금은 그나마 쉽게 처리할 수 있겠지만, 만약 반드시 서로 연관되어야 한다면 문제입니다. 그런데 『역문』의 삽화가 흐릿한 것은 서점이나 인쇄소가 책임져야 합니다. 내가 보기에 이것은 서두르고 아무렇게나 인쇄하기 때문인데, 착실하게 인쇄한다면 훨씬 섬세한 삽화라고 해도 결코 이런 지경에 이르지는 않을 것입니다.

멍스환이 손님을 초대한 것은 이번 달 그의 수입이 비교적 많기 때문에 구페이[2] 등 여러 사람들이 바가지를 씌우려고 해서입니다. 선생의 초청장에 대해서는 그가 내게 대신 전하고 초청을 단단히 해 달라고 부탁했습니다. 지금 첨부합니다. 대략 참가하는 사람은 모두 잘 아는 사람들이고 나는 부득이 가 봐야 합니다. 더불어 선생도 왕림하길 바랍니다.

이상입니다.

평안하기 바랍니다.

1월 27일, 쉰 인사를 올립니다

주)_____

1) '히 공'(希公)은 히틀러이다.
2) '구페이'(谷非)는 후펑(胡風)이다.

350129① 양지원에게[1]

지원 선생:

　방금 27일의 혜함^{惠函}을 받았고, 부치신 『발굴』[2] 1권도 일찌감치 받았습니다. 바쁘기도 하고 게으름도 피우고 해서 빨리 답신을 하지 못했습니다. 심히 미안합니다. 저자를 만나면 감사의 마음을 전달해 주면 고맙겠습니다.

　『집외집』은 검열로 넘겨졌으니 삭제되는 것은 생각했던 일입니다.[3] 하지만 카이펑 사건[4]도 금기에 저촉되었다는 것은 이해할 수가 없습니다. 그들은 기어코 중외고금의 모든 암흑을 비호하려는 것 같습니다. 그런데 고시는 오히려 한 수도 삭제하지 않은 것도 이해가 안 됩니다. 사실 몇몇 수는 꽤 '불온'한 내용입니다. 서언[5]을 삭제한 것에 대해서는 분명합니다. 대개 그들은 누군가 나를 위해 서문을 써 주거나 내가 다른 사람을 위해 서문을 쓰는 것을 허가하지 않는 것일 따름입니다. 책 제목의 순서가 바뀐 것[6]은 그들의 권위를 보여 주기 위함이고, 이 역시 발바리의 성질이니 결코 이상할 것 없습니다.

　한층 이상한 것은 올해 내게 두 편의 짧은 글이 있었는데, 하나는 얼굴분장을 논한 것으로 결코 상징적인 내용이 아닙니다. 다른 하나는 하녀들의 말다툼을 기록한 것으로 국정, 세상사의 변화와 아무런 상관이 없습니다. 그런데 모두 게재를 허가하지 않았습니다. 또 『문학』을 위해 글 한 편을 썼고 모두 7천 자로 명말의 사건에 대해 말한 것인데, 뜻밖에 오분의 사를 삭제해 버렸습니다(이 글은 2월호에 나옵니다). 이에 나는 글 한 편[7]을 이어 써서 청 조정에서 한족의 저작을 금지한 것에 대해 이야기했습니다. 이번에는 그들이 직접 삭제하지는 않고 그저 생활서국 사람들로 하여금 손을 대서 빼거나 줄이게 했고, 그런데 남은 부분이 상대적으로 많습니다(아마 3월호에 나올 수 있을 것입니다). 이 점에 대하여 책임도 지려고 하지 않으니 골기라고는 전무하다고 할 수 있고, 사실 얼굴을 드러내고 미친 듯이 짖어대는 발라리에도 못 미치는 사람들입니다. 3월 이후부터는 작년 1년간의 잡문을 편집하여 자비로 인쇄할 작정입니다. 그리고 『집외집』에서 삭제된 것을 첨부하고 더불어 후기를 써서 좀 농담을 걸어 보고 태평성세에 구색을 맞추어 보고자 합니다.

상하이 날씨는 벌써부터 춥고 나 또한 가끔 작은 병을 앓고 있습니다. 이것은 나이 때문으로 어찌할 수가 없습니다. 하지만 소소한 병일 따름이고 크게 아픈 것은 없습니다. 의사는 심장, 폐, 뇌가 모두 튼튼하다고 하니, 이것으로도 당신의 심려에 위로가 될 수 있을 것입니다.

우선 이렇게 답신을 보냅니다.

편안하시기 바랍니다.

1월 29 밤, 쉰 인사를 올립니다

주)_____

1) 양지원(楊霽雲, 1910~1996). 장쑤 창저우(常州) 사람. 루쉰을 도와 『집외집』(集外集)을 편집했다. 서신 340424① 참고.

2) 『발굴』(發掘)은 성단(聖旦)이 지은 역사소설집. 서신 341013② 참고.

3) 『집외집』을 출판할 당시 국민당 중앙선전위원회 도서잡지심사위원회가 삭제한 글은 「통신(쑨푸위안에게 보내는 편지)」(來信(致孫伏園)), 「공고」(啓事), 「케케묵은 가락은 이제 그만」(老調子已經唱完), 「식객문학과 어용문학」(幇忙文學與幇閑文學), 「올 봄의 두 가지 감상」(今春的兩種感想), 「영역본 『단편소설선집』 자서」(英譯本『短篇小説選集』自序), 「『바른 길을 걷지 못한 안드룬』 서문」(『不走正路的安得倫』小引), 「고리키의 「1월 9일」 번역본 서문」(譯本高爾基「一月九日」小引), 「상하이 소감」(上海所感) 등 9편이다. 후에 모두 『집외집습유』에 수록했다.

4) '카이펑 사건'은 1925년 4월 카이펑(開封)에서 발생한, 군인이 여학생을 강간한 사건을 가리킨다. 『집외집습유』에 실린 「통신(쑨푸위안에게 보내는 편지)」, 「공고」를 참고할 수

있다.

5) '서언'(引言)은 양지원의 『『집외집』 편집자 서문」(『集外集』編者引言).
6) 『집외집』의 원래 제목은 '루쉰: 집외집'이었으나 '집외집 루쉰 저'라고 고쳐서 검열 담
   당 부서에 보냈다.
7) 「아프고 난 뒤 잡담의 남은 이야기―'울분을 토하는 것'에 대하여」(病後雜談之餘―關於
   "舒憤懣")를 가리킨다.

350129② 차오쥐런에게

쥐런 선생:

　26일 편지는 오늘에야 받았습니다. 『붓끝』[1]은 벌써 받았고 이미 다
읽었습니다. 나는 내용이 아주 충실하고 좋다고 생각합니다. 대개 사람마
다 아는 바가 피차간에 다르고, 따라서 작가에게는 일상적인 것이라고 여
기는 것도 다른 독자에게는 도움이 되는 것이 있습니다.

　『집외집』이 엉망이 된 것은 원래 생각했던 일입니다. 그 10편은 애초
에 뛰어난 글이 아니어서 있어도 되고 없어도 됩니다. 그런데 일단 삭제가
되면 억지로라도 발표하겠다는 생각을 더 하게 됩니다. 나는 올해 출판해
서 그들에게 보여 줄 것입니다. '루쉰 저' 세 글자는 보통활자로 조판하기
바랍니다.

　『망종』[2]의 시작에 투고하기에는 시간이 모자랍니다. 왜냐하면 또 감
기로 기침이 나고 소화불량이기 때문입니다. 나의 안 좋은 성질은 병이 나
도 치료가 되기를 기다리지 못하고 바로 침대에서 일어나는 것입니다. 근
래에는 또 밥 먹는 문제를 해결하기 위하여 소설을 고르고 있습니다.[3] 날
마다 유명한 작품과 유명하지 않은 작품을 읽자니 바쁘기도 하고 고통스

럽기도 합니다. 이 일을 끝내지 않으면 사실 다른 일은 생각할 수가 없습니다. 더불어 쉬徐 선생에게 전달해 주기를 부탁합니다.

　　우선 이렇게 답신을 보냅니다.

　　평안하기 바랍니다.

1월 29일, 쉰 인사를 올립니다

주)_____

1) 『붓끝』(筆端)은 산문집. 차오쥐런 지음. 1935년 1월 톈마서점(天馬書店) 출판.
2) 『망종』(芒種)은 문예반월간. 쉬마오융(徐懋庸), 차오쥐런 편집. 1935년 3월 창간, 동년 10월 정간. 상하이 군중잡지공사(群衆雜誌公司)에서 발행했으나 제1권 제8기부터는 베이신서국(北新書局)에서 발행했다.
3) 『중국신문학대계·소설 2집』을 가리킨다.

350129③ 샤오쥔, 샤오훙에게

샤오蕭, 인吟 두 형:

　　20과 24일 편지는 모두 받았습니다. 운동은 원래부터 아주 좋은 것이지만, 이것은 내가 소년시절일 때나 그렇지, 이제는 힘들 것 같습니다. 나는 남쪽 사람이지만 배는 못 다루고 말은 탈 수 있습니다. 예전에는 매일 늘 한두 시간은 타려고 했습니다. 그런데 '선생'으로 올라가고부터는 더는 이런 일을 할 시간이 없어져 버렸습니다. 20년 전에 시도해 봤는데, 타는 자세는 아직 남아 있었지만 뛰어내리거나 말갈기를 힘껏 잡아채는 것까지는 안 되었습니다. 지금 시도하다가는 아마도 떨어져 죽을지도 알 수 없습니다.

게다가 붓을 만지작거린 이래로 나쁜 습관이 생겼는데, 한 가지 일을 시작하면 다 끝내지 않으면 편치가 않고, 또한 동시에 두 가지 일을 하지도 못하는 것입니다. 따라서 매번 글 한 편을 쓰는데도 다 쓰지 않으면 손에서 놓지를 못합니다. 하루 종일 해도 끝내지 못하면 꼭 기력이 없어질 때가 되어야 비로소 손을 놓고, 누워서도 여전히 생각하려고 합니다. 이런 까닭으로 생활에 규칙이 없고 규칙이 생기면 번역이나 저술에 방해가 되니, 양쪽 모두 만족시키기가 아주 어렵습니다. 또 다른 두 측면도 있습니다. 허드렛일이 너무 많습니다. 집안일을 하다가 동향 사람들을 대접하고 책을 찍다가 인세를 독촉합니다. 둘은 저술이 너무 잡다합니다. 서문을 쓰다가 평론을 쓰다가 외국어를 번역합니다. 머리는 언제나 뒤죽박죽이고 붓을 놓지 않으면 백약이 무효일 듯합니다.

"또 한 편이 있다"고 한 것은 샤오 형의 한 편을 가리킨 것입니다. 그런데 나중에 방법을 바꾸었습니다. 우선 모두 『문학』에 주었고 그들이 어느 글을 원하는지를 본 연후에 되돌려 받은 글을 다른 곳에 알아보려 합니다. 그런데 여태까지 회신이 없습니다. 인 부인의 소설[1]은 검열처에 보낸 뒤로 역시 아직 회신이 없습니다. 나는 이것이 원고가 읽기 쉽지 않은 것과 관계가 있다고 생각합니다. 먹지로 썼기 때문에 보자니 상대적으로 힘들어서 그들이 보류해 두었을 것입니다.

당신들이 원하는 책은 다 내게 없습니다. 『떨어지는 이슬』[2]은 부쳐줄 수 있다면 한 번 보고 싶습니다.

『우스꽝스런 이야기』[3]는 쉽게 처리할 수 있습니다. 아마도 기꺼이 인쇄하려는 서점이 있을 것입니다. 『전야』[4]에 대해서는 방법이 없고, 『용광로』는 중국에 번역본이 없고 다른 나라에도 번역본이 없는 것 같습니다. 나는 일찍이 랴시코[5]가 쓴 단편의 일역본을 본 적이 있는데, 이 사람의 문장은 번역하기가 아주 쉽지는 않은 듯합니다. 당신의 친구[6]가 번역하려 한다면 그가 번역하도록 격려하는 것이 좋겠다는 생각입니다. 하지만 한편으로 그에게 출판할 수 있을지는 '공성계'空城計[7]를 쓰지 말고 미리 예측하기가 아주 힘들다고 그대로 알려 주어야 합니다. 왜냐하면 한 개인이 몇 차례 공성계를 겪고 나면 상심에 빠질 수가 있고, 혹은 이때부터 친구를 의심할 수도 있기 때문입니다.

나는 인 부인에게 채찍을 가하고 싶은 생각은 없습니다. 글이라는 것은 때려서 나올 수 있는 것이 아닙니다. 예전의 훈장 선생은 학생이 책을 외우지 못하면 손바닥을 때렸지만, 때릴수록 더욱 외우지 못했습니다. 나는 여전히 재촉하지 않는 것이 좋다고 생각합니다. 베짱이처럼 살이 올랐다면 베짱이 같은 글이 나올 것입니다.

이렇게 보냅니다.

두 사람 모두 편안하기 바랍니다.

1월 29 밤, 위豫 올림

주)_____

1) 샤오훙의 『삶과 죽음의 자리』(生死場)를 가리킨다.

2) 『떨어지는 이슬』(零露集)은 러시아어와 중국어를 대조하여 편집한 시가와 산문 선집이다. 푸시킨, 고리키 등 18인의 작품 34편이 수록되어 있다. 원페이쥔(溫佩筠) 역주. 1933년 3월에 역자가 하얼빈에서 자비로 출판했다.

3) 『우스꽝스런 이야기』(滑稽故事)는 진런(金人)이 편역하려고 한 소련의 조셴코(Михаил Зощенко, 1895~1958)의 단편소설집이다.

4) 러시아의 투르게네프(Иван Сергеевич Тургенев)가 지은 장편소설. 당시에 이미 선잉중(沈穎中)의 번역본이 있었다.

5) 랴시코(Николай Николаевич Ляшко, 1884~1953)는 소련 작가이다.

6) 진런을 가리킨다.

7) '공성계'(空城計)는 『삼국연의』(三國演義)에 나오는 말이다. 성을 비워서 적으로 하여금 혼란에 빠뜨리는 것을 뜻한다. 겉으로는 허세를 부리지만 전혀 준비가 안 된 것을 비유하기도 한다.

350203 황위안에게

허칭 선생:

1일 밤 편지가 오늘 도착했습니다. 그 산문시집[1]은 일부분이라도 좋은 종이로 인쇄할 수 있어서 번역자에게 대처할 수 있게 되었습니다. 다른 사람의 손을 거친 원고는 정말 쉽지가 않습니다.

징^靖의 라브레뇨프의 글이 잘려 나갔을 때 내가 그에게 알려 주었고 더불어 그에게 『역문』을 위해 단문들을 번역해 달라고 부탁했습니다. 회신에서 라씨의 그런 중요하지 않은 문장마저도 실을 수 없으면 번역할 만한 글이 없다고 했습니다. 그는 아마도 옛날 작품을 번역하는 것이 즐겁지도 않고 게다가 원본도 없었을 것입니다. 듣자 하니 그는 본래 많이 가지고 있었지만 모두 허난河南의 집에 있었고 나중에 무슨 유언비어 때문인지 알 수 없지만 집안 사람들이 한 권도 남겨 두지 않고 다 소각했다고 합니다. 또 일부분은 징눙靜農의 집에 두었는데, 작년에 다 몰수됐다고 합니다. 거기[2]에서 책을 사는 것이 매우 쉽지 않은 듯했습니다. 내가 목판화법 책[3] 한 권을 다른 사람을 대신하여 사려고 하는데, 벌써 1년여가 지났지만 끝내 아직도 사지 못했습니다.

두헝杜衡 같은 부류는 늘 그런 말을 해야 하는 사람입니다. 말하지 않으면 두헝이 아닙니다. 우리가 꼼짝하지 않아도 그는 공격을 해야만 하는 사람이니, 조금이라도 움직이면 당연히 더욱 공격합니다. 제일 좋기로는 그가 번역했던 작품을 골라내어 그것을 다시 한번 번역하는 것인데, 다만 이런 한가한 시간이 없는 것이 안타까울 뿐입니다. 아무래도 그가 그렇게 말하도록 내버려 두기로 합시다.

역문사는 책[4]을 내기 시작했습니다. 내 생각으로는 고골 선집의 번역은 멍스환 군과 의논해서 다같이 시작했으면 합니다. 많은 작품들이 번역된 것이지만 하릴없이 신경 쓰지 말아야 합니다.

오늘은 폭죽 소리가 작년보다 더 많은 듯하니, 복고가 유행이라는 것을 알 수 있습니다. 10여 년 전에 나는 사람들이 음력설 쇠기를 반대하는 것을 보았습니다. 지금은 마음이 평온하고 고요해서 도리어 훨씬 시끌벅적하게 느껴집니다. 아무래도 불꽃과 폭죽을 사 와서 내일 밤에는 터트려야겠습니다.

이렇게 보냅니다.

새해 편안하기 바랍니다.

2월 3밤, 쉰 올림

주)_____

1) 보들레르의 『파리의 우울』(巴黎的煩惱)을 가리킨다. 스민(石民)이 번역하여 1935년 생활서점에서 출판했다.
2) 소련을 가리킨다.
3) 천옌차오(陳煙橋)를 대신해서 파블로프의 『목판화기법』(木刻技法)을 구매하고자 했다.
4) '역문총서'(譯文叢書)를 가리킨다.

350204① 멍스환에게

스환 선생:

지난달 식사 자리에서 얼예耶 형이 내게 그의 친구[1]가 고골의 『옛 세계의 지주들』[2]을 번역했고 『역문』이나 『문학』에 투고하고 싶어 하고,

이미 선생에게 교정을 부탁했다고 말했습니다.

이 글은 묘사가 아주 좋지만 번역하기가 쉽지 않습니다. 일역본에만 근거하면 잘 번역하기는 매우 어려울 것이고, 적어도 갈팡질팡해 보일 것입니다. 나는 선생이 힘을 더 써서 그를 위해 대대적으로 교정해 주기를 바랍니다.

역문사는 올해 단행본을 낼 생각이기 때문에 황黃 선생은 생활서점과 교섭을 준비하고 있습니다. 만약 성공한다면, 그렇게 된다면, 나는 선생과 함께 고골 선집을 번역하고 싶습니다. 올해는 우선 『Dekanka 야화』[3]와 『Mirgorod』를 각각 한 권이나 혹은 두 권으로 나누어 내고, 그 뒤로는 다시 이야기하면 됩니다.

Korolenko의 소설은 정말 잘 썼다고 생각합니다. 현재 중국에서 금기에 저촉되지는 않을 듯한데, 중국에는 저우쭤런이 번역한 『마카르의 꿈』[4]과 한두 소품 말고는 번역하는 사람이 없습니다. 선생은 그의 원본을 가지고 있는지요? 가지고 있다면 내가 보기에 소개해도 될 것 같습니다.

우선 이렇게 알립니다.

새해(음력) 복 많이 받으세요.

2월 4일=정월 설날, 쉰 올림

주)_____

1) 멍스쥔(孟式鈞)을 가리킨다. 허난(河南) 사람. 당시 일본 유학 중이었으며 좌련 도쿄분맹(東京分盟) 회원이었다.
2) 『옛 세계의 지주들』(舊式的田主)은 중편소설로 소설집 『미르고로드』(Mirgorod)에 실려 있다. 멍스쥔의 번역은 발표되지 못했다.
3) 『Dekanka 야화』(Dekanka夜談)는 『디칸카 근교 야화』(Vechera na khutore bliz Dikanki)로 8편의 이야기가 실려 있다.
4) 저우쭤런(周作人)이 번역한 『마카르의 꿈』(瑪加爾之夢)은 1927년 3월 베이신서국에서 출판했다.

350204② 양지원에게

지원 선생:

　　방금 2월 2일의 귀한 편지를 받았습니다. 『집외집』에서 10편이 잘려 나가는 데 그쳤으니 진실로 "하늘의 은혜가 높고도 두텁"습니다. 그런데 구시는 그처럼 분명한데도 한 수도 삭제되지 않았으니 아무래도 '멍청한 새'가 조사했나 봅니다. 완대성은 비록 간사하고 아첨에 능했지만 그래도 『연자전』[1] 같은 것은 쓸 수 있었습니다. 그런데 오늘날의 발바리와 그 주인은 하찮은 재주조차도 없습니다. "한 세대 한 세대 더욱 못해지"는 것입니다. 아마도 인류만 이러한 것은 아니겠지요.

　　이런 사람들에게 글을 검열하라고 하니, 애초에 아무것도 아닌 일이라도 영업의 관점에서 가게는 심한 손해를 볼 수가 없으므로 하릴없이 한편으로 그들의 검열에 따를 수밖에 없습니다. 여의치 않으면 자비로 다시 찍어 내면 됩니다. 「공고」啓事와 「통신」來信은 내가 살펴봐도 되지만, 「혁명문학……」[2]의 교정원고는 편한 때 부쳐 주기 바랍니다. 최근에 또 『신조』에서 통신 한 토막[3]을 발견했고, 이외에도 또 있을 것이고, 아예 잡문을 인쇄할 때 끼워 넣을 작정입니다.

　　오분의 사가 삭제된 것 즉, 「아프고 난 뒤 잡담」은 문학사가 머리 하나만 남겼기 때문에 결국 싣지 않았습니다. 그런데 나는 머리만 걸리는 것이 수치스럽지 않았기 때문에 게재를 요구했고, 지금 2월호 『문학』에 실렸습니다. 나중에 또 한 편을 썼는데, 청초에 중국인의 문장을 삭제하고 금지한 일에 대해 이야기했습니다. 이들의 수단은 대개 지금과 같았습니다. 이번에 검열한 분들은 직접 삭제하거나 잘라 내지는 않고 많은 부호를 덧붙여 놓고 작가나 편집인들로 하여금 수정하라고 했습니다. 이에 나는 약간 삭제했습니다. 그런데 그들은 만족하지 않았습니다. 잘라 내라고 하지도 않고 실을 수 있다고 하지도 않으면서 우물쭈물하고 있었습니다. 너무 우습습니다. 결국은 쉬보신[4]이 연필을 잡고 관청의 뜻에 따라 수정하고서야 겨우 통과했습니다. 아마 3월호 『문학』에 실릴 것입니다. 금지하고자 하면 금지하면 그만입니다. 그런데 이 사람들은 뜻밖에도 한 점의 골기조차 없습니다. 사실상 여전히 삭제인데도, 자신들은 삭제의 책임을 지지 않으려고 작가나 편집인들에게 고치라고 하는 것입니다. 이 글이 발표되고 『집외집』이 출판되고 나면, 자료는 이미 충분하므로 내가 잡문 후기[5]를 쓸 수 있을 것입니다.

올해 상하이는 폭죽 소리가 유난히 대단해서 복고의 한 모습을 보기에 충분합니다. 제 집은 종래로 양력이든 음력이든 설을 쇠지 않습니다. 그런데 올해는 새해를 핑계 삼아 술을 끓이고 고기를 삶고 더불어 불꽃과 폭죽을 사서 밤에 터트리기도 했습니다. 일 년 내내 핍박을 당하고 어려움에 처해서 실컷 고생했습니다. 무엇이 안타까워 잠시 한바탕 먹지도 못하겠습니까? 하물며 신생활[6]은 힘 있는 정부가 주재하고 있는 바에야, 우리들 어린 백성들은 스스로 마르고 시든 길을 찾아가며 맞장구치지 않아도 정말로 괜찮습니다. 선생도 당연히 그럴 법하다고 여기리라 생각합니다. 우선 이렇게 답신합니다.

음력 새해 복 많이 받기를 송축합니다.

2월 4 밤, 쉰 삼가 올립니다

주)_____

1) 서신 350109① 참고.
2) 「혁명문학……」(革命文學……)은 「식객문학과 어용문학」이라고 해야 한다.

3) 「『신조』의 일부에 대한 의견」(對於『新潮』一部分的意見)을 가리키는데, 후에 『집외집습유』에 수록했다.

4) 쉬보신(徐伯昕, 1904~1984). 장쑤(江蘇) 우진(武進) 사람. 당시 상하이생활서점 사장이었다. 루쉰은 쉬보신의 '신'을 '신'(訢)이라고 썼다. 오자이다.

5) 『차개정잡문』의 「부기」(附記)를 가리킨다.

6) 장제스(蔣介石)가 소비에트지구 홍군을 겨냥한 '포위토벌'에 맞추어 주장한 이른바 '신생활운동'을 가리킨다. 1934년 2월 19일 장제스는 난창(南昌)의 임시주둔지에서 '신생활운동'을 제안했다. "전국 국민의 생활을 철저하게 군사화하"고, "예의염치"를 "생활준칙"으로 삼자고 했다. 그 후 난징(南京)에서 '신생활운동촉진회'를 만들어 회장을 자임하고 전국적으로 시행했다.

350204③ 리화에게

리화 선생:

선생의 12월 9일 편지와 목판화집 두 권[1]은 벌써 받았습니다. 하지만 연이은 발병으로 일찍 답신을 보내지 못했습니다. 정말 너무 미안합니다. 내가 보기에 선생의 작품 가운데서 어쩐지 『춘교소경집』春郊小景集과 『뤄푸집』羅浮集이 제일 좋습니다. 아마도 송원 이래의 문인 산수화를 배운 결과이겠지요. 나는 송말 이래로는 산수 말고는 무슨 회화 같은 것은 없고 산수화의 발달도 절정에 이르러 후대인들이 그것을 능가하지 못한다고 생각합니다. 설령 다른 수법과 도구를 사용한다고 해도 참신함은 드러낼 수 있겠지만 더 위대해지기는 어렵습니다. 왜냐하면 한편으로 역시 제재가 제한되어 있기 때문입니다. 채색목판화도 좋지만 중국에서는 발달하기 어려울 것입니다. 감상자가 없기 때문입니다.

보낸 편지에서 기교와 교양이 가장 큰 문제라고 말했는데, 이것은 맞는 말입니다. 현재 많은 청년 예술가들은 왕왕 이 점을 무시합니다. 따라서 그들의 작품은 표현하고자 하는 내용을 표현해 내지 못합니다. 글 쓰는 사람이 수사를 쓸 줄 모르면 역시 뜻을 드러내지 못하는 것과 같습니다. 그런데 내용의 충실성이 기교와 함께 나아가지 못하면 괜히 기교만 가지고 노는 깊은 수렁 속으로 빠져들기 십상입니다.

이제 선생이 말한 제재에 관한 문제에 도달했습니다. 현재 많은 사람들은 국민의 간난신고, 국민의 전투를 표현해야 한다고 생각합니다. 이것은 물론 결코 틀리지 않습니다. 그런데 자신이 이러한 소용돌이 속에 들어가 있지 않으면 사실 표현할 도리가 없습니다. 그렇게 하려고 해도 결코 진실하고 깊이가 있을 수 없고 또한 예술이 될 수도 없습니다. 따라서 나의 의견은 예술가는 그저 자신이 경험한 것을 표현하기만 해도 괜찮다는 것입니다. 물론 서재 바깥으로 당연히 나가야 합니다. 만약 어떤 소용돌이 속에 들어가 있지 않다면, 그렇다면, 그저 직접 본 평소의 사회상태를 표현하는 것도 괜찮습니다. 일본의 우키요에[2]에 무슨 커다란 주제가 있습니까? 그래도 그것은 예술적 가치를 가지고 있습니다. 만약 사회상태가 달라지면, 자연스럽게 이 점에 고정되지 않을 것입니다.

어떤 것이 중국정신이냐는 것에 대해서 나는 그야말로 모릅니다. 회화를 가지고 논해 보면, 육조六朝 이래 인도 미술의 영향을 크게 받았으므로 이른바 국화國畵라는 것은 없어졌습니다. 원나라 사람들의 수묵 산수화는 어쩌면 국수라고 말해도 좋을 것입니다. 그런데 이것을 꼭 부흥시켜야 할 필요도 없고, 게다가 설령 부흥한다고 해도 발전할 리는 없습니다. 따라서 나의 의견은 이렇습니다. 한대의 석각화상, 명대의 서적삽화를 참조하고, 더불어 민간에서 감상하는 이른바 '세화'와 유럽의 새로운 방법을 융합하면 혹 더욱 좋은 판화를 창작해 낼 수 있을 것이라고 생각합니다.

우선 이렇게 답신을 보냅니다.

늘 편안하길 송축합니다.

2월 4 밤, 쉰 올림

주)_____

1) 『샤오치 판화집』(少其版畵集)과 『장잉 목판화집』(張影木刻集)을 가리킨다. 『샤오치 판화집』은 '현대판화총간'(現代版畵叢刊)의 세번째 판화집으로 '샤오치'는 라이샤오치(賴少其, 1915~2000)이다.

2) '우키요에'(浮世畵)는 도쿠가와(德川) 시대(1603~1867)의 민간판화로 제재는 주로 하층 시민사회의 생활에서 가져왔다. 19세기 말기부터 점차 쇠퇴했다.

350207① 차오징화에게

루전 형:

2월 1일 편지는 받았습니다. 그 간행물은 원래 우리가 직접 출판한 것이고 이름은 『문학생활』입니다. 원래 사람마다 각 한 권씩 증정하는 것입니다. 그런데 이번에는 인쇄하고 나서 증정하기도 하고 안 하기도 하고, 서점에서는 물론 살 수도 없고 나도 얻지 못했습니다. 내가 보기에 앞으로는 찍지 않을 것입니다. 왜냐하면 누군가 그 비평에 항의하는 글을 썼기 때문입니다. 계속 내려고 한다면, 이 항의를 싣지 않으면 안 됩니다. 유일한 방법은 다시 출판하지 않는 것입니다 —— 도처에서 사용하는 수단입니다.

『풍월이야기』는 틀림없이 번각이고, 오자만 적으면 오히려 유통하기에 좋습니다. 『남강북조집』도 번각이 있습니다. 그런데 그 책은 보고 싶지 않으니 꼭 부치지 않아도 됩니다. 올해 나는 잡문 두 권을 찍으려고 하는데, 모두 작년에 쓴 것입니다. 올해는 아마도 이렇게 많이 쓸 수 없을 듯합니다. 지극히 평범한 글도 잘려 나가거나 삭제되니 너무 불쾌합니다. 또 암전暗箭도 있어서 더더욱 너무나 불쾌합니다.

『도시와 세월』의 개략은 내용(책 속의 사적)을 설명하는 것이고, 목판화 앞에 써서 독자로 하여금 목판화 삽화에 대하여 더욱 잘 이해할 수 있도록 할 작정입니다. 목판화[1]는 4, 5월 사이에 인쇄에 넘길 생각이니 5월 이전에 다 쓰면 좋습니다.

늉農 형은 자리가 아직 있는데 왜 돌아가 가르치려 하지 않는지요? 내 생각에 작년의 일[2]은 지금에 와서는 좌우간 일단락을 고한 것이고 이후로 다시는 무슨 문제가 생길 것 같지 않습니다(나는 물론 상세한 사정을 모르기는 합니다만). 따로 일을 찾으려면 또 새로운 환경으로 바뀌고 또 밥그릇을 빼앗는 새로운 사람들과 만나야 하니 더욱 성가지지 않겠습니까? 비첩碑帖 목록표에 여기에 남겨 둔 것은 동그라미를 쳐 두었습니다. 모두 10종이고 오늘 원래 목록표를 되부쳤습니다. 또 지霽 형도 탁본을 한 번 보내 주었습니다. 하나를 여기에 남겼는데, 곧 '한화상잔석'漢畵像殘石 4폭이고, 가격은 4위안, 이 목록표에는 없습니다.

이곳의 출판 상황은 엉망진창입니다. 몇몇 '문학가'들이 검열관 노릇을 하고 있으니 그야말로 엉망입니다. 작년 연말에 한 친구가 나의 옛 글을 모았습니다. 출판된 문집에 빠지거나 삭제된 것을 한 권으로 베끼고 추려서 『집외집』이라고 제목을 붙이고 검열에 넘겼습니다. 결과는 인쇄를 불허한 것이 10편이었습니다. 정말 이상한 것은 그중 몇 편은 10년 전의 통신이고, 그때는 결코 지금의 '국민정부'도 없었을 뿐만 아니라 글도 정치와 아무런 상관이 없습니다. 그런데 왜 급신적인 구시 및 원은 그를이 전혀 삭제하지 않았습니다.

지금은 번역문도 늘 잘려 나가거나 삭제되고, 삽화마저도 늘 잘려 나갑니다. 지금의 히틀러도, 19세기의 스페인 정부도 욕을 해서는 안 됩니다. 그렇지 않으면 ── 삭제됩니다.

작년부터 이른바 '제3종인'이라는 사람들이 마침내 진상을 드러냈습니다. 그들은 그것들의 주인을 도와서 우리를 압박했습니다. 그런데 우리 중 몇 사람은 내가 그들을 너무 심하게 공격해서 그들을 이렇게까지 몰아붙였기 때문이라고 말합니다. 작년 봄 『다완바오』大晚報에 글을 실어 나의 단평에는 매판의식이 있다고 말한 사람이 있었습니다.[3] 나중에 이 문장이 실은 친구가 쓴 것임을 알게 되었습니다. 많은 사람들의 힐문을 받고 그는 내게 해명하는 편지를 이미 부쳤다고 대답했습니다. 하지만 나는 아직까지 이 편지를 받지 못했습니다. 가을이 되어서는 누군가 내 편지 한 통을 『사회월보』에 발표했습니다.[4] 같은 신문에 또 양춘런의 글이 실렸습니다. 그래서 또 한 친구(바로 톈 군[5]인데, 형도 만나 보았습니다)는 사오보로 이름을 바꾸어 내가 이미 양춘런과 합작한 조화파라고 말했습니다. 사람들의 힐문을 받고 그는 이 글이 그가 쓴 것이 아니라고 말했습니다. 하지만 내가 공개적으로 힐난하자 그는 어쩔 수 없이 자신이 쓴 것이라고 인정했습니다. 하지만 그는 말했습니다. 자신의 글은 고의로 나를 억울하게 만들었고 목적은 내가 분노해서 양춘런을 공격하도록 만드는 것이었는데, 뜻밖에도 방향을 바꾸어 자신을 공격하니 뜻밖의 일이라고 운운했습니다. 이러한 전법은 나로서는 정말로 생각지도 못했습니다. 그는 등 뒤에서 내게 채찍을 날리고 내가 화나서 다른 사람에게 채찍을 날리게 만들려고 했던 것입니다. 지금은 내가 결국 그의 채찍을 빼앗아 버렸기 때문에 그는

'뜻밖이'었던 것입니다. 작년 하반기부터 나는 좌우지간 몇 사람이 '제3종인'과 한통속이 되어 악의적으로 나를 가지고 놀고 있다고 느꼈습니다.

나는 끝내 영문을 알 수가 없었습니다. 그래서 올해부터 나는 결단코 좀 피해 있고자 합니다. 나는 그야말로 참을 수가 없게 되었습니다. 이외에도 괴상한 일들은 아직 많이 있습니다. 현재 나는 다른 사람들의 소설을 고르고 있습니다. 이것은 한 서점의 부탁에 응한 것이고 밥 먹는 문제를 해결하기 위한 것으로 3월에는 일을 끝낼 수 있습니다. 문학과 미술을 소개하는 일은 여전히 예전처럼 하고 있습니다.

그런데 단평은 꼭 쓸 수 있을 것 같지 않습니다. 나는 이것이 긴요한 일이라는 것을 알고 있고, 내가 안 쓰면 글을 쓰는 다른 사람이 꼭 있을 것 같지는 않지만 말입니다. 하지만 쓸 수 없을 것 같습니다. 하나는 검열이 엄격해서 쉽게 실을 수가 없고, 둘은 내가 그야말로 암암리에 내게 상처를 입히는 사람을 증오해서입니다. 차라리 좀 쉬면서 그들의 비非매판적 전투나 구경해 보는 것이 낫겠습니다.

우리는 다들 다 좋습니다.

우선 이렇게 답신을 보냅니다.

봄날 편안하길 바랍니다.

2월 7일, 아우 위 올림

주)_____

1) 알렉세예프의 『도시와 세월』 목판화 삽화를 가리킨다. 서신 340611 참고.
2) 타이징눙(臺靜農)이 체포된 사건을 가리킨다.
3) 랴오모사(廖沫沙, 1907~1990)를 가리킨다. 후난 창사(長沙) 사람. 작가, 좌련 회원이다. 그는 '린모'(林黙)라는 필명으로 글을 써서 루쉰의 "단평에는 매판의식이 있다"라고 했다. 『꽃테문학』의 「거꾸로 매달기」(倒提) 참고.

4) 편지는 「차오쥐런 선생에게 답신함」(答曹聚仁先生信)을 가리키고 『차개정잡문』에 수록
되어 있다. 이 글은 양춘런(楊邨人)의 「적색지구에서 돌아오다」(赤區歸來記)와 함께 『사
회월보』(社會月報) 제1권 제3기(1934년 8월)에 실렸다. '사오보'(紹伯)는 이를 두고 루쉰
의 '조화'를 비판했다. 『차개정잡문』의 '부기' 참고. 『사회월보』는 종합성 간행물로 천
링시(陳靈犀)가 편집했다. 1934년 6월 창간, 1935년 9월 정간했다. 상하이사회출판사
에서 발행했다.
5) '톈 군'(田君)은 톈한(田漢)을 가리킨다. 그는 루쉰이 「『주간』『극』 편집자에게 보내는 편
지」(答『戱』週刊編者的信)를 발표하자 1935년 1월 29일 루쉰에게 편지를 보내 '조화'는
"비록 나와 관계가 있다고는 해도 농담을 한 것도 아니고 악의로 상처를 입힌 것도 아
닙니다. 의도적으로 선생을 '억울하게 만든' 것인데, 선생이 일어나 항의하기에 좋도록
말입니다"라고 했다.

350207② 멍스환에게

스환 선생:

5일 편지는 받았습니다. Korolenko의 비교적 짧은 소설은 내가 상하
이에서 살 수 있는지 모르겠습니다. 백러시아서점에 가서 찾아보는 게 어
떻겠습니까? 나는 그의 문장에 관하여 Gorky[1]가 쓴 두 편의 글을 본 적이
있습니다. 하나는 「코롤렌코 시대」로 인상기인 듯합니다. 구츄가 번역한
것은 어느 글인지 모르겠습니다. 만약 다른 글이라면, 그렇다면 선생도 계
속 번역해 나가도 됩니다.

푸시킨[2]의 소설은 관청의 퇴짜를 맞는 지경에는 이르지 않았습니다.
그 「결혼」[3]은 10년 전에 리빙즈의 번역본이 나왔고, 『징바오 부간』에 실
렸습니다. 나는 그가 어떻게 번역했는지, 나중에 어느 문집에 수록했는지,
그리고 지금의 『문학』 편집인의 의견이 어떤지 모르기는 하지만 말입니
다. 그런데 온당하게 하자면 아무래도 번역하지 않는 것이 좋습니다. 오히

려 중국인이 잘 모르는 작가 몇 명을 끄집어내는 것이 낫습니다. 프랑스 조계지의 백러시아서점에서 쓸 만한 물건을 발굴할 수 있을지 모르겠습니다.

이렇게 답신합니다.

새해 인사 올립니다.

하력夏曆 정월 4 밤[2월 7일], 쉰 절을 올립니다

주)_____

1) 코롤렌코에 관한 고리키의 글은 서신 341031②를 참고할 수 있다. 고리키는 이 글을 「코롤렌코 시대」(柯羅連科時代)와 「블·가·코롤렌코」(符·加·柯羅連科) 두 편으로 나누어 『홍색처녀지』에 발표했다. 뒤의 글은 후펑(胡風)이 번역하여 『역문』 신2권 제1기(1936년 9월)에 발표했다.

2) 푸시킨(Александр Сергеевич Пушкин, 1799~1837). 러시아 시인. 장시 『예브게니 오네긴』(Евгений Онегин)과 중편소설 『대위의 딸』(Капитанская дочка) 등이 있다.

3) 「결혼」(結婚)은 고골의 희곡으로 리빙즈(李秉之)가 번역했다. 『러시아명저 2집』(俄羅斯名著二集)에 수록되어 있다. 『징바오 부간』(京報副刊)에 실린 것은 리빙즈가 번역한 고골의 단막극 「도박사」(賭徒)이다.

350207③ 쉬마오융에게

마오융 선생:

우연히 신문판매대에서 올해의 역서를 보았습니다. 안에는 춘우도[1]가 있고 설명도 있습니다. 그리는 방법이 좀 모던하지만 『망종』에 쓰기에도 좋고 또 설명도 실을 수 있을 것 같습니다.

또 우연히 10년 전의 『징바오 부간』을 얻었습니다. 린 선생이 뽑은 20

송의 노서목록은 요즘과 조금 다릅니다.[2]

아래에 두 가지 모두 첨부합니다.

새해 복 많이 받기를 송축합니다.

하력 정월 4일, 쉰 인사를 올립니다

주)_____

1) 「춘우도」(春牛圖)는 고대에 그해의 날씨, 강우량, 간지, 오행, 농작물의 수확 등을 예측하는 도감이다.

2) '린 선생'은 린위탕(林語堂)이다. 그는 1925년 2월 23, 24일 『징바오 부간』에 청년을 위한 중외고금의 명저를 추천했다. 각각 '국학필독서' 10종과 '신학필독서' 10종이었다. 1930년대 린위탕은 '유머' '한적' '성령(性靈)문학'을 주장했는데, 이를 위해 『원중랑전집』(袁中郎全集)을 포함한 '유불위재총서'(有不爲齋叢書)를 출판하고 서언에서 다음과 같이 말했다. "목전의 몇 가지는 분명 성령을 펼쳐 낸 작품일 뿐만 아니라 모두 명말청초의 작품이다. 번각한 것도 있고 편선한 것도 있다. 그렇지 않으면 곧 명 문인의 소품에 관한 이야기이다." 『논어』(論語) 제48기에 실린 「'유불위재'총서 서」("有不爲齋"叢書序)에 보인다.

350209① 샤오쥔, 샤오훙에게

류쥔
차오인　선생:

보낸 편지는 벌써 받았습니다. 소설 원고도 이미 보았습니다. 다 잘 썼고——예의상 하는 말이 아닙니다——열정이 충만해서 기교만 가지고 노는 이른바 '작가'라고 하는 사람들의 작품과 아주 달랐습니다. 오늘 이미 차오인 부인이 쓴 그 한 편[1]을 『태백』에 보냈습니다. 나머지 두 편은 내가 생각해 보고 적당한 곳을 고르겠습니다. 문학사에는 당분간 보낼 수 없습니다. 왜냐하면 예전의 두 편[2]을 내가 그들에게 부쳤는데 지금까지 아직 회신이 없기 때문입니다.

　당신이 「햇불」에 주려고 하는 그 글은 내가 보기에 부칠 필요가 없습니다. 틀림없이 실리지 못할 것이고, 차라리 당분간 내게 두었다가 어떤 발표할 기회가 있는지 살펴보는 것이 낫습니다. 그러나 설령 발표된다고 해도 중국인들도 보기 아주 힘들 것입니다. 관문 하나를 사이에 두고 있기는 하지만, 상황이 꼭 다를 것 같지는 않습니다. 며칠 전 모두가 설을 쇠고 있는데, 신문이 정간되었습니다. 위안스카이袁世凱 때부터 이때 나라를 팔아먹었고, 이 방법이 지금까지 전해지고 있습니다. 내가 보기에 관내關內도 폭죽소리 속에서 장례를 치렀을 것입니다. 당신은 작년에 여러 잡지에서 「적인가, 친구인가?」라는 글이 실렸던 것을 기억하고 있는지요? 글쓴이는 쉬수정의 아들입니다.[3] 현대의 부호들의 대변인이지요. 그는 결국 일본마저도 친구인지, 적인지 의심하기 시작했습니다. 의심한 결과는 기껏 '친구'라고 결론 내리는 것이었습니다. 앞으로는 암에 대해서도 '친구인가, 주인인가?'라고 하는 글이 실릴 것입니다. 올해는 '1·28', '9·28' 기념을 취소하려고 합니다. 신문에 학교의 방학을 줄인다고 실린 기사는 바로 이 일을 가리키는 것입니다. 그런데 그들은 번지르르한 말로 사람들로 하여금 그렇게 느끼지 못하도록 만듭니다. '친구'의 적은 자신의 적이고 '친구'를 대신해서 토벌하려고 합니다. 따라서 내가 보기에 앞으로 중국 신문은 일본에 대하여 무슨 한 마디 말을 하는 것을 불허할 것입니다.

　이제까지 역사에서 중국은 무릇 한 조대가 끝장나려고 할 때가 되면 언제나 스스로 움직였습니다. 우선 본국의 비교적 좋은 사람과 물건을 모두 깨끗하게 청소하여 새로운 주인이 힘을 쓰지 않고 들어올 수 있도록 만들어 놓습니다. 지금도 터럭만치도 다르지 않습니다. 본국의 개가 서양

개보다 중국의 사정에 대해 훨씬 분명하게 알고 있고 수단도 훨씬 교묘합니다.

보낸 편지에서 최근에 쓸쓸하다고 느낀다고 말했습니다. 이런 마음은 생길 수 있습니다. 원인은 상하이에서 지내는 것이 아무래도 낯선 사람들이고 뿌리내리지 못해서입니다. 그런데 이런 사회에서 어떻게 뿌리내릴 수 있겠습니까? 그들과 함께 부패하지 않는다면 말입니다. 만약 좀 좋은 친구들과 함께하고 있다면, 그렇다면, 그들도 마침 손발이 묶인 쓸쓸한 사람들입니다. 문계文界의 부패는 무계武界와 결코 다르지 않습니다. 당신이 만약 상하이에서 베이징까지의 상황을 비교적 잘 안다면, 한 무리의 구더기들이 있다는 것을 알 것입니다. 그들은 보기 좋은 간판에 어떻게든 매달려서 청년의 마음을 암살하고 어떤 낌새도 없이 중국을 끝장내 버리는 권력자를 도와주고 있습니다.

나도 때때로 적막을 느끼고 문학팔이를 그만두고 글을 쓰지 않고, 뿐만 아니라 상하이를 떠나고 싶은 생각도 듭니다. 그러나 이것은 잠깐 동안의 분개이고, 결과적으로는 정말로 아무것도 할 수 없을 때까지 그대로 이렇게 해나갈 것입니다.

하이잉은 잘 지내지만 너무 소란을 피우고 지금은 오로지 싸움질이니, 세계는 한동안 평화로워질 리가 없음을 알 수 있습니다. 손님 초대는 아직 자신이 없는 것 같습니다. 초대하려면 잘 먹어야 하고 그렇지 않으면 초대하지 않는 것만 못하기 때문입니다. 이것은 내가 차오인 부인의 주장과 다른 점입니다. 하지만 언젠가는 초대하겠지요.

두 분 모두 편안하기 바랍니다.

2월 9일, 위 올림

다시: 그 소설 두 편의 필명은 좀 바꾸어야 합니다.[4] 러시아에 샤오싼蕭

三이라는 사람이 있고 문학 방면에서 많이 활약하고 있기 때문입

니다. 지금 '랑'郎 자를 덧붙인다고 해도 개새끼들은 즉시 그 사람

작품이라고 생각할 것입니다. 어떻게 고칠까요? 답신에 따라 처

리하겠습니다. 추신.

주)‒‒‒‒‒‒

1) 「여섯째」(小六)를 가리킨다. 『태백』(太白) 제1권 제12기(1935년 3월)에 실렸다.

2) 샤오쥔의 「직업」(職業)과 「벚꽃」(櫻花)을 가리킨다.

3) 「적인가, 친구인가?」(敵乎, 友乎?)는 「적인가? 친구인가?—중일관계의 검토」(敵乎?友乎?—中日關係的檢討)이다. 1935년 1월 26일부터 30일까지 쉬다오린(徐道隣)이라는 필명으로 『선바오』(申報)에 실린 글이다. 쉬다오린(1906~1973)은 장쑤 샤오현(蕭縣; 지금의 안후이安徽) 사람. 국민당정부 행정원 정무처 처장을 역임했다. 이 글은 사실 장제스가 구술하고 천부레이(陳布雷)가 정리했다. 후에 타이완에서 출판한 『선총통 장공전집』(先總統蔣公全集) 제3권 '보고류'(報告類)에 수록되었다. 쉬수정(徐樹錚, 1880~1925)은 장쑤 샤오현 사람으로 베이양군벌의 장교였다. 돤치루이(段祺瑞)정부 육군부차장, 국무원비서장, 서북변방군총사령 등을 역임했고 후에 펑위샹(馮玉祥) 부대에 의해 체포, 살해되었다.

4) 샤오쥔의 소설 「직업」, 「벚꽃」은 원래 '샤오싼랑'(蕭三郎)이라는 필명을 썼지만, 발표할 때는 '싼랑'(三郎)으로 바꾸었다.

350209② 자오자비에게

자비 선생:

8일 편지는 받았습니다. 『신청년』 등은 아직 못 받았습니다. 서점 사람들이 또 잊어버렸는지도 모르겠습니다. 내일 가서 물어보겠습니다.

『미싸』[1]는 받았습니다. 『동방창작집』[2]은 이미 전달했습니다.

사진[3]은 꼭 되부쳐 줄 필요 없고, 선생이 가지십시오.

저번에 베끼기를 부탁한 몇 편의 소설은 만약 다 베꼈으면 바로 부쳐 주기 바랍니다. 아직 다 베끼지 못했으면 한 번 재촉해 주기를 부탁합니다. 그런데 왕징시의 「부지런히 공부하는 학생」은 반드시 베낄 필요는 없습니다. 내가 이미 그의 소설집[4]을 사서 찢어 두었기 때문입니다.

우선 이렇게 답신합니다.

편안하기 바랍니다.

2월 9일, 쉰 올림

주)_____

1) 『미싸』(彌灑)는 문학월간. 1923년 3월 창간, 동년 8월에 제6기를 내고 정간했다. 상하이 미싸사(彌灑社)에서 편집하고 출판했다.
2) 『동방창작집』(東方創作集)은 상, 하 두 권으로 나눠 루쉰, 예시오건(葉紹鈞), 쉬디산(許地山), 왕퉁자오(王統照) 등의 소설 17편을 수록했다. 1923년 상하이 상우인서관에서 출판했다.
3) 루쉰은 『중국신문학대계』의 편선자 중 한 명으로 참여했는데, 이 책의 출판을 광고하기 위해 제공했던 사진을 가리킨다.
4) 왕징시(汪敬熙)의 『눈 오는 밤』(雪夜)을 가리킨다. 1925년 10월 상하이야둥(亞東)도서관에서 출판했다.

350209③ 멍스환에게

스환 선생:

2월 7일 밤 편지가 벌써 도착했습니다. 나는 선생이 제발 『인간세』 같은 곳의 원고료를 포기하지 않았으면 합니다. 원고료는 그래도 여러 곳에서 받는 것이 좋기 때문입니다. 원고를 파는 데가 한 서점에 집중되면 작가에게 아주 불리해지고 나중에는 그것이 당신의 생활을 지배할 수도 있기 때문입니다. 게다가 각종 선집 번역은 지금으로서는 아직 우리 몇 사람의 어떤 공상에 불과하고 서점과 교섭한 적도 없습니다. 서점은 어느 곳이든지 수단이 다 지독합니다. 내 생각에는 차라리 계약이 결정되기를 기다렸다가 다시 따져 보는 게 낫습니다. 뿐만 아니라 우리는 또 중국에서 이른바 계약이라는 것이 사실 어떤 쓸모도 없다는 것을 잘 알아야 합니다.

내가 말한 『D. 야화』는 바로 『D 근교 농장의 늦은 밤』[1]입니다. 그것의 (3), (4)는 리빙즈의 번역본이 있고,[2] (2), (4)는 한스형의 번역본이 있습니다만,[3] 우리는 이것을 신경 쓰지 않아도 됩니다. 하지만 사서 좀 참고해 보는 것은 무방합니다. 리는 러시아어를 번역했고, 『러시아명저번역 2집』(야둥서국 판, 가격은 1위안)에 있습니다. 한은 영어나 일본어에서 중역한 듯한데(상우관 판, 가격은 미상) 안 봐도 문제없습니다. 듣자 하니 『타라스 불바』[4]도 있는데, 구민위안 등이 번역했다고 하고(난징서점 출판, 7자오 5펀) 나는 보지 못했습니다.

코롤렌코와 살티코프[5]의 단편소설은 모두 살 수 있고, 대단히 좋습니다. 나는 살티코프의 작품은 중국에도 아주 잘 맞다고 생각하는데, 번역된 것은 아주 아주 적습니다. 원본을 구매한 뒤에 『역문』에 적어도 한두 번 그를 소개해도 좋을 것입니다.

「사격」[6]은 번역을 완성하면 직접 황黃 선생에게 보내기 바랍니다.

우선 이렇게 답신을 합니다.

늘 편안하기 바랍니다.

2월 9일, 쉰 올림

1) 『디칸카 근교 야화』를 가리킨다. 서신 350204① 참고.

2) '(3), (4)'는 루쉰이 출판하려고 계획한 『고골 선집』제3, 4권을 가리킨다. 서신 341204 참고. 리빙즈(李秉之)의 번역본은 『러시아명저 2집』(俄羅斯名著二集)을 가리키는데, 여기에 고골의 소설 「비이」(Вий, 維依; 魏라고도 번역), 「코」(鼻子), 「이반 이바노비치와 이반 니키포로비치가 싸운 이야기」(二田主爭吵的故事) 3편과 희곡 「결혼」(結婚), 「도박사」(賭家) 2편이 들어 있다. 1934년 3월 상하이 야둥도서관에서 출판했다.

3) '(2), (4)'는 루쉰이 출판하려고 계획한 『고골 선집』제2, 4권을 가리킨다. 서신 341204 참고. 한스헝(韓侍桁)은 『미르고로드』가운데 중편소설 「이반 이바노비치와 이반 니키포로비치가 싸운 이야기」(兩個伊凡的故事)와 『타라스 불바』(塔拉司 · 布爾巴)를 번역하여 각각 단행본으로 1934년 상하이 상우인서관에서 출판했다.

4) 『타라스 불바』(泰賴 · 波爾巴)는 구민위안(顧民元) 등이 번역했다. 1933년 5월 난징서점 (南京書店)에서 출판했다.

5) 살티코프(Михаил Евграфович Салтыков-Щедрин, 1826~1889)는 러시아 풍자작가이자 혁명민주주의자이다. 장편소설 『한 도시의 이야기』(История одного города)와 『골로블 료프 일가』(Господа Головлёвы) 등이 있다.

6) 「사격」(射擊)은 푸시킨의 단편소설이다. 멍스환의 번역은 『역문』제2권 제1기(1935년 3월)에 실렸다.

350210① 양지원에게

지원 선생:

7일 편지는 오후에 받았고, 「어용문학……」 원고도 고맙습니다. 『남북집』은 마침 7일에 한 권 부치라고 서점에 부탁했습니다. 지금은 이미 도착했으리라 생각합니다.

『문학』은 저의 졸작을 표제로 삼았고 다음 기에는 속편을 실을 것입니다. 앞말과 뒷말이 맞지 않아서 몹시 웃깁니다. 앞으로 원고를 출판하면 아마도 더욱 볼만할 것입니다. 작년에 쓴 잡문은 「자유담」에 실은 것을 제외하고도 필경 200여 쪽이나 됩니다. 한 권으로 편집해서 『개띠해 잡문』[1]이라고 이름을 붙이고 싶은데, 우편으로 부치는 데 장애가 될까 걱정일 따름입니다.

『대의각미록』[2]은 정교하고 아름답지만 결국 흔적만 남아 있고, 나중에는 이 책마저도 금지될 듯합니다. 현재 진행되고 있는 문학암살정책은 거의 기미도 찾을 수가 없으니, 실은 지금이 옛날을 이기는 것입니다. 발바리의 대부분이 직무를 감당하지 못하고 우스개나 크게 떠들어 대고 있는 것이 안타까울 따름입니다.

명말의 박피법은 『안룽일사』[3]에 나옵니다. 지금 써서 첨부합니다.

우선 이렇게 답신을 보냅니다.

음력 새해 복 많이 받으십시오.

하력 정월 7일[2월 10일] 등불 아래에서, 쉰 인사를 올립니다

다시: 선생이 쓴 『집외집』 서언은 원고가 있으면 베껴서 부쳐 주기 바랍니다. 『집외집외집』[4](이것은 진짜 이름은 아니고, 진짜 이름은 미정입니다)을 인쇄할 때 끼워 넣을 작정입니다. 추신.

『안룽일사』 굴대균 지음

(손)가망이 (장)응과의 보고를 듣고 응과로 하여금 (이)여월을 죽이고 껍질을 벗겨서 군중에게 보여 주라고 했다.[5] 곧 여월을 묶어서 궁궐의 문 앞에 이르렀는데, 석회 한 광주리와 볏짚 한 묶음을 진 사람이 그 앞에 그것들을 내려놓았다. 여월이 "이것을 어디에 사용하는가"라고 물었다. 그 사람은 "이것은 당신을 때릴 풀이다"라고 했다.

여월이 질타하며 "어리석은 종놈 같으니라고! 이 한 대 한 대는 문장文章이고, 한 마디 한 마디는 충신의 창자이다!"라고 했다. 잠시 후에 응과가 오른쪽 문 계단에 서서 가왕의 영지令旨를 받들며 여월에게 꿇어앉으라고 소리쳤다. 여월은 질타하며 "나는 조정에서 임명한 관리다. 어찌 도적의 명령에 무릎을 꿇겠는가!?"라고 했다. 곧 중문에 이르자 임금이 계신 곳을 향해 재배再拜하고 크게 울면서 말했다. "태조太祖 고황제高皇帝시여, 우리 명나라 황실은 지금부터 간언하는 신하는 없습니다! 간신奸臣이자 도적 손가망, 네가 죽을 날은 멀지 않았다. 내가 죽으면 천고에 아름다운 이름을 세울 것이고, 네가 죽으면 만년 동안 도적이라는 호칭을 남길 것이다. 누가 이득이고 누가 손해인가?" 응과는 급히 땅에 엎드리라고 명하고 등뼈를 가르매 엉덩이에 이르자 여월은 크게 소리치며 "통쾌하게 죽으니 온몸이 시원하구나!"라고 했다. 또 가망의 이름을 부르며 끊임없이 욕설을 퍼부었다. 수족까지 절단하고 앞가슴으로 방향을 바꾸었는데도 여전히 가녀린 소리로 증오하고 욕을 했다. 목이 잘리자 죽었다. 이어서 석회에 그것을 담구고 실로 꿰맨 뒤 볏짚 속에 넣어 북성문北城門 통구각通衢閣으로 옮겨 그것을 걸었다.……

　이상은 권하에 보인다.

이것은 산동 도어사道禦史 둥관東莞 이여월이 공훈이 있는 장수(곧 진방전이다. 마찬가지로 피부를 벗겨 냈다)를 함부로 죽이고 신하의 예의가 없다고 규탄했기 때문인데, 이런 까닭으로 가망은 또 그의 피부를 벗겨 냈다. 가망은 후에 청나라에 항복했다. 대개 '천조'天朝를 대신하여 품행이 단정한 사람들을 제거함으로써 신속하게 진군하여 들어오기 쉽게 만들기 위함이었다.

1) 『개띠해 잡문』(狗兒年雜文). 후에 이 제목으로 문집을 출판하지 않았고, 『꽃테문학』과 『차개정잡문』 두 권으로 나누어 편집, 출판했다. 개띠해는 1934년이다.

2) 『대의각미록』(大義覺迷錄)은 청 세종옹정제(世宗雍正帝) 윤진(胤禛)이 집간을 명령했다. 여유량(呂留良) 안건에서 증정(曾靜), 장희(張熙)의 진술(위조한 것으로「귀인설」歸仁說이라고 제목을 붙였다)과 옹정이 여유량의 학설을 반박한 각종 공문서를 합하여 만들었다. 옹정 7년(1729)에 공포하고 사대부의 필독서로 지정했다. 청 고종(高宗) 홍력(弘曆)이 황위를 이어받은 뒤 금지했다. 여유량은 청초의 사상가이자 시인으로 증정이 여유량의 글을 읽고 반청운동을 일으켰다. 이 때문에 여유량은 부관참시되고, 증정과 그의 제자인 장희는 체포되었다. 옹정제는 증정과 장희를 설득했으며, 이후 증정은 청조를 찬양하는「귀인설」을 쓴 것으로 알려져 있다.

3) 『안룽일사』(安龍逸史)는 청대 금서 중 하나. 저자는 '창저우 어은'(滄州漁隱; 혹은 '계상초은'溪上樵隱)이라고 되어 있다. 1926년 우싱(吳興) 유씨가업당(劉氏嘉業堂) 판각본에는 '남해 굴대균 지음'(南海屈大均撰)이라고 되어 있으며, 상하 두 권이다. 내용은 『잔명기사』(殘明紀事)와 같고 자구에 약간의 차이가 있다.

4) 후에 『집외집습유』라고 했다.

5) 손가망(孫可望, ?~1660)은 명말 장헌충(張獻忠)의 농민기의에 참가하고 그의 양자가 된 인물이다. 대학사 30여 명을 학살했고, 후에 청나라에 투항했다. 이여월(李如月, ?~1652)은 광둥(廣東) 둥관(東莞) 사람으로 남명의 정치인이다. 손가망이 진방전(陳邦傳, ?~1652) 부자의 피부를 벗기고 시체를 안룽 등지로 보내 조리돌림을 하자, 이에 이여월이 불만을 품고 영력제(永歷帝)에게 상소했으나 도리어 체포되어 잔인한 형벌을 받았다고 한다. 루쉰은 『안룽일사』의 일부를 베껴 쓰면서 괄호 안에 인물의 성씨를 밝혀 '(손)가망', '(장)응과', '(이)여월'이라고 썼다.

350210② 차오징화에게

루전 형:

7일에 편지 한 통을 보냈으니 도착했으리라 생각합니다.

방금 강岡씨의 편지 한 통을 받았고 지금 동봉하니, 번역해서 보여 주기 바랍니다.

동시에 또 『Первый Всесоюзный съезд советских писателей』[1] 한 권을 받았습니다. 꽤 두툼합니다. 아마도 작년 작가대회에 관한 것 같습니다. 형은 이 책을 보고 싶은지요? 보고 싶어 하신다면, 답신을 받고 바로 부치겠습니다.

우리는 다 좋으니 염려 마시기 바랍니다.

이상입니다.

봄날 편안하기 바랍니다.

2월[2] 10일, 아우 위 올림

주)_____

1) 『제1차 전소련작가대표대회』(第一次全蘇作家代表大會)이다. 1934년 8월 모스크바에서 열린 전소련 제1차 작가대표대회의 문건 모음집이다.
2) 루쉰의 원래 편지에는 1월이라고 되어 있다.

350212 샤오쥔에게

류 선생:

10, 11일 이틀 편지는 모두 받았습니다. 책[1]을 출판하는 일에 대해 나는 지금 답을 할 수가 없습니다. 아직 알아보지도 계획하지도 못하고 있기 때문입니다.

지도[2]는 우치야마서점에서는 위탁판매를 하지 않습니다. 이것은 세관에서 수입을 금지하기 때문입니다. 보이면 바로 몰수합니다.

이상입니다.

늘 편안하기를 송축합니다.

2, 12.³⁾, 위 올림

주)_____

1) 『8월의 향촌』(八月的鄉村)을 가리킨다.

2) 수신인의 기억에 따르면 일본에서 출판된 만주국 지도를 가리킨다.

3) 루쉰의 편지에는 '2, 22'로 되어 있다. 착오이다.

350214① 우보에게

우보吳渤 선생:

귀하의 편지는 삼가 받았습니다. 지금은 독서계가 확실히 좀 퇴보했지만, 출판계도 좋은 책을 내지 못하고 있습니다. 상하이에는 관에서 세운 도서신문검열처가 있어서 무릇 비교적 좋은 작품은 반드시 출판을 불허합니다. 따라서 출판계는 죽음의 기운으로 자욱합니다.

잡지에 대해서도 말하기가 아주 어렵습니다. 지금은 오로지 『태백』, 『독서생활』, 『신생』¹⁾ 이 세 종류만이 그래도 볼만한데, 압박도 제일 심하게 받고 있습니다. 『인간세』 같은 종류는 애초부터 마춰품이고, 그것의 유행도 예상했던 일입니다. 중국인이 아편 피우기를 좋아하는 것과 같습니다.

나의 근작 세 권²⁾은 이미 등기로 부치라고 서점에 부탁했습니다. 선생이 원하는 두 권³⁾은 친구들에게 부탁해서 알아보고, 있으면 당연히 우편으로 부치겠습니다.

이상입니다.

늘 편안하기를 송축합니다.

2월 14일, 쉰 올림

주)_____

1) 『신생』(新生)은 종합적 성격의 간행물로 두중위안(杜重遠)이 편집했다. 1934년 2월 10일 창간, 1935년 6월 22일 제2권 제22기를 내고 정간당했다. 상하이 신생주간사에서 출판했다.
2) 『거짓자유서』, 『남강북조집』, 『풍월이야기』를 가리킨다.
3) 수신인의 기억에 따르면 『노호하라, 중국이여』(怒吼吧, 中國)와 『도시와 세월』이다.

350214② 진자오예에게

자오예 선생:

보낸 편지는 받았지만, 관의 검열 은혜를 입었습니다. 이런 일은 베이징에서 오는 편지에서 자주 일어납니다. 탕 군¹⁾은 결국 못 봤습니다. 그는 나와 약속을 했는데도 내가 이야기 나눌 시간을 빼지 못했으니, 그의 편주²⁾ 두 병만 사취한 꼴입니다.

목판화는 원판을 사용하고 작가가 직접 손으로 찍는 수밖에 없습니다. 기계를 사용하면 안 됩니다. 왜냐하면 작가가 대개 면이 꼭 아주 평평하게 되지 않는다는 점을 사전에는 생각하지 못하기 때문입니다. 내가

『목판화가 걸어온 길』을 찍을 때 바로 이 때문에 크게 실패했습니다. 인쇄국에서 면전에서 욕먹은 것 말고도 적지 않은 돈을 지불했습니다.

글은 나는 그야말로 쓸 수가 없습니다. 하나는 시간이 없고 둘은 소재가 충분하지 않기 때문입니다.[3] 최근 이런저런 이야기를 하고 있지만, 사실 다 깊은 연구도 없고 의론 발표도 맞지 않습니다. 나의 능력으로는 그저 몇 장의 판화나 번각해서 청년들에게 참고거리로나 제공할 수 있을 뿐입니다.

뭐, 리[4] 두 사람, 이들의 기술은 중국에서 아주 좋은 편입니다. 명작을 베끼는 결점이 있는데, 이것은 많이 만들어 화집으로 내는 데 급급해서입니다. 그런데 제일 큰 원인은 스스로에게 일정한 내용이 없다는 것입니다. 그런데 다른 사람들의 작품을 보니 명작의 일부를 잘라 취한 것이 적지 않습니다. 독일과의 교환[5]에 대해서는 나는 의미 없다고 생각합니다. 그들의 것을 교환하고자 한다면 따로 의도가 있는 것입니다. 그런데 만약 이 의도를 분명히 알고 있다면, 좀 바꿔서 보는 것도 좋습니다. 이상입니다.

늘 편안하기를 송축합니다.

2월 14일, 위 올림

주)_____

1) 탕허(唐訶)를 가리킨다.
2) '펀주'(汾酒)는 고량주의 일종이다.
3) 나중에 『전국목각연합전람회 전집』 서문」(『全國木刻聯合展覽會專輯』序)을 썼다. 『차개정잡문 2집』에 수록했다.
4) 뤄칭전(羅淸楨), 리화(李樺)를 가리킨다.
5) 당시 베이핑 중독문화학회(中德文化學會)는 전국목판화연합전람회에 일부분의 전시품을 독일에 보내어 전시하자고 건의했다. 베이핑에서 독일 목판화 전시를 했는데, 이것에 대한 교환의 일환으로 전시품의 일부를 독일에 보내 전시하자고 제안했다.

350218① 차오징화에게

루전 형:

13일 편지는 도착했습니다. 『문학생활』은 판매를 하지 않아서 아주 보기 힘들지만, 가끔은 부쳐 주는 때도 있습니다. 현재 이 기는 나한테도 안 주고 선 형[1]도 없으니, 이것은 꽤나 특별한 방법입니다. 우리가 알고 있는 것은 다른 사람의 입으로부터 먼저 전해 듣고 나서 방법을 강구해 빌려 보는 것입니다.

징 형[2]이 강사의 대우가 다르다고 다시 가지 않는 것은 내가 보기에 지나치게 융통성이 없는 것입니다. 반년 치 준비는 아무것도 아니고 금방 다 먹어 없어질 것입니다. 그리고 밥그릇을 찾으려고 해도 그렇게 빨리 찾을 수 있지는 않을 것입니다. 요즘 학교에서는 교원에게 일이 생기면 바로 다른 사람을 채워 넣습니다. 지금 징 형이 반년 동안 떠나 있었는데도 네 시간을 남겨 두었다면 중국에서는 보기 드문 좋은 학교가 아니라고 말할 수 없습니다. 아마도 그곳에서 가르치는 것이 그래도 다른 곳보다 쉬울 것입니다.

중국은 곧 모두가 '무업'無業이 될 것입니다. '실업'이 아닙니다. 왜냐하면 근본적으로 무슨 이른바 '업'業이라고 할 것이 없기 때문입니다. 상하이는 금년[3] 출판계의 상황이 작년보다 나쁩니다. 학생들은 작년에는 대학생이 감소했고 올해는 중등학생이 감소했습니다.

정 군[4]은 지금 상하이에 있는데 머지않아 다시 베이핑으로 돌아간다고 들었습니다. 그는 인세에 대해 좀 모호한 태도이고, 그런데 회신을 보내지 않으면 더욱 좋지 않습니다. 나는 그를 만나는 보았지만 교분이 아직은 그에게 이런 일을 말할 수 있을 정도가 아니어서 언급하지 않았습니다.

P. Ettinger[5]는 잘못 베끼지 않았습니다. 성을 보아 하니 그는 원래 독일인인 듯합니다. 나는 일찍이 『인옥집』한 권을 강岡씨에게 부치고 E.씨에게 전해 달라고 부탁했습니다. H.씨[6]에 대해서는 여태까지 전혀 모르는 사람인데, 내가 우선 그에게 편지 한 통을 쓸 수 있다고 곤岡씨가 왜 말했는지 모르겠습니다. 나는 또한 그에게 전해 달라고 부탁한 물건도 없습니다.

인편이 있었기 때문에 나는 선지[7] 300장을 들려 보내고 E.씨에게 나누어 주라고 부탁했습니다. 앞으로는 편지원고를 잘 헤아려서 부쳐야 한다는 회신 한 장을 써 달라고 형에게 부탁하고 싶습니다. 형이 써 보낸 뒤에도 여전히 부쳐 준다면 상하이에서 보낸 것입니다.

오늘 『작가회기사』[8] 한 권, 『역문』두 권, 『문학보』여러 장을 부칩니다. 학교에서 전달할 것입니다.

우선 이렇게 알려 드립니다.

가을[9] 편안하시기 바랍니다.

2월 18일, 아우 위 올림

주)＿＿＿＿

1) '선 형'은 선옌빙(沈雁冰)이다.
2) '징(靜) 형'은 차오징화(曹靖華)를 가리킨다.
3) 편지 원문에는 '작년'이라고 되어 있다. 오자인 듯하다.
4) '정 군'은 정전둬(鄭振鐸)를 가리킨다.
5) 파벨 에팅거(Pavel Ettinger, 1866~1948). 러시아의 평론가이자 예술사가, 수집가이다.
6) 미상이다.
7) '선지'(宣紙)는 안후이(安徽)성 쉬안청(宣城)시 징(涇)현에서 생산되는 서화용 고급 종이이다. 징현이 옛날에 쉬안저우(宣州)에 속해 있었기 때문에 붙여진 이름이다.
8) 『작가회기사』(作家會紀事)는 『제1차 전소련작가대표대회』를 가리킨다. 서신 350210② 참고.
9) 오자인 듯하다. '겨울'이라고 해야 맞다.

350218② 멍스환에게

스환 선생:

14일 편지는 다 읽었습니다. 『예술』[1]은 내가 옛날 것 몇 권을 가지고 있는데, 벨린스키[2] 화상은 없습니다. 선생이 본 것은 아마도 새것인가 봅니다. 괜찮다면 정말 한번 보고 싶습니다. 편한 때 서점에 두면 됩니다.

정 군은 내가 아는 사람이고, 어제 언급했습니다. 그는 황黃 선생과 선생이 절충해서 네크라소프[3]의 시를 번역하기로 했다고 운운했고, 내가 보기에 이것은 틀림없는 사실이니, 따라서 더 이상 말하지 말자고 했습니다. 그런데 생활서점이 이렇게 큰 잡지[4]를 맡았으니, 고골 선집을 출판하려는 우리의 계획은 아마도 한동안 실행하지 못할 듯합니다. 나는 이 잡지에 『죽은 혼』을 번역해서 주려고 합니다.

우선 이렇게 답신합니다.

봄날 편안하기를 송축합니다.

2월 18일, 위 올림

주)‾‾‾‾

1) 『예술』(藝術). 1933년 창간된 소련화가와 조각가 협회의 간행물. 서신 340117① 참고.

2) 벨린스키(B. Белинский, 1811~1848). 러시아의 급진적 지식인. 문학비평가. 그의 푸시킨, 도스토예프스키 등에 대한 평론은 근대 러시아 문학비평의 초석이 되었다.

3) 네크라소프(Николай Алексеевич Некрасов, 1821~1877). 러시아의 시인, 혁명민주주의자. 장시 『러시아는 누구에게 살기 좋은가』(Кому на Руси жить хорошо), 『붉은 코의 모진 추위』(Мороз, Красный нос) 등이 있다.

4) 생활서점에서 기획한 '세계문고'(世界文庫)를 가리킨다. 서신 350309② 참고. 루쉰이 번역한 『죽은 혼』(死魂靈) 제1부는 '세계문고' 제1권에서 제6권까지(1935년 5월에서 10월까지) 연재되었다.

350224① 멍스환에게

스환 선생:

그제 보내신 편지와 『예술』 두 권을 받았습니다. 벨린스키의 조각상[1]은 아주 이른 시기의 작품이고, 내가 이미 '예원조화'에서 번각했습니다. 이것은 오륙 년 전의 일이고, 이미 사람들에게 잊혀졌습니다. 쿠르베[2]의 화상은 대단히 좋은데, 안타깝게도 사용할 데가 없습니다. 중국은 아직까지 좀 괜찮은 미술잡지가 없으니 정말 부끄러워 죽을 지경입니다.

이 두 권은 우치야마서점에 두었으니 편한 때 동봉한 편지 한 통을 가져가고 책도 되찾아가기 바랍니다. 꾸러미 안에는 또 『문학보』 몇 장도 들어 있는데 선생에게 주는 것입니다.

시 번역은 정말 힘만 쓰고 좋은 결과는 얻기 어려운 일입니다. 나의 주장은 천천히 해도 괜찮다는 것이지만, 정 군은 이렇게 생각하지 않는 듯합니다. 그렇다면, 원고료를 위해서 우선 좀 번역해 보십시오.

량유도서공사(베이쓰촨로 851호, 상하이은행 부근)는 월간 하나를 냈습니다. 『신소설』[3]입니다. 어제 편집자 정쥔핑 선생을 만났는데 선생에게 단편 번역을 부탁할 생각이라고 했습니다. 내가 보기에 선생이 그에게 한 번 방문해서 좀 절충해 보는 것도 괜찮습니다. 공사의 근무시간은 오전 9시부터 오후 5시까지이고 일요일 오전은 쉽니다. 한 번 방문으로는 물론 꼭 만날 수 있지는 않을 것입니다. 그렇게 되면 어쩔 수 없이 다시 가 봐야 합니다.

우선 이렇게 알립니다.

늘 편안하기를 송축합니다.

2월 24일, 쉰 올림

1) 소련의 목판화가 파블리노프(Павел Яковлевич Павлинов, 1881~1966)의 작품. '예원조
   화'(藝苑朝花) 제5집 『신러시아 화보선』(新俄畫選)에 실렸다.
2) 쿠르베(Gustave Courbet, 1819~1877). 프랑스 화가, 사실주의 운동의 선구자이다.
3) 『신소설』(新小說)은 문예월간. 정쥔핑(鄭君平; 즉 정보치鄭伯奇)이 편집했다. 1935년 2월
   창간, 동년 7월 정간하여 모두 6기가 나왔다. 상하이량유(良友)도서인쇄공사에서 발행
   했다.

350224② 양지원에게

지원 선생:

22일 편지는 받았습니다. 12일 편지와 서문 원고[1]도 일찌감치 받았
습니다. 최근 경제적인 이유로 한 서점에 단편소설을 골라 주고 있습니
다──다른 사람 작품이고, 시일이 촉박해서 종일 바빠 답신을 할 수가 없
었습니다. 너무 미안합니다. 『집외집』에서 중복되어 나오는 글[2]은 이미
차오畊 선생에게 편지를 보내 삭제해 달라고 부탁했습니다만, 시간이 괜
찮은지는 모르겠습니다.

내가 지난번에 거론한 금지된 윤가전의 서적목록[3]은 『청대문자옥
당』[4] 중에서 상소문을 베낀 것입니다. 아마도 나중에 또 계속해서 다른
종류를 찾아낸 듯하니, 따라서 당연히 『금훼서목』[5]에 보이는 것이 완전
합니다. 윤씨는 기를 쓰고 책을 썼는데, 사실 도학가──기껏해야 현인賢
人──가 되고 싶었던 것에 불과합니다. 그런데 정말로 예기치 않게 황제
는 그에게 그처럼 못살게 굴었던 것입니다. 아마도 개를 죽임으로써 원숭
이를 경계하고자 하는 것이 물론 큰 원인 중의 하나였을 것이고, 윤이 도

학가로 자처하여 이 때문에 많은 동료들의 미움을 샀을뿐더러 상전에 대해서도 여러 말을 해서 미움을 초래한 것도 좌우지간 관계가 없는 것은 아닙니다.

중산[6]이 혁명의 생애 동안 외국이나 중국의 통상항구만 오가고 험지는 가지 않았다고 해도 필경 한평생 혁명에 종사했고 죽을 때까지 큰 변화가 없었습니다. 중국에서는 여하튼 간에 그래도 좋은 사람이라고 할 수 있습니다. 만약 이 시각에도 살아 있다면 보낸 편지에서 말한 것과 꼭 같을 것입니다. 사실 그때 이미 천중밍[7]의 대포에 공격을 가했습니다.

'제9'는 꼭 광둥 발음[8]으로 읽을 필요는 없고 출전만 분명히 하면 됩니다. 대개 '팔선'[9]의 서열로 말하자면 아홉번째이므로 반열에 들어 있지 않습니다.

우선 이렇게 답신을 보냅니다.

편안하기 바랍니다.

2월 24 밤, 쉰 인사를 올립니다

주)_____

1) 「『집외집』편집자 서문」(『集外集』編者引言)을 가리킨다.
2) 서신 341229 참고.
3) 윤가전(尹嘉銓, ?~1781)은 청대 즈리(直隸) 보예(博野; 지금의 허베이) 사람. 윤회일(尹會一)의 아들. 건륭(乾隆) 때 거인(擧人), 대리사경(大理寺卿)을 지내면서 계찰각라학(稽察覺羅學)을 책임졌다. 대리사경은 정3품에 해당하며 전국의 형옥(刑獄)을 관리하는 가장 높은 장관이며, 계찰각라학은 황제 자제들의 서당이다. 건륭 46년(1781) 그의 아버지를 위해 시호를 내려주기를 청하고 그의 아버지 등 6인을 공자묘에서 함께 제사 지낼 수 있게 해 달라고 하는 상소를 보낸 까닭으로 황제의 분노를 사서 교수형에 처해지고 그가 지은 모든 서적은 금지, 훼손되었다. 루쉰은 『『소학대전』을 산 기록」(買『小學大全』記; 루쉰전집 8권 『차개정잡문』 수록)에서 이 이야기를 언급했다.
4) 『청대문자옥당』(淸代文字獄檔)은 베이핑 고궁박물원 문헌관이 소장 사료에 근거하여 편집했다. 1931년에서 1934년까지 총 9집을 출판했다.

5) 『금훼서목』(禁毁書目)은 청 요관원(姚觀元)이 편한 『지진재총서』(咫進齋叢書) 제3집에 나오는 청대 『금서총목』(禁書總目)을 가리킨다. 이 책에 따르면 윤가전이 편찬한 각종 서적 총 93종, 석각 7종과 산시(山西), 간쑤(甘肅)에서 찾아낸 저서, 서문과 석각 40종이 금지되었다.

6) 쑨중산(孫中山)을 가리킨다.

7) 천중밍(陳炯明, 1875~1933). 자는 징춘(競存), 광둥(廣東) 하이펑(海豊) 사람, 지방군벌이다. 신해혁명에 참가했으며 광둥 부도독(副都督), 도독(都督)을 지냈다. 1917년 이후에는 광둥성장 겸 웨군(粤軍) 총사령을 역임했다. 1922년 6월 영국과 즈리(直隷)군벌의 지지 아래 군대를 이끌어 총통부를 공격하는 등 쑨중산을 배반했다.

8) 원문은 '웨음'(粤音). 광둥지방의 발음이라는 뜻이다.

9) '팔선'(八仙)은 중국 신화에 나오는 8명의 신선을 가리킨다. 철괴리(鐵拐李; 이괴철李拐鐵이라고도 함), 한종리(漢鐘離; 종리권鐘離權이라고도 함), 장과로(張果老; 하선고何仙姑, 하선녀何仙女라고도 함), 람채화(藍採和), 여동빈(呂洞賓), 한상자(韓湘子), 조국구(曹國舅) 등이다. '팔선이 생일을 축하하다', '팔선이 바다를 건너다' 등과 같은 민간전설이 있다.

350226① 자오자비에게

자비 선생:

선별한 원고의 2/3를 보냅니다——상, 중 두 권이고 나머지 부분은 월말에 이어 보내겠습니다. 서문도 3월 15일을 넘기지는 않을 것입니다.

목록은 월말에 나머지 원고와 함께 보내겠습니다.

『미싸』 3권은 삼가 돌려보냅니다. 또 『신조』 등 한 꾸러미는 전해 주기 바랍니다. 그런데 그[1]가 지금 꼭 필요할 듯하지는 않으니, 그렇다면 어쩔 수 없이 잠시 공사에 두십시오.

우선 이렇게 알립니다.

편안하기 바랍니다.

2월 26일, 쉰 보냄

주) _____

1) 수신인의 기억에 따르면 선옌빙을 가리킨다.

350226② 예쯔에게

Z 형:

　편지는 벌써 받았습니다. 소설원고[1]는 보내고 난 뒤 어제 되돌려 받았습니다. 내가 보기에 그리 고친 곳도 없습니다. 그 삽화는 몇 장은 아주 좋습니다. 그런데 인쇄하는데, 원고에 붙인 것과 같은 높이입니까? 그렇다면 너무 낮습니다. 내가 보기에 매 장 그래도 반 치† 위로 올려도 괜찮을 듯합니다.

　나는 서점을 위해 소설을 고르고 있고, 게다가 답안 제출 기한을 약속했기 때문에 최근에는 겨우 이 일을 서둘러 처리하고 있을 뿐인데도 머리와 눈이 어질어질할 틈이 없습니다. 이 일을 마치고 나면(다음 달 초), 우리 다시 이야기해 봅시다. 소설은 인쇄에 넘기는 것이 급할 터이니, 따라서 서점에 두겠습니다. 쪽지를 동봉했으니 가져가 찾아가기 바랍니다.

　이상입니다.

　시시각각 편안하기 바랍니다.

　('늘'보다 범위가 작고 혁신의 의미가 많이 포함되어 있습니다.)[2]

2월 26 밤, 위 올림

1) 『풍성한 수확』(豐收) 원고이다. 수신인의 설명에 따르면, 그는 루쉰에게 『풍성한 수확』 원고를 "마오둔 선생에게 보내서 좀 보고 고쳐 달라"고 해 달라고 부탁했다.

2) 일반적으로 루쉰은 서신의 말미에 '늘 편안하기 바랍니다'(時綏)라고 했다. 여기서 루쉰은 '늘'(時)을 '시시각각'(刻)으로 바꾸어 언어유희를 하고 있다.

350228 자오자비에게

자비 선생:

소설의 마지막 한 권도 교정을 마쳤고 지금 제출합니다. 더불어 한 부 베꼈습니다.

그중에 리진밍[1]과 타이징눙 두 사람의 작품은 잘려 나갈 가능성이 있어서 각각 한 편씩 더 골랐습니다. 결국 잘려 나가지 않으면, 그렇다면, 나중에 목록 위에 ×기호가 있는 것을 제외하면 매 사람 당 각각 네 편이 남습니다.

샹페이량[2]의 『나는 네거리를 떠난다』는 당시 그의 대표작이므로 집어넣어야 합니다. 그런데 이 소설은 단행본(광화서국 출판)이라서 판권문제가 발생할지 모르겠습니다. 따라서 지금 함께 확정하지는 않았으니 선생이 헤아려 보기 바랍니다. 나는 출판법 따위에 대하여 그야말로 잘 모르기 때문입니다.

출판에 문제가 없고 검열도 통과가 된다면, ×표를 한 『들꽃』野花을 제외하면 네 편이 남습니다. 그런데 이 소설도 잘려 나갈지 알 수 없습니다.

이외에는 대략 다 위험하지 않습니다. 그런데 중국의 상황은 아주 말하기가 어렵고, 만약 또 통과되지 않는 것이 있다면 글자수에 문제가 생길 것입니다. 그렇게 되면 하릴없이 따로 차등次等 작품으로 보충해야 합니다. 사실 지금도 글자수를 채우기 위한 작품이 거기에 들어가 있습니다.

　　이상입니다.

　　편안하기 바랍니다.

2월 28일, 쉰 보냄

주)———

1) 리진밍(黎錦明, 1905~1999). 자는 쥔량(君亮), 후난 샹탄(湘潭) 사람. 작가. 단편소설집 『열화』(烈火), 중편소설 『먼지 흔적』(塵影) 등이 있다.
2) 샹페이량(向培良, 1905~1959). 후난 첸양(黔陽) 사람. 광풍사(狂飆社) 동인. 30년대 난징에서 『청춘월간』(靑春月刊)을 주편하면서 '인류를 위한 예술'과 '민족주의문학'을 주장했다. 『나는 네거리를 떠난다』(我離開十字街頭)는 중편소설이다. 1926년 10월 광화서국(光華書局)에서 '광풍총서'(狂飆叢書) 중 하나로 출판했다.

350301① 어머니께

모친 대인 슬하에 삼가 알립니다. 보내신 편지는 받았습니다.

　　위얼(衞二)[1] 아가씨가 모시고 올 수 있다면 더 이상 좋을 수가 없습니다. 어쨌거나 다른 인편에 비하면 믿을 수 있습니다. 그런데 기차는 반드시 침대차여야 하고, 움직인 뒤 전보를 보내 주면 우리가 기차역에 마중 나갈 수 있습니다. 이상 두 가지 일은 쯔페이 형이 처리하도록 따로 편지를 보내겠습니다.

집은 다 괜찮고 아들도 편안하고 조금 바쁠 따름입니다. 하이잉도 아주 잘 있고 모두들 아이가 빨리 자란다고들 합니다. 오늘은 또 아이에게 천연두를 놓았고, 두번째입니다.

우선 이렇게 답신을 보냅니다.

삼가 건강하시기 바랍니다.

3월 1일, 아들 수 절을 올립니다

광핑과 하이잉도 절을 올립니다

주)⎯⎯⎯⎯

1) 위팡(兪芳)이다. 루쉰의 모친은 원래 상하이를 방문할 계획을 가지고 있었는데, 위팡이 함께 하기로 했다. 결국 상하이 방문은 이루어지지 않았다.

350301② 어머니께

모친 대인 슬하에 삼가 올립니다. 오전에 막 편지 한 통을 보냈고, 오후에 2월 25일에 보낸 편지를 받아서 모든 것을 잘 알게 되었습니다. 아들의 뜻은 몸종은 아무래도 데리고 오지 않았으면 합니다. 왜냐하면 남북의 습관이 다르고 피차간에 말도 알아듣지 못해서 무슨 소용이 있을 것 같지 않아서입니다. 뿐만 아니라 여가 시간에 이곳의 일꾼과 잡담을 하다 보면 잘 이해하지 못하고 도리어 성가신 일이 일어날 수도 있습니다. 나머지는 앞선 편지에서 상세히 말씀드렸으니 여기서는 덧붙이지 않겠습니다.

우선 이렇게 답신을 보냅니다.

삼가 건강하시기 바랍니다.

3월 1일 오후, 아들 수 절을 올립니다

350301③ 샤오쥔, 샤오훙에게

류췬 형
차오인

　1일 편지는 받았습니다. 내가 선별한 소설은 어젯밤에 제출했고, 아직 서문 한 편이 빠졌고 기한은 아직 많이 남아 있습니다. 예[1]가 날짜를 정하기로 약속했으니 우리가 이야기를 나눌 수 있게 되었습니다. 그가 정하면 당신들에게 알려 줄 것입니다.

　차오인 부인의 단편[2]은 내가 『태백』에 부쳤고, 회신에서 실을 수 있다고 말했습니다. 「탑승객」은 사실 「직업」보다 잘 썼습니다(활발하고 단조롭지 않습니다). 지난달에 『동방잡지』에 보냈고 아는 사람에게 가져가도록 부탁했고, 오래지 않아 관방스타일의 편지 한 통을 보내왔습니다. 지금 동봉하는데, 대大서점의 기세를 볼 수 있을 것입니다. 지금은 진런의 번역문도 모두 량유공사의 소설보로 보냈고,[3] 아직 회신은 없습니다.

　여러 잡지사로 뛰어다니는 것이 내가 보기에는 아주 좋은 방법이고, 습관이 되면 무섭지 않습니다. 하나는 사람들을 알게 될 수도 있고, 둘은 상하이의 이른바 문단의 상황이라는 것을 좀 알 수 있게 됩니다. 좌우간 적막한 것보다는 좋습니다.

　검열 중인 원고는 재촉해서는 안 될 것 같습니다. 문학사文學社에 대한 관리들의 감정은 좋지 않고, 이것은 일부러 트집 잡는 것입니다. 그쪽 사람들은 다 나쁜 놈이거나 저능아들입니다. 그들은 멋대로 훼손하는 것 말고는 전혀 할 줄 아는 것이 없고 사실 글도 볼 줄 모릅니다.

'아무개 옹'[4]이라는 호칭은 말하자니, 이것은 정말 이상합니다. 이 호칭은 『십일담』과 『런옌』에서 시작했는데, 시시각각 나를 공격하는 간행물들입니다. 그들은 특별히 이렇게 불러서 경멸의 뜻을 드러내는데, '늙었고 쓸모없어졌다'는 의미와 같습니다. 그런데 어찌된 까닭인지 나의 지인들의 붓에까지 영향을 미쳤습니다. 지금은 많은 사람들이 편지에 그렇게 씁니다.

『문학신문』[5]은 내 생각에도 그것을 볼 필요가 없습니다. 꼭 부칠 필요 없습니다.

우선 이렇게 답신을 보냅니다.

두 분 모두 편안하기 바랍니다.

3월 1일, 위 올림

아이는 말썽을 심하게 피웁니다. 어제 아이에게 천연두를 놓았는데 태어나서 두번째입니다.

주)_____

1) 예쯔를 가리킨다. 편지 341021② 참고.
2) 「여섯째」(小六)이다.
3) 진런(金人, 1910~1971)은 장쥔티(張君悌)이다. 필명이 진런. 후베이(胡北) 난궁(南宮) 사람. 번역가. 당시 하얼빈법원에서 통역을 맡고 있었다. 그의 '번역문'은 소련 조셴코의 단편소설 「우스꽝스런 이야기」를 가리킨다. 『신소설』 제2권 제1기 '혁신호'(1935년 7월)에 실렸다. '소설보'는 『신소설』을 가리킨다.
4) '아무개 옹'(某翁)은 곧 '루쉰 옹'(魯迅翁)이다. 『십일담』(十日談), 『런옌』(人言) 등의 간행

물에서 루쉰을 이렇게 불렀다. 예를 들어 『십일담』 제8기(1933년 10월)에 「차라리 루쉰 옹을 숭배하는 것은 아니라고 말하는 것이 낫다」(毋寧說不是崇拜魯迅翁)와 만화 「루쉰 옹의 피리」(魯迅翁之笛) 등이 실렸다.
5) 『문학신문』(文學新聞)은 미상이다.

350303 멍스환에게

스환 선생:

『붉은 코의 서리』는 물론 맞지 않거니와 『엄동, 붉은 코를 얼게 하다』 도 너무 약하고 번역이 아니라 설명에 가깝습니다.

사실 아무래도 『엄동, 붉은 코』가 좋습니다. 만약 이해가 안 된다면, 그것은 아래 세 글자가 너무 간단하기 때문입니다. 늘여서 『엄동, 새빨간 코』[1]라고 하면 상대적으로 쉽게 이해할 것입니다.

이 밖에는 정말로 어떤 좋은 것이 생각나지 않습니다.

우선 이렇게 답신을 보냅니다.

늘 편안하기를 송축합니다.

3월 3일 밤, 위 올림

주)_____

1) 『엄동, 새빨간 코』(嚴寒, 通紅的鼻子)는 장시. 러시아 네크라소프 지음. 멍스환의 번역문 은 『역문』 신1권 제2기(1936년 4월)에 실렸다. 1936년 9월 상하이문화생활출판사에서 '문화생활총서' 중 제15권으로 출판했다. 『엄동, 새빨간 코』는 우리나라에서는 『붉은 코의 모진 추위』로 번역되었다. 서신 350218② 참고.

350306 자오자비에게

자비 선생:

　　서문은 어쨌거나 다 끝낸 셈이고 베껴 가면서 써 내려갔습니다. 대략 이미 만 자에 달합니다. 하지만 '강산은 바꿀 수 있어도 본성은 바뀌기 어렵다'고, 아무리 조심을 해도 '부당'한 의론을 펼치지 않을 수가 없었습니다. 무슨 성가신 일이 생긴다면, 선생께서 적당하게 고쳐 주기 바라고 나와 의논할 필요는 없습니다. 이 일은 전에도 이미 면전에서 이야기했으니 중언하지 않겠습니다.

　　서문을 검열로 보내는 것은 그들이 대조하지 못하도록 내 생각에는 아무래도 선집에 결과가 나온 뒤가 좋습니다. 그들도 꼭 그렇게 자세하고 충실하게 살펴보지는 않겠지만 그래도 좀 미리 준비하는 것이 좋을 것입니다.

　　'부당'이라는 인장은 문학사文學社에 물어보았더니, 결코 그 일이 아니라고 운운했습니다. 타블로이드에서 만들어 낸 것입니다.

　　우선 이렇게 알립니다.

　　편안하기 바랍니다.

3월 6일 밤, 쉰 올림

350309① 자오자비에게

자비 선생:

　　6일 편지는 받았습니다. 판청[1]은 틀림없이 꼭 올 것 같지 않고, 따라서 그 『니체자전』은 지금까지 아직 내 처소에 놓여 있습니다. 원래는 내가 그를 대신해서 교정을 좀 봐도 되지만, 요 며칠 전혀 틈이 없습니다. 모름지기 15일 이후에야 좀 여가가 생길 수 있습니다. 그전에 그가 끝내 오지 않는다면, 그렇다면, 한번 교정을 보고 보내겠습니다. 어쩔 수 없이 인쇄소에 조금 기다려 달라고 해야 합니다. 그런데 그가 오늘 온다고 해도 내가 15일 이후부터 교정하는 것보다 더 빠를 리가 없을 것이라고 생각합니다.

　　니체 화상은 진짜입니다. 교정원고와 함께 보내겠습니다.

　　이상입니다.

　　편안하기 바랍니다.

　　　　　　　　　　　　　　　　　　　　3월 9일, 쉰 올림

주)＿＿＿＿

1) 쉬판청(徐梵澄, 1909~2000)을 가리킨다. 이름은 쉬스취안(徐詩荃), 판청은 필명이다. 후난 창사(長沙) 사람. 철학자이자 번역가이다.

350309② 멍스환에게

스환 선생:

그가 바로 보치인데, 편집한 잡지[1]는 아마도 '평'범할 것입니다. 따라서 그에게 자료를 보내도 신러시아에서는 틀림없이 찾기 어려울 것이고, 어쩌면 20년대 잡지나 문집에서 볼 수 있을 것입니다.

'세계문고'의 상세한 사정에 대해서는 나는 모릅니다. 원고는 베이핑으로 부쳤는지 아니면 상하이에 대행하는 곳이 있는지 모두 영문을 알 수가 없습니다. 정鄭은 벌써 북쪽으로 떠났고, 선생의 일은 내가 편지를 써서 한 번 물어보겠지만, 제2기에는 아마도 시간에 맞출 수 없을 것입니다. 네씨[2]의 장시는 개인적으로는 찬성하지 않습니다. 요즘 번역시는 정말 힘만 들고 결과는 좋지 않고, 아직은 좋은 방법이 없습니다. 번역시는 보는 사람도 많지 않고 효과도 제한적일 것입니다.

나의 그 러시아[3]의 『문학보』는 정말 어찌된 일인지 모르겠습니다. 결코 구매한 것도 아닌데 저절로 왔고 어떤 사람이 부쳤는지도 모릅니다. 어떤 때는 한동안 못 보고 어떤 때는 같은 것이 두세 부 옵니다. 지금은 또 오랫동안 못 받았고, 따라서 믿을 수는 없습니다.

『미르고로드』를 번역하는 것은 나는 아주 좋다고 생각합니다. 그중 『두 이반의 싸움』[4]과 『타라스 불바』는 한스형의 번역본이 있고(영어 혹은 일어에서?), 상우인서관에서 출판했습니다.[5] 이 사람의 번역 솜씨는 결코 뛰어나지 않습니다. 구해서 참고해 보는 것도 좋고 참고하지 않아도 좋습니다.

최근 며칠 동안 고골의 『죽은 혼』 두 장을 중역했습니다(아직 끝내지 못했습니다). 마찬가지로 '세계문고'와의 약속에 응한 것입니다. 중역이기 때문에 당연히 좋을 리가 없습니다. 어제 신컨서점의 『고골 단편소설집』[6]에 그것의 제2장이 들어 있는 것을 보았습니다. 영어에서 중역한 것으로 정말 엉망진창입니다.

　이상입니다.

　늘 편안하기를 송축합니다.

3월 9일, 위 올림

주)＿＿＿＿

1) 정보치가 정쥔핑(鄭君平)이라는 필명으로 편집한 『신소설』 월간을 가리킨다.
2) 네크라소프를 가리킨다.
3) 원문은 '露'. 루쉰은 러시아(露西亞)의 앞 글자만 썼다.
4) 원문은 '『2伊凡吵架』'. 『이반 이바노비치와 이반 니키포로비치가 싸운 이야기』이다.
5) 서신 350209③ 참고.
6) 『고골 단편소설집』(郭果爾短篇小說集)에는 고골의 단편소설 4편과 『죽은 혼』 제1권 제2장이 수록되어 있다. 샤오화칭(蕭華淸) 번역. 1934년 12월 상하이 신컨서점(辛墾書店)에서 출판했다.

350309③ 정전둬에게

시디 선생:

　그제 황黃 선생을 만나고서야 벌써 베이핑에 갔다는 것을 알게 되었습니다.

　최근 『죽은 혼』을 번역하고 있습니다. 제1기에 1, 2 두 장을 실을 작정입니다. 약 2만 자이고, 15일 전에는 마칠 수 있습니다. 그 뒤로는 매 기 한 장씩, 약 1만 2, 3천 자입니다. 책은 모두 15, 6만 자를 넘지 않고 11장으로 나누어져 있고 10기면 완결입니다.

멍쭝 군의 번역 솜씨는 아주 좋습니다. 선생도 이미 알고 있는 것입니다. 그는 매 기에 뭘 좀 번역해 싣고 싶어 합니다(제1기 네씨의 시는 이미 끝냈습니다). 내 번역문은 예정했던 글자 수에 못 미쳐서 글자 수가 빽빽할까 우려되지는 않을 듯합니다. 그런데 이외에 마땅하지 않은 것이 있는지 모르겠으니 살펴보기 바랍니다. 만약 가능하다고 생각한다면 어떤 종류의 책인지 가르쳐 주고, 단편인지 아니면 중편소설인지도 더불어 알려 주면 고맙겠습니다.

우선 이렇게 알립니다.

편안하기 바랍니다.

3월 9일, 쉰 인사를 올립니다

350309④ 리화에게

리화 선생:

오늘 『현대목판화』[1] 제4집을 받았습니다. 내용부터 장정까지 우아하고 아름답지 않은 것이 없습니다. 감상하고 나서 정말 너무나 감사했습니다.

우치야마서점이 『현대목판화』의 위탁판매를 원합니다. 그는 제2에서 제4집까지 각 집마다 20권씩 부쳐 주면 된다고 말했습니다. 그런데 손으로 찍은 것이라서 아직 이런 숫자가 남아 있는지 모르겠습니다. 부족하다면, 좀 적어도 괜찮습니다.

어떤 곳인지 알려 주기 바랍니다. 내 생각으로는 이 제4집은 몇 권을 일본에 보내는 것도 괜찮을 듯합니다. 더불어 러시아 목판화가와 비평가들에게도 부칠 수 있습니다.

우선 이렇게 알립니다.

봄날 편안하기를 송축합니다.

3월 9일, 쉰 올림

그런데 풍속 관계로 다른 성(省) 사람들에게는 장벽처럼 느껴지는 점도 있습니다. 예컨대 '신부 차'[2] 같은 습관은 저장에는 없습니다.

주)_____

1) 『현대목판화』(現代木刻)는 『현대판화』(現代版畵)를 가리킨다. 서신 350104① 참고.
2) 원문은 '新娘茶'. 광둥에는 신부가 사람을 만날 때 반드시 차를 권해야 하는 풍속이 있다. 리화의 작품 중에 이것을 소재로 한 목판화 「신부 차」가 있다.

350312 페이선샹에게[1]

선샹 형:

새로 나온 책[2]은 서점에서 다 팔았습니다. 와서 물어보는 사람이 아직도 많지만 재판은 언제 나올 수 있을지 모릅니다. 또, 지난달에 『인옥집』 서문을 간곡히 부탁했는데, 조판이 너무 느린 듯합니다. 한번 재촉해 줄 수 있는지요? 바로 알려 주시면 고맙겠습니다.

이상입니다.

늘 편안하기를 송축합니다.

3월 12일, 쉰

주)_____

1) 페이선상(費愼祥, 1913~1951). 장쑤 우시(無錫) 사람. 원래 베이신서국 직원이었다. 1933
년 야초서사(野草書社), 1934년에는 롄화서국(聯華書局)을 만들었다. 롄화서국은 후에
퉁원(同文)서국, 싱중(興中)서국으로 이름을 바꾸었다.
2) 『풍월이야기』를 가리킨다.

350313① 천옌차오에게[1]

옌차오 선생:

3월 7일 편지와 목판화 네 점은 모두 받았습니다. 저번 편지도 받은
것 같은데 답신하는 것을 잊어버렸습니다. 최근 반년 동안 병이 나서 체
력이 무척 약해졌고, 각종 허드렛일도 하지 않을 수가 없고 게다가 번역을
맡은 것까지 등등 더해서 날마다 정말로 막노동을 하는 것처럼 너무 즐겁
지가 않고 자주 잊어버리거나 빠뜨립니다. 이렇게 가다가는 견뎌 내지 못
할 듯합니다.

목판화 일도 한동안 살펴볼 겨를이 없었고 따라서 비평을 할 수가 없
습니다. 그런데 거칠게 말하자면 내가 보기에 「황푸장」黃浦江이 좋습니다.
전국목판화회는 베이핑과 톈진에서는 벌써 열렸고 난징은 모르겠고 상

하이에서는 열리지 않았습니다. 당시 며칠 동안 베이핑, 톈진의 신문에 비평들이 실렸습니다. 그런데 보아 하니 다 착실하지 않고, 주의해서 살펴볼 필요는 없습니다. 많은 것들이 '목판화'를 제목으로 한 팔고문에 지나지 않습니다. 작년에 『목판화가 걸어온 길』 한 권을 소련의 미술비평가 Paul Ettinger에게 부쳐(성을 보면 원래 독일인인 듯합니다) 그에게 비평을 부탁했고 연말에 회신을 받았습니다. 구도가 대부분 단순하고 기술도 미성숙하지만 몇 사람은 아주 희망적인데, 곧 칭전淸槇, 바이타오白濤, 우청霧城(그는 특히 「창」窓과 「풍경」風景을 거론했습니다), 즈핑致平(특히 「부상당한 머리」負傷的頭를 거론했습니다)이라고 운운했습니다. 최근 나는 또 그쪽의 새로운 목판화를 모았습니다. 그런데 아직은 60점이라 충분하지 않고, 충분해지면 또 한 권 찍어 낼 것입니다.

  늘 편안하기를 송축합니다.

3월 13 밤, 쉰 올림

  다시: 『목판화가 걸어온 길』은 판매가 쉽지 않으면 그대로 두면 됩니다. 급급해할 필요 없습니다. 추신.

주)_____

1) 천옌차오(陳煙橋, 1912~1970). 광둥(廣東) 바오안(寶安) 출신이며, 별칭은 리우청(李霧城)이다. 목판화가이자 좌익미술가연맹의 동인이었다. 1930년부터 상하이에서 천톄경(陳鐵耕) 등과 함께 목판화운동을 했으며, 예쑤이사(野穗社)의 조직에 앞장섰다.

350313② 샤오쥔, 샤오훙에게

류쥔
차오인 형

10일 편지는 13일에서야 받았습니다. 어째서 이렇게 느린지 모르겠습니다. 당신이 발견한 두 가지는 내가 보기에 옳습니다. 나에 대해 하는 말이 정말 옳은가에 대해서는 나는 결코 단정할 수 없습니다. 내 스스로 말해 보자면, 나는 대략 '무원칙적으로 관용'적인 편입니다. 하지만 싸움을 할 때는 이것이 대단히 해롭고, 따라서 고쳐야 한다는 것을 알고 있습니다. 그런데 이것은 '판단력'과 큰 관계가 있는데, 힘이 강할 때는 하는 것이 틀림없지만, 힘이 약해지면 곧 의심에 빠지기 쉽고 아무것도 할 수 없게 됩니다. '부성애'도 마찬가지입니다. 만약 판단을 하지 않고 일률적으로 엄격하게 하면 좋은 자식들을 원망 속에 죽게 할 수도 있습니다.

이른바 '야성'이라고 하는 것은 상하이 보통사람들의 언행과 다른 점을 가리키는 듯합니다. 황黃은 아마도 상하이의 '작가'들을 보는 데 익숙해져서 당신이 조금 특별하다고 느끼는 듯합니다. 사실, 중국 사람들은 남북뿐만 아니라 각 성마다 조금씩 다릅니다. 당신은 아마도 장쑤와 저장 사람의 다른 점을 아직 보아 내지 못하겠지만, 장쑤와 저장 사람들은 알아차립니다. 나는 저시浙西와 저둥浙東 사람의 차이점도 알아차릴 수 있습니다. 보통은 대개 자신과 다른 사람은 괴팍하다고 생각하는데, 이러한 선입견은 모름지기 많은 길을 뛰어다니고 많은 사람을 만나 봐야지만 없앨 수 있습니다. 내가 보기에 대략 북쪽 사람들은 시원시원하지만 거칠어질 수 있고 남쪽 사람들은 품위가 있지만 허위적으로 될 수가 있습니다. 물론 거친 것이 허위적인 것보다 좋습니다. 그런데 습관을 자연스러운 것이라고 여기고, 남쪽 사람은 좌우지간 자신의 고향처럼 그렇게 에두르는 것이 도리에 맞다고 생각합니다. 당신은 아직 이른바 대갓집의 자제들을 만나 본 적이 없겠지만, 정말 혐오스러워 죽을 지경이 될 것입니다.

이 '야성'을 의식적으로 바꾸어야 하냐고요? 내가 보기에 의식적으로 바꿀 필요는 없습니다. 그런데 사회와 접촉하지 않으면 몰라도, 상하이에서 오래 지내다 보면 환경의 영향을 받아 조금 변화가 있을 것입니다. 그러나 거짓으로 꾸미는 것은 당연히 좋지 않지만, 번번이 솔직해서도 안 됩니다. 이것은 어느 때인가를 보아야 합니다. 친구와 마음을 터놓고 이야기할 때는 조심할 필요가 없지만, 적들과 얼굴을 마주할 때는 모름지기 시시각각 대비하고 있어야 합니다. 친구들과 함께할 때는 옷을 벗어도 되지만 전쟁터에 나아갈 때는 갑옷을 입어야 합니다. 당신은 『삼국지연의』에서 웃통을 벗고 전쟁터에 나가는 허저의 이야기[1]를 기억하겠지요? 화살을 수차례 맞았습니다. 김성탄[2]은 이렇게 주석을 달았습니다. 누가 당신더러 웃통을 벗으라고 했더냐?

이른바 문단이라는 것도 사실 이와 같이(왜냐하면 문인도 중국인이니, 상인 부류와 꼭 다르다고 할 수 없기 때문입니다) 도깨비와 두억시니가 아주 많습니다. 그런데 당신은 아직 이런 사람들을 만나지 못했습니다. 만난다면 대비를 해야지 옷을 벗고 있어서는 안 됩니다. 다행히도 이제 몇 사람을 알게 되었고, 앞으로는 내막을 모르는 사람에 대해서는 예(倪) 같은 사람들에게 물어보는 것이 비교적 타당합니다.

『8월』은 나는 아직 못 봤습니다. 20일쯤 되면 볼 수 있는 시간이 틀림없이 있을 것입니다. 근래 아직도 많은 허드렛일에다 소설 고르기가 더해졌고 또 번역을 만지고 있기 때문입니다. 『죽은 혼』은 번역하기가 아주 어렵습니다. 나는 가볍게 대답했고, 매일 번역할 분량이 많지는 않지만 시간에 맞추어 제출하지 않으면 안 되니 정말 막노동을 하는 것처럼 하루하루가 편치 않습니다. 다행히도 내일이면 끝낼 수 있습니다. 2만 자일 뿐인데, 장장 12일이 걸렸습니다.

강남이기는 하지만 당연히 설수가 녹아내립니다. 그런데 어찌된 일인지 작년에는 끝내 눈이 내리지 않았습니다. 늘 있는 일은 아닙니다. 작년 음력 연말에 가고 싶었는데, 집을 떠날 수가 없어서 그만두었습니다. 지금은 아이가 말썽이 더욱 심해졌고, 이번 달 안으로 모친이 상하이에 올 예정입니다. 멜대 하나에 노인 한 명, 아이 한 명을 짊어지고 있습니다. 어찌해야 합니까?

진런의 번역문은 보았습니다. 글솜씨가 아주 좋습니다. 한 편은 량유에 부쳤고 한 편은 『역문』³⁾에 전해 줄 생각입니다.

우선 이렇게 답신을 합니다.

두 사람 모두 편안하기 바랍니다.

3월 13 밤, 위 올림

주)_____

1) 허저(許褚)의 이야기는 『삼국연의』(三國演義) 제59회 「허저가 옷을 벗은 채로 마초와 싸우다」(許褚裸衣鬪馬超)에 나온다.

2) 김성탄(金聖嘆)은 서신 340621② 참고. 청초 모종강(毛宗崗)이 김성탄의 이름으로 『삼국연의』에 주석을 달았다.

3) 「젊은 베르테르의 번뇌」(少年維特之煩惱)이다. 단편소설. 소련 조셴코의 작품이다. 진런의 번역문은 『역문』 제2권 제4기(1935년 6월)에 실렸다.

350315① 뤄칭전에게[1]

칭전 선생:

방금 9일 편지를 받았고 삼가 잘 보았습니다. 올해부터 시황이 나쁘고 나도 생계 때문에 막노동을 하고 있어서 목판화는 살펴볼 수가 없었습니다. 이렇게 가다가는 정말 어찌해야 좋을지 모르겠습니다.

베이핑과 톈진의 목판화전시회는 시끌벅적했습니다. 상하이에서는 언제 열릴지 모르겠고 반드시 열리게 될지도 모르겠습니다. 독일과의 교환[2]에 대해서는 실질적 상황을 알 수 있습니다. 그들 중 베테랑들은 대부분 압력을 받았고, 관이 허가한 새로운 작가는 꼭 훌륭할 것 같지는 않습니다. 게다가 그중에는 또 다른 속셈도 있습니다. 예컨대 외교 같은 것에 관한 것입니다. 요즘 상황은 예술도 늘 다른 사람들에게 이용당합니다.

목판화는 사실 손으로 찍어 내지 않으면 안 되지만, 아주 고생스럽습니다. 징화靖華는 나와 아주 잘 아는 사이지만, 그는 결코 예술을 연구하지 않고 그에게 줘도 소용이 없습니다. 내 생각에는 내가 대신 다른 사람에게 부쳐 볼까 합니다. 전에 『목판화가 걸어온 길』을 러시아 미술비평가 P. Ettinger에게 보낸 적이 있습니다. 그가 회신에서 선생의 작품은 앞길이 아주 희망적이라고 했습니다. 이외에 그가 희망적이라고 생각한 사람은 이궁一工, 바이타오, 우청, 장즈핑(「부상당한 머리」만 지목)입니다.

우선 이렇게 답신을 보냅니다.

늘 편안하기를 송축합니다.

3월 15일, 쉰 올림

주)_____

1) 뤄칭전(羅淸楨, 1905~1942). 광둥(廣東) 싱닝(興寧)현 사람. 목판화가. 신흥판화운동의
   선구자이다.
2) 서신 350214② 참고.

350315② 자오자비에게

자비 선생:

『니체자전』의 번역자는 아직까지 오지 않았고, 또 연락 주소를 잃어
버렸습니다. 하릴없이 대신 교정을 봤고 방금 교정을 마쳤습니다. 원래 원
고와 조판 원고 각 한 부를 함께 삼가 돌려보냅니다.

또 책 1권,[1] 여기에 니체 화상(동으로 만든 조각상 판본입니다)이 있으
니 『자전』에 쓰면 됩니다. 사진을 찍고 나서 이 책은 바로 돌려주기 바랍
니다.

우선 이렇게 알립니다.

편안하기 바랍니다.

3월 15 밤, 쉰 올림

주)_____

1) 『차라투스트라는 이렇게 말했다』를 가리킨다.

350316 황위안에게

허칭 선생:

13일 편지는 벌써 받았습니다. 『시계』[1]가 통과될 수 있다면 어쨌거나 좋은 일입니다. 그런데 이 번역본에 대해서는 나는 그것을 그렇게 꾸미고 싶지 않습니다. 많이 꾸민다 해도 『역문』의 원판을 사용하고 따로 오프셋 용지의 단행본을 찍어 내면 됩니다. 오히려 내 생각으로는 여전히 전에 말한 그 몇 작품의 호화본 몇 부를 찍어 불경기 속에 좀 떠들썩하게 해보는 것입니다. 요즘은 일본 화폐가 많이 내렸습니다. 그런데 나는 경제상황에 대해서 잘 알지 못하고 재주도 없습니다.

일전에 시디西諦가 나더러 번역을 하라고 해서 자세히 생각해 보지도 않고 『죽은 혼』을 하겠다고 했는데, 뜻밖에 번역을 시작하니 너무 어렵습니다. 열흘 넘게 쓰고서야 비로소 1, 2장을 끝냈습니다. 2만 자가 넘지 않지만 온몸이 식은 땀이고 힘만 쓰고 결과는 좋지 않은 듯합니다. 앞으로 매달 1장씩 하자면 반년은 고생하지 않으면 안 됩니다. 매 장 1만여 자이고, 좌우지간 열흘의 시간은 써야 합니다.

문인화상[2]은 서점에서 인쇄를 맡을 리가 없고 완전하지 않다고 하는 것은 거절하기 위한 핑계일 듯합니다. 한 질 전부라면, 밑천을 더 많이 써야 하는데 그들이 기꺼이 찍겠습니까? 그때는 또 그때의 이유가 생길 것입니다. 찍지 않겠다는 것입니다. 작가와 출판사의 뜻이 서로 맞을 리가 없습니다. 그들의 이상은 '말도 좋아야 하고, 또 말이 풀을 안 먹어야 한다'는 것인데, 작가가 중간에 끼어들면 양보한다고 해도 '풀을 덜 먹는 것'일 뿐입니다.

따라서 화상을 인쇄, 출판하는 가장 믿을 만한 방법은 스스로 찍는 것뿐입니다. 그것을 축소한다 해도 없는 것보다는 그래도 낫습니다. 그런데 올해는 출판업도 정말 불경기인 듯하고, 나의 인세도 너무 심하게 질질 끌고 있습니다. 한편으로는 광고를 보면 크고 작은 서점들이 모두 힘껏 방법을 모색하고 있음을 알 수 있습니다. 대작이나 문고본에 대한 예약시스템으로 독자의 현금을 빨아들이고 있지만, 현금이 마를 날도 멀지 않은 듯합니다. 그런데 나는 좌우지간 그래도 정장본 책을 몇 권 찍어 내고 싶습니다.

『문학』의 '논단'에 두 편을 썼고,[3] 모두 산 것도 죽은 것도 아닌 것이어서 금기에 저촉되지는 않으리라 생각합니다. 내일 등기우편으로 부치겠습니다. 동시에 『죽은 혼』 번역원고 1부도 부치니 전해 주기 바랍니다. 또 조셴코 소설 1편은 번역자(그는 하얼빈에 있습니다)가 『역문』에 실리기를 많이 바라고 있습니다. 내 생각에 다행히도 글자수가 많지 않으니 실어 주었으면 합니다. 몇몇 새로운 번역가의 등장을 격려할 수 있고요.

『죽은 혼』 삽화는 멍스환 군에게 편지로 물어봐야 합니다. 그가 가지고 있다면, 그에게 직접 문학사로 보내 달라고 부탁하고 찍은 후에 되돌려 주었으면 합니다.

우선 이렇게 답신을 보냅니다.

늘 편안하기를 송축합니다.

3월 16일 밤, 쉰 올림

주)_____

1) 판텔레예프의 중편동화이다.
2) 서신 341031② 참고. 이어지는 '서점'은 생활서점을 가리킨다.
3) 「재번역은 반드시 필요하다」(非有復譯不可)와 「풍자에 관하여」(論諷刺)를 가리킨다. 모두 『차개정잡문 2집』에 수록했다.

350317① 샤오훙에게

차오인 부인:

보낸 편지와 원고 두 편은 받았습니다.

그제 아이가 끓는 물에 발을 데었습니다. 사람이 있었지만 아이를 살펴지 못했기 때문입니다. 발의 절반을 다쳤고, 보아 하니 반 달은 있어야 좋아질 것입니다. 아이가 걸을 수 있게 되면, 우리들이 당신을 보러 가겠습니다.

우선 이렇게 답신을 보냅니다.

두 사람 모두 편안하기 바랍니다.

3월 17일, 위 올림

350317② 황위안에게

허칭 선생:

오전에 편지 한 통을 부쳤으니 이미 도착했으리라 생각합니다. 지금 '논단' 두 편, 번역원고 한 편[1]을 부치니 살펴 수령하기 바랍니다.

『죽은 혼』 번역원고는 원래 함께 부칠 작정이었으나, 오후에 '세계문고'가 원래 정한 계획대로 출판될지에 대해서 아직 속셈을 알 수 없다고 들어서 우선 부치지 않습니다. 우표 값을 절약하는 것도 좋고요.

우선 이렇게 알립니다.

봄날 평안하기를 송축합니다.

3월 17 밤, 쉰 올림

주)_____

1) 진런이 번역한 조셴코의 「젊은 베르테르의 번뇌」를 가리킨다.

350317③ 멍스환에게

스환 선생:

　내가 『세계문학』에 고골의 『죽은 혼』을 번역해서 주는데, 선생이 이 책의 삽화본을 가지고 있는지 모르겠습니다. 만약 있다면 한 번 쓸 수 있도록 내게 빌려주시길 간청합니다. 찍은 후에 바로 되돌려주겠습니다. 그림 아래의 설명도 번역해서 주실 수 있으면 더욱 감사하겠습니다.

　만약 이 책을 가지고 있다면 문학사의 황黃 선생에게 직접 전해 주기 바랍니다.

　우선 이렇게 알립니다.

　늘 편안하기를 송축합니다.

3월 17일, 쉰 올림

350319 샤오쥔에게

샤오쥔 형:

　18일 편지는 받았습니다. 그 번역원고[1]는 아주 매끄럽습니다. 그런데 이 이야기는 원래부터 매끄러운 이야기로 지난번의 그 무거운 소설[2]에 미치지 못합니다. 그 소설은 이미 『역문』에 부쳤습니다.

　이번에 아이가 끓는 물에 화상을 입은 까닭은 사실 너무 호사스러워서입니다. 결코 신경 쓰는 사람이 없어서가 아니라 사람은 있었지만 아이를 신경 쓰지 않았습니다. 집안에 원래 아이를 잡도리하는[3] 어멈이 있지만, 그녀는 요 며칠 신불神佛에 기도하고 친구와 가족을 만나러 가려 해서 대신 일하는 사람을 찾았습니다. 그날은 둘 다 있었지만, 어멈은 대신 일하는 사람이 보고 있다고 생각하고 대신 일하는 사람은 어멈이 있다고 생각해서 둘 다 신경 쓰지 않았고 아이는 멋대로 주방으로 달려가서 휘젓다가 발을 다쳤습니다. 아이가 너무 말썽꾸러기라서 조금이라도 주의하지 않으면 함부로 뚫고 들어가고 엄청 빨리 달아나니, 가끔은 그야말로 따라잡을 수가 없습니다. 아픈 것은 금방 좋아졌고, 나는 그야말로 아이를 보느라 너무 귀찮습니다. 아픔도 좀 겪어 봐야 하는 법이지만, 나는 바로 약을 발라 주었고 그리 아프지는 않았을 것입니다. 지금은 부기도 가라앉았고, 다시 열흘 지나면 좌우지간 걸을 수 있을 것입니다. 나은 뒤에 흉터만 없으면 내 책임은 다한 셈입니다.

　아이의 기는 죽지 않았습니다. 비록 아직까지 '엉덩이로 얼음을 녹이는 방법'[4](상하이에는 녹일 얼음이 없습니다)은 발명하지 않았지만, 먹지 않으려고 하는 소극적인 저항법은 벌써부터 사용하고 있습니다. 이때는 나도 왕왕 어쩔 수 없이 분란을 일으키지 않으려고 아이에게 몇 마디 듣기 좋은 말을 합니다. 이제까지 다른 사람들에게 이렇게 굴복한 적은 없습니다. 내가 부모에게 이렇게 할 수 있다면 효자고 '이십오 효'[5]에 올라갔을 것입니다.

　『풍월이야기』는 벌써 다 팔았습니다. 재판은 사나흘 안에 찍어 낼 것입니다. 『집외집』은 나는 아직 못 봤고, 아마도 아직 출판되지 않은 듯합니다. 내가 받게 되면 당신에게 알려 주고, 더불어 『남강북조집』도 함께 주겠습니다. 전에 또 『거짓자유서』 한 권이 나왔는데, 당신은 가지고 있겠지요?

요 며칠 『역문』에 뭘 좀 번역해 주었고 머지않아 모친이 오실 예정이어서 가만히 글을 쓸 곳도 없어질 것입니다. 중국의 가족제도는 정말 성가십니다. 한 사람의 친족관계만 해도 지나치게 많고 수많은 시간이 다 자신의 것이 아닙니다.

조용히 있을 수가 없기 때문에 뭔가를 쓴다는 것은 더구나 불가능합니다. 기껏해야 어쩔 수 없이 뭔가를 좀 번역하는 것입니다. 나의 올해는 아마도 '번역의 해'가 될 것 같습니다.

우선 이렇게 답신을 보냅니다.

두 분 모두 편안하기 바랍니다.

3월 19 밤, 위 올림

주)_____

1) 진런이 번역한 「우스꽝스런 이야기」를 가리킨다.
2) 진런이 번역한 「젊은 베르테르의 번뇌」를 가리킨다.
3) 루쉰은 '잡도리하다'를 일본어 '간료'(管領)라고 했다.
4) 샤오쥔의 「나의 어린 시절」(我的童年)에는 어른들이 야단치면 엉덩이를 드러낸 속옷 차림으로 얼음이 녹을 때까지 얼음 위에 앉아 있었다는 기록이 있다. '엉덩이로 얼음을 녹이는 방법'은 루쉰이 샤오쥔의 어린 시절의 나쁜 버릇을 놀리며 쓴 말이다.
5) '이십사 효'(二十四孝)에 대한 언어유희이다. '이십사 효'의 원래 이름은 『전상이십사효시선집』(全相二十四孝詩選集)이다. 원대 곽거경(郭居敬)이 집록했다고 알려져 있다. 역대 24명의 효자에 관한 이야기이다. 나중에 나온 인쇄본에는 대부분이 삽화가 있기 때문에 『이십사효도』(二十四孝圖)라고도 한다.

350320 멍스환에게

스환 선생:

19일 편지는 받았고 신경을 써 준 것에 대해 감사합니다. 내가 편지를 부친 뒤에 '세계문고'에 또 어떤 변화가 있다는 것을 들었습니다. 그런데 이미 편지를 부친 뒤였습니다. 괜히 한바탕 바쁘게 했는지 모르겠습니다. 정鄭 군은 회신이 있었고, 지금 동봉해서 보냅니다. 이 두 사람[1]의 원문은 동방에서 쉽게 찾을 수 있을 것 같지는 않고, 게다가 지금은 '문고'가 어떻게 될지도 모릅니다. 우선 상황을 봐 가며 알아봅시다.[2] 정이 편지를 부칠 때는 생활서점의 새 술수를 전혀 모르고 있었던 듯합니다.

루카치[3]의 독일어 저작은 적지 않고, 그는 독일인일 것입니다.

이상입니다.

늘 편안하기를 송축합니다.

3월 20일, 쉰 올림

주)_____

1) 벨린스키(Виссарион Григорьевич Белинский, 1811~1848)와 도브롤류보프(Н. А. добролюбов, 1836~1861)를 가리킨다. 도브롤류보프는 19세기 러시아의 혁명민주주의자이자 문예비평가이다. 정전둬(鄭振鐸)의 회신 내용은 다음과 같다. "지금 가장 필요한 것은 러시아의 산문, 특히 비평입니다. 그가 먼저 Bylinsky와 Dublolubov의 논문 번역을 시작할 수 있는지 모르겠습니다."
2) 원문은 '且待下回分解罷'. 장회체 소설의 상투어로서 '다음 회를 기다려 내용을 이해하자'는 뜻이다.
3) 루카치(G. Lukács, 1885~1971). 헝가리의 문예비평가, 철학자이다. 저서로 『세계문학에서의 러시아 리얼리즘』, 『소설의 이론』(*Die Theorie des Romans*) 등이 있다.

350322① 쉬마오융에게

마오융 선생:

20일 편지는 받았습니다. 『시계』의 원본은 확실히 잘 쓴 소설이고, 그런데 신장병 경찰의 최초의 행동에 대해 나는 필경 영문을 알 수가 없습니다. 정말로 그가 도망을 간다고 생각한 것인지요? 혹은 아닌지요? 또 있습니다. 그릇의 마개를 시계로 잘못 알고 입속으로 넣은 것도 좀 자연스럽지 않습니다. 이것 말고는 다 좋습니다.

그 부랑아들에 대해서는 그야말로 다 나쁘지 않은 사람들입니다——비타고프조차도 그렇습니다. 외국 아이들은 그야말로 중국에 비해 순박하고 단순한 것 같습니다. 중국 아이들은 어쨌거나 약간은 파락호 자손의 분위기가 있습니다.

'걸맞다'는 북방에서는 두루 쓰이는 말이지만 남방 사람은 이해하지 못합니다. '장단이 맞지 않다'는 북쪽 사람들이 이해하지 못하고 남쪽에서는 아마도 사오싱 사람들만이 그 뜻을 잘 알고 있을 듯한데, 그렇지 않다면 사용해도 괜찮습니다.

서문[1]은 내가 써도 되지만, 공개적으로 발매하는 책이라면 반송장으로 음양을 불분명하게[2] 쓸 수밖에 없습니다. 그래도 여전히 잘려 나갈지도 모릅니다. 서문을 쓰자면 아무래도 원고를 보여 주면 좀 착실해질 것입니다. 편한 때 서점에 두기만 하면 됩니다.

이상입니다.

봄날 편안하기를 송축합니다.

3월 22일, 쉰 올림

1) 쉬마오융의 잡문집 『타잡집』(打雜集)의 서문을 가리킨다.
2) 원문은 '陰陽搭嶽'. '음양을 불분명하게'라는 뜻의 오(吳) 지방 방언이다.

350322② 뤄칭전에게

칭전 선생:

　일전에 보내신 편지를 받고 바로 편지 한 통을 부쳤으니 도착했으리라 생각합니다.

　장후이張慧 선생이 나더러 회신을 하라고 했는데, 그의 상세한 주소를 잊어버렸습니다. 하릴없이 선생에게 대신 부쳐 달라고 부탁드립니다. 지금 동봉해서 보내니, 편지봉투를 뜯어서 우편으로 부쳐 주면 고맙겠습니다.

　우선 이렇게 알립니다.

　늘 편안하기를 송축합니다.

3월 22일, 쉰 올림

350322③ 장후이에게[1]

장후이 선생:

　책 표지를 써 달라고 한 것은[2] 다 썼습니다. 그중 하나를 선택해서 사용하기 바랍니다. 서명을 하면 도리어 좋지 않을 듯해서 서명하지 않았습니다. 선생이 꼭 서명을 사용하려 한다면 인장을 하나 동봉하니 잘라서 적당한 곳에 붙이면 됩니다.

우편주소를 잊어버려서 어쩔 수 없이 뤄羅 선생에게 대신 부쳐 달라고 했습니다.

이상입니다.

늘 편안하기를 송축합니다.

3월 22일, 쉰 올림

주)_____

1) 장후이(張慧, 1909~1990). 광둥 싱닝(興寧) 사람. 목판화가.
2) 장후이가 루쉰에게 손으로 찍어서 자비로 낸 목판화집의 제목 '장후이목판화'(張慧木刻畵)를 써 달라고 부탁했다.

350323① 차오징화에게

루전 형:

19일 편지는 받았습니다. 우리는 다 좋습니다. 그런데 생각해 보니 확실히 오랫동안 편지를 보내지 않았습니다. 유일한 원인은 바빠서입니다. 1월부터 한 서점을 위해 소설을 선별했고, 2월 15일에는 서문도 제출해야 했습니다. 이어서 『죽은 혼』을 번역했고, 지난달 말까지 두 장을 번역했습니다. 이 책은 번역하기 너무 힘들어서 온몸이 땀으로 범벅이고, 아무래도 힘만 쓰고 좋은 결과는 없을 것 같습니다. 이것은 생계를 위해서인데, 돈도 지금까지 한 푼도 손에 들어오지 않고 있습니다. 그러나 나는 아직은 준비된 것이 있고, 급한 것은 아니니 염려하지 마시기 바랍니다. 다음으로 아이가 커 가면서 말썽을 부립니다. 다른 허드렛일이 또 많습니다. 손님을 맞이하고, 원고를 보고, 원고를 소개하고, 또 단문도 좀 써야 합니다. 정말이지 약간의 한가한 틈도 없을 지경이고 한밤중에야 비로소 한숨을 돌리고 잠자리에 들 수가 있습니다. 그런데 함께 일하는 사람들 사이에 여전히 시시콜콜 말들이 있습니다. 어떤 청년들은 편지로 나를 욕하면서 내가 다른 사람들의 일을 돕는 데 신경을 터럭만치도 쓰지 않으려 한다고 말합니다. 사실 요즘 상황에 비춰 보면 대략 체력도 오래 지탱할 수 없을 듯합니다. 게다가 채찍으로 나를 뽑아먹으려 하는 데 그치지 않으니, 유일한 결과는 쓰러져 죽는 것뿐입니다. 상하이를 너무나 떠나고 싶지만 갈 수 있는 곳이 없습니다.

E에게 부칠 편지에 대해서는 아직 원고를 시작하지 못했습니다. 며칠 지나고 봅시다. 푸^茀의 편지는 나는 못 받았고 직접 그에게 알려 주겠습니다. 삽화본 『죽은 혼』[1]은 성가시지 않다면 내가 좀 볼 수 있도록 빌려주기 바랍니다.

오늘 서점에 부탁해서 잡지 한 꾸러미를 부치라고 했습니다. 학교로 부칩니다. 또 몇 권이 있는데, 조만간 다시 부치겠습니다.

우선 이렇게 답신을 보냅니다.

봄날 편안하기를 송축합니다.

3월 23일, 아우 위 올림

주)_____

1) 러시아 화가 소콜로프(П. П. Соколов, 1821~1899)가 그린 삽화본 『죽은 혼』을 가리킨다. 삽화 12점이 있다. 이 삽화들은 후에 『죽은 혼 백 가지 그림』(死魂靈百圖)에 부록으로 넣었다.

350323② 쉬서우창에게

지푸季市 형:

차오曹 군이 보낸 편지에서 형이 폐수막염을 앓고 입원했다가 완치되었다는 사실을 알게 되었네. 방금 또 형이 두 주일 전에 편지를 보냈다는 것을 알게 되었는데, 이 편지는 필경 아직 받지 못했고 틀림없이 분실되었나 보네.

아우 등은 모두 여전하다네. 그런데 아이와 장단 맞추고, 번역하고, 원고를 보고 겨를이 없이 바쁘다네. 나는 이런 일에 거의 아무런 흥미도 없다네.

차이蔡 선생은 또 펜클럽[1]으로 바쁘네. 위탕語堂은 어록체를 주장하고 있는데, 여기에서 몇몇이 무리지어 그것을 맹세했다네. 이 사람은 역시 정말 너무나 식견이 얕은 사람이네.

우선 이렇게 알리네.

봄날 편안하기를 송축하네.

3월 23일, 아우 페이飛 인사를 올리네

1) 국제펜클럽(International PEN)을 가리킨다. 영국의 여성작가 도슨 스코트(C. A. Dawson Scott)의 제창에 따라 1921년 영국 런던에서 성립되었다. 중국지회는 1929년 12월 상하이에서 성립되었고, 차이위안페이(蔡元培)가 발기인 중 한 명이었고 회장을 맡았다. 1932년 1월 28일 상하이사변이 발발하고 잠시 중단되었다가 1935년 3월 22일 상하이에서 대회를 열고 활동을 재개했다.

350325 샤오쥔에게

류쥔 형:

23일 편지는 받았습니다. 만화 위에는 내가 보기에 다시 무언가를 꼭 첨가하지 않아도 괜찮습니다. 계획만 봐도 이미 충분히 복잡하고 힘이 들 것이기 때문입니다. 다시 다른 것을 보탠다면 아마도 감당할 수 없을 것입니다.[1]

아이의 화상은 이미 좋아졌고 걸을 수 있게 되었습니다. 그러나 딱지가 아직 떨어지지 않아서 많이는 못 걷게 하고 있습니다. 모친은 원래 다음 달 초에 오겠다고 말했지만 최근 병이 났다고 하는 편지를 받았습니다. 의사가 여행을 하기에는 나이가 많아서 보장할 수 없다고 운운했다고 합니다. 이것은 사실 의사의 원론적인 이야기이고, 설령 나이가 젊다고 한들 누가 보장할 수 있겠습니까? 그런데 이런 까닭으로 금방 올 수 있을지는 말하기 어렵게 되었습니다. 나는 그저 속수무책으로 기다리고 있을 수밖에 없습니다.

히라바야시 タィコ[2] 작품의 번역본은 나는 다른 것이 있는지 모릅니다. 『이심집』은 아주 적게 남았습니다. 나한테 아직 한두 권이 있으니 앞

으로 다른 책과 함께 전해 주겠습니다. 그런데 어쩌면 분실된 것일 수도 있겠지요?

『8월』은 다음 달 5일 이전에는 틀림없이 다 볼 수 있습니다. 그저 손 가는 대로 몇몇 오자나 고칠 수 있을 것입니다. 대대적인 수정은 할 수 없습니다. 착수하려면 모름지기 두 번은 보아야 하는데, 나는 그야말로 이럴 시간이 없습니다. 서문은 다 본 후에 좀 쓰겠습니다.

이상입니다.

두 사람 모두에게 안부를 전합니다.

3월 25일, 위 올림

인吟 부인은 어떻습니까, 여전히 초저녁잠을 잡니까?

이 편지를 막 부치려고 하는데 집을 옮긴다는 연락을 받아서 어쩔 수 없이 미뤄 두었습니다.

『8월』은 다 봤고 서문도 다 썼습니다. 우선 여기에 두고 보낸 편지를 받으면 다시 이야기하겠습니다. 오늘 저녁에는 또 『쥐안쥐안』[3]을 한 번 봤습니다. 결말이 어떨지 모르겠지만 끝가지 써도 좋겠지만, 그래도 공개적으로 발매해서는 안 된다고 생각합니다. 제3장 '부친'父親은 너무 노골적인 곳이 있고 두서도 너무 없습니다. 좀 수정해야 됩니다.

앞으로 필명은 반드시 두 가지를 사용해야 합니다. 하나는 『8월』 같은 데 사용하고 다른 하나는 원고를 팔아먹을 때 사용하는 것입니다. 그렇지 않으면 『8월』이 출판되고 나서 발바리들이 알게 되면 다른 원고가 아무것도 아니라고 해도 그들에 의해 잘려 나가고 발표할 수 없게 될 수 있습니다.

또 있습니다. 지금 사용하는 '싼랑'三郎이라는 필명도 다른 것으로 바꿔야 된다고 생각합니다. 당신이 그것을 그토록 즐겨 사용하고 있지만 말입니다. 왜냐하면 상하이에 원래 리싼랑李三郎이라는 사람이 있습니다. 다른 사람들이 그가 쓴 것이라고 생각할 수 있고, 뿐만 아니라 그가 성가시게 굴며 문학사文學社에 그 소설은 그가 쓴 것이 아니라고 설명하는 그의 편지를 실어 달라고 할 수 있기 때문입니다. 공개적인 선언은 문제될 것이 없지만, 사람들로 하여금 그가 쓴 글이 손해를 보고, 따라서 리李씨와 무관함을 밝혀야 한다고 생각하게 만듭니다. 무관함을 밝히려면, 필명을 고치는 것 말고는 좋은 방법이 없습니다.

량유는 「탑승객」을 수락했고 편집인이 제목을 바꿔야 한다고 말했는데, 내 생각으로는 큰 문제가 아니어서 대신 동의했습니다. 「벚꽃」은 문학사(량유에서 반송된 뒤)로 부쳤고 결과는 아직 모릅니다.

3월 31 밤

진런의 원고는 다 보았습니다. 번역솜씨는 좋고 오역이 있는지는 모르겠지만 보아 하니 그 정도는 아닌 것 같습니다. 이러한 단편 골계는 그저 가끔 한두 번 투고할 수 있지, 연달아 투고하는 것은 그리 적절하지 않습니다. 내가 보기에 차라리 그의 4, 50편, 10만 자 내외로 골라 번역해서 단행본으로 내는 것이 낫습니다. 이런 작품들은 검열에서 문제될 리가 없을 것이고 서점에서도 기꺼이 출판할 것입니다. 역문사도 기꺼이 받을 것입니다.

그가 나의 소설이 조[4]에 조금 가깝다고 말한 것은 부정확합니다. 나의 작품은 상대적으로 엄숙하고 그의 쾌활함에 미치지 못합니다.

「퇴역」의 작가 Novikov-Priboi[5]는 현재 아주 유명한 작가입니다.

그는 원래 해병이었습니다. 러일전쟁에 참가하여 일찍이 포로가 되어 여러 해 동안 일본에 잡혀 있었습니다——이때 내가 마침 도쿄에서 유학하고 있었습니다. 최근에는 두 권의 두꺼운 소설을 썼습니다. 『쓰시마』(Tsusima, 섬이름)라는 것은 바로 그 전쟁을 소재로 한 것이고, 또한 이로 말미암아 유명해졌습니다. 일본에서는 벌써 번역이 나왔는데, 제목은 『일본해 해전』^{日本海海戰}입니다. 하지만 삭제된 곳이 지나치게 많고(아마도 일본의 패배를 말하는 부분일 것입니다), 따라서 나는 사 보지 않았습니다. 그의 작품 중에 중국에 소개된 것은 너무 적습니다. 「퇴역」도 결코 나쁘지 않으니 나는 『역문』에 보냈으면 합니다.

이 꾸러미에는 원고, 서문, 편지(인 부인의 친구의 것) 말고도, 당신이 필요로 하는 책이 있습니다. 그런데 『집외집』은 없습니다. 아직 출판되지 않은 것 같습니다.

4월 4일

요 며칠 너무 게으름 피우고 있습니다. 글을 쓰고 싶지도 않고 또 번역을 하고 싶지도 않습니다. 어찌된 까닭인지 모르겠습니다. 추신.

주)_____

1) 수신인의 기억에 따르면, 그는 당시 집안의 잡일로 힘들어하는 루쉰의 처지를 묘사하는 만화를 구상하고 있었다.

2) 원문은 '平林タイ子'. 본명은 히라바야시 야스코(平林泰子, 1905~1972)이다. 일본의 여성소설가. 당시 선돤셴(沈端先)이 번역한 『시료실에서』(在施療室), 『히라바야시 야스코 문집』(平林泰子集) 등이 있었다. 각각 1929년 7월 수이모서점(水沫書店), 1933년 8월 현

대서국에서 출판했다.
3) 『쥐안쥐안』(涓涓)은 샤오쥔의 미완성 장편소설이다. 1937년 상하이 랴오위안서국(燎原書局)에서 출판했다. 1, 2장만 있다.
4) 원문은 '左'. 조셴코를 가리킨다.
5) 노비코프 프리보이(Алексей Силыч Новиков-Прибой, 1877~1944). 소련 작가. 「퇴역」(退伍)은 단편소설로 진런이 번역하여 『역문』 월간 제2권 제4기(1935년 6월)에 실렸다.

350326① 황위안에게

허칭 선생:

소설 번역원고[1]는 되돌려 받았습니다. 편한 때 왕림하여 가져가길 바랍니다. 그런데 밥시간을 피하려고 일부러 애쓰고 신경 쓸 필요는 없습니다.

우선 이렇게 알립니다.

늘 편안하기를 송축합니다.

3월 26일, 쉰 올림

주)_____

1) 루쉰이 번역한 스페인 작가 피오 바로하(Pío Baroja, 1872~1956)의 단편소설 「쾌활한 레코찬데기」(促狹鬼萊哥羌臺奇)를 가리킨다. 『신소설』 제1권 제3기(1935년 4월)에 실렸고 후에 『바스크 목가』(山民牧唱)에 수록했다.

350326② 황위안에게

허칭 선생:

오후에 막 편지 한 통을 보내자마자 바로 정보치^{鄭伯奇} 군이 보낸 편지를 받았습니다. 바로하의 소설은 벌써 조판을 끝냈고, 더불어 벌써 제2기 『신소설』에 예고했으니 『역문』에는 싣지 말았으면 한다고 운운했습니다. 조판을 다 끝냈는지는 확실하지 않지만 예고는 진짜라고 생각됩니다. 『역문』에 발표하는 것은 하릴없이 그만두어야겠습니다. 편할 때 원고를 도로 가져다주면 고맙겠습니다.

이번 금요일(29일) 오후에는 집에 있지 않고 해질 무렵에야 돌아옵니다. 더불어 알립니다.

우선 이렇게 알립니다.

봄날 행복하기를 송축합니다.

3월 26 저녁, 쉰 올림

350328 정전둬에게

시디 선생:

북쪽으로 돌아갔다는 소식을 듣고 바로 편지 한 통을 보냈습니다. 하이덴¹⁾으로 부쳤으니, 이미 도착했으리라 생각합니다. 그림 인쇄비용 150위안을 부쳤으니 편한 때 찾아서 대신 지불해 주기 바랍니다. 그림²⁾은 인쇄하고 나면 종류별로 각각 1점씩 부쳐 주기 바랍니다. 조판 순서를 정하고 서문의 지형紙型과 함께 부치겠습니다. 마찬가지로 장정하는 대로 신경 써서 넘겨주길 바랍니다.

'세계문고'의 새로운 방법에 대하여 서점 측에서는 여전히 소식이 없습니다.

우선 이렇게 알립니다.

편안하기 바랍니다.

3월 28일, 쉰 인사를 올립니다

주)_____

1) '하이뎬'(海甸)은 베이징 시자오(西郊)에 있는 지명이다. 당시 옌징(燕京)대학이 있었다.
2) 『박고엽자』(博古葉子)이다. 『박고엽자』는 벌주놀이 등에 쓰는 주패(酒牌)이다. 모두 48 장. '박고'는 역사적 인물의 이야기를 그린 그림을 뜻하는 말이며, 한 장의 그림에 한 장의 이야기가 그려져 있다. 명대 진홍수(陳洪綬, 1599~1652)가 그린 것이 가장 유명하다.

350329① 차오쥐런에게

쥐런 선생:

27일 편지는 받았습니다. 『풍성한 수확』 서문[1]을 기꺼이 전재하겠다고 한 것에 대해 매우 감사드립니다. 마침 작가를 알아주는 사람이 없고 따라서 판로가 없어서 고통스러워하고 있었기 때문입니다.

『망종』의 글은 너무 쓰고 싶지만, 지금은 공연히 바빠서 시간에 맞추어 제출할 수 있을 것 같지 않습니다. 지금으로서는 다음 달 5일 이전에 한 편을 부칠 수 있을 것이라 생각하고 있습니다.

후카오[2] 선생의 그림은 이번 회의『서상』말고도 나는 두 점을 본 적이 있는데, 바로「우삼저」와『망종』에 실린 것입니다. 표정이 생동적이고 선도 매우 정교합니다만, 기계로 했기 때문에 종종 자유롭지 않은 것이 드러납니다. 바로 선이 가끔 뜻대로 움직이지 않는 것입니다.『서상』은 아주 잘 그렸고 발표해도 괜찮습니다. 이것은「우삼저」와 더불어 그의 화법의 제재에 부합하기 때문입니다. 그런데 나는 그가 우상을 공격하는 데 이런 화법을 사용하여 만화화하면 더욱 의미가 있고 길도 더욱 넓어질 것이라 생각합니다. 선생은 어떻게 생각하는지 모르겠습니다.

원고[3]는 쉬 선생의 원고[4]를 돌려줄 때 함께 돌려주겠습니다.

우선 이렇게 답신을 보냅니다.

안부를 여쭙니다.

3월 29 밤, 쉰 올림

쉬 선생께 서신 한 통을 부칩니다. 전해 주기 바랍니다.

주)_____

1) 루쉰의「예쯔의『풍성한 수확』서문」(葉紫作『豊收』序)을 가리킨다.『망종』은 이를 전재할 계획을 가지고 있었으나 결국 실리지 않았다.

2) 후카오(胡考, 1912~1994)는 저장 위야오(余姚) 사람. 작가이자 화가이다. 상하이 신화예술전문학교(新華藝術專科學校)를 졸업하고 당시 상하이에서 미술창작에 종사하고 있었다.『서상기』(西廂記)는 1935년 8월 상하이 첸추(千秋)출판사에서 출판했으며,「우삼저」(尤三姐)는 1935년 2월에서 4월『다완바오』(大晚報)의「횃불」(火炬)에 연재했다.『망종』에 연재한 것은「삼국지·견황후」(三國志·甄皇后)를 가리키는데, 제1, 2, 4기(1935년 3, 4월)에 실렸다.

3) 연환화(連環畵)『서상기』(西廂記)를 가리킨다. 연환화는 중국의 전통적인 그림이야기책이다.

4) 쉬마오융의『타잡집』(打雜集)을 가리킨다.

350329② 쉬마오융에게

마오융 선생:

27일 편지는 받았습니다. 오늘에야 비로소 소설 한 권[1]을 다 보고 서문을 썼습니다. 막 선생의 원고를 개봉했는데, 다른 일이 몰려들어 또 손에서 놓았습니다. 나는 서둘러 답안을 제출하기를 너무나 원하고 있고, 그렇다면, 아마도 원고를 보고 나서 쓸 수 있을 것 같지 않습니다. 잡문의 대단함을 말하는 글들처럼 하릴없이 공허한 글이 될 수밖에 없습니다. 계획하고 있는 몇 가지 이름은 내가 보기에 모두 좋지 않습니다. 분명함과 뚜렷함이 모자랍니다.

원고를 기고하는 곳은 확장하고 싶지 않습니다. 왜냐하면 시간과 체력이 모두 허락하지 않아 일을 더하면 병이 납니다. 이렇게 하지 않으면, 하지만, 약속은 계산에 넣지 않습니다. 쓸데없는 말을 많이 했습니다.

우선 이렇게 답신을 답니다.

편안하기 바랍니다.

3월 29 밤, 쉰 인사를 올립니다

주)＿＿＿＿
1)『8월의 향촌』을 가리킨다.

350330 정전둬에게

시디 선생:

27일 편지는 방금 받았습니다. 『죽은 혼』의 이어지는 번역은 우선 '세계문고'의 새로운 조치가 발표되면 다시 결정합시다. 『고소설구침』[1]에 대해서는 꼭 조판해서 인쇄하지 않아도 될 것 같습니다. 왜냐하면 하나는, 방치한 지 이미 오래되어서 다시 정리하자면 또 시간을 새로 써야 하기 때문입니다. 둘은, 이런 서적은 볼 사람이 얼마 있을 것 같지도 않아서입니다. 차라리 잠시 그대로 두었다가 앞으로 한가한 시간이 생기면 다시 이야기해 봅시다.

서점의 주주가 상인이면 그것의 폐단은 어리석다는 것이고, 지식인이면 너무 똑똑해서 고생스럽습니다. 양자 다 진행에 방해가 됩니다. 내가 보기에 카이밍開明서점은 지나치게 똑똑한 서점의 표본입니다. 유지는 할 수 있겠지만 커다란 발전이 있기는 어려울 것입니다. 생활서점은 아직까지는 이 지경에 이르지는 않았습니다만, 앞으로는 알 수 없습니다. 요즘 그들의 번역자들은 쓰기 좋은 고용인의 처지에 그칠 뿐입니다. 광고를 싣지 않는 것은 아마도 종이를 아까워하기 때문일 것입니다. 종이는 요즘 확실히 값이 나가고 있습니다. 그런데 그들은 백지를 매매하는 곳은 지물포이고, 서점이라면 가끔은 종이를 희생할 수밖에 없음을 깨닫지 못하고 있습니다.

상우의 『소설월보』 일[2]은 내가 보기에 유언비어에 불과하고(요즘은 들리는 소식이 없습니다), 다푸[3]도 기꺼이 하려고는 하지 않을 것입니다. 게다가 그는 사각호마 공[4]과도 틀림없이 마음이 맞지 않습니다. 스, 두[5] 두 사람은 어쩌면 그런 야심이 있을 수 있지만, 두 사람의 명성으로는 독자들에게 호소하기 매우 어렵습니다. 염가판매는 물론 좋은 경쟁수단이기는 하지만, 그렇다고 해도 결국은 내용과 관계가 있습니다. 할인한 데다 또 할인하는 책[6]들은 독자들이 따로 있습니다. 만약 이 일이 실현된다면, 내 생각으로는 『문학』에 커다란 싸움이 벌어질 가능성이 있고, 그런데 모름지기 서점 측에서도 이러한 결심이 있을 것입니다. 만약 서점이 여전히 견제한다면, 그것은 실패할 것입니다.

『전보』에 덧붙이는 쪽글[7]에 몇 마디 첨가했고, 지금 되부쳐 보냅니다. 선생은 여전히 베이핑에서 강의할 수 있다고 들었는데, 정확한지는 모르겠습니다. 정확하다면 아주 좋은 일입니다. 올해는 진력을 다해서 『십죽재전보』를 완성하고, 그 다음에 다시 다른 일을 도모하는 것이 더 나을 것 같습니다. 애초에 『베이핑전보』[8]가 이렇게 빨리 '새 골동품'이 될 것이라고는 생각지도 못했습니다. 지금 중국에서 판매되는 것은 아마도 우치야마에 5부가 남아 있을 따름일 것입니다——그런데 역시 머지않아 매진될 것입니다.

28일에 편지 한 통을 부쳤고, 더불어 상우의 송금환 150위안을 첨부했습니다. 편지봉투에는 이전 편지에 쓰여진 주소에 근거하여 '베이중부 후통 1호'[9]라고 썼습니다. 지금 이번 편지에 쓰여진 것을 보니 '샤오양이빈후통'[10]인데, 장소가 바뀐 것인지 아니면 이름만 다르고 같은 곳인지 모르겠습니다. 지난번 편지를 받는다면 훨씬 좋고, 아니라면 되돌아 오겠지만(등기우편이기 때문입니다) 인쇄비용은 또 늦어지게 될 것입니다. 우선 이렇게 답신을 보냅니다.

편안하기 바랍니다.

3월 30일, 쉰 인사를 올립니다

주)_____

1) 원문은 『古小說拘沈』. 바로 『고소설구침』(古小說鉤沈)이다. 주(周)에서부터 수(隋)에 이르기까지 흩어진 고소설 36종을 집록한 책이다. 루쉰 생전에 출판되지 않았다.

2) 당시 상우인서관(商務印書館)에서 『소설월보』를 새롭게 출판한다는 소문이 돌았다.

3) 위다푸(郁達夫)를 가리킨다.

4) '사각호마 공'(四角號碼公)은 왕윈우(王雲五, 1888~1979)를 가리킨다. 광둥 샹산(香山; 지금의 중산中山) 사람이다. 당시 상우인서관의 총지배인이었다. 그는 사각호마사전의 발행으로 유명해졌다. '사각호마'는 한자의 필형을 10종류로 나누고, 다시 0~9의 네 자리 숫자로 부여하여 글자를 찾는 검자법이다.

5) 스저춘(施蟄存), 두헝(杜衡)을 가리킨다.

6) 원문은 '一切八扣書'. 90% 할인에다 다시 20%를 할인한다는 의미이다. 1930년대 중반 상하이 서점에서는 대대적으로 염가할인하여 책을 판매하는 경우가 많았다.

7) 『십죽재전보』(十竹齋箋譜) 제1책의 출판설명을 가리킨다.

8) 『베이핑전보』(北平箋譜)는 정전둬와 루쉰이 공동으로 편집했다. 1933년 12월 자비로 인쇄했다. 목판화로 인쇄한 컬러 편지지 모음집이다. 모두 310점이고 자청색 표지에 선장본이며, 모두 6책이다. 베이핑 류리창(琉璃廠)에서 수집한 편지지를 모아 찍어 낸 것이다.

9) 원문은 '北總布胡同一號'. 베이쭝부후퉁은 베이징 둥청구(東城區)의 동남부에 위치한다.

10) 원문은 '小羊宜賓胡同'. 샤오양이빈후퉁은 베이징 둥단(東單)의 동쪽 젠궈먼(建國門) 서쪽에 위치한다.

350331 어머니께

모친 대인 슬하에 삼가 올립니다. 23일 편지는 일찌감치 받았습니다. 소포 하나 또한 그제 받았고, 즉시 반으로 나누어 셋째에게 보냈습니다. 그 중 말린 채소는 아주 맛있었고, 아이들도 모두 아주 맛있게 먹었습니다. 왜냐하면 그들은 이제껏 이런 말린 채소를 먹어 본 적이 없기 때문입니다. 모친 대인의 위병은 최근 어떤지 모르겠습니다. 제발 세심히 무엇보다 건강을 보살피기 바랍니다. 집안은 다 좋습니다. 다만 아들은 좀 바쁩니다. 일전에 하이잉에게 천연두 네 바늘 맞췄고, 의사는 신경 쓰지 않아도 좋고 10살 남짓 되면 다시 맞추라고 운운했습니다. 우선 이렇게 알려 드립니다.

삼가 건강하시길 바랍니다.

3월 31일, 아들 수 절을 올립니다

광핑, 하이잉도 함께 절을 올립니다

350401 쉬마오융에게

마오융 선생:

이른바 서문[1]은 다 쓴 셈이고, 지금 부칩니다. 원고도 자세히 못 봤지만 관계없을 것 같고, 아무튼 이것을 빌려 린시쥐안[2]에게 욕을 좀 해준 데 불과합니다. 원고는 서점에 두었고 편지 한 통을 동봉했으니 찾아가기 바랍니다. 사람을 알아봐야 하는 게 아니라 편지만 알아보면 되니 누가 가도 됩니다. 꼭 반드시 친히 왕림할 필요는 없습니다.

그 꾸러미 속에 작은 그림원고[3] 한 권이 있으니 차오[曹] 선생에게 전해 주기 바랍니다.

이만 줄입니다.

편안하기 바랍니다.

4월 1일, 쉰 인사를 올립니다

주)_____

1) 쉬마오융의 잡문집 『타잡집』(打雜集)의 서문을 가리킨다. 후에 『차개정잡문 2집』에 실렸다.
2) 린시쥐안(林希雋). 광둥 차오안(潮安) 사람. 당시 상하이 다샤(大夏)대학 학생이었다. 「잡문과 잡문가」(雜文與雜文家), 「문장의 상품화」(文章商品化) 등을 발표하여 잡문 창작을 비판했다. 각각 『현대』(現代) 제5권 제5기, 『사회월보』(社會月報) 제1권 제4기에 실렸다.
3) 후카오의 연환화 『서상기』를 가리킨다.

350402① 쉬서우창에게

지푸 형:

방금 3월 30일 친필 편지를 받고서 두 주 전에는 편지를 보내지 않았다는 것을 알게 되었네. 차오ᄡᄇ 군이 잘못 들었나 보네. 3월[1] 1일 편지와 월말의 편지는 모두 착오 없이 받았고, 그때는 책을 번역하느라 바빠서 결국 답신을 보내지 못했네. 최근에도 여전히 바쁘고, 쓰기는 많이 쓰고 읽는 것은 적어서 무척 괴롭다네. 이렇게 길게 가다가는 반드시 공허해질 걸세. 그런데 고골의 소설은 출판업자가 재촉하지 않아서 결국 중지했고, 지금으로서는 언제 다 완성할지 알 수가 없네.

우선 이렇게 답신을 하네.

봄날 편안하시길 송축하네.

4월 2일, 아우 페이ᄧᄒ 인사를 올리네

주)_____

1) 원래 편지에는 '5월'이라고 되어 있으나 '3월'이 맞다. 착오인 듯하다.

350402② 샤오쥔에게

류쥔 형:

2일 편지는 받았습니다. 편지에서 "같은 동네이고 문패에 호수만 바뀌었습니다'라고 운운했는데, 이번에는 '리'^里 같은 것은 없습니까? 그렇다면 혹시 집이 거리를 마주하고 있습니까?

따로 좀 자세한 편지가 있는데, 분실될까 염려되어 먼저 물어봅니다. 바로 회신해 주기 바랍니다.

4월 2일 밤, 위 올림

『8월』은 보았고 서문도 다 썼습니다.

350402③ 황위안에게

허칭 선생:

지난달 30일 편지는 받았습니다. 선^沈 선생은 만나 봤지만, 그의 상황을 보아 하니 정말로 시간이 없는 듯하여 강하게 독촉하지는 못했고 그저 조금 독촉했습니다. 그런데 조금 독촉하는 것으로는 대체로 효과가 없습니다. 조금 더뎌지면 상황을 봐서 다시 방법을 생각해 봅시다. 만약 삽화본에 수록할 수 있는 글자수가 많지 않은 책이 있다면 그런대로 괜찮을 듯합니다.

삽화본¹⁾의 크기는 『분류』와 같으면 충분하다고 봅니다. 더 크면 아무래도 낭비에 가깝습니다. 그런데 일본에 가서 그림을 인쇄하는 것도 그만 두어야 할 듯합니다. 불편한 점이 너무 많기 때문인데, 편할 때 얼굴을 보고 이야기해 봅시다.

『시계』를 먼저 인쇄에 넘기는 것이 꼭 불가능한 것은 아니지만, 나는 못 찾아낸 두 글자[2]가 끝내 편치 않습니다. 하지만 뾰족한 방법도 없습니다. 지금 우선 본문을 다시 한번 살펴보고, 그 독역본[3]은 배달부에게 부탁하거나 편할 때 전해 주면 고맙겠습니다.

고골은 나는 그야말로 좀 두렵습니다. 연말까지 꼭 결과를 낼 수 있을 것 같지 않습니다. 조셴코의 짧은 글에 대해서는 진런이 그의 책 한 권을 번역하고 싶어 합니다. 모두 우스꽝스런 이야기이고, 검열에 문제가 생길 리가 없고 판로도 꼭 나쁘지는 않을 듯합니다. 그와 계약을 한다면 총서에 수록하는 것은 어떻겠습니까?

이만 줄입니다.

편안하기 바랍니다.

4월 2 밤, 쉰 올림

주)_____

1) '역문총서'(譯文叢書)를 가리킨다. 『시계』 한 종류만 출판되었다.
2) 독일어 번역본 『시계』 중의 Olle과 Gannove를 가리킨다. 후자에 대해 루쉰은 원래 '우두머리'라고 번역했으나 나중에 '도둑'으로 수정했다. 『집외집습유보편』의 「『역문』 편집자에게 보내는 정정 편지」(給『譯文』編者訂正的信) 참고.
3) 『시계』의 독일어 번역본을 가리킨다. 1930년 베를린에서 출판되었다.

350404① 샤오쥔에게

류 형:

3일 편지는 받았습니다. 원고, 서문, 더불어 따로 편지 한 통이 있습니다. 모두 한 꾸러미로 싸서 서점에 두었습니다. 편지 한 통을 동봉했으니 찾아가기 바랍니다. 그런데 일요일 오전에는 그들이 쉽니다.

4월 4밤, 위 올림

350404② 리화에게

리화 선생:

3월 17일과 28일 편지 두 통은 모두 선후로 받았습니다. 『현대목판화』[1] 6집도 이미 삼가 받았습니다. 감사합니다. 우치야마서점으로 부친 것은 아직 도착하지 않았습니다. 오늘 가서 위탁판매 방법을 물어봤습니다. 들자 하니 판매 후 30%로 계산한다고 합니다. 더불어 직접 편지하라고 당부했습니다.

소개글을 쓰기란 무척 쉽지가 않습니다. 하나는, 내가 비록 판화를 좋아한다고 하나 필경 기본적인 지식이 없고 한 명의 '시로토'[2]에 불과하기 때문입니다. 편지로 개인적인 의견을 이야기하는 것은 문제될 게 없지만, 일단 공개되면 대국^{大局}에 오점이 될까 심히 두렵기 때문입니다. 둘은, 중국에는 이런 글을 발표하기에 적당한 잡지가 없기 때문입니다. 상하이에는 예술 간판을 걸어 놓은 잡지가 있기는 하지만, 실은 흐리터분한 곳이어서 발표를 하게 되면 도리어 예술에 손해가 될 수가 있습니다. 사실 중국처럼 큰 나라는 응당 미술잡지가 있어야 한다는 것은 말할 필요도 없습니다. 판화도 당연히 전문잡지가 있어야 하지만, 이것은 결코 실현되지 않을 것입니다. 지금 징, 후[3]의 목판화운동은 여전히 가라앉아 있고, 게다가 무척 산만합니다. 그 일의 일체를 맡아서 하는 몇 사람이 있기는 하지만, 그것을 집중시켜 견실한 단체로 만들 수 있는 사람이 없습니다. 대세가 이러하니 어찌할 수가 없습니다. 나도 사실 좋은 방법이 없습니다. 그런데 하는 사람이 있기만 하다면, 어쨌거나 할 사람이 없는 것보다는 좋다고 생각합니다. 설령 열정에만 의지하는 것이더라도 당연히 성과는 있습니다. 독일의 Action, Brücke[4] 파는 결코 오래 지속되지는 못했지만 후대에 끼친 영향은 지대합니다. 우리도 이렇게 해나가는 수밖에 없습니다.

일본의 시로토쿠로샤黑白社는 예전보다 적막해졌습니다. 그들은 일찌감치 풍경과 정물 속으로 물러났고, 옛날 '우키요에'浮世繪 정신도 이미 사라졌습니다. 요즘 출판되는 것은 완구집이 있을 따름이고 범위는 더욱 축소되었습니다. 그들은 중국의 목판화에 도움이 될 게 없을 것입니다. 외국인 중에 구미 사람들은 내가 아는 사람이 없고 다만 소련의 한 미술비평가[5]를 알고 있을 뿐입니다. 일찍이 연락한 적이 있고, 그도 중국 미술에 매우 유의하고 있으니 연구회에서 그에게 작품을 부쳐 살펴보게는 할 수 있을 것 같습니다. 주소를 첨부합니다. 연락할 언어는 영어나 독일어 다 괜찮습니다.

중국의 옛 목판화는 지금도 수용할 만한 점이 있을 듯합니다. 그래서 우리 몇 사람은 마침 명청 서적 속의 판화를 번각(유리판)할 계획을 하고 있습니다. 올해 한두 종이 나올 것이라 생각합니다. 진노련의 인물[6]은 이미 제판을 하고 있습니다.

　　이렇게 답신을 보냅니다.

　　봄날 편안하기를 송축합니다.

4월 4 밤, 쉰 올림

주)＿＿＿＿

1) 『현대목판화』(現代木刻)는 『현대판화』(現代版畵)이다.
2) 루쉰은 일본어로 '素人'이라고 했다. '문외한'이라는 뜻이다.
3) '징, 후'(京滬)는 각각 베이징, 상하이의 다른 이름이다.
4) 'Action'은 'Aktion'이 맞고, '행동파'를 가리킨다. 'Brücke'는 '다리파'이다. 모두 20세기 초 독일에서 유행한 표현주의 유파에 속한다.
5) 에팅거를 가리킨다. 서신 350313① 참고.
6) '진노련(陳老蓮)의 인물'은 『박고엽자』를 가리킨다. 진노련은 진홍수를 가리킨다. 노련은 호이다. 서신 350328 참고.

350408 차오징화에게

루전 형:

　　3월 30일 편지는 받았고, 삽화 11점[1]도 받았습니다. 이 그림들만으로는 제4장에서 그칠 듯하고, 대략 책 전체의 1/3을 차지하게 됩니다. 아직 차이가 매우 큰 듯합니다.

　　『별목련』[2]의 인세는 작년 7월부터 올 1월까지 모두 25위안이고, 지금 송금환 1장을 첨부하니 류리창 상우인서관 분점에 가서 찾기 바라고, 더불어 인장을 가지고 가기를 바랍니다. 왜냐하면 그들의 새로운 방법이 서명을 하고 도장을 찍어야 하는지 알 수 없기 때문입니다. 올해 상하이는 자금 공급 상황이 불안합니다. 2월에 지불해야 하는 인세는 지금에 와서야 비로소 넘겨받았습니다.

우리는 다 좋습니다만, 아우는 여전히 기력이 없고 또 쉬지도 못하고 온갖 무료한 일, 특히 염증이 나는 일에 대처하고 있습니다. 스스로도 온종일 무미건조하다고 느끼는 것입니다. 지금 막 생활을 좀 정돈해 볼 생각을 하고 있습니다.

우선 이렇게 알립니다.

봄날 편안하기 바랍니다.

4월 8 밤, 아우 위 올림

주)_____

1) 『죽은 혼』 삽화를 가리킨다. '11점'은 '12점'이라고 해야 한다. 서신 350323① 참고.
2) 『별목련』(星花)은 보리스 라브레뇨프(Борис Андреевич Лавренёв, 1891~1959)의 중편소설로 차오징화가 번역했다. 1933년 1월에 싱하이의 량유도서인쇄공사(良友圖書印刷公司)에서 출판한 소설집 『하프』(竪琴)에 수록됐다.

350409 황위안에게

허칭 선생:

삽화본 총서의 판면은 내가 보기에 아직 두 글자 더 첨가할 수 있고, 그렇다면, 약간 직사각형으로 만드는 게 상대적으로 보기 좋습니다(『먼 곳에서 온 편지』가 이렇습니다). 『분류』 식으로 하면 지나치게 좁고 길어서 삽화와 어울리지 않습니다. 삽화가 직사각형인 것이 많기 때문입니다.

이 책을 조판에 넘기는 것은 잠시 미루고, 차라리 내가 전부 한 번 살펴보고 나서 인쇄에 넘깁시다. 내가 15일 이전에는 다 보겠습니다.

이만 줄입니다.

편안하기 바랍니다.

4월 9일, 쉰 올림

350410① 차오쥐런에게

쥐런 선생:

3월 8일 편지는 벌써 받았습니다. 『망종』 3기도 읽었고, 이번 기가 제2기보다 좀 활발해진 것 같습니다. 외부 원고를 많이 수록해서 단조로움을 타파할 수 있었고, 아주 좋습니다. 그런데 원고를 보는 것은 힘든 일입니다. 붓을 들어 좀 수정을 해야 할 것들도 있고, 그렇다면, 여전히 많은 시간을 거기에 써야 하니 편집인들에게는 손해되는 바가 있습니다.

그 글[1]은 죽 써 내려가지 못하고 또 충분히 말하기도 어렵고 해서 정말 용두사미가 되어 버렸습니다. 애초에는 원래 의론을 떠들썩하게 펼칠 생각이었으나 며칠 지나서 결국 서둘러 결말을 지었습니다. 현상을 유지하려는 선생들은 평화로운 모습이지만 사실은 진보에 커다란 방해가 됩니다. 정말 우스운 것은 그들이 이미 잘못으로 판정되었는데도 속절없이 개혁의 의지는 전혀 없이 그저 일어나지 않은 일을 걱정하기만 한다는 것입니다. '새로운 잘못'을 허락하지 않고 '옛 잘못'을 보호하고 있습니다. 이것이 어찌 우습지 않겠습니까?

노^老 선생들은 현상을 보존하느라 검은 집에 창문 하나를 내는 일도 하지 않으려 합니다. 게다가 창문을 내지 못하는 온갖 이유가 있습니다. 그런데 만약 지붕을 무너뜨리려는 사람이 있으면 그는 비로소 혼비백산하여 조절할 방법을 강구하고 절충하여 창문 하나를 내는 것을 허락합니다. 그렇지만 언제나 기회를 봐서 그것을 막아 버릴 생각을 하고 있습니다.

『집외집』 재교는 아직 오지 않았습니다. 그런데 내 생각으로는 꼭 내가 보기를 기다렸다가 지형판지를 만들 필요는 없습니다. 아무래도 좀 빨리 인쇄되어 나오는 것이 좋습니다. 그렇지 않으면, 우편물이 오고가는 데 또 많은 날이 걸립니다. 나는 『인옥집』 재판을 준비하고 있는데, 서문을 다시 조판해야 해서 오고 가느라 작년 말부터 시작해서 지금에 이르러서야 겨우 처리되었습니다. 장장 4개월 걸렸습니다. 쉰 살, 예순 살이나 먹은 사람은 중국에서 사실 어떤 일도 해낼 수가 없습니다(단, 영웅은 제외입니다). 옛사람들이 신선이 되고 싶어 했던 것도 어쩌면 어쩔 수 없어서입니다.

『집외집』은 장정에 넘길 때, 나에게 가장자리를 자르지 않은 것 10권을 줄 수 있는지요? 나는 10년 전의 언커트²⁾당이고, 지금까지도 성질이 안 변했습니다. 그런데 성가시다면, 그만두십시오. 게다가 장정 작업장에서도 들려 하지 않을 터이고, 그들은 언커트를 반대합니다.

천 선생³⁾의 만화는 내게 부쳐 주기를 희망합니다. 언제 잡감집을 인쇄할 때 그것을 인쇄해도 좋을 듯합니다. 유통되고 있는 네 개의 편집실은 함께 보여 주시기를 희망합니다.

우선 이렇게 답신을 보냅니다.

평안하기 바랍니다.

4월 10일, 쉰 올림

1) 「'오자'부터 밝히자」(從別子說開去)를 가리킨다. 후에 『차개정잡문 2집』에 수록했다.
2) '언커트'(uncut)는 인쇄는 마쳤으나 가장자리를 가지런히 도련하지 않은 것을 가리키는 말이다.
3) 천광쭝(陳光宗, 1915~1991)을 가리킨다. 저장 루이안(瑞安) 사람. 1934년 가을 루쉰의 만화상을 그렸다. 후진쉬(胡今虛)는 이 그림을 『문학』, 『태백』(太白), 『만화와 생활』(漫畫與生活), 『망종』에 차례로 보냈는데, 모두 국민당 당국에 의해 게재 금지되었다.

350410② 정전둬에게

6일 편지와 『십죽재전보』 1권은 모두 받았습니다. 아직 원본은 보지 못했지만 번각한 것만 봐도 성취가 확실히 나쁘지 않습니다. 청조 때에 이미 이런 색판으로 인쇄한 좋은 책은 거의 사라졌습니다. 앞으로 다시는 이런 조각기술공과 인쇄공이 있을 것 같지 않습니다. 나는 올해 『박고패자』를 인쇄, 출판하는 것을 제외하고도, 차라리 이런 책을 전력을 다해 완성하려고 합니다. 최소한 다른 책 세 권은 출판하려 합니다. 만약 완성되면 좋은 책이 될 것입니다. 선생은 어떻게 생각하는지 모르겠습니다.

책에 있는 목록에 따르면 4종이 부족한데, 진짜로 빠진 것인지는 다른 문제입니다. 왜냐하면 이 책의 목록과 내용이 꼭 일치하는 것은 아닌 듯하기 때문입니다. 예컨대 제2항 '수석'花石 제1종에 '호왈종1)'이 고삼익2) 선생의 의경意境 10종을 모사하다'라고 제목을 달았지만, 8점만 있고 목록에서도 '8종'이라고 했습니다. 이 보譜가 만들어질 때부터 이미 빠진 것임을 알 수 있습니다.

『죽은 혼』 번역원고는 수일 내 넘겨주겠습니다.

이렇게 답합니다.

편안하기 바랍니다.

4월 10일, 쉰 올림

주)_____

1) 호왈종(胡曰從, 1584~1674). 이름은 정언(正言), 자가 왈종, 호는 묵암노인(黙庵老人)이
   다. 안후이 슈닝(休寧) 사람, 명말청초의 화가이다. 숭정(崇禎) 때 한림원(翰林院)에서 일
   했고, 명이 멸망하자 난징(南京) 지룽산(鷄籠山)에서 은거하면서 '십죽재'(十竹齋)라 이
   름 붙이고 서화 전적을 간행했다. 『십죽재화보』(十竹齋畫譜), 『십죽재전보』(十竹齋箋譜)
   가 유명하다.
2) 고삼익(高三益)은 이름은 우(友), 자가 삼익이다. 저장 인현(鄞縣) 사람. 명대 화가이다.
   만력(萬曆) 때의 산수화가 고양(高陽)의 조카로 당시 '이고'(二高)로 불렸다.

350412 샤오쥔에게

류쥔 형:

7일 편지는 받았습니다. 우리는 언제나 당신들을 보러 가고 싶어 하
고 아이의 발도 좋아졌습니다만, 결과는 언제나 많은 허드렛일로 시간을
보내다 보면 기력이 없어지고 하루하루 미루다 나중에는 또 편지나 쓰게
될 따름입니다.

『이심집』의 그 글[1]은 당시의 폐단을 겨냥해서 나온 것입니다만, 이런
고질병들은 지금도 결코 좋아지지 않았을 뿐만 아니라 가끔은 더 심해졌
다고 느껴지기도 합니다. 지금은 이런 말을 하는 것의 의미마저도 내게는
없어졌습니다. 정말 심하게 뒷걸음질치고 있습니다.

나의 원고의 형편에 대해 쉬[許]가 알고 좀 슬퍼하는 듯했습니다. 나는 만족합니다. 놀랍게도 유탸오[2]를 쌀 수도 있으니 그래도 쓸 곳이 있음을 알 수 있습니다. 나 자신은 책상을 닦는 데 쓰고 있습니다. 왜냐하면 내가 사용한 것은 중국종이라서 서양종이보다 물을 잘 흡수하기 때문입니다.

진런이 번역한 조셴코의 콩트는 몇 군데 알아봤고, 그다지 환영하지 않은 듯합니다. 그렇다면, 내가 앞선 편지에서 책을 낼 수 있다고 한 것은 성사되지 않을 듯합니다. 그에게 알려 주기 바랍니다. 이번에 나는 Novikov-Priboi의 단편[3]을 『역문』에 부칠 생각입니다.

「탑승객」과 「벚꽃」에는 모두 서명이 있어야 합니다. 「탑승객」은 어떤지 모르겠고, 「벚꽃」은 이미 검열로 보내 통과했으니 고치기에는 편치 않습니다. 앞으로는 새로운 이름으로 투고합시다. 듣자 하니 「벚꽃」의 뒷면에 리[4]에 대한 답신 몇 마디가 첨부될 듯합니다.

작가에게 있어서 '열등감'은 물론 좋지 않지만, '자부심'도 좋지 않습니다. 정체되기 십상이기 때문입니다. 내 생각으로는 제일 좋기로는 용기를 잃지 말고 늘 글을 쓰는 것입니다. 그렇지만 자만해서는 안 되고, 언제나처럼 늘 열심히 하는 것입니다. 그렇게 하지 않으면 나가는 것은 많고 들어오는 것은 적어서 나중에는 공허하게 됩니다.

『8월』에서 내가 삭제를 주장한 곳은 묘사가 아니라 설명을 한 곳입니다. 작가의 설명은 적은 것이 맞습니다. 특히 개의 심리 같은 것은 그렇습니다. 어떻게 알 수 있겠습니까.

지난번 편지에서 장 군[5]이 당신과 이야기를 나누었으면 한다고 했는데, 내 생각에는 아주 좋습니다. 그는 문학비평을 연구하는 사람인데, 나는 그와 아주 잘 아는 사이입니다.

이렇게 답합니다.

두 사람 모두 편안하기 바랍니다.

4월 12 밤, 위 올림

주)_____

1) 「좌익작가연맹에 대한 의견」(對於左翼作家聯盟的意見)을 가리킨다.
2) '유탸오'(油條)는 소금간을 한 밀가루 반죽을 꽈배기 모양으로 만들어 기름에 튀긴 것
   으로 일반적으로 아침에 콩국과 함께 먹는다.
3) 노비코프의 단편 「퇴역」을 가리킨다. 서신 350325 참고.
4) '리'는 리싼랑(李三郞)을 가리킨다. 서신 350325 참고.
5) '장 군'(張君)은 후펑(胡風, 1902~1985)을 가리킨다. 본명이 장광런(張光人)이다. 현대문
   예비평 이론가이자 시인, 번역가이다.

350419① 탕타오에게

탕타오 선생:

처음 외국어를 배우는데, 교사의 중국말이나 중국어 문장이 좋지 않
으면 학생은 매우 고생하게 됩니다. 학생이 어린아이와 같이 자연스럽게
배우게 되면 그것은 물론 중요한 문제가 안 됩니다. 그런데 외국어의 그
문장이 바로 중국어의 그 문장이라는 것을 안다면, 다시 말해 교사가 잘
비교할수록 장점이 더 많아집니다. 그렇지 않으면 발음이 정확하더라도
알게 되는 것은 매번 약간의 피상적인 것에 불과합니다.

일본은 언어와 문장이 일치하지 않습니다. 언어를 배워도 문장을 이
해하지 못합니다. 그런데 사실상 요즘 출판물은 '문'文으로 쓰는 것은 이미
거의 없어졌습니다. 따라서 일본 고문학을 연구하는 것이 아니라면 언어

만 배워도 충분합니다.

언어에서 계급적 색채는 일본이 훨씬 심각하고, 세계적으로도 달리 있을 것 같지 않습니다. 그런데 최고의 경어敬語는 일상적으로는 필요치 않습니다. 우리가 결코 일본귀족과 교제하러 갈 리는 없기 때문입니다. 그런데 여성에 대해서는 좀 예의를 차려서 말을 합니다. 서적에서 사용하는 어법은 다 간단하고, '고자リマス'[1] 같은 종류는 매우 드뭅니다.

청조의 역사서에 대해서 나는 마음에 두지 않아서 무엇이 좋은지 말할 수 없습니다. 대략 샤오이산[2]의 그런 책에서 대략을 말했을 것입니다. 또 샤쩡유[3]가 역사교과서를 쓴 적이 있고, 나는 젊은 시절 읽었습니다. 그런대로 좋았고 지금은 『중국고대사』로 제목을 바꾸었고 두 종류 모두 상우인서관에서 찍었습니다.

잡감 부류의 문장의 글을 기꺼이 찍으려 하는 곳은 지금은 두 곳만 있습니다. 하나는 망종사인데, 그들은 한 푼도 없습니다. 다른 하나는 생활서점이고, 그제 공교롭게도 푸둥화傅東華 선생을 우연히 만나서 그에게 이야기했더니 보여 달라고 말했습니다. 따라서 선생의 원고는 직접 그에게 부치면 됩니다(환룽로 신밍춘 6호 문학사).[4]

우선 이렇게 답신을 보냅니다.

늘 편안하기를 송축합니다.

4월 19일, 쉰 올림

주)_____

1) 원문은 '禦座リマス'. '~이옵니다'라는 뜻으로 존경을 표시하는 어미이다.
2) 샤오이산(蕭一山, 1902~1978). 장쑤 퉁산(銅山) 사람. 역사학자. 베이징대학 등의 교수를 역임했다. 저서로 『청대통사』(淸代通史)가 있고 1932년 9월 상우인서관에서 출판했다.
3) 샤쩡유(夏曾佑, 1863~1924). 저서로 『중국역사교과서』(中國歷史敎科書)가 있다. 1933년

『중국고대사』(中國古代史)로 세록을 바꾸었고, 1935년 4월 상하이 상우인서관에서 재
판을 찍었다. 서신 360317 참고.
4) 원문은 '環龍路新明邨六號文學社'이다.

350419② 자오자비에게

자비 선생:

어제 허구톈[1] 군의 편지 한 통을 받았는데, 그에게 8, 9만 사의 문집이
있는데 출판할 곳을 찾고 싶다고 말했습니다. 그의 필묵은 선생이 대개 알
고 있을 것이고, 성명에 대해서는 아마도 어쨌거나 바꾸어야 합니다. 내용
은 대부분이 이미 발표한 것이고, 따라서 검열에 저촉되지는 않습니다. 량
유문학총서로 찍어 낼 희망이 있는지 모르겠습니다. 선생이 내게 답신을
주기를 아주 [?].[2] 아니면 원고를 본 후에 다시 말해도 좋습니다.

우선 이렇게 알립니다.

편안하기 바랍니다.

4월 19일, 쉰 올림

주)_____

1) 허구톈(何谷天, 1907~1952)은 곧 저우원(周文)이다. 그의 문집은 단편소설집 『부자지
간』(父子之間)을 가리킨다. 1935년 9월 상하이 량유도서인쇄공사에서 '량유문고' 제10
권으로 출판했다.
2) 탈자가 있는 부분이다.

350421 멍스환에게

스환 선생:

19일 편지는 받았습니다. 번역원고[1]는 직접 황黃선생에게 부치기 바랍니다. 오래전부터 전적으로 그가 편집을 하고 있습니다. 『역문』은 잘려 나가는 것이 많고 오자도 많아서 정말이지 방법이 없습니다. 번역의 흠에 대해서는 다른 사람들이 찾아내기 쉽지 않을 것입니다. 원문을 대조하고 자세히 따져보지 않는다면 말입니다. 그런데 나는 그야말로 이런 재주가 없습니다.

정鄭 군의 연락처는 이렇습니다: 베이핑, 둥청, 샤오양이빈후퉁, 1호.[2]

『시계』가 영화로 만들어진다는 것은 일보(이름은 잃어버렸습니다)에서 본 적이 있는데, 중국의 국정에 맞도록 할 것이라고 운운했습니다.[3] 줄거리만 가져와서 중국의 사건으로 만든다면 내 생각에는 이렇습니다. 말로 할 수 없을 만큼 엉망진창이 되겠지요! 나는 이것이 사실로 되지 않기를 너무도 바라고 있습니다.

우선 이렇게 답신을 보냅니다.

늘 편안하기를 송축합니다.

4월 21일, 쉰 올림

주)_____

1) 멍스환이 번역한 조지아의 여성작가의 단편소설 「코나」(叩娜)를 가리킨다. 『역문』제1권 제3기(1935년 5월)에 실렸다.

2) 원문은 '北平, 東城, 小羊宜賓胡同, 1號'이다.

3) 1935년 4월 20일 『시사신보』(時事新報) 「신상하이」(新上海)에 「금시계가 곧 크랭크인되다」(金時計即將開拍)라는 뉴스가 실렸는데, 내용은 다음과 같다. 차이추성(蔡楚生)은 "열

을 안에 돋보이고 있는 「금시계」(임시 제목) 대본을 완성할 것이다. 이 극의 골자는 러시아 작가 L. Panteleev의 걸작에서 소재를 취하고 극의 힘을 강하게 하고 국정(國情)에 맞도록 하기 위하여 다시 정수를 보충하여 대단히 감동적인 영화로 만들었다." 여기서 말하는 「금시계」가 『시계』이다.

350422 허바이타오에게[1]

바이타오 선생:

선후로 편지 두 통을 받았습니다. 선생은 비용과 책 보상대금에 관해 발표하려 한다고 말했는데, 이것은 물론 못할 것도 없습니다.

그런데 그림원고는 함부로 투고해서는 안 됩니다. 앞으로는 기회를 봐서 적당한 곳을 소개하겠습니다. 염려하지 마시기 바랍니다.

급히 이렇게 답신합니다.

늘 편안하기를 송축합니다.

4월 22일, 쉰 올림

주)_____

1) 허바이타오(何白濤, 1911~1939). 광둥 하이펑(海豊) 사람. 목판화운동가. 천옌차오(陳烟橋) 등과 목판화 단체인 '예쑤이사'(野穗社)를 조직했고 후에 목판화연구회에 가입했다.

350423① 차오징화에게

루전 형:

11일 편지는 벌써 받았습니다. 『문학백과전서』[1] 한 권도 이어서 받았습니다. 그중 GOGOL 화상은 이미 찢겨져 있고, 그런데 빠진 곳은 없습니다. 원래가 이러한지 아니면 도중에 누군가 장난을 친 것인지 모르겠습니다. 이 책은 아주 좋습니다. 문학가의 화상을 쓰고자 하면 아주 편리하겠습니다. 지금 Afinogenov[2]의 화상을 찾으려 하는데, 제1권에 있는지 모르겠습니다. 있다면 한 번 쓸 수 있도록 부쳐 주기 바랍니다.

그제 정기간행물 두 꾸러미를 부치라고 서점에 부탁했습니다. 그런데 우체국에 나의 필적을 알아보는 사람이 있고, 무릇 포장지에 내가 글을 쓴 것은 그가 항상 특별히 열어 보는 듯합니다. 이 두 꾸러미도 그가 뒤죽박죽 열어 볼지도 모릅니다. 이런 놈들은 꼭 특정한 임무가 있는 것이 아니지만, 무릇 능욕할 만한 것이 있으면 언제나 능욕하려 하고, 뭔가 발견하면 전리품을 헌납하고 이익을 챙기려는 야심을 가지고 있습니다. 하지만 나의 우편물은 지금까지 그에게 어떤 이익도 준 적이 없습니다.

지금 치료하고 있는 디프테리아는 주사만 맞으면 좋아지는데, 어떻게 이렇게 오랜 시일이 걸리는지 모르겠습니다. 상하이에도 늘 자주 유행병이 돕니다. 나는 작년에 스페인감기에 걸리고부터 몸이 예전보다 훨씬 못해졌습니다. 최근에는 날씨도 안 좋고 또 감기도 유행입니다. 내 집에서 병에 걸리지 않은 사람은 쉬許 한 사람뿐인데, 오늘은 기력이 없다고 말했습니다. 그런데 이번 병은 작년 말처럼 그렇게 성가시지는 않습니다. 한 주일 더 지나면 아마도 완전히 좋아질 수 있을 것입니다.

우선 이렇게 알립니다.

봄날 편안하기를 송축합니다.

4월 23일, 아우 위 올림

주)_____

1) 『문학백과전서』(文學百科全書)는 『소련문학백과전서』(蘇聯文學百科全書)이다. 1929년부터 출판했다.
2) 아피노게노프(Александр Николаевич Афиногенов, 1904~1941). 소련의 극작가. 희곡으로 『괴짜』(怪物, *Crank*, Чудак), 『먼 곳』(遠方, *A Far Place*, Далекое) 등이 있다.

350423② 샤오쥔, 샤오훙에게

류쥔
차오인 선생:

16일 편지는 벌써 받았습니다. 올해 베이쓰촨로北四川路는 유행성 감기에 걸린 사람이 유난히 많습니다. 지난주부터 집에서 병에 걸리지 않는 사람은 쉬 한 사람뿐입니다. 그런데 오늘은 기력이 없다고 말했습니다. 내가 가장 먼저 걸렸지만 가장 먼저 나았고, 오늘은 평소와 똑같습니다.

친구의 일을 돕는 것은 돕다 보면 나중에 가서는 자기만 바쁘게 됩니다. 이것은 늘 겪는 일입니다. 당신의 친구는 대학에 들어갔으니 필히 지식인이고, 그렇다면 그는 틀림없이 '인정으로 말하자면' 따위의 이치를 가지고 있을 것입니다. 내 경험으로 보면, 나에게 도와 달라고 오는 사람은 '상호부조론'을 씁니다. 소용없게 되면 나를 공격하면서 '진화론의 생존경쟁설'을 씁니다. 내 옷을 가져가고도 내가 돌려 달라고 하면 그는 내가 '개인주의'이고 이기적이고 너무 인색하다고 말합니다. 앞뒤를 맞추어 보면 정말 웃음이 나올 지경이지만, 그는 정색을 하고 조금도 부끄럽지 않다고 말합니다.

내가 보기에 중국의 많은 지식인들은 입으로는 각종 학설과 이치로 자신의 행위를 꾸미지만, 실은 자기 한 사람의 편리함과 편안함을 생각할 따름입니다. 무릇 그런 사람과 만나면 모두 생활의 재료로 사용됩니다. 흰개미처럼 가는 길에 있는 것은 다 먹어치우고 남기는 것은 배설한 똥뿐입니다. 사회에 이런 물건이 많아지면 사회는 엉망이 되고 맙니다.

나의 글 중에는 『이심집』에 있는 것이 상대적으로 예리합니다. 왜냐하면 나중에 새로운 경험을 하고 나서는 글을 쓰는 것이 즐겁지 않게 되었기 때문입니다. 적은 두려워할 게 못 되고, 제일 한심하고 실망스러운 것은 우군 중에서 배후에서 쏘는 암전입니다. 상처를 입어도 그 사람은 같은 진영에서 즐겁게 웃는 얼굴을 하고 있습니다. 이런 까닭으로 상처를 입으면 깊은 산림으로 숨어들어가 스스로 핥아내고 잘 동여매고 아무도 모르게 해야 합니다. 나는 이런 처지가 되는 것은 무서운 일이라고 생각합니다. 그래도 무슨 실망을 한 적은 없고 대개 좀 쉬고 나면 변함없이 일어납니다. 그런데도 결국에는 영향이 있는 듯합니다. 글에 드러날 뿐만 아니라 스스로도 요즘에는 아무래도 '차가운' 때가 많아졌다고 느끼고 있습니다.

「벚꽃」은 이미 검열 어르신을 통과했다고 들었고, 서명은 바꿀 수 없게 되었습니다. 그제 『태백』 광고를 봤는데, 두 편[1]이 한꺼번에 발표됩니다. 원고료는 받았는지 모르겠습니다.

『집외집』은 아직 안 나온 듯합니다.

급히 답신합니다.

두 사람 모두 행복하기를 송축합니다.

[4월 23일] 위 올림

최근 베이쓰촨로 우체국에 나의 필적을 아는 사람이 있습니다. 무릇 서적을 부치는데 포장지에 내가 글을 쓴 것은 그가 특별히 뜯어보고 뒤죽박죽으로 만들어 버립니다. 그런데 편지에 대해서는 아직은 이렇게 하지 않는 듯합니다. 오호라, 사람 얼굴을 한 개들이 어찌나 많은지!? 추신.

주)_____

1) 샤오쥔의 「살기 위하여」(爲了活), 「한 마리 어린 양」(一只小羊)을 가리킨다. 모두 『태백』 제2권 제3기(1935년 4월 20일)에 실렸다.

350425① 황위안에게

허칭 선생:

그제 쉬마오융의 번역원고[1] 한 편을 보냈으니 이미 도착했으리라 생각합니다.

오늘 선沈 선생의 번역원고[2] 한 편을 부쳤습니다. 또 쉐자오[3] 여사의 번역원고 한 편은 그녀가 직접 인쇄소로 가서 조판 중인 『신문학』[4]에서 도로 뽑아 왔습니다. 따라서 이미 검열했고, 게다가 아주 너그럽게 검열하여 '머저리'라는 세 글자만 잘라 냈을 따름입니다. 『역문』에 쓰려면 다시 검열로 보내야 할지 모르겠습니다.

후기는 반드시 편집인이 한 단락 다시 써서 그녀의 범론泛論 앞에 두어야 합니다. 그런데 내게는 A. Afinogenov에 관한 자료는 없고, 아마도 영문판 『국제문학』[5]에 있었던 듯합니다.

Bryusov[6]의 사진이나 화상은 나한테 있습니다. 러시아어판『문학백과전서』에 생각건대 반드시 더욱 좋은 화상이 있을 것입니다. 어제 이미 징화靖華에게 빌려 달라고 편지를 했는데, 시간이 될지도 모릅니다.

『파리의 우울』[7]은 서점에서 어째서 아직 안 보내는지 모르겠습니다. 편한 때 한 번 재촉해 주기 바랍니다. 또, 바로하 소설의 번역원고[8]가 아직 있으면 더불어 편한 때 돌려주기 바랍니다. 이만 줄입니다. 편안하기 바랍니다.

4월 25일, 쉰 올림

주)_____

1) 프랑스 앙드레 지드(André Gide, 1869~1951)의 「수필 세 토막」(隨筆三則)이다.『역문』 제2권 제3기(1935년 5월)에 실렸다.

2) 선옌빙(沈雁冰)이 번역한 오 헨리의 단편소설 「마지막 잎새」(最後的一張葉子)를 가리킨다. 서명을 '편쥔'(芬君)이라고 했다.『역문』제2권 제6기(1935년 8월)에 실렸다.

3) 천쉐자오(陳學昭, 1906~1991)이다. 저장 하이닝(海寧) 사람, 작가이다. 프랑스에서 유학하고 귀국하여 루쉰에게 번역원고를 보여 주었다. 어떤 책인지는 미상이다.

4)『신문학』(新文學)은 월간. 신문학사에서 편집했다. 1935년 4월 창간, 두 기를 내고 정간했다. 상하이 중화잡지공사에서 출판했다.

5)『국제문학』(國際文學)은 격월간. 국제혁명작가연맹의 기관지이다. 전신은『외국문학소식』(外國文學消息),『세계혁명문학』(世界革命文學)이고, 1933년『국제문학』으로 이름을 바꾸었다. 러시아어, 독일어, 영어, 프랑스어 등 4개 언어로 모스크바에서 출판했다(러시아어판과 기타 세 종류의 언어판은 내용이 달랐다). 1943년 소련의 국가보위전쟁 시기에 정간했다.

6) 브류소프(Валерий Яковлевич Брюсов, 1873~1924). 소련의 시인이자 극작가. 그의 사진은『역문』제2권 제3기(1935년 5월)에 실렸다.

7)『파리의 우울』(巴黎的煩惱)은 프랑스 보들레르의 산문시집이다. 스민(石民)이 번역하여 1935년 생활서점에서 출판했다.

8) 피오 바로하의 소설『바스크 목가』서문(『山民牧唱』序)과 「소년의 이별」(少年別)을 가리킨다. 각각『역문』제1권 제2기, 제6기(1934년 10월, 1935년 2월)에 실렸다.

350425② 샤오쥔에게

류쥔 형:

태백사에서 원고료 명세서 한 장을 부쳐 왔습니다. 도장은 벌써 대신 찍었습니다. 빈 곳을 채워 넣고 사인을 해서 가서 찾아오기 바랍니다.

돈을 찾는 곳은 회계과입니다. 그렇다면, 푸저우로 푸싱리[1] 생활서점으로 가야 합니다.

또 샤오쥔이라고 서명한 한 편[2]이 이미 실렸습니다. 그런데 명세서를 부쳐 오지는 않았습니다. 아마 당신이 직접 보낸 것이겠지요?

이만 줄입니다.

봄날 편안하기를 송축합니다.

4월 25일, 위 올림

주)_____

1) 원문은 '福州路 福興里'이다.
2) 「한 마리 어린 양」을 가리킨다.

350428 샤오쥔에게

류쥔 형:

26일 편지는 받았습니다. 쉬許는 간신히 병에 걸리지 않았습니다. 아이는 아직 기침이 좀 있고 발은 완전히 좋아졌습니다. 그런데 피부색은 조금 다르지만 상관없습니다. 나는 벌써 완전히 좋아졌다고 말할 수 있고 지금은 일본잡지를 위해 글 한 편을 쓰고 있습니다.[1] 공자를 욕하는 것입니다. 왜냐하면 그들이 마침 공자 존경을 주장하고 있기 때문입니다. 하지만 실을 수 있을지는 모르겠습니다. 이달 안에 이 밖에 또 글 빚 두 편이 있는데, 내가 보기에 청산하기에는 시간이 모자랍니다. 범위가 정해져 있고 기한이 정해져 있는 글은 쓰기 시작하려니 정말 우는 소리가 절로 납니다. 재미도 없고 쓴다 해도 좋은 글이 못 됩니다.

문학사에서 원고료 명세서 한 장을 부쳐 왔습니다. 지금 마찬가지로 대신 도장을 찍어서 보냈습니다. 책을 인쇄한[2] 돈은 대개 꼭 따로 처리하지 않아도 될 것입니다.

그 잡지의 글은 너무 쓰기 어렵습니다. 나는 예전에도 대중의 총의라는 관점에서 글을 쓴 적이 있습니다.[3] 그런데 같은 길을 가는 사람이 가명을 진짜 이름 사이에 섞어 넣어 공개편지를 써서 나를 욕했습니다. 그들은 또한 귀빙뤄라는 이름을 만들어 귀모뤄가 잘못 조판된 것이라고 의심하게 만들기도 했습니다. 나는 질문을 제기했지만 결과는 아리송하고 영문을 알 수가 없으니 정말이지 귀신을 본 것같이 두렵습니다. 나중에 또 비슷한 사건이 두 번 일어났습니다.[4] 내 마음은 아직까지도 뜨거워지지 않습니다. 지금도 내가 필요할 때는 내가 "좋아졌다"라고 말합니다. 그러나 이것은 유언비어입니다. 나는 오히려 조금 나빠졌습니다.

다시 이야기합시다.

두 사람 모두 편안하기 바랍니다.

4월 28일 밤, 위 올림

한동안 못 봤는데, 이사했겠지요?

주)_____

1) 일본의 『가이조』(改造) 월간에 쓰기로 한 「현대중국의 공자」(在現代中國的孔夫子)를 가리킨다. 후에 『차개정잡문 2집』에 수록했다.

2) 『8월의 향촌』을 가리킨다.

3) 「욕설과 공갈은 결코 전투가 아니다―『문학월보』편집자에게 보내는 서한」(辱罵和恐嚇決不是戰鬪―致『文學月報』編輯的一封信)을 가리킨다. 후에 『남강북조집』에 수록했다. 이 글이 발표되자 『현대문화』(現代文化) 제1권 제2기(1933년 2월)에 서우자(首甲; 즉 주슈샤祝秀俠이다), 팡멍(方萌), 궈빙뤄(郭冰若), 추둥핑(丘東平)이 「루쉰 선생의 「욕설과 공갈은 결코 전투가 아니다」에 대하여 할 말이 있다」(對魯迅先生的「辱罵和恐嚇決不是戰鬪」有言)라는 글을 발표했다. 이 글은 윈성(芸生)의 시에 나오는 실수를 변호하고, 더불어 루쉰의 글에 "흰 장갑을 낀 혁명론의 오류"가 있고, "대단히 위험한 우경적 문화운동 중의 평화주의의 화법이다"라고 지적했다.

4) 서신 350207① 참고.

350429 차오징화에게

루전 형:

4월 26일 편지는 받았습니다. 상하이 신문에 그날 베이핑에 큰바람이 불었다고 하던데, 최근은 어떤지 모르겠습니다. 집안 모두 편안한지 염려됩니다.

비첩 두 꾸러미는 이미 받았습니다. 오랫동안 능農의 편지를 받지 못했습니다. 더불어 주소가 예전 그대로인지 몰라서 아직 답신을 못 했습니다. 형이 만나면 전해 주기 바랍니다. 더불어 탁본은 다시 좋은 게 있을 것 같지 않으니 앞으로는 꼭 수집하지 않아도 됩니다. 이미 부친 두 꾸러미에 대해서는 조금 겨를이 생기면 한번 살펴보고 필요한 것은 남기고 나머지는 형에게 부칠 것이니 전해 주기를 부탁합니다.

『백과전서』는 상하이에서 전달하는 것도 아주 좋습니다. 대신 부치는 것은 그리 불편할 것도 없습니다. 그런데 그쪽에서 책을 부칠 때 포장지와 끈이 종종 튼튼하지 않아서 내가 받을 때는 거의 전부 흩어져 버린 경우도 있습니다. 결코 우체국에서 이렇게 만든 것은 아니고, 이렇게 되면 배달되지 않기 십상입니다. 한번은 우체국에서 편지를 보내 흩어진 책 한 뭉치가 있는데 주소는 떨어져 나갔고 나더러 책 제목을 작성하고 수령하라고 했습니다. 나는 어떤 책인지 몰라서 포기할 수밖에 없었습니다.

아우의 병은 벌써 좋아졌으니 염려 마십시오. 이만 줄입니다.

편안하기 바랍니다.

4월 29일, 아우 위 올림

350430 어머니께

모친 대인 슬하에 삼가 올립니다. 4월 24일 보내신 서한은 벌써 받았고, 두번째로 부치신 소포도 일찌감치 받았습니다. 상하이 신문에서는 26일부터 베이핑에 큰바람이 불었다고 하는데, 댁내 어떠한지 모르겠고 심히 염려하고 있습니다. 대인께서는 위병이 막 나았고 아직 기력이 없으시니 더욱 정양에 신경 쓰시길 바랍니다. 상하이 날씨 또한 그다지 좋지 않았으나, 최근에는 쾌청하니 따뜻해질 것 같습니다. 집 안은 모두 평안하고 하이잉도 괜찮으니 염려 놓으시기 바랍니다. 아들의 몸은 여전히 좋습니다. 다만 허드렛일이 적지 않은 까닭에 조금 바쁜 것은 면할 수 없고 가끔은 기력이 없는 것 같기도 합니다. 하지만 어떤 글들은 친구와 생계 문제로 쓰지 않을 수도 없습니다. 우선 이렇게 알려 드립니다.

삼가 몸 건강하시길 바랍니다.

4월 30일, 아들 수 절을 올립니다

광핑과 하이잉도 함께 절을 올립니다

350503 뤄칭전에게

칭전 선생:

3월 21, 4월 6, 22일 세 통의 편지는 모두 선후로 받았습니다. 목판화 4권도 서점에서 전해 주었습니다. 감사합니다! Ettinger의 것을 보내는 것은 편한 때 부치겠습니다. 고 씨[1]에 대해서는 아직까지 서신 왕래가 없기 때문에 어쩔 수 없이 부치지 않았습니다. 위탁판매하는 책이 1위안 2자오면 좀 비싼 듯하여 서점과 협상하여 권당 1위안으로 바꾸었습니다.

졸작을 위해 그림을 새겨 주시는 것을 허락해 주어서 심히 감사합니다. 그런데 최근에 쓴 것은 모두 번역과 평론이고 소설은 오래전부터 쓰지 않았습니다. 시도 여태껏 관심을 두지 않았는데, 허우 선생[2]이 대작을 보내 주시니 그야말로 '장님에게 길을 묻'는 격일 따름입니다.

장후이張慧 선생은 자주 편지를 보내옵니다. 그런데 내가 그의 연락처를 잃어버려 늘 대신 부쳐 달라고 번거롭게 하니 너무 편치 않습니다. 편한 때 주소를 알려 주면 고맙겠습니다.

급히 이만 줄입니다.

늘 편안하기를 송축합니다.

5월 3일, 쉰 올림

주)_____

1) 고리키를 가리킨다.
2) 허우루화(侯汝華)이다. 뤄칭전의 친구로 당시 광둥(廣東) 메이현(梅縣)에서 중학 교사로
   있었다.

350505 황위안에게

허칭 선생:

오늘『문학』'논단' 한 토막,[1]『문학백제』시험지 두 편[2]을 부쳤으니 전해 주기 바랍니다. 또「기아」[3] 한 편은 나쁘지 않게 쓴 듯하고,『문학』수필란에 쓸 수 있을지 모르겠습니다. 더불어 한번 물어보길 바라고 만약 쓸 수 없으면 돌려주기 바랍니다.

'세계문고'는 정말로 출판하려나 봅니다. 멍蕪 선생에게서 빌려온 G집[4] 삽화에『죽은 혼』제1, 2장의 것이 있는지요? 있다면 전해 주기 바랍니다. 제판 후에는 더불어 표제 말을 대신 써 주기를 바랍니다. 또한 책을 주인에게 돌려줄 수 있도록 전부 사진 찍어 두라고 서점에 부탁하십시오. 그런데『문고』에서 삽화를 환영하지 않는다면, 넣지 않으면 그만입니다.

이만 줄입니다.

편안하기 바랍니다.

5월 5일, 쉰 올림

주)_____

1) 「그렇게 쓰지 말아야 한다」(不應該那麼寫)를 가리킨다. 후에 『차개정잡문 2집』에 수록했다.
2) 『문학백제』(文學百題)는 푸둥화(傅東華)가 편집하여 1935년 7월 생활서점에서 출판했다. 문학에 관련된 문제 100편을 수록한 책으로 '『문학』 2주년 기념특집'으로 기획했다. 시험지 두 편은 「육조소설과 당대 전기문은 어떻게 다른가?」(六朝小說和唐代傳奇文有怎樣的區別)와 「'풍자'란 무엇인가?」(什麼是"諷刺"?)를 가리킨다. 후에 모두 『차개정잡문 2집』에 수록했다.
3) 「기아」(餓)는 차오인(샤오훙)이 쓴 수필이다. 『문학』 제4권 제6호(1935년 6월)에 실렸다.
4) 러시아어판 고골 문집을 가리킨다.

350509① 샤오쥔에게

류쥔 형:

7일 편지는 받았습니다. 나는 이번 달 주머니사정이 아주 궁색합니다. 그저 자잘한 수입만 있기 때문입니다. 액수가 비교적 큰 원고료는 지급되지 않거나 수표입니다. 따라서 25일은 되어야 비로소 기한이 되어 받을 수 있는 원고료가 생깁니다. 당신이 이때까지 기다릴 수 있는지 모르겠습니다. 그런데 그전이라도 나의 원고료가 예기치 않게 지급될 수도 있겠지만, 예단할 수는 없습니다. 그때 다시 알려 주겠습니다.

우선 이렇게 답신을 보냅니다.

두 사람 모두 편안하기 바랍니다.

5월 9일, 위 올림

350509② 자오자비에게

자비 선생:

150위안 약속어음 한 장은 어제 받았습니다. 심히 감사드립니다.

『니체자전』 번역자는 오랫동안 소식이 없으니 그렇게 내버려 두는 수밖에 없습니다. 저우원의 원고[1]는 출판이 늦든 빠르든 내가 보기에 아무런 상관이 없습니다.

우선 이렇게 답신을 보냅니다.

편안하기 바랍니다.

5월 9일, 쉰 삼가 올림

주)_____

1) 저우원(周文)은 곧 허구톈(何谷天)이고, 원고는 그의 단편소설집 『부자지간』(父子之間)을 가리킨다.

350510① 자오자비에게

자비 선생:

오전에 9일 편지와 『니체자전』 2권을 받았습니다.

소설 원고[1]는 원래 실을 수 없는 것은 전부 잘라 내고, 또 5편을 잘라 냈습니다. 아마도 더는 예상한 쪽수를 넘길 리가 없을 것입니다.

목록도 부칩니다.

우선 이렇게 답신을 보냅니다.

평안하기 바랍니다.

5월 10 밤, 쉰 올림

주)_____

1)『중국신문학대계 · 소설 2집』 원고를 가리킨다.

350510② 샤오젠칭에게[1]

젠칭 선생:

보낸 편지는 잘 읽었습니다. 동봉해서 부친 그림원고[2]도 다 보았습니다. 나는 이 원고가 너무 노골적이어서 뺄 수 있으면 좋을 것이라 생각합니다. 당신의 뜻은 어떤지 모르겠습니다.

우선 이렇게 답신을 보냅니다.

늘 편안하기를 송축합니다.

5월 10일, 루쉰

주)_____

1) 이 서신은 1942년 10월 20일『중화일보』(中華日報)「중화부간」(中華副刊)에 실렸다. 샤오젠칭(蕭劍靑)의 생몰년은 알 수 없다. 동남아 화교, 원적은 광둥(廣東). 만화와 문학을 애호했으며, 상하이 세계서국(世界書局)에서 근무할 때 루쉰과 알게 되었다

2)「성모상에 무릎 꿇고 절하는 사람」(聖母像的跪拜者)을 가리킨다. 샤오젠칭의「중생상」(衆生相) 삽화 원고의 하나로 당시 성애를 추구하는 청년들을 풍자한 그림이다.

350514① 차오징화에게

루전 형:

3일 편지와 번역원고[1] 한 편을 받은 지 오래되었습니다. 허드렛일이 많아서 전에 답신을 못 보낸 듯합니다. 너무 미안합니다. 어제 비첩 한 꾸러미를 부치라고 서점에 부탁했는데, 도착했는지 모르겠습니다. 도착했다면 지금 동봉하는 편지와 함께 전해 주기 바랍니다. 또 학교잡지 한 꾸러미도 부쳤는데, 동시에 부쳤습니다. 분실되지는 않았으리라 생각합니다.

베이핑의 강풍에 대해서는 상하이 신문에서 사실보다 과장해서 쓴 듯합니다. 따라서 그때는 꽤 걱정했고 보낸 편지를 받고서야 비로소 마음이 놓였습니다. 상하이는 아직까지 추웠다 따뜻했다 합니다. 감기에 걸린 사람이 너무 많은데, 다만 우리집은 모두 편안하니 염려 말기 바랍니다. 타 형이 큰 병에 걸렸다[2]고 들었고, 뿐만 아니라 아주 정확합니다. 아마도 치료하기가 아주 어려운가 봅니다. 타 부인[3]은 아직 건강하다고 들었습니다.

요즘 생활은 정말 수레를 끄는 것과 같습니다. 글을 팔아 생활하는 것도 그다지 쉽지가 않습니다. 번역잡지를 인쇄하는 것마저도 늘 검열을 당하고 게다가 유언비어가 달라붙고, 질투하는 사람들이 또 기회를 타서 공격합니다. 이런 까닭으로 일을 하기가 너무 어렵습니다. 그런데 그들도 일을 제대로 못합니다. 왜냐하면 번역작품은 근본적으로 보려고 하는 사람도 없기 때문입니다. 하지만 우리는 많이 성가십니다.

현대서국이 폐업할 가능성이 크다고 들었습니다. 형의 원고는 여러 손을 거쳐 되돌려 달라고 부탁했습니다. 그런데 아직 회신이 없습니다.

소설 번역원고는 일간 역문사에 전해 주겠습니다.

우선 이렇게 알립니다.

늘 편안하기 바랍니다.

5월 14 밤, 아우 위 인사를 올립니다

주)_____

1) 루쉰의 일기에 따르면 한원(寒筠)의 번역원고이다. 제목은 미상이다.
2) '타 형'의 원문은 '它兄'이다. '타'는 취추바이(瞿秋白)의 필명이다. 취추바이는 1935년 2
  월 23일 푸젠 유지취(遊擊區)에서 국민당에 의해 체포되었는데, 감시를 피하기 위하여
  '타 형이 큰 병에 걸렸다'고 했다.
3) 취추바이의 부인 양즈화(楊之華)를 가리킨다.

350514② 타이징눙에게

칭靑 형:

2일 편지는 받았습니다. 그런데 지난달 편지는 아직 못 받았습니다.
탁본 두 꾸러미는 다 받았고, '군거'君車 화상은 확실히 위조품이고 전각博
刻으로 번각1)한 듯합니다. 보재2)가 찍은 것도 가짜입니다. 원각의 탁본은
훨씬 신비로운 광채가 있을 뿐만 아니라 비석의 뒷면도 완전합니다. 또 꾸
러미 중에 「조망희 조상」도 아마 번각일 것입니다. 그것이 원각과 다른 점
은『교비수필』에 보입니다.3)

두 꾸러미에서 각각 몇 종류를 골랐고 목록은 따로 나열합니다. 나머
지는 이미 어제 되부쳤습니다. 화상을 수집하는 일은 잠시 그만둘 생각입
니다. 근년 이래로 정신과 체력이 크게 예전만 못해졌고, 게다가 종일 힘

들게 일해도 정리해서 인쇄에 넘길 수 있다는 희망도 없어서 잠시 내버려 둘 작정입니다. 지금에서야 노년기에 사람을 다그치는 것이 이처럼 무섭다는 것을 알게 되었습니다. 왜냐하면 나는 작년 겨울 스페인독감에 걸린 뒤로 소화계통에 문제가 생겼고, 이때부터 거의 매달 꼭 작은 병을 한 번씩 앓게 되었기 때문입니다. 하지만 금방 목숨이 다할 것 같지는 않으니 마음 놓으셔도 괜찮습니다.

우선 이렇게 답신을 보냅니다.

늘 편안하기를 송축합니다.

5월 14 밤, 위 인사를 올립니다

첫째 꾸러미에서 탁본 4종을 남깁니다(안에 목록과 정가가 없습니다. 우선 손 가는 대로 나열하니 조사해서 지불해 주기 바랍니다) ──

1. 기마인화상(나무가 있음) 1장

2. 대정 4년 조상大定四年造象 1벌 2장

3. 한잔화상漢殘畫象 1벌 4장

4. 사람 한 명과 뱀 한 마리 화상 1장

둘째 꾸러미에서 탁본 2종을 남깁니다 ──

1. 한록漢鹿 1벌 2장(5위안 5)

2. 이저우宜州 화상(?) 1벌 3장(1위안 5)

이상 모두 6종을 남깁니다.

주)＿＿＿＿＿

1) 번각(飜刻)은 원석(原石)이 존재하지만 탁본에 근거하여 다시 새기고 이를 탁본하여 유통시킨 것을 이르는 말이다.

2) 보재(簠齋)는 진개기(陳介祺, 1813~1884)이다. 자는 수성(壽卿), 호가 보재이다. 산둥 웨이현(濰縣) 사람. 고문물 수집가이다.
3) 「조망회 조상」(曹望憘造像)은 「조망회 조상기」(曹望憘造像記)를 가리킨다. 북위(北魏) 때 석각이다. 『교비수필』(校碑隨筆)에 따르면 원석은 "정서(正書) 22행, 각 행은 9글자이다. 마지막에 한 행이 남아 있는데, 마지막에는 대(大)라는 글자가 새겨져 있"고, "모각본은 전부 원석의 의도를 놓쳤다"라고 했다. 『교비수필』은 주(周), 진(秦)부터 오대(五代)에 이르기까지의 비갈문 500여 통에 대한 교감기이다. 팡뤄(方若)가 지었다. 1921년 항저우 시링인사(西泠印社)에서 출판했다.

350517 후펑에게[1]

15일 편지는 받았습니다. 그제 쉬안 선생[2]을 만났는데, 당신이 『풀잎』[3] 번역 일을 하려 한다고 말했습니다. 그는 왜 이것을 선택했을까, 라며 영국, 독일문학 중에 긴 것을 선택하는 게 낫고 영어, 일어 문장을 대조해 보기만 하면 된다고 말했습니다. 내가 나중에 생각해 보니, 『풀잎』은 글자 수가 제한적일 뿐만 아니라 시라는 물건은 번역하는 데 힘만 들고 좋은 결과를 얻지 못하기 십상입니다. 『풀잎』에 운이 없다고 해도 그렇습니다. 그런데 방금 목록을 좀 살펴보니 영국, 독일문학에서 사실 적절한 물건이 없습니다. 독일작품은 모두 짧고 영국작품은 대부분이 무료합니다(나는 영국인들과 맞지 않습니다). 내가 보기에 폴란드의 『불과 칼』[4]이나 『농민』[5]이 번역할 만합니다. 후자는 일역본이 있고, 전자는 일역본의 유무는 모르겠고 영역본은 모두 있습니다. 정[6]을 만날 때 그에게 이야기해 보려는데, 당신은 어떻게 생각합니까?

그 소식[7]은 백 퍼센트 확실하고 정말 너무 안타깝습니다. 이로부터 확대해서 생각해 보면 어쩌면 또 일이 있을 수도 있고 어쩌면 뜻밖에 없을 수도 있습니다.

샤오[8]에게서 편지가 와서 편지를 재촉했습니다. '정확'한 편지[9]를 지금까지 보내지 않았음을 알 수 있습니다.

요 며칠 『죽은 혼』 번역을 서두르느라 머리가 멍멍해질 지경입니다. 나는 전에 ゴーゴリ[10]를 너무 하찮게 보고 번역하기 쉬울 것이라 생각했지만, 뜻밖에도 너무 어렵습니다. 그의 풍자는 수많은 단련과 심혈을 기울인 것입니다. 그 속에 비록 모던한 명사(당시에는 전등도 없었습니다)는 없지만 18세기의 메뉴판, 18세기의 카드놀이가 나오는데, 정말 단단히 애를 먹고 있습니다. 우에다 스스무[11]의 번역본은 결코 나쁘지 않지만, 독역본과 다른 곳이 자주 나옵니다. 곰곰히 생각해 보면 그가 틀린 곳이 많은데, 번역은 정말로 쉽지가 않습니다.

『선바오』에 실린 광고[12]를 보니, 비평가 스헝 선생이 일본어에서 중역하는 것은 믿을 수 없다고 논하고 있는데, 이것은 맞는 말입니다. 그런데 나는 전에 그를 위해서 일본어에서 번역한 것을 맞추어 본 적이 있는데, 틀린 데가 적지 않았습니다. 직역 또한 왕왕 믿을 수 없음을 알 수 있습니다.

5월 17 밤, 위 올림

나와 하루 약속해서 한담이나 나누었으면 하는데, 당신은 시간이 되는지요? 그런데 제일 좋기로는 23일 이후입니다.

주)_____

1) 이 서신에서 호칭은 수신인이 삭제했다. 후평(胡風, 1902~1985)의 원명은 장광런(張光

人)이다. 후펑은 필명이다. 후베이 젠춘(蘄春) 사람이다. 문예이론가로 '좌련' 선전부장과 서기를 역임했다.

2) '쉬안 선생'(玄先生)은 선옌빙(沈雁冰)이다.

3) 『풀잎』(草葉)은 미국의 휘트먼(Walt Whitman, 1819~1892)의 시집이다.

4) 『불과 칼』(火與劍)은 폴란드의 시엔키에비치(Henryk Sienkiewicz, 1846~1916)가 쓴 장편소설이다.

5) 『농민』(農民)은 폴란드의 브와디스와프 레이몬트(Władysław Reymont, 1867~1925)가 쓴 장편소설이다.

6) '정'(鄭)은 정전둬(鄭振鐸)를 가리킨다.

7) 취추바이의 체포소식을 가리킨다.

8) '샤오'(蕭)는 샤오싼(蕭三)을 가리킨다.

9) '좌련'이 국제혁명작가연맹(International Union of Revolutionary Writers)에 사업을 보고한 편지를 가리킨다. 국제혁명작가연맹은 세계 각국 혁명작가의 연합조직으로 1925년에 창설하였고 1935년에 해산했다. 제1차 회의는 1927년 모스크바에서 개최되었다.

10) 고골이다.

11) 우에다 스스무(上田進, 1907~1947). 일본의 번역가. 그가 번역한 『죽은 혼』 제1부는 1934년 10월 일본의 과학사(科學社)에서 출판했다.

12) 1935년 5월 17일 『선바오』(申報)에는 『싱훠』(星火) 문예월간 창간호 출판 광고가 실렸다. 여기에 실린 해당 잡지의 목록에는 한스헝(韓侍桁)의 「일본어 번역서는 믿을 만하지 않다」(日譯書不可靠)가 소개되어 있었다.

350520 샤오쥔에게

류쥔 형:

　오늘 수입이 좀 생겼습니다. 당신이 필요로 하는 돈은 이미 서점에 두었으니 동봉한 쪽지를 가지고 가서 찾아가기 바랍니다.

　소설 번역[1]을 서두르느라 바빠서 더 쓸 수가 없고, 다만 두 가지 일을 통지합니다.

1. 『8월의 향촌』은 출판 후에 우치야먀서점에서는 위탁판매를 할 수가 없습니다. 그렇지 않으면 그가 고생해야 하기 때문입니다.

2. 진런의 번역원고[2]는 이미 이달 『역문』에 실렸습니다. 원고료는 다음 달 『문학』에 실린 차오인 부인의 원고료와 함께 지불합니다. 그 원고[3]는 내가 부쳤으니 잘려 나가지는 않을 것이라 생각합니다. 실리고 나면 직접 가서 찾아가면 고맙겠습니다.

급하게 알립니다.

두 사람 모두 행복하기를 송축합니다.

5월 20 밤, 위 올림

주)＿＿＿＿

1) 『죽은 혼』을 가리킨다.
2) 「퇴역」(退伍)을 가리킨다.
3) 「기아」(餓)를 가리킨다.

350522① 사오원룽에게[1]

밍즈銘之 오형吾兄 족하:

방금 20일 편지를 받았고, 특별히 말린 채소와 죽순 말랭이를 선물로 보낸 것을 알았습니다. 너무나 감사하고 감사합니다.

중국에서는 보통 간위병이라고 하는데 사실인즉슨 위장병입니다. 약방에서 파는 조제약은 종류가 꽤 많습니다. 아우가 지금까지 복용한 것은

'아선약 자양제'[2]인데, 사실 효과가 좋지는 않습니다. 대개 위병의 성질은 여러 가지여서 제조약으로 치료하는 것은 꽤 어렵습니다. 제 생각으로는 차라리 우선 음식을 조심하는 것이 낫습니다. 즉, 소화가 안 되는 것은 많이 먹지 말고 다른 한편으로 믿을 만한 양의를 찾아가 처방해 달라고 하면, 처음 병을 앓는 것이라면 한두 달이면 완전히 치료할 수 있습니다. 그런데 항저우에 믿을 만한 의사가 있는지 모르겠습니다. 의사는 유명한가가 아니라 성실한가에 달려 있습니다. 상하이에서라면 아우가 한둘 알고 있습니다. 상하이로 와서 한번 진찰받아 볼 생각이라면 소개해 드리겠습니다. 더불어 그가 바가지를 씌우지도 않고, 또한 강호의 비책으로 속이지도 않을 것임을 확실히 보장할 수 있습니다.

아우는 모든 것이 여전합니다. 다만 허드렛일이 지나치게 많아서 꽤 고생하고 있습니다. 필묵을 빌려 생활하는 것도 즐거운 일은 아니고, 하지만 또한 달리 할 수 있는 일도 없습니다. 책은 새로 나온 것은 없고, 『집외집』 한 권이 있을 뿐입니다. 친구들이 편집했습니다. 총집에 수록된 적이 없고 스스로 싣지 않았던 작품 모두를 모아서 한 편으로 만들었습니다. 원래부터 조악하고 또 관의 검열을 거쳤기 때문에 조금 정채로운 부분은 모두 잘려 나가서 결국 더욱 볼 만하지 않게 되었습니다. 조만간 서점[3]에 부탁해서 한 권을 부치도록 할 텐데 웃음거리나 될 수 있을 따름입니다. 『태백』에 대해서는 가끔 투고하고 있지만 서명은 그때그때 다릅니다. 새로 나오는 제5기에는 '시시콜콜 따지다'[4] 세 토막과 「사람의 말은 두렵다는 것을 논하다」 한 편이 있는데, 사실 모두 졸작입니다.

우선 이렇게 답신을 보냅니다.

편안하기 바랍니다.

24년[5] 5월 22일, 아우 수 인사를 올립니다

1) 사오원룽(邵文鎔, 1877~1942). 자는 밍즈(銘之), 밍즈(明之)이다. 저장 사오싱 사람. 루쉰과 같은 시기에 일본에서 유학했으며 후에 항저우에서 토목기사로 일했다.
2) '아선약'은 말레이시아, 인도네시아 지역에서 자생하는 덩굴성 관목으로 소화제에 쓰인다.
3) 우치야마서점을 가리킨다.
4) '시시콜콜 따지다'(掂斤簸兩)는 『태백』 반월간의 칼럼 제목이다. 세 토막(三則)은 「사지」(死所), 「중국의 과학자료」(中國的科學資料), 「'유불위재'」("有不爲齋")이다. 모두 『집외집습유보편』에 수록했다.
5) 민국 24년 즉, 1935년이다.

350522② 차오징화에게

루전 형:

18일 편지는 받았습니다. 그 일은 아주 정확하고, 지난달 아우가 확실한 편지를 받았습니다. 하지만 무엇을 할 수 있겠습니까? 이 일의 문화적인 손실은 정말 비할 데가 없습니다. 쉬 군[1]은 벌써 남쪽으로 왔고, 자세한 사정은 혹 그의 얼굴을 보고 말해 보겠습니다.

쉬 군은 사람됨이 아주 성실하지만, 다른 사람의 현명함과 불초함에 대하여는 그리 잘 알지 못합니다. 리 아무개[2]가 비열하고 지위와 재산을 따진다는 것은 아우가 아주 잘 알고 있습니다. 어째서 중한 권력을 쥐여 주었는지 모르겠습니다. 그런데 그가 윗사람에게는 특별한 모습을 보여 주는지 알 수가 없고, 따라서 쉽사리 속게 됩니다. 쉬는 나를 한 번 찾아왔었고, 시간은 말하지 않았지만 올 일이 있을 것입니다. 대략 네댓새 뒤에는 만날 것이니 다시 부탁하겠습니다.

아우는 모든 것이 그대로입니다. 다만 허드렛일이 너무 많아서 꽤 고생하고 있습니다. 겪는 것, 들리는 것 대부분이 즐거운 일이 아닙니다. 따라서 마음 또한 자못 편하지가 않습니다. 상하이에서 소위 '문인'이라고 하는 사람들 중에 어떤 이들은 정말 생각지도 못할 정도로 못됐습니다. 즉, 인면수심이라고 해도 이 지경은 아닐 것입니다. 그런데 놀랍게도 붓을 놀려 글을 쓰고 의론을 대대적으로 발표하고도 수치스럽다고 생각하지 않고, 사회에서도 왕왕 평범한 일로 간주합니다. 정말 너무 기괴한 일입니다.

둘째 아우가 보내온 편지 한 통을 동봉하니 전해 주기 바랍니다.

우선 이렇게 알립니다.

편안하기 바랍니다.

5월 22 밤, 아우 위 올림

주)_____

1) '쉬 군'은 쉬서우창이다.
2) 리지구(李季谷, 1895~1968)이다. 원명은 리쭝우(李宗武), 저장 사오싱 사람이다. 일본, 영국에서 유학한 적이 있고 당시에는 베이핑대학 여자문리학원 문사계(文史系) 주임을 맡고 있었다.

350522③ 황위안에게

허칭 선생:

저번에 『러시아 동화』[1]를 교정하고 싶다고 했는데, 다시 생각해 보니 필요 없을 것 같습니다. 차라리 이렇게 관에 검열을 하라고 하는 것이 낫겠습니다. 만약 불허하여 장차 자비로 출판하게 되면 그때 교정해도 좋습니다. 따라서 아직 인쇄하지 않은 원고는 잡지사의 배달부에게 부탁해서 편집해 넣기 좋도록 서점에 보내 주기 바랍니다. 더불어 '세계문고' 샘플본 한 권을 가지고 가도록 하면 고맙겠습니다.

멍스환 선생의 연락처를 잃어버렸습니다. 편지 한 통을 동봉하니 봉인하여 대신 부쳐 주기 바랍니다.

우선 이렇게 알립니다.

편안하기 바랍니다.

5월 22 밤, 쉰 올림

『죽은 혼』 제4장은 오늘 마침내 번역을 끝낸 셈인데, 제1부 전체의 1/4입니다. 그런데 오로지 이런 물건만 번역해야 한다면 아마도 정말로 '죽을 것' 같습니다.

주)_____

1) 『러시아 동화』(俄羅斯童話)는 『러시아의 동화』(俄羅斯的童話) 제10에서 16편까지의 번역원고를 가리킨다.

350522④ 멍스환에게

스환 선생:

19일 밤 편지는 받았습니다. 크릴로프[1] 번역의 어려움은 정鄭 공 자신노 알지 못했을 것입니다. 이 사람의 서삭은 다른 나라에서는 아주 드물게 번역된 듯하고, 나는 다만 일본어 번역 서너 편 본 적이 있습니다.

『죽은 혼』의 삽화는 '세계문고' 제1권에 이미 Taburin[2]의 작품을 사용했기 때문에 바꿀 수 없습니다. 그런데 이 사람은 제6장까지만 그렸기 때문에 최근에 친구가 다른 사람의 삽화 한 세트를 부쳐 주었습니다.[3] 모두 12점이고, 무슨 까닭인지 모르겠지만 마찬가지로 제6장까지만 그렸습니다. 어느 것이 삽화가 많은지 한 번 보고 싶습니다. 편한 때 내게 가져다주거나 혹 문학사에 두고 전해 주라고 부탁하면 됩니다.

듣자 하니 또 삽화[4]가 큰 판본이 있다고 하고 일이백 점이 있고 여전히 혁명 이전에 출판했다고 합니다. 지금은 구할 수 없을 듯합니다.

삽화에 대한 환영은 줄곧 이러했습니다. 19세기 말에 그림이 있는 『요재지이』[5]가 출판되었는데, 많은 사람들이 사 보고 아주 좋아했다고 기억하고 있습니다. 뿐만 아니라 삽화 때문에 비로소 글을 읽는 아이들도 있었습니다. 따라서 삽화는 재미가 있을 뿐만 아니라 유익하다고 생각합니다. 그런데 출판가들은 원가가 비싸서 그리 찬성하지 않고, 따라서 근래에는 삽화본이 아주 드뭅니다. 역사연의(후이원탕에서 출판한 것)[6]는 이 점에 꽤 유의했고, 판로에 도움이 적지 않았습니다. 그런데 우리의 '신문학가'들은 관심을 기울이지 않습니다. 이렇게 답합니다.

늘 편안하기를 송축합니다.

5월 22 밤, 쉰 올림

연락처를 적어 둔 쪽지를 잃어버렸습니다. 편한 때 다시 알려 주기 바랍니다.

1) 크릴로프(Иван Андреевич Крылов, 1769~1844). 러시아의 우화작가이다.
2) 러시아 화가. 그가 그린 『죽은 혼』 삽화는 「어디, 안녕, 안녕, 나의 사랑하는 아이여!」(哪, 再見, 再見, 我的可愛的孩子!)이다. 루쉰이 번역한 『죽은 혼』의 삽화로 1935년 5월 '세계문고' 제1책에 실렸다.
3) 차오징화가 보낸 소콜로프의 삽화를 가리킨다. 서신 350323① 참고.
4) 『죽은 혼 백가지 그림』(死魂靈百圖). 러시아 화가 아긴(A. A. Агин, 1817~1875)이 1847년에 완성했다. 루쉰이 원본을 구매하여 1936년 7월에 삼한서옥(三閑書屋)이라는 이름으로 자비로 출판했다. 모두 105점이다.
5) 『회화 요재지이도영』(繪畵聊齋志異圖詠)을 가리킨다. 청 광서(光緖) 12년(1886) 상하이 동문서국(同文書局)에서 석인, 출판했다.
6) 상하이 후이원탕(會文堂)에서 출판한 차이둥판(蔡東藩)이 편찬한 『역조 통속연의』(譯朝通俗演義)를 가리킨다. 모두 11종으로 1916년에서 1926년까지 계속 출판했다. 『중국역대통속연의』(中國歷代通俗演義)라고도 한다. 석인삽화본이었으나 1935년에 활판인쇄로 바꾸었다. 서신 340409② 참고.

350524① 천옌차오에게

옌차오 선생:

5월 10일 편지는 벌써 받았습니다. 지난번 편지 한 통도 받았습니다. 최근에 자주 병을 앓고 또 번역으로 돈 버는 일 따위로 바빠서 머리와 눈이 어질어질해져서 즉시 답신하지 못했습니다. 너무 미안합니다.

최근의 목판화 한 점은 내가 보기에 결코 좋지 않습니다. 구도로 말해 보자면, 양쪽의 집 측면이 대칭이고 중간에 큰 나무 한 그루로 공간을 꽉 채운 것이 원래는 꽤 재미있었습니다. 그런데 나는 영국(?)의 한 목판화가에게 이런 구도의 그림이 있다는 것을 기억하고 있습니다.

작품 선별은 본래 그리 힘든 일은 아닌데, 그런데 내가 찾아보니 선생의 작품은 10점이 되지 않습니다. 대략 하나는 이리저리 옮기다가 찾지 못하게 된 것이 있을 것이고, 둘은 소개한다고 보냈으나 사용하지도 않고 또 내게 돌려주지도 않아서 보이지 않을 수도 있습니다. 따로 한 부를 인쇄해서 부쳐 보내 줄 수 있다면 내가 골라 보겠습니다. 그런데 선별을 시작하면 아마도 엄격하게 할 것입니다. 왜냐하면 나는 새로 출판되는 몇 권의 화집이 그야말로 너무 아무렇게나 그림을 수록했다고 생각하기 때문입니다.

　나는 선생의 「풍경」곧 사의화寫意畵 같은 그 그림, 「황푸장」 2점을 『문학』에 소개할 생각입니다.[1] 바로 찍어서 내게 각각 한 장씩 부쳐 주기 바랍니다. 작가 이름은 무엇으로 할지도 더불어 알려 주면 고맙겠습니다.

　우선 이렇게 답신을 보냅니다.

　늘 편안하기를 송축합니다.

5월 24일, 쉰 올림

주)_____

1) 「풍경」(風景), 「황푸장」(黃浦江)은 루쉰의 추천으로 『문학』 제5권 제1호(1935년 7월)에 실렸다.

350524② 양지원에게

지원 선생:

　16일 편지는 벌써 받았습니다. 『집외집』도 받았습니다. 10권 말고도

8권을 더 달라고 해서 받았으니 이미 충분합니다. 인쇄 비용 같은 것은 요즘 출판계가 늘 이렇습니다. 나는 앞으로 더 낮추어야 한다고 봅니다.

종이도 받았습니다. 이런 엉터리 글자를 선지에 쓰다니 정말이지 스스로도 우습다고 생각합니다. 하지만 기왕에 선생이 나더러 쓰라고 하니, 내가 쓸 수는 있습니다. 그런데 시일은 미루어야 합니다. 적당한 때를 기다려야 하기 때문입니다.

종이 안에 두 장의 긴 쪽지가 있는데 대련인지요? 알려 주기 바랍니다. 만약 그러하다면 틀림없이 글씨가 엉망일 것입니다. 나는 큰 글자를 써 본 적이 없기 때문에 글자가 클수록 더 엉망이 됩니다.

우선 이렇게 답신을 보냅니다.

늘 편안하기 바랍니다.

5월 24일, 쉰 올림

350524③ 정보치에게

보치 선생

오후에 자오^{챠오} 선생의 편지를 받았는데, 베이핑으로 갈 것이고 일이 있으면 선생과 절충할 수 있다고 운운했습니다. 더불어 「소설 2집 서문」 조판 원고 두 부가 있습니다.

이 서문에 오자가 정말이지 적다고 할 수가 없습니다. 지금 서둘러 교정해서 부치니 꼭 그대로 고치라고 부탁해 주기 바랍니다. 그렇게 하지 않으면, 자못 너무 허술하다고 생각될 것입니다. 우선 이렇게 알립니다.

펴인하기 바랍니다.

5월 24 밤, 쉰 올림

교정원고 두 부를 동봉합니다.

350525① 자오자비에게

자비 선생

　귀하의 서한은 받았습니다. 인세명세서는 춘계春季에 결산한 그것을 가리키는 것이라고 생각되는데, 그렇다면, 받았을 뿐만 아니라 몽땅 다 썼습니다. 중앙이 『하프』를 펴내며[1]를 걱정한다면 정말이지 간담이 쥐새끼 같습니다. 사실 결코 해로울 것이 없습니다. 이런 까닭에 다른 측면으로 어떤 이익이 있든지 없든지 다 중요하지 않습니다. 그저 대문을 장식한 글일 따름입니다. 지금 잘라 내면 두 번 인쇄하고 두 번 장정하는 일은 피할 수 있으니, 나는 출판사의 조치에 동의하고 결코 이의가 없습니다.

　우선 이렇게 답신을 보냅니다.

　평안하기를 송축합니다.

5월 25일, 루쉰 올림

주)＿＿＿＿

1) 「『하프』를 펴내며」(『竪琴』前記)가 삭제된 일을 가리킨다. 서신 341210② 참고.

350525② 황위안에게

허칭 선생:

'세계문고'는 이미 봤습니다. 『죽은 혼』에 오자가 적지 않은데, 몇 군데는 내가 그래도 어느 글자가 틀렸는지 알고 있지만, 나도 기억하지 못하는 데도 있습니다. 앞으로는 인쇄할 때 원본을 찾아보는 수고를 해야겠습니다.

그래서 생각건대, 생활서점이 조판한 원고를 내게 돌려줄 수 있는지 모르겠습니다. 그렇게 하면 앞으로 적지 않게 품을 덜 수 있습니다. 따라서 선생께서 교정 선생에게 가서 운동 좀 하고 매 기마다 그것을 되가져왔으면 합니다. 아마도 서점도 원고는 쓸모가 없을 것입니다.

우선 이렇게 알립니다.

편안하기 바랍니다.

5월 25일, 쉰 올림

350528 황위안에게

허칭 선생:

27일 편지와 교정원고를 방금 받았습니다. 『시계』는 밤새 교정을 끝낼 수 있고, 내일 서점에 부탁해서 등기로 부치겠습니다. 좀더 빨리 갈 것입니다. 왜냐하면 등기나 물품보관 모두 '부탁'이라서 똑같기 때문입니다. 오자는 아직도 많고 고친 곳도 있습니다. 내 생각으로는 4교를 다시 한번 볼 수 있도록 보내 준다면 제일 좋겠습니다. '교열'은 사실 문제입니다. 보통은 교정보는 사람은 자신이 이해된다 싶으면 원고를 보지 않습니다. 그래서 어떤 때는 역자가 오랜 시간을 생각해서 비로소 결정한 글자가 완전히 다르게 조판될 수도 있습니다. 그때의 고심한 노력이 도리어 쓸데없이 한 일이 되고 맙니다. 따라서 나는 무릇 원고가 있으면 제일 좋기로는 역자 스스로가 그것을 한 번 살펴보는 것이라고 생각합니다. 그런데 이것은 물론 서적을 가리켜서 하는 말이고, 정기간행물은 사실상 그렇게 할 수 없습니다.

『시계』의 제1면과 책표지는 며칠 지나 다시 의논합니다.

『역문』의 원고는 확실히 문제고, 나는 예전에도 일찌감치 이것을 염려했습니다. 몇몇 사람들이 장편 번역을 맡았던 것도 물론 영향이 있겠지만, 제일 큰 원인은 아무래도 자료를 찾는 어려움에 있습니다. 이리저리 찾다가 한 편을 찾아도 그저 한 회의 용도로만 제공될 수 있고, 또 실릴 수 있는지도 또 다른 문제입니다. 나는 최근 일역 キールランド (북유럽)소설집[1]을 보았는데, 역시 쓸 수 있는 것이 한 편도 없었습니다. 지금도 여전히 늘 염두에 두고 찾고 있습니다. 그런데 6월분 책에는 아무래도 시간이 안 될 듯하고, 모든 것을 좀 모아 보는 수밖에 없습니다.

게다가 제3권 제1호 출판 날짜도 곧 다가옵니다. 2권을 본보기로 하면 당연히 반드시 늘려야 합니다. 이것을 어떻게 하겠습니까? 내 생각으로는 리蘩 선생에게 미리 알리고 바가지를 씌워 그에게 『동물지』[2]를 번역하라고 청할 수도 있을 것입니다. 그림도 있고 설명도 있어서 독자의 견지에서는 필히 낙관적입니다. 인쇄할 때 삽화를 좀 크게 하고, 머지않아 단행본으로 내도 괜찮습니다.

7월분 『문학』에 나는 아마도 예전처럼 '논단' 두 토막을 쓸 수 있을 따름이고, 산문은 그야말로 어렵습니다. 하나는 물론 번역을 하다가 글을 쓰는 것이 좀 순조롭지 않아서이고, 둘은 의론을 내기가 쉽지 않아서인데, 거리끼는 것이 너무 많으면 쓰다 보면 '양팔고'[3]가 되어 버립니다. 게다가 나는 제1기에 실린 나의 산문 한 편도 호소가 되기에 부족하다고 생각합니다.

유언비어는 그들의 상투적인 수법입니다. 개인에 대한 것이라고 말하기보다는 내가 보기에 서점과 간행물에 대한 것입니다. 그런데 개인이 도구로 간주되는 것도 혐오스럽습니다. 전에 선(沈) 선생과 이야기를 하다가 좀 대응을 해야겠다고 생각했습니다. 아마도 선 선생이 벌써 선생에게 이야기했을 것입니다. 제 거처에 오는 것에 대해서 나는 그리 '조심'할 필요가 없다고 생각합니다. 왜냐하면 이것은 내게 전혀 중요하지 않기 때문입니다. 나는 유언비어에 신경 쓰지 않습니다.

한편으로는 『죽은 혼』을 번역하고 있고, 다른 한편으로는 또 고골의 단편소설을 번역하려고 합니다. 만약 또 『역문』에 먼저 싣게 되면, 문집으로 낼 때는 조금 무료해질 듯도 합니다. 그렇지 않게 하려면, 『역문』에 실을 것은 따로 찾아보아야 하고, 다시 말하면 매월 세 가지 측면을 함께 고려해야 합니다. 여러 차례 생각해 보았지만 끝내 정리가 되지 않습니다.

우선 이렇게 답신을 보냅니다.

편안하기 바랍니다.

5월 28일, 쉰 올림

다시: 『역문』 책표지의 목판화도 목록에 넣어야 합니다.

1) 마에다 아키라(前田晃, 1879~1961)가 번역한 『킬란드 단편집』(1934년 도쿄 이와나미서점 출판)을 가리킨다. 'キールランド'는 헬란(Alexander Kielland, 1849~1906)을 가리킨다. 노르웨이 소설가이자 극작가이다.
2) 『동물우화시집』(動物寓言詩集)을 가리킨다. 프랑스 시인 기욤 아폴리네르(Guillaume Apollinaire, 1880~1918)의 시집이다. 라울 뒤피(Raoul Dufy, 1877~1953)의 목판화 삽화가 있다.
3) '양팔고'(洋八股)는 신식 문장으로 쓴 팔고문이라는 뜻으로 상투적이고 내용 없는 문장을 가리키는 말이다.

350530① 차오징화에게

루전 형:

26일 편지는 받았습니다. 닷새를 앓고 완쾌되었음을 알게 되어, 마음이 놓입니다.

쉬許 군[1]은 이미 만났습니다. 그는 결코 시간을 줄인 일이 없고, 그러나 한 과목이 하반기에는 없어서 다른 과목으로 바꾸어야 한다고 말했습니다.

그는 또 여러 가지로 절약하여 묵은 빚 2만을 청산했다고 기쁘게 말했습니다. 내 생각에 만약 말끔히 갚았다면, 그렇다면 그는 초빙되어 가기를 바랄 것입니다. 그는 전에 여자사범에서 교장으로 있을 때도 온수관 등을 만든 뒤에 쫓겨났습니다. 리李 아무개[2]는 비열하고 무료한 사람인데, 그는 틀림없이 실컷 누리려고 할 것입니다. 이것은 학교와 학생의 아주 사나운 운수입니다. 이전에 그는 개조파[3]였지만, 바람에 나부끼는 깃발처럼 정말 빠르게 방향을 바꾸었습니다.

전에 쓴 비문은 내 글 속에 베껴 넣으려고 합니다. 그중 'ㅇㅇ 차오ㅇ
ㅇ 선생 이름 ㅇㅇ'라는 구절이 있는데, 형께서 빠뜨린 글자를 채워서 부
쳐 주기 바랍니다. 또 비(碑)의 이름은 무엇이라고 하는지도 알려 주기 바랍
니다. 이 비가 지금 벌써 세워졌는지 모르겠습니다.

아우는 여전하고, 집안도 다 좋습니다. 더불어 알려 드립니다.

우선 이렇게 알립니다.

늘 편안하기를 송축합니다.

5월 30일 밤, 아우 위 올림

다시: 목판화[4]를 인쇄에 넘기는 것은 아직 기약이 없습니다. 『도시와 세
월』의 해설은 꼭 서두를 필요는 없습니다. 추신.

주)＿＿＿＿
1) 쉬서우창을 가리킨다.
2) 리지구(李季谷)를 가리킨다.
3) 개조파(改造派)는 국민당 파벌 중에 하나이다. 1928년 왕징웨이(汪精衛)파의 천궁보(陳
公博), 구멍위(顧孟餘)는 상하이에서 중국국민당개조동지회(中國國民黨改組同志會)를 만
들었고, 각 성과 시에 조직을 만들어 다른 파벌과 권력 다툼을 했다. 이들을 '개조파'라
고 불렀다.
4) 『도시와 세월』 삽화를 가리킨다. 소련 알렉세예프의 작품으로 모두 28점이다. 루쉰은
일찍이 차오징화에게 『도시와 세월』의 내용의 개략을 쓰라고 부탁하고 친히 각 삽화에
제목을 달았다. 단행본으로 출판할 생각이었으나 결국 출판되지 않았다. 『집외집습유』
의 「『도시와 세월』 삽화 소인」(『城與年』揷圖小引) 참고. 『도시와 세월』은 소련의 페딘의
장편소설이다. 서신 350126 참고.

350530② 황위안에게

허칭 선생:

오늘 『역문』을 위해 소설 몇 편을 보았고, 좋은 것도 있습니다. 하지만 번역을 하자면 사용할 수 없는 경우도 대비해야 합니다. 무료한 것에 대해서는, 번역을 하다 보면 스스로가 먼저 무료하다고 느끼게 된다는 것입니다.

지금 한 편을 골랐습니다. 유료^{有聊}와 무료 사이에 있고 사건은 '서양의 주인과 하인의 연애'입니다. 하지만 국산품처럼 징그럽지는 않고, 작가는 Rumania의 M. Sadoveanu[1]이고 더 신선한 듯합니다.

내일 번역에 손을 대려고 합니다. 약 1만 자 전후이고, 6월 5일 이전에 필히 부칠 수 있을 것입니다. 우선 이렇게 알립니다.

편안하기 바랍니다.

5월 30일, 쉰 올림

주)_____

1) 사도베아누(1880~1961). 루마니아 작가. 여기서 가리키는 것은 그의 단편소설 「연가」(戀歌)이다. 『역문』 제2권 제6기(1935년 8월)에 실렸다.

350602① 황위안에게

허칭 선생:

대략 두 달 전에 영어를 번역한 수필[1]을 보냈고, 부득이할 때 혹 메꿔도 괜찮을 것이라고 말했습니다. 그런데 지금 이 역자가 원고를 회수한다는 편지를 보내왔습니다. 따라서 내가 서둘러 그에게 돌려줄 수 있도록 바로 찾아서 부쳐 주기 바랍니다.

우선 이렇게 알립니다.

편안하기 바랍니다.

6월 2일, 쉰 올림

주)_____

1) 존 브라운(John Brown, 1810~1882)이 지은 「랩과 그의 친구들」(萊比和他的朋友, Rab and his Friends)을 가리킨다. 류원전(劉文貞)이 번역하여 『역문』 제2권 제5기(1935년 7월)에 실었다. 당시에 이미 조판이 끝나서 되돌려주지 못했다. 존 브라운은 스코틀랜드의 의사이자 수필가이다. 류원전(1910~1994)은 톈진 사람, 리지예(李霽野)의 학생이다. 당시 톈진 허베이(河北)여자사범학원에서 공부하였다.

350602② 샤오쥔에게

류쥔 형:

지난번 편지는 벌써 받았습니다. 문학사에서 두 편의 원고료 명세서를 연속해서 부쳐 왔고, 지금 부칩니다.

진런金人의 원고는 내가 두 편을 부쳤지만 모두 실리지 않았고, 내 손에 세 편이 더 있습니다. 「탑승객」은 이미 실렸고, 대략 원고료 명세서도 빨리 보내올 듯한데, 그때 진런의 번역원고와 함께 서점에 두겠습니다. 그런데 부쳐 보낸 두 편은 회수하려 하는지요? 편한 때 내게 알려 주기 바랍니다.

그럼 이만 줄입니다.

두 사람 모두 편안하기 바랍니다.

6월 2[1] 밤, 위 올림

주)_____

1) 원문에는 '3'일로 되어 있으나 오자이다.

350603① 황위안에게

허칭 선생:

번역원고[1](와 후기)는 오전에 등기우편으로 부쳤습니다. 서둘렀기 때문에 아마도 틀린 곳이 있겠지만 이런 여러 가지를 신경 쓸 수가 없습니다. 다음 기에는 내가 어쩌면 휴가를 낼 수도 있습니다. 제6기에 불가리아의 Ivan Vazov[2]의 한 편을 번역할 생각입니다.

동봉한 것 중에는 천상허[3]의 소설원고가 있습니다. 그는 천중사 사람이고 다른 한 사람이 소개해 달라고 내게 부탁했습니다. 그런데 답신한 뒤 『문학』 6호를 얻어 광고[4]를 보니 투고에 대하여 꽤 무서운 방법을 정했다고 해서, 이런 까닭으로 서둘러 이 편지를 보냅니다. 특별히 융통성을 좀 발휘해 주었으면 합니다. 만약 쓰지 않는다면 선생께서는 방법을 강구해서 내게 되부쳐 주면 감사하겠습니다.

이만 줄입니다.

편안하기를 송축합니다.

6월 3일, 쉰 올림

다시: 제첨[5] 두 장을 첨부하니 푸 선생에게 전해 주길 부탁합니다. 추신.

주)_____

1) 「연가」를 가리킨다.

2) 이반 바조프(1850~1921). 여기서는 그의 단편소설 「촌부」(村婦)를 가리킨다. 번역문은 『역문』 종간호(1935년 9월)에 실렸다.

3) 천샹허(陳翔鶴, 1901~1969). 쓰촨 바현(巴縣) 사람. 작가. 첸차오사(淺草社)와 천중사(沉鐘社) 동인이다. 루쉰은 양후이(楊晦)의 부탁을 받고 천샹허의 원고를 소개했다.

4) 『문학』 제4권 제6호(1935년 6월)의 「투고하는 제군들은 주의하시오」(投稿諸君注意)라는 광고를 가리키는데, 내용은 다음과 같다. "본 간행물은 투고 원고의 분실과 기타 분규의 발생을 예방하기 위해서 공고일로부터 보내온 원고는 발표의 여부를 막론하고 또 어떤 절차로 투고했는지를 막론하고, 본 간행물은 일률적으로 반환의 책임을 지지 않습니다."

5) 상하이 우쑹(吳淞)중학 목판화회에서 출판한 『중화목판화집』(中華木刻集)의 표지 제첨을 가리킨다. 이 책은 마잉후이(馬映輝)가 주편했고 제1책은 1935년 6월 16일에 출판했다. '푸 선생'은 푸둥화(傅東華)이다. 마잉후이가 푸둥화에게 루쉰의 제첨을 부탁했다. '제첨'(題簽)은 표지에 직접 쓰지 않고 다른 종이에 써서 앞표지에 붙인 책의 제목을 가리키는 말이다.

350603② 멍스환에게

스환 선생:

1일 편지는 받았습니다. 『고골 목판화집』[1]은 결코 급하게 봐야 하는 것은 아닙니다. 편하게 아무 때나 내게 함께 보내 주면 다 좋습니다. 그의 서적에 관해서는 러시아어본은 내게 한 권도 없습니다.

문학사가 먼저 동의를 구하지 않고 광고[2]를 실은 방식에 대해 나는 매우 좋지 않다고 봅니다. 나에 대해서도 이렇게 했습니다. 이렇게 독촉해서 나온 성취가 좌우지간 반드시 좋을 것이라고는 할 수 없고, 게다가 작가도 반감이 생기기 마련입니다.

선생이 말한 단락을 나누어 쓰는 방법은 내가 보기에 너무 주도면밀합니다. 중국의 독자들이 꼭 재미있다고 느끼지는 않을 듯합니다. 개인의 의견은 차라리 대강대강 윤곽을 그려 주는 것이 낫다고 생각합니다. 예컨대 『역문』에 실은 푸시킨과 레르몬토프에 관한 것처럼 상대적으로 잡다하게 쓰지는 않았지만 독자들은 도리어 그 대강을 쉽게 이해합니다.

이만 줄입니다.

늘 편안하기를 송축합니다.

6월 3일, 쉰 올림

주)____

1) 서신 350522④ 참고.
2) 『문학』제4권 제6호(1935년 6월)에 실린 「본 간행물의 앞으로 1년 계획」(本刊今後的一年計劃)을 가리키는데, 여기에 루쉰의 중편소설이 열거되어 있다. 또 같은 기에 실린 제5권 제1호 작품 예고에 루쉰의 산문이 열거되어 있다.

350607 샤오쥔에게

류쥔 형:

2, 5일 이틀 편지는 모두 받았습니다. 그런데 그저 대충대충 답신을 쓸 수밖에 없을 듯합니다. 어찌된 일인지 늘 바쁩니다. 간행물 몇 종을 도와주지 않을 수 없기 때문입니다. 그런데 검열이 있어서 함축적으로 써야 하면서도 또 아주 무료해서도 안 되니, 이것은 꼭 족쇄와 수갑을 차고 진군하는 것 같습니다. 생각해 보세요. 어찌 잘 해낼 수 있겠고, 또 어찌 온몸에 땀을 흘리지 않을 수 있겠고, 또 어찌 여전히 힘만 쓰고 좋은 결과는 내지 못하는 꼴이 아닐 수 있겠습니까?

『문학』에 실린 광고에서 나에 관한 몇 가지는 내 동의를 거치지 않았습니다. 이것은 '장삿속'에 불과한 것이지만 나는 이런 방식에 찬성하지 않습니다. 알림 또한 보았는데, 이것은 애매모호해서 마치 '관청의 공문'과 닮았습니다. 예컨대 『문학』에는 투고가 많으니 읽어 보고 반환하는 것이 당연히 많이 있을 것입니다. 그런데 서점에서는 사람을 많이 쓰려고 하지 않습니다. 이 측면에 대해서는 편집인들이 분명하게 설명하기 어렵고, 사실은 관여할 수도 없습니다. 근래에는 또 새로운 명령이 생겼습니다. 타당하지 않은 원고는 일률적으로 몰수한다는 것입니다. 그런데 출판업자들은 또 돈을 많이 안 쓰려고 해서 다들 조판한 뒤에 검열로 보냅니다. 따라서 앞으로 원고의 일부분은 틀림없이 압수되어 반환할 수가 없을 것이고, 그런데 이것은 또 분명하게 밝혀서도 안 되는 것입니다. 이 두 가지 점으로 인해서 편집인들은 그저 대충 얼버무릴 수밖에 없고 관리의 말투로 상투적으로 말하는 것입니다. 하지만 속사정을 모르는 독자와 투고자들은 반감을 가지기 마련이지만 또 속사정을 말할 수는 없는 것입니다. 이것이 편집인의 패배이고, 또한 최근 압박하는 방법이 날로 교묘해지고 있음을 잘 보여 줍니다. 나는 이런 상황이 더욱 꼬리를 물고 일어날 것이라고 봅니다.

진런의 번역원고는 톈마天馬에 줘서 출판하는 것에 대해 나는 당연히 찬성합니다. 이전 편지에서 벌써 말한 듯한데, 『죄와 벌』은 틀림없이 실릴 수 있을 것 같지는 않습니다. 번역계의 상황에 대해서는 나는 쓸 수가 없습니다. 그야말로 시간이 없습니다.

완구찬[1] 이 사람은 나는 모르고, 당신이 그와 만나 봐야 하는지에 대해서는 의견이 없습니다.

예藝의 원고는 전달했고, 내가 겨를이 없어서 편집인이 수정했습니다. 그는 이전 편지에서 관리들이 반드시 기억하는 것은 아니기 때문에 꼭 크게 고칠 필요는 없다고 말했는데, 옳지 않습니다. 이것은 '적을 얕잡아 보는 것'으로 가장 실패하기 쉽습니다. 『풍성한 수확』은 결산한 지 얼마 되지 않았고, 지금까지 아주 적게 팔렸습니다.

그쪽[2] 문학단체의 부활은 아주 좋은 일입니다만, 나는 어떤 힘도 도와줄 수 없을 듯합니다. 왜냐하면 이곳 상황만으로 이미 충분하기 때문입니다. 게다가 체력도 하루하루가 좋지 않습니다.

『신소설』의 원고료 명세서는 아직 보내오지 않았습니다.

요 며칠은 막 『역문』의 원고를 다 처리했고, 『문학』의 '논단'의 글[3]을 썼습니다. 내일부터는 『죽은 혼』을 번역합니다. 매 기 3만 자 내외에 불과하지만 두 주일의 시간을 쓰지 않으면 안 됩니다. 요즘 일부 독자들은 간행물에 많이 등장하는 '기성작가'의 물건을 공개적으로 공격하고 있습니다. 그리고 나는 이렇게 목숨을 걸고 좀 놀아 볼 시간조차도 없이 몇 종의 간행물을 도와주고 있습니다. 생각이 여기에 미치니 정말이지 조금 의기소침해집니다. 다른 할 만한 일이 있으면 정말로 업종을 바꾸고 싶습니다. 욕도 안 먹고 놀 수도 있다면, 어찌 좋지 않겠습니까?

집안은 모두 좋습니다. 아이도 좋아졌습니다. 그런데 아이는 커 가면서 장난을 훨씬 많이 치고 나가면 일을 만들어서 나는 벌써 세 이웃에게 경고를 들었습니다——물론 이 이웃들도 경고를 남발하는 이웃이기는 합니다. 그런데 집에서도 또 내가 가만히 있지 못할 정도로 소란을 피웁니다. 나는 아이가 어서 스무 살을 넘기고 사랑하는 사람과 함께 달아나기를 바라고 있습니다. 그러면 좋겠습니다.

이만 줄입니다.

두 사람 모두 편안하기 바랍니다.

6월 7일, 위 올림

주)_____

1) 완구찬(萬古蟾, 1899~1995). 이름은 자치(嘉祺), 장쑤 난징 사람, 미술계 종사자, 전지(剪紙)영화의 창시자이다. 당시 상하이 밍싱영화공사(明星影片公司)에서 일하고 있었다. 샤오쥔의 단편소설 「화물선」(貨船)의 삽화 3점을 그렸다.

2) 하얼빈이다.

3) 「문단의 세 부류」(文壇三戶)와 「조력자에서 허튼소리로」(從幇忙到扯談)를 가리킨다. 후에 『차개정잡문 2집』에 실렸다.

350610 황위안에게

허칭 선생:

오늘 『문학』 '논단'의 두 편, 산문(?) 원고[1] 한 편을 부쳤으니 푸^傅 선생에게 전해 주기 바랍니다.

수일 전에 편지 한 통을 부쳤는데, 전에 『역문』에 준 산문(다른 사람이 번역한 것) 번역원고를 되찾는 내용입니다. 지금까지 회답이 없는데, 이 건을 끝낼 수 있도록 신경 써서 한 번 찾아보고 되부쳐 주면 고맙겠습니다.

이만 줄입니다.

편안하기 바랍니다.

6월 10일, 쉰 올림

주)_____

1) 「'제목을 짓지 못하고' 초고」("題未定"草) 1, 2, 3을 가리킨다. 후에 『차개정잡문 2집』에 실렸다.

350611 차오징화에게

루전 형:

단옷날 편지는 받았습니다. 싼^三 형의 편지가 와서 지금 동봉합니다. 타 형[1]의 일은 이미 종결되었습니다. 이러한 때 무슨 할 말이 있겠습니까.

내 잡문집[2]은 올해 좌우지간 찍어 낼 생각이지만 자비로 찍어야 할

지도 모르겠습니다. 이곳 서점은 언제나 내 작품을 찍고 싶어 하면서도 또 찍는 것을 겁내기도 합니다. 그들은 언제나 내가 온건하게 글을 쓰기를 바랍니다. 팔아먹을 수도 있고 또 걱정하지 않아도 되는 물건 말입니다. 천하에 어디 이런 글이 있겠습니까?

형이 조금 여가가 생길 때 나를 위해 Paul Ettinger에게 답하는 편지를 써 주기를 바랍니다. 원고는 동봉하니 써 보내 주기 바랍니다. 편지봉투는 내가 직접 쓸 수 있습니다.

이만 줄입니다.

늘 편안하기를 송축합니다.

6월 11일, 아우 위 올림

주)_____

1) 취추바이(瞿秋白)를 가리킨다.
2) 『꽃테문학』, 『차개정잡문』을 가리킨다.

350615 샤오쥔에게

류쥔 형:

량유공사의 원고료 명세서는 편지를 써서 재촉했더니 비로소 부쳐 왔습니다. 지금 부치지만, 기한이 이달 21일이고 바로 찾을 수는 없습니다.

또 『신소설』(4) 한 권을 부쳐 왔습니다. 지금 다른 봉투로 등기우편으로 부칩니다. 또 한 권은 그들이 내게 준 것인데, 나는 이미 본 것이어서 필요 없으니 검사겸사 함께 부칩니다. 당신이 친구에게 줘도 괜찮습니다.

우리는 다 그런대로 좋습니다. 나는 『죽은 혼』을 번역하고 있고 20일은 넘어야 비로소 끝낼 수 있을 것입니다.

이 편지를 받고 내게 답신을 보내 주기 바랍니다.

이만 줄입니다.

두 사람 모두 편안하기 바랍니다.

6월 15일, 위 올림

350616① 리지예에게

지예 형:

지난달 28일 편지는 벌써 도착했습니다. 전에 부친 학생의 번역문[1] 한 편은 벌써 물어보았습니다. 듣자 하니 이미 조판은 다 했고 기회를 보고 집어넣겠다고 했습니다. 그렇다면 십중팔구 쓰겠다는 셈이니 도로 부쳐 줄 수는 없게 되었습니다.

『역문』은 내가 부쳤고, 만기가 되면 중지하겠습니다.

전에 쑤위안를 위해 묘비문[2] 수십 자를 썼는데, 비석은 아직 세워지지 않았나 봅니다. 그 묘비문이 형한테 있는지 모르겠습니다. 만약 있다면 베껴서 부쳐 주기 바랍니다. 잡문집에 넣을 작정입니다. 돌에 새겨지지 않고 종이에 인쇄되는 것이 어쩌면 사자死者에게 조금 더 낫겠지요?

핑진[3]은 또 필히 새로운 모습이 있겠지요. 나는 여전하고, 다만 빨리 늙어 가고 있을 따름입니다. 번역 몇 가지는 하지 않을 수 없어서 이 또한 고역입니다.

이만 줄입니다.

늘 편안하기를 송축합니다.

6월 16일, 위 인사를 올립니다

주)_____

1) 류원전(劉文貞)이 번역한「렙과 그의 친구들」을 가리킨다.
2)「웨이쑤위안 묘비문」(韋素園墓記)을 가리킨다. 후에『차개정잡문』에 수록했다.
3) '핑진'(平津)은 베이핑과 톈진 일대를 가리키는 말이다.

350616② 리화에게

리화 선생:

5월 24일 편지는 벌써 받았습니다. 매번 내게 보내는『현대판화』도 다 받았습니다. 그런데 요 몇 년 아프지 않으면 바쁘고 해서 답신도 오늘에서야 비로소 씁니다. 정말 너무 미안합니다.

이야기한 북방 친구의 목판화에 대한 의견과 선편하여 실은 작품은 내가 우연히 일보 부간에서 보았습니다만, 의견은 결코 완전히 같지는 않습니다.『현대판화』의 내용이 소부르주아의 분위기가 지나치게 농후하다고 말한 것은 물론 틀리지 않습니다. 하지만 이것은 의식이 그러해서 그런 분위기가 있는 것이고, 결코 이것으로 말미암아 '의식이 타락할 위험'이 있는 것은 아닙니다. 그저 비혁명적인 것에 지나지 않을 따름입니다. 그런대 이러한 분위기를 없애려면 필히 우선 이 의식부터 바꾸어야 하고, 이것은 모름지기 경험, 관찰, 사색에서 비롯되어야 하지 공언空言으로 바꿀 수 있는 것이 아닙니다. 만약 억지로 전진하는 척한다면, 사실 그의 고유한 정서를 거리낌 없이 풀어놓는 것보다 훨씬 나쁩니다. 왜냐하면 전자는 우리가 그래도 사회 속의 일부 사람의 심정이 반영된 것을 볼 수 있지만 후자는 허위가 되어 버리기 때문입니다.

목판화가 모종의 쓰임이 되는 도구라는 것은 틀리지 않습니다. 하지만 그것이 예술이라는 것을 절대로 잊어서는 안 됩니다. 그것이 도구인 까닭은 그것이 예술이기 때문입니다. 도끼는 목공의 도구이지만, 또한 그것은 예리해야 합니다. 예리하지 않으면 도끼 모양이 있다고 해도 도구가 아닙니다. 그런데 그것을 도끼라고 부르고 도구로 간주하는 사람이 있다면, 그것은 그가 결코 목공도 아니고 목공일을 알지도 못해서입니다. 5, 6년 전에 문학에서 일찍이 이런 논쟁이 벌어졌고, 지금은 목판화로 이동했습니다.

앞에서 말한 것에서 연역해 나가면, 나는 목판화는 손으로 찍어야 한다고 생각합니다. 목판화의 아름다움은 절반은 종이질과 찍는 법에 달려 있습니다. 이것이 한 가지 종류이고, 모태母胎입니다. 이것을 가지고 아연판으로 만들거나 그야말로 직접 동도금을 하여 여러 번 인쇄하는 데 사용하는 것입니다. 이것이 또 한 가지 종류이고, 자손입니다. 그런데 후자의 예술적 가치는 좌우간 전자와 같지 않습니다. 따라서 어디를 막론하고 유화의 명작은 축쇄한 동판이 있다고 해도 원화야말로 미술관의 보배인 것입니다. 물론 중국은 아마도 앞으로 손으로 찍는 여유로운 시절은 없을 것입니다. 그러나 이것은 그래도 현재는 아니고 그때가 되면 다시 말해 봅시다.

그런데 설령 아연판이라고 하더라도 인쇄술과 관련이 있습니다. 내가 보기에 중국의 제판술과 인쇄술은 언제나 원화를 비참할 정도의 상태로 바꿔 버려서 언제나 나로 하여금 감히 쳐다볼 수도 없게 만들어 버립니다.

'연환 목판화'도 결코 반드시 보급의 사명을 질 수 있는 것은 아닙니다. 현재 나오는 몇몇 종류는 대중들이 이해하지 못합니다. 현재의 목판화운동은 보는 사람들이 여러 계층──지식인도 있고 문맹도 있습니다──이기 때문에 모름지기 여러 종류로 나누어야 합니다. 이번에는 대상이 어떤 사람들인지를 우선 결정하고, 그런 연후에 착수해야지만 비로소 효과가 있습니다. 이것은 한 점이건 여러 점이건 상관이 없습니다.

『현대목판화』의 결점에 대하여 나는 선별에 정밀함이 모자란다고 생각합니다. 그런데 이것은 어쩌면 너무 많이 출판한 것과 관련이 있을 것입니다. 또 있습니다. 제재의 범위가 너무 협소합니다. 예컨대 정물은 요즘은 몇몇 작가들도 반대하는 것이지만, 그런데 사실 그 '물'物은 대대적으로 바꿀 수 있습니다. 창, 칼, 호미, 도끼는 다 정물로 새길 수 있고, 풀뿌리, 나무껍질도 정물로 새길 수 있습니다. 이런 것들의 신채神彩는 옛 정물과 크게 다를 것입니다.

그 다음 외국의 목판화[1]에 관한 일입니다. 시간이 벌써 지나가 버렸습니다. 그런데 설령 시간이 된다고 해도 마찬가지로 어렵습니다. 왜냐하면 나의 거주지가 일정하지 않고 서적과 그림은 모두 다른 곳에 두고 있기 때문에 가져오겠다고 해서 가져올 수 있는 것이 아닙니다. 그러나 보관해 두는 것만으로는 안타까워 나는 마침 『인옥집』 같은 것을 번각할 계획을 하고 있습니다. 두 달 전에 K. Kollwiz의 판화[2](동인과 석인) 20여 점을 다시 찍으라고 베이핑으로 부쳤습니다만, 앞으로의 결과가 어떨지는 모르겠습니다.

　나는 판화를 사랑하지만, 전문가는 아닙니다. 따라서 이론에 대해서는 전반적으로 잘 할 수 있는 말이 없습니다. 산발적인 의견은 대략 이상과 같습니다. 중국에서 가장 필요한 것은 물론 인물이나 이야기를 새기는 것인데, 내가 보기에 목판화의 성적은 이 분야가 가장 나쁩니다. 이것은 기술을 무시하고 기본적 솜씨가 없기 때문입니다. 이렇게 가다가는 목판화의 발전에 도리어 해가 될 것입니다.

　또 다른 한 측면이 있습니다. 『현대판화』에는 채색지를 사용한 작품이 자주 나오는데, 나는 이것은 잠깐은 괜찮지만 자주 사용해서는 안 된다고 생각합니다. 자주 사용하게 되면 섬세하고 정교한 데로 빠지기 마련입니다. 목판화는 필경 흑백이 정통입니다.

　우선 이렇게 답신을 보냅니다.

　늘 편안하기를 송축합니다.

6월 16일, 쉰 인사를 올립니다

주)_____

1) 수신인의 기억에 따르면, 당시 그는 루쉰이 다량의 외국판화를 소장했고 또 전시회를 열었다는 것을 들어서 상하이로 가서 관람할 생각을 하고 있었다.
2) 『케테 콜비츠 판화 선집』을 가리킨다. 루쉰이 선편하여 1936년 5월 삼한서국(三閑書局) 이름으로 출판했다. 이 책은 먼저 베이핑에서 그림을 인쇄한 뒤 상하이에서 글을 인쇄했다.

350617 천츠성에게[1]

츠성 선생:

귀하의 편지는 방금 서점에서 전해 받았습니다. 여러 분들의 관심 덕분으로 저를 구이린에서 가르치고 각지에 여행도 할 수 있도록 후한 대우를 해주시겠다니 감사함을 이길 수가 없습니다. 그런데 내가 강단에 오르지 않은 지가 벌써 7년이 되었습니다. 그 사이에 무턱대고 빈둥거리기만 해서 학문은 조금도 깊어지지 않았고 체력은 날로 쇠약해지고 있습니다. 만약 앞으로 자제들을 잘못 가르치게 된다면, 설령 강의를 듣는 사람들은 억지로 용서한다고 하더라도 스스로가 실로 진땀을 흘리는 것을 이기지 못할 것입니다. 따라서 멀리서 온 후의에 대하여 그저 간절한 마음으로 사의謝意를 표할 수밖에 없습니다.

구이린의 올방개 또한 일찍이 우레 같은 명성을 들었습니다만, 아쉽게도 그 땅에 가 보는 홍복이 없었기에 훌륭한 맛을 한 번 맛보지도 못했습니다. 어쩔 수 없이 상하이의 작은 말발굽(이곳에서는 올방개를 이렇게 부릅니다)으로 대신할 따름입니다.

우선 이렇게 답신을 보냅니다.

가르침에 평안하기를 바랍니다.

6월 17일, 이름 심인[2]

주)_____

1) 천츠성(陳此生, 1900~1981). 광시(廣西) 구이현(貴縣) 사람. 상하이 푸단(復旦)대학을 졸업하고 광저우 중산대학 부속중학에서 역사교사를 역임했다. 당시 구이린(桂林) 광시 성립사범전문학교(廣西省立師範專科學校) 교무장이었다.
2) '심인'(心印)은 불교 선종의 용어로 언어, 문자 없이 마음으로 전해지는 내적 깨달음을

가리키는 말이다. 과거 지인들이 편지를 주고받을 때 서명을 대신해서 썼다. 원래 서신에는 날짜가 없었다.

350619 멍스환에게

스환 선생:

14일 편지는 받았습니다. 『고골집』도 받았습니다. 이 책은 각종 판본을 모아서 만든 것 같습니다. 따라서 삽화의 작가도 꽤 여러 명이고, 그런데 「광인일기」의 그림은 사진에서 나온 것입니다. 모든 그림은 아마도 원본이 훨씬 크고 여기에 있는 것은 모두 축소한 것입니다.

'세계문고'에 넣을 『죽은 혼』에 대해서 나는 삽화를 적게 넣는 것이 좋다고 생각합니다. 인쇄가 조악합니다. 즉, 그림이 있다고 해서 반드시 좋아 보이는 것은 아닙니다.

리창즈[1]는 모릅니다. 그의 글 몇 편을 보았을 따름인데, 나는 그가 한 편으로 좀더 몰두해서 연구해야 한다고 생각합니다. 간담이 크고 함부로 말하고 욕하면, 그럴 법해 보이지만 사실은 그렇지 않습니다.

『비판』[2]의 서문은 봤고, 다 빈말입니다. 이런 글로 나를 계몽시킬 수 없을 것입니다.

이만 줄입니다.

늘 편안하기 바랍니다.

6월 19일, 쉰 올림

주)_____

1) 리창즈(李長之, 1910~1978). 산둥 리진(利律) 사람, 문학비평가이다. 당시 칭화(淸華)대
학 철학과 학생으로 톈진 『이스바오』(益世報)의 『문학부간』(文學副刊) 편집인이었다. 그
가 쓴 『루쉰 비판』(魯迅批判)의 일부분이 1935년 5월부터 『이스바오』의 『문학부간』과
『국문주보』(國聞週報)에 연재되고 있었다. 후에 수정, 보충하여 1935년 11월 상하이 베
이신서국에서 단행본으로 출판했다. 서신 350727② 참고.

2) 「『루쉰 비판』 서문」(『魯迅批判』序)을 가리킨다. 1935년 5월 29일 『이스바오』의 『문학부
간』에 실렸다.

350624① 차오징화에게

루전 형:

14일 편지는 벌써 도착했습니다. 최근 책을 번역하느라 바빠서 오늘
에서야 비로소 답신합니다.

타 형[1]의 원고는 꽤 여러 사람들이 모으려 하고 있지만, 우리는 아직
의논하지 않았습니다. 현대에 있는 그의 작품 두 편[2]은 모름지기 빨리 대
금을 치르고 되찾아야 하는데, 이 일은 내가 혼자서 진행하고 있습니다.
왜냐하면 인세를 선불로 했기 때문입니다.

중국에서 일어나는 일들은 사실 벌써부터 짐작하고 있었던 것입니
다. 열심인 사람은 살해되거나 갇혔고, 진작부터 그들을 대신해 응징했습
니다. 이것은 송명宋明의 말기와 아주 흡사합니다. 그런데 나는 우는 것은
무익하다고 생각합니다. 한 푼의 힘이 있으면 한 푼의 힘을 다하는 수밖
에 없습니다. 한동안 유난히 격분하다가 일이 끝나고 난 뒤에는 또 유유자
적하고, 이래서는 안 됩니다. 내가 보기에 중국의 청년들 대부분이 한동안

격분하고 마는 결점이 있습니다. 사실 현재 정권을 잡고 있는 사람들은 다 지난날에는 이른바 혁명을 하던 청년들입니다.

이곳에서 출판은 여전히 아주 어렵습니다. 번역문도 힘이 많이 듭니다. 중국은 내부에 대해 특히 흉악하게 처리합니다.

E.군의 편지는 VOKS[3]를 통해 전달하는 것은 아닙니다. 그의 편지의 위쪽에 주소가 있으니 지금 이 종이의 뒷면에 베껴 둡니다. 그의 또 다른 주소에는 몇 글자가 더 있다고 기억하는데, 지금은 가지고 있지 않습니다. 형이 지금의 주소를 보고 만약 제대로 도착하지 않을 것 같지 않으면 대신 부쳐 주기 바랍니다. 그렇지 않으면 차라리 편지를 보내 주면 내가 부치겠습니다.

천辰 형[4]에게 부치는 편지 한 통과 원고료 명세서는 편한 때 전해 주기 바랍니다. 우리는 다 잘 있으니, 염려 마십시오.

안녕히 계세요.

평안하십시오.

6월 24일, 위 올림

주)_____

1) 취추바이를 가리킨다.
2) 『고리키 논문 선집』(高爾基論文選集), 『현실』(現實)을 가리킨다. 모두 현대서국에서 2백 위안을 선불로 받았다.
3) 'Vsesoiuznoe Obshchestvo Kul'turnoi Sviazi s zagranitsei'의 머리글자를 딴 것이다. 소련대외문화협회(All-Union Society for Cultural Relations with Foreign Countries)이다.
4) '천 형'(辰兄)은 타이징눙이다.

350624② 타이징눙에게

천 형:

1일 편지는 벌써 도착했습니다. 탁본을 사고 남은 돈은 베이핑의 집으로 보낼 필요 없고 형한테 두면 됩니다. 그런데 문학사 원고료 8위안은 형이 돤간칭 군에게 전해 주었으면 하고, 돈은 탁본에서 남은 돈으로 계산하십시오. 돤 군의 주소는 나는 모르고 허우쑨공원 의학원[1] 탕허 군에게 편지로 물어보면 될 것입니다. 그도 모른다면 내버려 두는 수밖에 없습니다.

'일월화상'日月畵象은 확실히 나한테 있습니다. 동그라미 치는 것을 잊어버렸습니다. 비첩상점의 말이 틀리지 않았습니다.

북방의 상황이 이러하니, 형의 일은 생각해 보면 더욱 실마리가 없겠지만, 국사國事는 내가 보기에 머리를 조아리고 우선 매듭지어진 것입니다.[2] 앞으로 이런 종류의 일은 꼬리를 물고 일어날 것입니다. 제 집은 여전하니 멀리서 염려 놓으셔도 좋습니다. 마음을 아프게 하는 일이 물론 적지는 않지만 그래도 많이 슬퍼할 수도 없습니다.

나는 아직은 견딜 만하고 조금 바쁜 것에 불과합니다. 체력이 약해지는 것은 나이 때문이고 어찌되었건 간에 그래도 하던 대로 일을 하는 수밖에 없습니다.

이만 줄입니다.

늘 편안하기를 송축합니다.

6월 24일, 위 올림

1) '허우쑨공원(後孫公園) 의학원'은 베이핑의학원이다. 허우쑨공원 후통에 있었다. 후통의 이름은 명 숭정(崇禎) 때 진사를 지낸 손승택(孫承澤, 1593~1676)의 화원이 있었던 것에서 유래되었다.

2) 1935년 5월 일본은 중국을 향해 화베이(華北)를 통치할 권리를 요구했다. 7월에 국민당 정부 대표 허잉친(何應欽)은 일본군 대표 우메즈 요시지로(梅津美治郞, 1882~1949)와 '허·우메협정(何梅協定)'에 서명하여 허베이와 차하르(察哈爾) 두 성의 대부분의 주권을 넘겼다. 차하르는 허베이(河北)성 쥐융관(居庸關) 밖, 만리장성 북방 지역에 해당한다.

350627 샤오쥔에게

류쥔 형:

23일 편지는 받았습니다. 어제 『신소설』 편집인[1]을 만났는데, 그는 진런의 번역원고는 이미 검열로 보냈다고 말했습니다. 내 생각에 이 글은 꼭 문제가 생기지는 않을 것입니다. 차오(曹) 부인의 원고는 수일 내에 부치겠습니다. 그런데 그 제3기는 첫번째 글[2]이 내가 번역한 것이기 때문에 광고를 싣는 것을 허락하지 않았습니다.

역문사의 일은 한동안 물어보지 않았습니다. 진런 번역원고의 일은 편한 때 거론하겠습니다.

『죽은 혼』 세번째 원고는 그제야 비로소 넘겨주었고, 최근에는 더 번역할 힘도 없습니다. 몸은 여전히 안 좋고 날로 쇠약해지고 있습니다. 의사는 나더러 책을 보고 글을 쓰는 일을 하지 말고 더불어 담배를 그만 태우라고 합니다. 몇몇 친구는 나더러 고향에 내려가라고 권하기도 하지만, 이런저런 까닭으로 한동안은 그렇게 할 수 없습니다.

근래에는 경고가 없습니다. 이것은 나 스스로 단단히 경계해서이지만 정말 힘이 듭니다.

흑빵은 우리에게 꼭 사 보내지 않아도 됩니다. 가까운 곳에 곧 백러시아제과점이 생깁니다. 먹으려면 쉽게 사먹을 수 있게 되었습니다.

이만 줄입니다.

두 사람 모두 편안하기 바랍니다.

6월 27일, 위 올림

방금 편지를 보내려는 차에 25일 편지를 받았습니다. 간행물을 낸다고 했다가 결국 내지 않는 것은 내게는 익숙한 일이고 결코 이상할 것이 없습니다. 따라서 내 결심은 힘이 있다면 스스로 조금 해보는 것입니다. 비록 조금이라고 해도 필경 조금은 하는 것입니다. 이것은 아주 나쁜 현상이지만, 요즘 같은 상황에서 나는 좌우지간 빈말을 하고 조금도 하지 않는 것보다는 낫다고 생각합니다. 중국인은 자신에게 좋은 사람부터 죽여서 끝장내 버리는데, 추[3]가 바로 그 한 명입니다. 샤오찬蕭參은 그가 사용한 필명이고, 이외에도 아주 많습니다. 그의 『고리키 단편소설집』은 생활서점에서 출판했는데, 나중에 금지되었습니다. 이외에도 또 있고 필명은 다릅니다. 그는 또 글랏코프[4]의 소설 「신토지」新土地를 번역했습니다. 원고는 후에 상우인서관이 소각했습니다. 정말 안타깝습니다. 중국어, 러시아어 모두 좋아서 내가 보기에 그의 번역 같은 것은 지금 중국에서 아주 드뭅니다.

당신이 말한 소설 쓰기의 방법은 괜찮습니다. 방금 「다롄완」[5]을 보았습니다. 잘 썼습니다만, 실을 수는 없을 듯합니다. 『신생』이 "우방 외교에 방해가 된다"고 금지되었기 때문입니다.[6] 내가 보기에 당신은 여러 원고를 가지고 있다가 앞으로 시대에 따라―집에서―입대―떠남―으로 문집 한 권으로 묶어 내는 것도 괜찮습니다. 이것은 아주 의미가 있습니다. 나는 내가 쓴 인물에 감동받은 적이 결코 없습니다. 여러 가지 상황이 나를 자극하는 것에 대해서는 진작부터 무감각해졌습니다. 가끔은 나무토막 같습니다. 가끔 화를 내기도 하지만 나 스스로는 결코 아픔을 느끼지 않습니다.

6. 27, 오후, 위 추신

주)＿＿＿＿

1) 정보치(鄭伯奇)를 가리킨다.
2) 「쾌활한 레코찬데기」를 가리킨다.
3) 원문은 '추'(秋)이다. 취추바이(瞿秋白)를 가리킨다.
4) 글랏코프(Ф. В. Гладков, 1883~1953). 소련의 소설가로 장편소설 『시멘트』가 유명하다.
5) 「다롄완」(大連丸)은 「다롄완에서」(大連丸上)이다. 단편소설. 후에 『바다제비』(海燕) 월간 제1기(1936년 1월)에 실렸다.
6) 1935년 5월 상하이 『신생』(新生) 주간 제2권 제15기에 이수이(易水; 즉 아이한쑹艾寒松)의 「황제에 관한 한담」(閑話皇帝)이 실렸는데, 중외고금의 군주제도를 이야기하면서 일황 히로히토(裕仁)를 언급했다. 당시 일본의 주상하이총영사는 "천황을 모욕하고 우방 외교에 방해가 된다"는 명분으로 국민당 정부에 항의했다. 국민당 정부는 압력에 굴복하고 이를 기회로 진보적 여론을 압박했다. 해당 간행물은 금지되었고, 법원은 주편 두중위안(杜重遠)에게 1년 2개월의 징역형을 내렸다.

350628 후펑에게[1]

보낸 편지는 받았습니다. 『철의 흐름』은 조금 공허하게 느껴집니다. 내가 보기에 작가가 당시에 현장에 있지 않았기 때문입니다. 비록 나중에 한 차례 조사는 했다고 하지만, 어쨌거나 직접 경험한 것과는 다릅니다. 누군가 그것을 '시'詩라고 했던 것을 기억하는데,[2] 그 이유를 짐작할 수 있습니다. 조셴코의 그러한 창작법[3](『역문』에 나옵니다)으로는 그의 그러한 창작을 창작할 수 있을 따름입니다. 차오曹의 번역솜씨는 물론 힘이 약하지만, 대략 근본적으로 착실함이 모자란 번역이 될 지경은 아닙니다. 독역본을 보면 문장은 좀 세련된 편이지만 대체로 마찬가지로 엇비슷합니다.

고골 번역은 꽤 고단합니다. 매번 두 장씩 번역하는데, 마치 한바탕 생병을 앓는 듯합니다. 독역본[4]은 매우 분명하고 재미가 있습니다. 그런데 중국어로 바꾸고, 뿐만 아니라 약간의 형용사를 생략해도 여전히 군더더기가 있고 무료해서 스스로도 고개를 가로젓게 되고 다시 보고 싶지가 않습니다. 번역은 쉬운 일이 아닙니다. 우에다 스스무[5]의 번역본에 착오가 적지 않다는 것은 이제야 알게 되었습니다. 뿐만 아니라 왕왕 한 문장을 여러 문장으로 번역하기도 했습니다. 해석에 가까운데, 이런 방법은 틀리지 않으면 그래도 괜찮은데, 한 번 틀리면 보는 데 화가 날 수 있습니다. 나의 이 번역은 마찬가지로 서툴지만, 일역본에 비해서는 좀 낫다고 할 수 있습니다. 그런데 독일어 번역자는 유태인인 듯합니다. 대개 유태인을 욕하는 부분은 좌우지간 좀 숨기면서 번역했습니다. 우습습니다.

『고요한 돈강』은 아직 완성되지는 않았지만, 당연히 좋을 것이라 봅니다. 일역본은 이미 소토무라 것도 있고, 이제 우에다 것도 곧 출판할 것입니다.[6]

이자[7]의 원고 뭉치를 검열한 것은 고리키의 『40년』[8]을 번역한 네다섯 쪽입니다. 이 일은 정말 비애를 느끼게 합니다.

멍커猛克가 보내온 편지에 한스헝韓侍桁에 관한 것이 있어서 지금 잘라서 첨부합니다. 한韓은 남들의 밥그릇을 깨뜨릴 뿐만 아니라 더욱 큰일을 벌일 수도 있을 듯합니다. 그런데 나는 우리 중 몇몇 사람은 전선이 사실상 그 사람 및 제3종인과 일치한다고 생각합니다. 결코 연락하지 않았다고는 하지만 정신적으로는 사실 서로 통합니다. 멍猛이 또 나에게 문학유산에 관한 의견을 강요해서,[9] 나는 가까운 일본어 번역작품을 보는 것이 '선배'에게 가르침을 청하는 것보다 훨씬 낫다고 답을 했습니다. 사실『문학』에서 이 문제는 아무래도 부가적인 것입니다. 현재 당면한 긴요한 적들에게서 손을 떼고 오로지 창이 번뜩이는지 그렇지 않은지를 토론하는 것은(만약 이런 말을 발표하면 틀림없이 문학유산과 창의 다른 점을 논박하는 사람이 있을 것입니다), 나는 그야말로 말 자르기라고 말해도 된다고 생각합니다. 나는 지금은 적을 습격하는 것이 첫번째 수라고 생각합니다. 그런데 이런 말은 꽤 고립되고 있는 듯합니다. 대략 몇 사람만 버려도 문단은 통일될 것입니다.

예葉 군이 사적인 일로 나를 초대해서 몇 차례 이야기를 나누었습니다. 이번에는 공적인 일로 나를 초대하여 이야기를 나누고 싶어 합니다. 벌써 연달아 편지 두 통이 왔지만 아직 답신을 보내지 못했습니다. 왜냐하면 나는 그야말로 문 밖을 나가고 싶지 않기 때문입니다. 나는 본래 자주 대문을 나서는 사람이나, 근래 우리의 원수[10]께서 집에 틀어박혀 좀처럼 외출하지 않고 그저 다른 사람들에게 밖에서 뛰어다니라고 명령한다는 것을 알게 되었습니다. 따라서 나도 차라리 그저 집에 앉아 있기로 했습니다. 톨스토이의 무슨 소설에 나오는 것으로 기억하고 있습니다. 싸울 때는 위험하다고 생각하지 못하던 병사도 일단 대장 앞의 방탄 방패를 보면 바로 자신을 생각하게 되어 감히 앞으로 나아가지 못할 정도로 심장이 뛴다고 했습니다. 그런데 만약 원수께서 생명의 가치는 피차간에 다르다고 생각한다면, 나도 할 말이 없고 군대 방망이[11]로 얻어맞는 수밖에 없습니다.

소화불량에 걸리면 사람은 좌우지간 야위게 됩니다. 의사는 나더러 책 보지 말고 글 쓰지 말고 담배도 피지 말라고 합니다——삼불주의三不主義를 어떻게 지킬 수 있겠습니까?

『신문학대계』 중 『소설 2집』은 출판했습니다. 편한 때 한 권 보내 드리겠습니다.

이만 줄입니다.

여름날 편안하기 바랍니다.

6월 28일, 위 올림

이 편지는 내가 뜯었던 것입니다.[12] 추신.

주)_____

1) 이 편지 서두의 호칭은 수신인에 의해 잘려 나갔다.

2) 소련의 네라도프(Георгий Нерадов)는 「세라피모비치 『철의 흐름』 서언」에서 『철의 흐름』을 '서사시'라고 했다.

3) 조셴코는 「나는 어떻게 글을 쓰는가」(我怎樣寫作)에서 다음과 같이 말했다. "나는 일하는 방법이 두 가지 있다. 한 가지 방법은 언제라도 영감이 떠오르면 나는 창작의 충동으로 글을 쓴다. …… 두번째 방법은 영감이 없을 때 …… 나는 기술적 훈련으로 글을 쓴다." 조셴코의 이 글은 차오징화가 번역하여 『역문』 제1권 제3기에 실었다.

4) 독일의 오토 부에크(Otto Buek, 1873~1966)가 편역한 『고골전집』에 있는 『죽은 혼』을 가리킨다. 1920년 베를린에서 출판했다.

5) 서신 350517 참고.

6) 『고요한 돈강』은 소련의 숄로호프의 장편소설이다. 총 4권으로 1926년부터 1940년까지 출판했다. 소토무라 시로(外村史郎, 1891~1951)는 이 책의 제1권을 번역하여 1935년 3월 도쿄 미카사쇼보(三笠書房)에서 출판했다. 우에다 스스무(上田進)의 일역본은 1935년 7월 일본 과학사(科學社)에서 출판했다.

7) '이자'(易嘉)는 취추바이를 가리킨다.

8) 『40년』은 고리키의 장편소설 『클림 삼긴의 생애』(*Life of Klim Samgin*, Жизнь Клима Самгина)의 부제이다. 취추바이는 이 소설의 제1부 제1장 서두를 번역했다.

9) 1935년 3월 후펑은 『문학』 제4권 제3호에 「엘리스의 시대와 기타」(藹理斯的時代人及其

他)를 발표했는데, 이 글의 제2절에는 문화유산이 문제를 부가적으로 언급하고 있다. 이어서 '좌련' 도쿄 분맹(分盟)에서 편집한 『잡문』(雜文)은 제1권 제1호(1935년 5월)부터 '잡론'(雜論)란을 열어 문학유산 문제를 토론했다. 이 잡지의 편집인 멍커(猛克)는 루쉰에게 의견을 표시해 줄 것을 요청했다. 엘리스(Henry Havelock Ellis, 1859~1939)는 영국의 수필가이자 의사로서 성 문제에 관한 공개적인 논의를 촉진시킨 인물로 유명하다.

10) '원수'(元帥)는 저우양(周揚)을 가리킨다. 당시 '좌련' 당단(黨團) 서기로 있었다.

11) '군대 방망이'(軍棍)는 중국 소년군의 훈련·질서 유지에 사용하던 것이다.

12) 루쉰이 편지봉투를 한 번 뜯었다가 다시 붙였다는 뜻이다. 수신인이 중간에서 검열 등이 일어난 것으로 오해할까 해서 덧붙였을 것이다.

350629① 라이사오치에게

사오치 선생:

5월 28일 편지는 벌써 받았습니다. 원고, 더불어 목판화 7점도 그 뒤에 받았습니다.

아주 위대한 변동에 대해서 우리는 표현할 능력이 없을 것입니다. 그런데 이것도 비관할 필요는 없습니다. 우리가 설령 그것의 전반적인 것을 표현할 수는 없다고 하더라도 그것의 한 부분은 표현할 수 있습니다. 거대한 건축은 어쨌거나 나무 하나, 돌 하나를 쌓기 시작해서 만들어진 것입니다. 우리가 나무 하나, 돌 하나를 쌓아 보는 것이 어찌 안 되겠습니까? 내가 늘 허드렛일을 하는 것은 바로 이를 위해서입니다.

'연환도화'[1]는 확실히 대중에게 도움이 될 수 있습니다. 하지만 우선 어떤 그림인지를 보아야 합니다. 다시 말하면 그림이 어떤 사람들에게 보여 주는 것인지를 결정하고 구도, 새기는 법은 이에 따라 달라져야 합니다. 현재 목판화는 아무래도 지식인을 대상으로 만든 것이 많습니다. 따라서 '연환도화'에 이 방법을 사용한다면, 일반 민중들은 아무래도 이해하지 못합니다.

그림을 보는 것도 훈련이 필요합니다. 19세기 말의 그러한 유파들은 말할 필요도 없습니다. 설령 지극히 평범한 동식물 그림이라고 해도, 내가 전에 그때까지 그런 그림을 본 적이 없는 촌사람에게 보여 준 적이 있는데 그들은 이해하지 못했습니다. 입체적인 것이 평면으로 바뀌는 것에 대해서, 그들은 이런 일이 있을 수 있음을 절대로 생각하지 못합니다. 따라서 나는 연환도화를 새길 때는 옛그림 기법을 많이 사용해야 한다고 주장합니다.

어떻게 글을 써야 하는가에 대해서 나는 말로 설명할 수가 없습니다. 왜냐하면 자신의 글쓰기는 많이 보고 훈련하는 데서 비롯되고, 이것 말고는 결코 심득心得이나 방법 같은 것은 없기 때문입니다.

「각연초 노동자」²⁾는 결코 나쁘지 않습니다. 다만 지나치게 슬프다는 점인데, 그런데 이것은 실제로 있는 일이니 방법이 없습니다. 요 며칠 나는 량유공사의 『신소설』에 보내 실을 수 있는지 알아볼까 생각하고 있습니다. 왜냐하면 근래 상하이에서는 관청의 검열이 정말로 너무 엄격해졌기 때문입니다. 또 「실연」과 「아Q정전」³⁾ 각 한 점이 있는데, 이것은 『문학』에 부쳤습니다. 만약 검열관이 먹물병 위의 것이 내 얼굴이라는 것을 알아차리지 못한다면, 그렇다면 당연히 실릴 수 있을 것입니다.

우선 이렇게 답신을 보냅니다.

늘 편안하기를 송축합니다.

6월 29일, 쉰 올림

다시: 탕잉웨이唐英偉 선생에게 보내는 편지를 동봉합니다. 그의 연락처를 분실했기 때문입니다. 대신 전해 주면 고맙겠습니다. 추신.

주)_____

1) '연환도화'(連環圖畫)는 연환화와 같은 말이다.
2) 「각연초 노동자」(卷煙工人)는 단편소설이다. 『신소설』의 정간으로 발표되지 못했다.
3) 「실연」(失戀)과 「아Q정전」은 목판화를 가리킨다. 모두 『문학』 제5권 제1호(1935년 7월)에 실렸다. 「아Q정전」 판화 중에 먹물병 위에 루쉰의 두상을 새긴 것이 있다.

350629② 탕잉웨이에게[1]

잉웨이 선생:

6월 1일 편지는 받았고, 『청공집』[2]도 받았습니다. '선생'은 현대의 일반적인 명칭으로 고대의 '스승'師과 다르니, 내가 보기에 문제되지 않습니다.

요즘은 누군가가 일을 좀 하려고 하면 다른 누군가가 거창한 도리를 들고서 비난합니다. 예컨대 '목판화의 최후最後의 목적과 가치'를 묻는 것이 그렇습니다. 이 문제에 대답을 할 수가 없는 것은 '사람의 최후最後의 목적과 가치'에 대해 대답할 수 없는 것과 같습니다. 그런데 나는 이렇게 생각합니다. 사람은 진화의 긴 쇠사슬상의 하나의 고리입니다. 목판화는 기타 예술과 마찬가지로 그것은 이 긴 길에서 고리의 임무를 다하면서 분투, 향상, 미화하는 제반 행동을 돕는 것입니다. 목판화, 인생, 우주의 최후는 필경 어떤 것인가에 대해서는 지금으로서는 아직은 충분히 대답할 수 있는 사람이 없습니다. 어쩌면 영원할 수 있고 어쩌면 멸망할 수도 있습니다. 그런데 우리는 "어쩌면 멸망할 수도 있다"고 해서 하지 않을 수 없는 것은 사람은 그 자신이 틀림없이 죽게 된다는 것을 알면서도 밥을 먹어야 한다는 것과 같습니다.

그런데 내가 보기에 『청공집』의 새기는 방법에 대해서는 목판화를 좀 이해할 필요가 있는 사람이 보기에는 재미가 있을 것이고, 미술에 대한 훈련을 받은 적이 없는 사람은 이해할 수 없습니다. 선생은 기왕에 중국화를 공부했으니 묻겠습니다. 중국의 옛 목판화에서 대중들에게 익숙한 새기는 법 가운데 사용할 만한 것이 있는지 모르겠습니다.

P. Ettinger에게는, 내가 최근에 그에게 편지 한 통을 보냈으니, 종이를 보내는 일은 거론하지 않아도 됩니다.

우선 이렇게 답신을 보냅니다.

늘 편안하기 바랍니다.

6월 29일, 쉰 올림

주)_____

1) 탕잉웨이(唐英偉, 1915~2000). 광둥 차오안(潮安) 사람이다. 당시 광저우시립미술학교 학생이었다. 현대창작판화연구회 동인이다.
2) 『청공집』(青空集)은 탕잉웨이의 목판화집으로 손으로 찍어 출판한 것이다. '현대판화총간'(現代版畫叢刊)의 제13권으로 나왔다.

350703 차오징화에게

루전 형:

28일 편지는 방금 받았습니다. E에게 보내는 편지는 이미 부쳤습니다. 위에 우편지국번호가 있으니 아마도 분실되지는 않을 것입니다. 그는 편지의 위쪽에 지명을 좀 바꿔서 번역한 듯합니다. novo는 novaya여야 하고, 10-92는 10кв.92입니다.[1]

오늘 잡지 몇 권을 부치라고 서점에 부탁했습니다. 바로 댁으로 부치라고 했습니다. 또 『소설 2집』 두 권은 편한 때 자오치交喬(그는 베이핑으로 갈 것입니다), 눙農 두 형에게 나눠 주기 바랍니다. 그 속에 그들의 작품이 들어가 있습니다.

우리는 다 좋으니 염려하지 마십시오. 그런데 나는 좀 바쁘고, 또 날마다 야위어 갑니다. 나더러 일 년은 놀라고 권하는 친구가 있지만, 실제로 그렇게 할 수가 없습니다.

우선 이렇게 알립니다.

여름날 편안하기 바랍니다.

7월 3일, 위 올림

주)_____

1) '신(新) 10호 92실'이라는 뜻이다.

350704 멍스환에게

스환 선생:

3일 편지는 받았습니다. 리창즈가 쓴 『비판』은 벌써 받았습니다. 그는 결코 『이스바오』[1]에만 실을 생각은 아닌 듯했습니다. 최근에 『국문주보』[2]에서도 일부분을 보았습니다.

『고골은 어떻게 일했는가』[3]는 나는 일역본은 보았습니다. 중국어로 번역할 수 있다면 문학연구자들과 작가들에게 많은 도움이 될 것입니다. 그런데 일본어에서 번역하면 꼭 좋은 번역이 되지는 않을 것입니다. 지금 선생이 기왕에 원문을 구했으니 나의 바람은 그것들을 철저하게 수정하는 것입니다. 희생이 너무 크지만 공덕功德은 무한할 것입니다. 독자는 어쩌면 느끼지 못하겠지만 하느님은 반드시 보우하실 것입니다. 멍孟, 장張 두 분의 번역원고는 나한테 꼭 부쳐 보여 주지 않아도 됩니다. 왜냐하면 나는 시종 철저하게 수정할 것을 주장하기 때문입니다.

일본어는 군더더기가 아주 많아서 중국어와 차이가 많이 나고 러시아어와도 차이가 많이 날 것입니다. 따라서 일본어에서 유럽의 저작들을 중역하면 사실 아주 적절하지 않은 것이 지극히 많습니다. 의심스러울 때는 좀 참고해도 괜찮습니다.

『역문』이 「마차」[4]를 실은 것은 아주 좋습니다. 샤오 아무개의 번역본[5]은 나도 한 권 있습니다. 그는 영어를 근거로 했습니다. 그런데 『죽은 혼』 제2장을 보면 독역본과 다른 곳이 여러 군데 있습니다. 그리고 그가 번역한 것은 모두 비교적 좋지 않습니다. 그가 영어에 대해 충분히 통달한 사람은 아닌 듯합니다.

우선 이렇게 답신을 보냅니다.

늘 편안하기를 송축합니다.

7월 4일, 쉰 올림

주)_____

1) 『이스바오』(益世報)는 일보이다. 벨기에 선교사 뱅상 레브(Frédéric-Vincent Lebbe, 1877~1940; 雷鳴遠)가 편집한 중국 천주교 기관지였다. 1915년 10월 톈진에서 창간하여 1949년 1월 정간됐다. 레브는 후에 중국 국적을 취득했다.

2) 『국문주보』(國聞週報). 서신 340111 참고. 제12권 제24기(1935년 6월)에 리창즈(李長之)의 평론 「루쉰 창작에 표현된 인생관」(魯迅創作中表現之人生觀)이 실렸다.

3) 『고골은 어떻게 일했는가』(果戈理怎樣工作)는 『고골은 어떻게 썼는가』(果戈理怎樣寫作的)이다. 소련의 베레사예프(Викентий Викентьевич Вересаев, 1867~1945)가 썼고 멍스환이 번역했다. 『작가』제1권 제1기에서 제2권 제2기(1936년 4월에서 11월)까지 연재했다. 1937년 3월 문화생활출판사에서 문화생활총간의 제18권으로 단행본 출판했다.

4) 「마차」(馬車)는 고골의 단편소설이다. 멍스환이 번역하여 『역문』제2권 제6기(1935년 8월)에 실었다.

5) 샤오화칭(蕭華淸)이 번역한 『고골 단편소설집』(郭果爾短篇小說集)을 가리킨다. 서신 350309② 참고.

350711 러우웨이춘에게[1]

웨이춘 선생:

6월 24일 편지는 벌써 받았지만 병으로 인해 즉시 답신하지 못했습니다. 미안합니다.

『자선집』[2]의 보급판을 내는 일에 대해서 나는 동의합니다. 인지영수증 1천 위안을 첨부하니 살펴보시면 고맙겠습니다.

우선 이렇게 답신합니다.

무더위 편안하기 바랍니다.

7월 11일, 루쉰 올림

주)_____
1) 러우웨이춘(樓煒春, 1910~1994). 저장(浙江) 위야오(余姚) 사람. 1932년에 한전예(韓振業)와 함께 톈마서점(天馬書店)을 세웠다.
2) 『루쉰 자선집』(魯迅自選集)을 가리킨다. 1933년 톈마서점에서 출판했고, 1935년 보급판을 냈다.

350712 자오자비에게

자비 선생:

전에 『소설 1집』[1]의 머리에 색깔이 없는 것을 바꿔 준다고 하셨습니다. 지금 특송으로 보내니 받아 보고 바꿔 주면 감사하겠습니다.

이만 줄입니다.

편안하기 바랍니다.

7월 12 밤, 루쉰 올림

주)_____
1) 『소설 2집』이 맞다.

350713 자오자비에게

자비 선생:

저녁에 귀하의 서신과 『소설 2집』 한 권을 받았습니다. 심히 감사합니다.

내게 『미싸』[1]는 없습니다. 소설을 선별할 때 사용한 몇 권은 역시 선생이 내게 빌려준 것입니다. 내 생각에 아마도 그곳 도서관의 소장본인 듯합니다. 사용하고 난 뒤 바로 되돌려 보냈습니다. 그런데 1, 2 두 권도 결코 완전하지 않았던 것으로 기억하고 있습니다.

우선 이렇게 답신을 보냅니다.

편안하기 바랍니다.

7월 13 밤, 쉰 올림

주)_____

1) 『미싸』(彌灑)는 미싸사(彌灑社)에서 출판한 월간지이다. 1923년 3월에 창간했으며 모두 6기가 나왔다. 후에 『미싸창작집』(彌灑創作集)을 출판했다.

350716① 라이사오치에게

사오치 선생:

보낸 편지와 원고는 모두 받았습니다. 원고는 한 번 알아보겠지만 출판은 쉽지 않을 듯합니다. 현재 상하이의 서점은 그저 분위기가 가라앉고 있기 때문입니다.

　지난번 목판화 두 점은 문학사에 소개했습니다. 7월분 『문학』에 실렸고(그들은 샤오린이라고 잘못 인쇄했습니다.[1] 정말 화가 납니다), 게재료 8위안을 보내왔으니 지금 상우인서관을 통해서 환으로 부치라고 친구에게 부탁했습니다. 환어음 뒤에 서명하고 도장을 찍어서 분관에서 찾기 바랍니다. 그들이 송금인을 물으면 '상하이 본관 편집부 저우젠런^{周建人}'이라고 답하면 됩니다. 그런데 내 생각에는 꼭 묻지는 않을 것입니다.

　편지에 본명을 쓰는 것은 이곳에서는 아직은 괜찮습니다. 혹 '허간'^何^干이라고 고쳐도 좋습니다.

　우선 이렇게 알립니다.

　늘 편안하기 바랍니다.

7월 16일, 쉰 올림

　환어음 1장 첨부.

주)──────

1) 사오치(少麒)라고 해야 하는데 사오린(少麟)이라고 잘못 인쇄한 것을 가리킨다.

350716② 황위안에게

허칭 선생:

　날씨가 더워 앉아 있을 수가 없습니다. 허둥지둥 두 편[1]을 썼고, 지금 부치는 걸로 우선 책임을 때웁니다.

그런데 이런 무료한 물건은 대략 잘려 나가지는 않을 것입니다.

따로 목판화 4점은 서점에 두고 생활서점 직원이 보내도록 하겠습니다. 그중에 치짜오[2]의 목판화집은 사용하고 바로 선생에게 보내는 것이니, 되부쳐 줄 필요는 없습니다.

이만 줄입니다.

편안하기를 송축합니다.

16일, 쉰 인사를 올립니다

주)_____

1) 「아무 일도 일어나지 않는 비극」(幾乎無事的悲劇)과 「'문인은 서로 경시한다' 세번째」(三論"文人相輕").
2) 후치짜오(胡其藻)이다. 광둥 타이산(臺山) 사람, 광저우 현대창작판화연구회 동인이다. 그의 목판화집 『치짜오판화집』(其藻版畫集)은 손으로 찍어 출판했으며 '현대판화총간'의 제2권이다.

350716③ 샤오쥔에게

류쥔 형:

12일 편지와 그 전의 편지 한 통, 책, 모두 받았습니다. 기념책[1]을 출판하는 일에 관해서는 전에도 이미 몇 사람이 제안했습니다. 나는 동의하지 않고, 이유를 설명하고 싶지도 않습니다. 그런데 만약 어떤 단[?][2]가 출판하려 한다면, 그것은 물론 다른 문제이고, 그저 나 개인은 들어가지 않겠다는 것일 따름입니다.

책³⁾에 대하여 결코 어떤 의견도 없습니다.

월초에 오랜 친구⁴⁾를 몇 번 만나고 또 그의 딸의 혼인에 참석하느라 번역을 미뤄 두었다가 나중에 서둘러 번역을 해야 해서 시간이 없어지고 말았습니다. 올해도 덥고 우리도 다 땀띠가 났습니다. 내 방에는 선풍기를 설치할 수도 없고, 설치할 수 있다고 해도 소용이 없습니다. 종이가 바람에 날리면 글을 쓸 수가 없기 때문입니다. 그래서 나는 책을 번역할 때 바람이 불면 창문을 닫아야 합니다. 이러하니 어찌 땀띠가 안 생길 수가 있겠습니까. 땀띠에 대한 물약은 Watson's Lotion for Prickly Heat가 있는데, 꽤 잘 듣습니다. 다마로大馬路 취천스屈臣氏 대약방에서 판매합니다. 우리 가까운 곳에서는 1병에 2위안 4자오인데, 우리 세 사람이 대략 1년에 두 병이면 충분합니다. 당신은 체구가 크니 한 번 바르는 데 1/4병은 써야 할 듯하고, 그것만 해도 엄청나겠습니다.

그 책의 장식은 그래도 나쁘지 않은 편이지만, 검은 줄 몇 줄이 좀 어지럽습니다. 튄屬을 튄屆이라고 쓴 것은 알아채기 어렵고, 재판을 찍을 때도 고칠 필요는 없고 읽어 내려가다 보면 알 수 있습니다.

최근에는 정말이지 한가한 때가 너무 없습니다.『죽은 혼』은 한 장만 번역을 마쳤고, 오늘은 그만두고『문학』의 '논단' 글을 썼는데, 방금 마쳤습니다. 사실『문학』과 나는 아무런 관계가 없습니다만, 그것을 없애려고 하는 사람들이 있어서 일부러 지지해 주고 있습니다. 사실 이것도 스스로 고생을 사서 하는 것이기는 합니다. 「문단의 세 부류」文壇三戶도 내가 쓴 것입니다. 어떤 작가들은 보고 불쾌해하는 듯지만, 나는 내가 말한 것이 참말이라고 생각합니다. 이번에 쓴 것은 비교적 무료한 것이어서 화근이 될 리는 없습니다.

당신들의 동거 3년 기념을 축하합니다. 우리는 서로 알게 된 지 10여

년이 되었고, 동거한 지는 7, 8년이 되었습니다만, 몇 년 몇 월 며칠에 동거를 시작했는지, 나는 일찌감치 잊어버렸습니다. 그저 확실히 이미 동거하고 있다는 것만 기억하고 있을 따름입니다.

쉬^許는 당신이 그녀에게 보낸 소설에 대해 고마워하고 있습니다. 그녀가 지금 보고 있는 중이고, 좋다고 말했습니다. 잘라 내는 수고를 덜 수 있도록 도련한 것은 모두 사람들에게 보냈습니다. 우리들은 잘라 내면서 보고 있습니다. 우리는 언커트 책을 좋아합니다. 차라리 잘라 가면서 볼지언정, 도련한 책은 머리카락이 없는 사람──스님이나 비구니와 같습니다.

이만 줄입니다.

두 사람 모두 편안하기 바랍니다.

7월 16일, 위 올림

동봉한 편지는 편한 때 즈⁵⁾에게 전해 주기 바랍니다. 급하지는 않습니다. 추신.

주)_____

1) 취추바이 기념책을 가리킨다. 결국 출판하지 않았다.
2) 탈자가 있는 부분이다.
3) 『8월의 향촌』을 가리킨다.
4) 쉬서우창을 가리킨다.
5) '즈'(芷)는 예쯔(葉紫)를 가리킨다.

350716④ 쉬마오융에게

전해 주기 바랍니다.

쉬 선생:

금요일(19) 오전 10시에 서점에서 기다리겠습니다.

7월 16 밤, 위 인사를 올립니다

350716⑤ 차오징화에게

루전 형:

8일 편지는 벌써 도착했습니다. 최근 조금 바빠서 답신을 미루었습니다.

『문학백과전서』 제8권은 이미 보내왔고, 일간 부치겠습니다.

지난대학[1] 상황은 복잡합니다. 새 교장이 결국 학교에 왔는지 아직 알 수 없습니다. 만약 학교에 왔다면, 그렇다면, 시디西諦도 갔을 것입니다. 나는 전에 그에게 가지 말라고 권유했는데, 그는 감히 이 말을 하지 못했습니다. 오늘은 눙農의 일을 그에게 부탁해 달라고 해두었습니다. 힘을 쓸 수 있으면, 내가 보기에 그는 반드시 힘을 쓸 것입니다. 이번 교원의 초빙 방법은 보통과 다르고 교육부의 허가를 받아야 합니다. 그런데 교장이 추천하면 교육부에서 대개는 결국 허가합니다. 만약 회신을 받으면 계속 알아보겠습니다.

상하이는 연일 너무 덥고 실내는 94, 5도나 됩니다. 우리는 다 좋고, 그런데 다들 온몸에 땀띠가 생겼을 따름입니다. 염려하지 마십시오.

우선 이렇게 알립니다.

무더위 편안하기 바랍니다.

7월 16 밤, 아우 위 인사를 올립니다

주)_____

1) 상하이 지난(暨南)대학을 가리킨다. 당시 허빙쑹(何炳松, 1890~1946)이 선펑페이(沈鵬飛)를 이어 교장으로 부임했다. 허빙쑹은 자는 보청(柏丞), 저장 진화(金華) 사람으로 역사학자이다.

350717① 어머니께

모친 대인 슬하에 삼가 올립니다. 7월 6일과 10일(쯔페이紫佩가 대신 쓴 것) 두 통의 편지는 모두 받았습니다. 베이핑의 비적 경찰[1]에 대해서는 상하이 신문에서 읽고 징지다오에 탄환 한 발이 떨어졌음을 알게 되었습니다. 이곳은 우리집에서 멀지 않은데, 폭발하지 않았으니 다행입니다. 그렇지 않았다면 영향을 미치지는 않았을 것이라고 해도 틀림없이 소리는 들렸을 것입니다. 다음 날 평정이 되었고 대인께서도 놀라지 않으셨다니, 이 소식을 듣고 심히 안심이 되었습니다.

상하이는 막 매실이 나오고 있고, 연일 너무 뜨겁습니다. 오늘 정오에는 실내가 95도나 되었고, 거리는 100도 이상일 것입니다. 집안은 모두 편안하고, 다만 다들 땀띠가 생겼을 따름이니, 염려하지 마시기 바랍니다.

아들은 여전히 편안하고, 다만 무척 바빠서 쉴 시간을 내기가 어렵습니다. 이것은 필묵에 의지해서 살아가는 사람이라면 당연한 상황이고 달리 방법도 없습니다. 하이마害馬는 상하이에 오고부터는 아픈 적이 없고, 일솜씨가 좋다고 할 수 있습니다.

하이잉도 건강합니다. 아이는 매번 여름이면 대체로 튼튼하고, 비록 종일 온몸에 땀이 흐르기는 해도 여전히 장난을 멈추지 않습니다. 요즘은 날마다 오전이면 발가벗고 한 시간은 햇볕을 쐬고 나머지는 마음대로 놀며 지내고 있습니다. 최근에는 자전거를 사고 싶어 하는데 아직 사주지는 않았습니다. 글자를 알려고 하지 않아서 올 가을에는 혹 학교에 들어가게 해야 할지도 모르겠습니다. 9월 말이면 만 여섯 살이고 집에서는 퍽 시끄럽게 굽니다.

셋째도 좋으니 염려하지 마시기 바랍니다. 10일 편지는 이미 셋째에게 보여 주었습니다.

우선 이렇게 알려 드립니다.

삼가 편안하시길 바랍니다.

> 7월 17일, 아들 수 절을 올립니다
>
> 광핑, 하이잉도 함께 절을 올립니다

주)_____

1) 1935년 6월 28일 즈리계(直隸系) 군벌이었던 바이젠우(白堅武)가 '화베이군'(華北軍)의 조직을 선언하고 스스로 정의자치군 총사령이 되어 베이징 펑타이(豊臺)에서 폭동을

일으켰다. 그 다음 날 상하이 『선바오』(申報)는 다음과 같이 보도했다. "성내에서 들은 포탄 소리는 모두 7발이었다. 한 발은 둥징지다오(東京畿道) 훙원아파트(紅文公寓)에 떨어졌고, 또 한 발은 얼룽캉(二龍坑) 흙더미 위에 떨어졌고, 또 한 발은 징지다오(京畿道) 예술학원에 떨어졌고, 또 한 발은 바오쯔가(報子街) 25호에 떨어졌다. 모두 폭발하지는 않았다. 나머지 두 발은 소리는 울렸지만 땅에 떨어지지는 않았다." 이 폭동은 30일에 진압되었다.

350717② 리지예에게

지예 형:

14일 편지는 받았습니다. 여기에 이력서[1]는 없습니다. 편지가 검열 당하지 않았다면, 내 생각에는 아마도 봉투에 넣지 않았나 봅니다. 쉬許 선생[2]은 열흘 전에 만났고, 마침 영어 교원을 초빙하고 있다고 했습니다. 상관이 없어서 알아보지는 않았습니다. 지금은 그가 고향에 갔는지, 아니면 북쪽으로 갔는지 모르겠습니다. 고향에 갔다면, 그렇다면, 그가 고향에서 나오면 열에 아홉은 나를 방문할 것이니, 그때 소개하겠습니다. 그런데 그가 초빙하는 영어 교원이 벌써 결정되었는지의 여부는 모르겠습니다.

교육계는 문학계와 마찬가지로 칠흑 덩어리이고 무뢰한이 권력을 잡고 있습니다. 그런데 상하이가 핑진[3]보다 훨씬 심할 것입니다. 영국에 가는 것도 좋습니다.[4] 그러나 돌아올 때의 중국 상황은 틀림없이 지금보다 좋지는 않을 것입니다.

이만 줄입니다.

늘 편안하기를 송축합니다.

7월 17일, 위 인사를 올립니다

1) 리지예의 동료 양산취안(楊善荃)의 이력서를 가리킨다. 당시 리지예가 루쉰에게 양산
   촨이 베이핑대학 여자문리학원에서 강의할 수 있도록 소개해 달라고 부탁했다.
2) 쉬서우창을 가리킨다.
3) '핑진'(平津)은 베이핑, 톈진 일대를 가리킨다.
4) 당시 리지예는 영국 유학을 준비하고 있었다. 8월에 출국하여 이듬해 4월에 귀국했다.

350722① 타이징눙에게

칭靑 형:

16일 편지와 탁본 1장을 방금 받았습니다.

산건山根의 음흉함은 일찌감치 경험했습니다. 사실 세력을 심고 학계
에 화를 입힐 줄만 아는 사람입니다. 샤먼 또한 좋은 곳은 아닙니다. 설령
성사된다고 해도 반드시 오래 머물 수 있다고는 할 수 없습니다.

지난대학에는 한 번 물어보았으나, 역시 잘 되지 않았습니다. 상하이
의 학교는 더는 깨끗한 곳이 없습니다. 다시 다른 곳에 한번 알아보겠습
니다.

상하이는 벌써부터 너무 뜨겁습니다. 천한 몸은 그럭저럭 편안하니
멀리서 염려 놓으셔도 괜찮습니다.

이만 줄입니다.

늘 편안하기를 송축합니다.

7월 22일, 위 인사를 올립니다

루전 형:

사나흘 전에 서적 두 꾸러미를 부치도록 서점에 부탁했습니다. 안에는『문학백과전서』[1] 1권이 들어 있는데, 받았는지 모르겠습니다.

오늘 정鄭 군의 답신을 받았습니다. 학교 내부 사정이 복잡하고, 눙農 형의 일은 지금까지 봐서는 올 반년 안에 강구할 방법이 없다고 운운했습니다. 대략 견제하는 사람이 많고, 여러 일들을 대담하게 할 수는 없는 듯합니다. 정이 비록 문학원장이라고는 하지만, 역시 좋은 결과는 없을 듯합니다.

상하이는 벌써 너무 뜨거워진 지도 열흘 남짓 지났습니다. 아우 등 모두 편안하니 염려 놓으시기 바랍니다.

눙 형에게 편지 한 통을 보내니 편한 때 전해 주기 바랍니다.

이만 줄입니다.

무더위 편안하기 바랍니다.

7월 22일, 아우 위 인사를 올립니다

주)_____

1)『소련문학백과전서』(蘇聯文學百科全書)를 가리킨다.

350722③ 리지예에게

지예 형:

15일 편지를 받은 지 이미 수일이 지났습니다. 그제 쉬許 선생을 만났는데, 영어 교원은 이미 초빙이 결정되었고 따로 정해진 시간은 없다고 운운했습니다. 따라서 양楊 선생의 일은 결국 말을 꺼낼 수가 없었습니다.

일전에 징靜 형을 위해 지난대학에 알아보았지만, 역시 성사되지 않았습니다. 중국은 걸음걸음이 가시밭길입니다.

류원전劉文貞 군의 번역원고는 이미 실렸습니다. 지금 이미 여름방학이 시작되었으니, 역자가 아직도 학교에 있는지 모르겠습니다. 원고료를 어디로 부쳐야 할지 알려 주기 바랍니다.

이만 줄입니다.

늘 편안하기를 송축합니다.

7월 22일, 위 인사를 올립니다

350724 라이사오치에게

사오치 선생:

13일 편지는 벌써 도착했고, 『실업』1) 스무 권도 어제 받았습니다.

목판화 게재료는 이미 부쳤습니다. 통지서 한 장은 지금 보충해서 보냅니다. 그런데 아직 안 부쳤다고 해도 서적을 대신 구매하는 것은 나의 지금 상황으로서는 역시 편치가 않습니다.

일본에서는 완구집[2]을 출판하고 있는데, 보아 하니 그리 특별한 점은 없습니다. 많은 점이 중국의 것과 대동소이합니다. 중국에서 만약 전국의 완구집을 낼 수 있다면, 아마도 훨씬 뛰어날 것입니다. 그런데 우리는 대략 한동안은 이런 계획이 있을 것 같지 않습니다. 따라서 우선 일본 출판계에 좀 소개해 보는 것도 좋은 일입니다.

이만 줄입니다.

무더위 편안하기 바랍니다.

7월 24일, 간干 올림

주)_____

1) 『실업』(失業)은 라이사오치의 목판화집이다. 손으로 찍어 출판했다.
2) 당시 일본의 시로토쿠로샤에서는 『향토완구집』(鄕土玩具集)과 『토속완구집』(土俗玩具集)을 잇달아 출판했다.

350727① 샤오쥔에게

샤오 형:

19일 편지는 벌써 받았고, 또 답신이 늦었습니다. 나는 이제서야 비로소 이번 달에 전달해야 할 『죽은 혼』 번역을 마쳤고, 온몸이 땀띠투성이입니다. 그래도 제1부는 벌써 2/3는 했습니다. 어떤 일들은 몰려서 하는 것도 좋습니다. 그렇지 않으면, 나는 그것을 번역하지 못했을 것입니다. 날마다 오전에는 아이에게 벌거숭이로 태양을 반시간은 쐬라고 명령을 내렸더니, 지금은 아이가 땀띠가 제일 적습니다. 생각해 보세요. 이것은 이상하지 않습니까?

후^봐에게서 편지가 왔는데, 그 소설에 대해서 대단히 만족해했습니다. 내 것들 가운데서 내 것 한 권을 제외하고는 모두 나누어 주었습니다. 따라서 당신이 내게 대여섯 권을 더 주려 한다면, 잘 싸서 편한 때에 그대로 서점에 두면 됩니다. 지금으로서는 요긴하지 않습니다. 예^葉의 정책에 대해서, 푸^傅 같은 부류에게 뭘 나누어 보내고 하는 것은 내가 보기에 필요하지 않습니다. 그들은 편집인도 하고 교수도 하고 있으니, 보고 싶으면 자신이 사야 합니다. 그렇게 하지 않으면, 그에게 보낸다고 해도 그는 보지 않습니다.

당신의 친구가 남쪽으로 오는 것은 대단히 좋습니다. 그런데 우리는 며칠 지나서 만납시다. 지금은 날씨가 너무 뜨겁고, 뿐만 아니라 나도 정말로 좀 바쁘기 때문입니다. 지금은 정말 사람 노릇을 하고 있는 것 같지 않고 마치 기계가 된 듯합니다.

근래에 나에 관한 유언비어가 너무 많습니다. 일본 신문에서는 내가 중국을 떠나려고 하고 여비를 마련하기 위해 목숨을 걸고 번역을 하다가 큰 병이 났다고 보도했습니다. 『사회신문』에서는 내가 벌써 일본으로 '순민' 노릇을 하러 갔다고 말했습니다.[1]

서둘러 씁니다.

두 사람 모두 편안하기 바랍니다.

7월 27일, 위 올림

주)_____

1) 『사회신문』 제12권 제3기(1935년 7월 21일)에 실린 쿵인(孔殷)의 「좌익 문화인물지(1)

一루쉰」(左翼文化人物志( ) 魯迅)에는 다음과 같은 말이 나온다. "루쉰은 외기투합하는 공산당 '좌련'에 몸을 의탁하여 명성과 재물을 모두 얻었으면서도, 동시에 의기투합하는 제국주의에 의탁하여 생명의 보장을 요청했다. ××서점 주인은 그의 보호자가 되었고, 최근에는 또 그가 동양(東洋)으로 가는 데 보호를 해주었다. 그곳에서는 제국의 보호 아래에 있는 순민(順民)의 자격으로 그에게 활동의 편리함을 봐주었다."

350727② 리창즈에게

창즈 선생:

귀하의 서신을 삼가 잘 받았습니다. 그런데 나는 선생의 겸손한 제안에 결코 동의하지 않습니다. 왜냐하면 나는 나에 대한 전기와 비평 따위에 아주 열의가 있는 것도 아니고, 게다가 기억하고 의논하다 보면 재미없다고 느껴지기 때문입니다. 글은 좌우지간 실수나 편견을 피할 수는 없습니다. 설령 나더러 나에 대한 비평을 쓰라고 해도 대략 실수를 하는 것을 피하지 못할 것입니다. 하물며 경험이 완전히 다른 사람에게 있어서야 일러 무엇하겠습니까. 그런데 나는 이것이 실은 조심하면서 타당하도록 두세 번 고치는 것보다는 더 낫다고 생각합니다.

나는 근래에 그저 땀띠가 좀 생겼습니다. 병이라고는 할 수 없습니다. 신문에서 다른 병이 났다고 했다면, 그것은 신문기자의 창작입니다. 이런 창작은 신문에서 늘 있는 일입니다. 염려해 주시니, 이를 알려 드립니다.

이만 줄입니다.

편안하기 바랍니다.

7월 27일, 루쉰 올림

350729① 샤오쥔에게

류 형:

편지와 책 6권을 당일로 받았습니다. 오자 스물 몇 자는 그래도 많은 편은 아닙니다. 요즘 출판물에는 보통 매 쪽마다 적어도 한 개는 있습니다. 러시아에는 벌써 한 권을 부쳤고, 사람들에게 부탁해서 또 몇 권 더 부칠 생각입니다. 불편한 것은 이번에는 서점에 부탁할 수가 없다는 것입니다. 왜냐하면 만에 하나라도 발견된다면 서점 주인이 볼기를 맞을 수도 있어서이고, 따라서 좀 조심할 수밖에 없습니다.

『죽은 혼』은 모두 2부작이고, 매 부 약 20만 자입니다. 제2부는 본래가 미완성의 원고이고, 따라서 번역할지 말지 아직 결정하지 않았습니다. 제1부만 번역한다면, 그렇다면, 9월 말이면 끝날 것입니다. 그런데 기름을 보태 주는 사람이 그야말로 적다고 느끼고 있습니다. 아이가 소란을 피워도 내게 고요함을 주기 위해 데려가는 사람이 거의 없습니다. 따라서 나의 최근 번역작품 중에 초초함 속에서 이루어지지 않은 것은 거의 한 편도 없습니다. 이런 상황은 대략 한동안 좋아질 수 없을 듯합니다.

유언비어에 대하여 나는 괴롭게 생각하지 않습니다. 만약 괴로워한다면, 매달 몇 번씩은 괴로워해야 해서 지금까지 살아 있지도 못할 것입니다. 대략 이런 경우는 단련으로 익숙해져서 나중에 와서는 터럭만치도 중요하지 않게 됩니다. 유언비어가 나오고 내가 괴로워한다면, 그것은 유언비어를 만든 사람의 계략에 걸려드는 것입니다.

땀띠 물약은 확실히 그리 잘 듣지 않습니다만, 약을 사용하지 않으면 아마도 땀띠는 훨씬 더 심해질 것입니다.

우리집 가까운 곳에 백러시아식당이 생겼습니다. 흑빵, 흘레브[1] 전부

있습니다. 그런데 물건은 비싸게 삽니다. 아이스크림은 한 집에 다양ㅊ洋 3
마오나 합니다. 내가 보기에 가게는 오래가지 못할 것입니다.

이 편지는 책을 이미 받았다는 것을 알려 주려고 일부러 썼습니다.

이만 줄입니다.

두 사람 모두 행복하기를 축원합니다.

7월 29 밤, 위 올림

주)_____

1) 러시아식 흰 빵을 가리킨다. 원문은 '례바'(列巴)이다. 'хлеб'의 음역이다.

350729② 차오쥐런에게

쥐런 선생:

보낸 편지는 받았습니다. 베이신서국에서 발행한다니[1] 아마도 애매
모호할 듯합니다. 내가 투고는 하겠지만, 지금으로서는 글을 쓰는 것이 어
렵습니다. 『죽은 혼』에 대해 말하는 것도 꼭 타당할 것 같지는 않습니다.
『문학100제』 가운데서 풍자에 대해 이야기한 것[2]도 압류되었습니다.

요즘 같은 때는 기분이 나쁘지 않을 수가 없습니다. 좋은 기분은 모두
다른 사람 마음속에나 있습니다. 명말의 대신은 안난安南으로 도망가서 마
작하고 술을 마셨다지요.[3]

이만 줄입니다.

편안하기 바랍니다.

7월 29일, 쉰 올림

다시:

쉬徐 선생에게 편지 한 통을 부칩니다. 편한 때 전해 주기 바랍니다.

주)_____

1) 『망종』(芒種) 반월간을 베이신서국으로 옮겨 발행하는 일을 가리킨다. 서신 350129②
참고.

2) 「'풍자'란 무엇인가?」(什麼是"諷刺"?)를 가리킨다.

3) 『남명야사』(南明野史) 권하에는 다음과 같은 기록이 있다. 영력(永歷) 13년(1659) 5월,
남명 계왕(桂王) 주유랑(朱由榔)은 대신들을 이끌고 미얀마로 피해 갔는데, "8월 1일은
미얀마국의 조회 기간이었는데, 목천파(沐天波; 즉 진국공滇國公)로 하여금 강제로 신의
예로서 알현하게 하고, 천파에게 여러 야만인들을 위해 맨발로 솔선수범하라고 명령했
다. 이로써 (미얀마 조정은) 여러 야만인들에게 과시했다. 마길상(馬吉祥; 태학사太學士),
이국태(李國泰; 사례감司禮監) 등은 여전히 황후의 동생 왕유공(王維恭)으로 하여금 술
을 덜 마시도록 했다. 유공에게는 기녀 려유신(黎維新)이 있었는데, 이미 늙었다. 길상
은 그녀에게 강요하여 려원(黎園)을 위해 춤을 추게 했다. 유신이 눈물을 흘리며 '지금
이 어떤 때인데, 다만 여전히 가무를 즐기려 하시나이까!'라고 했다. 길상 등은 분노하
여 채찍으로 그녀를 때렸다. 포수(蒲綏; 즉 수녕백綏寧伯)는 다시 도박을 하며 소리를 질
러 소리가 실내를 뚫었다. 당시 황제는 와병으로 그것을 금지시킬 수가 없었고 탄식만
할 따름이었다."

350729③ 쉬마오융에게

마오룽茂榮 선생:

목판화는 한번 살펴보았지만 적당한 것이 없습니다. 중요한 점은 최
근에 어찌된 까닭인지 목판화를 새긴 사람을 찾을 방법이 없다는 것입니

나. 따라서 아무래도 사용하지 않는 것이 좋겠습니다.

モンタニ의 번역본[1]은 편한 때 한번 찾아보겠습니다. 이 책은 전에도 그들에게 한 종류의 번역본이 있었는데, 대략 이번 것만큼 좋지는 않을 듯합니다.

이만 줄입니다.

편안하기 바랍니다.

7월 29일, 쉰 올림

주)_____

1) 『몽테뉴 수상록』을 가리킨다. 세키네 히데오(關根秀雄, 1895~1987)가 번역하여 1935년 도쿄 하쿠수이샤(白水社)에서 출판했다.

350730① 예쯔에게

즈페(孑茳) 형:

보낸 편지는 받았습니다. 정(鄭) 공[1]은 병사들을 데리고 학교를 경영하고 있어서 만날 수가 없습니다. 소설은 판매가 많지 않아서 결산해도 의미가 없습니다. 아무래도 세번째 것[2]이 타당합니다. 15위안을 서점에 두었으니 동봉한 편지를 가지고 가서 찾아가기 바랍니다.

이만 줄입니다.

굶주림에 위안이 되기를 송축합니다.

7월 30일, 위 올림

1) 정전둬(鄭振鐸)를 가리킨다. 당시 상하이 지난대학에서 문학원장으로 있었다.
2) 수신인의 설명에 따르면 다음과 같다. "내가 선생에게 편지 한 통을 썼고 내가 벌써부터 굶주리고 있다고 말하고 그에게 (1) 정전둬 선생에게 나의 그 소설 「별」(星)이 어떻게 되었는지, 물어봐 달라고 했다. 그 소설은 선생의 소개로 정과 장(章)이 공동 편집하는『문학계간』(文學季刊)에 주었다. (2) 우치야마서점의『풍성한 수확』은 결산을 좀 할 수 있는지? (3) 만약 위에서 언급한 두 가지 일이 모두 방법이 없다면, 급한 불을 끌 수 있도록 그에게 10위안이나 15위안을 빌려 달라고 했다."

350730② 황위안에게

허칭 선생:

편지 등은 모두 받았습니다.『시계』는 보내온 편지에서 말한 대로 가장자리가 너무 좁은 것 말고도 표지의 글자는 아무래도 가장자리 쪽으로 좀더 붙여도 좋겠습니다. 즉, 약 반 치 정도 밀어 넣으면 됩니다. '시계'라는 글자도 너무 작은데, 이것은 직접 쓴 것이어서 지금은 어떻게 말해야 할지 모르겠습니다. 이외에는 의견이 없습니다. 요컨대, 중국에서는 그럴듯한 책 한 권을 찍어 내려고 해도 할 수 있는 방법이 없습니다. 내 생각으로는 어쩌면 앞으로 생활서점에서 판형을 빌려 와서 직접 그것을 백여 권 인쇄할 수도 있을 것 같습니다.

일역 ﾄ집 서간집[1] 뒤에는 グリ의 글은 없고, ジィﾄ의 강연 한 편만 있습니다.[2]

고골의 단편소설은 본래 많지 않고, 뿐만 아니라 비교적 짧은 것은「마차」밖에 없습니다. 이외에는 다 길고, 나는 사실 번역할 겨를이 없습니다. 「마차」를 3권 1기로 옮기고, 논문 한 편을 밀어 넣는 것도 무방하지 않겠습니까?

Pavlenko가 쓴 레르몬토프에 관한 소설[3]은 돈 몇 푼으로 급히 바꾸어야 하는데,[4] 3권 1기에 넣을 수 있을지 모르겠습니다. 이 글은 약 3만 자이고 삽화가 네 점입니다.

이외에는 심히 다른 의견은 없습니다. 그런데 지면에 실린 목판화에 사각형이 너무 많아서 한 번은 원형 따위로 바꾸어야 합니다. 『문학』에서는 선인장[5]이라는 원형의 그림을 사용한 적이 있습니다. 아마도 New Woodcuts[6]에 있는 것인 듯하고 좀더 크게 만들어서 사용할 수 있을 것입니다. 러시아, 이탈리아 목판화 각 두 점[7]을 첨부하니 그림을 제작하기 바랍니다. 제작이 끝나면 원본과 함께 건네주고 그림의 제목을 번역해야 합니다. 목록에 쓸 긴 그림은 아직 적당한 것을 구하지 못했으니 다시 찾아볼 수 있도록 해주기 바랍니다. 이만 줄입니다.

편안하기 바랍니다.

7월 30일, 쉰 올림

주)_____

1) 『도스토예프스키 전집』 제18권(서간집)을 가리킨다. 나카야마 쇼자부로(中山省三郎, 1904~1949)가 번역하여 1935년 도쿄 미카사쇼보(三笠書房)에서 출판했다.

2) 'グリ의 글'은 그리고로비치(Дмитрий Васильевич Григорович, 1822~1900)가 도스토예프스키를 회상하면서 쓴 글을 가리킨다. 영역본 『도스토예프스키 서한집』 뒤에 이 글이 첨부되어 있다. 'ジイド의 강연'은 앙드레 지드의 강연 「서간으로 본 도스토예프스키」를 가리킨다. 다케우치 미치노스케(竹內道之助, 1902~1981)가 번역했다.

3) 파블렌코(Пётр Андреевич Павленко, 1899~1951)는 소련의 작가이다. 그의 단편소설 「13번째 레르몬토프에 관한 소설」은 천제(陳節; 즉 취추바이瞿秋白)가 번역하여 『역문』 종간호(1935년 6월)에 실렸다. 레르몬토프(М. Ю. Лермонтов, 1814~1841)는 시인이자 소설가로 러시아 낭만주의의 대표자이다.

4) 당시 루쉰은 취추바이가 남긴 글을 모아 엮어 낼 계획을 가지고 있었다.
5) 목판화 「선인장」(仙人掌)을 가리킨다. 이탈리아 디세르토리(Benvenuto Disertori, 1887~
   1969)의 작품이다. 『문학계간』 제2권 제1호(1935년 3월)와 『역문』 제2권 제6기(1935년
   8월) 표지에 실렸다.
6) 『The New Woodcut』을 가리킨다. 영국의 제프리 홈(Geoffrey Holme)의 편집으로
   1930년 런던 스튜디오에서 출판했다.
7) 러시아 목판화 두 점은 알 수 없다. 이탈리아 목판화는 알도 파토키(Aldo Patocchi,
   1907~1986)의 「농삿일」(農作), 「전지」(剪條)이다. 『역문』 종간호(1935년 9월)에 실렸다.

350803① 차오징화에게

루전 형:

어제 잡지 한 꾸러미를 부치라고 서점에 부탁했으니, 도착했으리라 생각합니다.

후(胡) 박사가 칭(靑) 형을 샤먼에 소개했다고 들었는데, 아직 회신이 없습니다. 그런데 내 생각으로는 성과가 있다고 해도 그곳은 실은 아주 재미가 없는 곳입니다. 일전에 구이린(桂林)사범에서 교원을 초빙한다고 들어서 친구[1]에게 알아보라고 부탁했는데, 지금 편지를 받았습니다. 한 단락을 잘라서 동봉하니 칭 형에게 전해 주고, 앞으로의 조치를 결정할 수 있도록 어떻게 처리할지 바로 답신을 주기 바랍니다. 내 생각으로는 설령 잠시 직원으로 일한다고 해도 이곳이 샤먼보다는 좀더 나을 듯합니다.

지(霽) 형에게 편지 한 통을 보내니 전해 주기 바랍니다. 그의 연락처를 분실했기 때문입니다.

우선 이렇게 알립니다.

무더위 편안하기를 송축합니다.

8월 3일, 아우 위 올림

주)_____

1) 천왕다오(陳望道)를 가리킨다.

350803② 리지예에게

지 형:

7월 28일 편지는 받았습니다. 류劉 군의 원고료는 상우인서관에 송금하도록 부탁하겠습니다. 역자가 분관에 가서 찾으면 되니, 대략 불편함은 없을 것입니다.

영국으로 가는 일에 대해 아직도 훼방 놓는 사람이 있습니까? 이것은 정말로 꼴불견입니다. 양楊 군의 일은 전에 쉬許 군에게 물어보았더니, 그는 교원은 이미 초빙이 결정되었다고 말했습니다. 답신이 분명했습니다. 최근에는 초빙한 교원이 또 꼭 북쪽으로 갈 것 같지는 않다고 들었습니다. 그런데 내가 보기에 그래도 다시 말하기는 어렵습니다. 왜냐하면 같은 집안을 귀하게 여기는 교무장[1]이 있기 때문입니다. 그야말로 쓰레기 같은 물건으로, 올 여름 상하이에서 만났는데 뚱뚱하고 교활한 것이 이야기를 나눌 가치가 없는 사람이었습니다. 그제 시디西諦를 만나서 이 일을 언급했습니다. 그는 양 군을 안다고 하면서 이력서를 가지고 갔습니다. 하지만 어떤 방법을 쓸 것인지에 대해서는 한 마디도 하지 않았습니다.

나는 여전하고, 아직도 번역을 하고 있습니다. 그런데 근래 이곳에는 발바리 같은 것들이 정말로 많습니다.

이만 줄입니다.

무더위 편안하기 바랍니다.

8월 3일, 위 올림

1) 리지구(李季谷)를 가리킨다. 서신 350522② 참고.

350809 황위안에게

허칭 선생:

5일 편지와 '세계문고' 1권은 일찌감치 받았습니다.

바×프의 소설[1]은 아마도 번역할 겨를이 없을 것이다. 요즘 하고 있는 잡무를 보아 하니 앞으로 늘어나면 늘어났지 줄어들지는 않을 것이고, 게다가 모두 벗어던질 수 없는 일이기 때문입니다. 『문학』의 '논단' 말고는 다른 일은 시작도 못 하고 있고, 글을 쓴다고 해도 「제목을 짓지 못하고 초고」^{題未定草} 따위에 지나지 않는 정말로 너무나 무료한 것들입니다.

레르몬 소설[2]의 목적은 급히 원고료를 좀 얻어 내려는 데 있습니다. 따라서 제일 좋기로는 3권 1기에 넣는 것입니다. 단행본으로 낼지에 대해서는 중요하지 않습니다. 그런데 3권 1기의 내용을 그르친다면 그것도 좋지 않으니, 따라서 날짜가 가까워지면 원고의 분량을 보고 다시 이야기하는 것이 좋겠습니다.

러시아 동화[3]에 나의 옛 필명을 사용하려 한다면, 물론 괜찮습니다. 내가 필명을 바꾸는 것은 출판사를 위해서이지 나와는 상관이 없기 때문입니다. 출판인들이 편하다면 어떤 이름을 사용해도 괜찮습니다. 소인을 동봉하니 쓸만하다고 생각되면 넣어서 인쇄해 주기 부탁합니다. 광고는 조금 틈이 나면 쓰겠습니다.

샤오蕭의 소설은 앞서 한 편[4]만 여기에 있었고, 벌써 정쥔핑鄭君平에게 부쳤습니다. 최근 그는 원고를 전혀 보내지 않습니다.

삽화는 우선 2점을 되부치니 필요할 때 사용하기 바랍니다. 이탈리아의 2점은 우치야마에 이탈리아어 사전이 없어서 방법이 없으니 사람들에게 부탁해서 찾아보라고 한 뒤 다시 부치겠습니다.

이만 줄입니다.

편안하기 바랍니다.

8월 9일 밤, 쉰 올림

주)_____

1) 불가리아 문학가 바조프(Иван Вазов, 1850~1921)의 소설 「연가」(戀歌)를 가리킨다.
2) 파블렌코의 단편소설 「13번째 레르몬토프에 관한 소설」을 가리킨다. 서신 350730②
   참고.
3) 『러시아 동화』(俄羅斯的童畵)를 가리킨다. 서신 341204 참고. 필명 루쉰으로 출판했다.
   이 책의 「소인」(小引)과 「광고」(廣告)는 각각 『역문서발집』과 『집외집습유보편』에 수록
   했다.
4) 「군대에서」(軍中)를 가리킨다. 서신 350901① 참고.

350811① 차오징화에게

루전 형:

7일 편지는 받았습니다. 시디西諦에게 보내는 편지는 이 편지와 함께 보내겠습니다.

칭靑에게 보내는 편지 한 통은 대신 전해 주기를 부탁합니다.

전에 E.에게 보내는 편지를 그에게 독일어로 써 달라고 부탁을 했었는데, 그가 러시아어로 써 보내왔습니다. 아마도 그는 회신을 내가 쓴 것이라고 오해했나 봅니다. 지금 부치니 형이 번역해 주면 고맙겠습니다.

상하이는 벌써부터 조금 서늘해졌고, 우리는 다 좋습니다.

우선 이렇게 알립니다.

무더위 편안하기 바랍니다.

8월 11일, 아우 위 올림

350811② 타이징눙에게

칭 형:

7일 편지는 받았습니다. 샤먼은 좋은 곳이 아닐뿐더러 경비 지원도 꼭 있을 것 같지는 않지만, 이미 대답했고 또 달리 방법도 없으니 우선은 가 보기 바랍니다. 시끄러운 것은 괜찮다고 해도, 여전히 배가 고프다면 억울할 것입니다.

난양의 화상[1]은 조금 본 적이 있는 듯하지만, 말하기는 아주 어렵습니다. 시장에서 구매하는 것은 대부분 출처가 분명하지 않기 때문입니다. 완전한 일습을 구할 수 있다면 정말로 가지고 싶습니다. 『한광전집』[2]은 본 적이 없고, 한 권 부쳐 주었으면 합니다.

올해 새로 낸 책은 없습니다. 작년에 나온 몇 권은 선沈 군[3]이 가지고 있는지 모르겠습니다. 없으면 부치겠습니다. 주소와 글자를 알려 주기 바랍니다. 『인옥집』 위에 몇 글자를 써도 괜찮을 듯해서입니다.

이만 줄입니다.

늘 편안하기를 송축합니다.

8월 11일, 위 올림

주)_____

1) 허난(河南) 난양현(南陽縣) 경내에 보존된 한(漢)대의 묘지 석각화상을 가리킨다. 1923 년부터 잇달아 발견되었다.
2) 『한광전집』(漢壙專集)은 왕전둬(王振鐸)가 편한 『한대광전집록』(漢代壙磚集錄)을 가리 킨다. 1935년 베이핑 고고학사(考古學社)에서 영인해서 출판했다.
3) 선젠스(沈兼士)의 아들인 선관(沈觀)을 가리킨다.

350815 황위안에게

허칭 선생:

'논단' 2편[1]을 꾸며 보았습니다. 지금 부칩니다. 타당하지 않은 곳이 있으면 편집인 선생이 고치고 삭제해 주기 바랍니다.

「……다섯번째」는 약간의 전투의 비결에 관한 것입니다. 지금 『문학』을 빌려 두헝 부류에게 전수해 주고자 합니다. 만약 그들의 재주에 여전히 진보가 없다면, 그렇다면, 정말 정수리부터 발끝까지 전반적으로 전혀 신통치 못한 것들입니다.

『시계』는 10권 받았고, 견본보다 더 보기 좋은 것 같습니다.

우선 이렇게 알립니다.

편안하기 바랍니다.

8월 15일, 쉰 올림

시디는 내가『죽은 혼』제2부를 넘겨주는 것을 허락하지 않았습니다. 추신.

주)_____

1)「'문인은 서로 경시한다' 네번째」(四論"文人相輕")와「'문인은 서로 경시한다' 다섯번째」(五論"文人相輕")를 가리킨다. 후에『차개정잡문 2집』에 수록했다.

350816① 황위안에게

허칭 선생:

15일 편지는 받았습니다. '논단' 원고는 어제 등기로 부쳤습니다.

현대에 돈을 지불하는 방식은 아주 좋습니다.[1] 또 두 부[2]가 있는데, 징화의 번역소설입니다. 찾아주기 바랍니다. 이 두 부는 원고료를 선불로 하지 않았으니 원고를 회수한다는 수취증만 주면 됩니다.

회수한 원고는 당분간은 인쇄에 넘길 수 없을 것입니다.

전집 일[3]은 지금으로서는 손을 대서는 안 될 듯합니다. 도리어 이롭지 않을 수도 있습니다.

『역문』 제3권 목록의 목판화에 대해서는 이미 몇 가지 찾아놓았습니다. 책을 우치야마에 두겠으니 생활서점에서 방문하는 사람이 있을 때 가져오라고 부탁하면 됩니다.

『동화』 광고를 동봉합니다.

이만 줄입니다.

편안하기 바랍니다.

8월 16일, 쉰 올림

주)_____

1) 무넌은 횡위안을 통해서 현대서국에 취추바이의 『현실』(現實)과 『고리키 논문집』(高爾基論文集) 번역원고를 회수하고 200위안을 지불했다.

2) 차오징화가 번역한 소련 단편소설집 『담배쌈지』(煙袋)와 보리스 라브레뇨프의 단편소설 「마흔한번째」(第四十一)를 가리킨다.

3) 취추바이 전집을 출판하는 일을 가리킨다.

350816② 샤오쥔에게

장張 형:

11일 편지와 원고를 받은 후, 저녁에 마침 문학사 사람을 만나게 되어 그 한 편[1]을 그에게 전해 주었고, 보지는 못했습니다. 다른 한 편은 그

다음 날 후^嗣에게 전해 주었습니다. 또 진런^{金人}의 번역원고 한 뭉치는 즈^茳에게 전해 달라고 부탁했으니 머지않아 전해질 것이라 생각합니다. 방금 종이 무더기를 뒤지다가 또 한 편을 발견해서 지금 특별히 부칩니다. 또 『역문』에 실린 한 편은 내 생각으로도 베껴서 한 권으로 편집하는 데 넣었으면 합니다.

나한테 소설 10권을 더 준다면 좋겠지만, 급하지는 않습니다. 지난번 한 묶음 중에서 이미 5권은 외국에 보냈습니다. 내 추측으로 그들도 번역하려고 할 듯합니다.

나의 땀띠는 이미 조금 덜해졌습니다. 아이는 벌써부터 태양을 쐬지 않으려 합니다. 귀찮기도 하고 너무 성가시기도 해서 월말에는 기어코 그를 유치원에 넣어 반나절 가둬 놓을 생각입니다. 『죽은 혼』은 절반 번역했고, 요 며칠은 또 내버려 두고 다른 일을 하고 있었습니다. 잡일을 업으로 삼는 것은 그야말로 너무 좋지 않습니다.

이만 줄입니다.

두 사람 모두 편안하기 바랍니다.

8월 16 밤, 위 올림

주)_____

1) 샤오쥔의 단편소설 「양」(羊)을 가리킨다. 『문학』 제5권 제4기(1935년 10월)에 실렸다.

350817 쉬스취안에게[1]

스취안 형:

지난 며칠 정전뒤 선생을 우연히 만났고, 그가 '세계문고'에 『차라투스트라는 이렇게 말했다』[2]의 게재를 원한다고 말했습니다. 형이 투고할 생각이 있다면 직접 그와 교섭하기 바랍니다. 그의 거처는 디펑로 디펑리 6호[3]입니다. 편지를 쓰려면 푸저우로福州路 384호 생활서점 전달이라고 해도 됩니다.

　　우선 이렇게 알립니다.

　　늘 편안하기 바랍니다.

8월 17일, 쉰 인사를 올립니다

주)＿＿＿＿＿

1) 쉬스취안(徐詩荃, 1909~2000). 원래 이름은 쉬후(徐琥), 필명은 펑야오(馮珧), 판청(梵澄) 등이다. 후난 창사(長沙) 사람. 상하이 푸단대학을 졸업하고 1929년 독일로 유학을 갔다. 유학 시절 루쉰을 위해 독일 도서와 목판화를 구매해 주기도 했다. 1932년 귀국하여 상하이에서 저술, 번역 일을 하고 있었다. 작품은 대부분 루쉰의 소개를 거쳐 발표되었다.

2) 독일의 니체가 지은 『차라투스트라는 이렇게 말했다』(蘇魯支如是說)는 판청의 번역으로 '세계문고' 제8, 9책(1935년 12월, 이듬해 1월)에 실렸다.

3) 원문은 '地豊路地豊里六號'이다.

350818 라이사오치에게

사오치 선생:

　11일 편지는 받았습니다. 나는 삽화는 받지 못했고, 따라서 상우관에도 보내지 않았습니다. 서점에도 없는 듯합니다. 도대체 어찌된 일인지, 아무래도 선생께서 편지를 써서 당신의 친구에게 한번 물어보기 바랍니다.

　이만 줄입니다.

　늘 편안하기 바랍니다.

8월 18일, 간^干 올림

350819 차오징화에게

루전 형:

　15일 편지는 받았고, 더불어 편지 번역¹⁾도 감사합니다. 뜻밖에 그가 아직도 중국 종이를 받지 못했다니, 안타깝지만, 다시 부칠 수 있는 좋은 방법도 없습니다.

　헝러우²⁾는 너무 꼴 보기 싫습니다. 지난번 쉬^許 씨 저택에서 혼례가 있을 때 내가 다른 한 사람³⁾과 중국의 Facisti⁴⁾에 대해 이야기하자, 그가 나서서 약간은 유언비어라고 고쳐 말했습니다. 나는 정색하고 그에게 말했습니다. 나는 들은 말을 한 것에 불과하고, 나는 여기에 속해 있는 사람도 아니고, 당연히 진짜인지 가짜인지 모른다고 했습니다. 그도 역시 매우 불쾌해했습니다. 하지만 이 사람의 경향은 알 수 있었습니다.

예추⁵⁾에게 부치는 편지 한 통과 원고(쑤위안⁶⁾을 위해 기념책를 내는데 사용할 것입니다)는 전해 주기를 부탁합니다. 원고를 왜 편지로 부치려고 하는지, 형도 어쩌면 의아하게 여길 수 있을 것입니다. 그런데 이렇게 하지 않으면, 우체국이 열어 보고 원고 속에 편지가 들어 있는지 조사하고 다 보고 나서는 이미 열었기 때문에 부치지 못하게 될 수도 있기 때문입니다.

칭靑이 샤먼으로 갈 것이라고 들었습니다. 그가 상하이를 지나갈 때 나를 보러 오겠다면, 동봉한 편지를 가지고 서점으로 가면 찾을 수 있을 것입니다. 이렇게 하지 않으면 나를 찾지 못할 것입니다. 나는 최근에 더욱 조심하고 있기 때문입니다. 그들도 나를 위해 조심하고 있어서 빈손으로 찾으면 대개는 거들떠보지도 않을 것입니다. 만약 쓸 일이 없다면 바로 없애 버리기 바랍니다.

우선 이렇게 알립니다.

무더위 편안하기 바랍니다.

8월 19일, 위 인사를 올립니다

주)_____

1) P. Ettinger가 루쉰에게 보낸 편지를 가리킨다.
2) 헝러우(橫肉)는 리지구(李季谷)를 가리킨다.
3) 차이위안페이(蔡元培)이다. 정몐(鄭奠)의 『편린의 기억』(片斷的回憶)에 따르면, 루쉰은 쉬서우창의 딸의 결혼식에 참석했는데, 이때 차이위안페이와 함께 장제스(蔣介石)에 대한 이야기를 나누었다고 한다.
4) 파시스트이다.
5) 예추(冶秋)는 왕예추(王冶秋)이다. 서신 351105 참고.
6) 웨이쑤위안(韋素園)이다.

350823 러우웨이춘에게

웨이춘 선생:

22일 편지는 받았습니다. 앞선 편지 한 통도 받았습니다. 다른 허드렛일 때문에 답신을 미루었습니다. 너무 미안합니다.

역문사의 일은 말하기가 아주 어렵습니다. 왜냐하면 요즘은 '오늘은 내일을 알 수 없'기 때문입니다. 만약 소설[1] 번역을 끝낼 때 역문사가 여전히 계속 일을 하고, 또 외부에서 가하는 특별한 어려움이 없다면, 그렇다면 당연히 출판될 수 있을 것입니다.

이만 줄입니다.

무더위 편안하기 바랍니다.

8월 23일, 쉰 인사를 올립니다

우편엽서 한 장을 동봉하여 돌려줍니다.

주)_____

1) 고리키의 『세상 속으로』(在人間)를 가리킨다. 당시 러우스이(樓適夷, 1905~2001)가 옥중에서 번역을 하고 있었으며, 루쉰에게 부탁하여 역문사에서 출판할 생각이었다.

350824① 후평에게[1]

22일 편지는 받았습니다. 우리 집안 고모할머니[2]가 병이 났다는 것을 오늘에서야 비로소 알게 되었습니다. 정말 생각지도 못했습니다.

『서간집』[3]은 다 읽었고, 또 보내올 것입니다. 그때 그[4]에게 부탁해서 한 권 남겨 두겠습니다.

그 손님[5]은 상황을 그리 잘 모르는 듯합니다. 이 일을 못 하는 것은 결코 하지 않아서가 아니라 할 수 있는 방법이 없어서입니다. 편지는 부쳤고, 가장 믿음직한 인편이고, 반드시 편지가 도착했을 것이라는 점은 의심하지 않습니다. 어째서 회신이 없는지에 대해서는 그야말로 알 길이 없고 힘을 쓸 수도 없습니다. 뿐만 아니라 그의 친구가 그곳에서 보증을 서려고 할지에 대해서도 문제입니다.

예 군[6] 등이 결국 일을 했다는 것, 이 점은 좋습니다. 우리의 원수元帥의 '인색' 설에 대해서는 좀 우습습니다. 그는 이 국면이 나의 사사로운 재산을 위해서라고 오해하는 듯합니다. 그제 쉬 군[7]을 만났는데, 제1기는 아직도 10여 위안 모자란다고 말했습니다…… 나는 내게 한 푼도 없다고 말했습니다. 사실 이것은 쉽게 해결할 수 있지만, 나는 다들 조금씩 돈을 내야 하고, 다시 말하면 다들 책임을 좀 져야 한다고 생각합니다. 나의 상황으로 보자면, 나는 예전에 그야말로 좀 '낭비'를 했고, 물론, 수입도 많았습니다. 하지만 날마다 많은 글을 쓰는 것도 고통입니다.

톈, 화[8] 두 공公이 자유롭게 된 것은 당연히 확실합니다. 영화 잡지에 그들의 정정추를 애도하는 대련[9] 등(동판의 진적)이 실렸습니다. 그런데 나는 그들이 앞으로는 이야기를 덜했으면 합니다. 양춘런처럼 되어서는 안 됩니다.

이만 줄입니다.

무더위 편안하기 바랍니다.

8월 24일, 위 올림

주)_____

1) 이 편지에서 호칭은 수신인이 잘라 냈다.

2) 녜간누(聶紺弩)의 부인 저우잉(周穎)을 농담조로 부른 말이다. 당시 그녀는 쉬광핑을 만나기로 했으나 병이 나서 오지 못했다.

3) 『고바야시 다키지 서간집』(小林多喜二書簡集)을 가리킨다. 고바야시 산고(小林三吾)가 편집하여 1935년 도쿄 과학사에서 출판했다. 고바야시 다키지(1903~1933)는 『게공선』(蟹工船)의 작가로 유명하다.

4) 우치야마 간조(內山完造)를 가리킨다.

5) 수신인의 기억에 따르면, 일본의 공산당원 미야기 기쿠오(宮木喜久雄, 1905~?)를 가리킨다. 당시 상하이에 와서 후펑에게 코민테른에 연결해 달라고 했고, 더불어 소련에서 감독으로 활동하고 있던 일본인 사노 세키(佐野碩, 1905~1966)의 부인에게 그를 위한 신분 보증을 부탁하는 편지를 써 달라고 했다. 후펑은 이 일을 루쉰에게 부탁했다.

6) 예쯔(葉紫)를 가리킨다.

7) 쉬마오융(徐懋庸)을 가리킨다. 당시 그는 좌련의 기관지 『문예군중』(文藝群衆)을 편집하고 있었다. 이 잡지는 제1기(1935년 9월)를 출판한 뒤에도 여전히 루쉰의 지원을 받았다.

8) 톈한(田漢), 화한(華漢)을 가리킨다. 톈한(1898~1968)은 자가 서우창(壽昌), 후난(湖南) 창사(長沙) 사람으로 극작가이다. 서신 210829 참고. 화한은 양한성(陽翰笙, 1902~1993)이다. 쓰촨 가오현(高縣) 사람으로 좌련의 지도자 중 한 명이다. 이들은 모두 1935년 2월 국민당 당국에 의해 체포되었다가 7월에 출옥했다.

9) 톈서우창(田壽昌)의 「정정추를 애도하며」(挽鄭正秋)를 가리킨다. 톈서우창은 톈한이다. 자필 글씨로 『밍싱』(明星) 반월간 제2권 제4기(1935년 9월 1일)에 실었다. 정정추(1888~1935)는 광둥 차오양(潮陽) 사람으로 초기 화극(신극) 활동가이자 영화 연출가이다.

350824② 샤오쥔에게

류劉 선생:

22일 편지와 책 한 꾸러미는 모두 받았습니다. 또 전에 부친 『신소설』 한 권, 안에는 진런의 번역문 1편[1]이 들어 있는데, 받아 보았는지 모르겠습니다. 『문학』에 부친 원고[2]는 답신에서 말하기를 게재하려 하는데 9월은 시간이 모자라고 10월까지 기다려야 한다고 했으니, 그대로 따르는 수밖에 없습니다. 량유良友에서도 편지가 왔고, 지금 동봉합니다. 차오인悄吟 부인의 원고는 되돌아왔고, 그는 "조금 약하다"라고 했고, 그래도 평가가 결코 나쁘다고는 할 수 없습니다. 편한 때 후胡에게 건네주고 『부녀생활』[3]에 가져가 보라고 할 작정입니다. 만약 실리지 않으면 보류해 둘 수밖에 없습니다.

『죽은 후』는 작가의 재주는 확실히 나쁘지 않지만, 어쨌거나 옛날 작가이기는 합니다. 그는 자주 한바탕 의론을 발표하는데, 이러한 의론들은 정말 번역하기가 어려워서 땀으로 등을 적시게 합니다. 이번에 근거한 것은 독역본인데, 나의 독일어 수준이 모자라기 때문에 실수는 피치 못할 것입니다. 그러나 영역본의 삭제, 일역본의 더욱 많은 착오에 비하면 어쩌면 조금은 나을 것입니다. 「오를로프 부부」[4]의 번역자는 그래도 유명한 사람이지만, 그는 사교에 지나치게 힘을 쓰는지 번역은 그다지 뛰어나지 않은 듯합니다.

나를 외국의 누구와 비교하는 것은 매우 어렵다고 봅니다. 왜냐하면 우선 서로의 환경이 같지 않기 때문입니다. 체호프가 부자가 되고 싶어 한 것은 당시 러시아의 자본주의가 이미 발전해서입니다. 그런데 이때 나는 봉건사회에서 도련님 노릇을 하고 있었습니다. 돈을 경시하는 것도 당시 소위 '독서인 집안 자제'들의 공통적인 경향이었습니다. 나의 조부는 관리를 지냈고, 부친 대에 이르러서야 가난해졌습니다. 따라서 나는 사실 '파락호의 자제'입니다만, 나는 부친이 가난해진 것에 대해 아주 감사해하고 있습니다(그는 돈을 벌 줄 몰랐습니다). 이로부터 나는 많은 것을 알게 되었습니다. 왜냐하면 내 스스로가 이런 집안 출신으로 속사정을 잘 알고 있기 때문에 다른 파락호 자제들의 허장성세와 벼락부자 자제들의 고상한 척에 대해서 내가 해부했다 하면 그들은 여지없이 참패하게 되고, 나는 마치 '전사'와 같아집니다. 나더러 말하라고 하면, 나는 대략 아무래도 파락호이지만, 생각이 참신하고 또한 늘 다른 사람들과 장래를 생각합니다. 이로 말미암아 상대적으로 아주 이기적이지는 않을 따름입니다. 고리키에 대해서는 그는 위대합니다. 나는 그에 비길 만한 사람은 없다고 봅니다.

앞 세대가 뒷 세대를 보면 대개 실망하기 마련입니다. 물론 '웃음'으로 대응할 수밖에 없습니다. 나의 모친은 나를 아주 사랑하지만, 한곳에서 같이 지내면 어떤 점에 대해서는 그녀도 눈에 거슬려합니다. 의견이 다르면 달리 좋은 방법은 없습니다.

또 더워지기 시작했고 땀띠도 새로 났습니다만, 전에 만큼 심하지는 않습니다. 아이의 유치원에는 모두 10여 명이 있을 뿐이고, 따라서 아주 혼잡하지는 않습니다. 사실 날마다 그를 네 시간 가두어 두는 것은 내가 고요함을 갖고자 하는 데 불과합니다. 그런데 앞으로 아이가 누구의 아이인지 알게 될까 걱정하고 있습니다. 아이는 아직은 나의 이름을 모르지만, 일단 알게 되면 아마도 입 밖으로 내게 될 것입니다.

이만 줄입니다.

두 사람 모두 편안하기 바랍니다.

8월 24일, 위 올림

주)_____

1) 「우스꽝스런 이야기」(滑稽故事)를 가리킨다.
2) 「양」(羊)을 가리킨다.
3) 『부녀생활』(婦女生活)은 종합적 성격의 월간지로 선츠주(沈玆九)가 편집했다. 1935년 7월에 창간했고 1936년 7월에 반월간으로 발행하기 시작했으며 1941년 1월에 정간했다. 상하이 생활서점에서 출판했다.
4) 원문은 '奧羅夫婦'이다. 즉 「오를로프 부부」(奧羅夫夫婦)이다. 고리키의 단편소설로 저우젠(周覽)이 번역하여 '세계문고' 제1책(1935년 5월)에 실었다.

350826 탕타오에게

탕타오 선생:

25일 편지는 삼가 받았습니다. 이전에는 결코 받은 편지가 없습니다. 대략 분실된 듯합니다.

검열관들이 나에 관한 문장을 잘라 낸 지는 이미 오래되었습니다. 그들은 나의 이름을 중국에서 몰아내고 싶어 하지만, 그러나 이것도 꽤 손이 많이 가는 일입니다.

출판할 책이 있으면, 제일 좋기로는 양측이 계약서를 쓰고, 다시 저자가 인지를 교부하여 각 책마다 부치는 것입니다. 그런데 중국에서는 두 가지 모두 쓸모없습니다. 왜냐하면 서점은 계약을 파기하고, 저자도 그것을 실행할 힘이 없기 때문입니다. 다른 성(省)으로 나가는 책은 인지를 붙이지 않으면 저자도 알 길이 없고, 안다고 해도 방법이 없어서 재판을 걸 수도 없습니다. 나와 톈마[1]의 교섭은 계약서는 쓰지 않았고 인지 교부만 했습니다.

인세 선불은 보통 1,000자당 1위안입니다. 광고는 온전히 서점에서 책임집니다.

우선 이렇게 답신합니다.

늘 편안하기를 송축합니다.

8월 26일, 쉰 올림

주)_____

1) 톈마서점(天馬書店)이다. 당시 탕타오는 자신의 『추배집』(推背集)을 이 서점에서 출판하려고 계획하고 있었다.

350831① 쉬마오융에게[1]

쉬徐 선생에게 전해 주기를 부탁합니다.

이 비평은 사회에 대한 의의를 애써 말살하고 있고, 왜곡한 것입니다. 그런데 이것은 『소공원』小公園의 일관된 취지입니다.

주)_____

1) 이 서신은 원래 1935년 8월 27일 톈진 『다궁바오』의 『소공원』 제1778호의 한쪽 공백에 실렸다. 이 호에는 장경(張庚)의 서평 「타잡집」("打雜集")이 실렸다. 『타잡집』은 쉬마오융의 잡문집이다.

350831② 어머니께

모친 대인 슬하에 삼가 아룁니다. 8월 10일 보내신 편지는 일찌감치 받았고, 하이잉에게 쓴 편지도 받았습니다.

상하이 날씨는 벌써부터 차츰 시원해지고 있습니다. 밤에는 겹이불을 덮기에 좋습니다. 아들의 땀띠는 벌써 나았고, 여전히 꽤 바쁩니다. 그런데 몸은 그럭저럭 좋고 하이마도 좋고, 모두 마음을 놓으시기 바랍니다.

하이잉 또한 좋습니다만, 마르고 더 자랐습니다. 20일부터는 유치원에 보냈습니다. 위치는 아주 가깝고 집이 좀 조용해지도록 날마다 반나절 가두어 두는 것일 따름입니다. 지금까지 아이는 날마다 가고 싶어 하고 아직은 유치원을 빼먹지 않습니다.

우선 이렇게 알립니다.

삼가 건강하시기 바랍니다.

> 8월 31일, 아들 수 절을 올립니다
> 광핑과 하이잉도 함께 절을 올립니다

350901① 샤오쥔에게

장張 형:

8월 30일 편지는 받았습니다. 같은 날 진런의 원고료 명세서 1장도 받았고, 지금 대신 도장을 찍고 동봉합니다. 또 량유공사의 통지서도 받았는데,『신소설』은 정간했고, 막 '혁신'했다고 말했습니다. 그런데 며칠 전 편집인이 내게 편지를 보냈는데, 이런 소식은 전혀 없었습니다. 갑자기 '정간'했다니 정말 좀 이상합니다. 정쥔핑鄭君平도 사직하고 쉬고 있고, 당신의 그 「군대에서」[1]는 행방을 모릅니다. 원래 원고를 가지고 있는지 모르겠습니다. 그러나 내가 편지로 다른 사람들에게 한번 물어보기는 하겠습니다.

후화이천[2]의 글은 다 해도 되고 안 해도 되는 말입니다. 이 사람은 오로지 이런 글만 씁니다.『죽은 혼』의 원작은 틀림없이 번역문보다 좋습니다. 독역본도 중국어 번역보다는 좋습니다. 몇몇 형용사 같은 것은 내가 제대로 처리하지 못하고 어쩔 수 없이 생략하기도 했습니다. 하지만 두 종류의 일역본보다는 더 낫고, 실수도 더 적습니다. 취瞿가 죽지 않았다면, 이런 책을 번역하는 데 아주 적절한 사람일 것입니다. 이 점만 보더라도 사형판결을 내린 자가 저지른 죄는 지극히 악랄합니다.

멍[3]의 성정은 내가 보기에 좀 신경과민입니다. 하지만 나는 틀림없이 진런의 편지를 그에게 부쳤고, 이것은 그에게 도움이 되는 것입니다. 내 생각으로는, 다들 악의가 없다는 것을 그가 당연히 알아챌 수 있을 것입니다.

룩셈부르크[4] 것은 나는 하나도 없습니다.

'토비 기질'은 아주 좋은 것인데, 어째서 그것을 극복하려 합니까. 하지만 함부로 부딪혀서는 안 됩니다. 뛰어다녀 보는 것도 좋지만, 상하이는 어쩌면 달리기를 연습하는 데 적당하지 않을 듯합니다. 만주 사람도 강남에서 200년을 살다 보면 말을 탈 줄도 모르게 되고 하루 종일 차관茶館에나 앉아 있게 됩니다. 나는 강남을 좋아하지 않습니다. 기품이 있기는 하지만 옹졸합니다. 쑤저우蘇州 말을 들으면 징그럽고, 이런 언어는 앞으로 반드시 금지 명령을 내려야 합니다.

아이는 가끔은 사랑스럽지만, 나는 그들이 두렵습니다. 왜냐하면 그들과 적이 될 수는 없고, 일단 치근대기 시작하면 달리 방법이 없기 때문입니다. 예컨대 궈린카[5]가 바로 그렇습니다. 나는 내 아이를 다루는 데도 너무 힘이 들고, 간신히 유치원으로 보내 매일 반나절은 조용하게 지낼 수 있게 되었습니다. 올해는 햇볕 쬐기도 아주 열심히 하지는 않아서 너무 까매지지는 않았고 키는 조금 자랐지만 봄에 비하면 말랐습니다. 내가 보기에 이것은 당연합니다. 새벽부터 밤에 잠들 때까지 시끄럽게 굴고 중간에는 낮잠도 자려고 하지 않으니 당연히 살이 찔 수가 없습니다.

땀띠는 다시 좋아졌습니다.

톈마서점은 나도 전에 그들과 교섭을 한 적이 있습니다. 시작할 때는 그런대로 좋은데, 나중에 가서는 지독해질 뿐만 아니라 믿을 수 없어집니다. 책을 그가 출판한다면, 그는 좌우지간 긴장을 늦출 리가 없습니다.

허드렛일 때문에 늘 한가할 수가 없습니다. 『죽은 혼』은 그제서야 숙제를 제출했고, 다시 한 달 지나면 제1권이 완성됩니다. 제2권은 미완성의 원고이고 그리 재미가 없습니다.

우리가 겨를이 좀 나면 혹 이번 일요일이라도 당신들을 보러 가겠습니다.

이만 줄입니다.

두 사람 모두 행복하기를 송축합니다.

9월 1일 밤, 위 올림

주)_____

1) 「군대에서」(軍中)는 후에 단편소설집 『양』(羊)에 수록했다.
2) 후화이천(胡懷琛, 1886~1938)은 자는 지천(寄塵), 안후이 징현(涇縣) 사람으로 원앙호접파 소설가이다. 그의 글은 「『중국소설사략』을 읽고」(讀『中國小說史略』)를 가리키는데, 1935년 8월 25일 상하이 『시사신보』에 실렸다.
3) 멍스환(孟十還)을 가리킨다. 당시 진런이 멍에게 편지를 보내 그의 번역의 착오를 지적했다.
4) 로자 룩셈부르크(Rosa Luxemburg, 1871~1919)를 가리킨다.
5) '궈린카'(郭林卡)는 『시계』의 주인공이다.

350901② 자오자비에게

자비 선생:

오늘 오후에 『신소설』이 정간을 결정했다는 것을 알게 되었고, 더불어 정쥔핑 선생 또한 회사를 떠났다는 것을 들었습니다. 나는 일찍이 샤오쥔이 쓴 「군대에서」 1편을 대신 부친 적이 있고, 더불어 '혁신'한 뒤 1기에 넣는다고 들었습니다. 이제 정간한 바에야 당연히 쓸모가 없을 것이니 선생께서 대신 찾아보고 가려내어 부쳐 줄 수 없는지요? 내가 저자에게 상황을 설명해 줄 수 있도록 한다면 감사함을 이기지 못할 것입니다.

우선 이렇게 알립니다.

편안하기 바랍니다.

9월 1 밤, 루쉰 올림

350906① 야오커에게[1]

선눙^{莘農} 선생:

왕 선생[2]이 내일 틀림없이 떠날 수 있습니까?

일찍이 누군가[3] 내게 화집 한 부를 보내온 적이 있는데, 어제 갑자기 생각이 났습니다. 비록 너무 많이 축소했고 선택도 섬세하지 않고 쇠똥식의 산수가 너무 많아서 보기에 아주 유쾌하지는 않지만, 외국에 가져가 되는대로 보여 주는 것도 안 될 것이 없을 듯합니다. 왜냐하면 좌우지간 그들이 아주 잘 알지는 못하는 것이 많기 때문입니다. 지금 책들 속에서 뽑아내어 왕 선생에게 보내기로 결심했으니, 대신 전해 주면 감사하겠습니다.

우선 이렇게 알립니다.

편안하기 바랍니다.

9월 6일, 이름 심인^{心印}

주)_____

1) 야오커(姚克, 1905~1991). 저장(浙江) 위항(餘杭) 사람으로 번역가이자 극작가이다. 원 명은 즈이(志伊), 자는 신눙(莘農)이다.

2) 왕쥔추(王鈞初)를 가리킨다. 서신 340510 참고. 당시 소련 유학을 준비하고 있었다.

3) 고라 도미코(高良富子, 1896~1993)를 가리킨다. 여성운동가이자 정치가이다. 1932년 5 월 그녀는 루쉰에게 『당송원명 명화대관』(唐宋元明名畫大觀) 두 권을 증정했다. 이 책은 도쿄미술학교 문고 내 당송원명명화전람회에서 편찬했다. 왕룽바오(王榮寶)의 서문이 있고, 1929년 오쓰카 미노루(大塚稔)에서 인쇄하고 발행했다.

350906② 황위안에게

허칭 선생:

『역문』 원고[1]는 막 다 썼고 마침 인편이 있어서 바로 보냅니다. 후기는 하루 이틀 내에 편지로 부치겠습니다.

『낭만 고전』에는 도스…… 화상[2]이 있고 목판화입니다. 이번에 혹 사용할 수 있을까 해서 함께 보냅니다. 목판화가는 V. A. Favorsky입니다. 『인옥집』에 그의 작품이 있고 V. 파푸얼스지[3]로 번역했습니다.

샤오쥔 원고 한 편은 량유에서 회수한 것인데, 이미 조판에 넘긴 것이나 문을 닫는 바람에 중지된 것입니다. 글이 나쁘지 않으니 『문학』에서 원할지, 살펴보도록 함께 부칩니다.

서둘러 씁니다.

편안하기 바랍니다.

9월 6일, 쉰 알림

주)_____

1) 불가리아 이반 바조프의 단편소설 「시골 아낙네」(村婦)를 가리킨다. '후기'는 「「시골 아낙네」 역자 부기」(「村婦」譯後附記; 루쉰전집 12권 『역문서발집』 수록)이다. 「시골 아낙네」는 『역문』 종간호(1935년 9월)에 실렸다.

2) 『낭만 고전』(浪漫古典)은 문예월간. 네기시 슈이치로(根岸秀次郎)가 편집했다. 1934년 4월 창간하여 도쿄 쇼와쇼보(昭和書房)에서 출판했다. 이 잡지 제1권 제1호(도스토예프스키 연구 특집) 속표지에는 도스토예프스키의 목판화상이 실려 있는데, 『역문』 종간호에 전재되었다.

3) 원문은 '法復爾斯基'이다.

350908① 쉬마오융에게

쉬 선생:

　8월 31일, 9월 5일 편지는 차례로 모두 받았습니다. 다른 한 권은 일간 부치겠습니다. 하지만 나는 그에게 교열을 부탁한다는 말은 하지 않아도 되고, 좌우지간 빈말이라고 생각합니다. 나도 할 수 있는 다른 말은 없고, 내가 대조할 수도 없습니다. 그런데 번역문으로 보자면 좋기 때문에 어쨌거나 독자가 얻는 것이 있을 것입니다. 설령 착오가 있다고 해도 중요하지 않습니다. 나는 모든 번역 중에 백분의 구십구는 어쨌거나 실수를 피할 수 없다고 봅니다. 신경 쓰지 않아도 됩니다.

　Montaigne[1]의 수필은 아직까지 두 권만 출판된 듯하고, 서점에 한 번 가 봤지만 두번째 것은 아직 도착하지 않았습니다. 오늘 가서 보내온 편지에서 부탁한 대로 처리하겠습니다. 번역자가 사용한 일본어도 꽤 이해하기가 어렵습니다.

　『시사신보』時事新報는 여태까지 본 적이 없습니다. 그런데 여하튼 간에 투고는 아마도 시간에 대지 못할 듯하고, 뿐만 아니라 우물쭈물하는 글은 정말로 쓰기 쉽지 않습니다.

　이만 줄입니다.

　가을 편안하기 바랍니다.

9월 8일, 위 올림

주)＿＿＿＿

1) 몽테뉴(Montaigne, 1533~1592)는 프랑스의 사상가이자 철학자이다.

350908② 황위안에게

허칭 선생:

후기와 정정[1]은 지금 부칩니다.

천제[2]가 번역한 것들은 만약 쪽수가 이미 충분하다면, 꼭 조판에 들어가야 할 필요는 없다고 봅니다. 이미 돈이 급하지 않기 때문입니다. 서점 심부름꾼에게 들려 보내기를 부탁합니다.

우선 이렇게 알립니다.

편안하기 바랍니다.

9월 8일, 쉰 올림

주)_____

1) 「「시골 아낙네」 역자 부기」와 「『역문』 편집자에게 보내는 정정 편지」(給『譯文』編者訂正 的信; 루쉰전집 10권 『집외집습유보편』에 수록)를 가리킨다.
2) '천제'(陳節)는 취추바이이다.

350908③ 멍스환에게

스환 선생:

1일에 보낸 편지는 일찌감치 받았습니다. 조금 바빴고 또 결코 "건강하고 즐겁"지가 않았기 때문에 결국 회신을 지금까지 미루었습니다.

리^李 아무개가 빠뜨린 몇 단락의 글은 다른 곳에서 보지는 못했고, 선생도 그것을 꼭 찾을 필요는 없습니다. 왜냐하면 이미 적지 않게 보았기 때문에 미루어 짐작할 수 있을 뿐만 아니라 그 "전재를 엄금한다"는 고백[1]을 보아 하니 틀림없이 단행본을 내려고 하는 것입니다.

내 생각으로는 선생이 제일 좋기로는 『미르고로드』 번역을 서둘러 끝내고 바로 출판하는 것입니다. 고골의 선집[2]을 6권으로 한다면, 내년 일 년 안에 다 출판되어야 합니다. 외국의 대작가들은 중국에서 그저 2, 3년 운수가 트일 뿐이고 오래가면 싫증을 내기 때문입니다. 따라서 반드시 운이 가 버리기 전에 출판해야 합니다. 제1권은 『Dekanka』, 제3, 4권은 '소설, 희곡', 제5, 6권은 『죽은 혼』으로 하고 이 두 권은 내년 봄에 낼 수 있습니다. 『죽은 혼』 제2부는 아주 짧아서 내 생각에 제일 좋기로는 「고골 연구」[3]와 함께 두꺼운 책으로 만드는 것이고, 이렇게 해서 선집을 완성하는 것입니다. ×××[4]의 번역 원고에 만약 실수가 있다면 철저하게 수정하는 수밖에 없다고 생각합니다. 본인이 좋아할지의 여부는 신경 쓰지 않아도 됩니다. 번역시는 독자를 위한 것이고 그 다음이 지은이이기 때문입니다. 독자에게 도움이 되기만 하면 지은이에게 면목이 서는 것입니다. 이외에는 다 신경 쓰지 않아도 됩니다.

이번에 『죽은 혼』을 번역하면서 두 종류의 일역본과 독역본을 좀 대조해 보았고, 일역본에 착오가 아주 많다는 것을 발견했습니다. 스스로 '결정판'이라고 허풍을 떨고 있지만 실수가 많습니다. 일본의 번역가들도 경제적인 문제로 인해 자세히 퇴고할 겨를이 없이 거칠게 번역할 수밖에 없을 듯합니다. 맞추어 볼 원문이 없으면 그대로 둘 수밖에 없지만, 이제는 가지고 있으므로 당연히 반드시 대조해서 수정해야 합니다.

우선 이렇게 답신을 보냅니다.

가을 편안하기 바랍니다.

9월 8일, 위 올림

주)_____

1) 리창즈의 「루쉰 비판」의 일부분이 톈진 『이스바오』(益世報)의 『문학부간』에 연재될 때, 매 기의 제목 아래에는 "전재를 엄금한다"는 글자가 있었다.
2) 서신 341204 참고. 『작가』 제1권 제3호에 실린 광고에 따르면 선집은 6종 즉, 『디칸카 근교 야화』(狄康卡近鄕夜話), 『미르고로드』(密爾格拉德), 『코와 기타』(鼻子及其他), 『검찰관과 기타』(巡按使及其他), 『죽은 혼』(제1부), 『죽은 혼』(제2부. 미완성 원고)를 '역문총서'로 상하이 문화생활출판사에서 출판하기로 되어 있었다. 루쉰 생전에 『미르고로드』와 『죽은 혼』(제1부)가 출판되었다.
3) 「고골 연구」(果戈理硏究)는 「고골은 어떻게 썼는가」(果戈理怎樣寫作的)를 가리킨다.
4) 원래 편지에는 '겅지즈'(耿濟之)라고 되어 있었으나 수신인이 삭제했다. 겅지즈(1898~1947)는 상하이 사람으로 번역가이다. 문학연구회 동인이었고, 당시 국민당 정부 주 소련대사관에서 일하고 있었다. 그의 번역원고는 『검찰관과 기타』를 가리킨다.

350908④ 쉬마오융에게

쉬 선생:

오후에 편지 한 통을 부치고 서점에 가서 책을 예약했습니다. 그들은 장부를 찾아보더니 벌써 신생활서점의 천陳 선생 앞으로 1부[1](2권?)를 보냈다고 했습니다. 다만 이름이 달랐는데, 이름과 자字의 구분으로 실은 같은 사람이 아닌가 합니다. 그래서 그 자리에서 구매를 결정하지 않았으니, 찾아보고 회답을 주기 바라고, 그때 다시 결정합시다.

첨부한 원고료와 영수증 세 장은 인쇄비용[2]이고, 편한 때 서점에 가서 찾아가면 고맙겠습니다.

이만 줄입니다.

늘 편안하기를 송축합니다.

9월 8일, 위 올림

1) 『몽테뉴 수상록』(蒙田隨想錄)을 가리킨다.
2) 루쉰이 좌련의 기관지 『문예군중』(文藝群衆)에 준 기부금이다.

350909 리화에게

리화 선생:

1일 편지와 대작 목판화집 1권,[1] 그리고 『현대판화』 제11집 1권은 이미 선후로 받았습니다. 고맙습니다.

이번 두 달 여름휴가 후에 작품을 전체적으로 보았는데, 이전과 결코 크게 다른 듯하지 않습니다. 도리어 염려되는 현상이 보였습니다. 하나는, 소품에 쏠리는 것인데, 일본작가들 작품의 침착함과 안정에 미치지 못합니다. 이것은 다니나카[2]의 한 점과 비교해 보기만 해도 알 수 있고, 『백ㅏ흑』[3]에 잘 드러나 있습니다. 둘은, Grotesque 또한 갑자기 발전했다는 것입니다.

선생의 작품은 한편으로 19세기 말 독일 다리파[4]의 영향을 벗어나지 못했고 다른 한편으로는 동방의 기교를 발전시키고자 하는데, 이 양자가 아직은 조화롭지 못합니다. 예컨대 「늙은 어부」[5]에서 뱃머리에 앉아 있는 사람이 실은 여전히 동방의 인물이 아닙니다. 그런데 전체적으로 논하면 동방적이고, 그런데 또 명나라 사람들의 색채가 너무 깊이 배어 있습니다. 나는 명나라의 목판화는 크게 발전이 있지만 대체로 초세속적인 경향이 있고, 그렇지 않으면 섬세하다는 점이 유감이라고 생각합니다. 오로지 한漢나라 사람의 석각만이 기백이 묵직하고 웅장하고 당나라 사람의 선화線畫는 살아 있는 듯 움직이는데, 목판화에 이것을 사용하면 혹 또 다른 경계를 열 수 있을 것입니다.

상하이의 간행물에는 수시로 목판화 삽화가 실립니다. 사실 목판화가가 너무 적어서 몇 사람에 지나지 않을 뿐만 아니라 진보도 보이지 않고 여전히 사회와 분리되어 있습니다. 지금 비록 유행이기는 하지만 앞길은 낙관할 수 없습니다. 현재 실용적으로 사용될 수 있는 곳이라면 서재의 장식은 희망이 없고 서적의 삽화에나 쓰일 따름입니다. 그런데 삽화는 반드시 인물이고, 인물은 또 많은 목판화가들의 상대적으로 뛰어난 분야가 아닌 까닭에 결국은 출판물 속으로 침입할 수도 없습니다.

우선 이렇게 답신을 보냅니다.

가을 편안하기 바랍니다.

9월 9일, 아우 간 인사를 올립니다

주)_____

1) 『리화판화집』(李樺版畫集)을 가리킨다. 1935년 5월 손으로 찍어 출판했다. '현대판화총간' 중 하나이다.
2) 다니나카 야스노리(谷中安規, 1897~1946)이다. 일본의 목판화가이며, 작품집으로 『소년화집』(少年畫集) 등이 있다.
3) 『백과 흑』(白卜黑) 제41호는 다니나카 야스노리 작품집이다.
4) 서신 350404② 참고.
5) 「늙은 어부」(老漁夫)는 후에 『문학』 제6권 제3호(1936년 3월)에 실렸다.

350910 샤오쥔에게

류 형:

　　문화생활사[1]라고 하는 서점이 있는데, 몇몇 글을 쓰는 사람이 경영하는 곳입니다. 그들은 창작집 한 세트,[2] 총 12권을 내려고 합니다. 그 속에 당신의 책 한 권,[3] 약 5만 자를 넣기를 원합니다. 그들이 출판하도록 엮어 모아 줄 수 있는지요? 물론 이미 발표한 단편입니다. 가능하다면 15일 이전에 우선 책 제목을 결정해서 내게 알려 주기 바랍니다. 그들은 광고에 쓸 수도 있습니다.

　　이 12권 중에는 허구톈, 선충원, 바진 등의 작품이 있다고 들었고, 편집자는 바진일 것입니다. 역문사의 황 선생이 내게 부탁했습니다. 나는 이 출판이 결코 나쁘지 않다고 생각합니다.

　　이만 줄입니다.

　　두 사람 모두 편안하기 바랍니다.

9월 10 밤, 위 올림

주)＿＿＿＿

1) 문화생활사(文化生活社)는 1935년 5월 상하이에서 만들어졌다. 같은 해 9월 문화생활 출판사라고 이름을 바꾸었다. 우랑시(吳朗西)가 사장, 바진(巴金)이 편집을 책임졌다.
2) 『문학총간』(文學叢刊) 제1집을 가리킨다. 허구톈(何谷天)의 「분」(分), 선충원(沈從文)의 「팔준도」(八駿圖), 바진의 「신·귀·인」(神·鬼·人) 등 16종이 수록되어 있다.
3) 후에 단편소설집 『양』(羊)으로 편집했다. 수록 작품은 6편이고 1936년 1월 문화생활출판사에서 출판했다.

350911 정전둬에게

시디 선생:

전에 쉬 군[1]에게 원고를 들고 직접 가서 교섭하라고 부탁한 것은 원래 중간에서 갈등이 생기는 것을 피하기 위해서였는데, 뜻밖에도 요구하는 편지를 보내와서 지금 우선 전달합니다.

유작[2]을 모아 찍는 일에 관해서는 전에 선 선생[3]과 상의하여 먼저 번역문을 찍기로 결정했습니다. 지금 원고 편집의 주요 방향은 준비를 끝냈습니다. 대략 이미 60에서 65만 자의 원고가 있고, 두 책으로 나눌 작정입니다. 상책은 논문이고, 한두 편을 제외하고는 모두 발표되지 않은 것입니다. 하책은 시, 극, 소설 종류이고, 대다수는 발표한 것입니다. 가假목록은 동봉하여 올립니다.

인쇄에 부치는 것에 관하여 내가 직접 교섭하는 것이 제일 좋습니다. 왜냐하면 이렇게 해야 형식을 지휘하고 왕복하며 교열하는 데 많이 편리하기 때문입니다. 원고를 한 번 살펴보자면 대략 아직은 수일이 필요합니다. 편집을 마치면 선생과 함께 가서 원고를 넘기고 더불어 교열 방법을 상의했으면 하는데, 괜찮겠습니까? 책은 가로 행으로 하자면 아마 조판비도 다시 상의해야 할 것입니다.

미스 양[4]의 뜻은 또 우리와 조금 다릅니다. 그녀는 창작이 중요하고 번역은 부차적이라고 생각합니다. 그런데 그의 창작은 편집이 상대적으로 힘들 뿐만 아니라 번역만으로도 글자수가 이미 이렇게 많고 다시 한 권을 추가하면 시일이 연기되고 또 경비도 더 들어야 해서 사실 쉽지가 않습니다. 내 생각으로는 여전히 번역을 먼저 출판하고 한편으로 차츰차츰 작품을 수집하는 것입니다. 번역집이 좀 팔려서 경제적으로 대응할 수 있게 되면 다시 그것을 도모해 보는 것도 괜찮을 것입니다.

우선 이렇게 알립니다.

편안하기 바랍니다.

9월 11일, 쉰 올림

주)_____

1) 쉬스취안(徐詩荃)을 가리킨다. 서신 350817 참고.
2) 취추바이의 유작을 가리킨다.
3) 선옌빙(沈雁冰)이다.
4) 취추바이의 부인 양즈화(楊之華)이다.

350912① 황위안에게

허칭 선생:

11일 편지는 받았습니다. 15일에는 내가 일이 없으니 갈 수 있습니다.[1] 또 두 가지가 있는데, 그때 가서 다시 봅시다.

아연판은 벌써 보내왔습니다.

우선 이렇게 답신을 보냅니다.

편안하기 바랍니다.

9월 12일, 쉰 올림[2]

주)_____

1) '역문총서' 출판을 상의하기 위해 상하이 난징호텔(南京飯店)에 간 일을 가리킨다. '역

350912② 후평에게[1]

11일 편지는 받았습니다. 싼랑의 일[2]에 관해서 깊이 생각할 필요도 없이 나의 의견을 말해 볼 수 있습니다. 이렇습니다. 지금은 들어갈 필요가 없다는 것입니다. 최초의 일은 말하자면 길어지니 그것을 논하지는 않겠습니다. 최근 몇 년을 보면 외곽에 있는 사람들 중에서 신진 작가 몇 명이 나왔고 참신한 성취도 있는데, 일단 안으로 들어가면 무료한 갈등에 찌들어서 소리도 없고 기적도 없어져 버린다고 느끼고 있습니다. 내 스스로를 가지고 이야기해 봐도, 늘 철사에 묶여 있고 등 뒤에서는 한 십장이 채찍으로 나를 때리고 있다고 느껴집니다. 내가 아무리 힘을 다해 일해도 때립니다. 그런데 내가 고개를 돌려 나의 잘못을 물으면, 그는 두 손을 맞잡고 겸손하게 내가 아주 잘하고 있다고, 그는 나와 감정이 아주 좋다고, 오늘 날씨가 하하하 …… 합니다. 정말이지 언제나 나로 하여금 어찌할 바를 모르게 합니다. 나는 감히 우리에 관한 말을 다른 사람들에게 하지 못합니다. 외국인에게는 말하지 않고 피하고, 어쩔 수 없을 때는 거짓말을 합니다. 당신 보십시오. 이것이 얼마나 고통스런 처지입니까?

나의 이런 의견은 원수元帥의 입장에서 보면 틀림없이 죄이겠지만(그런데 그와 나의 감정은 분명 여전히 아주 좋습니다), 나는 내가 옳다고 확신합니다. 앞으로 전반적으로 계산해 보면 틀림없이 그래도 나의 계획의 성적이 좋을 것입니다. 현재 원수는 '참회자'들과의 연계에 박차를 가하고 있고(따라서 그들의 말은 우리 내부에서 커다란 역할을 합니다), 공격 전선이 마침 전개되고 있습니다. 어느 때야 비로소 쾌청해질지는 정말이지 알 수가 없습니다. 만약 외곽의 힘을 약화시킨다면, 정말로 아무것도 없어져 버릴 수도 있습니다.

가메이의 글[3]은 구상의 대부분이 그들 자국인들에게 보여 주는 데 있지만 불가피하게 '술을 빌려 근심을 달래'는 기미가 있습니다. 사실, 우리의 어떤 주장들은 많은 청년들의 피로 바꾸어 온 것입니다. 그는 보자마자 바로 간파해 냈습니다. 우리 내부에서는 오히려 아무도 주의하지 않은 듯합니다. 이것은 정말로 '애석하'지 않을 수 없습니다. 리 '천재'[4]는 마침 나에게 연락을 했습니다. 그는 결코 '그 패거리'[5]가 아니고 투고는 끌려 들어간 것이라고 말했고, 나도 그에게 몇 마디 대답을 해 주었습니다. 하지만 결론적으로 우리는 좌우지간 잘 해낼 수 없을 것입니다. 지금도 "오늘 날씨가 하하하——" 하는 것에 지나지 않을 따름입니다.

나는 전청前淸의 황궁은 가 보았지만 현직의 황궁[6]은 보지 못했습니다. 지금은 또 알현하는 영광도 입지 못했으니 '산녠산녠'입니다.[7] 그런데 カワリノ[8] 허칭이 초대를 한다고 하니, 그때 이야기합시다. 우리는 틀림없이 두번째, 세번째……를 해야 할 것이고, 시도해 보는 것도 좋습니다. 『톱밥』[9]은 벌써 계산을 끝냈고 돈 16위안 남짓 받았으니, 그때 얼굴을 보고 주겠습니다. 남은 책은 세 권뿐이니 2, 30권 가지고 오길 바랍니다. 다시 판매하도록 내가 넘겨주면 됩니다.

오늘 『문학』에 주려고 '논단'[10]을 썼습니다. 제2, 제3을 쓸 게 못 된다는 것을 분명히 알고 있지만, 여전히 제일인자를 위해 박수갈채를 보내야 하고, 다른 한편으로는 또 제3종인을 생각해서 약한 모습을 보일 수가 없습니다. 이것은 이른바 '벙어리가 황련[11]을 먹는다'는 것입니다——아무리 써도 말을 할 수가 없습니다. 우선 이렇게 알립니다.

'황제'처럼 편안[12]하시기 바랍니다.

9월 12일, 위 올림

주)_____

1) 이 편지의 호칭은 수신인이 삭제했다.
2) 싼랑(三郞)은 샤오쥔으로 '싼랑의 일'은 샤오쥔의 좌련 참여를 가리킨다.
3) 가메이 가쓰이치로(龜井勝一郞, 1907~1966). 일본의 문예비평가이다. 그의 글은 「루쉰 단상」(魯迅斷想)을 가리킨다. 일본의 『사쿠힌』(作品) 잡지 1935년 9월호에 실렸다.
4) 리창즈(李長之)를 가리킨다. 그는 '천재'에 관한 의론을 자주 발표했다. 예컨대 「대자연의 예찬」(大自然的禮讚; 『싱훠』星火 잡지 제1권 제2기에 수록)에서 "대자연의 총아는 천재이고, 대자연은 영원히 천재를 사랑한다"라고 했다. 후평은 당시 「자연·천재·예술」(自然·天才·藝術)에서 그를 '천재 리창즈'라고 풍자했고, 마오둔은 『태백』(太白) 반월간 제2권 제10기(1935년 8월 5일) '시시콜콜'(掂斤簸兩)란에 발표한 「대자연의 예찬」("大自然的禮讚")에서 그를 '천재 문예비평가 리창즈'라고 불렀다.
5) '제3종인'을 가리킨다. 당시 리창즈는 두헝(杜衡), 양춘런(楊邨人), 한스헝(韓侍桁) 등이 편집하는 『싱훠』 잡지에 글을 자주 발표했고, 여기에 제3종인의 관점을 드러내고 좌익 문예비평에 대하여 조롱했다. 마오둔은 『태백』 반월간 제2권 제11기(1935년 8월 20일) '시시콜콜'란에 발표한 「'아주 분명한 일'」("很明白的事")에서 그를 "'제3종' 비평가'라고 칭했다.
6) 수신인의 기억에 따르면 당시 루쉰의 집이 황궁처럼 꾸며졌다고 말하는 사람이 있었다고 한다.
7) 원문은 '殘念殘念'이다. '유감이고 유감이다'라는 뜻의 일본어이다.
8) '다행히도'라는 뜻이다.
9) 『톱밥』(木屑)은 『톱밥문총』(木屑文叢)이다. 문예간행물로 후평이 편집했다. 1935년 4월 상하이에서 창간했고 톱밥문총사에서 편집, 발행했다. 1기만 나왔다. 우치야마서점에서 대리판매했다.
10) 「'문인은 서로 경시한다' 여섯번째——두 종류의 매물」(六論"文人相輕"—二賣)과 「'문인은 서로 경시한다'——쌍방의 상처받음」(七論"文人相輕"—兩傷)을 가리킨다. 모두 『차개정잡문 2집』에 수록했다.
11) '황련'(黃連)은 약용식물로 쓴맛이 강하다.
12) 원문은 "'黃'安"이다. 주석 6번 참고.

창즈 선생:

보낸 편지는 받았습니다. 내가 찍은 화집은 총 4종입니다.

1. 『시멘트 그림』,[1] 독일 메페르트(Garl Meffert)의 목판화, 1930.

2. 『인옥집』, 소련 작가의 목판화, 1934.

3. 『목판화가 걸어온 길』, 중국 신진작가의 작품, 상동.

4. 『케테 콜비츠(Käthe Kollwitz) 판화 선집』, 1935.

마지막 것은 아직 장정을 끝내지 않았습니다.

번역한 책은 번역을 다 하고 나면 그것으로 끝이고 신경 쓰지 않습니다. 따라서 아주 잘 알지는 못합니다. 지금은 어쩔 수 없이 아는 것만 답합니다.

1. 『후키야 고지 화보선』[2]은 러우스柔石 등이 인쇄했고, 그는 그 후에 가지고 있는 책과 인쇄판을 모두 광화서국光華書局에 건네주었고, 지금은 이 서국도 다른 사람에게 양도되어서 책은 더구나 캐물을 수가 없습니다.

2. 『10월』十月은 신주국광사神州國光社에서 인쇄했지만, 이미 금지된 듯합니다.

3. 『약용식물』[3]은 상우인서관에서 작은 책자로 인쇄했던 것 같은데, 확실하지는 않습니다.

4. 『훼멸』毀滅은 다장서점大江書店에서 인쇄했고, 금지되었습니다. 지금은 우치야마서점에만 아직 수십 권(?) 있습니다.

나는 베이핑을 떠나온 지 오래돼서 상황을 모릅니다. 『다궁바오』는 본 적이 있는데, 최근에 『소공원』[4]은 보지 못했습니다. 아마도 또 개조했나 본데, 죽은 것도 아니고 산 것도 아니라서 보지 않게 되었습니다. 『이스바오』는 오랫동안 보지 못했고, 다만 친구가 가끔 스크랩한 글을 보내오지만, 량스추⁵⁾ 교수의 글은 보지 못했습니다. 그런데 나는 량 교수 이 사람을 결코 반대하지도 않고, 또한 그의 글을 곱절로 싣는 간행물도 반대하지 않습니다. 지난달 장루웨이 선생의 글⁶⁾을 보고 몇 마디 하고 싶은 말을 참을 수가 없어서 『망종』에 원고 한 편⁷⁾을 투고했습니다. 여태까지 실린 것을 못 봤고, 잘려 나갔는지도 알 수 없습니다.

책을 번역하고 게으름을 피우느라 오랫동안 상하이의 잡지를 보지 못했고, 다만 선생도 '제3종인' 중 한 사람이라는 말을 들었습니다. 상하이는 무릇 어떤 종류의 간행물에 투고를 하면 그들과 한 패거리로 보려고 하는 습관이 있습니다. 그러나 이것도 중요하지 않습니다. 나중에 가면 사람들은 작품과 사실로부터 분명히 알게 됩니다.

우선 이렇게 답신을 보냅니다.

편안하기 바랍니다.

9월 12일, 루쉰

주)＿＿＿＿

1) 소련 글랏코프의 장편소설 『시멘트』의 삽화이다.

2) 『후키야 고지 화보선』(蕗谷虹兒畵選)은 1929년 1월 조화사(朝花社)에서 출판했다. '예원조화'(藝苑朝華) 제1기 제2집이다. 후키야 고지(蕗谷虹兒, 1898~1979)는 일본의 시인이자 삽화가이다.

3) 『약용식물』(藥用植物)은 일본의 가리요네 다쓰오(刈米達夫, 1893~1977)가 썼다. 번역문은 『자연계』(自然界) 제5권 제9, 10기(1930년 11월)에 연재되었다가 후에 1936년 6월 상우인서관에서 출판한 『약용식물과 기타』(藥用植物及其他)에 수록되었다.

4) 『소공원』(小公園)은 톈진 『다궁바오』(大公報)의 문예부간이다. 1935년 8월 31일 정간되었다가 선충원이 편집한 『문예』(文藝)의 부간으로 다시 출판했다.

5) 량스추(1903~1987)는 저장 항현(杭縣; 자금의 위항餘杭) 사람으로 신월파의 주요 동인이다. 베이징대학, 산둥대학 등에서 교수를 역임했고, 당시 『이스바오』(益世報)의 『문학부간』(文學副刊)에 자주 글을 발표했다.

6) 장루웨이(張露薇, 1910~?)의 원래 이름은 장원화(張文華)이고 허즈위안(賀志遠)으로 개명했다. 지린(吉林) 닝안(寧安; 지금의 헤이룽장黑龍江에 속한다) 사람이다. 일찍이 북방의 '좌련'에 참가하여 베이핑『문학도보』(文學導報)의 주편을 역임했다. 항일전쟁 시기에는 괴뢰정부에서 일을 했다. 그의 글은 「중국문단 약론」(略論中國文壇)을 가리키는데, 1935년 5월 29일 톈진의『이스바오』의『문학부간』제30기에 실렸다.
7) 「'제목을 짓지 못하고' 초고」를 가리킨다. 후에『차개정잡문 2집』에 수록했다.

350916① 황위안에게

허칭 선생:

계약서[1]는 오전에 등기로 부쳤습니다. 방금『선바오』를 보았더니『역문』3권 1기의 목차가 실려 있었고, 위에는 '주요목차'라고 운운했습니다. 따라서 '주요목차'에 비해 너무 모자란 채로 간행물이 출간된다면 아주 좋지 않습니다.

이런 까닭으로 시간이 가능하다면 「13번째 L.에 관한 소설」[2]을 마지막에 실어도 괜찮다는 생각입니다. 왜냐하면 이 원고는 이미 원고료를 지불할 필요도 없어졌고 다른 번역자에게도 지장이 없어서 종이만 쓰면 되기 때문입니다. 서점만 말을 하지 않는다면 독자에게는 도움이 될 따름입니다.

그런데 후기에는 편집인의 말을 좀 보태야 합니다. 번역자의 말 뒤에 배치하고, 이 소설의 묘사는 L의 퇴폐적인 측면만을 취하고 있고, 그런데 L이 가지고 있는 광명의 측면은『역문』1권 6기 셰펀[3]이 번역한, 블라고이가 지은 「레르몬토프」를 참고해도 좋다고 운운하면 됩니다.

서둘러 보냅니다.

우기에 편안하기 바랍니다.

9월 16일, 쉰 올림

주)_____

1) 생활서점과 계약한 『역문』의 이듬해 출판 계약서를 가리킨다. 루쉰이 서명했으나 실행
   되지는 않았다.
2) 파블렌코의 단편소설 「13번째 레르몬토프에 관한 소설」을 가리킨다.
3) 셰핀(謝芬)은 선옌빙(沈雁氷)의 필명이다.

350916② 샤오쥔에게

류 형:

11일 편지는 받았습니다. 소설집 일은 벌써 그쪽에 통지했으니 국면은 결정된 셈입니다.

이 소설집의 내용은 내 생각으로 5편이면 되고 당신이 거론한 세 편[1] 외에 「양」[2]이 5월 초에 실려 발표되고 나면 수록할 수 있을 것입니다. 또 「군대에서」 원고는 이미 되찾아서 문학사에 전해 주었고 지금 그들에게 꼭 발표할 필요는 없다고 부탁했고, 이를 소설집에 엮어 넣으면 발표하지 않은 작품이 한 편이 있는 셈이니 상대적으로 보기가 좋습니다.

사실 형은 그 세 편을 내게 보내 주기만 하면 되고, 자서를 넣을 수 있으면 더욱 좋습니다.

이번 달은 허드렛일이 너무 많아서 번역은 오늘에야 비로소 시작했습니다. 한동안 당신들을 보러 갈 수 없을 것입니다.

이만 줄입니다.

두 사람 모두 편안하기 바랍니다.

9월 16일, 위 올림

주)_____

1) 「직업」(職業), 「벚꽃」(櫻花), 「화물선」(貨船)이다.
2) 「양」(羊)은 단편소설이다. 『문학』 제5권 제4호(1935년 10월)에 실렸다. 여기에서 '5월'
이라고 한 것은 '10월'의 오기이다.

350919① 차오징화에게

루전 형:

오랫동안 편지를 받지 못했습니다. 생활은 모두 좋으리라 생각합니다.

7월분 결산해야 할 량유공사의 인세는 어제서야 비로소 받았습니다. 형은 25위안을 받아야 하고, 지금 환어음으로 보내니 편한 때 분관에 가서 찾아가기 바랍니다.

반년 동안 그들의 말에 따르면 500권 팔렸다 하니,[1] 사실은 훨씬 많을 듯합니다. 그런데 그들은 되는대로 작가에게 조금 쥐여 줄 뿐이고, 영업이 나빠지면 품격도 그에 따라 저열해집니다. 9월에는 절반 가격으로 팔고 있어서 내년에는 거두어들일 인세도 절반으로 깎일 것입니다.

우리는 다 좋습니다. 염려 마시기 바랍니다.

우선 이렇게 알립니다.

편안하기 바랍니다.

9월 19일, 아우 위 올림

주)_____

1) 『별목련』(星花)을 가리킨다.

350919② 왕즈즈에게[1]

쓰위안思園 형:

보낸 서신은 받았습니다. 소설 원고는 벌써 전해 부쳤습니다.

소설[2]은 36권 팔렸고, 추석에 결산했고 돈은 찾아왔습니다. 지금 환어음으로 보내니 서명하고 도장을 찍어서 분관에 가서 찾아가기 바랍니다. 환어음 수취인을 물으면 편지봉투에 쓰여진 것과 같이 말해야 하지만, 꼭 물어보지는 않을 것입니다.

근 일 년 체력이 약해지고 자주 아프고 허드렛일로 바빠서 벌써부터 좀 쉬고 싶었지만, 뜻밖에 올해도 여전히 쉬지 못하고 있습니다. 하지만 그래도 내년에는 쉬고 싶은 생각이 들어서 우선 일을 차츰 줄이고 있고, 따라서 『문사』文史 등의 간행물에는 그야말로 투고할 수가 없습니다.

대충 이렇게 답신을 보냅니다.

늘 편안하기 바랍니다.

9월 19일, 위 인사를 올립니다

1) 왕즈즈(王志之, 1905~1990). 쓰촨(四川) 메이산(眉山) 사람. 작가. 필명은 추추(楚囚), 한
   사(含沙) 등이고 가명은 쓰위안(思遠)이다. 북방 좌익작가연맹의 성원이며, 『문학잡지』
   (文學雜誌) 편집인 중 한 명이다.
2) 『바람은 잦아들고 파도는 고요해진다』(風平浪靜)를 가리킨다. 서신 340904 참고.

350919③ 샤오쥔에게

류 형:

18일 아침 편지와 소설 원고는 모두 받았습니다. 나한테 「초가을의
바람」[1] 한 편도 있는데, 내가 보기에 당신이 쓴 것인 듯합니다. 맞다면, 소
설집에 엮어 넣겠습니다. 답신을 기다립니다.

나는 그럭저럭 좋고 또 『죽은 혼』을 번역하고 있습니다. 월말이면 상
권은 끝납니다.

『역문』은 출판사[2]와의 분쟁으로 연기되었습니다. 정말 화가 납니다.

오랫동안 차오인 부인의 소식을 듣지 못했습니다. 그녀는 한동안 아
무 글도 쓰지 않았지요?

서둘러 줄입니다.

두 사람 모두 평안하기 바랍니다.

9월 19일, 위 인사를 올립니다

1) 「초가을의 바람」(初秋的風)은 샤오쥔의 작품으로 단편소설집 『양』에 수록했다.
2) 서신 350924 참고.

350920① 타이징눙에게

보젠伯簡 형:

11일 편지는 받았습니다. 당신이 겪은 일이 내가 당시에 겪었던 것과 다르지 않음을 알게 되었습니다. 10여 년 동안 진보가 없는 것은 그나마 괜찮은데, 최소한 일 처리도 더욱 후퇴하고 집도 더욱 낡아 버린 것이 아닌가 걱정됩니다.

책 두 종은 벌써 각각 부쳤습니다. 도서목록은 비매품이고, 구판입니다. 전해지는 말에 따르면 10월에야 비로소 신판이 나온다고 합니다.[1]『신문학대계』新文學大系는 서점더러 직접 부치게 했고 돈은 앞으로 다시 계산할 것입니다. 왜냐하면 지금 환어음으로 부치면 부치는 사람, 받는 사람, 둘 모두에게 불편하기 때문입니다.

혜강집[2]을 교열한 것도 받았습니다. 이 책의 장점은 구초본[3]이라는 것입니다. 구교본[4]이 오히려 조악합니다. 판각본이 실제로 잘못되어 있어도 알지 못하고 종종 판각본에 근거하여 구초본을 지워 버리기도 했습니다. 다이戴 군의 지금 교정에도 자주 구교본의 폐단이 보입니다. 원래 초본의 옳은 글자를 버리고 기록하지 않았습니다. 그러나 나의 교열본[5]도 물론 여전히 교정을 보고 인쇄해야 합니다.

우선 이렇게 알립니다.

늘 편안하기를 송축합니다.

9월 20일, 수 인사를 올립니다

1) '도서목록'은 『전국출판물목록휘편』(全國出版物目錄彙編)을 가리킨다. 1933년 생활서
   점에서 출판했다. 후에 핑신(平心)이 다시 편집하여 『생활전국총서목』(生活全國總書目)
   이라는 제목으로 1935년 11월 생활서점에서 출판했다.
2) '혜강집'(嵇康集)은 『혜중산집』(嵇中散集)을 가리킨다. 1935년 상하이 상우인서관에서
   명 가정(嘉靖) 4년 루난(汝南) 황씨(黃氏) 남성정사간본(南星精舍刊本)에 근거하여 영인
   해서 '사부총간초편'(四部叢刊初編)의 하나로 출판했다. 타이징눙이 이 책을 부칠 때, 붉
   은색으로 다이리성(戴荔生)의 교감과 비주를 옮겨 적어 놓았다.
3) '초본'(鈔本)은 원고나 판각본 그대로 베껴 쓴 책을 가리킨다.
4) '교본'(校本)은 장서가들이 보통판본에다가 선본과의 대조, 교정을 통하여 오류나 다른
   점을 상세히 기록해 둔 책을 가리킨다.
5) 『혜강집』(嵇康集)을 가리킨다. 서신 320302 참고.

350920② 차이페이쥔에게[1]

페이쥔 선생:

8월 11일 편지는 얼마 전에 받았습니다. 지난번 것도 받았습니다. 나
는 시에 대하여 문외한이기 때문에 바로 답신하지 못했고, 나중에는 다른
잡다한 일을 하느라 미루어 두었습니다.

지금도 여전히 마찬가지입니다. 나는 시에 대하여 여태까지 공부한
적이 없어서 그야말로 뭔가를 말할 수가 없습니다. 나는 아무렇게나 함부
로 말하는 것은 아주 좋지 않다고 생각합니다. 하지만 이번에 말한 두 가
지 문제는 선생의 주장이 나의 의견과 결코 다르지 않다고 생각합니다. 일
찍이 이런 의견들은 자질구레하게 발표하기도 했습니다. 사실 구호는 구
호고 시는 시입니다. 사용해 보니 여전히 좋은 시라면 사용하는 것도 좋
습니다. 만약 나쁜 시라면 사용하고 안 하고는 모두 관계없습니다. 예컨대

문학과 선전에 대하여 원래는 다음과 같이 말한 것에 지나지 않습니다. 무릇 문학이라면 모두 선전인데, 왜냐하면 그 속에는 좌우지간 불가피하게 무엇인가를 전파하고 있기 때문이라는 것입니다. 그런데 나중에 누군가가 문학은 반드시 의식적으로 선전문의 모양으로 만들어야 한다고 해석했던 것입니다. 시는 반드시 구호를 사용해야 한다는 것의 오류도 마찬가지입니다.

시는 모름지기 형식이 있어야 합니다. 쓰기 쉽고 이해하기 쉽고 노래 부르기 쉽고 듣기에 감동적이어야 하지만, 격식은 지나치게 엄격해서는 안 됩니다. 운이 있어야 하지만, 꼭 구시의 운을 따를 필요는 없고 술술 읽히면 그것으로 좋습니다.

시 원고에 대해서는 그야말로 판매할 방법이 없습니다. 이것이 세번째 문제인데, 해결할 방법이 없습니다. 자비 출판은 본래 편집과 서점의 속박을 피할 수 있다고 생각하겠지만, 내가 여러 차례 시도해 보았고 실패하지 않은 적이 없습니다. 광고를 싣는 데도 돈을 지불해야 하고, 위탁판매를 해도 돈을 회수할 수가 없기 때문에 큰 뭉칫돈이 있어서 다 써 버릴 작정을 하지 않는다면 방법이 없습니다.

우선 이렇게 답신을 보냅니다.

늘 편안하기를 송축합니다.

9월 20일, 쉰 올림

주)_____

1) 차이페이쥔(蔡斐君, 1915~1995). 본명은 차이젠(蔡健), 후난(湖南) 유현(攸縣) 사람으로 시 애호가이다.

350920③ 우보에게[1]

우 선생:

보낸 편지는 받았습니다.

나한테는 『훼멸』만 있습니다. 지금 선생이 필요로 하는 돈과 함께 한 꾸러미로 포장하여 서점에 둡니다. 편지 한 통을 동봉하니 이 편지를 들고 가서 찾아가기 바랍니다.

우선 이렇게 답신을 보냅니다.

늘 편안하기를 송축합니다.

9월 20일, 쉰 올림

주)_____

1) 우보(吳渤, 1911~1984). 광둥(廣東) 싱닝(興寧) 사람. 필명은 바이웨이(白危)이다. 루쉰은 그의 『목판화 창작법』(木版畵創作法) 원고를 교열해 주기도 했다.

350923 예쯔에게

즈正 형:

보낸 편지를 받고서 당신이 아팠고, 아이 하나를 잃었다는 것을 알게 되었습니다. 정말이지 뭐라 위로할 말이 없습니다. 집안이 갑자기 적막해지면, 집안사람들은 당연히 울상을 짓겠지요. 손자로 보상을 받게 되면 조금은 괜찮아질 수 있을 것입니다.

일주일 전에 정[1]을 보았는데, 그는 소설[2]은 실렸고 원고료는 어떻게 할까, 라고 말했습니다. 나는 즉시 영수증을 내게 달라고 말했습니다. 그런데 지금까지도 그는 보내지 않고 있습니다. 오늘 편지를 써서 재촉했고, 도착하면 바로 전달하겠습니다.

이만 줄입니다.

두 사람 모두 편안하기 바랍니다.

9월 23일, 위 올림

주)_____

1) '정'은 정전둬를 가리킨다. 당시 『문학계간』(問學季刊)의 두 명의 주편 중에 하나였다.
2) 「별」(星)을 가리킨다. 천팡(陳芳; 즉 예쯔)의 작품으로 『문학계간』 제2권 제3기(1935년 9월)에 실렸다.

350924 황위안에게

허칭 선생:

그제 선沈 선생이 와서 말했습니다. 정鄭이 가서 의견을 내서 『역문』 일은 중재할 수 있게 되었다고 합니다. 하나는 계약서에 선생이 서명하는 것이고, 그런데 둘은 원고는 반드시 내가 한 번 봐야 하고 위에다 서명을 해야 한다는 것입니다. 당연히 우리의 의논을 거쳐서 수용해야 합니다. 다만 원고를 보는 것에 대해서는, 우리 세 사람[1]이 돌아가며 처리하면 결론적으로 매 기 반드시 한 사람이 원고를 책임지면 됩니다. 이것은 우리 내부의 일이지 서점과는 무관합니다. 그저 국면이 확정되지 않아서 편지로 통지하지는 않았습니다.

오늘 오전에 선 선생과 리黎 선생이 함께 왔습니다. 후 선생[2]의 편지를 들고 왔고, 이 일은 쩌우 선생이 동의할 수 없고 정간을 원한다고 말했습니다. 그렇다면, 이 일은 끝난 것입니다.

그쪽 사람들은 사공이 정말로 많아서 별안간 이 사람이었다가 별안간 다른 사람이 나타납니다. 돌이켜 생각해 보면, 첫번째는 내가 계약서에 이미 서명했는데도 그들은 별안간에 한 무리의 사공을 출현시켜 국면을 뒤집었습니다. 두번째는 정 선생의 의견을 우리가 수용했는데, 또 별안간 후 선생으로 변신하여 취소했습니다. 잠깐 동안 우리에게 두 번이나 장난을 쳤고 다들 헛고생만 했습니다.

그런데 당시에 나는 『역문』이 정간된다면 이미 조판한 몇 편은 모아서 '종간호'로 내자고 의견을 냈습니다. 이 점에 대해서 후 선생의 편지에서 서점 측에서 동의한다고 했고, 그래서 우리가 '서문'[3]을 계획했고 선 선생에게 가져가라고 부탁했습니다. 원고를 동봉하니 이 점에 대해서 선생이 좀 미리 준비해 주기 바랍니다. 그들이 만약 인쇄에 넘긴다면 이대로 넘기십시오. 다른 한편으로는 분실하지 않도록 원고를 잘 회수해 주기 바랍니다. 일이 서너 차례 뒤집어졌기 때문에 다시 집어치울지도 알 수 없기 때문입니다.

전에 내가 말한 적이 있습니다. 서점이 인쇄에 넘기지 않는다면 우리가 대금을 치르고 지형紙型을 찾아와서 직접 찍어야 한다고 했습니다. 그런데 나중에 와서 생각해 보니, 이렇게 하게 되면 교섭이 또 많아질 것입니다. 그래서 지금 선 선생에게 찍지 않으려면 찍지 말고, 다시 대금을 치르고 지형을 찾아오고 싶지도 않다고 고쳐 알려 주었습니다.

내 생각에 『역문』이 정간되면 깨끗하게 정간하고 다시 연연해할 필요는 없습니다. 만약 직접 종간호 같은 것을 찍고자 한다면, 이런 역량은 아무래도 총서에 쓰는 것이 좋겠습니다.

우선 이렇게 답신을 합니다.

편안하기 바랍니다.

9월 24 오후, 쉰 올림

주)_____

1) 루쉰, 마오둔(茅盾), 리례원(黎烈文)을 가리킨다.
2) 후위즈(胡愈之, 1896~1986)를 가리킨다. 저장 상위(上虞) 사람으로 작가이자 정론가이다. 당시 쩌우타오펀(鄒韜奮, 1895~1944)의 부탁으로 생활서점의 사무를 처리하고 있었다. 쩌우타오펀은 저장 위장(餘江) 사람으로 정론가이자 출판가이다. 생활서점을 만들었다.
3) 「『역문』 종간호 전기」(『譯文』終刊號前記)를 가리킨다. 후에 『집외집습유』에 수록했다.

351002 샤오쥔에게

류 형:

「양」은 이미 실렸고 원고료 영수증은 오늘 받았습니다. 지금 전달합니다.

『역문』은 말썽이 생겼고, 그런데 나는 여전히 바쁩니다. 그제부터 책상 앞에 너무 오래 앉아 있었더니 목이 아프기 시작했습니다.

총총, 다시 이야기합시다.

두 사람 모두 편안하기 바랍니다.

10월 2 밤, 위 올림

351003 탕허에게

탕허 선생:

편지 두 통은 모두 받았습니다. 나는 대개 선생들이 예상하는 것만큼 유유자적하지 않습니다. 따라서 답신이 미뤄지는 것은 왕왕 불가피합니다. 이런 까닭으로 결국은 선생들을 '몹시 실망'[1]시키기도 합니다. 정말 너무 미안합니다. 그런데 나에게 결코 '고충' 같은 것이 있는 것은 아니니, 선생께서는 꼭 용서할 필요는 없습니다. 뿐만 아니라 나는 또한 내가 결코 '청년들을 열심히 지도하는 사람'이 아니다, 라고도 명백히 선언해야 합니다. 앞으로는 오해하지 말기 바랍니다.

보내온 편지에서 요구한 것은 두 가지 일입니다——

1. 서유럽의 명작[2]은 곁에 없어서 건네줄 방법이 없습니다.

2. 돈은 보내신 서시을 삼가 받들어 20위안을 기부하는 데 동의합니다. 하지만 보낼 사람이 없고 우편환은 또 불편하고, 따라서 편지봉투에 넣어서 서점에 두겠습니다. 편지 한 통을 동봉하니 이 편지를 들고 힘들겠지만 가서 찾으면 반드시 그대로 교부할 것입니다.

3. 편지봉투 속에 따로 8위안을 넣어 두었는데, 롼간칭[3] 선생의 목판화가 『문학』에 실려서 나온 발표비입니다. 전에 방법을 강구해 그의 주소를 알아보았지만 결국 알아내지 못해서 전해 줄 수 없었습니다. 지금 생각하니 선생이 이리저리 알아볼 수 있을 것 같아서 외람되이 동봉했으니 방법을 강구해 전해 주면 고맙겠습니다.

이렇게 해서, 나의 편지도 이것으로 '최후의 한 번'이 되겠습니다.

편안하기를 축원합니다.

10월 3일, 허 간[4]

1) '몹시 실망'과 이어지는 '고충'은 수신인의 기억에 따르면 모두 그가 루쉰에게 쓴 편지 속에 사용한 말이다. 1935년 9월 탕허(唐訶)는 진자오예(金肇野)와 함께 상하이에서 제 1차 전국목판화연합전람회 순회전람회를 열었다. 루쉰에게 편지로 도움을 요청했으나 때에 맞추어 답신을 받지 못했기 때문에 루쉰을 원망하고 있었다.
2) 루쉰이 수장한 외국 판화를 가리킨다.
3) 돤간칭(段干靑)의 목판화에 대해서는 서신 350624②를 참고할 수 있다.
4) 원문은 '何 幹'. '무슨 상관이냐'라는 뜻이다.

351004① 샤오쥔에게

류 형:

1일 편지를 받은 지 이틀이 지났습니다.『역문』정간 일에 대해서 당신이 아주 흥분한 듯합니다만, 나는 도리어 크게 그렇지는 않습니다. 이제까지 이런 일을 본 적이 많아서 감각이 없어졌고, 하물며 이것은 그래도 작은 일에 지나지 않습니다. 그러나, 싸워 나가려고 합니까? 그렇다면 싸워 나가야 합니다! 그것이 어떤 일에 부딪히게 되든지 말입니다.

황 선생은 물론 출국하지 않는 것이 맞지만, 그러나 나는 그를 잘 만류하지 못하겠습니다. 하나는 내가 그 사람의 상세한 사정을 잘 모르고, 둘은 그도 어쩌면 더욱 원대한 뜻이 있을 수도 있고, 셋은 내가 보기에 그는 신경증이 좀 있는데 연이은 긴장으로 병이 생길 수도 있어서 ── 그는 근래에 좀 야위었습니다 ── 며칠 쉬고 나면 부인과도 좋아질 수 있을 것입니다.

총서와 월간도 물론 출판을 계속하려고 합니다. 총서의 출판사는 벌써 교섭이 잘 됐고, 월간은 내가 다른 곳을 찾아서 출판하자고 주장하고 있어서 아직은 두서가 없습니다. 두 가지를 한 곳에서 출판하게 되면, 자본이 적은 서점은 이것 때문에 활동할 수 없게 될 수도 있어서 양쪽 모두에 상처가 될 것입니다. 독일의 프리드리히 대제의 '밀집돌격'[1]은 당시에는 이길 수 있는 전술이었겠지만, 그러나 지금에 적용하기에는 적절하지 않습니다. 따라서 내가 사용하는 전술은 산개전散開戰, 참호전, 지구전입니다──그런데 나는 보병이고, 포병인 당신의 방법과 어쩌면 꼭 일치하지는 않을 것입니다.

『죽은 혼』은 지난달 말에 제11장 번역원고를 전해 주었고, 제1부는 끝을 냈습니다. 이 책은 '세계문고'로 내는 것을 그만두고 싶지는 않습니다. 이것은 독자에 대한 도덕입니다. 그런데 물론 다른 한편으로는 우롱당하는 것입니다. 그러나 세상사는 총결산을 보아야 합니다. 총결을 해야 할 때가 되면, 결국 그가 나를 우롱한 것인지 아니면 스스로를 우롱한 것인지, 꼭 그렇게 되지는 않을 것입니다. 제2부(원래 원고가 미완성입니다)는 그대로 그들에게 줘서 싣게 할지 말지는 지금으로서는 아직 결정하지 않았습니다.

지금은 이 책의 부록과 서문 번역을 서두르고 있고, 목까지 뻣뻣해져서 마음대로 움직여지지가 않습니다. 대략 20일 전후에는 완성할 수 있을 것이고, 한편으로는 이미 본문을 조판하고 있으니 다음 달 초에는 출판될 수 있습니다. 이것은 아마도 총서의 첫번째 책일 것입니다.

내가 예전에 받은 우롱에 대해서라면, 그것은 당연합니다. 그러나 처음도 아니고, 그런데 그들은 아직도 원래 모습을 드러내지 않고 있습니다. 그들이 일을 하는 것이 그래도 중국에 도움이 되는 것 같을 때는 내가 힘을 냅니다. 이것은 내가 이제까지 일을 해오던 방법이고, 근자에는 바로 총결산 문제가 있습니다. 설령 첫번째 기만을 당했고, 두번째도 기만을 당할 가능성이 있다고 하더라도 나는 여전히 일을 합니다. 한 번 도둑질을 당했다고 해서 세상에 있는 모든 사람이 도둑이라고 의심할 수는 없기 때문에, 하릴없이 그대로 허드렛일을 하는 것입니다. 그런데 물론 부정의 실제 증거를 얻게 되면 또 다른 문제이기는 합니다.

그날 저녁 그들은 회의를 열고,[2] 역시 나를 찾아와서 황 선생을 다루어 달라고 했습니다. 이때 나는 비로소 자본가와 그 식객들의 원래 모습을 간파했습니다. 그들의 전횡, 비열함과 옹졸함은 결국 나의 예상을 완전히 벗어난 것이었습니다. 나는 스스로 생각해 보건대, 비록 많은 사람들이 다 내가 의심이 많고 냉혹하다고 말하지만, 그래도 내가 사람을 짐작하는 데는 그야말로 너무 좋은 쪽으로만 경도되어 있습니다. 그들이 스스로 드러내는 모습이 훨씬 더 나쁩니다.

아래는 집안 소식에 대해 답합니다.

아이는 유치원에 갔고, 또 가기를 원합니다. 그런데 나는 아이가 장쑤江蘇 말을 하는 것이 걱정입니다. 장쑤 말은 N음을 종성으로 거의 사용하지 않습니다. 예컨대 '싼'三은, 그들은 See라고 하고, '난'南은 Nee라고 하는데, 나는 그야말로 듣기 싫습니다. 아이는 한번 가 보더니 계속 가고 싶어 합니다. 일요일 하루 쉬면 그 다음 날은 빠지려 하고요 ——내가 보기에 열심히 하려는 아이는 아닌 듯합니다.

우리는 다 좋습니다. 나는 상대적으로 한가한 시간이 너무 적고, 이런 까닭으로 가끔 투덜거리기도 합니다. 생활서점 사건은 오히려 아무것도 아닙니다. 그들은 말할 가치도 없고, 우리는 그저 우리의 일을 하면 됩니다.

어제는 파리대극장에 가서 「황금호수」[3]를 봤는데, 아주 좋았습니다.

당신들은 보았는지요? 다음에는 로맨틱한 「폭군의 사랑」[4]인데, 나쁘지 않을 듯합니다. 나는 미국식의 떼부자 결혼 영화를 보느니 차라리 「아라비안나이트」 같은 괴상한 영화를 봅니다.

우선 이렇게 답신을 보냅니다.

두 사람 모두 편안하기를 송축합니다.

10월 4일, 위 올림

주)_____

1) 프로이센 왕국의 프리드리히 2세(Friedrich II, 1712~1786)이다. 수차례 침략전쟁을 일으켰다. '밀집돌격'은 그가 전쟁에서 사용한 선식(線式)전술이다.
2) 생활서점은 1935년 9월 17일 신야호텔(新亞酒店)로 루쉰 등을 초대해 만찬을 열었다. 여기에서 『역문』편집인 황위안의 교체를 제안했으나 루쉰은 이를 거절했다.
3) 「황금호수」(黃金湖)는 소련 영화이다.
4) 「폭군의 사랑」(暴帝情鴛)은 프랑스 영화이다.

351004② 셰류이에게[1]

류이 선생:

보낸 서신은 받았습니다. 『리바오』는 본 적이 있고, 아주 좋다고 생각했습니다. 그런데 나는 전에 일보에 투고하면서 많은 무료한 일을 만들었습니다. 그래서 작년부터는 더 이상 붓을 놀리지 않게 되었습니다. 양해해주기를 부탁드립니다.

우선 이렇게 답신을 보냅니다.

편안하기 바랍니다.

10월 4일, 루쉰

주)_____

1) 세류이(謝六逸, 1898~1945). 구이저우(貴州) 구이양(貴陽) 사람이다. 작가, 문학연구회 동인이다. 상하이 상우인서관의 편집인, 푸단대학 교수를 역임했다. 당시 『리바오』(立報) 부간의 편집인으로 있었다. 『리바오』는 일보이다. 1935년 9월 20일 상하이에서 창간했고, 항전 시기에 홍콩으로 옮겨 출판했다. 1949년 4월 30일에 정간했다.

351009 리례원에게

례원 선생:

답신은 이미 받았습니다. 고맙습니다!

어제는 황 선생[1]을 봤고 10일에 일본으로 건너간다고 운운했는데, 오늘은 사람들이 또 갈지, 말지 미정이라고 운운하는 것을 들었습니다. 도대체 어떻게 된 일인지 모르겠습니다.

『역문』을 생활서점에서 출판하기에는 재력이 충분하지 않을 듯합니다. 카이밍開明은 당연히 일괄 구입 판매는 하지 않으려 하고, 전례가 없다는 것입니다. 사실, 아무래도 보아 하니 꼭 돈을 벌 수 있을 것 같지 않아서입니다. 돈을 벌 수 있다면 전례를 깰 수 있을 것입니다. 무릇 반고盤古가 천지를 개벽할 때 어찌 카이밍서점이 있었겠습니까. 그런데 결국 의연히 전례를 깨고 개장했습니다. 대개 돈을 벌 수 있었기 때문일——혹은 '문화 소개'를 한다——따름입니다.

종간호는 아직 안 나왔고 고의로 미루고 있는 듯합니다. 이번 쉬는 요일에 다른 곳에 출판 일을 알아본 사람이 있는데, 아직은 믿을 만한 소식이 없습니다.

우선 이렇게 알립니다.

편안하기 바랍니다.

10월 9일, 쉰 인사를 올립니다

주)_____

1) 황위안을 가리킨다. 그는 『역문』 정간 후 일본으로 갈 계획이었으나 결국 가지 않았다.

351012 멍스환에게

스환 선생:

3일 편지는 벌써 받았습니다. 번역하느라 바빠서 회답을 미루고 있었습니다. 너무 미안합니다!

『역문』의 불행은 정말로 예상치 못한 일인데, 선생도 그 원인을 들었을 것이라 생각합니다. 뜻밖에 이렇게 옹졸한 사람이 있다니, 그야말로 할 말이 없습니다. 부활은 천천히 생각해야 하고 급하게 할 수는 없습니다.

현재는 우선 총서에 힘을 쓰고 있습니다. 『죽은 혼』 제1부와 부록은 번역을 마치고 조판에 넘겼습니다. 지금은 서문을 번역하고 있습니다. 독일어 논문을 아주 많이 본 것은 아니어서 지금 번역하는 것이 너무 고생스럽습니다.

이 책은 1월 초에 출판할 수 있습니다. 12월 말에는 『미르고로드』를 내고, 내년 2월에는 『죽은 혼』에 「G는 어떻게 썼는가」를 첨부하여 출판합니다. 그 뒤로는 격월에 1권씩 내고, 초가을이면 완성입니다. 우리는 음모를 꾸밀 줄도 모르니, 그저 바보처럼 할 수밖에 없습니다. 우선 G선집부터 해보고 그쪽이 장점이 있는지 봅시다.

『역문』을 내고 총서를 내는 것에 대해서 나는 서점 두 곳에서 하는 것이 좋다고 생각합니다. 사건이 생겨도 연루되는 것을 피할 수 있기 때문입니다.

우선 이렇게 답신을 보냅니다.

늘 편안하기를 송축합니다.

10월 12일, 위 올림

351014 쉬마오융에게

전해 주기 바랍니다.

쉬 선생:

보낸 편지는 받았습니다. 목요일(17일) 오후 2시에 서점에서 기다리겠습니다.

이만 줄입니다.

늘 편안하기를 송축합니다.

10월 14일, 위 인사를 올립니다

351017 정전둬에게

시디 선생:

『죽은 혼』 여섯번째 원고는 교정을 끝냈습니다. 이 편지와 함께 생활서점에 보냅니다. 그런데 지난번 원고를 보낸 지 이미 50여 일이 지났고 교정도 끝냈고 인쇄도 됐습니다. 그러나 원고료를 교부하지 않으니 어찌된 까닭인지 모르겠습니다. 나는 물론 이 돈을 기다리지 않고도 밥을 먹을 수 있지만, 그러나 서점 측에서는 사람들이 시급한지를 따져서는 안 되는 것 같습니다.

다행히 번역본은 일단락을 고해서 쉴 수 있게 되었습니다. 차후의 예고에서는 내 이름을 빼주기 바랍니다. 또 '세계문고'의 번역문에 대하여 서점이 간간이 단행본을 낼 생각이 있다고 들었습니다. 나의 『죽은 혼』은 '역문사총서'에 넣기로 결정했으니 다른 데서 모이 찍어서는 안 됩니다. 생활서점 측이 혹 결코 모아 찍을 생각이 없다고 해도, 그저 뒤범벅이 될까 걱정되어서 특별히 알려 주는 것일 따름입니다.

우선 이렇게 알립니다.

편안하기 바랍니다.

10월 17 밤, 루쉰 인사를 올립니다

351018 어머니께

모친 대인 슬하에 삼가 올립니다. 10월 11일 보내신 편지는 벌써 받아 보았습니다. 대인의 모든 것이 편안하다는 것을 알게 되어 심히 안심이 되었습니다. 상하이 집은 모두 다 편안합니다. 그런데 결코 중한 일은 없지만 번역하느라 바빠서 자주 편지를 보내지 못했습니다.

하이잉은 역시 좋습니다. 그저 키가 자랐고 살이 오르지는 않았을 따름입니다. 벌써 유치원에 다니고 있습니다. 어떤 때는 가기 싫어하고 또 어떤 때는 가고 싶어 안달입니다. 서양 옷을 입기를 좋아하는데, 아무렇게나 옷을 입는 아들과는 다릅니다. 오늘은 아랫니가 움직였고, 곧 이를 갈 것 같습니다.

상하이는 맑은 날은 아직 따뜻하고, 흐린 날은 겹저고리를 입어도 충분하지 않다고 느껴집니다. 시내 모습은 해마다 못해져서 아들이 처음에 여기에 왔을 때의 모습과 크게 달라졌습니다.

우선 이렇게 답신을 보냅니다.

삼가 몸 건강하시기 바랍니다.

> 10월 18일, 아들 수 절을 올립니다
>
> 광핑과 하이잉도 함께 절을 올립니다

351020① 멍스환에게

스환 선생:

17일 밤 편지는 받았습니다. 『역문』은 물론 부활이 긴요합니다만, 내 생각에 따로 출판사를 알아보는 것이 제일 좋습니다. 총서와 한 곳에서 출판하면 그들의 경제 활동의 힘이 줄어들면 양쪽 모두 상처를 입게 될 수도 있기 때문입니다. 따라서 아무래도 천천히 의논해 보는 것이 좋습니다. 지금 첫째 방법은 우선 총서 한두 권을 내는 것입니다.

『죽은 혼』 제1부, 부록까지 모두 번역을 끝냈습니다. 어제는 중지하고 독역본에 원래 들어 있던 서문을 번역했습니다. N. Kotrialevsky[1]가 썼고, 일만 오천 자이고, 고씨[2] 작품의 대략을 말하고 있습니다. 제1권에 실을 전체 서문은 아무래도 선생에게 아슈켄[3]의 글의 번역을 부탁해야겠습니다——금지되는 위험에 놓일 정도기 아니라면 말입니다. 이런 서문은 꼭 반드시 국산품이어야 할 필요는 없는 것 같습니다. 하물며 G씨에 대한 나의 이해력이 다른 어떤 사람들보다 높을 리도 없습니다.

K씨의 서문을 번역하고 있을 때 『역문』 종간호에 실린 경지즈^{耿濟之} 선생의 후기[4]를 보았습니다. 그는 G씨는 평생 관계^{官界}에 아부를 했다고 말했습니다. 그런데 K씨의 설은 다릅니다. 그는 G가 지위가 높으면 도덕도 높다고 생각하는 편견을 가지고 있었기 때문에 높은 관료들에 대한 공격이 특히 적었다고 했습니다. 나는 K씨의 설을 믿습니다. 예컨대 전청^{前淸} 시절 일반 사람들은 진사, 한림이면 대체로 좋은 사람이라고 생각했고, 여기에는 의식적으로 아부하려는 생각 같은 것은 없었습니다. 게다가 그때 환경은 대관을 공격하는 작품은 발표하기도 훨씬 어려웠습니다. G씨의 임종 때의 모습을 보면 어찌 아첨하는 사람이 지어낼 수 있는 모습이라

고 하겠습니까. 나는 이런 까닭에 사람에 대한 중국인들의 평론에 대해 자못 개탄합니다. 대체로 특별히 혹독합니다. 다른 나라 사람들이 쓴 평전을 더 많이 번역해서 사람들에게 보여 주어야 합니다.

조계지 식[5] 프랑스어가 보였다니 심히 유감입니다. 교정쇄 시간이 된다면 고치겠습니다——현재 그들은 아직까지 최종 교정본을 내게 보여 주지 않았습니다. Ss, 독일어 번역이 이렇습니다. 그렇다면 이것은 러시아 자모의 'C'입니다. 내가 가지고 있는 영역본은 너무 좋지 않습니다. 잘라 낸 것이 너무 많습니다. 예컨대 '코피킨 대위의 이야기'는 한 글자도 남기지 않고 삭제했습니다. 이런 까닭으로 이 이야기의 진귀한 음식 이름을 번역하지 못했습니다. 독일어로 Finserb라고 하는데, 나의 독일어사전에는 나오지 않습니다.

Lermontov에 관한 소설[6]의 원문은 내게 있으니 방법을 강구해 부치겠습니다. 이 책의 삽화는 아주 좋은데, 『역문』에 실린 것은 제작 상태가 모두 나쁩니다. 역자[7]를 기념하기 위해서 앞으로 한 권 잘 찍어 볼 작정입니다.

우선 이렇게 답신을 보냅니다.

늘 편안하기를 송축합니다.

10월 20일, 위 올림

주)_____

1) 코틀랴레프스키(Нестор Александрович Котляревский, 1863~1925). 러시아 문학사가이다. 저서로 『고골』(Н. В. Гоголь), 『레르몬토프』(М. Ю. Лермонтов) 등이 있다.
2) 고골을 가리킨다.
3) 아슈켄(Н. С. Ашукен)은 러시아문학 연구자이자 전기작가이다.
4) 겅지즈(耿濟之)가 「고골의 비극」을 번역하고 쓴 후기를 가리킨다.
5) 원문은 '洋涇浜'. 상하이의 프랑스 조계(租界)와 공동 조계 경계 지점, 혹은 상하이 조계

를 통칭하는 말이다.

6) 단편소설 「13번째 레르몬토프에 관한 소설」을 가리킨다. 소련의 목판화 삽화 5점이 실려 있다. 『역문』 종간호에서 이중 3점을 전재했다. 후에 루쉰이 『해상술림』(海上述林)을 편집하면서 전부 수록했다.

7) 취추바이를 가리킨다.

351020② 야오커에게

신눙平農 선생:

　왕 군[1]에게서 이미 편지가 왔습니다. 3일에 부두에 도착했고 5일에 기차를 탈 것이라고 전해 달라고 부탁했습니다. 이러하다면, 그는 지금 벌써 도착했습니다. 그는 또 선생에게 두 곳에 전해 주라고 하면서 나에게 부탁했습니다. 하나는 쉐씨 부부[2]이고, 그의 여행이 순조롭다고 말했습니다. 둘은 S여사[3]인데, 그에게 건네준 상자를 배에서 받으러 오는 사람이 없어서 지금 그가 어쩔 수 없이 계속 들고 가고 있다고 말했습니다.

　최근에는 또 그쪽에서 보내온 편지를 받았습니다. 두 달 전에 이미 직접 왕 군에게 편지를 보냈고 그가 가는 것을 환영한다고 말했습니다. 그런데 이 편지는 받지 못한 듯합니다. 그런데 도착한 후 입학 따위는 문제되지 않는다는 것을 이로써 알 수가 있습니다.

　선생이 번역한 쇼씨[4]의 극본과 서문은 전달해서 인쇄에 넘기기 좋도록 서둘러 보내 주기 바랍니다.

　우선 이렇게 답신을 보냅니다.

　늘 편안하기 바랍니다.

　　　　　　　　　　　　　　　　　10월 20일, 위 인사를 올립니다

주)_____

1) 왕쥔추(王鈞初)를 가리킨다. 당시 그는 상하이를 떠나서 소련으로 유학을 갔다. 이어지는 문장의 '부두'는 블라디보스토크이다.
2) 에드거 스노(Edgar Snow, 1905~1972)와 그의 부인 헬렌 포스터(Helen Foster, 1907~1997)를 가리킨다.
3) 아그네스 스메들리(Agnes Smedley, 1892~1950)를 가리킨다. 작가이자 기자이다. 1928년 말 독일 프랑크푸르트신문의 특파원 신분으로 중국에 왔다.
4) 버나드 쇼(George Bernard Shaw, 1856~1950)의 희곡 『악마의 제자』(*The Devil's Disciple*)를 가리킨다. 야오커의 번역은 1936년 상하이문화생활출판사에서 출판했다. '역문총서' 중 하나이다.

351020③ 샤오쥔, 샤오훙에게

류쥔 형　　존전尊前 (이 두 글자는 아주 드물게 쓰지만, 부인을 포함
차오인 부인　　　　하고 있기 때문에 특별히 예의를 차렸습니다.)

19일 아침 편지는 받았습니다. '맥'麥 글자에는 초두머리가 없습니다.

『역문』은 아직도 계속 낼 생각이지만 급하게 할 수는 없습니다. 『죽은 혼』의 서문은 어제 막 번역을 마쳤고, 일만 오천 자이고, 제1부는 전부 끝냈습니다. 다음 달부터 제2부를 번역합니다.

이제는 편지 빚을 갚기 시작했습니다. 편지를 다 쓰자면 이삼 일은 걸려야 합니다. 그 뒤로도 또 다른 일이 있습니다. 천하의 일은 끝이 없습니다. 그런데 우리는 확실히 오랫동안 만나지 못했습니다. 가까운 시일 안에, 제일 좋기로는 이달 안에 방법을 강구해서 이야기를 나누어야겠습니다.

『삶과 죽음의 자리』生死場라는 제목은 아주 좋습니다. 이 원고는 내가 다 보지는 못했습니다. 먹지에 쓴 것이어서 보기가 쉽지가 않습니다. 나더

러 서문을 쓰라고 하려면 조판한 최종원고를 내게 보여 주면 됩니다. 나도 어쩌면 겸사겸사 오자 몇 글자를 수정할 수 있을 것입니다.

이만 줄입니다.

두 사람 모두 편안하기 바랍니다.

10월 20일, 위 올림

351022① 차오징화에게

루전 형:

18일 편지는 받았습니다. 쉬 선생에게 보내는 편지도 이미 대신 부쳤습니다. 형의 딸아이의 병은 완쾌되었는지요?

나의 위병은 아무래도 스무 살 이전에 생겼습니다. 발병했다 치유되었다 해서 애당초 심각하지 않습니다. 나중에 S여사를 만났더니, 그녀는 유럽인의 눈으로 나를 보고는 체력은 약한데 일은 많아서 머잖아 죽을까 봐 걱정하며 여러 군데 알아보고 나더러 1년 정도 요양하라고 했습니다. 나는 사실 결코 동의하지 않았고 지금은 일부러 미루고 있습니다. 왜냐하면 하나는 이 병은 요양이 필요 없고, 둘은 요양에서 돌아온 뒤에는 움직이기가 더욱 어려워지기 때문입니다. 따라서 지금은 가지 않는 쪽으로 많이 생각하고 있습니다.

『역문』의 계약은 일 년이면 끝나는데, 편집인은 경비와 쪽수를 늘리자고 제안했습니다. 서점이 내게 물어보길래 나는 모른다고 말했습니다. 그들이 편집인을 대대적으로 공격해서(내가 서명 대표이기 때문인데, 하지만 사실 편집인이 단독으로 요구했다고 해도 괜찮습니다), 내가 서둘러 미봉했습니다. 경비를 늘리자는 설은 취소하나, 매 기 10쪽을 늘리고 번역료는 늘리지 않기로 했습니다. 나는 이미 서명을 했고, 그들은 편집인을 바꾸자고 제안했습니다. 이것은 미증유의 나쁜 사례여서 내가 동의하지 않았고 이 간행물은 중지할 수밖에 없었습니다.

그중에 또 중국의 관례에 따라 연막을 치는 것 같은 일도 있었습니다. 결론적으로 서점은 그들만의 '문화통제' 안이 있는 듯했습니다. 따라서 그들의 지휘를 듣지 않으면 발을 붙일 수가 없게 되는 것입니다. 또 유언비어도 있습니다. 이것은 정전둬, 후위胡愈 두 사람의 모략에서 나왔다고 하는데, 진짜인지는 모르겠습니다. 우리는 서점 한 군데를 찾아 계속 낼 생각이지만 아직은 실마리를 찾지 못했습니다.

우리는 다 좋습니다. 염려 놓으시기 바랍니다. '역문사총서'도 생활서점에서 쫓겨났지만, 다른 출판사를 찾았습니다. 11월에는 내가 번역한 Gogol의 『죽은 혼』 제1권을 낼 수 있게 되었습니다.

우선 이렇게 답신을 보냅니다.

가을 편안하기 바랍니다.

10월 22일, 아우 위 인사를 올립니다

351022② 쉬마오융에게

전해 주시기 바랍니다.

쉬 선생:

편지와 신문 스크랩[1]은 모두 받았습니다. 또 자질구레한 일로 옆길로 새서 목요일 이전에 원고를 전해 줄 수 없게 되었습니다. 나중에 다시 이야기할 수밖에 없습니다.

징화에게 편지 한 통이 왔습니다. 지금 동봉합니다.

우선 이렇게 알려 드립니다.

늘 편안하기를 송축합니다.

10월 22일, 위 올림

주)_____

1) 1935년 10월 19일 『시사신보』「매주주간」제6기를 가리킨다. 하이뤄(海洛)의 서평 「'러시아 동화'」("俄羅斯童話")가 실려 있다.

351029① 샤오쥔에게

류 형:

28일 편지는 받았습니다. 그날 나의 예상은 틀렸습니다. 나는 한두 시에 당신들이 공원 같은 곳에 갈 리는 없을 것이라고 보았고, 에스페란토 모임이 있다는 것은 생각하지도 못했습니다. 그래서 우리들은 어쩔 수 없이 한바탕 걷다가 베이쓰촨로로 돌아와서 도련님을 청해 영화를 보았습니다. 아이는 아직 유치원에 다니고 글자 몇 개는 알아보더니 '잉'鸚 자 아래쪽의 '여'女 자를 바꾸어 달라고 합니다.

우리는 꼭 다시 한번 만나야 합니다. 나는 어젯밤부터 감기가 심해졌습니다. 좀 좋아지면 시간과 장소를 약속하는 편지를 보내겠습니다. 시기는 좌우지간 다음 달 초입니다.

『역문』종간호의 서문은 나와 마오[*]가 함께 썼습니다. 첫번째 목판화는 리프크네히트[1]가 살해당한 것을 기념한 것입니다. 본래 정월호에 사용하려고 했으나 감히 쓰지 못하고 이번에 비로소 실었습니다. 표지의 목판화는 하오[2]씨의 작품으로 중국인이고 제목은 「병」입니다. 한 여인이 남자를 위해 울고 있는 그림인데, 서점에서 마음대로 넣었습니다. 무슨 뜻인지 모르겠고 너무 가증스럽습니다.

중국 작가의 신작은 그야말로 아주 희박하고 여러 번 봐도 좋은 점도 없습니다. 병폐의 원인은 이렇습니다. 하나는 사물에 대하여 너무 주의하지 않는 것이고, 둘은 좋은 유산이 없다는 것입니다. 후자의 측면에서 번역은 늦추어서는 안 된다는 것을 알 수 있습니다.

『어린 피터』[3]는 아마도 찾을 수 없을 것입니다.

경지즈의 그 후기[4]는 아주 조악하고, 당신은 그에게 잘못 걸려들었습니다. G가 결코 혁명가가 아니라는 것은 정확하지만, 일단 그 시대를 생각해 보면 결코 이상할 게 없다는 것을 알 수 있습니다. 뿐만 아니라 그때의 검열제도는 또 얼마나 심각했는지 무엇을 말할 수도 없었습니다(그가 군권에 대해 약간 언급한 것도 금지되었습니다. 이 글은 내가 번역하여 『죽은 혼』 뒤에 덧붙였습니다. 지금 보면 전혀 아무것도 아닌 글입니다). 경이 그가 정부에 아부했다고 말한 것은 순전히 중국의 사상에 근거에서 논리를 세운 것입니다. 외국 비평가들은 모두 이렇게 말하지 않습니다. 중국의 논객은 사건을 논하든지 사람을 논하든지 간에 줄곧 지나치게 가혹합니다. 그런데 G는 분명 높은 관료들을 풍자하지는 않았습니다. 이것은 하나는 당시의 금지령이 엄격해서이고, 둘은 높은 지위에 있는 사람은 반드시 도덕,

학문도 좋다고 하는 미신을 사람들이 믿어서입니다. 내가 어렸을 때는 대체로 진사, 한림, 장원, 재상이면 틀림없이 좋은 사람이라고 사회적으로 믿었습니다. 사실 결코 아부하려고 했기 때문은 아닙니다.

G는 우직한 사람이고 그래서 발광을 일으켰습니다. 우리 이곳의 총명한 사람들을 보십시오. 모두들 빙글빙글 웃고 포동포동하고 오늘은 금괴를 사고 내일은 공자를 이야기합니다.……

제2부 『죽은 혼』은 결코 많지 않습니다. 천천히 번역해서 내년 2, 3월에 출판할 생각입니다. 뒤에 멍스환이 번역한 「G는 어떻게 썼는가」를 덧붙이려고 하는데, 이것은 아주 좋은 연구입니다. 지금 막 제1부 교정을 보고 있고, 다음 달 10일 이전에는 인쇄할 수 있습니다. 물론 당신을 위해 한 부 남겨 두겠습니다.

우선 이렇게 답신을 보냅니다.

두 사람 모두 편안하기 바랍니다.

10월 29일, 위 올림

주)_____

1) 리프크네히트(Karl Liebknecht, 1871~1919). 독일 프롤레타리아 혁명가이자 작가이다. 사회민주당과 제2코민테른 지도자 중 한 명이다. 1919년 1월 스파르타쿠스 폭동 중에 살해되었다.

2) 하오리췬(郝力群)을 가리킨다. 원명은 하오리춘(郝麗春)이다. 산시(山西) 링스(靈石) 사람. 목판화가. 무링목각사(木鈴木刻社) 동인이다.

3) 동화집. 오스트리아의 여성작가 헤르미니아 추어 뮐렌(Hermynia Zur Mühlen, 1883~1951)의 작품이다. 쉬샤(許遐; 즉 쉬광핑)가 번역하고 루쉰이 교정했다. 1929년 1월 상하이 춘조(春潮)서국에서 출판했다.

4) 겅지즈(耿濟之)가 「고골의 비극」을 번역하고 쓴 후기를 가리킨다.

351029② 쉬마오융에게

쉬 선생:

27일 편지는 받았습니다. 그런데 앞선 편지는 못 받았습니다. 요 며칠 감기에 걸렸고 또 교정하느라 바빴습니다. 고골에 관한 것입니다. 아무것도 쓸 수가 없습니다.

노래를 불렀다는 안건[1]에 대해서는 교제가 드문 나도 몇 사람이 말하는 것을 들었으니 꽤 널리 알려졌음을 알 수 있습니다. 공개적으로 밝히는 것은 물론 안 되고, 또한 그럴 필요도 없습니다. 의심이 많은 사람이 있고, 이로 말미암아 갈등이 일어난다고 해도 그대로 두는 수밖에 없습니다. 천성적으로 갈등을 좋아하면 공개적으로 밝혀도 믿지 않기 때문입니다. '내버려 두자', 이것이 제일 좋은 방법입니다.

사실 서점에 도움이 되는 유언비어도 있습니다. 즉 예컨대 이번 『역문』의 정간에 대해 많은 사람들이 돈을 더 요구한 것이 여의치 않았던 까닭이라고 여길 것입니다.

이만 줄입니다.

시시각각 편안하기를 송축합니다.

10월 29일, 쉰 인사를 올립니다

주)_____

1) 1935년 10월 29일 『시사신보』「청광」(靑光)에 실린 「문단 주말기」(文壇週末記)에 "쩌우 타오펀(鄒韜奮)이 귀국한 뒤에 열린 생활서점 환영회에서는 새로운 곡조의 환영가 한 토막이 있었다"는 등의 말이 나온다.

351029③ 차오쥐런에게[1]

쥐런 선생:

어제『망종』을 보았고, 신문에는 다 광고가 없었고, ××[2]는 역시 산 것도 죽은 것도 아닌 기풍이 있는 듯합니다.

선생이 편지에서『사회일보』[3]를 언급한 적이 있어서, 주문해서 보고 있습니다. 정말 천태만상이고 문언과 백화가 다 있었고 어떤 점은 '대형 신문'보다 생동적이고 '대형 신문'이 말하지 못하는 것도 있었습니다. 예 컨대 어제 "유언비어는 믿을 수 없다. 대규모 요인들이 방문했다"[4]라는 기사는 흥미진진했습니다. 요즘 사람들은 고서를 찍고 새로운 글은 선별 하면서 신문에서 골라낼 생각은 하지 않습니다. 중요한 것을 골라 스크랩 해서 두꺼운 책으로 모아 만들면 몇 년 후에는『삼조북맹회편』[5]보다 못하 지 않을 것입니다.

오늘 선생의 글[6]을 보았습니다. 사람들이 후뎨의 결혼에 주목하는 것 이 맞지 않다고 생각하고 있는데, 사실 이것은 없어서는 안 되는 것입니 다. 후뎨 같은 사람들이 겉으로 춤을 추지 않으면 타블로이드 신문은 경영 을 이어 갈 수가 없습니다. (하략)

우선 이렇게 알립니다.

시시각각 편안하기 바랍니다.

10월 29일, 루쉰 인사를 올립니다

주)_____

1) 이 서신은 1937년 7월 상하이 첸추(千秋)출판사에서 출판한, 수신인이 쓴『루쉰선생 일 사』(魯迅先生軼事)에 수록된 글에서 가져왔다.
2) '××'와 이어지는 '하략'은 수신인이 삭제한 것이다.

3) 『사회일보』(社會日報)는 타블로이드판형의 일보이다. 1929년 11월 1일 상하이에서 창
   간했다. 이어지는 '대형 신문'은 타블로이드를 염두에 두고 한 표현이다.
4) 딩샹(丁香)이 쓴 「기자들이 모두 출동하다」(記者全體出動)를 가리킨다. 이 글은 당시 국
   민당 '요인' 쑨커(孫科; 입법원장), 쥐정(居正; 사법원장), 탕유런(唐有壬; 외교부차장), 류웨
   이츠(劉維熾; 실업부차장), 장췬(張群; 후베이성 주석) 등이 난징에서 상하이로 왔는데, 신
   문기자가 이 소식을 들은 후에 여러 곳을 탐방하고자 했으나 성공하지 못한 상황을 기
   술하고 있다.
5) 『삼조북맹회편』(三朝北盟匯編)은 송대 서몽신(徐夢莘, 1126~1207)이 편했다. 송 휘종(徽
   宗) 정화(政和) 7년(1117)에서 고종(高宗) 소흥(紹興) 31년(1161) 사이의 송, 금의 화친
   과 전쟁에 관한 사료를 모은 것이다. 모두 250권이다.
6) 1935년 10월 29일 『사회일보』 사설 「대국적으로 착안하다─후뎨의 결혼이 뭐 중요한
   일이라고 할 수 있겠는가」(大處著眼─胡蝶嫁人算得什麼一回事)를 가리킨다. 당시 상하이
   의 대형 신문, 타블로이드 신문들이 모두 아주 많은 분량으로 영화배우 후뎨와 판(潘)
   아무개의 결혼 소식과 방문기 등을 실었다. 차오쥐런은 이런 것들이 그저 '반 푼어치의
   소식'이라고 했다. 후뎨(胡蝶, 1908~1989)의 원래 이름은 후루이화(胡瑞華), 상하이에서
   태어났다. 영화배우. 중화민국 최고의 미녀로 알려졌다.

351101 쿵링징에게[1]

뤄췬 선생:

　　친히 쓴 편지를 삼가 받았습니다. 마침 모두 내가 도울 방법이 없는
일입니다. 여태까지 내가 쓴 편지는 원고를 남겨 두지 않았을 뿐만 아니라
다른 사람이 내게 쓴 편지도 나는 한 통도 남겨 두지 않았습니다. 이것은
6, 7년 전의 전철[2]을 거울로 삼아서인데, 이렇게 한 이유는 선생도 당연히
알 것이라고 생각합니다.

　　우선 이렇게 답신을 보냅니다.

　　늘 편안하기를 송축합니다.

　　　　　　　　　　　　　　　　　　　　　　　　11월 1일, 쉰 올림

1) 쿵링징(孔另境, 1904~1972). 자는 뤄쥔(若君), 저장 퉁샹(桐鄕) 사람으로 문학 관련 일을 했다. 당시 상하이에서 『당대문인척독초』(當代文人尺牘鈔)를 편집했는데, 루쉰이 이 책의 서문을 썼다. 『당대문인척독초』는 후에 『현대작가서간』(現代作家書簡)으로 제목을 바꾸었다.
2) 국민당의 백색테러로 말미암아 루쉰은 지인들의 편지를 1930, 31년 두 차례에 걸쳐 소각했다. 『먼 곳에서 온 편지』의 「서언」 참고.

351104① 정전둬에게

시디 선생:

인쇄할 계획인 원고[1]는 편집을 다했습니다. 제1부는 순전히 문학에 관한 논문이고, 약 30여만 자이며 우선 조판에 부쳐도 좋습니다.

간단한 방법은 내 생각으로 선생이 시간과 장소(예컨대 서점이나 인쇄소)를 정해서 거기서 기다리면, 그때 내가 원고를 들고 가서 함께 인쇄하는 사람에게 전해 주고 더불어 교열 방법을 협상하면 됩니다.

그런데 시간과 장소를 정한 편지를 보낼 때는 정해진 날짜보다 사나흘 빨랐으면 좋겠습니다. 보낸 편지를 내가 받을 때 약속한 시일이 지난 후가 되지 않도록 말입니다.

우선 이렇게 알립니다.

편안하기 바랍니다.

11월 4일, 쉰 인사를 올립니다

1) 『해상술림』을 가리킨다.

351104② 샤오쥔, 샤오홍에게

류 형
차오인 부인

내 생각은 이렇습니다. 수요일(11월 6일) 오후 5시에 서점에서 기다리고, 당신들 두 사람은 먼저 공원을 둘러보고 난 뒤 서점으로 와서 함께 내 집으로 가서 저녁밥을 먹었으면 합니다.

이만 줄입니다.

두 사람 모두 행복하기를 축원합니다.

11월 4일, 위 올림

351105 왕예추에게[1]

예추野秋 선생:

10월 28일 편지는 받았고, 이전 편지와 『당대문학사』[2]도 받았습니다. 근대문학사에 관한 자료는 내가 도울 수가 없습니다. 왜냐하면 평소에 수집하지 않고, 어쩌다 가지고 있는 것도 이리저리 옮겨 다니면서 전부 잃어버렸습니다. 『도보』[3]는 아직 가지고 있으니 부쳐 주겠습니다. 아잉의 그 책[4]은 아직 안 나왔고 출판되면 부치겠습니다. 내 생각에 대략 연말일 터입니다.

문학에 대해 이야기하는 저술이 소위 '사'史라고 한다면 당연히 시대로 구분해야 합니다. '무엇이 문학인가' 같은 종류는 문학개론의 범위에 들어가므로 절대로 집어넣어서는 안 됩니다. 이런 것들도 이야기한다면, 그렇다면, 문법도 들어갈 수 있게 됩니다. 사史라면 모름지기 시대를 날줄로 삼아야 하고, 일반적으로 문학사는 대개가 문학의 형식을 씨줄로 삼습니다. 그런데 외국의 문학가들은 작품을 비교적 전문적으로 창작합니다. 소설가는 소설을 많이 쓰고, 극작가는 희곡을 많이 씁니다. 중국에서 소위 작가라고 하는 사람들이 이것저것 조금씩 쓰는 것과는 다릅니다. 따라서 사람들이 문학사를 쓸 때 한 명의 작가를 한 가지 형식으로 갈라 내지 못하는 것입니다. 중국의 이런 현상은 과도시대의 현상입니다. 내 생각으로는 문학사를 쓰자면 작가의 작품에서 어느 쪽이 중요한지를 보고 그를 어느 한쪽으로 귀속시킬 수밖에 없습니다. 예를 들어 소설가도 시를 쓰지만 소설이 위주이면 그의 시는 부가적으로 언급할 수 있을 따름입니다.

나는 올해 기껏 몇 권의 번역[5]을 출판했을 뿐이고, 부쳐 주겠습니다. 그런데 수신인의 이름으로 어떤 글자를 써야 맞는지를 알려 주기 바랍니다. 책을 부치는 데는 등기로 해야 하고, 수신인의 인장이 필요하기 때문입니다. 또 난양 석각의 탁본비로 30위안을 부칠 생각인데, 형이 대신 전해 주었으면 합니다.[6] 가능한지 모르겠습니다. 우선 이렇게 답신을 보냅니다.

늘 편안하기를 송축합니다.

11월 5일, 쉰 올림

회신은 그대로 서점으로 부쳐서 대신 전하도록 하면 분실되지 않습니다. 추신.

주)_____

1) 왕예추(王冶秋, 1909~1987). 안후이(安徽) 휘추(霍丘) 사람, 문화 관련 종사자이다. 당시 톈진(天津)에 있었고 실직 상태였다. 저서로『신해혁명 이전의 루쉰 선생』(辛亥革命前的 魯迅先生) 등이 있다.

2) 『당대문학사』(唐代文學史)는 왕예추가 쓴 책으로 1935년 톈진에서 상하이 신야도서공사(新亞圖書公司)의 명의로 자비 출판했다.

3) 『문학도보』(文學導報)를 가리킨다. 좌련의 기관지로 부정기간행물이다. 1931년 4월 상하이에서 창간했고 원래 이름은『전초』(前哨)였다. 1931년 8월 5일 제2기를 내면서『문학도보』로 제목을 바꾸었다. 1931년 11월 15일 정간했으며 모두 8기가 나왔다.

4) 『중국신문학대계』(中國新文學大系) 제10집 '사료·색인'(史料·索引)을 가리킨다. 1936년 2월 상하이 량유도서인쇄공사에서 출판했다. 아잉(阿英)은 첸싱춘(錢杏邨)이다.

5) 『시계』,『러시아 동화』등을 가리킨다.

6) 양팅빈(楊廷賓)에게 전해 달라는 말이다. 서신 351221③ 참고. 양팅빈은 왕예추의 중학 동창이다. 루쉰은 양예추를 통하여 그에게 난양(南陽)의 한대(漢代) 화상석각을 탁본해 달라고 부탁했다.

351106 멍스환에게

스환 선생:

4일 밤 편지는 받았습니다. 그 화집[1]은 단연코 구매하겠습니다. 오늘 친구에게 부탁해서 다양大洋 25위안을 보내니 선생이 가서 사 주기를 부탁합니다. 앞으로 중국의 독자들에게 소개할 수 있을 듯합니다.

겸사겸사 루나차르스키의『해방된 D. Q.』[2] 미술판 한 권을 삼가 보내 드립니다. 듣자 하니 그곳에서는 이미 절판되었다고 하고, 나는 따로 한 권을 가지고 있습니다. 그런데 이 책은 제본한 실이 탈각되어 좀 정돈해야 합니다.

또 중역본 한 권은 인쇄가 아주 좋지 않습니다. 내가 인쇄소에 속았습니다. 그러나 번역문은 취費 군[3]의 손에서 나왔으니, 생각건대 필히 꽤 좋을 것입니다.

우선 이렇게 답신을 보냅니다.

늘 편안하기를 송축합니다.

11월 6일, 쉰 인사를 올립니다

주)_____

1) 『죽은 혼 백가지 그림』(死魂靈百圖)을 가리킨다.
2) 『해방된 돈키호테』러시아어 삽화본을 가리킨다. 피스카레프(Николай Пискарев)의 목판화 삽화 11점으로 1923년 모스크바에서 출판했다.
3) 취추바이를 가리킨다.

351109 자오자비에게

자비 선생:

보낸 편지와 증정본 한 권[1]을 받았습니다. 감사합니다.

『죽은 혼』제1부 평장으로 하는 것은 이미 제본을 마쳤고, 천으로 장정하는 것은 아직 며칠 더 지나야 합니다. 제본이 다 되면 삼가 보내 드리겠습니다. 긴 서문은 독역본을 번역한 것으로 결코 훌륭하지는 않고 오히려 부록이 꽤 재미있습니다.

보낸 편지에서 인지 2천이 필요하다고 말했습니다. 모두 2천인지 아니면 각각 2천인지 모르겠습니다.

알려 주면 그대로 따르겠습니다.

우선 이렇게 알려 드립니다.

편안하기 바랍니다.

11월 9일, 쉰 인사를 올립니다

주)_____

1) 『젊은이 둘』(小哥兒倆)을 가리킨다. 링수화(淩叔華)의 작품으로 1935년 상하이 량유도
서인쇄공사에서 출판했다.

351111 마쯔화에게[1]

쯔화 선생:

보낸 편지는 받았습니다. 10여 년 전에 나는 확실히 다른 사람들의 작품을 봐주었습니다. 그런데 지금은 체력과 시간이 모두 허락하지 않습니다. 따라서 그야말로 허 선생의 희망을 실현시켜 줄 수가 없습니다. 정말 너무 미안합니다.

우선 이렇게 답신을 보냅니다.

늘 편안하기 바랍니다.

11월 11일, 루쉰

주)_____

1) 마쯔화(馬子華, 1912~1996). 윈난(雲南) 얼위안(洱源) 사람으로 좌련의 회원이었다. 당시 상하이 광화(光華)대학 중문과 학생으로 장편소설『그의 백성들』(他的子民們)을 썼다. 그는 루쉰에게 그의 동학 허(何) 아무개의 번역원고『안나 카레니나』(安娜·卡列尼娜)의 교열을 부탁했다.

351114 장시천에게[1]

쉐춘 선생:

웨이충우韋叢蕪 군의 인세는 웨이밍사未名社의 과거 비용을 갚아야 해서 내가 수령한 지 오래되었습니다. 지금은 미지급금이 대략 청산되었고, 따라서 내가 계속 수령하지는 않을 작정입니다. 앞으로는 웨이 군에게 부쳐서 직접 수령하도록 해주기를 간구합니다.

우선 이렇게 알립니다.

편안하기 바랍니다.

11월 14일, 루쉰 올림

주)_____

1) 장시천(章錫琛, 1889~1969). 자는 쉐춘(雪村), 저장 사오싱 사람이다.『부녀잡지』(婦女雜誌),『신여성』(新女性) 등의 편집을 맡았다. 당시 카이밍서점(開明書店)의 책임자였다.

351115① 어머니께

모친 대인 슬하에 삼가 올립니다. 11월 11일 보내신 편지는 방금 도착했습니다. 지난번 한 통도 벌써 받았습니다. 치통은 요즘 어떠한지요? 자주 아프시다면 어쩔 수 없이 발치해야 하지 않을까 합니다. 그런데 의치를 심을 방법이 없다면 아주 불편할 것이고, 어쩔 수 없이 오로지 아주 부드러운 음식물을 드실 수밖에 없습니다.

하이잉은 아주 좋습니다. 날마다 유치원에 다니고 그다지 수업을 빼먹지는 않습니다. 아이는 여름에 비해 살이 좀 올랐습니다. 비록 아직은 마른 편이기는 하지만 아주 크고 막 만 여섯 살이 되었는데 다른 사람들은 여덟, 아홉 살이라고 생각합니다. 아이의 가늘고 긴 손과 발은 아이 엄마를 닮았습니다. 올해는 늘 어간유를 먹고 있고 중단한 적이 없습니다.

아이는 무슨 일이든지 나를 흉내 내고 싶어 하고 나와 비교하려고 합니다. 다만 옷은 편리한 대로 입는 나를 따라하지 않고, 예쁜 것을 좋아하고 서양 복식을 입으려고 합니다.

근래 이곳에는 유언비어[1]가 꽤 많고, 분분히 피난을 가고 있습니다. 사실 대개는 근거 없는 이야기입니다. 따라서 우리는 여전히 움직이지 않고 있고, 또한 아주 평안하니 염려 마시기 바랍니다. 또한 베이핑과 톈진에 관한 유언비어도 자주 들리는데, 친절한 친구들이 한밤에 문을 두드려 알려 주기도 합니다. 그런데 그 다음 날 물어보면 마찬가지로 잘못 전해진 소문임을 알게 됩니다.

하이마와 아들은 다 잘 있으니 염려 놓으시기 바랍니다.

우선 이렇게 답신을 보냅니다.

삼가 몸 건강하시길 바랍니다.

11월 15일, 아들 수 절을 올립니다

광핑과 하이잉도 함께 절을 올립니다

주)_____

1) 1935년 11월 9일 일본의 주 상하이 해군 수병 나카야마 히데오(中山秀雄) 암살 사건이
   발생했다. 일본군은 이를 핑계로 위협을 가했고, 이로 말미암아 일본군이 상하이를 공
   격한다는 소문이 돌았다.

351115② 샤오쥔에게

류 형:

교정본[1]은 어제 다 보았고, 후[2]가 방금 와서 그에게 전해 주었습니다.

교정본은 오자 몇 개 고치는 것 말고도 형식도 좀 고쳤습니다. 예컨대 매 행의 첫번째 칸이 동그라미이거나 점인데, 너무 보기 좋지 않아서 지금 모두 고쳤습니다.

앞에 서문[3]을 좀 썼고, 지금 부칩니다.

요 며칠 사방에서 아주 많은 유언비어가 돌고 있습니다. 틀림없이 진짜는 아니라고 해도 사람들을 고요하게 지내지 못하게 만듭니다. 거주민들 중에는 이사한 사람들이 아주 많습니다.

우선 이렇게 알립니다.

두 사람 모두 모두 편안하기 바랍니다.

15일 오전, 위 올림

『죽은 혼』의 종이 장정본은 이미 나왔습니다. 천으로 된 장정본은 며칠 더 기다려야 합니다. 추신.

주)_____

1) 샤오훙의 『삶과 죽음의 자리』의 최종 교정본을 가리킨다.
2) 후펑(胡風)을 가리킨다. 그는 샤오훙의 요청으로 『삶과 죽음의 자리』의 「독서 후기」(讀後記)를 써 주었다.
3) 「샤오훙의 『삶과 죽음의 자리』 서문」(蕭紅作『生死場』序)이다. 후에 『차개정잡문 2집』에 수록했다.

351115③ 타이징눙에게

보젠(伯簡) 형:

11일 편지와 『난양 화상 방탁기』[1] 한 권은 방금 동시에 받았습니다. 석각에 관한 일은 왕예추 형도 편지를 보내왔습니다. 일간 환어음 30위안을 보낼 작정인데, 그 고용인에게 탁본을 부탁하려 합니다.[2] 그런데 북방은 날씨가 이미 춥고 앞으로 얼음이 얼면 올해는 손을 쓸 수 없을지도 모르겠습니다. 한대(漢代)의 그림을 간행하는 것은 독자가 많지 않아서 손해 보지 않으려 한다면 어려울 것입니다. 난양 석각은 관바이이의 선별인쇄본(중화서국 출판)이 있는데,[3] 또한 대부분은 평범한 것입니다. 구하는 대로 인쇄한다면 잡다한 것이 많아서 독자들이 꼭 필요로 하는 것은 아닐 것이고 또한 사실 큰 장점도 없을 것입니다. 게다가 비용이 많이 드는 것도 하나의 문제입니다.

나는 잇달아 한대의 화상석 한 상자를 받았습니다. 애초에는 완전한
지 훼손됐는지를 따지지 않고 전부 인쇄하여 그림 목록을 1. 마애, 2. 궐闕,
문, 3. 석실, 당堂, 4. 훼손된 것들(이 부류가 제일 많습니다)로 분류할 생각
이었습니다. 하지만 자료가 완전하지 않고 인쇄비용도 너무 비싸서 중지
했습니다. 나중에 또 신화와 당시 생활 모습과 관련된 것과 새김이 비교적
또렷한 것을 골라서 선집으로 만들려고 했으나 마찬가지로 실행하지 못
했습니다. 난양의 화상석을 간행하려면, 다만 선별인쇄하는 방법을 쓸 수
있을 듯합니다.

구목부의 『무량사 화상고』[4]는 류한이의 판각본이 있습니다. 가격이
비싸고 구하기도 어렵지만, 실제로 좋지는 않습니다. 구씨의 글은 문장이
도도하고 풍부해 보이도록 과장하려고 하고 고서를 함부로 인용하고 있
습니다. 그런데 취사선택을 하지 않아서 결과적으로 요령부득이 되고 말
았습니다.

최근에는 유언비어가 활활 타오르고 있습니다. 사방 인근의 주민들
이 대부분 이사를 가서 풍경이 꽤 적막합니다. 상하이 사람들은 화살에 놀
란 새가 되어 버렸고, 진실로 '걱정도 팔자'라고 욕을 할 수도 없습니다. 그
런데 유언비어는 실은 대체로 근거가 없고, 따라서 나는 움직이지 않고 황
망히 달아나는 모습을 바라보고 있습니다. 암울할 따름입니다.

우선 이렇게 답신을 보냅니다.

늘 편안하기를 송축합니다.

11월 15 오후, 수 인사를 올립니다

주)_____

1) 『난양 화상 방탁기』(南陽畵像訪拓記)는 『난양 한 화상 방탁기』(南陽漢畵像訪拓記)이다. 쑨원칭(孫文靑)이 지었고, 1934년 난징 진링(金陵)대학에서 출판했다.
2) 서신 351105 참고.
3) 관바이이(關百益). 이름은 바오첸(葆謙)이고 자가 바이이이다. 허난(河南) 카이펑(開封) 사람으로 금석학자이다. 그의 선별인쇄본(選印本)은 『난양 한 화상집』(南陽漢畵像集)을 가리킨다. 1930년 9월 중화서국에서 영인해서 출판했다.
4) 구목부(瞿木夫, 1769~1842). 이름은 중용(中溶), 자는 장생(萇生), 호가 목부이다. 장쑤 자딩(嘉定) 사람으로 청대의 금석학자이다. 『무량사 화상고』(武梁祠畵像考)는 『한 무량사당 석각화상고』(漢武梁祠堂石刻畵像考)이다. 총 6권과 그림 1권이 첨부되어 있다. 전석실화상고(前石室畵像考) 한 편은 1926년 우싱(吳興) 류씨(劉翰怡)가 시구러우(希古樓)에서 판각인쇄했다.

351116 샤오쥔, 샤오훙에게

류쥔 형과 차오인 부인:

16일 편지는 당일로 받았으니 정말 빨리 왔습니다. 집이 없어졌다니 잠시 떠돌아다니세요. 앞으로 잊지는 말아야 합니다. 24년 전[1]에는 너무 관대했고 이른바 '문명' 이 두 글자에 속았습니다. 앞으로는 보복을 반대하는 인도주의자가 있다면 나는 그들을 증오할 것입니다.

오자 몇 개를 교정한 것으로 뭐 그리 놀랍니까? 나는 전에도 잡지의 교열 일을 했습니다. 경험도 비교적 많아서 교정할 줄 아는 것은 당연합니다. 하지만 너무 빨리 보았기 때문에 어쩌면 오자가 더 있을 수도 있습니다.

인쇄소도 너무 짜증나게 합니다. 사실 방점은 위에 찍어서는 안 된다는 것을 그들도 알아야 하고 자발적으로 교정해야 하는 것입니다. 그들은 무서운 상인을 만나야지만 비로소 부드럽게 대합니다. 나는 책을 인쇄하면서 그들이 손해 보도록 한 적은 한 번도 없습니다.

그 서문에서 "사건 서술과 풍경 묘사가 인물을 묘사한 것보다 낫다"고 한 구절이 있습니다. 결코 좋은 말도 아니고, 인물 묘사가 결코 그렇게 좋은 것은 아니라고 해석해도 좋습니다. 서문을 쓰는 데는 판로도 고려해야 하기 때문에 어쩔 수 없이 좀 완곡하게 말을 할 수밖에 없습니다. 왕王씨 할머니[2])에 대해서는 그렇게 귀기가 있다고 느끼지 않았습니다. 남방의 시골에서도 늘 볼 수 있는 인물입니다. 안드레예프의 소설에는 더욱 무섭게 묘사되어 있습니다. 나의 「약藥」의 마지막 단락은 그의 영향이 있고, 왕씨 할머니보다 더욱 귀기가 서려 있습니다.

나는 친필로 서명한 제판 같은 것을 그리 귀하다고 여기지 않습니다. 이것은 좀 유치하다고 생각하는데, 차오인 부인이 이런 일에 열심이라고 하니 써서 동봉합니다. 글씨가 너무 크다면, 제판할 때 축소하면 됩니다. 부인은 상하이에 온 뒤로 체격이 좀 커지고 두 가닥 땋은 머리도 좀 길어진 듯한데, 아이 같은 발상은 바뀌지 않으니 정말 어쩔 수가 없습니다.

요 며칠 사방 인근에는 사람들이 뒤죽박죽 도망을 치고 있습니다. 상점도 장사를 하지 않고 아주 문을 닫을 기세입니다. 아이의 유치원에도 원래는 15명이었으나 지금은 어린 선생들도 겨우 3명만 남았으니, 폐업을 축하하게 될지도 모르겠습니다. 아이는 친구를 좋아하는데, 지금 아주 외로움을 느끼고 있습니다. 아이가 당신들 두 사람을 환영할 것입니다. 아이는 손님을 환영하고 함께 밥 먹는 것을 좋아합니다. 시간이 나면 편하게 놀러 오기 바랍니다. 하지만 서둘러 만든 요리는 그날보다 더 엉망일 수 있습니다.

우선 이렇게 알립니다.

두 사람 모두 편안하기 바랍니다.

11월 16 밤, 위 올림

주)_____
1) 신해혁명 시기를 가리킨다.
2) 『삶과 죽음의 자리』의 등장인물이다.

351118① 왕예추에게

예추野秋 형:

11월 8일 편지와 탁본 10장, 또 14일 편지와 소설 원고 두 편을 모두 받았습니다. 쓰는 법을 알려 달라고 한 것에 대해서는 내가 할 수 있는 바가 아닙니다. 여태까지 내가 뭔가를 쓰는 것은 요리사가 요리를 하는 것과 마찬가지로 만들기는 만들지만 무슨 방법 따위를 말로 할 수는 없습니다. 다른 곳에 투고하는 것에 대해서는 우선 시험 삼아 해보겠지만, 대개는 전혀 확신이 없습니다. 하나는 상하이에는 간행물이 많지 않고 대체로 독점 판매를 하고 있기 때문입니다. 나는 교유가 없고 누구와도 뜻이 맞지 않습니다. 둘은 매 서점마다 모두 '문화통제'가 있어서 뜻이 안 맞는 사람에 대해서는 대단히 혐오한다는 것입니다.

며칠 전에 서점에 부탁해서 책 몇 권을 부쳤는데, 받았는지 모르겠습니다. 『중국신문학대계』는 오늘 한 부 예약했고 공사公司에서 잇달아 부칠 것입니다.

또 환어음 한 장 30위안은 상우인서관 분관에서 찾아가길 바랍니다.

뒷면에 서명하고 도장을 찍어야 합니다(도장은 필히 쓰여 있는 이름과 같아야 합니다). 송금인을 물으면, 편지봉투에 쓰여 있는 사람이 맞습니다. 이 돈으로는 난양 석각을 대신 탁본해 주기 바라고, 더불어 탁본공이 탁본해야 합니다. 왜냐하면 문외한은 좌우지간 탁본공에 미치지 못하기 때문입니다. 종이 사용에 대해서는 모름지기 중국 연사지를 사용하면 좋습니다(절대로 양지[1]를 사용해서는 안 됩니다). 보내온 10점 중에서는 1점만 양지이고 나머지는 모두 중국 연사지입니다. 지금 견본[2]을 동봉합니다.(그런데 익숙하지 않으면 구분하기 어려울 것입니다.)

우선 이렇게 답신을 보냅니다.

늘 편안하기를 송축합니다.

11월 18일, 위 올림

주)＿＿＿

1) '양지'(洋紙)는 구식 방법으로 제조한 종이가 아니라 외국에서 수입한 종이를 가리키는 말이다.
2) 이 서신에는 작고 네모난 종이 샘플 두 장이 첨부되어 있다. 각각 '중'(中), '양'(洋)이라는 글자가 쓰여 있다.

351118② 자오자비에게

자비 선생:

지금 인지영수증 4천, 『죽은 혼』 1권을 보내니 살펴 받아주시기 바랍니다. 또 보잘것없는 책 2권[1]은 말할 거리도 못 되지만 겸사겸사 보냅니다. 웃으며 받아 주시면 감사하겠습니다.

우선 이렇게 알립니다.

편안하기 바랍니다.

11월 18일, 루쉰

주)_____

1) 『거짓자유서』, 『풍월이야기』를 가리킨다.

○

351118③ 차오징화에게

루전 형:

일전에 간행물들을 받았고,[1] 바로 서점에 부탁해서 대신 부쳐 달라고 했습니다. 대강 네 꾸러미인데, 받았는지 모르겠습니다.

오늘 E.군의 편지 한 통을 받았고, 지금 부치니 형이 번역해 주면 고맙겠습니다.

얼마 전에 이곳에는 유언비어가 꽤 많이 돌았고 지금은 조용해졌습니다. 우리는 전혀 움직이지 않았지만, 사방 이웃 중에 이사한 사람이 많아서 쓸쓸할 따름입니다. 지금은 또 차츰차츰 되돌아오고 있습니다.

집에는 어른, 아이 모두 편안하니 염려 놓기를 바랍니다.

우선 이렇게 알립니다.

평안하기 바랍니다.

11월 18일, 아우 위 올림

1) 모스크바에서 보내온 간행물이다.

351118④ 쉬마오융에게

전해 주기 바랍니다.

쉬 선생:

편지는 받았습니다. 따로 편지 한 통[1]은 벌써 대신 부쳤습니다. 그런데 나의 투고는 아마도 그다지 가능하지 않을 듯합니다. 근래 글 빚이 정말이지 너무 많아져서입니다.

『죽은 혼』은 당연히 보내겠습니다. 일간 우치야마에 부탁해서 차오 선생[2]에게 보내는 한 권과 함께 부치겠습니다. 우선 차오 선생에게 한 마디 언급해 주기 바랍니다.

이만 줄입니다.

편안하기를 축원합니다.

11월 18일, 위 올림

주)_____

1) 선옌빙(沈雁冰)에게 보낸 서신을 가리킨다. 당시 쉬마오융은 루쉰, 선옌빙에게 『시사신보』와 『매주문학』에 글을 써 줄 것을 부탁했다.
2) 차오쥐런(曹聚仁)을 가리킨다.

351120 녜간누에게[1]

얼예 형:

18일 편지는 받았습니다. 『죽은 혼』은 어제 이미 보내라고 서점에 부탁했습니다. 그들이 가는 길에 신문사로 보낼 것입니다.

『만화와 생활』[2]은 결점만 말하자면 두 가지가 있습니다. 하나는 글이 비교적 단조롭다는 것이고, 둘은 그림이 일목요연하지 않다는 것입니다. 헌사[3]에 대해서는 대략 『소품문과 만화』에서 뽑아냈을 것입니다. 형은 혐의가 없습니다.

내 글이 문제입니다. 빚진 것이 너무 많기 때문인데, 그야말로 다 갚지 못할 듯합니다. 이 간행물에는 내가 꼭 좀 써 보겠습니다만, 기일을 정할 수는 없습니다. 다음 기에 기다리고 있다면, 그것은 정말로—낭패입니다.

우선 이렇게 알립니다.

늘 편안하기를 송축합니다.

11월 20일, 쉰 올림

주)＿＿＿＿

1) 녜간누(聶紺弩, 1903~1986). 필명은 얼예(耳耶), 후베이 징산(京山) 사람, 작가이다. 1934년에는 『중화일보』(中華日報) 「동향」(動向)을 편집했고, 1936년에는 『바다제비』(海燕)와 『현대문학』(現代文學)을 편집했다.

2) 『만화와 생활』(漫畫與生活)은 문예월간이고, 장어(張諤)가 편집했다. 1935년 11월 창간하여 1936년 2월 정간했다. 상하이 만화와생활(漫畫與生活)출판사에서 출판했다.

3) 『만화와 생활』 창간호의 헌사. "만화에서 첫째로 중요한 것은 성실이다. 사건이나 인물의 자태, 이를테면 정신을 정확하게 보여 주어야 한다"를 가리킨다. 이 문장은 『소품문과 만화』(小品文和漫畫) 중 루쉰의 「'만화' 만담」(漫談"漫畫")에서 뽑아낸 말이다. 『소품문과 만화』는 『태백』 반월간 제1권 기념특집으로 1935년 3월 생활서점에서 출판했다.

351123 추위에게[1]

추 선생:

『들풀』의 제목에 붙이는 말은 서점에서 삭제했는데,[2] 무의식적인 누락입니다. 그들은 언제나 이렇듯 흐리멍덩합니다——아니면 당국의 금기에 저촉되기 때문에 의식적으로 잘라 낸 것인지, 나는 정말 모릅니다. 「부저우산」은 내가 삭제해서[3] 제2판에는 없습니다. 나중에 『새로 쓴 옛날이야기』 속에 편집해 넣고 「하늘을 땜질한 이야기」로 제목을 바꾸었습니다.

『새로 쓴 옛날이야기』는 초고에 불과한데, 지금 문화생활출판사에서 나를 위해 출판하려고 해서 정리하고 있는 중입니다. 대략 내년 음력 2월 사이에 출판할 수 있을 터입니다.

『집외집』에 글 한 편이 중복된 것[4]은 내 생각에 그저 편집자가 자세히 살펴보지 못한 까닭입니다.

우선 이렇게 답신을 보냅니다.

늘 편안하기를 송축합니다.

11월 23일, 쉰 올림

주)_____

1) 추위(邱遇, 1912~1975). 원명은 위안스창(袁世昌)이고, 산둥 린쯔(臨淄; 지금의 쯔보시淄博市) 사람이다. 당시 『칭다오시보』(青島時報)의 편집을 맡고 있었다.
2) 1931년 5월 상하이 베이신서국에서 『들풀』 제7판을 찍으면서 「제목에 부쳐」(題辭)를 뺐다.
3) 1930년 1월 『외침』 제13판을 찍으면서 루쉰이 「부저우산」(不周山)을 넣지 않았다.
4) 서신 341229 참고.

351125 예쯔에게

즈 형:

보낸 편지는 받았습니다. 나는 지금 그야말로 허드렛일로 너무 괴롭습니다. 이야기를 나누고 글을 볼 시간이 없습니다. 쉬[※]도 글을 볼 능력은 없습니다. 따라서 이 두 가지는 잠시 미뤄 둘 수밖에 없습니다.

당신도 아무래도 좀 쉬는 것이 좋습니다. 예전처럼 열 걸음에 아홉 번 고개를 돌리는 식의 작문법은 아주 옳지 않습니다. 이것은 바로 끊임없이 자신을 믿지 않는 것입니다——결과는 틀림없이 일을 해내지 못하는 것입니다. 앞으로는 형식을 결정한 뒤에는 계속해서 써 내려가고 수사도 신경 쓰지 않고 고개를 돌리지도 말아야 합니다. 완성이 된 뒤에는 그것을 며칠 내버려 둔 뒤에, 그런 다음에 다시 살펴보면서 약간을 삭제하고 몇 글자를 고치는 것입니다. 창작의 여정 중에 한편으로 글자를 다듬으면 정말로 감흥이 중단되어 버립니다. 나는 번역할 때 적당한 글자를 생각하지 못하면 이 글자를 비워 두고 그대로 번역을 해나가고, 이 글자는 잠시 쉴 때 다시 생각합니다. 그렇지 않으면 한 글자 때문에 한나절을 멈추게 될 수도 있습니다.

『선집』¹⁾은 나도 없습니다. 다른 두 권은 서점에 두었습니다. 쪽지를 동봉하니 이것을 가지고 찾아가기를 부탁합니다.

우선 이렇게 답신을 보냅니다.

늘 편안하기를 송축합니다.

11월 25 밤, 위 올림

주)_____

1) 수신인의 설명의 따르면, 일역본 『루쉰선집』(魯迅選集)을 가리킨다. 이 책은 마스다 와 타루(增田涉), 사토 하루오(佐藤春夫)의 공동번역으로 1935년 6월 도쿄 이와나미(岩波) 서점에서 출판했다.

351126 어머니께

모친 대인 슬하에 삼가 올립니다. 11월 15일 편지는 벌써 받았습니다. 설 탕으로 절인 과일 등 큰 꾸러미도 받았습니다. 일부는 벌써 셋째에게 나누어 주었습니다.

상하이는 근래 비교적 조용해졌고 집안도 다 좋습니다. 하이잉은 여 전히 유치원에 다니고 있습니다. 그런데 원래 15명의 원아가 있었지 만 지금은 겨우 7명만 남았습니다. 아이가 백 글자 정도는 알고 편지 를 쓰고 싶어 해서 한 통을 동봉합니다. 그중에 삐뚤빼뚤 쓴 글자 몇 개는 아이가 쓴 것입니다.

오늘 저녁 신문에는 또 톈진이 평화롭지 않다는 기사가 있었습니다.[1] 베이핑에는 영향이 없으리라 생각합니다. 물가의 폭등은 남북이 같 습니다. 상하이 물가는 반달 전보다 3할이나 올랐습니다.

우선 이렇게 알립니다.

삼가 몸 건강하시길 바랍니다.

> 11월 26일, 아들 수 절을 올립니다
> 광핑, 하이잉도 함께 절을 올립니다

주)_____

1) 1935년 11월 25일 일본은 톈진(天津)에서 친일파, 부랑아 등 5~600명을 매수하여 '허베이민중자위단'(河北民衆自衛團)을 조직했다. 이들은 무장시위를 벌이며 국민당정부를 향하여 '자치'를 요구했다. 이튿날 상하이 『다완바오』(大晩報)에는 "공안국은 어제 저녁 11시 계엄을 선포하고 모든 교통을 금지했다"라는 기사가 실렸다.

351203① 쉬마오융에게

전해 주기 바랍니다.

쉬 선생:

편지는 벌써 받았습니다. 나는 『허접한 악마』[1]의 번역이 아주 좋다고 봅니다. 막힘없이 읽어 내려갈 수 있습니다.

소품문에 관한 것[2]은 조금 썼고 지금 부칩니다. 필명은 뤼쑨旅隼, 허간阿干 같은 것들 중에서 편한 대로 하십시오. 번역에 관해서는 전에 이미 적지 않게 말했습니다. 지금도 다른 새로운 생각은 없고, 하지 않겠습니다.

다른 잡다한 주제에 관한 글이 있으면 수시로 부치겠습니다.

이만 줄입니다.

늘 편안하기를 송축합니다.

12월 3일, 쑨隼 인사를 올립니다

주)_____

1) 『허접한 악마』(小鬼)는 러시아 솔로구프(Ф. К. Сологуб, 1863~1927)의 장편소설이다. 쉬마오융이 번역했다. '세계문고' 제4책부터 제12책까지(1935년 8월부터 1936년 4월까지)

실렸고, 1936년 생활서점에서 단행본으로 출판했다.
2)「소품문에 관하여」(雜談小品文)는 후에 『차개정잡문 2집』에 수록했다.

351203② 멍스환에게

스환 선생:

오늘 우 선생[1]을 보고서 『미르고로드』의 번역이 이미 끝났고 인쇄에 넘기려 한다는 것을 알게 되었습니다.

우리도 단연코 『죽은 혼 그림』을 인쇄에 넘기려고 합니다. 따라서 선생이 지금 시간이 좀 있다면 그 책의 서문과 그림 설명을 한 번 번역해 주기 바랍니다. 그림 설명은 번역본을 꼭 찾아볼 필요 없이 대충 번역해 주기만 하면 됩니다. 앞으로 내가 번역본에 맞추어 일률적으로 고칠 것입니다. 어디에 나오는지 내가 기억을 하고 있어서 쉽게 찾을 수 있기 때문입니다.

목전에 단편 몇 편[2]을 쓰고 있고, 그 제2부[3]는 내년 정월에야 착수할 수 있을 것입니다.

우선 이렇게 알립니다.

늘 편안하기를 송축합니다.

12월 3밤, 쉰 올림

주)_____

1) 우랑시(吳郞西, 1904~1992)를 가리킨다. 쓰촨 카이셴(開縣) 사람으로 번역 일을 했다. 당

시 문화생활출판사(文化生活出版社)의 경리였다.
2) 「고사리를 캔 이야기」(採薇), 「관문을 떠난 이야기」(出關), 「죽음에서 살아난 이야기」(起死) 등을 가리킨다. 후에 『새로 쓴 옛날이야기』에 수록했다.
3) 『죽은 혼』 제2부 미완성본을 가리킨다.

351203③ 타이징눙에게

보젠 형:

　11월 23일 편지는 받았습니다. 한대 그림 탁본 비용은 이미 30을 부쳤습니다. 그런데 지금 생각해 보니 북방은 벌써 얼음이 얼어 먹물을 바르기가 어렵고, 아마도 내년 봄을 기다려야 할 듯합니다. 관바이이본은 사실 훌륭하지도 않고 가격도 너무 비쌉니다. 엄선해서 섬세하게 인쇄하는 것이 독자에게 훨씬 도움이 됩니다. 그런데 북쪽 일[1]은 지금은 알 수 없습니다. 나는 틀림없이 골자는 노예고 겉으로만 주인이라고 의심하고 있습니다. 이른바 체면을 세워 주는 것이지만 그 상황은 전쟁지역과 같을 것입니다. 귀한 서적들을 남쪽으로 옮겼는지는 아직 확실하지 않은 듯합니다. 서적의 가치는 종정에 미치지 않으니,[2] 그것을 옮겨 무엇하겠습니까. 교장에 대해서는 아직 많은 설이 없고, 두 대표에 대해서는 있는데 바이白와 쉬許입니다. 쉬 군을 만났지만 그 결과는 물어보지 않았습니다. 짐작건대 틀림없이 요령부득일 따름일 것입니다.

　상하이도 대대적으로 피난을 갔었습니다. 장차 점령될 것이라고도 하고 장차 저들을 정복할 것이라고도 하면서 이리저리 달아났습니다. 자동차 가격은 10배까지 올랐고 지금은 조금 안정이 되었습니다. 그리고 이

윗사람 10명 중에 예닐곱은 떠나서 밤이 되면 고요합니다. 시골에 사는 것처럼 대개 '한적'의 경지이기는 하나 '인간세상' 같지 않은 것이 애석할 따름입니다.

『죽은 혼』 단행본이 나올 때는 '세계문고'에 게재되는 것도 마침 끝납니다. 그런데 다시 제2부를 번역하지는 않습니다. 『역문』이 요절했기 때문인데, 정 군³⁾이 우물에 빠진 사람에게 돌을 던졌다는 혐의가 있습니다.

건강과 안녕을 축원합니다.

12월 3 밤, 수 올림

주)_____

1) 1935년 11월 일본은 화베이(華北)를 병탄하고 인루겅(殷汝耕)을 사주하여 25일 퉁현(通縣)에서 '지둥방공자치위원회'(冀東防共自治委員會)를 만들고 '화베이 오성 자치'(華北五省自治)를 말통했다. 이후 국민당정부는 일본 화베이주둔군과 협상했다. 국민당이 지명한 쑹저위안(宋哲元)은 일본이 추천한 왕이탕(王揖堂), 왕커민(王克敏) 등과 12월 18일 '지차정무위원회'(冀察政務委員會)를 만들어 일본의 '화베이정권 특수화'의 요구에 부응했다.
2) 국민당정부가 종정(鐘鼎) 등의 문물을 남쪽으로 옮긴 일을 가리킨다. 1933년 1월 일본이 산하이관(山海關)을 점령하자 국민당정부는 역사언어연구소와 고궁박물관이 소장하고 있던 종정 등의 문물을 베이핑에서 난징, 상하이로 나누어 옮겼다.
3) 정전둬를 가리킨다.

351204① 어머니께

모친 대인 슬하에 삼가 올립니다. 소포를 받고 바로 편지 한 통을 보냈으니 이미 도착했으리라 생각합니다. 16일 보내신 편지는 오늘 받았습니다.

대인께서 이미 발치를 했고 또 결코 아프지 않다고 하니 심히 다행입니다. 사실 수시로 아프기보다는 발치하는 것이 원래 좋습니다. 다만 앞으로 위가 음식물을 소화하지 못하는 일이 생기지 않는 것이 중요하므로 부드러운 것을 많이 드시길 바랍니다. 후원의 나무는 생각해 보면 그다지 심을 만한 것도 없습니다. 토지가 원래 화로의 탄재로 메운 것이어서 나무를 심기에 적합하기 않기 때문입니다. 백양은 기르기는 쉽지만, 보존할 수 없다면 꼭 덧파종을 하지 않아도 될 듯합니다. 하이잉은 여전히 날마다 유치원에 가고 아직은 말을 잘 듣습니다. 새로 아래 대문니 두 개가 나왔습니다. 어제는 치과에 가서 유치를 뽑았습니다.

상하이는 꽤 차가워졌고, 어제는 집에 화로를 피웠습니다. 아들과 하이마는 다 편안하니 제발 염려 놓으시기 바랍니다.

우선 이렇게 알려 드립니다.

삼가 몸 건강하시기 바랍니다.

> 12월 4일, 아들 수 절을 올립니다
> 광평과 하이잉도 함께 절을 올립니다

351204② 류무샤에게[1]

루쉰[2]의 『예술론』 원본의 출판사는 내가 잊어버렸고 금지되었는지의 여부도 알지 못합니다. 왜냐하면 이런 일은 일정하지가 않기 때문입니다. 설령 금지하지는 않았다고 해도 몰수했을 수는 있습니다. 다장大江서점은 후에 카이밍서점에 양도되었습니다. 이 책은 아직 남아 있다고 해도 그들도 감히 판매하지는 못합니다. 따라서 생각할 수 있는 방법이 없습니다.

'과학적 예술론 총서'[3)]는 내 손에 아직 제3과 13 두 권이 남아 있습니다. 나는 결코 쓸 데가 없습니다. 지금 포장해서 우치야마서점에 두겠으니 선생이 필요하다면 동봉한 편지 한 통을 들고 찾아가기 바랍니다. 꾸러미 안에는 또 『예술연구』藝術硏究 한 권도 있습니다. 한 권을 내고 절판된 월간입니다. 지금은 이미 골동품이 되었을 것 같은데, 다 선생에게 줘도 됩니다. 이 서점은 베이쓰촨로 끝에 있고 제1호선 전차의 종점에서 2, 30걸음을 넘지 않습니다.

『담배쌈지』와 『마흔한번째』의 인쇄본은 베이핑에서는 관리들에 의해 몰수되었습니다. 하지만 결코 금지되지는 않은 듯하고 책은 찾기 어려울 것입니다. 작년에 역자가 직접 개편해서 현대서국에 부쳤는데, 그들이 미뤄 두고 있어서 나중에 내가 여러 번 되돌려 달라고 했지만 모두 돌려받지 못했습니다. 지금은 틀림없이 서점에 차압된 채로 있을 것입니다.[4)] 사실 중국의 저자들이 입는 피해는 이런 측면뿐만 아니라 거간꾼과 편집인의 학대도 큰 힘을 발휘하고 있습니다.

만약 기꺼이 인쇄하겠다는 사람이 있다면, 이 두 종류도 방법을 강구해서 재판을 찍고 싶습니다만, 목전의 상황을 보아 하니 아주 어려울 듯합니다.

우선 이렇게 답신을 보냅니다.

늘 편안하기를 송축합니다.

12월 4일, 루쉰

주)_____

1) 이 서신의 호칭은 1939년 10월 18일 홍콩 『다궁바오』에 루쉰의 친필 서신을 발표할 때 삭제했다. 류무샤(劉暮霞)는 광둥 사람으로 당시 푸단대학 학생이었다.

2) 루나차르스키를 가리킨다.

3) '과학적 예술론 총서'(科學的藝術論叢書)는 루쉰, 펑쉐펑(馮雪峰)이 편집했다. 1929년 6월부터 상하이 광화(光華)서국과 수이모(水沫)서점에서 각각 출판했다. 제3권은 보그다노프의 『신예술론』(新藝術論)으로 쑤원(蘇汶)이 번역하여 1929년 8월 수이모서점에서 출판했다. 제13권은 『예술정책』(藝術政策)으로 소련의 당 예술정책에 관한 회의기록과 결의문을 수록했다. 루쉰이 번역하여 1930년 6월 상하이 광화서국에서 출판했다.

4) 1935년 12월 2일 현대서국은 채무관계로 차압당했다.

351204③ 왕예추에게

예추野秋 형:

어제 11월 28일 편지를 받았습니다. 이전 편지와 아드님의 사진도 일찌감치 받았습니다. 보아 하니 그야말로 북방의 꼬마 녀석이고, 복장 때문일 듯합니다. 사실 여러 가지 행동은 모두 환경 때문입니다. 나의 아이는 늘 집에 갇혀 있을 때는 태도가 꽤 특별하고 말투는 어른 같았습니다. 올해 유치원에 보냈더니 모든 것이 다 보통 아이들과 같아졌습니다. 특히 길거리에서 군것질을 하고 싶어 하는 것이 그렇습니다.

『신문학대계』는 내가 보낸 것이고, 돈은 줄 필요 없습니다. '중국 돈' 몇 장은 내게 아무런 영향도 미치지 못하는 것이고, 당신이 내기에는 억울하기 때문입니다. 이 책은 대략 편집인이 10명이고, 인당 편집비 300, 서문은 한 글자에 10위안이니, 쓴 돈이 많지 않다고는 말할 수 없습니다. 하지만 그중에 몇 권은 너무 대충이고, 서문도 볼 만하지 않습니다.

『잡문』[1]은 상하이에서 판매금지 당했다고 들었습니다. 제2권은 구할 수 없겠지만, 마음에 두고 찾아는 보겠습니다.

「제목을 짓지 못하고 초고」에 대해서는 말한 것이 지극히 옳습니다. 사실 세상에는 입술을 얻어터지고도 도리어 기뻐하는 사람이 있어서 방법이 없습니다. 나한테도 가끔 나를 욕하는 글을 보내오는 사람이 있습니다. 오랫동안 답신하지 않으면 그는 초초하게 사람들에게 묻습니다. 왜 욕을 되돌려주지 않는 것입니까? 라고 말입니다. 대개 '명성과 재물을 모두 얻는' 방법은 꽤 여러 가지입니다. 그런데 단점이 있다고 해도 이익도 됩니다. 이런 영웅들은 욕을 먹고 나면 그들에게 이익이 돌아옵니다. 그런데 독자에게 이롭다=그에게 손해다, 입니다. 기세는 결국 좀 약해지기 마련이고, 몇몇 독자들은 이로 말미암아 그 여우꼬리를 보게 되기 때문입니다.

장 영웅[2]이 최근 나에게 편지를 보냈습니다. 또 『문학도보』의 원고모집 인쇄품을 보내왔는데, 편집인이 바로 이 영웅입니다. 하지만 이번에는 대략 답을 할 시간이 없을 듯합니다.

『고골선집』은 내년에 전부 낼 생각입니다. 내가 맡은 것은 아직 한 권 반[3]이 남았는데, 허드렛일로 바빠서 한 글자도 못 했습니다. 지금 하고 있는 것은 신화를 제재로 한 단편소설[4]이고 연말은 되어야 끝날 것입니다. 『도씨 학교』[5]의 독일어본은 내게 없습니다. 희 공[6]의 통치 아래에서 출판인은 벌써 체코로 옮겨 갔고, 사려고 해도 쉽지가 않습니다. 따라서 결국 반드시 번역할 수 있을 것 같지는 않습니다. 이 밖에 또 동화 몇 권을 가지고 있습니다. 다른 사람이 쓴 것이고, 아주 좋습니다. 하지만 중국에서는 번역한다 해도 판매를 할 수 없습니다. 당초 『역문』에 투고할 때는 의미가 있어야 하고 공개할 수 있어야 한다고 생각했습니다. 그래서 소재를 고르는 것만 해도 매달 여러 날 생각해야 했습니다.

『역문』은 아직까지 출판할 사람을 찾지 못했고 우리도 자본이 없어서 여태 미뤄 두고 있습니다. 이미 출간된 일 년치는 형이 가지고 있는지요? 없다면 부치겠습니다. 나는 두 부씩 가지고 있고 사람들에게 보내지 않으면 나중에는 결국 한 근에 몇 원ㅈ으로 북재비에게 달아 팔게 될 것이기 때문입니다.

5·4운동에 대해 말한 그 글[7]은 찾지 못했습니다. 이전에 답신하는 것을 잊어버린 듯해서 지금 알려 드립니다.

우선 이렇게 알립니다.

늘 행복하기를 송축합니다.

12월 4 밤, 수 올림

주)_____

1) 『잡문』(雜文)은 좌련 도쿄 지부에서 발행한 문학월간이다. 선후로 두쉬안(杜宣), 보성(勃生; 즉 싱퉁화邢桐華)이 편집했다. 1935년 5월 일본 도쿄에서 창간했고(중국에서는 군중잡지공사에서 발행), 제4호부터는 『즈원』(質文)이라고 제목을 바꾸었다. 1936년 11월 정간했고 모두 8기가 나왔다.

2) '장 영웅'(張英雄)은 장루웨이(張露薇)를 가리킨다. 서신 350912③을 참고할 수 있다. 루쉰의 1935년 11월 25일 일기에는 "장루웨이의 편지를 받았다"는 기록이 있다. 이어지는 문장의 『문학도보』(文學導報)는 문학월간으로 장루웨이가 편집했다. 1936년 3월 창간하여 1937년 2월까지 제6기를 내고 정간했다. 베이핑 칭화위안(淸華園) 문학도보사에서 출판했다.

3) 『고골선집』(果戈理選集) 중의 『코와 기타』(鼻子及其他)와 『죽은 혼』 제2부 미완성본을 가리킨다. 『코와 기타』는 출판하지 않았고 『죽은 혼』 제2부 미완성본은 『죽은 혼』 제1부에 편입하여 출판했다.

4) 『새로 쓴 옛날이야기』 중의 「관문을 떠난 이야기」, 「고사리를 캔 이야기」, 「죽음에서 살아난 이야기」 등을 가리킨다.

5) 『도씨 학교』(陀氏學校)는 『도스토예프스키로 명명한 노동교육학교』(以陀思妥耶夫斯基命名的勞敎學校)를 가리킨다. 『유랑아 공화국』(流浪兒共和國; Республика Шкид)이라고도 하는데, 소련의 판텔레예프 등이 쓴 장편아동소설이다.

6) '희 공'(希公)은 히틀러이다.

7) 「5·4'운동에 대한 검토―맑스주의문예이론 연구회 보고」("五四"運動的檢討―馬克思主義文藝理論硏究會報告)를 가리킨다. 빙선(丙申; 선옌빙沈雁冰)이 썼고, 상하이 『문학도보』 제1권 제2기(1938년 8월)에 실렸다.

351204④ 쉬쉬에게[1]

×× 선생:

　귀하의 편지는 받았습니다.……

　무송이 호랑이를 때리다와 같은 종류의 목련희는 전에 간본刊本 『목련구모기』[2]를 찾아본 적이 있는데, 완전히 달랐습니다. 이런 희문[3]은 사오싱에만 있는 듯하고, 목련의 순행을 실마리로 삼아 세상물정을 묘사하고 있습니다. 사용한 언어는 극히 특이하고 놀라워서 보통화로 바꾸면 손색이 있습니다. 원고는 없는 듯하고, 여름에 무대 아래로 가서 직접 속기하는 것 말고는 다른 방법이 없습니다. 내 생각으로는 연속해서 여러 번 보기만 하면 기록할 수 있고, 결코 어렵지는 않을 것입니다.

　현재 그중 「어린 비구니가 하산하다」小尼姑下山, 「장만이 아버지를 때리다」張蠻打爹 이 두 부분은 벌써부터 사오싱의 정인군자들에 의해 금지되었다고 들었습니다. 앞으로 틀림없이 동화, 민요와 손을 잡고 함께 사라질 것입니다. 내가 여름에 귀향해서 초록해 보려고 생각한 지가 이미 여러 해 되었습니다. 그런데 지명수배자로 기록되는 은혜를 입어서 감히 경거망동하지 못하고 따로 부탁할 만한 적당한 사람도 없습니다. 만약 달리 일 만들기를 좋아하는 무리가 있다면, 그것으로 좋습니다. 이만 줄입니다.

편안하기 바랍니다.

12월 4 밤, 쉰

주)_____

1) 이 서신의 호칭은 1939년 8월 20일 상하이 『인간세』(人間世) 제2기 「작가 서간 한 묶음」
(作家書簡一束)에 발표하면서 삭제했다. 첫번째 구절 뒤의 말도 이때 삭제했다. 쉬쉬(徐
訏, 1908~1980)는 저장 츠시(慈溪) 사람, 작가이다. 당시 『인간세』 반월간 편집을 맡고
있었다.
2) 『목련구모기』(目連救母記)는 명대 정지진(鄭之珍)이 지었다. 청대 종복당(種福堂)이 번
각한 명부춘당(明富春堂) 판각본이 있는데, 제목은 『신각출상음주 권선목련구모행효희
문』(新刻出相音注勸善目蓮救母行孝戱文)이다. 또 1919년 상하이 마치신서국(馬啓新書局)
의 석인본이 있는데, 제목은 『비본 목련구모전전』(祕本目蓮救母全傳)이다.
3) 희문(戱文)은 남희(南戱)라고도 한다. 중국 전통극의 하나로 남송 초기 저장 등지에서
형성되었고 곡조는 남곡(南曲)을 사용한다.

351207① 차오징화에게

루전 형:

11월 21일 편지는 벌써 받았습니다. 그 사이 조금 조용해졌습니다.
그런데 북방에 관한 소식은 많은데, 느슨해졌다 팽팽해졌다 합니다. 하지
만 내가 보기에 머지않아 일단락을 고할 것 같습니다.

E군에게 부치는 편지는 원고를 동봉하니, 형이 번역한 뒤 부쳐 주길
바랍니다. 『문학백과전서』 제7권은 이미 받았으니, 일간 부치겠습니다.

상하이는 벌써 추워졌습니다. 거리는 너무 생기가 없고 서적의 판로
는 줄어들고 출판가들도 더욱 험악해지고 글을 팔아먹는 사람들은 거의

생활을 할 수가 없습니다. 나는 지금 아직은 견뎌 나갈 수 있습니다만, 머지않아 좌우지간 영향을 받게 될 것입니다.

하지만 집안은 다 평안합니다. 내 몸도 좋습니다. 그러나 허드렛일에 바빠서 아주 괴로워하고 있을 따름입니다.

우선 이렇게 알립니다.

겨울 편안하기 바랍니다.

12월 7일, 아우 수 올림

351207② 장시천에게

쉐춘 선생:

당신이 편지에서 책과 총목이라고 말한 것은 실은 바로 본문의 제목과 분목分目입니다. 책 전체[1]의 머리말(유무는 미정입니다), 총목과 이서裏書는 아직 내 손에 있고, 본문의 조판이 완성되기를 기다렸다가 전해 줄 것입니다. 그때 따로 로마자로 쪽수를 표기하여 본문과 이어지지 않게 할 것입니다.

따라서 지금은 원고의 첫째 쪽을 1(2 공백)로 고쳐 조판하고, 목록은 3으로 고쳐 조판해 주십시오. 글은 5부터 시작하고, 이미 교정본에 고쳐 두었습니다.

우선 이렇게 답신을 보냅니다.

편안하기 바랍니다.

12월 7일, 수 인사를 올립니다

1) 취추바이의 『해상술림』을 가리킨다.

351212① 쉬마오융에게

전해 주기를 부탁합니다.

쉬 선생:

샤오蕭 군에게서 편지가 한 통 왔고[1] 이미 넘겨주었습니다. 대략 여러 손을 거쳐 선생이 보게 될 것이라고 생각합니다.

아무래도 선생이 내게 시일을 약속해 주면 좋겠습니다. 그런데 오전이나 해질 녘은 안 되고 주말도 안 됩니다.

이만 줄입니다.

늘 편안하기를 송축합니다.

　　　　　　　　　　　　　　　　　　　　12월 12일, 위 인사를 올립니다

1) 샤오싼(蕭三)이 1935년 11월 8일 모스크바에서 좌련에 보낸 편지를 가리킨다. 루쉰이 전해 주었다. 이 편지는 중공 주 코민테른 대표단 책임자 왕밍(王明)의 지시를 받아 쓴 것으로 '좌련을 해체'하고 '광대한 문학단체'를 조직하여 '반제반봉건의 연합전선'을 건립할 것 등의 내용을 담고 있다.

351212② 양지원에게

지원 선생:

오랫동안 안부를 여쭙지 못했습니다. 생각건대 일상생활 모두 좋으시겠지요?

지난번에 글자를 써 달라고 부탁했는데, 방금 비로소 다 썼습니다.[1] 예나 다름없이 졸렬해서 이것을 보자니 온 얼굴이 땀입니다. 그래도 또한 어쩔 수 없이 우선 부칠 수밖에 없고, 이른바 먼피를 할 따름입니다. 상자 아래 두었습니다. 좀벌레에 대처하기 위해서인데, 바라는 바입니다. 우선 이렇게 알립니다.

편안하기 바랍니다.

12월 12일, 쉰 인사를 올립니다

주)_____

1) 루쉰은 양지원(楊霽雲)의 요청으로 쓴 『이소』(離騷)에 나오는 대련 "엄자산 쪽으로 다가가지 않게 하고, 두견새가 먼저 울까 두려워한다"(望崦嵫而勿迫, 恐鶗鴂之先鳴)와 명대 화가 항성모(項聖謨, 1597~1658)의 제화시(題畵詩) "바람소리 우짖는데 큰 나무는 우뚝 서 있고, 해는 어스름해지고 사해는 고적하다. 짧은 지팡이에 기대 시류에 따라 생활하니, 감히 머리를 돌려 부들을 바라보지 못한다"(風號大樹中天立, 日薄滄溟四海孤. 杖策且隨時旦暮, 不堪回首望孤蒲)를 가리킨다.

351214 저우젠잉에게[1]

젠잉 선생:

당신의 편지는 받았습니다. 『거짓자유서』의 글은 진실로 보낸 편지에서 말한 대로 대개가 발표한 것들인데도 출판된 뒤 갑자기 금지되었으니 너무 우습습니다. 지금 서점에 부탁해서 한 권을 부칩니다. 나중에 또 『풍월이야기』 한 권도 출판했으니, 겸사겸사 함께 부칩니다. 두 권 모두 내가 가지고 있는 책이고 결코 구매한 것이 아닙니다. 절대로 비용은 부치지 말기 바랍니다.

나의 의견은 다 잇달아 써냈고, 더욱이 가슴에 품은 비책 같은 것은 없습니다. 따라서 '인생계획'은 사실 열거할 것도 없습니다. 결론적으로 말하자면 나의 의견은 심히 천박하다는 것입니다. 수시로 사람들을 위해서 생각하고 약간의 이익을 도모할 수 있으면 됩니다.

나의 연락처는 이렇습니다. 상하이, 베이쓰촨로 끝, 우치야마서점 전달.

우선 이렇게 알려 드립니다.

늘 편안하기를 송축합니다.

12월 14일, 루쉰

주)＿＿＿＿

1) 저우젠잉(周劍英)은 누구인지 알 수 없다.

351219① 양지원에게

지원 선생:

편지를 읽고 사정을 알게 되었습니다. 배앓이는 치료되었는지요? 염려됩니다.

문집 가운데 중국 문자옥文字獄 사료, 이 건은 대단히 중요하고 대략 고대에서 기원하는 듯합니다. 청조의 문자옥은 왕왕 한족의 밀고에서 비롯되었고, 이런 일은 또 불원간에 보게 될 것입니다.

근래에 『죽은 혼』 번역을 하고 더불어 단문 잡일을 하고 있습니다. 어떤 일도 딱 끊어지는 것이 없습니다. 번역은 벌써 마감했지만 문집은 아직 편집하지 못했고 출판은 기대할 수 있는 서점이 없습니다. 그들은 위험하지 않으면서 돈을 벌 수 있는 것을 원하고, 나의 물건은 불합격이기 때문입니다.

나랏일은 지금에 이르러서야 비로소 '정당한 여론 보장'[1]이라고 운운하고 있습니다. '정당'이라는 두 글자를 보탠 것은 정말로 총명하지만, 진짜로 보장한다고 해도 이 대가는 아주 클 것입니다.

나에 관한 기사는 아직 보지는 못했지만 누군가 거론한 적이 있는 것을 기억하고 있습니다. 창저우常州 신문의 기사는 틀림없이 상하이 신문에서 전재한 것일 터이니 구해서 부칠 필요는 없습니다. 이런 술수는 중국에만 있는 것으로 정말로 수치스럽습니다. 그런데 수치스러운 일에 대하여 세상이 이상하게 여기지 않는 까닭에 중상모략도 효과가 없습니다. 중상모략이 극한에 달한다고 해도, 사람들이 나를 소인으로 여기기를 바라는 것에 불과합니다. 그런데 지금 높고 높은 자들은 바로 군자가 아닙니다. 진짜 소인을 만나면, 그들은 머리를 조아리기에 바쁠 것입니다.

상하이는 벌써 얼음이 보입니다. 천한 몸은 여전해서 안심해도 좋습니다.

우선 이렇게 알려 드립니다.

편안하기를 송축합니다.

12월 19일, 쉰 인사를 올립니다

주)_____

1) 1935년 12월 상순 국민당 제5차 1중전회에서는 이른바 "전국에 정당한 여론을 성실히 보장한다는 훈령을 내리도록 정부에 요청한다"라는 결의를 통과시켰다. 10일에 국민 당정부는 통령을 내려 "정당한 여론을 성실히 보장하"고, "직할 각 기관은 일체 준수하고 성실히 보장하라는 훈령을 내렸다."(1935년 12월 12일 상하이 『선바오』)

351219② 차오징화에게

루전 형:

15일 편지는 벌써 도착했고 대신 번역해 준 편지도 함께 받았습니다. 고맙습니다!

상하이는 모든 것이 여전합니다. 출판계는 그대로 여우떼, 쥐떼들이고, 이들은 결코 회개하지 않습니다. 최근에 비로소 '정당한 여론 보호'라는 말이 나왔는데, '정당'이라는 두 글자를 덧붙인 것은 정말로 총명합니다. 하지만 진짜로 보호해 준다고 해도 이것의 대가는 아주 클 것입니다. 그런데 이 말도 빈말이고, 강자를 두려워하는 자가 약자를 속이지 않은 적이 없습니다.

디 군[1]의 일은 신문에 실린 내용이 까닭이 없는 것은 아닙니다. 『역문』의 정간에 대해 그가 중간에서 수작을 부렸다고 의심하는 사람이 꽤 있습니다. 그리고 생활서점은 겉모습은 좌경을 하고, 다른 한편으로는 우리를 압박하는 까닭에 나는 물러나 있습니다. 그런데 『죽은 혼』 제1부는 사실 이미 게재를 끝냈습니다.

청년이 참담한 일을 당하는 것을 나는 이미 수차례 목도했고, 정말 할 말이 없습니다. 그 결과는 도리어 몇몇 사람들이 공적을 가로채는 것이고, 다른 한편으로 바깥을 향해 '민중의 의기'라고 허풍을 떠는 것입니다. 당국은 여태까지 권세가들에게 아첨했습니다. 고등교육은 앞으로 곳곳을 청소해야 합니다. 상하이는 벌써부터 꼴이 아닙니다. 우리는 하릴없이 며칠 되는대로 살다가 다시 생각해 보는 수밖에 없습니다.

책의 판로도 크게 어그러졌습니다. 베이신北新은 벌써부터 내가 빚을 졌다고 말하고 있습니다. 하지만 그들의 노는 꼴은 알 수가 없습니다. 지금으로서는 나의 생활에 아직은 영향이 없으니 내년까지 기다렸다가 다시 생각해 보려 합니다. 집안은 다 편안하니 염려 말기 바랍니다. 스 형의 병고[2] 후에 스 아주머니는 그녀의 모친이 데리고 갔고 여행을 해야겠다고 운운했습니다. 세 달 동안 소식이 없습니다. 형이 싼 형[3]과 연락을 한다면, 대관절 그쪽에 이미 도착했는지 어떤지, 편한 때 한 번 물어봐 주길 부탁합니다.

우선 이렇게 알립니다.

겨울 편안하기 바랍니다.

12월 19일, 아우 위 올림

주)_____

1) '디 군'(諦君)은 정전둬이다.
2) '스 형'(史兄)은 취추바이(스톄얼史鐵兒)이고, '병고'는 그의 피살을 가리킨다. 취추바이는
   1935년 6월 18일 푸젠(福建) 창팅(長汀)에서 국민당당국에 의해 피살되었다.
3) '싼 형'(三兄)은 샤오싼(蕭三)을 가리킨다. 당시 소련에 있었다.

351221① 자오자비에게

자비 선생:

　　수일 전에 편지 한 통을 부쳤으니, 이미 도착했으리라 생각합니다. 근래 자주 나에 관한 유언비어가 돕니다. 누군가를 몰아내고 누군가를 타도하려 한다고들 합니다. 어투를 연구해 보면 유언비어가 나온 곳을 알 수가 있습니다. 따라서 공연히 화내는 일을 줄이기 위해서 문단의 명망 있는 신사들이 집결한 진영에는 다시는 투고하지 않을 작정입니다. 지난번에 말한 그 단편[1]은 부치지 않겠습니다.

　　우선 이렇게 알립니다.

　　편안하기 바랍니다.

12월 21일, 루쉰

주)_____

1)『새로 쓴 옛날이야기』를 가리킨다.

351221② 어머니께

모친 대인 슬하에 삼가 올립니다. 17일 친필 서신은 벌써 받았고 두루 잘 알게 되었습니다. 상하이는 최근 아직은 고요합니다. 그러나 시내는 나날이 생기가 없어지고 점포는 자주 망해서 예전과는 크게 다릅니다. 집안은 모든 것이 평안하니 염려 마시기 바랍니다. 하이잉도 아주 좋습니다. 여름보다 살이 좀 쪘고 지금은 여전히 매일 유치원에 가고 이미 백여 글자를 깨우쳤습니다. 더 철이 들었지만 그래도 이상하고 괴팍해졌습니다. 아들의 친구들이 자주 아이에게 장난감을 보내 줍니다. 우리의 어린 시절에 비하면 정말 많이 호사스럽습니다. 그런데 이로 말미암아 아이는 너무 아까운 줄 모르고 자주 장난감을 망가뜨립니다.

일주일 전에 아이에게 사진 한 장을 찍어 주었고, 이삼 일 안에 찾을 수 있을 것입니다. 찾아오면 부치겠습니다.

지난번 편지에서 허썬^{和森} 형이 베이징에 있다는 것을 알게 되었습니다. 생각건대 틀림없이 여전히 우리 집 근처에서 살고 있을 터인데, 만나면 아들을 대신해서 안부를 전해 주기 바랍니다. 그의 아이는 생각해 보니 벌써 열 살 넘었겠네요. 아들이 그에게 동화 두 권을 보낼 작정입니다. 하이잉의 사진과 함께 부칠 것이니 받으시면 대신 전해 주시기 바랍니다. 셋째는 자베이^{閘北}에 유언비어가 많이 돌아서 이사를 했습니다. 아들의 집과는 많이 멀지만 매주마다 좌우지간 대략 한 번은 만날 수 있습니다. 근래 그는 몸이 그럭저럭 좋은 듯합니다. 그러나 아주 바쁘고 게다가 처지가 어렵습니다. 바다오완^{八道灣} 쪽에서 너무 심하게 돈을 재촉하는 듯합니다.

우선 이렇게 알려 드립니다.

삼가 몸 건강하시길 바랍니다.

> 12월 21일, 아들 수 절을 올립니다
>
> 광핑, 하이잉도 함께 절을 올립니다

351221③ 타이징눙에게

보젠 형:

16일 편지는 받았습니다. 상하이를 지날 때 방문해 주길 바랍니다. 샤먼은 생산품이 없는 듯하고, 따라서 필요한 것도 없습니다. 베이핑 학생 시위[1]는 처지가 지난 여러 차례와 다르지 않아서 듣고 있자니 가슴이 아픕니다. 이것은 관례에 따른 최후의 장식을 위한 성대한 의식일 따름입니다. 상하이 학생은 정부청사 앞에서 장시간 무릎을 꿇고 앉아 있었습니다.[2] 이런 참교육의 효과는 죽음보다 더한 수치입니다.

난양의 양 군[3]이 벌써 탁본 65점을 보내왔습니다. 종이와 먹이 모두 훌륭합니다. 앞으로도 계속 부쳐 올 듯합니다. 앞으로 여유가 생기면 구舊 장서와 더불어 골라 인쇄해야겠습니다.

천한 몸은 무탈하니 염려 놓으셔도 좋습니다.

우선 이렇게 답신을 보냅니다.

늘 편안하기를 송축합니다.

> 12월 21 밤, 위 인사를 올립니다

주)_____

1) '12·9운동'을 가리킨다. 1935년 12월 9일 베이징의 학생 수천 명이 벌인 항일 시위이다. '화베이 자치'와 일본 제국주의를 반대했다. 중국공산당이 이끈 대규모의 학생운동이었다.
2) 1935년 12월 21일 『선바오』 '시정 새소식'란에는 베이핑 학생시위를 지원하기 위하여 상하이 학생들이 국민당 시정부 앞에서 무릎 꿇고 청원을 하는 사진이 실렸다.
3) 양팅빈(楊廷賓, 1910~2001)을 가리킨다. 허난(河南) 난양(南陽) 사람이다. 1935년 베이핑대학 예술학원을 졸업하고 난양여자중학에서 가르치고 있었다.

351221④ 왕예추에게

예추 형:

9일 편지는 벌써 받았습니다. 『역분』은 이미 서점에 부덕해서 부쳤습니다. 라틴화¹⁾에 관한 책은 다른 서점에서 3종²⁾을 부쳤으니(다른 하나³⁾는 나의 의론이고, 그들이 모아 찍어 낸 것입니다), 벌써 먼저 도착했을 듯합니다. 이런 종류의 라틴화는 대개 산둥山東말을 기본으로 한 것입니다. 따라서 우리가 보기에는 이해하기 어려운 부분이 꽤 있지만, 궁극적으로 말하자면 로마자 표기법보다 훨씬 낫다는 것은 의심하지 않습니다.

오늘 양 군이 부쳐 온 난양의 화상석 탁본 한 꾸러미, 모두 65장을 받았습니다. 앞으로도 계속 보내올 것이 있을 것이라 생각합니다. 돈이 만약 부족하다면 알려 주기 바라고 계속 돈을 부치겠습니다. 이것들도 마찬가지로 옛 권세가의 무덤의 부장품인데, 신화가 있고 요술도 있고 음악대도 있고 또한 마차행렬도 있습니다. '시골 부자'가 할 수 있는 것이 아닌 듯합니다. 한대漢代의 다른 그림에 비해 다소 조악한 것은 석벽 화상이 없기 때문일 것입니다. 석실 속에는 원래 토기, 구리거울 따위가 있었을 것이나 일찌감치 도굴되었을 것입니다.

밥그릇 소식은 어떻습니까? ×[4]의 글은 내가 본 적이 있습니다. 꽤 분별력이 있는 듯했는데, 그렇게 나쁠 것이라는 생각은 못 했습니다. ×××××××××[5] 대인에 대해서는 전에 알고 지냈는데, 고지식하고 약삭빠르기가 비길 데가 없는 자입니다.

소설은 상우에서 받지 않아서 중화로 다시 보냈고 아직 회신이 없습니다.

이만 줄입니다.

늘 편안하기를 송축합니다.

12월 21 밤, 수 올림

주)_____

1) '한자의 라틴화'를 가리킨다. 라틴어 자모로 한자를 대체하여 궁극적으로 한자를 폐지하는 것을 목적으로 했다.
2) 톈마서점에서 자신들이 출판한 예라이스(葉籟士)의 『라틴화 개론』(拉丁化槪論), 『라틴화 교재』(拉丁化課本)와 잉런(應人)의 『라틴화 색인』(拉丁化檢字) 세 권을 부친 것을 가리킨다.
3) 톈마서점에서 모아 출판한 『문밖의 글 이야기』(門外文談)를 가리킨다.
4) 원래 서신에는 글자가 있었으나 수신인이 삭제했다. 수신인의 추기에 따르면 '쑹'(宋)이다. '쑹'은 쑹환우(宋還吾)이다. 산둥 청우(成武) 사람으로 당시 지난고등학교(濟南高中)의 교장으로 있었다. 그의 글은 「산둥 성립 제2사범학교 교장 쑹환우 답변서」(山東省立第二師範敎長宋還吾答辯書)를 가리킨다. 『집외집습유보편』의 「'공자가 남자를 만나다'에 관하여」(關於「子見南子」)의 '결어'를 참고할 수 있다.
5) 원래 서신에는 글자가 있었으나 수신인이 삭제했다. 수신인의 추기에 따르면 '산둥 교육청장 허쓰위안'(山東敎育廳長何思源)이다. 허쓰위안(1895~1982)은 산둥 허저(菏澤) 사람이다. 국민당 산둥성정부 위원 겸 교육청장을 역임했다.

즈푸 형:

　보낸 편지는 받았습니다. 소설에 관하여 그들은 공격할 줄만 아는 데,[1] 이것도 일종의 광고입니다. 결론적으로 말해서 그것들은 개소리만 짖을 줄 알지, 아무도 이런 소설을 써내지 못합니다. 이것이 바로 그들의 심각한 불치병입니다.

　동봉한 책 두 권도 받았습니다. 『만화와 생활』을 위해서 내가 좀 글을 써 볼 생각이지만, 유머문장에 불과하고 단시일에 써낼 수는 없습니다. 최근에는 또 잡문 때문에 생각해 볼 겨를도 없습니다. 하릴없이 양력 내년을 기다려야 합니다. 우 선생은 나더러 『식민지 문제』[2]에 대한 비평을 써 달라고 하는데, 이것은 정말로 나더러 제갈무후 팔패진[3]을 비평하라고 하는 것과 똑같습니다. 붓을 들 수가 없습니다.

　「별」[4]은 나한테 있고, 수정 같은 것은 최근에는 그야말로 할 수가 없습니다.

　우선 이렇게 답신을 보냅니다.

　시시각각 편안하기 바랍니다.

12월 22 밤, 위 올림

　개 같은 신문에 당신의 이름 등에 관하여 어떻게 이렇게 분명하게 썼는지, 이상합니다!

주)＿＿＿＿
1) 1935년 12월 13일 상하이 『샤오천바오』(小晨報)에는 아팡(阿芳)의 「루쉰이 출판한 노

예총서 3종: 작가 예쯔, 톈쥔, 샤오훙」(魯迅出版的奴隷叢書三種: 作者葉紫, 田軍, 蕭紅)이라
는 글이 실렸다. 여기에서 『풍성한 수확』(豊收)은 "내용이 지나친 곳이 많다"고 하면서
"『풍성한 수확』의 작가 예쯔는 필명이고, 본명은 위르창(余日強)이다"라고 했다.

2) 『식민지 문제』(殖民地問題)는 우칭유(吳淸友)가 썼다. 1935년 10월 세계서국에서 출판
했으며 '내외정치경제 편역사 총서'(內外政治經濟編譯社叢書)의 하나이다.

3) 제갈무후(諸葛武侯)는 제갈량(諸葛亮), 팔괘진(八卦陣)은 팔진도(八陣圖)이다. 『삼국지 ·
촉지』의 「제갈량전」에는 "량의 본성은 교묘한 구상에 장점이 있었다. 병법을 추론하여
팔진도를 만들었다"라고 했다.

4) 「별」(星)은 서신 350923 참고.

351223① 리샤오펑에게[1]

샤오펑 형:

　보낸 서한은 잘 읽었습니다. 『집외집습유』는 절반 이상 베꼈고, 정기
간행물에서 찾고 있는 것이 아직 여러 편 있습니다. 다 편집하려면 모름지
기 내년은 되어야 합니다.

　베이신은 사회적 상황과 내부의 문제로 인하여 물론 차츰 예전만 못
해지고 있습니다. 그런데 이것은 내 개인의 힘으로 어떻게 할 수 있는 것
이 아닙니다. 그리고 하물며 나도 해가 갈수록 쇠약해지고 체력도 예전만
못해지고 있는데 일러 무엇하겠습니까? 시시한 한두 권으로는 무슨 효과
가 없을 듯합니다. 그리고 베이신도 취사선택해야 하고, 나의 작품은 또
너무 온건하지 않으니 어찌해야 좋겠습니까?

　동봉한 편지와 원고 한 건은 자오趙 선생에게 전해 주기 바랍니다.

　　　　　　　　　　　　　　12월 23일, 쉰 인사를 올립니다

주)_____

1) 리샤오펑(李小峰, 1897~1971). 장쑤(江蘇) 장인(江陰) 사람. 이름은 룽디(榮第). 자가 샤
   오펑이다. 베이징대학 철학과를 졸업하고, 1925년 베이신서국(北新書局)을 만들었다.

351223② 자오징선에게[1]

징선 선생:

　편지는 삼가 잘 받았습니다. 단문 한 편[2]을 동봉해서 올립니다. 내가 번역했습니다. 관련된 내용이 없지 않은 듯한데, 쓸 수 있을지 헤아려 보기 바랍니다.

　만약 채택한다면 제2기에 실리기를 희망합니다. 왜냐하면 나는 천하의 문단의 명사들과 함께 제1기에서 무용을 과시하는 것이 두렵기 때문입니다.[3]

　우선 이렇게 답신을 보냅니다.

　편안하기 바랍니다.

12월 23일, 쉰 인사를 올립니다

주)_____

1) 자오징선(趙景深, 1902~1985) 쓰촨(四川) 이빈(宜賓) 사람. 작가이자 학자이다. 1927년
   8월부터 상하이 카이밍(開明)서점의 편집을 맡아 『문학주보』(文學週報) 등을 편집했다.
   1930년 6월부터 베이신(北新)서국의 총편집을 맡고 『청년계』(青年界) 월간을 주편했으
   며, 1935년 이후 여러 차례 루쉰에게 원고를 청탁했다.
2) 「도스토예프스키의 일」(陀思妥耶夫斯基的事)을 가리킨다. 후에 『차개정잡문 2집』에 수
   록했다.
3) 『청년계』(青年界) 제9권 제1기(1936년 1월) '청년 작문지도 특집'란에 실렸다.

351223③ 선옌빙에게[1]

밍푸明甫 선생:

방금 미스 양[2]이 그쪽에서 보낸(프랑스에서 부친) 편지를 받았습니다. 편지에서 "일찍이 편지 두 통을 보냈는데, 받으셨는지요? 어쩌면 이 편지가 지난번 두 통보다 좀더 빨리 도착할 수도 있을 것입니다"라고 운운했습니다. 확실히 그 두 통은 아직 도착하지 않았습니다.

이외에는 물품을 찾는 것에 관한 일이었습니다. 몸은 좋고, 하지만 약간의 위통이 있다고 운운했습니다.

편지에는 연락 주소가 없는데, 대략 첫번째 편지에 있을 듯합니다.

마지막에 이렇게 운운했습니다.

"저는 전에 롄화영화공사[3]에 편지를 부쳤습니다. 루 아가씨[4]에게 전해 달라는 편지였고, 루 아가씨가 롄화에 가서 찾아갔으면 합니다. 저의 친척 후쯔신[5]이 그곳에서 일을 합니다." 편한 때 대신 알려 주기 바랍니다. 그런데 두서가 없는 것 같아서 어떻게 찾아오는지는 모르겠습니다.

우선 이렇게 알려 드립니다.

편안하시기 바랍니다.

12월 23 밤, 수 올림

주)_____

1) 선옌빙(沈雁冰, 1896~1981). 필명은 마오둔(茅盾), 저장 퉁샹(桐鄉) 사람, 작가이자 문학평론가이다. 문학연구회 발기인 중 한 명으로 『소설월보』의 주편을 맡았다. 장편소설 『무지개』(虹), 『한밤중』(子夜) 등이 있다.
2) 양즈화(楊之華)이다.
3) 롄화영화공사(聯華影片公司)는 롄화영업공사(聯華影業公司)이다. 1930년 8월 뤄밍유(羅

明佑)가 상하이에서 세웠다. 1937년에 문을 닫았다.
4) 루주이윈(陸緻雯)이다. 당시 상하이은행에서 일하고 있었다.
5) 후쯔신(胡子馨)은 우즈신(吳芝馨)이다. 저장 사오싱 사람으로 양즈화의 사촌형부이다.

351224 셰류이에게

류이 선생:

　　보낸 서신은 잘 읽었습니다. 최근 다소나마 직설로 이야기하는 신문을 보아 하니, 공백이 지면을 가득 채우고 있습니다. 화베이華北는 떨어져 나갔다고 해도,[1] 화난華南은 여전히 재갈을 물리고 있음을 알 수 있습니다. 우물쭈물 발표를 기대하며 생각을 다 표현하지 못하기보다는 차라리 한 글자도 말하지 않는 것이 통쾌합니다.

　　우선 이렇게 답신을 보냅니다.

　　편안하기 바랍니다.

　　　　　　　　　　　　　　　12월 24일, 루쉰 인사를 올립니다

주)＿＿＿＿

1) 서신 351203③ 참고.

즈페 형:

　　보낸 편지는 받았습니다. 장부는 이미 결산해 보내왔습니다. 명세서를 동봉하니 이것을 가지고 서점[1]에 가면 돈을 찾을 수 있을 것입니다.

　　우선 이렇게 알립니다.

　　시시각각 편안하기를 송축합니다.

12월 28 밤, 위 올림

주)＿＿＿＿＿

1) 우치야마서점을 가리킨다. 이 서점에서 『풍성한 수확』을 위탁판매했다.

351229 왕예추에게

예추 형:

　　24일 저녁 편지는 받았습니다. 양 군[1]이 보내온 탁본을 보니, 모두 다 양지洋紙가 아니라 내가 말한 연사지입니다. 그렇다면 대략 허난河南 사람들은 연사를 '방지'磅紙라고 부르는 듯합니다. '방'[2]이라는 글자는 서양풍이 있는데, 어째서 이런 글자를 쓰는지 모르겠습니다.

　　『시계』의 번역문은 급하게 완성했기 때문에 고칠 곳이 많습니다. '춰저'挫折는 '웨이'萎로 고쳐도 되고, 우리 쪽에서는 '원'瘟이라고 하는데 같은 음이 변화한 것입니다. 그런데 '위안량'原諒은 '라오'饒와 다릅니다.[3] 상대적으로 '라오'에 비해서 좀더 평등합니다.

제일 어려운 것은 '자격이 충분하지 않다'고 한 곳인데, 나는 오랫동안 생각해 보았지만 결국 적당한 번역을 찾아내지 못했습니다. 이것은 결코 '그릇이 못 된다'거나 '재목이 되지 못한다'는 것이 아니고, 그저 '모자라는 바가 있다'는 뜻입니다. 지식에서 품행까지 모두 보통사람에 미치지 못한다는 것을 말하는 듯합니다──그런데 교육을 하면 좋아질 수 있다는 것입니다.

그 두 편의 소설은 또 중화에서 되가지고 왔습니다. 다른 곳은 길이 없고, 한동안 좀 내버려 두는 수밖에 없습니다.

우선 이렇게 답신을 보냅니다.

늘 편안하기를 송축합니다.

12월 29일, 위 올림

주)_____

1) 양팅빈(楊廷賓)을 가리킨다. 서신 351221③ 참고.
2) '방'(磅)은 파운드를 나타내는 단위이기도 하다.
3) '춰저'는 좌절하다, '웨이'·'원'은 시들다, 생기가 없다는 뜻이다. '위안량'·'라오'는 용서하다는 뜻이다.

부록

『서신 3』에 대하여
—1934~1935년의 서신 해제

『서신 3』에 대하여

1934년 서신

1934년 한 해 동안 쓴 서신을 통해 우리는 루쉰이 어떤 인물들과 어떠한 일들을 하고 있었는지 알 수 있으며 또 당시의 문단 상황에 대해서도 살필 수 있다. 그 가운데 당시 루쉰이 애정을 갖고 진행했던 일은 첫째, 목판화운동과 관련된 일이고, 둘째, 정전둬와 함께 『베이핑전보』와 같은 고서적이나 탁본을 수집해서 정리하고 출판하는 일이었다. 특히 앞의 목판화운동과 관련해서는 중국 목판화의 수준을 높이기 위해 해외의 목판화 작품을 소개하는 일뿐만 아니라, 중국의 젊은 목판화 작가들을 독려하고 그들의 작품을 모아서 책으로 출판하며 또 해외의 전시회에 출품하는 일도 도왔다. 이러한 사정들이 이 서신에 생생하게 기록되어 있다. 그리고 베이징의 교육부 관리 시절부터 본격적으로 시작된 중국의 고대 문물에 대한 수집과 정리는 상하이에 와서도 변하지 않아서 베이징에 있는 지인에게 서신을 보내 수집을 부탁하거나 또 보관하고 있는 곳을 알면 중간에 사람을 넣어 부탁하기도 하는 등 이 시기 루쉰의 중요한 일 중 하나가 되고 있음을 알 수 있다. 이와 함께 고대 문물에 대한 정리와 관련하여 구제강에 대한 비판은 신랄한데, 루쉰의 중국 고대문물에 대한 연구의 입장과 관련해서 주목할 만하다.

이외에도 34년의 서신에서 두드러지는 일은 바로 발표된 문집에 실리지 않았던 글들을 모아서 '집외집'이라는 이름으로 출판하려고 힘쓰는 양지원과의 서신 교환이다. 이 서신을 통해서 루쉰의 초기 글에 대한 기억과 언급을 알 수 있다. 또 34년 후반에는 상하이에 거주하게 된 동북 출신 작가 샤오쥔, 샤오훙 부부와의 서신 왕래가 눈에 띈다. 서신에서 글을 쓰는 두 작가에 대한 애정 그리고 상하이 문단의 야수성과 출판계의 상업성에 대한 염려가 엿보인다. 이것은 34년의 서신 곳곳에 드러나는데, 상하이에서 발간되는 잡지와 출판사에 대한 비판뿐만 아니라, 더욱 심각한 것은 국민당의 검열에 의해 당시 저자들의 글이 제대로 실리지 못하거나 실리더라도 삭제된 부분이 많아 어정쩡한 글이 되어 버려 독자들에게 정확히 글의 취지가 전달되지 않고 있는 것이었다. 또 이 당시 자오자비에 의해 주도된 『신문학대계』 출판 및 그 가운데 '소설 2집'의 편집을 담당하게 된 사정에 관한 내용도 있으며, 그리고 당시 중국 좌익문단에서 제기된 대중어논쟁에 대한 언급도 볼 수 있다. 다른 해와 마찬가지로 34년에도 가족 특히 베이징에 있는 어머니께 편지를 써서 안부를 묻고 자신의 상황을 전하고 있다. 여기에는 아들 하이잉이 커 가는 모습 그리고 사진을 동봉하여 손자를 보고 싶어 하는 어머니의 마음을 다독인다.

서신은 상대를 두고 쓰는 글이고, 또 공개적으로 공표되는 것이 아니기 때문에 보다 속마음이 잘 드러나는 글이라고 할 수 있다. 그런 점에서 루쉰이 잡지나 문집을 통해 공식적으로 쓴 글과 비교하여 좀더 자세히 그의 마음과 생각을 알 수 있는 장점이 있다. 34년을 전후로 발표된 루쉰의 잡문과 대조하여 서신을 읽는다면 상하이 시기의 루쉰에 대한 이해에 한 층 더 다가갈 수 있을 것으로 생각된다.

(옮긴이 서광덕)

1935년 서신

여기에 수록된 루쉰의 1935년 서신은 총 276통이다. 이 가운데 상당수는 잡지의 편집자, 청년작가와 번역가, 그리고 청년 목판화가에게 보낸 것이다. 편집자에게 보낸 서신은 창작물보다는 번역에 관련된 내용이 많고, 청년작가와 번역가, 청년 목판화가에게 보낸 서신은 이들의 창작과 번역을 고무하고 출판을 도와주는 내용이 주를 이룬다.

샤오쥔에게 보낸 서신(350319)에서 루쉰은 1935년 한 해는 '번역의 해'가 될 것 같다고 이야기한다. 서신에서는 번역에 치중할 수밖에 없는 이유에 대하여 모친의 상하이 방문과 관련하여 가족관계 등으로 인하여 "조용히 있을 수가 없기 때문"이라고 했다. 물론 이것이 루쉰이 번역에 집중한 까닭에 대한 대답이 될 수도 있겠지만, 아무래도 이전 해(1934) 12월 14일 밤 큰 통증을 앓고 나서 체력이 급격하게 쇠약해진 것과 "지극히 평범한 글도 잘려 나가거나 삭제되"던 당국의 심각한 검열과 관련이 있었던 것이 아닌가 한다(350207① 차오징화에게).

루쉰이 자신이 번역한 작품의 출판과 관련하여 서신을 자주 보낸 이는 상하이 생활서점출판사에서 발행한 『역문』 편집인인 황위안이다. 『역문』은 제3기까지 루쉰이 주편으로 있었고 이후 황위안이 이 일을 맡았다. 루쉰은 그의 위인됨에 대하여 "향상적이고 진지한 역술자譯述者라고 생각한다. 『역문』이라는 착실한 잡지와 다른 몇 종류의 역서가 증거이다”(「쉬마오융에게 답함, 아울러 항일 통일전선 문제에 관하여」, 『차개정잡문 말편』)라고 평가한 바가 있다. 황위안은 루쉰과 루쉰이 추천한 청년번역가들의 작품을 『역문』에 적극적으로 게재함으로써 러시아와 구소련의 작품을 중국에 소개하는 데 일조했다. 그런데 아쉽게도 『역문』은 이해 9월 정간되고 마는데, 그 일단이 서신에 드러난다(350912① 황위안에게, 350924 황위안에게, 351012 멍스환에게). 『역문』의 정간에는 루쉰과 황위안의 '역문총서' 출판 계획과 정전둬와 경영진의 '세계문고' 출판 계획 사이의 갈등이 주요한 원인이었다. 이 문제를 해결하기 위하여 경영진은 루쉰 등을 불러 연회를 베풀고 황위안을 해고하고 주편을 다시 맡아 달라고 하지만 루쉰은 이를 “미증유의 나쁜 사례”라고 비판했다(351022① 차오징화에게). 루쉰은 『역문』의 '요절'에 정전둬의 농간이 있었다고 의심했다(351203③ 타이징눙에게).

루쉰은 연초부터 판텔레예프의 중편동화 『시계』를 번역하기 시작하여 12일에 번역을 완료하고 3월 『역문』 제2권 제1기에 싣고 7월에 단행본으로 출판했다. 『시계』를 번역한 까닭에 대하여 루쉰은 “아직은 장래에 희망을 걸어 보는 것”이라고 함으로써 「광인일기」 이래 지속된 '아이'에 대한 여전한 관심과 기대를 보여 준다(350108 정전둬에게). 루쉰은 『시계』를 단행본으로 출판하면서 『역문』에 게재된 원고의 지극히 사소한 오류를 바로잡기 위해서 독일어 번역본을 보내 달라고 하기도 하고(350402① 황위안에게), 단행본 표지의 글자 배치, 크기까지 꼼꼼하게 챙기는 모습을 보여 준다(350730② 황위안에게).

이해 루쉰이 가장 공들여 번역한 것은 고골의 『죽은 혼』이다. 2월 15일에 제1부를 번역하기 시작해서 10월 6일 번역을 완료했다. 번역이 진행

되는 분량만큼 '세계문고' 제1권(5월)~제6권(10월) 잇달아 게재하고 11월에 문예생활출판사의 '역문총서'의 하나로 단행본으로 출판했다. 루쉰은 원래 여러 청년 번역가들과 함께 고골선집을 출판할 계획을 가지고 있었으나 여의치 않았던 것으로 보인다(350218② 멍스환에게). 그는 『죽은 혼』을 번역하면서 "오로지 이런 물건만 번역해야 한다면 아마도 정말로 '죽을 것 같습니다'"라고 번역의 어려움을 토로했다(350522③ 황위안에게). 독일어 번역본을 저본으로 하면서 일역본 2종과 대조하는 등 번역에 대한 엄정한 태도를 보여 주는데(350908③ 멍스환에게), '중역'의 어려움을 수차례 토로하면서도 동시에 '직역' 또한 종종 믿을 수 없다고 말하기도 했다(350517 후펑에게). 『죽은 혼』의 출판 관련하여 루쉰이 특히 공을 들인 것은 삽화이다. 그는 어린 시절 읽었던 삽화본 『요재지이』를 언급하면서 당시에 "삽화 때문에 비로소 글을 읽는 아이들도 있었습니다. 따라서 삽화는 재미가 있을 뿐만 아니라 유익"하고 판로에도 적지 않게 도움이 됨에도 불구하고, 출판가들은 원가가 비싸서 꺼려하고 "우리의 '신문학가'"들도 그리 관심을 기울이지 않는다며 아쉬움을 드러냈다(350522④ 멍스환에게). 『죽은 혼』의 삽화 수집과 관련하여 도움을 준 이는 러시아 문학 번역가인 멍스환(350522④)과 차오징화(350323①, 350408) 등이다.

다음으로 눈에 띄는 것은 청년 번역가들에게 보낸 서신이다. 루쉰은 이들의 번역작품을 출판하기 위해 잡지 편집자와 번역가 사이의 중재자 역할을 마다하지 않는다. 이 일과 관련하여 루쉰이 빈번하게 서신을 보낸 이는 마찬가지로 황위안이다. 청년 번역가로 루쉰과 서신 교환을 자주 한 이는 주로 멍스환, 차오징화 등이다. 루쉰은 이들 번역가의 번역을 격려하는 것은 물론이고 직접 교열도 하고 원고료 정산을 도와주고 표지디자인도 함께 고민한다. 편집자와 번역가에게 보낸 서신에는 당국의 검열에 대한 염려와 비판이 빈번하게 등장하는데, 특히 "몇몇 '문학가'들이 검열관 노릇을 하고 있"는 상황에 대해 격분했다(350207① 차오징화에게).

다음으로 눈에 띄는 것은 청년작가들과의 서신이다. 루쉰은 쉬마오융, 예쯔, 샤오훙, 샤오쥔의 작품의 출판을 주선하고 서문을 써 주고 교정을 봐주기도 한다. 이들 작품의 출판을 위해서 주로 『망종』의 편집자 차오쥐런과 '량유문학총서'를 책임진 자오자비에게 서신을 보냈다. 청년작가들의 작품의 출판 문제 말고도 루쉰이 차오쥐런에게 보낸 서신에는 새로운 글을 써 보내지 못하는 것에 대한 미안함과 부담이 읽혀지고, 자오자비에게 보낸 서신에는 『중국신문학대계·소설 2집』에 실을 소설 선별작업 등에 관련된 내용이 많다. 청년작가들 중에서 루쉰과 가장 많이 서신 왕래를 한 이는 샤오쥔, 샤오훙 부부이다. 이들은 이전 해(1934) 11월 칭다오에서 상하이로 이주한 뒤로 루쉰의 집을 방문하는 등 왕래가 잦았다. 루쉰이 이들에게 보낸 서신에는 다른 사람들에게 보낸 것과 달리 상대적으로 수다스럽고 다정한 지극히 사적인 감정을 가감 없이 드러낸다. 샤오쥔과 루쉰이 마치 부자지간과 흡사했다는 이야기가 과장이 아님을 알 수 있다. 청년작가들에게 보낸 서신에서 특이한 점은 소설 창작은 적극적으로 격려, 고무하면서도 시의 출판에는 다소 유보적인 태도를 보인다는 점이다. 차이페이쥔에게 보낸 서신을 보면 물론 그의 시의 수준이 문제여서이기도 하겠지만, 시를 출판하려던 시도가 여러 번 좌절되었음을 상기하면서 판로의 어려움에 대해 언급한다(350929②).

이해에도 루쉰은 청년 목판화가들과 꾸준히 교류한다. 그는 뤄칭전, 장후이, 리화, 천옌차오, 라이사오치, 탕잉웨이, 돤위칭 등의 작품을 출판할 수 있도록 소개하고 인세의 정산을 돕고 우치야마서점에 위탁판매하도록 주선하기도 한다. 루쉰이 이들에게 보낸 서신에는 그의 목판화에 관한 관점이 잘 드러나 있다. 그는 목판화는 모름지기 "경험, 관찰, 사색에서 비롯되어야" 하고, "예술이라는 것을 절대로 잊어서는 안 됩니다"라고 분명히 한다(350616② 리화에게). 청년작가들의 목판화가 군상의 묘사에 실패하고 풍경은 상대적으로 나은 성적을 보이는 것은 익숙하기 때문이라고 하면서 꾸준한 '소묘 연습'과 섬세한 '관찰'을 강조한다(350118③ 돤위칭에게). 이 밖에 루쉰은 러시아 목판화가 P. 에팅거와 교류하기 위해서 차오징화에게 번역을 부탁하는 서신을 보내고 중국의 목판화에 대한 에팅거의 평가를 청년작가들에게 전해 주었다.

이 밖에 루쉰은 『고소설구침』 재판 및 『십죽재전보』 출판과 관련하여 정전둬에게, 『집외집』 편집 관련하여 차오쥐런에게 서신을 보낸다. 이 시기 루쉰은 탁본수집도 꾸준히 진행하는데, 차오징화, 타이징눙의 도움을 받았다. 이해 6월 취추바이가 죽임을 당하자 루쉰은 이에 분노하고 그의 유작집의 출판을 위해 노력했다(350624① 차오징화에게, 350716③ 샤오쥔에게, 350911 정전둬에게).

(옮긴이 이보경)

지은이 루쉰(魯迅, 1881.9.25~1936.10.19)

본명은 저우수런(周樹人), 자는 위차이(豫才)이며, 루쉰은 탕쓰(唐俟), 링페이(令飛), 펑즈위(豊之餘), 허자간(何家幹) 등 수많은 필명 중 하나이다.

저장성(浙江省) 사오싱(紹興)의 명문가에서 태어나 어린 시절 조부의 하옥(下獄), 아버지의 병사(病死) 등 잇따른 불행을 경험했고 청나라의 몰락과 함께 몰락해 가는 집안의 풍경을 목도했다. 1898년부터 난징의 강남수사학당(江南水師學堂)과 광무철로학당(礦務鐵路學堂)에서 서양의 신학문을 공부했고, 1902년 국비유학생 자격으로 일본으로 건너갔다. 고분학원(弘文學院)에서 일본어를 공부하고 센다이 의학전문학교(仙臺醫學專門學校)에서 의학을 공부했으나, 의학으로는 망해 가는 중국을 구할 수 없음을 깨닫고 문학으로 중국의 국민성을 개조하겠다는 뜻을 세우고 의대를 중퇴, 도쿄로 가 잡지 창간, 외국소설 번역 등의 일을 하다가 1909년 귀국했다. 귀국 이후 고향 등지에서 교원생활을 하던 그는 신해혁명 직후 교육부 장관 차이위안페이(蔡元培)의 요청으로 난징 중화민국 임시정부의 교육부 관리를 지냈다. 그러나 불철저한 혁명과 여전히 낙후된 중국 정치·사회 상황에 절망하여 이후 10년 가까이 침묵의 시간을 보냈다.

1918년 「광인일기」를 발표하면서 본격적인 작품 활동을 시작한 그는 「아Q정전」, 「쿵이지」, 「고향」 등의 소설과 산문시집 『들풀』, 『아침 꽃 저녁에 줍다』 등의 산문집, 그리고 시평을 비롯한 숱한 잡문(雜文)을 발표했다. 또한 러시아의 예로셴코, 네덜란드의 반 에던 등 수많은 외국 작가들의 작품을 번역하고, 웨이밍사(未名社), 위쓰사(語絲社) 등의 문학단체를 조직, 문학운동과 문학청년 지도에도 앞장섰다. 1926년 3·18 참사 이후 반정부 지식인에게 내린 국민당의 수배령을 피해 도피생활을 시작한 그는 샤먼(廈門), 광저우(廣州)를 거쳐 1927년 상하이에 정착했다. 이곳에서 잡문을 통한 논쟁과 강연 활동, 중국좌익작가연맹 참여와 판화운동 전개 등 왕성한 활동을 펼쳤으며, 55세를 일기로 세상을 등질 때까지 중국의 현실과 필사적인 싸움을 벌였다.

옮긴이 서광덕(1934년 서신)

연세대학교 중어중문학과에서 『동아시아 근대성과 魯迅 : 일본의 魯迅 연구를 중심으로』로 박사학위를 받았고, 현재는 부경대학교 인문사회과학연구소 HK연구교수로 재직하고 있다. 지은 책으로는 『중국 현대문학과의 만남』(공저, 2006) 등이 있고, 옮긴 책으로는 『루쉰』(2003), 『일본과 아시아』(공저, 2004), 『중국의 충격』(공저, 2009), 『수사라는 사상』(공저, 2013), 『방법으로서의 중국』(공저, 2016) 등이 있다.

옮긴이 이보경(1935년 서신)

연세대학교 중어중문학과에서 『20세기 초 중국의 소설이론 재편 연구』로 박사학위를 받았고, 현재는 강원대학교 중어중문학과에 재직 중이다. 지은 책으로는 『문(文)과 노벨(Novel)의 결혼』(2002), 『근대어의 탄생—중국의 백화문운동』(2003)이 있고, 옮긴 책으로는 『내게는 이름이 없다』(2000), 『동양과 서양 그리고 미학』(공역, 1999), 『루쉰 그림전기』(2014) 등이 있다.